결혼하실래요?

결혼 하실래요?

SCARLET
ROMANCE
STORY

진진필
장편
소설

contents

1.

우리, 얼굴이나 좀 깝시다

인연일까, 악연일까. 그러나 매 순간 그를 향해 망설임 없이 직진했던 건 송아, 자신이었다.

"충분히 잘할 수 있습니다. 4년간 교지 편집부에서 활동했거든요. 웨딩드레스를 소개하는 블로그를 3년 6개월 동안 운영했는데, 블로거 시상식에서 장려상도 받았어요."

떨리는 심장을 꽉 부여잡았다.

"어찌나 열심히 했던지, 성적은 간당간당 취직할 만큼만 채웠네."

그러나 구석기 편집장은 귓구멍을 후비적거리며 어퍼컷을 날렸다.

"성적 1등보단 하고 싶은 일에 대한 열정과 성실함이 더 중요하죠. 무슨 일이 있어도 매일 포스팅했고, 덕분에 여러 디자이너나 업체 담당자들과 인맥을 쌓았어요. 이건 상품화된 브로슈어 원고와 잡지사에 실었던 외고들입니다."

송아는 방긋 웃으며 포트폴리오로 막아섰다.

"남들 다 갔다 오는 어학연수는 어따 떼어먹고?"

티오가 난 웨딩 전문 출판사가 두어 군데만 더 있었어도 자리를 박차고 나갔을 것이다. 송아는 공손하게 답했다.

"영어도 업무에 지장되지 않을 만큼은 충분히 잘합니다."

반항이 아니라 승부수였다. 다행히 코드를 제대로 짚어 편집장은 큭, 웃으며 커다란 배를 볼록거렸다. 그 틈을 빠르게 치고 들어갔다.

"완벽한 결혼식은 모두의 로망이죠. 여러 예비 신부들이 평생 꿈꿔 오던 결혼식을 환상이 아닌 현실로 그릴 수 있도록, 결혼식에 대한 알찬 정보를 전달하는 기사를 쓰고 싶…….."

한마디 한마디 정성을 실어 말하는 데 대고 그는 아무렇지 않게 강펀치를 날렸다.

"결혼식이 그렇게 로망이면 직접 결혼을 하지?"

문득 떠오른 엄마의 아련한 얼굴. 엄마의 일생소원이던, 그래서 송아의 꿈이 되어 버린 웨딩드레스. 내가 남자랑 무슨 결혼을 해!

슬프지만 그 펀치엔 직격타를 맞았고, 면접용 미소만을 간신히 유지한 채 입가를 바들바들 떨 수밖에 없었다.

"출판사 다니는 것보단 훨씬 나을 텐데."

그러나 그는 아무렇지 않게 사악한 미소를 지었다.

결론을 말하자면 그는 굉장한 경쟁자들 속에서 송아만을 합격시켜 줬다. 그리고 캐릭터대로 온 정성을 다해 송아를 알뜰살뜰 괴롭혔다.

"자! 주얼리, 생활잡화 꼭지들이야."

웨딩드레스가 좋아 이곳, 잡지사 〈화이트 웨딩〉에 입사했음을 그렇게 피력했건만!

"생활잡화는 그렇다 치고 주얼리…… 보석에 대해서는 모르는 거 뻔히 아시잖아요?"

그는 친절하게 책꽂이를 손가락질해 줬고,

"모른다는 소리를 참 당당하게 한다? 그럼, 빨리 공부해, 영어 잘하는 금송아."

거기엔 수십여 권의 영어 원서가 빽빽하게 꽂혀 있었다. 그는 덧붙였다.

"너 하고 싶은 일만 하려면 집에 가서 해. 웨딩에 대해 너보다 잘 쓰는 사람, 여기서부터 쩌어기까지 쭉 앉아 있는 거 보이지?"

바둑판같은 부스에 도열해 앉은 대선배님들과 비교하며 엿을 먹였다. 꽉 쥔 주먹이 부들부들 떨려도 어쩔 수 없었다.

그래도 매월 말 어김없이 잡지를 한 권씩 낳다 보니, 그러면서 보석에 대해 한 땀 한 땀 공부하다 보니, 2년이 훌쩍 넘어 3년 차가 되어 있었다. 스물여섯. 꽃다운 나이에 일에만 치여 살지만.

그러던 며칠 전, 구석기 편집장은 송아에게 일거리를 툭 던졌다.

"황진헌 꼭지, 네가 대신 맡아라."

"네?"

기획이 나올 때부터 저건 정말 아닌데, 싶은 거였다. 기획 내용도 무척 오글거려 입에 담기 창피했다.

"조 대리 배 속에서 아이가 갑자기 빨리 나와 버린 걸 어떡해. 그럼 누가 맡니? 네가 주얼리 전문이잖아."

자기가 떠맡겼지, 웨딩 잡지에 주얼리 전문이 어디 있다고.

"황진헌이 주얼리 회사 대표인 것과 이 기획이 무슨 상관이에요?"

9

"시끄러! 네가 가장 적임자야. 내가 하고 싶은 일만 하려면 어떻게 하랬지?"

확, 그냥 집에 가고 싶었지만 그렇다고 회사를 그만둘 순 없다. 까라면 까야지. 후우!

황진헌의 〈싸이듀(Thy dew)〉는 '그대의 이슬'이란 뜻으로 결혼반지의 대명사, 다이아몬드 전문 주얼리숍이다. 또한 업계 1위를 찍고 계시므로 그는 송아의 광고주님이시기도 했다. 그렇더라도 홍보부 직원, 정영실 과장과만 일을 해 왔을 뿐, 대표와 직접 인연을 맺을 일은 없었다.

그래서 그의 비서를 통하기로 했다. 처음엔 비교적 모든 게 순조로웠다.

"아, 네. '이달의 프러포즈'라는 새로운 코너인데요. 사회적으로 성공한 괜찮은 미혼남들이, 불특정 여성들에게 프러포즈를 하는 형식이에요. 대표님같이 잘생기시고 성공하신 분들이 선정되시죠!"

— 어머머! 우리 대표님이 참 잘생기긴 하셨죠. 우리 대표님을 만나 보셨나요?

전화 통화만 해 봤지만 그의 여비서는 대표에 관한 이야기를 할 때마다 늘 두 톤쯤 업되었다.

"아뇨, 사진으로만 뵀죠."

거짓말을 하려고 한 게 아니라, 먼저 뱉은 말 때문에 좀 꼬였다. 잘생겼다고 말해 버렸는데 못 봤다고 하면 이상해지니까. 실은 이걸 떠맡기며 구석기 편집장이 호언장담했다. '사진발 잘 받게 충분히 잘생겼어. 쓸데없는 걱정 말고 인터뷰나 꼭 따!'

그러나 강 비서는 엉뚱한 말을 했다.

— 이상하다? 인터넷에서 대표님 사진 서치 안 될 텐데? 대표님 개인 기사 나는 거 진짜 싫어하세요. 원래는 제품을 위주로 기사 써 주시기로 하지 않았나요?

아, 구석기 편집장님! 이런 거 하나 해결 안 해 주시고! 송아는 얼른 순발력 있게 받았다.

"10면을 〈싸이듀〉 제품으로만 기획 기사를 내는 건 몇 달 전 기사와 너무 겹쳐서 임팩트가 없어요. 대표님이 이 시대를 대표하는 멋진 신랑감으로 소개되면서 우선 대표님의 이미지를 업그레이드 하면 신제품 홍보뿐 아니라 더 큰 브랜드 홍보가 되죠."

사실, 보통의 미혼 대표였다면 양팔 벌려 환영할 기획이다. 개인 홍보도 해 주고 브랜드 홍보도 해 준다는데 누가 싫어할까. 그러나 아, 황진헌이 언론 노출 진짜 싫어하는 사람이구나. 그래서 이 기사가 나한테까지 밀려왔구나, 하는 생각을 곱씹고 있을 수만은 없었다.

— 그렇긴 하지만 그래도…….

이렇게 그의 비서조차 거의 다 설득되고 있었다.

"그냥 그렇게 하는 걸로 하시죠? 황진헌 대표님보다 괜찮은 신랑감이 어디 있다고요."

— 후우, 우리 대표님이 신랑감으론 완전 괜찮긴 한데…….

"그러니 이 코너에 딱인 분이시지요. 좋으시겠어요, 이런 분과 함께 일하다가 로맨틱한 분위기라도 생기면."

거반 농담으로 던졌으나 강 비서는 완전 진심으로 받았다.

— 아하하, 그림의 떡이에요. 꼬리 치는 직원은 딱 찍혀요.

"정말요? 애인은 없으시다고 들었는데?"

— 우와! 기자님이시라 그런지 정보가 탄탄하네요. 아유, 만날

퇴근도 안 하시고 일만 하셔서 저도 죽겠어요.

"네, 그 얘긴 홍보부 정영실 과장도 매일 하죠. 그렇게 깐깐하시다면서요."

— 말도 마세요. 다들 차라리 연애라도 하셨으면 좋겠다고 그래요. 그럼 일찍 퇴근이라도 하지.

"혹시, 대표님은 연애 고자?"

— 크흐흐흐! 아, 웃겨. 연애 고자, 딱인데. 이런 얘기 대표님 들으시면 죽음…… 아잇!

그러나 곧 '삐이!' 하는 잡음이 끼어들며 다른 남자 목소리가 툭 튀어나왔다. 송아는 기절하듯 깜짝 놀랐다.

— 나, 황진헌입니다. 거기 이름!

스피커폰으로 돌려진, 중저음의, 강렬한 목소리였다.

— 당신 이름!

독촉하듯 되묻는 압박감에 오그라드는 목소리로 답했다.

"아, 안녕, 안녕하세요. 대표님! 〈화이트 웨딩〉, 금……송아입니……."

— 어이, 금송아 씨! 금송아 씨는, 스스로가 만든 잡지에 그렇게 자신이 없습니까. 내 이미지 이용해서 판매 부수 올리고 싶습니까.

떨리는 목소리로 간신히 인사를 쥐어짜는 데 대고 황진헌은 처음부터 비수를 정확히 꽂았다.

— 금송아 씨 업무는 구걸입니까?

"네?"

— 구걸하지 말고 기사를 써요. 남의 이미지 이용해 잡지 팔 생각 집어치우고.

판매 부수 좀 올리자, 등 떠밀던 구석기 편집장의 푸시에 여기

까지 왔지만,

"저, 저기, 저기요, 대표님! 아무리 그래도 말씀이 너무……."

무방비 상태로 정곡을 찌르는 모욕이 아프게 쿡, 박히는 상황에서 송아는 짜증 나게도 말까지 더듬었다.

— 콘셉트, 원래대로 잘 되돌리십시오. 금송아 씨 이름 대면서 광고까지 싹 뺄 수 있습니다.

그는 목소리조차 착, 가라앉히면서 자기 할 말을 시원스레 털어냈다.

황진헌! 그래, 당신 참 잘나셨어!

어디 가서 말발 딸린다는 말은 못 들어 보았었는데! 어버버거리며 말을 더듬었던 그 기억은 며칠 동안의 이불킥을 선사했다. 적을 알고 나를 알면 백전백승. 송아는 그때부터 황진헌에 관한 조사를 더 바싹 했다.

황진헌 그 나쁜 놈의 시키에게 '잡지 몇 부 더 팔려고 내 이미지 발라먹는 양아치 기자 금송아'로 남고 싶진 않았다. 차라리 멋진 기사를 써 주고 서로의 이미지를 바꾸는 게 말끔하게 모욕을 씻는 일이다.

"우리, 얼굴이나 좀 깝시다!"

그때부터 송아는 버릇처럼 똑같은 말을 내뱉으며 전의를 다졌다. 〈싸이듀〉의 입구조차 통과하지 못하고 퇴짜 맞고 올 때마다 구석기 편집장도 틈틈이 파이팅을 불어넣었다.

"금송아, 너 신입 티 낼래? 못 해, 안 돼, 소리는 누구든지 해. 널 뭐 하러 뽑았게? 학교 다니면서 시험 기간에도 독하게 매일 포스팅하던 거, 블로그 운영했던 그 끈기와 열정 하나 보고 뽑았어."

"저쪽엔 애초에 다른 기획으로 기사 쓰기로 하시고선. 기획 변경된 거 해결도 안 해 주시고선요!"

커다란 배를 볼록거리며 구석기 편집장은 오히려 큰소리쳤다.

"그래서 취재원이 인터뷰 안 합니다, 하는 말 한마디에 그냥 나 가동그라질래?"

어쩌면 문제는 송아 자신에게 있을지 몰랐다. 솔직히 황진헌의 기사 자체를 쓰고 싶지 않았다.

"편집장님, 이 시대를 대표하는 멋진 신랑감을 소개하는 것보다 웨딩 정보 하나를 더 싣는 게 낫죠. 더 아름다운 드레스, 합리적인 가격의 주얼리, 생활 소품, 인테리어, 신혼여행지……. 실을 게 얼마나 많은데 굳이 황진헌이세요!"

하지만 그는 정곡을 찔러 왔다.

"이슈! 이슈가 되잖아. 네가 얘기한 것들 중 하나라도 '이 잡지를 꼭 사서 봐야겠다' 싶게 확 땡기는 게 있나 봐 봐. 이 시대를 대표하는 멋진 신랑감, 〈싸이듀〉 대표, 황진헌 심층 인터뷰! 그가 부자가 된 성공법! 네가 생각해 봐. 잡지를 꼭 사서 보고 싶은 이유가 분명하지 않아?"

"결혼을 준비할 독자들에게 허탈감을 느끼게 하잖아요. 그런 남자 소개해 봤자 괜히 자기 신랑감과 비교만 하게 돼요. 신부들에게 가장 행복한 결혼식을 꿈꾸게 해 줘야지요. 현실에 두 다리를 딛고 서서 결혼 준비를 하도록 실질적인 정보를 줘야지요!"

"그렇지. 하지만 일단 잡지를 구매하도록 해야 정보도 줄 수 있고, 좋은 기사도 의미가 있지. 팔리지 않고 창고에 쌓일 잡지는 책이 아니라 뭐라고 했지?"

폐지. 팔리지 않는 책은 결국 폐지다.

그래, 개겨 봤자 편집장님의 말씀은 항상 옳다.

"얼마나 이슈가 되겠니? 너도 궁금하지? 겨우 서른넷에, 동네 금은방이었던 '황금당'을 세계적으로도 주목받는 핫한 브랜드, 〈싸이듀〉로 만들었어."

편집장님이 그토록 부르짖는 이슈. 그랬다. 황진헌은 매력적인 이슈 메이커다.

"검색질 기막히게 잘하는 네가 찾아봐. 아무리 너라도 쉽지 않을걸?"

정말 그랬다. 가장 기초적인 자료 조사마저도. 신입 기자치곤 발도 넓고 자료 수집도 잘하는 편인데.

성공한 CEO 황진헌이 젊은 싱글이라는 게 이토록 잘 알려진 게 오히려 신기했다. 이 정도라면 고의로 노출을 관리한 것.

어렵게 그의 영어 이름이 'Chris Hwang'이라는 걸 알아내고서, 미국 사이트들을 뒤지고 어메뤼칸들 SNS를 뒤져 간신히 찾아낸 게 전부.

송아는 "후우!" 한숨을 내쉬었다. 결국 겨우 건진 건 알아보지도 못하도록 옆얼굴이 어렴풋한 고등학생 소년의 모습이었다.

— 저희 대표님께서 통화하지 않으시겠대요. 그때 하실 말씀은 모두 하셨다고. 그리고 이 인터뷰 건으로는 더 이상 찾아오지 마세요. 오실 때마다 그냥 가시게 하는 저도 힘들답니다.

강 비서에게까지 완벽하게 차단마저 당하니, 그의 말대로 진짜 '구걸'을 하는 것 같았다. 스물여덟에 혜성같이 나타나 6년 만에 〈싸이듀〉를 업계 1위로 올려놓은 성공의 아이콘. 그는 콧대의 아이콘이기도 했다.

송아는 걸음을 재촉하며 버그 선글라스를 머리 위로 올렸다. 와! 아름답다. 거리가 온통 붉은 천지. 단풍나무 거리가 제철을 맞았다. 새빨간 가지가 제각각 푸른 하늘을 힘차게 가로지른다.

그러나 지금은 아침 8시 45분. 바글바글 출근하는 무리에 밀려 걷는 중이다.

"와아, 저거 봐!"

사람들이 쇼윈도 앞에 멈춰 탄성을 질렀다.

여기는 단풍나무 2길. 유럽풍 고딕 양식 건물들이 줄지은 명품 숍의 거리. 압도적으로 아름다우며 압도적으로 세가 비싸기도 한 곳. 그래, 모두들 여기를 '싸이듀 사거리'라 부른다.

"쳇!"

송아는 이 거리를 사랑했다. 이 끝자락에 오피스텔 하나를 얻어 독립하는 것이 유일한 꿈이다. 아니, 꿈이었다. 그러나 이젠 사랑할 수 없게 됐어! 나쁜 노무 시키, 황진헌!

송아의 미간에 세 줄의 주름이 귀엽게 팍삭, 그어졌다. 유리창 너머가 당황스럽도록 찬란하다. 신상품 출시했구나?

송아의 뺨은 복숭앗빛으로 발그레했다. 엷게 쌍꺼풀진 눈은 크진 않지만 눈동자만큼은 선명하게 또렷하다. 가느다란 속눈썹이 묘한 각도로 곱게 휜 그녀. 코는 작지만 오똑하고, 입술은 앙증맞다.

"짜증 나."

송아는 토트백을 팔에 걸고, 종이 봉지에서 꽈배기를 꺼내 한입 베어 물었다. 화가 불끈 치솟으니 허기가 졌다.

16

"아주 잘나셨어!"

이번엔 웨딩 콘셉트. 왼쪽 끝 미니어처는 숱하게 봐 왔던 진짜 웨딩드레스보다 더욱 고급스럽다. 어떻게 저런 걸 장난감 드레스 부속으로 쓸 생각을 할까? 손가락에 끼기도 아까운 걸!

검붉은 벨벳을 굽이치며 내려오는 새하얀 레이스 자락, 허리께 엔 은회색 최고급 진주를 알알이 흩뿌렸다. 이 정도는 배경이야, 비웃듯 디스플레이했다.

"이 시대를 대표하는 멋진 신랑감? 쳇이다!"

그때 한 남자가 그녀를 스쳐 입구로 들어서고 있었다. 그러나 송아는 쇼윈도 안에만 정신을 팔았다.

"에메랄드 컷, 솔리테어, 클래식 4프롱."

꽈배기를 한입 더 깨물어 씹었다. 하나의 커다란 다이아몬드를 에메랄드처럼 직사각으로 커팅해, 네 개의 누름발로 잡아 반지를 만들었단 뜻.

"웨딩밴드까지 세트가 8천만 원대는 받으시겠네. 그중 삼분의 일은 로고값이고."

남자의 발걸음이 우뚝 멈췄다. 송아는 몇 발짝 뒤를 의식하지 못하고 혼잣말을 계속 뱉었다.

"퍽이나 잘 팔리겠다. 여기가 맨해튼인 줄 아나? 아무리 커팅법 에 특허를 받아도 그렇지. 라운드 쓰리 스톤 반지는, 9천만 원대. 완전 도둑놈의 시키!"

남자의 오른쪽 눈썹이 싸악 치켜졌다. 그는 팔짱을 끼고 송아를 예의 주시했다.

"브릴리언트 컷, 사파이어 채널 스타일, 요건 1억 2천만 원대 쯤? 이딴 걸, 도대체 누가 끼라고 만들었니?"

그러나 곧 "흐흠!" 참지 못하고 등 뒤에서 기척을 냈다. 송아는 깜짝 놀라 돌아보았다. 말끔한 슈트를 입은 남자의 가슴께에 〈싸이듀〉 로고 배지가 달려 있다. 직원이다.

"앗!"

"코스프레 중인가요? 보석상 앞에서 빵 먹는 장면?"

송아는 당황하여 입에 든 꽈배기 빵을 꼴깍 삼키고 남자를 올려다보았다.

"네?"

"영화, 티파니에서 아침을."

슬그머니 고개를 돌리니 쇼윈도에 자신의 모습이 비친다. 틀어 올린 머리, 검은 정장, 검은 선글라스까지. 아! 주얼리 광고의 단골 콘셉트, 티파니에서 아침을.

커피까지 들고 있으면 딱, 남의 주얼리숍 앞에서 오드리 헵번 코스프레하는 정신 나간 된장녀다.

"그, 그게……."

창피와 당황이 올라와 말문이 막혔다.

"안목이 정말! 대단하십니다. 노출도 하지 않은 신상품을, 가격까지 어떻게 그렇게 정확히 예상하시는지. 상품 설명은 그대로 잡지 광고를 내도 될 것 같습니다."

"네?"

"물론, 퍽이나 잘 팔리겠다느니, 누가 끼라고 만들었느니, 하는 소리는 빼고요? 아, 완전 도둑놈의 시키라는 말도."

송아는 뜨악해 남자를 훑었다. 〈싸이듀〉 매장 직원들은 인물들이 좋다더니. 이탈리아 테일러숍에서 갓 뽑은 것 같은 고급스러운 회색 슈트가 착 달라붙는다.

"죄, 죄송해요, 직원분이 계신 줄 몰랐어요."

저렇게 잘생긴 남자에게 당하는 망신이, 그냥 그렇게 생긴 남자에게 당하는 망신보다 왜 더 창피할까?

"네, 계신 줄 몰랐으니, 진심이었을 거라는 게 더욱 마음 아픕니다. 이토록 보석에 대해 해박하신 분이요."

"정말로 죄송해요."

잽싸게 도망쳐 버리고 싶은 걸 꾹 참으며 사과했다.

"아니, 사과를 받자는 게 아녜요. 당연히 우리 제품이 별로일 수 있지요. 하지만 이 신상품들이 왜 그렇게 그쪽분을 출근길부터 화나게 했는지, 그 이유는 좀 궁금하군요. 명품 잡지 몇 권 읽고 높인 안목은 아닌 것 같은데."

잡지 몇 권 읽고 익힌 안목 맞다. 그런데 잡지 얘기는 왜 자꾸 하시나. 나한테 잡지 냄새라도 나?

"호, 혹시, 처, 처음부터 다……?"

"네, 모조리, 꼼꼼히 다 듣고 봤습니다만."

송아는 등이 저릿해 남자를 올려다봤다. 짙은 눈썹, 쌍꺼풀 없는 크고도 긴 눈, 우뚝한 코, 거기에 여자만큼 도톰하고 섹시한 입술이라. 정말 잘생긴 남자다.

그러나 상처 입었다는 듯 열 손가락을 착 펴고 인상을 쓰는 그 눈엔 어쩐지 장난기가 물들어 있었다.

"그러니까 저 실례를……. 흐음, 저, 직접 디스플레이를 하신 건……."

"네, 참여했죠. 아이디어도 직접 내고요? 몇 달을 공들인 것들을 오늘 아침 막 선보이며 사람들 반응을 살피기 위해 나왔습니다만?"

아, 이 남자 일부러 더 미안하게 만들려고…….

하지만 입장 바꿔 생각해 보니 참 잘못했다. 만약 피땀 흘려 만든 잡지가 가판에 막 눕자마자 누군가, '저딴 걸 누가 보라고 만들었어?' 표지만 보고 헛소리하면 진심으로 상처받을 것 같다.

"어휴, 정말 죄송해요. 사실, 이번 디스플레이 참 예뻐요."

송아는 얼굴을 발갛게 물들이며 진심을 가득 실어 사과했다.

"후후, 좋습니다. '용서' 해 주죠."

'용서'란 단어를 뱉으며 그는 장난처럼 입술을 슬쩍 송아의 귀에 가져다 댔다. 흠칫 놀라 옆을 획 돌아보니, 그는 이미 단정히 바로 선 뒤다.

그러나 송아의 귓속엔 이미 달콤한 '용서'가 콕 박혀 버렸다. 그리고 코끝엔 애프터쉐이브의 잔향이, 뇌리엔 그보다 더 섹시한 음성이. 온 세상이 그가 되어 그녀를 조곤조곤 누르는 것 같았다.

두근, 심장이 묵직하게 울렸다. 두근두근, 그렇게 뛰기 시작했다.

송아는 훔치듯 그를 몰래 올려다보았다. 선 굵은 턱선에 둔탁한 턱 보조개가 묘하게 패었다. 물씬하게 전해지는 남성성. 엄지손가락으로 쓸어 보고 싶은 멋진 턱이다. 술에 취해 조금쯤 흐트러지고 사흘 정도 깎지 않은 수염이 푸릇하다면 좀 더 짜릿할 거 같아.

그러나 정신을 차려야 했다. 남자의 시선은 그녀를 비껴 쇼윈도에 고정되어 있다. 그의 표정엔 자랑스러움이 묻어났다. 저건 자신의 분야에서 어느 정도 성공을 거머쥔 남자만의 도도한 자신감. 송아는 갑자기 폭발적으로 궁금해졌다.

판매 직원일까, 디스플레이어일까, 아니면 디자이너?

디자이너라기엔 모델 뺨치는 슈트 핏이 단정했고, 판매 직원이라기엔 제품에 대한 자랑스러움이 강렬했다. 만날 여자 모델들만 보지만 종종 저런 핏을 구경한다. 아니, 종종 볼 순 없을 정도로 괜찮다. 숨은 근육이 좀 짱짱하신 듯.

쇼윈도 너머 그의 시선이 갑자기 송아를 향했다. 얼른 시선을 피했다.

"도대체 어떤 게 그렇게 마음에 안 드는지 솔직히 말해 주죠? 훨씬 더 심한 욕을 해도 좋으니 솔직하게만."

웃음기를 가득히 머금은 그의 주름진 입술이 근사하다. 거기다 대고 답할 수 없었다.

'당신네 대표, 황진헌에게 기사 좀 쓰자고 했다가, 개망신당하고 까였거든요.'

신분을 들켰다가 광고라도 떼이면 큰일이다. 대신 사과하는 마음으로 솔직히 말했다.

"으음, 신상품들도 디스플레이도 정말 사랑스러워요. 여태까지 봐 왔던 것보다 월등히요. 진주들이 흩뿌려진 토이 드레스도 진짜보다 더 정교하고요. 전체적으로 결혼식을 꿈꾸는 신부의 설렘이 잘 표현되었네요. 하지만."

"네, 좋습니다. 하지만?"

"보통 사람은 반지로 만들어 끼기도 힘든 최고급 아키야 진주를 토이 드레스 부속으로 쓴 게 화가 났어요. 정말 유니크하고 아름다운 커팅의 다이아 반지들인데, 가격이 너무 과해요. 쓰러지게 끼고 싶게 만들고선, 절대로 낄 수 없는 가격의 것들을 과시하듯 전시했죠."

"오호!"

"네, 전 속물이고 허영덩어리라 감탄보단 욕이 나오네요."

21

"이것들은 프리미엄 라인입니다만……."

그러나 그의 입에서 뒤늦게 오묘한 웃음이 퍼졌다. 송아는 이를 꽉 다물었다. 이렇게 아는 체를 하려던 게 아니었는데! 이 사람에 겐 저도 모르게 진심이 불쑥 튀어나왔다.

"설명이 되었으면 가 볼게요."

송아는 어색하게 웃으며 두어 걸음 뒷걸음질 쳤다. 이번엔 진짜로 도망쳐야 할 때다. 이 남자와 나란히 서서 대화를 하고 있으니 이상하게 기분이 들뜬다. 더 이상 재잘대다간 다니는 회사 이름까지 나불나불 불어 버릴 것 같다.

"과격한 칭찬, 감사합니다. 아침부터 욕을 먹고도 기분이 참 좋군요."

욕을 해 줬는데, 남자는 짙푸르게 웃었다. 그러곤 갑자기 송아에게 손을 내밀었다.

"보답으로 쓰러지게 끼고 싶으시단 반지들을 실컷 껴 보게 해 드리죠. 명함 주시면 예약해 드릴게요."

그러나 그때! 송아는 오묘한 실망감에 마음이 울렁였다. 다시 본 남자의 손에 끼워진 결혼반지!

0.5초도 안 되어 강렬하게 각인되었다. 0.5캐럿, 남성용 인그레이브드(오목하게 묻힌) 스타일. 선보인 적 없는 최신 상품.

"이쪽 일 합니까? 겉보기엔 학생같이 아주 어려 보입니다만."

디자인조차 참 세련되었다. 그가 다정하게 걸어오는 말투만큼이나.

기분이 확 가라앉았다. 대답 대신 그의 손바닥에서 시선을 치웠다. 반지가 정말 욕 나오게 고급스럽다. 그의 그녀는 반듯한 집 딸이겠지. 아주 예쁠지도. 그러나 그는 오히려 신나 보였다.

"난 뉴욕에서 공부했어요. 매주 습관처럼 맨해튼의 수많은 매장들을 들락거리면서 보석 구경을 하던 게 도움이 많이 되었죠. 여기선 그러기가 쉽지 않죠?"

그는 송아를 보석 관련 종사자로 착각한 것 같았다. 장난기가 가시지 않은 채 송아를 주시하는 남자의 눈빛엔 호기심이 가득했다. 관심을 가득 실어 그윽하게 내려다봐 주는 눈길, 그 열기가 달콤하면서도 싫었다.

"와서 마음껏 구경하고 공부하고 가요. 사라고 눈치 주는 일은 없을 테니까, 부담은 내려놓고."

사실 이건 굉장한 배려인데. 왜 저 멋들어진 미소에 부아가 치밀까.

"편하게 볼 수 있게 VIP 리스트에 넣어 줄게요. 명함 없으면 전화번호만 주든지."

그의 음성이 다디달다. 전화번호를 달라는 말이 꼭 데이트 신청으로 들린다. 착각인 거 알아. 진짜로 그런 말을 듣고 싶은 거, 그런 거 절대 아냐. 송아는 괜한 심술이 치받쳐, 턱을 들고 도발적으로 답했다.

"데이트하자고 유혹하시는 것 같네요."

순간, 남자의 눈빛에 강렬한 열기가 일어나며 턱 보조개가 오목하게 들어갔다. "하하!" 그는 소리 내어 시원하게 웃었다. 청량한 웃음소리가 듣기 좋게 달콤하고, 입가에 팬 주름이 어른스러우면서도 색정적이다.

"와, 한 방 맞았군. 좋아요! 이따 퇴근하고 매장으로 와요. 보석 얘기나 하면서 데이트 비슷한 거라도 해 봅시다. 〈싸이듀〉가 자랑하는 '숙녀의 방'에서 내가 직접 구경시켜 줄 테니. 자, 전화번호!"

그의 말이 점점 짧아지며 권하는 수위가 높아졌다. 아, 그 말로만 듣던 숙녀의 방? '숙녀의 방'은 VVIP 전용 고객들이 편안하게 보석을 쇼핑하기 위해 머무는 최고급 서비스룸이다. 물론 일반인을 대상으로 하지 않으니 편집 기자 따위에게 공개할 필요도 없다.

송아는 침을 꿀깍 삼켰다. '숙녀의 방'이란 단어에 내면의 허영심이 들끓었다. 아니, 그보다 결혼반지를 낀 그의 손을 뻔히 보면서도 그와 함께 보낼 시간, 그 '데이트 비슷한 거'에 천박한 기대가 실렸다. 저 남자에게 끌리지 않을 자신이 없다!

"아뇨, 전화번호는 못 드려요."

스스로의 마음을 다잡기 위해, 일부러 더 싸늘히 답했다. 그러나 섹시한 그의 입술에서 웃음기가 싹 빠지는 걸 보니, 가슴이 묵직하게 내려앉는다.

사실, 어차피 답은 정해져 있었다. 매달 광고를 싣는 곳에, 장난치듯 반지 구경하러 가는 주책을 떨 순 없었다. 그냥 이 사람 하나에게, 살짝 미친년으로 찍히고 끝내야지.

"저, 처음 보는 남자에게 명함 같은 거 막 주고 그런 여자 아니거든요."

그렇더라도, 그렇더라도 이 남자가 나쁜 거다. 결혼반지를 말짱하게 꼈으면서! 아침부터 쓸데없이 마음을 울렁거리게 뒤집어 놓은 죄가 크다.

곱게 놔둘 수 없었다. 가볍게 한 방 먹이고 끝내고 싶었다.

"아저씨, 여자에게 수작 거실 때는요. 결혼반지부터 빼고! 그러시는 거예요. 그래야 뉴욕 어쩌고 하는 아저씨 레퍼토리대로 홀딱 넘어오죠."

강세는 '수작', '결혼반지' 등등에 힘껏 주었는데, 그는 얼토당

토않은 '아저씨'란 단어에 무척 불쾌해했다. 아, 아저씨는 아저씨를 아저씨라고 부르는 걸 무척, 싫어하시는구나?

"아셨죠, 아. 저. 씨?"

송아는 그가 '아저씨'란 단어에 표정이 흐트러지는 데 기묘한 쾌감을 느꼈다. 그래서 가느다란 손가락들을 약 올리듯 간들거리며 상쾌하게 훈계질을 더했다.

"다음부터 바람피울 땐, 반지부터 빼고! 제대로 잘하세요? 안녕! 아. 저. 씨!"

2.

페이스오프(경기 시작)

선선한 가을바람이 마음을 울렁거리게 해서다. 싸르르 마음을 설레게 하는 몹쓸 공기가 동네 아저씨를 붙들고라도 고백을 막 하고 싶게 만들어서다.

그래, 좀 억울했겠지. 그는 어려 보이는 동종 업계 종사자에게 호의와 배려를 베푼 것뿐인데. 솔직히 먼저 꼬리 쳤다. 괜히 임자 있는 사람인 게 억울했다. 서른 전후쯤 되어 보이던데.

'편하게 볼 수 있게 VIP 리스트에 넣어 줄게요.'

듣기 좋은 중저음에 친절하고 세련된 매너까지. 그러나 그가 꼈던 반지까지 또렷하게 함께 떠올라 송아는 머리를 흔들었다. 사귈 남자도 아닌데 결혼반지를 꼈든 말든.

아주 오랜만에, 거의 처음인 듯 남자에게 설레어 봤다. 너무 오래 연애를 쉰 탓이다. 꾹 눌렸던 연애세포가 반항하듯 뛰쳐나왔다. 남자가 좀 근사해서 그랬어. 아니, 하나도 근사하지 않았어, 그러니 이젠 그만!

미련을 접듯 손에 든 꽈배기를 종이 봉지에 꼭꼭 싸 가방 깊숙
이 쑤셔 넣었다.

"송아야, 좋은 아침!"

낯익은 부드러운 음성에 고개를 들었다. 아까만큼은 아니나, 꽤
나 생긴 남자가 별로였던 아침을 더욱 망친다. 고개 숙여 까닥, 인
사했다.

"네, 오 선배."

반갑잖아도 인사는 해야 하니.

"아무리 그래도 너무 성의 없다?"

"안녕하십니까, 오지령 선배님."

깍듯함 속의 싸늘함은 어쩔 수 없다.

"그렇게까지 거리감을 벌릴 필요가 있을까?"

"가까운 사이는 아니니까요."

"가깝잖아."

그는 면도도 하지 않은 푸릇한 얼굴을 들이밀었다. 폭 팬 보조
개는 여전히 귀엽더라도, 그동안 사진집을 몇 권 낸 대단한 작가로
성장했대도, 세상에서 가장 함께 일하기 싫은 사람이다.

"전남친이라고 생각하면 함께 일하지 못하죠."

"난 동료란 뜻으로 말한 건데? 역시 여태 연애를 못 한 건 내
탓인가?"

그는 기분 좋다는 듯 이죽거렸다. 그렇게 믿게 해 주기 싫다. 열
이 올라 확 쏘아 주려는데, 익숙한 체취가 가까워졌다. 송아는 얼
른 한 걸음 비켜섰다.

"실례."

그는 흑심이 없었던 척, 엘리베이터의 오름 버튼을 눌렀다.

"〈화이트 웨딩〉에 낙하산 제도가 있는 걸 알았다면 차라리 다른 회사에 지원했을 텐데요."

뾰족하게 말을 쏘았다. 선배가 입사한 지는 한 달 남짓. 단둘이 엘리베이터를 타는 건 아무래도 싫다.

"낙하산이 아니라 초빙. 〈화이트 웨딩〉이 날 선택한 게 아니라, 내가 〈화이트 웨딩〉을 선택했다고."

송아는 고개를 홱 돌렸다. 겨우 100일을 넘겼던 연애. 그를 좋아했던 마음은 기억조차 희미한데, 남은 건 긴 상처뿐이다.

"아, 이것들이!"

그때 반갑고도 반갑지 않은 두툼한 손이 엘리베이터 문 사이로 쑥 뻗쳐 나왔다. 아, 씨! 구석기 편집장님!

"안, 안녕, 안녕하십니까."

둥그런 얼굴 속 쪽 째진 눈과 마주친 송아는 말을 더듬었다.

"그렇게 열심히 부르는데 무시해? 니들끼리만 올라가면서 뭘 짓 하려고?"

"아니, 아닙니다!"

그러나 변명도 꺼내기 전에 빚 독촉은 시작되었다.

"금송아, 〈싸이듀〉 황진헌이 인터뷰 땄어, 못 땄어?"

아하하, 이게 더 곤란하다. 어깨를 펴고 씩씩하게 답했다.

"못 땄습니다!"

"어쭈구리? 너, 아주 당당하다? 자그마치 10면을 하얗게 비워놓으시겠다?"

그는 평소대로 커다란 배를 볼록거리며 열을 냈다. 꽤 정돈된 외모의 오지령 선배와 나란히 서 있으니 이질적인 괴리감이 든다.

잠자코 있던 오 선배가 불쑥 끼어들었다.

"형! 아침부터 송아한테 왜 그래? 담배나 피우러 올라가요."

출판사 선후배란다. 꿈에도 몰랐던 저 둘의 사적 관계가 이런 악연을 가능케 했다.

"후배라고 편드냐? 넌 빠져, 계약직."

"몇 달만 메워 달라고 매달리던 게 누구더라? 이 비싼 몸을 헐값에 노예 부리듯 하면서?"

띵, 때마침 엘리베이터가 8층에 도착했다. 구석기 편집장이 따라 내리는데, 오지령 선배가 그의 팔짱을 쏙 끼고 안으로 끌어들였다. 송아 홀로 탈출시킨 것. 그가 귓가에 속삭였다.

"빚이야, 갚아라?"

닫히는 문 새로 주먹을 쥐는 시늉을 하며 '파이팅!' 입 모양으로 외쳐 주기까지. 송아는 이를 악물 새도 없이 구석기 편집장이 퍼붓는 말을 고스란히 받아 내야 했다.

"야, 너 금송아! 황진헌이 인터뷰 못 따기만 해 봐! 원고 마감일 나흘 남았……."

다행히 엘리베이터는 스르르 닫혔다. 휴우!

"죄송합니다, 좀 늦었습니다아."

사무실로 들어서며 송아는 먼저 온 선배들에게 늦은 아침 인사를 했다.

"안녕, 금송아.", "왔어?", "웬일로 네가 지각을 다?"

과중한 업무, 야근이 잦은 탓에 사무실 분위기는 비교적 자유롭다. 선배들은 모니터에 시선을 꽂은 채 선선히 인사를 해 왔다. 모두 밀린 원고들을 쓰고 있었다.

송아는 시원하게 사과를 하며 늦은 이유를 얼버무렸다.

"늦잠 잤어요. 죄송합니다. 앞으론 안 늦겠습니다!"

배우급으로 잘생긴 남자에게 잠깐 설렜던 기억은 완전히 달아났다.

작은 사물함, 이동식 서랍이 달린 좁은 책상, 사무용 무선 전화기, 조금만 작업을 하면 뜨끈뜨끈해지는 구형 노트북과 발밑의 전선 뭉치들. 이것이 그토록 어렵게 획득한 '편집 기자'로서 금송아가 누리는 것들이다. 그리고 이 눈앞의 빼곡한 포스트잇들도.

오늘의 일정을 빠르게 머릿속에 넣었다. 지금은 기사를 쓰고 있어야 할 때. 그러나 구멍이 휑하다. 〈싸이듀〉 대표, 황진헌 인터뷰, 아휴!

잡지사의 한 달은 시계 초침처럼 정확하다. 5일까진 외주 원고, 즉 외고 필자 섭외 및 청탁, 10일까진 인터뷰 및 기사 작성, 15일까진 취재 및 외고 마감, 그 뒤론 최종 원고 마감 및 교정 작업과 출간.

책이 나와야 하는 날은 딱 정해져 있다. 그러니 조금만 늦어도 야근으로, 철야로 고난의 행군이다. 그런데 최종 원고 마감일을 코앞에 두고 원고는커녕…….

"어젠 만났어? 인터뷰하겠대?"

뒷자리의 반 대리 언니가 슬쩍 말을 걸어왔다.

"후, 아뇨. 그쪽 정영실 과장에게 오늘 저녁엔 사무실에 붙어 있을 거란 정보를 얻었어요. 어떻게 하든 만나라도 보려고요."

녹취 풀고 기사 쓰고 자료 찾고 탈고하고. 이것에만 매달려도 최소 사흘? 잠 한숨 안 자고 들러붙어도 최하 이틀. 지금 그런 게 문제가 아니라 인터뷰 자체가…….

소녀의 핑크빛 꿈과 현실은 달랐다. 아름다운 웨딩의 세상을 만드는 건 결코 낭만적이지 않다. 노가다로 이루어지는 페이지들의 묶음. 오늘 쌓인 피로를 내일로 넘기는 하루들을 버텨 내는 것이다.

그러나 아이러니하게도 진정한 애정은 그 과정에서 생겼다. 게다 주얼리의 세계는 경험하지 못했던 신세계.

아름다운 보석의 홍수 속에서 반짝이는 새로움에 취했다. 허겁지겁 보석에 대한 지식을 들이켰다. 〈싸이듀〉의 보석들을 사랑했었다. 그러나 황진헌, 이 인간만은!

송아는 텅 비어 있는 꼭지를 밀쳐 두고 다른 것들을 바삐 처리했다. 외고들, 부속들, 생활 소품 소개들, 할 수 있는 것들이라도 미리 다 해 놓아야 했다. 일단 사무실에 앉으면 시간은 총알 같다. 그럼에도 저 광활한 10페이지를 어째야 하나 하는 생각이 종일 머릿속을 괴롭혔다.

"바빠도 먹고 해. 한 나이라도 어릴 때부터 몸 챙겨야지, 계속 그렇게 살면 골로 간다?"

"와, 언니밖에 없어요."

반 대리 언니가 나눠 준 샌드위치 반쪽이 오늘의 늦은 점심이다. 오후의 해가 기울어 오니 내면의 비겁쟁이가 고개를 쳐든다.

"황진헌 인터뷰, 확 그냥 빼 버릴까 봐요. 하기 싫다잖아요. 하지 말라죠, 뭐."

할 일이 산더미인데 퇴짜 맞으러 갈 시간조차 아까웠다.

"하긴, 오늘도 허탕 치면 좀 많이 빠듯하지?"

"황진헌을 설득하는 게 빠를까요, 구석기 편집장님을 설득하는 게 빠를까요?"

송아는 발작적으로 서랍에서 파일을 꺼내 뒤적였다. 유사시를 대비해 키핑해 놓은 것들이다.

"글쎄, 대안을 내놓겠다? 요건 가을이니 안 되고, 요건 지난번에 물먹었고, 요건 좀 괜찮은데 이제 와서 섭외하긴 늦었고. 아무래도 황진헌을 설득해야겠네?"

"하아, 이걸로 밀어붙이면 안 될까요?"

"너 잘라 인건비 줄이는 게 회사에 가장 큰 보탬이라고 지랄할걸?"

"언니!"

반 대리 언니가 킁킁, 웃는 소리에 내면의 불안이 확 올라왔다. 그때 송아의 전화기가 울렸다.

"감사합니다. 〈화이트 웨딩〉 편집부 금송아입니다."

갑자기 그윽한 목소리가 허를 찔렀다.

— 나, 황진헌입니다.

숨이 턱 막혔다. 꽤 권위적인 그러면서도 부드럽고 감미로운.

"아, 안, 안, 흐흠! 반갑습니다. 대표님, 저, 전화 주셔서 무척 감사합니다."

왜, 왜 더듬고 그래. 물론 무척 반갑고 감사했고 또 재수 털렸다.

— 거기, 나 좀 봅시다. 오늘 저녁, 퇴근하고 시간 낼 수 있습니까?

그러나 그쯤은 가볍게 접을 수 있다.

"그럼요! 시간 낼 수 있고말고요."

너무나 반가웠다. 갑자기 그가 괜찮은 사람처럼 느껴졌다. 아니, 진짜로. 얼마 전 그 모욕적 언사를 뱉던 뉘앙스가 아니다. 기이하게 부드러워졌고, 심지어 장난스럽게도 들린다. 황급히 말을 이었다.

"생각 바꾸어 주셔서 감사합니다, 대표님! 편하신 시간에 인터뷰 준비해서 가겠습니다."

그의 숨소리가 유선을 타고 깊숙이 흘렀다. 한숨 같기도 한, 어쩌면 웃음 같기도 한.

— 흠! 성격이…… 정말로 집요하네요. 인터뷰에 관한 대답은 이미 충분히 한 걸로 아는데. 그냥 좀 봅시다. 인터뷰는 안 하고.

이건 또 무슨 헛소리? 인상이 찌푸려졌지만 전화기 속으로 기어 들어가듯 상냥하게 답했다.

"그러니까 인터뷰를 '오늘은' 안 하시겠다는 말씀은……. 아, 잠깐이라도 훑어보실 수 있도록 질의서는 곧바로 메일로 보내 드리겠습니다. 모두 꼭 답해야 하시는 건 아니니 말씀하실 범위는 조정 가능하십……."

그는 잠깐 망설이는 것 같았다. 그러나 곧 웃음기를 머금은 채 말을 잘랐다.

— 나, 그렇게 그쪽 뜻대론 안 움직여. 좀 봅시다. 내 요구는 '우리, 좀 봅시다.' 뿐입니다. 직접 와서 날 설득해 보든가 말든가.

약간의 현기증이 일었다. 뭔가 좋지 않은 예감. 그러나 대답은 정해져 있다.

"대표님 사무실로 오늘 언제까지 찾아가면 될까요?"

"사무실? 후훗, 좋습니다. 퇴근하고 7시까지 와요. 저녁 같이 하게 배 속은 비워 두고."

그가 시원스레 허락했다.

30년 전쯤, 황량했던 이 거리에 웬 유럽풍 건물이 처음 들어설 때만 해도 이곳이 이런 황금의 땅이 되리라곤 아무도 상상하지 못했다. 그러나 비슷한 건물이 몇몇 더 들어서며 이국적 풍경이 멋들어진 거리뷰를 이루자, 경쟁적으로 더 화려하고 더 고풍스러운 저층 빌딩이 지어졌다.

중앙 공원을 따라 앞뒤로 카페가, 명품 매장이, 백화점이 줄줄이 생겼다. 그러면서 〈싸이듀〉 사거리를 중심으로 단풍나무 거리는 찬찬히 셀럽들의 명소로 떠올랐다. 시계탑이 내려다보는 공원을 배경으로 카페에서 커피 한잔을 마시며 여유 부리는 사진, 명품 로고가 찍힌 종이백을 들고 시크하게 걷는 컷들이 꾸준히 노출되자, 사람들은 이곳으로 속속 몰려들었다.

그러나 대중에겐 잘 알려지지 않은 놀라운 사실이 있었다. 평당 풀빵 몇 조각 값이었던 그 시절부터 황만복이 이 일대를 모두 소유하고 있었다는 것. 즉, 이 거리의 실질적인 주인은 황만복이란 것. 그리고 막대한 현금으로 지하 경제를 단단히 떠받치는 황만복은 손자가 딱 하나 있었는데, 그 이름이 황진헌이라는 것이다.

"금송아 씨?"

인터폰으로 직원의 목소리가 흘러나왔다.

"네, 안녕하세요."

매장 뒤편 출입구. 덩굴 식물이 구불구불 휘감은 문양을 멍하니 쳐다보다가 황급히 답했다. 철창 너머 영원히 열리지 않을 것 같던 문이 삐, 하며 둔탁하게 열렸다.

"오시느라 고생하셨습니다."

송아는 고개를 갸웃했다. 아침의 그 직원과는 유니폼도 분위기도 다르다. 물론, 이 남자도 꽤 잘생겼지만 그보다 경직되었고, 생기도 자신감도 없어 보인다.

"이쪽입니다."

으리으리한 실내로 들어서자, 갑자기 긴장으로 어깨가 빳빳해졌다.

아침에 만났던 그는 쉽게 VVIP 손님으로 예약해 주겠다고 했지만, 사실 이곳은 마음을 먹자마자 문을 열고 들어서면 되는 보통의 숍이 아니다.

1층 일반 매장에 들르는 것만도 예약을 하고 약속 시간을 지켜야만 서비스를 받는다. 반지 한두 개 골라 보자고 들어서기에는 문턱이 턱없이 높고, 게다가 그걸 구매하기까지는 가격이 정말 만만치 않다.

직원은 카드키를 대고 전용 엘리베이터를 눌렀다.

"아무래도 업종의 특성이 있는 만큼 보안이 철저합니다."

세련된 매너로 긴장을 풀어 주는 직원에게 그녀도 의례적인 미소를 지었다.

그래도 이까짓 것! 안 쫄아.

사무실은 볼펜 굴러떨어지는 소리라도 들릴 만큼 고요했다. 가는 데마다 카펫이 꼼꼼히 깔렸고, 차가운 유리 칸막이 안으론 바둑판같은 부스가 도열해 있었다. 외부의 기다란 복도를 지나자 강 비서가 벌떡 일어나 인사했다.

"안녕하세요, 금송아 씨."

"늘 전화로만 인사드렸었는데, 이렇게 만나 뵙기는 처음이네요. 반갑습니다. 그동안 많이 귀찮게 해 드렸지요?"

미안한 마음 반, 반가운 마음 반으로 인사했다. 그러나 강 비서는 왠지 쌀쌀하게 답했다.

"네, 반갑습니다. 이쪽입니다."

괜히 더 긴장이 되었다. 늘 싹싹했고, 농담도 자주 했는데.

송아는 용기를 내어 그의 방으로 들어섰다. 그러나 곧 눈살을 찌푸렸다. 검고 흐릿한 황진헌의 음영 뒤로 햇빛이 강렬하다. 그를 둘러싼 배경이 눈부신 것처럼.

재빨리 눈을 돌렸다. 눈은 빛에 천천히 익숙해져 갔다. 그의 위치에 비해 사무실은 오히려 소박하다. 개인용 집기들과 책장을 메운 방대한 원서들. 책상이 넓은데도 뭔가가 가득하다. 책과 서류들 그리고 융 재질의 두꺼운 천. 그 위엔 값비싸 보이는 주얼리 샘플들이 있었다.

"암 쏘리, 어…… 미안합니다. 잠깐, 앉아요."

인사할 기회를 이미 놓쳤다. 그는 급하게 사과하고 다시 빠르게 영어로 전환했다. 그러곤 통화를 마무리했다. 송아는 귀를 쫑긋 세웠다. 방문객을 의식한 듯 몸을 일으키며 말이 속사포처럼 빨라졌다.

『안 돼. 그렇더라도 그건 손대지 맙시다. 알아요. 유연하게. 원가 절감 좋지. 하지만 안 되는 건 안 돼. 이건 내 철학입니다. 손님 왔습니다. 다시 메일로 제출해요. 안녕.』

중요한 단어들을 it이나 that으로 지시해서 정확히 알아들을 순 없었다. 그렇더라도 취재에 뭐라도 도움이 좀 될까 싶어 바싹 집중하고 있을 때 아주 낯익은 오싹함이 모든 생각을 날렸다.

"저, 저기!"

그는 통화를 마치자마자 그녀를 향해 돌아섰다.

"미안합니다. 그리고 다시 만나서 반갑습니다, 금송아 씨!"

출근할 때 보았던, 그 잘생긴 매장 직원이 능글능글 웃고 있었다.

"어, 어떻게……."

그는 자랑이라도 하듯 여유 있게 책상 위를 가리켰다. 여러 잡지의 과월 호들이 이리저리 널브러져 있다.

"난 잡지도 자주 봐요. 이렇게 포스트잇으로 표시해 주는 내 광고와 보석 기사들만. 하지만 오늘은 특별히 다른 페이지를 봤어요."

펼쳐진 면은 그녀의 눈에도 익숙한 지난 호 실무진들의 소개 페이지였다. 몇몇 시니어에디터 이름에 그리스 펜으로 붉은 줄이 북북 그어져 있었다. 그리고 맨 끝 에디터 금송아의 이름엔 빨간 동그라미.

"마침, 우리 직원 하나가 밖을 내다보고 있었어요. 그래서 그쪽을 좀 빨리 찾았습니다. 정영실 과장이라고. 참 불편한 우연이죠?"

노골적으로 놀려 먹는 말투다. 마른하늘에서 날벼락을 맞은 느낌. 망했다!

"정말 여러 번 찾아왔다던데. 많이 궁금했습니까, 나 일하는 데가. 어때요, 그냥 사무실이죠?"

입술을 지근지근 깨물었다. 발딱 일어나 집으로 가고 싶다. 내가 왜 아침부터 그런 경거망동을……. 아, 출근길부터 재수 없게 왜 쇼윈도를 들여다보고 그랬을까!

"금송아 씨, 정말 굉장한 사람입니다. 하루 종일 그쪽 생각을 무척 많이 했습니다. 아아주 열이 받도록 궁금해서?"

침만 꼴깍 삼키고 있을 때 '똑똑' 노크 소리가 울렸다. 그의 비서가 들어왔다.

"차 준비할까요?"

"아뇨, 데이트하러 나갈 겁니다."

그는 경쾌하게 답하며 왼손 약지에 낀 반지를 다른 손으로 톡

톡, 가리켰다. 강 비서는 "아, 네." 하며 납작하고 커다란 케이스를 들고 들어왔다.

열린 케이스 안에는 아주 많은 반지들이 줄지어 있었다. 그는 그 안에 끼고 있던 반지를 빼 넣었다.

"거봐, 불편할 거라고 했잖아. 디자인팀에 수정하라고……."

그리고 그 뒷말들은 한국말임에도 귀에 잘 들어오지 않았다. 아! 난 몰라, 테스트용 샘플이었어!

강 비서가 나가자 그는 가볍게 몸을 일으켰다. 그리고 매력적으로 웃어 보이며 슬쩍 윙크했다.

"자, 이번엔 결혼반지 뺐으니, 제대로 잘해 봅시다?"

별수 없이 근처 레스토랑으로 끌려왔다. 넓고 쾌적하고 분위기도 좋은 홀을 놔두고 웨이터는 굳이, 밀폐된 룸으로 안내했다.

도심이 내다보이는 포근하고도 아늑한 프라이빗룸. 세련된 클래식 명곡이 흐르는 로맨틱한 분위기. 그러나 거기에 더해진 황진헌의 이글거리는 눈빛은 이곳이 곧 고문실이 될 거란 공포를 조성했다.

"안 잡아먹어요."

주저하며 냉큼 앉지 않자, 신사라도 된 듯 황진헌은 직접 의자를 밀어 주었다. 매너를 가장한 강압이 정강이에 압력을 가했다. 본능처럼 맞서 버티다 순간 비틀거리고 말았다.

"아앗."

그가 재빠르게 어깨를 껴안았다. 그리고 나지막이 속삭인다.

"오늘은."

송아는 테이블을 천천히 돌아 맞은편에 앉는 황진헌을 쏘아보았다. 그가 남기고 간 애프터쉐이브의 잔향. 그것은 아침의 것과 달리 그의 체취가 진하게 배어 있었다.

그는 비난 어린 시선을 즐기듯 맞받았다. 그리고 아침에 그랬던 것보다 훨씬 더 노골적인 장난기를 드러냈다. 여유를 부리며 위험한 눈빛을 쏘아 대는 그 빌어먹을 미소에는 적지 않은 악감정과 적의도 함께 묻어 있다.

"주문한 대로. 식사 시간은 두 시간으로 맞춰 주십시오."

그는 웨이터마저 물렸다. 이젠 완전히 둘만 남았다.

룸의 문이 달칵, 닫히는 소음이 크게 들린다. "하!" 하는 그의 능글능글한 비웃음도.

송아는 숨을 천천히 들이마시며 여유 있는 척 턱을 치켜들었다.

"평소, 지은 죄가 참 많으신가 봐요. 남의 시선 피하고, 노출 피하고, 기사 피하고."

긴장하여 떨고 있다는 건 죽어도 들키기 싫다. 꿀릴 것 없어. 내가 뭐, 죽을죄를 지은 것도 아니고. 아침의 그 일은 약간의…… 실례 정도?

그는 기가 찬 듯 "하하하!" 웃곤 느리게 턱을 괴었다. 따갑도록 뜨거운 시선이 빈틈없이 쏟아진다. 숨이 턱 막혔다.

'그러니 이 기회에 인터뷰를 하시죠? 적어도 그런 일을 또 당하시진 않을 테니까요.'

요 정도의 워딩을 던지려 했는데, 그 눈빛의 매서움에 질려 말이 나오지 않았다.

목이 탔다. 눈앞의 유리컵을 집어 들었다. 아니, 그의 타는 듯한 시선을 피해야 했다. 입안을 비치지 않게 하려는 매너인 척 고개를 돌리고 천천히 물을 마셨다. 꿀꺽꿀꺽 들이켜는 와중에도 목이 계속 탔다.

그의 눈동자가 장난기로 이글거린다. 먹이를 입안에 넣기 전 포식자의 표정. 군침을 흘리는 듯한 그 눈빛에 또 목이 탔다. 하릴없이 빈 물 잔만 만지작거리는 가운데 째깍째깍, 정적 속에서 시간이 더욱 느리게 흘렀다.

"구걸이 전략인 줄 알았더니. 유혹이 그쪽의 전략인가."

균형 잡힌 침묵을 깬 건 그였다. 송아는 미간을 찌푸리며 잔을 탁, 내려놓았다. 그는 아랑곳 않고 말을 계속했다.

"아침엔 꽈배기를 흔들며 입가에 설탕을 잔뜩 묻히고 나를 도발하더니. 이번엔 그런 식으로 물을 마십니다?"

"그……런 식이라뇨?"

"키스를 유도하는 게, 지금, 그쪽의, 목적입니까."

난데없는 포인트를 공격당하니 왈칵 화가 치민다. 그대로 쏘아붙였다.

"없는 죄를 뒤집어씌우는 재주도 좋으시네요. 구걸은 그렇다 치고 유혹이라뇨?"

"그럼, 내게 구걸하러 왔습니까."

"이봐요, 황진헌 씨!"

입에 발린 대표님 소리는 쏙 들어갔다. 매끈하게 잘생긴 그의 얼굴에 따귀를 올려붙이고 싶다.

억울했다. 아무리 아침에 한 방 먹였던 게 불쾌했더라도 이건 적의가 너무 과도하다.

"이봐요, 금송아 씨. 싸움은 그쪽이 먼저 걸어왔잖아, 아침부터.

나는 정말로 속았어. 어린 학생처럼 참하고 얌전하게, 화장기 없는 얼굴로 나타나선. 스무 살 시절, 오드리 헵번의 코스프레를 한다. 그러곤 보석에 대한 지식을 보란 듯 쏟아 낸다."

"이, 이봐요. 무슨 얘기…… 시나리오 쓰시나요?"

"시나리오는 그쪽 게 더 훌륭하지. 그러곤 황진헌을 도발한다. 보석밖에 모르는 보석에 미친 놈이니 그의 보석에 대해 욕을 한다. 퍽이나 잘 팔리겠다느니, 도대체 누가 끼라고 만든 거냐느니, 도둑 놈이라느니."

그는 정말 없는 죄를 만들려는 것 같았다.

"입가에 설탕을 묻힌 채 얇은 입술을 달싹이면서 현란한 화술로 홀리곤, 황진헌에게 전화번호를 달라고 스스로 매달리게 한다. 감히 이 황진헌에게…… 정체가 뭔지 궁금하게 만든다. 그러곤 처음 부터 네겐 관심 없었다는 듯 그딴 훈계를 하며 도망치고?"

"그, 그건!"

순간 그가 검지와 중지를 붙여 손가락질하는 바람에, 겹쳐 포갰 던 그의 왼손이 고스란히 드러났다. 물론 지금, 그의 약지는 비어 있다.

'아휴, 저희 대표님이 얼마나 까다로우신데요. 직접 껴 보시고 불편하면 왕창 혼나요.'

제품의 착용감이 참 좋다는 칭찬에, 정영실 과장이 답하던 게 문득 떠올랐다.

지금 그의 새끼손가락엔 그의 스테디셀러인 누드 시리즈의 3캐 럿 다이아 반지가 번쩍이고 있었다.

"그리고 기다렸던 반전! 그 여자는 내가 인터뷰를 거절한, 〈화 이트 웨딩〉의 금송아 기자였어. 아, 주얼리 기사를 쓰던 여자라 보석에 대해 그렇게 해박했구나. 그런데 알고 나니 더 열받아."

송아는 숨도 쉬지 않고 경청했다. 그는 이글이글한 눈빛으로 태울 듯 쏘아보았다.

"자, 이젠 말해 봐요. 오늘 하루, 난 그쪽 손바닥에서 완벽히 놀아났어. 오늘 아침에 벌인 그 쇼, 목적이 뭐였나? 고작 내게서 인터뷰를 받아 내려 했다는 말만 하지 마. 그거라면 정말 실망이야?"

그는 지금 무슨 오해를 하는 걸까. 아침부터 계획적으로 접근하고, 유혹하듯 정체를 궁금하게 하고, 우연을 가장해 재회하려는 모종의 계획을 세웠다, 이건가? 인터뷰를 쉽게 따기 위해?

절대 아니다. 솔직해지는 것만이 답이다.

"그냥 출근길에 지나가다 쇼윈도 구경한 게 다예요. 우연히 뒤에 계시다 들으신 거고요. 유부남으로 오해하고 함부로 말했던 건……. 그래요, 죄송해요. 하지만 전, 대표님 얼굴도 몰랐어요. 목적 같은 거 없었다고요!"

"하! 내 얼굴을 몰랐다? 거짓말을 하려면 앞뒤를 잘 맞춰야지."

그랬지. '어머머! 우리 대표님이 참 잘생기긴 하셨죠. 우리 대표님을 만나 보셨나요?', '아뇨. 사진으로만 뵈었죠.' 연애 고자라고 까면서 떠들고 웃다 딱 걸렸었지.

"이거 어떡합니까. 계획이 틀어져서? 오늘 저녁쯤 우연을 가장해 마주쳐야 했을 텐데, 아주 번거롭게도 내가 먼저 찾아냈네요?"

"……."

낭패였다. 오해라 변명을 하기엔 아귀가 너무 딱딱 맞아 들어간다.

"선 유혹, 후 인터뷰라, 하! 나를 얼마나 형편없이 봤으면……. 아님, 외모에 대한 자긍심이 하늘을 찌르는 건가."

그의 눈빛은 확고했다. 아침의 해프닝은 이미 '인터뷰를 쉽게 따기 위해 금송아가 황진헌을 유혹하려 벌인 모종의 음모'로 완벽히 변질되었다.

"프로 의식은 눈곱만큼도 없이! 업무를 항상 이따위로 합니까?"

이거, 구석기 편집장님을 데려다 증명할 수도 없고.

'금송아는 무능하기 짝이 없어 황진헌의 사진 한 장도 못 찾아냈답니다.'

아, 인터뷰는 끝이다! 마음이 가벼워지니 말도 가벼워졌다.

"아뇨. 업무를 항상 이따위로 하는 건 아닙니다만, 적어도 제가 황진헌 씨를 제대로 유혹했다니, 스스로가 자랑스럽네요."

"뭐, 뭐요?"

그러나 그는 귓가가 확 붉어지며 당황스럽단 듯 쳐다보았다.

"격한 고백, 감사드립니다."

어차피 오해를 풀긴 글렀다. 침착하게 기분을 가라앉히며 그를 똑바로 쳐다보았다.

그때였다. 똑똑, 문이 울리며 웨이터가 트레이를 밀고 들어왔다.

"실례합니다."

치열하게 오가던 대화가 잠시 끊겼다. 식사 따위, 생각도 관심도 없었다. 그러나 돌돌돌, 하며 천천히 다가오는 트레이와 함께 고소한 버터 향내가 훅 끼쳤고, 얄밉게도 배 속에선 위산이 찍 쏘아졌다. 아, 점심이라도 제대로 먹어 둘걸.

"통곡물과 함께 구운 식전 빵과 겨자 드레싱의 새우, 홍합, 조개관자구이입니다."

함께 딸려 온 레몬 조각이 요사스럽게 향긋했다. 배 속이 더 요란해졌다. 그렇더라도 이따위 고급 음식, 저 인간과 함께 칼질하며 먹고 싶지 않다. 그러나 그가 먼저 휴전을 청했다.

"우선 먹으면서 싸웁시다. 나 배고파요. 누구나 배고프면 뾰족해지고, 뾰족해지면 찌르게 되지. 자, 들어요. 한입이라도 먹으면 세상이 좀 아름다워질 겁니다."

차마 일어나지 못하고 음식을 쏘아보기만 하는 동안, 그는 구운 새우의 두 번째 조각을 맛있게 씹고 있었다.

부드러운 표정으로 그가 슬쩍 웃는다. 그러니 얄궂게도 억울함과 서러움이 몰려왔다. 한껏 흘기는 시선에 턱 보조개가 오목하게 패도록 깊게 미소를 지으며, 그는 다시 손바닥을 들어 권했다.

딱 한 대만이라도 힘껏 패 줬으면, 싶도록 그는 여전히 매력적이었다. 맛있게 씹는 도톰한 입술 새로 살짝 보이는 붉은 혓바닥이 뱀의 그것처럼 미웠고, 그리고 배가 고팠다. 오늘의 제대로 된 첫 끼니다.

"그러죠."

그녀가 항복한 건 고소한 구이 향이지 황진헌이 아니다.

송아는 조개관자를 한 점 잘라 입안에 넣었다. 바다의 싱그러움이 입안을 가득 메운다. 보드라운 식감으로 알맞게 구워진 짭조름한 살점이 고소한 버터 향에 약간의 후추 맛을 더했다.

그가 옳다. 한입 먹으니 세상이 좀 괜찮아진다.

그러자 당치 않게도 코끝이 찡하며 눈물이 핑 돌았다. 얼토당토 않은 오해를 받으며 속상한 건 오해가 아니라 무능한 취급. 전화든 대면이든 그와 얽히는 동안엔 항상 '무능'한 금송아 기자가 된다.

아냐, 먹을 땐 그냥 맛있게 먹자. 먹고 힘내서 어떻게든 인터뷰를 하자고 힘껏 매달려야지.

송아는 잠깐 새우에 집중했다. 몸통의 껍질을 까고 등을 갈라

44

동그랗게 뒤집어지도록 예쁘게 구운 새우가 맛있었다. 커다란 새우를 네 조각 내서 입안에 넣으며 허기를 잠재우는 동안, 황진헌은 먹던 걸 잠시 멈추고 그녀를 바라보고 있었다.

"좋아요, 그럼 유혹당한 걸로 칩시다."

"네?"

순간, 심장이 콱 죄며 잘못 들었나 귀를 의심했다.

"아니, 아니지. 고백을 이따위로 할 순 없지. 인정할게요. 나, 금송아한테 넘어갔어. 먹는 모습이 정말로 예쁘거든."

"캐캑!"

갑자기 사레들려 물을 찾는데, 그는 놀려 먹기를 멈추지 않는다.

"전략! 좋았어요. 설탕 묻은 꽈배기, 키스하고 싶은 입술. 데이트하면서 저녁 같이 먹고 싶었는데, 막상 먹는 걸 보니 식욕이 사라집니다. 다른 게 하고 싶어서?"

열이 확 올라 입술을 닦았다.

"진짜로 아녜요! 난 황진헌 씨를 몰랐다고요. 아니, 믿지 않으시죠? 그럼 그렇다 치시죠. 그럼, 왜 절 만나고 계시나요? 어차피 인터뷰를 하실 것도 아니었고, 절 혼내고 놀리시자고 만날 만큼 한가하신 분은 아니……"

칼과 포크를 탁, 내려놓고 소리치는데, 그가 얼굴을 굳히며 말을 잘랐다.

"지금이라도 탈탈 털어놓고 용서를 구해요, 모조리 다! 그럼 받아 줄게요. 경험했다시피 난 사과에 무척! 관대합니다. 물론 '진실'을 동반한 진심 어린 사과."

"네? 뭘 털어요?"

"왜 이러시나. 자, 누가 보냈는지부터. 지시한 사람, 누굽니까."

"당연히 데스크죠. 회사 내부 기획이고요."

"내부 기획…… 후후! 장난합니까. 수십 년 전에나 먹힐 기획을 가지고……. 경고하는데, 이번이 마지막 기회입니다?"

"굳이 사람을 콕 찍어 말하라면, 좋아요. 구석기 편집장님이 보내서 왔어요."

"하!"

그는 싸늘하게 미소 지었다. 이글거리듯 눈을 빛내며 입꼬리를 올려 슬쩍 웃는 비웃음이 소름 끼치도록 오싹했다.

"방금 마지막 기회를 날린 겁니다? 좋아요. 그럼 난 금송아한테 유혹당했고, 그래서 홀딱 반했습니다."

"네, 네? 뭐, 뭐라는……."

그러나 그건 아주 잠깐. 그는 곧 이전의 매력적인 웃음을 되찾았다. 마치 가면을 뒤집어쓴 듯 쿨하면서도 장난기 어린 미소를 입가에 머금었다. 그러나 그가 말하는 내용은 냉랭하기 그지없었다.

"그쪽은 몰라. 스스로가 '직업상'이라며 갖는 사명감이란 게 얼마나 잔인한 건지. 이건 나한테 폭력이야. 나를 세상에 그렇게 까발리고 싶어요? 고작 잡지 몇 부 팔아먹자고?"

"……."

"주목받는 거, 좋지. 아아주 피곤하도록. 내가 모르는 사람이 나를 알고 일거수일투족을 쳐다봐. 사진 찍히고, 입방아에 오르내리고, 하지도 않은 일을 했다고 떠벌려지고. 아는 사람이 있거나 없거나 행동 똑바로 해야 하는 굴레, 항상 시선에서 자유롭지 못한 족쇄. 그쪽도 좀 경험하고 나면 그따위 기사 쓰잔 소린 안 할 텐데."

그 눈빛이 진지했고, 그의 말은 그보다 더 무거웠다.

그래, 찔린다. 유명세 타는 걸 싫어하는 그의 진심, 생각한 바 없었고 마감이 닥친 '내 기사'에만 열중했었다. 구석기 편집장님의 성화에 졸려 이 사람에게 떼쓸 궁리만 했었다.

그러나 그쯤은 가뿐히 접어야 한다. 아냐, 몰라. 양심 따위, 집어치워.

어쨌든 그녀는 마감에 몰린 편집 기자다. 일만 생각하자, 일만! 약해진 그의 말엔 틈이 벌어졌고, 기사를 쓰자고 설득할 구실이 생겼다. 머리를 빠르게 굴렸다.

"그럼 대표를 하지 마셨어야죠."

"뭐요? 내 사업적 능력이 별로였다면 이렇게 인터뷰를 하자고 들이대지도 않았을 텐데?"

"아뇨. 그 자리에 앉아 있는 대가로 마땅히 이행해야 할 의무에 대해 말하고 있는 거예요. 남의 눈에 뜨이는 게 그렇게 싫으시면 댁 아파트 방 안에서 한 발자국도 나오지 말고 혼자 TV나 보고 계시지 그랬어요?"

"이봐!"

"〈싸이듀〉 정도의 대표직에 앉아 계시면 어느 정도의 언론 노출은 불가피했을 텐데요? 황진헌 씨는 〈싸이듀〉의 얼굴이기도 해야 해요. 얼굴을 감추며 그렇게 지내시는 건, 〈싸이듀〉의 발전을 저해하는 일이죠."

"나는 내 얼굴 말고 내 제품으로 장사해."

"네, 지금까진 그랬겠죠. 하지만 〈싸이듀〉는 너무 커 버렸어요. 언제까지 그러실 수 있을까요? 그렇게 숨어서 일하는 게 쉬우시던가요? 유명세보다 주목을 피하는 값이 더 비싸지 않던가요? 인터넷에서 자기 얼굴 한 장이 검색되지 않도록 유지하는 데 돈을 얼마나 들이부었나요? 아마도 지금쯤은 한계에 부닥치지 않으셨을까요?"

황진헌이 "하." 하고 헛웃음을 뱉었다. 확신을 갖고 쐐기를 박았다.

"검색할수록 사람들이 대표님 얼굴을 꽤 궁금해하더라고요. 매번 잘 막으셨고요. 하지만 어느 날엔 결국…… 빵! 벼락 맞듯 못 막으시는 날이 올 거란 거죠. 차라리 이번 기회를 잡으세요. 〈화이트 웨딩〉을 통한 이슈 몰이는 〈싸이듀〉의 브랜드 이미지도 높일 거예요. 서로 윈윈인 거죠."

그는 테이블과 좀 멀찍이 떨어지도록 고쳐 앉은 뒤, 알 수 없는 표정으로 송아를 바라보았다.

"그쪽은 참, 누구랑 똑같은 소리를 하는군. 둘은 죽이 아주 잘 맞겠어?"

할 말을 잃고 그를 의아하게 바라보았다. 갑자기 왜 저런 소릴 하는지 이해할 수 없었다.

순간 똑똑, 하는 노크 소리가 두 사람의 언쟁을 끊었다. 다시 트레이가 들어온다. 동그란 반구의 뚜껑이 열리며 잘 구워진 스테이크와 야채, 샐러드 같은 것들이 서빙되었다.

"접시가 뜨겁습니다."

웨이터가 나가는 동안 그는 스테이크를 크게 한 점 잘라 입안에 넣고 맛있게 씹었다. 그러나 시선만은 옭아매듯 송아만을 향해 있다. 갓 잘린 그의 스테이크에서 붉은 피가 주르르 흘러내렸다. 핏방울이 뜨거운 접시 위에 닿아 지글지글 끓으며 사라진다.

송아도 그를 따라 스테이크를 잘랐다. 머리가 복잡할수록 식욕이 돋았다. 부드러운 육질의 고기가 입안에서 바스러지며 달콤한 육즙이 입안을 적신다. 한 마리의 육식 동물이 된 듯 혓바닥에 쾌감이 짭짤하다.

"어차피 맞을 매, 그쪽에게 맞아라?"

대답 대신 도도하게 고기를 썰었다. 구석기 편집장이든 그 윗선이든 짐작하지 못할 서로 간의 이해가 얽혔나 보다. 역시, 이슈 몰이가 될 만큼 대단한 인물을 섭외하란 지시가 그냥 내려진 건 아니었다.

하지만 그건 알 바 아니다. 그는 매력적인 이슈 메이커고, 마감은 코앞이니.

"꼭, 변태처럼 말씀하시네요. 이왕이면 스스로, 가치 있게 오픈하시란 뜻이에요."

그냥 기사만 쓰면 그뿐. 이빨도 안 들어갈 이 남자가 말랑말랑해진 틈을 타 이를 콱 박아 넣으면 그뿐.

"변태는 그렇게 해석하는 그쪽이지. 항상 듣고 있을 때마다 내욕을 하고 있기도 하고?"

이렇게. 그는 흔들리는 게 느껴질 만큼, 처음보다 많이 기울어져 있었다.

"엿듣고 있던 황진헌 씨가 변태죠. 보통은 들었어도 모른 척하고 말지, 그렇게 열심히 듣다가 대놓고 껴들지 않아요."

"좋아, 그딴 것쯤. 내가 변태라고 치지. 그러니 유혹한 대가를 치러요."

"난, 유혹한 적 없다니까요!"

"있든 없든 그쪽은 날 자극했어. 그러니 내 성적 취향은 침대 위에서 직접 확인해요. 자, 그럼 거래합시다. 나랑 사귀는 것과 기사."

순간, 접시에서 눈을 떼고 찬찬히 황진헌을 바라보았다. 그의 반들반들한 눈동자가 그녀에 대한 집중으로 강렬히 빛났다. 심장이 강하게 뛰며 피가 빠르게 돌았다. 가슴이 쿵쿵거려 접시 위 스테이크로 시선을 피했다.

유혹이니 뭐니, 단순한 말장난이 아니다. 순수하게 사귀자는 게 아니다. 그럼에도 그의 말에 형편없이 마음이 흔들렸다. 이따위 기사를 쓰자고 목을 맬 정도로 그는 너무나 매력적이었고, 그게 문제였다. 노골적인 저의를 느끼면서도 이렇게 흥분을 하고 있으니.

멍청하게도 사귀고 싶다. 시한부든 이용당하든 그와 달콤한 시간을 보내고 싶다. 그러나 이렇게, 몸을 팔듯 기사를 쓰는 조건으로 데이트를 하는 건 아니다.

"싫어요! 난, 날 팔면서 일하는 거 안 해요."

분명, 농락당하고 상처받고 끝날 거야. 시작도 않는 게 좋아.

"어이, 날 좌판에 내놓고 팔려고 기사 쓰자고 꼬이는 금송아 씨, 우리는 다 자신을 팔아. 금송아도 직장에 다니잖아. 직장에 다니는 거야말로 자신을 파는 것 아닌가?"

그는 만족스럽게 웃었다. 아주 조금도 아쉬워하지 않는다.

이 봐, 만만한 여자에게 걸었던 가벼운 장난, 쉬운 여자 취급!

"이봐요, 황진헌 씨! 유혹이니 뭐니, 하며 날 우습게 봤나 본데, 난, 내가 끌리는 사람하고만 만나요."

그는 "하하하!" 더욱 마음에 든다는 듯 시원스레 웃어 젖혔다.

"내가 그렇게 별로라니, 이거 좀 섭섭한데. 좋아, 그럼 정확히 정정하지. 금송아는 자기 능력은 팔 수 있지만, 성적 매력은 안 팔아. 그런가?"

어떻게 이 사람은 이렇게 징그럽게, 모든 걸 찢어발기듯 분해해서 말할 수 있을까.

"네!"

여전히 고인 웃음을 마저 웃는 그를 잡아먹을 듯 노려보았다.

"그럼 이건 어때요? 〈싸이듀〉의 제품 하나를 한 달 동안 성실히 사용하고, 그 후기를 작성해서 내게 넘길 것, 사귀는 것 대신."

"네?"

"내가 그쪽 일 하나 덜어 주는 거니까, 그쪽도 내 일 하나 덜어 주는 거지. 어때, 이건 거래가 되겠나?"

순간 바람이 빠지듯 팽팽했던 긴장감이 훅 빠져 버렸다. 거봐, 사귀자고 했으면 얼마나 꼴이 우스워졌겠어.

그러나 진한 서운함과 함께 놀라움도 일었다. 허락한 건가. 이 상해, 너무 쉽게 허락했어. 천하의 황진헌이, 생애 첫 인터뷰를!

"좋아요!"

귀를 의심하면서도 재빨리 대답했다. 다른 건 생각하지 말자. 어쨌든 인터뷰는, 따낸 건가!

"좋아요, 좋아요, 그렇게 하죠!"

그러나 그는 볼일이 다 끝났다는 듯 무릎에 놓인 냅킨을 싹 벗어 테이블에 올렸다.

"그래요. 그럼, 식사는 이쯤 합시다. 아, 금송아 씨는 마저 먹고 가요."

그는 몸을 벌떡 일으켰다.

"아니, 지금 일어나시면 어떡해요?"

당황해 되묻는 송아에게 그는 단호하게 답했다.

"난, 내 여자 아닌 여자에게 시간 안 써."

왜 저 말이 야속하고 아릿하게 들리는 건지. 휘몰아치듯 몰려오는 실망감을 꾹 누르고, 일에만 집중하기로 했다. 다급하게 그를 붙들었다.

"이봐요, 방금, 바로 방금 인터뷰하기로 했잖아요!"

"그래, 인터뷰합시다, 서면으로."

"안 돼요. 인터뷰가 아무리 우스워 보여도 진짜로 해야……."

"진짜로 해야 현장감을 담을 수 있니 어쩌니 하는 헛소리는 집어치워요. 난 그쪽이랑 여기 더 같이 있기 싫어. 나랑 만나기 싫다는 여자에게 혼자 울렁거리고 있는 기분 별로거든."

"……."

탁탁, 먼지를 털듯 단정히 옷깃을 정리하며 자리를 뜨려는 모습에 순간, 마음이 진심으로 울렁였다. 가짜인 걸 뻔히 알면서도 자꾸 진짜처럼 들린다.

"서면 인터뷰도 싫으면, 다 집어치우고. 질의서 보내면 내가 답할 수 있는 것들만 채워서 보낼 거야. 두어 번 메일 주고받고, 사진은 홍보부에서 받아 쓰고, 그럼 되겠지? 최종본, 인쇄 돌리기 전에 내게 꼭 검토받고?"

"이, 이봐요. 황진헌 씨!"

그는 말하려는 내용을 다 알고 있는 것처럼 미리 대답하듯 읊어 버렸다. 마치 말을 주고받는 시간마저 아깝다는 것처럼. 갑자기 이 인간이 머리 꼭대기에 올라앉은 것 같은 불쾌감, 그리고 뭔가를 빼앗겨 버린 듯한 불안이 온몸을 감쌌다.

"자, 이제, 아침엔 그렇게 안 준다고 뻗대던 그 명함 한 장 받아 봅시다. 그러고 보니 우리, 순서가 좀 많이 뒤바뀌었군. 난, 황진헌이고 이런 사람입니다."

그는 가슴팍에서 갈색 가죽 지갑을 꺼내 황금빛 찬란한 명함을 테이블 위로 던지듯 툭, 내려놓았다. 그리고 검지로 꾹 눌러 미끄러뜨리며 그녀의 앞에 착, 대령했다.

"그, 금송아입니다."

무심결에 그의 방식대로 맞장구쳤다. 혼란스러웠다. 그는 태도도 손놀림도 어딘지 모르게 상당히 노련해져 있었다. 별수 없이 녹색 꽃무늬가 프린트된 기본 무지의 싸구려 명함을 공손히 내밀었다. 그는 무척 즐겁다는 듯 받아 들었다.

"그럼, 안녕히 가세요. 질의서는 이미 작성해 놓았으니 바로 메일로 보내 드리겠습⋯⋯."

무언가 중요한 것을 놓친 싸하고 불길한 기분. 그러나 그를 더 붙들 명분이 없었다. 하지만 그는 선 채로 내려다보며 말을 막았다.

"이봐요, 금송아 씨. 우리의 거래를 떼먹어선 곤란하지."

그는 지갑을 다시 가슴팍에 넣고 천천히 새끼손가락의 반지를 뽑아 들었다.

"⋯⋯?"

숨도 쉬지 못하고 반지를 바라보는 송아를, 그는 위압적으로 내려다보며 웃었다.

"아침에 그쪽이 본 건 죄다 가품이었지만 이건 진품이지, 그것도 최고 등급의."

"네?"

"또, 또 그 순진한 척하는 표정! 쇼윈도 전시물이 진품일 리 없잖아. 물론, 웨딩드레스 장식으로 최고급 아카야 진주를 쓴 건 그쪽 같은 사람도 속으라고 세팅한 거고. 맨눈으로 유리창 너머 다이아몬드의 가치를 알 사람이 몇이나 되겠어?"

"……!"

"자, 사이즈 좀 봅시다. 아, 아주 딱 맞네."

그는 송아의 약지에 그가 끼고 있던 다이아 반지를 쏙 끼워 버렸다.

"이건 그쪽도 알지? 내 스테디셀러인 누드 시리즈 중 최초 작품. 이거야말로 황진헌의 얼굴이지. 3.02캐럿. 인도, 고루곤다 광산에서 채굴한 몇 안 되는 최고 품질. 따라 해요. '나, 금송아는 후기를 쓰기 위해 누드캔디 1호를 수령했음을 확인합니다.'"

"네?" 하고 되물었지만 녹음 모드로 돌려진 휴대전화가 입 앞으로 쏙 내밀어져, 저도 모르게 따라 했다. "나, 금송아는 후기를……."

그는 저장 아이콘을 누르며 경고를 덧붙였다.

"팔아먹을 생각 말고. 잃어버릴 생각은 더더욱 말고."

그는 휴대전화를 들어 자신의 손바닥 위에 송아의 손을 포개 놓았다. 그러곤 끼어들 틈도 없이 함께 착, 찍어 버렸다. 곧 띠릭! 하는 음성과 함께 문자 알람음이 울렸다.

"이것으로 계약서 작성 완료입니다. 반지를 끼는 기간은 한 달. 정확히 내 기사가 시중에 돌아다니면서 금송아 때문에 내가 곤욕을 치르게 되는 동안이지."

"이, 이봐요! 이건 좀 그렇잖아요?"

무언가 일이 이상하게 돌아가고 있었다. 이 반지는 지나치게 눈에 띄는 값비싼 반지다. 게다가 그의 손에선 장식용 새끼손가락 반지가 되지만, 그녀의 약지에 이게 끼워질 땐…….

꼭 사귀는 사이 같잖아?

"당장이라도 싫으면 물러요. 어디 보자, 이리저리 따지고 생각하실 시간은 충분히 남았군. 계약의 시작은 내 이름 달린 다음 호가 찍혀 나오는 날로 합시다. 그리고 계약 기간 중 그쪽 손에서 어느 날, 어느 때라도 반지가 없는 빈손이 발견되면 계약 위반!"

"그런, 그런 약속은 아니었잖아요? 한 달 동안 제품 하나를 성실히 사용하고 후기를……."

그러나 말을 그칠 수밖에 없었다. 그는, 전혀 다른 의미로 똑같은 내용을 말했었다. 황진헌은 '내가 틀린 말 했던가?' 말하듯 지그시 내려다보았다. 매섭도록 반들반들한 눈빛과 함께 특유의 장난기가 양 입술가에 심술궂게 매달렸다.

"회사에서도, 집에서도, 화장실에서도, 부모님, 친척, 친구들을 만날 때도. 절대로 빼지 말고 반드시 이 반지와 함께 있어요. 나라고 생각하고?"

"이건, 말도, 말도 안 되는……."

"이제 와서 왜 이러시나. 아침엔 쓰러지게 끼고 싶다며? 한 달 동안, 잘 끼고 다녀요. 잘못해서 물어내려면 곤욕을 치를 테니."

송아는 발끈해서 자리에서 일어났다. 이건 함정이었다.

"이, 이봐요!"

3.

엉터리 인터뷰

"이, 이봐요!"

그러나 미련 없이 자리를 뜨는 그의 발걸음은 꽤 단호했다.

"얘기, 다 끝난 걸로 아는데?"

그가 지갑에서 카드를 꺼내 계산하는 동안 송아는 사력을 다해 들러붙었다. 구석기 편집장에게 힘들게 회사는 왜 다니려고 그러느냐는 소리를 들을 때보다 훨씬 치사했다. 억지 미소를 굳세게 장착하고 대롱대롱 매달렸다.

"어차피 시간 내신 거잖아요. 인터뷰, 그냥 하고 가시죠?"

어떻게든 이 반지를 빼내 저 남자의 손가락에 다시 끼워 넣어야 했다. 이유는 알 수 없으나 저 남자의 목적은 사귀는 게 아니라 '사귀는 것처럼 보이게' 하려는 것 같았다.

"싫어요."

가슴팍에 지갑을 다시 넣으며 황진헌은 엘리베이터의 내림 버튼을 눌렀다.

"하시죠?"

"싫어."

띵, 하며 엘리베이터의 문이 열렸다. 송아는 그를 놓칠세라 얼른 따라 탔다.

망설임 없이 1층 버튼을 누르는 그의 손을 쳐다보며 송아는 침을 꼴깍 삼켰다. 검게 그을린 그의 새끼손가락엔 흰색의 줄무늬가 있다. 왜 이제야 저게 보일까. 오랫동안 반지를 꼈던 반지흔痕.

그러나 그동안 그는 악동처럼 눈을 빛내며 송아를 내려다보고 있었다.

"금송아 말대로 나는 변태가 맞나 봐."

"네?"

바싹 긴장하여 그를 올려다보았다. 혀로 입가를 슬쩍 축이는 모습이 색스럽다. 그는 망설이듯 뱉었다.

"네가 날 쳐다보는 게 참 달콤해."

얼굴이 후끈 달아올랐다. 사귀는 것처럼 보이게 하는 게 아니라 진짜로 유혹해 어떻게 하려는 걸까.

화를 낼 타이밍을 놓쳤다. 한마디 쏴 주지도 못하고 그에게서 한 발짝 떨어졌다.

그의 시선이 따갑도록 뜨겁게 따라붙었다. 불편함과 타는 듯한 쾌감이 동시에 인다. 엘리베이터 안이 그의 시선만으로 가득 찬 것 같다. 숨이 막혔다. 흐흡, 숨을 들이켜니, 숨소리가 밀폐된 공간을 커다랗게 울렸다. 그도 들었을까.

그의 체취가 배인 애프터쉐이브의 잔향이 가까이 느껴졌다. 머리칼이 간지러운 것은 느낌일까 착각일까. 고개를 돌리지 못했다.

그랬다간 입술이 그의 손에 닿을 것 같다. 그와 함께 내려오는 몇 초가 영원 같았다. 그러나 그도 그뿐.

띵, 하며 문이 열리자, 그는 뒤도 돌아보지 않고 먼저 나섰다. 공원처럼 꾸며진 정원 쪽 출구로 성큼성큼 걸어 나간다. 멀어져 가는 그 곧은 등을 보고서야, 퍼뜩 정신을 차렸다.

"저기요!"

걸음을 재촉하여 주차장으로 향하는 그의 팔꿈치를 급하게 잡았다. 그러나 그는 모른 체 팔을 냉정하게 빼며 가던 길을 다시 간다.

"이봐요!"

뿌리치는 그를 다시 잡았다. 매달리는 여자라도 된 듯 갑자기 속상해진다. 매정하게 팔을 빼는 게 왜 이렇게 서운한 건지. 그러나 그가 돌아보며 슬쩍 웃는다.

"그럼 다시, 제대로 해 봐."

"뭐, 뭘요?"

"유혹. 내가 넘어가나 안 넘어가나."

아, 이 인간의 장난에 내가! 왠지 모를 안도감과 함께 화가 솟는다. 동시에 간사한 마음도 들었다. 그래, 어차피 이렇게 된 것, 그와 장단을 잠깐 맞춰 줄까. 그래서 확 이용해 버리고 말까.

"좋아요, 해요, 데이트. 이 반지는 빨리 무르고요? 사귀려면 첫 데이트부터 시작해야죠."

그가 '오호?' 하는 입 모양을 하며 슬쩍 웃는다.

"데이트에서 내가 뭘 할 줄 알고?"

"네, 저는 인터뷰하고 황진헌 씨는 데이트하고. 각자 하고 싶은 걸 하는 거죠."

"영리하긴 한데, 유혹은 실패. 싫어!"

그의 표정이 단호해지며 다시 걷기 시작했다. 송아는 입술을 깨물며 빠르게 말을 바꿨다.

"아니, 아니요! 데이트 인터뷰! 아니, 인터뷰 데이트라고요. 인터뷰도 하고 데이트도 하고 일석이조인 거죠."

"하, 그게 그거지."

"아니에요, 남녀의 첫 번째 데이트에서는 서로에 대해 알아보죠. 황진헌 씨도 첫 번째 데이트에서 그럴 생각 아니었나요? 어떤 남녀든 사귀기 위해 두 번째 세 번째 데이트를 하게 되는 건, 첫 번째 데이트에서 더 만나고 싶은 마음을 확인했을 때뿐이에요."

입꼬리를 슬쩍 올리며 비웃듯 바라보는 그에게, 입가가 바들바들 떨리도록 사력을 다해 예쁘게 웃었다.

"서로에 대해 뭘 알아야 사귈지 말지를 결정하죠. 제가 황진헌 씨에 대해 궁금한 게 너무, 많은데."

그에게 앙큼한 여우처럼 보이고도 싶다.

"당신에 대해, 가르쳐 주신다고 생각하시면 안 될까요?"

비웃음이 걸렸던 그의 입꼬리가 내려갔다. 정말로 망설이듯 그가 마른침을 삼킨다. 지금 이 순간만은, 그를 진심으로 유혹하고 싶다. 아침의 그 설탕 꽈배기를 다시 가져와 흔들어 대면서라도.

"……!"

말문이 막혀 바라봐 주는 그의 눈빛이 좋다. 그가 내려다보는 시선이 달콤하다. 눈빛으로 쓸고 어루만져 주는 느낌이 있다면 이럴 것 같아. 그의 시선을 단단히 맞받으며 그를 빤히 올려다보는 이 팽팽한 긴장감도. 그리고 그에게서 승리를 쟁취하는 기쁨이란.

"하하, 금송아는, 참 나쁜 여자가 될 기질이 다분하군."

그가 끝내 졌다는 듯 미간에 슬쩍 주름을 잡고 웃었다. 송아는 안도의 한숨을 몰래 내쉬었다. 그리고,

"칭찬, 고맙습니다."

천연덕스럽게 대꾸했다.

녹취에는 소음이 차단되는 실내가 더 좋다. 그러나 둘만의 밀폐된 공간은 피하는 게 옳았다.

"두 시간 뒤에는 정말로 일이 있어요. 아니, 지금부터는 한 시간이 좀 더 남았어."

그의 말에, 그와의 인터뷰 데이트 장소로 뒤쪽의 테라스 공간을 택했다. 식당 한편에 마련된 작은 휴게 공간이었는데, 아기자기하고 예쁜 분위기임에도 시간이 일러서인지 인적이 드물었다.

간이 철제 의자에 앉아 주섬주섬 백을 뒤지며 준비를 하는 동안, 그는 웨이터를 불러 이것저것 지시했다. 잠시 뒤, 송아를 위한 모포와 쿠션 등이 배달되었고, 식사 때 미처 먹지 못했던 후식마저 먹음직스럽게 차려졌다.

송아는 카푸치노 한 잔을 주문했다. 그러나 그는 아주 예쁜 몽블랑 케이크를 더 시켰다. 오글오글한 모양의 예쁜 과자와 샹티이 크림 위에, 마롱 크림이 가느다란 국수처럼 장식되었다. 그리고 그 위엔 새하얀 슈거 파우더가 마치 몽블랑산 위의 흰 눈처럼 흩뿌려졌다.

한입 떠먹은 건 예의상이었는데, 의외로 밤 맛이 진하고 달콤했다.

"이게 나을 겁니다."

그는 송아의 달콤한 카푸치노 대신 손대지 않은 그의 옅은 커피를 내밀었다. 그의 호의를 선선히 받아들였다. 맛의 조합이 괜찮았

고, 서로의 것을 나누는 게, 마치 데이트하는 기분도 들었다. 그는 기분이 좋아진 듯 떠들었다.

"바가지를 씌우는 것도 정도껏이지. 인터뷰만 따서 도망칠 게 빤히 보이는데, 눈뜨고 당하네. 아무래도 안 되겠어. 나도 이 인터뷰의 질문엔 그쪽처럼 막 거짓말할 겁니다."

"와! 성격 진짜 유치하신 거 아시죠?"

"유치, 그거 좋네. 내 내면의 어린이를 한껏 끄집어내야지. 이제부턴 금송아 씨 앞에서 유치한 짓 좀 실컷 합시다. 어디, 잘 포장해 봐요. 진짜로 그 유치찬란한 코너명이 뭐였더라?"

"이달의 프러포즈요. 이 시대를 대표하는 멋진 신랑감……."

그가 발작적으로 "크큭." 비웃었고, 송아의 얼굴도 화끈 달아올랐다. 오글거리는 거, 잘 안다.

"나는 결혼이 딱 질색인데 어쩌지? 대놓고 거짓말하라는 건가?"

쓸데없이 마음이 쿡 쑤셨다. 저건 진심이다.

그의 반한 척하는 연기, 오히려 과장되도록 연기하여 가짜임을 드러내는. 그러나 이상하게도 마음은 그것에 조금씩 더 동요된다.

"대중에게 하시는 프러포즈잖아요. 평생 독신으로 지내시지 않는다면 언젠가 독자 중 누군가와는 결혼하시겠죠."

대강 얼버무렸다. 빨리 시작을 해야 했다.

"사람들이 황진헌 씨에 대해 많은 것들을 궁금해해요. 〈싸이듀〉의 대표님이시고, 미혼이라는 것만 알려졌을 뿐 얼굴을 여태 알리지……."

질문을 막 시작하니 그는 손을 내저으며 말을 잘랐다.

"아니, 안 돼요. 이거 봐, 시작부터 반칙! 이 반칙 전문 금송아, 데이트라며? 난 사람들이 원하는 걸 말할 생각, 없어. 다시 질문해."

"좋아요, 하지만 그쪽도 반칙했어요. 나, 황진헌 씨 부하 직원 아니에요. 아까부터 자꾸 그러는데, 은근슬쩍 말 낮추지 마세요. 난 말 트기 싫어요."

부아가 치밀어 말을 꺼냈는데, 그가 은근한 목소리로 대꾸했다.

"말 낮춥시다. 난 직원들한텐 깍듯이 존대해요. 데이트니까 말 낮추려고 하지. 거리감 느껴지게."

"첫 데이트니 거리감 느끼세요. 난 말 놓기 싫어요."

"그럼 그건 그쪽 마음대로, 난 내 마음대로 놓을래."

"높여요!"

"싫어. 금송아, 아니, 송아야. 너, 몇 살이니?"

"좋아요! 이 반지! 한 달 끼고 리뷰해 드릴게요. 난 나를 존중하지 않는 사람과는 단 1분도 데이트 못 해요!"

송아는 진짜로 화가 나서 발딱 일어서려 했다. 그러나 그는 재빨리 송아의 손을 확 잡아채며 자리에 앉혔다.

"와! 미안합니다. 존중하지 않아서가 아니라, 좀 친해지자고 그랬어. 송아 씨, 성깔 있습니다?"

"네, 있어요. 잘 누르고 감추고 사는 거지."

은근슬쩍 또 존댓말과 반말을 섞어 왔지만 더 이상 따질 수 없었다. 뒤늦게 아차 싶어서였다. 무의식적으로 이 사람을 인터뷰이가 아닌 남자로 대하고 있었다. 그가 잡아 준 게 조금 고마울 정도.

그러나 그 잡힌 손이 갑자기 아주 신경 쓰였다. 그는 여태 손을 놓아주지 않았다. 운동이 익숙한 그의 뼈마디는 나뭇등걸처럼 억셌고, 그리고 수컷의 냄새가 물씬했다. 마주 잡은 손으로 둘의 시선이 함께 쏠렸다.

"놔요!"

그저 손을 잡았을 뿐인데. 희고 거뭇한 손가락들이 얽힌 그림은 이상하게 외설스러웠다.

"아파요!"

거짓말하며 손을 억지로 털어 냈다.

그의 손에선 스르르 힘이 빠졌다. 그러나 마디에 교묘하게 얽힌 채 테이블 아래로 훅 끌려 들어갔다. 아프진 않지만 압력은 대단했다. 잡힌 손이 보이지 않으니 감각은 더욱 선명하고 노골적이다.

"놓으라고요!"

하는 말이 또 무시당했다.

그의 반들반들한 시선이 온몸을 농락하듯 핥아 왔다. 손가락들이 더 농밀하게 감겨들어 온다. 그는 깍지를 껴 마디를 인질처럼 꽉 얽은 채 엄지로 손바닥을 깊이 애무해 왔다. 느낌이 이상했다. 손바닥이 몸뚱이가 된 듯 저 깊은 곳이 저릿해졌다.

다른 손으로 밀어 억지로 빼내는데, 잘되지 않았다. 송아의 의지에 의해 끈끈하게 미끄러지며 그의 손이 밀릴 때쯤 그가 한마디를 덧붙였다.

"그래서 더 매력적이지. 괴롭히고 싶고 울리고 싶고."

갑자기 열기가 확 일었다. 온 힘을 다해 그의 손을 탁, 치워 냈다. 그 바람에 "앗!" 하는 그의 비명이 짧게 울렸다. 반지로 거칠게 긁은 느낌이 역력했다.

"다쳤……나요?"

가까스로 감정을 추스르며 그에게 물었다. 사실, 상관하고 싶지 않았다. 아니, 따귀를 올려붙이고 싶었다.

"괜찮습니다."

그는 승리라도 거머쥔 듯 씩 웃으며 손바닥을 보여 주었다. 손은 말짱했다.

"아주 신경 써서 만든 거거든. 이럴까 봐."

그는 고쳐 앉으며 단정히 몸을 추슬렀다. 더 이상 장난치지 않겠단 표를 내듯, 두 손을 테이블 위에 얌전히 놓았다. 왼손 새끼손가락의 흰 반지흔이 여전히 신경 쓰인다. 송아는 간신히 마음을 가라앉혔다.

"내 과실이 더 큰 거 인정! 자, 다시. 질문은 서로 하나씩 합시다. 금송아 씨는 몇 살입니까?"

그는 아무 일도 없었단 듯 태연자약했다. 장단을 맞추는 것에 슬슬 화가 치밀었지만 꾹 누르며 답했다.

"스물여섯이요."

"와! 정말 어리네. 내가 도둑놈이 된 것 같아."

무섭게 쏘아보니 그는 "큭큭." 웃으며 말을 잇는다.

"그래서 더 재밌습니다. 그럼, 내 답변도 돌려줘야지. 내가 얼굴을 감추고 산 이유, 금송아에겐 말해 줄 수 있지만 이건 오프 더 레코드. 이 얘길 파내서 잡지 쪼가리에 실었다간 폐간을 각오해야 할 겁니다."

"……."

"내 어머니는 유명인이셨어. 누군지까지는 알 필요 없고. 덕분에 어려서부터 언론 노출을 혐오하게 되었지. 궁금증은 풀렸겠고. 자, 내 차례인가?"

"네."

낭패였다. 질문 하나를 낭비했다. 그러나 그는 이 순간을 즐기는 것 같았다.

"내가 글로만 알던 금송아 기자, 일하는 방식은 영 엉망이지만 기사는 괜찮게 쓰더라고요?"

"네?"

갑자기 얼굴이 훅 달아올랐다. 순간 발가벗겨진 기분이었다. 물론 〈싸이듀〉의 기사도 수차례 썼으니, 그도 그녀의 글을 여러 번 정독할 기회가 있었을 테다. 글을 읽었다는 건 생각을 읽혔다는 뜻.

"글에 남성 혐오가 다분하던데, 아니, 남성에 대한 불신으로 순화합시다. 왜 그런 사고방식을 갖게 되었습니까."

갑자기 허를 찔려 말마저 더듬었다.

"그, 그런…… 그런 질문을 왜 하시나요?"

"그걸 다음 질문으로 쳐도 됩니까?"

송아는 휴대전화의 시각을 확인하곤 인상을 찌푸렸다. 그는 시간을 이따위로 쓸데없이 끌 작정 같다.

"그런 거 없어요. 제 질문은……."

"안 돼. 이런 식이면 나도 막 거짓말하면서 대충 말할 거야. 제대로!"

"황진헌 씨!"

"진헌 씨. 우리 데이트 중이라며? 제대로 답해요."

"그게……."

"질문이 너무 어렵습니까. 그럼 쉽게 바꿀까? 아버지 영향입니까, 아니면 연애에 참담하게 실패한 영향입니까."

송아는 얼굴이 확 붉어졌다. 그의 질문의 의도는 정확했다.

목에 칼이 들어와도 말하고 싶지 않은 치부이다. 이 말을 하고 인터뷰를 하느니, 차라리 회사를 그만두고 싶을 만큼.

"그 질문엔 대답 못 해요. 이번만 봐주세요."

'황' 하려 했다가 슬쩍 눈치를 보곤 이름을 불렀다.

"진……헌 씨."

마치 데이트 중 내 남자에게 부탁하는 것처럼. 그는 의외라는 듯 기분 좋게 씩 웃었다.

"한 번만 더 불러 줘요."

"네?"

"듣기 좋아서 그래, 불러 줘요."

그의 음성은 젖은 듯 낮게 착 가라앉아 있었다. 장난기조차 잃은 것처럼. 송아는 이름을 불러 주기 싫었다. 이름을 부르니 그녀의 기분도 이상해졌다. 간질간질하면서 구걸을 하는 것처럼 뱃속이 아릿하다.

"진헌 씨."

"한 번 더!"

그는 거짓이었다. 그리고 진심 같았다. 그가 바라보는 노골적인 눈빛은 분명 관심의 열기가 끓고 있었다. 그의 말대로 괴롭히고 싶고 울리고 싶은 어린애의 치기인 것 같기도 했고, 수컷의 본능이 주는 열기 때문인 것 같기도 했다.

"다음 질문입니다. 황진헌 씨같이 훌륭한 환경에서 자라신 분은 성장 과정이 어땠는지 궁금하실 분들이 많을 것 같은데요."

"글쎄, 훌륭한 환경이라……. 어머니가 없어서 난 유모 손에 자랐어요. 아버지는 1년에 며칠 볼까 말까. 성질이 고약해서 심술부리고 장난치고 반항하고 주변 모두를 못살게 굴었습니다. 아주 정성껏!"

그의 장난기 어린 눈빛은 이미 말하고 있었다. 이것도 싣기 쉽지 않을걸?

"나 때문에 울며불며 그만둔 고용인들만도 관광버스 하나는 꽉 채웁니다. 나이를 먹을수록 그 성질머리도 함께 고약해져서, 어릴 때보단 지금이 더 교활하고 집요하지. 이렇게 직접 확인하고 있듯이. 어때, 최고의 신랑감으로서 썩 괜찮겠죠?"

"정말, 이런 식으로……!"

그러나 타박을 할 수도 없었다. 그는 솔직히 답해 줬다.

"거짓말을 해 달라고 해요. 그럼 그렇게 해 줄게. 자, 내 질문!"

송아는 긴장으로 그의 눈을 바라보았다. 그의 눈에는 다시 장난기가 끓어 댔다.

"기사에선 줄곧 '완벽한 결혼식'에 대한 의지가 엿보이던데. 금송아는 어떤 남자와 결혼하고 싶습니까."

순간 바람이 좀 빠졌다. 물론 결혼 생각은 없지만. 송아는 대강 머리를 굴려 방긋 미소 지으며 답했다.

"질문이 너무 진부하신 것 아닌가요? 글쎄요. 자상하고, 다정하고, 가정적이고, 자기 가정을 소중히 여기는……."

그러나 그는 대답을 다 듣기도 전에, "크크, 크큭." 웃었다.

"왜요?"

"오른쪽 입가에 힘 빼."

"네?"

그는 두툼한 집게손가락을 들어 가리키며 놀리듯 까닥거렸다. 그걸 확, 물어 버리고 싶은 충동이 일어난다.

"그러니까 입꼬리가 떨리잖아. 너무 티 나. 앞으로 거짓말을 해야 할 땐 입가에 힘부터 빼고 답해요. 다시!"

다행히 손가락은 곧 치워졌다. 짜증을 참으며 숨을 깊이 들이마셨다.

"네, 결혼은…… 안 하려고요."

그리고 솔직히 답했다. 항상 완벽하고 아름다운 결혼식을 꿈꾸면서도, 그게 결코 내 차지는 될 수 없을 거라 생각했다. 늘 버려질 것 같은, 실패할 것 같은. 첫 번째 연애에서 확인한 것처럼, 결국 엄마가 아버지에게 그러했듯이. 그녀에게도 대물림되는 저주받은 운명같이…… 그만!

송아는 애써 생각을 지웠다. 그만 생각해!

그러나 눈앞에서 능글능글 미소 짓는 황진헌은 그녀의 말을 자기 식대로 해석한 것 같았다.

"결혼이 딱 질색인 남자와 결혼하기 싫은 여자라. 아주 환상의 만남이군."

그가 빈정거렸다. 이를 악물며 그녀 몫의 질문을 던졌다.

"진짜 뉴요커셨더라고요? 15년이나 공부하고 기반까지 잡으셨던데요. 주얼리 사업을 하기 훨씬 좋은 환경인 맨해튼 지점 대신 서울에 본사를 두신 이유가 뭔가요?"

그는 껄껄 웃으며 자세를 고쳐 앉았다.

"금송아, 큰일 났군. 하얀 백지를 어떻게 채우시려나. 네! 거기 유대인들 갑질에 시달리는 것보다 여기서 삥 뜯기는 게 훨씬 나아서 그랬습니다. 좀 더 자세히 실어야 하나? 돈을 발라야 하는 공무원이라든가, 정치가라든가……."

갑자기 뒷골이 훅 당겼다. 멋진 신랑감이라는 기사와, 이 사람이 수갑을 찬 기사가 같이 나갈 것만 같았다. '제발, 거짓말이라도 좀 해요!'를 결국 뱉을 뻔할 때 그가 질문을 찔러 왔다.

"왜 굳이 잡지사, 〈화이트 웨딩〉에서 일합니까? 자기는 남자랑

68

결혼하고 싶지도 않으면서, 완벽한 결혼식에 대한 로망을 미련하도록 꽉 끌어안고 사는 이유가 무엇입니까?"

열이 확 올라 펜을 테이블에 탁, 던지듯 내려놓았다. 이 사람은 도대체 뭘까. 그녀가 절대로 답할 수 없는 질문이 정확히 꿰뚫고 들어왔다.

"이봐요!"

"이런. 이제부터 이름은 안 불러 주려나 보군. 그럼 또 질문을 바꿀까? 진심으로 날, 이 시대를 대표하는 멋진 신랑감이라고 생각합니까?"

"……"

"이 기사, 옳다고는 생각합니까. 나랑 결혼하고 싶습니까. 자기도 결혼하기 싫으면서, 어떻게 대중이 결혼하고 싶은 남자로 날 포장하려 듭니까. 금송아의 직업은…… 거짓말쟁이입니까?"

말문이 턱 막혔다. 무례하고 함부로 구는 것 같은 속에서도 그는 늘 날카롭게 진실을 말했다. 처음부터 끝까지 거짓으로 그를 대한 건 금송아다. 부끄러움에 화가 치받쳤다.

그는 조용히 자리에서 일어났다.

"자, 인터뷰는 이쯤 합시다. 데이트는 물 건너갔고, 황진헌을 만나기 싫은 금송아는 날 시원하게 걷어찰 테니. 무례하게 굴어 미안합니다."

아! 내가 왜 화를 냈을까. 일하는 중인데 왜 여자처럼 굴었을까. 인터뷰를 완전히 망쳤다.

"이런. 그렇게 풀 죽은 표정 짓지 마요. 정말로 마음이 아프니까. 처음 약속대로 질의서, 메일로 보내요. 그럼 빈칸 채워서 보내 줄 테니."

그가 어린애를 달래듯 다정히 말했다.

"금송아의 마음을 나로 채우진 못했지만, 금송아의 잡지는 꽉 채워서 나가게 해 줄게."

그때 퍼뜩 정신이 차려졌다. 아, 그가 끼워 놓은 이 반지!

"황……진헌 씨, 제발 이 반지는 다시 가져가 주세요. 제겐 너무 고가의 물건이라 이걸 지니고 있기엔 정말 부담……."

그러나 그의 다정함은 아주 짧은 동안. 그는 다시 악당의 미소를 되찾았다.

"처음 약속대로랬잖아. 나도 이 기사가 아아주 부담스럽다고. 그러니 한 달 동안, 반지 잘 끼고 다녀요? 어쨌든 덕분에 데이트는 잘했습니다!"

붉게 지는 석양 속에서 "하하하!" 그의 긴 웃음이 송아의 귀를 후벼 팠다.

퇴근 시간이 지난 〈싸이듀〉 사거리는 한산하고 쌀쌀했다. 어둠이 짙게 깔린 버스 정류장에서 송아는 버스를 기다렸다. 기자로서 차를 한 대 마련해야 옳지만 회사 차를 이용하며 꿋꿋이 대중교통을 이용했다. 한 시간 반씩, 하루 세 시간. 힘들더라도 독립할 돈을 막 쓸 순 없다.

조명 속 쇼윈도는 주위가 어두운 만큼 더 화려하고 아름답게 빛났다. 최고급 아키야 진주를 흩뿌린 새하얀 웨딩드레스의 미니어처, 그리고 그 레이스 자락 끝, 실은 이미테이션이라는 그의 보석 반지들도. 무심결에 그가 끼워 놓은 3캐럿짜리 누드캔디를 조용히 비춰 보았다.

그러나 쇼윈도엔 웬 여자가 거친 손에 어울리지도 않는 반지를 끼고 있는 게 비친다. 틀어 올린 머리, 검은 정장 차림의. 언제라도 인터뷰를 할 수 있도록 준비된 작업복이다. 점잖은 자리 어디에나 당장 달려갈 수 있지만, 그 어디에서도 주인공은 될 수 없다.

아니, 어쩌면 주인공이 되고 싶었는지도 모른다. 영화, '티파니에서 아침을'의 여주인공 홀리처럼 가진 돈을 다 털어 드레스 한 벌을 잘 차려입고, 보석을 바라보며 아침을 먹는 사치를 누리고 싶었는지도. 이 작업복, 이 검은 정장, 이 '기자'라는 신분은 내가 가진 전부니까.

송아는 반지를 얼른 빼서 백 안 깊숙이 집어넣었다. 화려한 쇼윈도 속 모든 것들은 가품임에도 진짜 같은데, 초라한 그녀의 손가락에 끼워진 것은 진품임에도 가짜 같다.

'글에 남성 혐오가 다분하던데, 아니, 남성에 대한 불신으로 순화합시다. 아버지 영향입니까, 아니면 연애에 참담하게 실패한 영향입니까.'

집으로 돌아오는 내내, 아니, 집에 다 와서까지 가슴에 콱 박힌 질문을 지워 내지 못했다. 묻는 것만으로도 충분히 상처가 될 수 있다는 사실, 한 번도 생각한 적 없다.

아마도 그가 그 지경으로 인터뷰를 망치지 않았다면 그녀는 칼과 같은 질문을 그에게 계속 찔러 넣었을 것이다. 그녀에게 장난 섞인 공격을 해 온 것은 아마도 자신의 사생활이 까발려져 세상 사람들의 입에 오르내리는 것이 무척 싫었을, 어떤 소년인지도.

'현재, 거주하는 곳요? 함께 살고 있는 가족은 어떻게 되시나요?'

그에게 물어야 할 게 정말 많았는데. 내가 이런 질문을 받으면 얼마나 상처가 될까.

아버지, 어머니, 그리고 여동생이 있고요. 지은 지 20여 년이 좀 넘은 2층의 단독 주택에 살아요. 한 번 크게 수리했지만 많이 낡아 불편하지요. 아버지가 은퇴하셔서 더 이상 수입이 없기 때문에 어머니는 돈 걱정이 많으세요.

누구에게나 답하기 좋은 모범 답안 같은 그녀의 가족들, 그리고 누구나 가지고 있을 평범한 걱정거리 같은. 그러나 한 꺼풀 벗기면 그 안엔…….

'아, 그럼 여동생은 몇 살인가요? 여동생 이름은요?'

이딴 걸 물으면 더 이상 할 말이 없어진다. 그래, 질문만으로도 누군가를 쪼그라들게 만들 수 있다.

매일 들어가는 집이, 매일 더 들어가기 싫어진다. 누군가의 딸 금송아를 싹싹 지우고, 기자 금송아로만 살면 얼마나 행복할까. 아, 독립하고 싶다!

불 꺼진 집의 비밀번호를 누르며 누구라도 깰세라 조심조심 들어섰다.

"바쁘단 핑계가 좋구나. 일부러 더 늦게 다니니?"

그러나 계획대로 되지는 않았다. 아버지는 작정한 듯 부엌의 식탁에서 미등 하나만을 켠 채 소주잔을 기울이고 계셨다. 흔들흔들, 아버지의 상체가 불안했다. 술기운까지 빌렸으니 피하는 것만이 답이다.

"다녀왔습니다. 출판사 일이 원래 바쁜 것 아시잖아요. 씻고 잘게요."

서둘러 인사를 마치고 부엌방으로 들어가려 했지만 소용없었다.

아버지는, "앉아라." 하며 맞은편 의자를 가리켰다. 마음을 냉정히 가라앉히며 앉았다.

"네가 돈 좀 번다고 집을 아예 나가려는 모양인데. 그건 안 된다!"

깊은숨을 내쉬었다. 남은 소주 반병을 빼앗아 들이켜고 싶었다. 맨정신에도 아버지만 보면 울컥거리는 증상은 나이를 먹을수록 더해 간다.

"밝은 날 다시 얘기하세요."

"밝은 날 언제? 주중이고 주말이고 할 것 없이 꼭두새벽에 나가서 이 시간에 들어와, 이렇게 보란 듯 시위를 하는데, 언제? 이젠 아예 밖으로 나가 인연을 끊자는 셈이 아니냐!"

호리호리한 체격, 큰 키, 미남형의 얼굴. 친구들이 '로맨스그레이'라 놀릴 만큼 아버지의 외모는 꽤 괜찮았고, 그 잘난 얼굴 때문에 화가 더 치밀었다. 그 외모를 충분히 활용하며 사셨으니.

"인연을 끊자는 게 아니라, 제가 자꾸 문제가 되잖아요. 저도 이젠 다 컸어요. 서로 좀 떨어져서 살며 편하게 지내는 게 오히려 관계에 도움……."

"다 컸으니 더 문제지! 결혼도 안 한 게 어디서 독립! 시집이나 가면 모를까, 혼자 살림 차려 제멋대로 살려고?"

참아야 했는데, 순간 식탁을 들어엎고 싶도록 욱해 버렸다.

"세상 남자가 다 아버지 같진 않으세요. 아버지가 그랬듯 혼자 사는 처녀 마음대로 임신시키고 나 몰라라……."

"이 계집애가!"

성을 내며 다가오시는 걸 보면서도 말을 멈추지 못했다. 꼭꼭 욱여넣은 말을 터뜨리니, '짝!' 하는 소리와 함께 눈앞에서 불이 튀었다. 그 바람에 주무시려 누웠던 어머니까지 달려 나오셨다.

"이이가!"

하며 말리시는 어머니를, 손찌검을 더 하시려는 아버지를, 남 보듯 냉정히 바라보았다. 순식간에 머리가 흐트러지고 옷이 구겨졌다. 이 집에만 들어오면 멋졌던 금송아의 마법이 풀리고 재투성이로 돌아간다.

"들어가세요. 제가 타이를게요. 말로 하시면 되는 걸 꼭 이렇게!"

미동도 않고 식탁에 앉아 있는 동안, 어머니는 아버지를 다독이며 안방으로 들이밀었다. 취한 척 몸을 못 가누는 척 어머니에게 의지하시는 걸 보니, 아버지도 많이 늙으셨다. 피식, 조소가 피어올랐다. 혈기 왕성할 땐 결국 뭐라도 부숴야 직성이 풀리셨는데.

그러나 이제부터 시작이다. 한두 차례 손찌검, 고함이나 지르고 술기운 뒤에 숨는 저단수의 아버지는 오히려 간단했다. 어머니는…… 아주 길었다.

말씀을 시작하시려 주변을 열심히 두리번거리신다. 지금은 식구가 다 있으니 송아의 방으로 정해졌다. 부엌 안자락 북쪽으로 쪽창이 난 작은 골방.

침묵 속에서 손목이 끌려 들어왔다. 어머니는 침대 위에 걸터앉으시며 송아를 끌어다 앉혔다. 그곳밖엔 엉덩이를 붙일 곳이 없어서이다.

가운데가 푹 꺼진 1인용 싱글 침대, 발치에 가로로 놓인 1.2미터 옷걸이. 수많은 책을 읽고 공부하던 접이식 밥상은 접힌 채 옷걸이 옆에 서 있다. 저 밥상이나 송아나 둘 다 침대 위에서밖엔 다리를 펼 수 없다.

나머지 짐들은 박스에 싸인 채 필요에 의해 나왔다 들어갔다를 반복했다. 몇 개 안 되는 박스였지만 세로로 쌓인 게 천장까지 들어찼다. 물건을 좀 가로로 놓아 보았으면. 책을 책꽂이에 꽂아 봤으면. 다섯 평 원룸을 얻어 나도 한번 널찍하게 사람답게 살아 봤으면! 어렸을 때처럼.

"회사 출퇴근하기 너무 멀다고 독립 얘기 꺼낸 건 네가 먼저다? 내가 언제 너 쫓아내디?"

어머니는 숨죽여 속삭이셨다. 차분하게 답했다.

"네."

"그랬으면 조용히 잘 나가야지. 집에 분란만 일으키고, 나가지는 않고. 이게 뭐니?"

송아는 황당해져 어머니를 멀뚱히 바라보았다. 나이에 어울리지 않는 핫핑크의 네글리제, 각종 크림으로 번들거리는 하얗고 퉁퉁한 얼굴, 성형을 습관처럼 해서 점점이 팬 바늘 자국. 그럼에도 이상하게 인상은 사나워져만 간다.

"네? 아버지께 잘 말씀해 주신다면서요?"

이젠 익숙해질 때도 되었는데. 아직도 가끔씩 이렇게 깜짝깜짝 놀란다. 대체 어머니의 머릿속엔 뭐가 들어 있는 걸까.

"내가 언제? 네가 나가겠다고 했지. 네가 나가는데 내가 왜?"

"나가도 생활비만 끊지 않으면 그게 더 좋다고 하셨잖아요. 조용히 독립할 수 있게 잘 말씀해 주시겠다고요. 어머니만 믿으라고요!"

또 딴소리. 사실과 워딩을 정확히 기억하는 당사자가 늘 바보가 되곤 한다.

아마도 어머니는 아버지께 '송아의 독립'에 관한 운을 뗐을 것이고, 불벼락을 맞았을 것이다. 더 이상은 입을 떼는 것이 불리해지자, 어머니는 사실을 또 왜곡시켰다.

나가는 것은 나가는 당사자 금송아 책임, 생활비는 받기로 했으니 그건 그대로.

"어머, 어머, 당연히 줘야 하는 생활비 얘기는 왜 꺼내니? 여태까지 너 키우며 들어간 돈이 얼만데, 이젠 돈 번다고 집에서만 쏙 빠져나가 먹튀하려는 거니?"

상황을 파악하고 감정을 가라앉혔다. 아버지에게는 안 되지만 어머니에게는 이상하게도 감정 정리가 잘된다.

"제 앞으로 돈을 얼마나 쓰셨다고요. 중고등학교 교복비, 참고서비, 급식비, 대학교 입학금! 제 엄마 집 전세금 빼신 걸로 충분하고도 남지 않으셨나요?"

어머니는 기가 막히다는 듯 가슴을 쥐어뜯으며 화를 내셨다.

"어머, 어머! 얘가, 얘가 이런 거 맨날 머릿속에서 다 계산하고 있었어! 이래서 머리 검은 짐승은 집안에 들이지 않아야 한다는 옛말이 있지? 키워 준 은공도 모르고!"

"돈 얘기 중이니까 돈 얘기만 하세요. 아버지껜 용돈 충분히 준다고 늘 거짓말하셨지만 전 아르바이트하며 제 용돈도 다 벌어 썼고요. 난정이 유학비 몰래 대시느라 제 대학 등록금은 입학금 딱 한 번 내주시고, 나머진 모조리 제가 대출받고 아르바이트하며……."

"그래, 난정이!"

어머니는 좋은 걸 잡아냈다는 듯 말을 잘랐다. 그러나 이 와중에도 속삭이듯 목소리를 낮추는 건 잊지 않으신다. 난정이는 어머니가 낳은 딸, 송아의 동갑 여동생이다. 세 달 어린.

"난정이가 너 때문에 얼마나 상처를 입었는지 생각은 해 봤니?

76

어차피 성도 다른 거, 그냥 친척인데 입양 왔다, 하고 계속 살았으면 난정이도 잘되었을 거 아니야? 굳이 제 아비 자식인 걸 밝혀서!"

"어머니! 전 말 안 했어요. 끝까지 비밀, 지켰잖아요!"

또! 또 뒤집어씌우신다. 도대체 어머니의 머릿속엔 뭐가 들어 있는 걸까.

"웃기지 마! 난정이가 비뚤어져서 저렇게 방황하는 건, 다 네 탓이란 말야! 너, 우리 난정이 인생 어떻게 책임질 거야!"

"제가 아버지 친딸인 건 어머니가 난정이한테 흘리신 거잖아요! 제가 난정이와 사이좋게 지내는 게 싫으셨으니까요!"

왜 있는 그대로의 사실을 이리저리 어머니가 편리한 방향으로 바꾸면서, 자꾸 거짓말을 하시는 걸까. 설마, 진짜로 저렇게 생각하시는 걸까.

그러나 답답함은 송아만의 것. 어머니는 표정을 싹 바꿨다.

"단란한 우리 가정에, 그것도 난정이 가장 예민할 사춘기 시절에, 느닷없이 끼어들어선 분란 만들어, 문제 일으켜. 그래도 난 너 밥 한 끼 안 굶겼다?"

그리고 또 저 밥 타령.

"너희 둘, 한창 클 때 얼마나 많이 먹었니? 그 밥상, 매끼 내가 꼭꼭 차려 줬어. 난 너 그만하면 사랑으로 키웠다? 그런데 이제 와서 머리 굵어졌다고 돈 따져, 어려서 얼마를 썼네, 돈 계산하며 머릿속에서 그렇게 착착 계산……."

순간, 목이 메어 오는 느낌. 그 밥상에서 먹던 밥맛이 생각났다. 눈칫밥은 물과 함께 넘겨도 '목메는 맛'이다. 짠맛, 매운맛, 신맛, 탄 맛, 할 것 없이 딱 한 가지 맛. 목메는 맛. 그 시절을 떠올리기 싫었다.

"생활비, 안 끊어요. 그리고 제 힘으론 못 나가요. 어떻게 할까요? 아버지 거역하고 몰래, 짐 싸 들까요?"

말을 톡, 끊었다. 더 뒀다간 엄마와 경쟁을 벌이며 금송아와 문난정을 각각 가졌던 아버지와의 연애 스토리까지 되새기며 들어야 했다. 한때는 왜곡되고 변형된 그 스토리를, 진짜로 알고 눈물을 흘렸을 때도 있었다.

"그럼 결혼을 하렴. 결혼하면 나가도 된다잖니? 나라고 별수 있니?"

불리한 주제를 꺼내니, 어머니는 엉덩이를 싹 뗴셨다. 습관처럼 네글리제를 추스르고, 고상한 척하는 특유의 콧소리를 다시 찾으셨다.

"웬만한 사내라도 데려오든가. 내가 좋은 사람이라고 추어 줄 테니."

탁, 하며 나무 쪽문이 차갑게 닫혔다. 송아는 긴 한숨을 내쉬었다. 생각보단 짧게 끝났다.

체력이 바닥까지 떨어졌지만 몸을 일으켜 창을 열었다. 손바닥만 한 크기, 10센티미터밖에 열리지 않는 작은 창. 가을의 맑은 공기가 폐를 차갑게 식혔다.

'부엌 옆에 있어서 간식 챙겨 먹기도 편하고 드나들기도 편해요. 제가 이 방이 쓰고 싶어서 그래요.'

순진했던 금송아는 어머니가 옆구리를 찌르시는 대로 아버지 앞에서 읊어 드렸다.

'집에 와선 잠만 자잖아요. 오르락내리락하는 게 더 불편해요.'

문난정이 금송아가 아버지의 배다른 자식이라는 걸 뒤늦게 알고 반항의 극단에 서 있을 때였다. 아버지는 편리한 대로 그렇게 하라 허락했다. 처음 이 집에 왔을 땐 난정이 방 맞은편에 있는 2층 방을 썼지만, 그렇게 이 방으로 옮겨 왔다. 마치 신데렐라가 되었다가 재투성이 아가씨로 전락한 기분이랄까.

'네가 송아구나? 반갑다. 우리, 잘 지내보자.'

처음 어머니를 뵈었을 땐 따뜻하고 다정한 분이라고 생각했다. 보는 눈이 딱 하나라도 있으면 어머니는 특유의 그 콧소리를 내시는 교양 있고 상식 있는 분이셨다. 그러나 살면서 찬찬히 알게 된 어머니의 진짜 모습은 정말 상식 밖이었다.

어려서 엄마와 살았던 때 TV 드라마에 여주인공을 괴롭히는 악역들이 나오면 송아는 배를 잡고 웃었다. '하하하! 저런 사람이 세상에 어디 있어!'

사람들 앞에서는 따뜻한 말, 단둘이 있을 땐 막말. 진실은 저 편한 대로 왜곡하는. 그러나 그 왜곡을 일관되고 끈질기게 말해서 결국 진실로 바꾸고 마는 힘을 가진 사람. 그런 사람이 정말 있었다, 바로 어머니.

'우리 엄마가 아버지와 바람피운 게 아니었잖아요! 우리 엄마가 아버지를 먼저 만났잖아요! 먼저 만났는데 어떻게 바람이 되나요? 여기 보세요, 사진 보세요, 우리 엄마가 아버지를 먼저 만났다고요! 아줌마가 우리 엄마와 아버지 사이를 갈라놓기 위해 아버지를 유혹해서 난정이를 낳았다는 거 다 들었다고요!'

두 사람을 모두 잘 아는 엄마의 친구가 아니었다면, 아직도 죄스러운 마음을 갖고 살았을지도 모른다.

'넌! 단란한 우리 가정을 깨뜨린 가정 파괴범의 딸이야! 남의 남편 훔치는 것도 도둑질이라고! 결혼은 내가 너희 아버지랑 했

어! 호적 떼어 보여 줘야 믿겠니?'

처음엔 거짓말을 입증해 주려 건건이 노력했지만, 어머니는 진실을 왜곡하고 나면 그 왜곡된 거짓을 진실로 믿어 버린다. 그 이상하고도 굳건한 믿음은 강력한 힘을 발휘하여 어머니를 탄탄하게 지탱한다. 어머니에게 금송아는 자기 남자를 빼앗은 계집의 사생아였다.

먼저 아버지를 만났고, 고아라는 이유로 아버지에게 버림받은 엄마는, 남자를 도둑맞고도 어머니의 표현에 의하면 '도둑년'이라는 누명을 썼다, 죽어서도.

"엄마! 딱 5년만 더 사시지. 나 이 집구석에 안 들어오게."

송아는 밝게 웃고 있는 엄마가 꼴 보기 싫어 치웠던 사진을 몰래 들춰 보았다. 엄마는 여전히 속도 없이 웃고 있었다.

"그러게 뭐 하러 돈은 그렇게 많이 모아 놨어요. 돈만 없었으면 가차 없이 고아원에 버려 줬을 텐데. 만날 아끼고 안 먹고 안 입고 그러더니. 그 돈으로 난정이 유학하고, 난정이 엄마 옷 사 입으라고, 응?"

원망이 치받쳤다. 그래도 아버지라고 죽을 때 다 되어 연락을 한 바보 등신 같은 엄마. 그래, 믿었겠지. 친딸이니 버리지 않고 잘 키워 줄 거라고. 자기 같은 고아는 안 만들 거라고!

"바보 같은 엄마! 차라리 다 쓰고 가시지, 내 앞으로 뭘 그렇게 많이 모아 놔? 지킬 힘이 있어야 돈도 내 돈이지, 힘이 없으면 내 돈도 내 돈이 아니거든! 난 우리 아버지가 날 좀 버려 줬으면 좋겠거든! 내 인생에 이렇게 들러붙어서 아버지 노릇 하는 거 못 견디겠거든!"

사진을 탁! 덮어 다시 박스 속에다 처넣었다. 살면서도 만날 저

블라우스만 입더니. 죽어서도 저 꼴 보기 싫은 블라우스만 입고 있다. 차려입을 때마다 매번 꺼내 들었던, '백화점에서 산 거야!' 하던 블라우스.

송아는 눈물을 싹싹 지웠다. 집안을 다 들어엎고서라도 그냥 짐 싹 빼고 나가고 싶었지만. 그래도 돌아가신 엄마의 고집을 꺾을 수 없었다.

'사람이, 가족이 힘이야. 친정이 있어야 해. 집안이 든든해야 좋은 집에 시집도 가고 그러지. 고아라고 무시당하는 거 물려주기 싫다! 그 사람이 좋은 집에 시집보내서 너 잘 살게 해 준다고 약속했어. 그것만은 꼭 지킬 거야.'

"난 그런 거 안 지켰으면 좋겠다고! 아버지가 나 버려 줬으면 좋겠다고!"

'그러니 좀 힘들어도 아버지 곁에 꼭 붙어 있어?'

박스를 다시 짐 속 깊숙이 처넣었다. 불을 끄고 이불을 머리끝까지 뒤집어썼다. 그리고 자조하듯 읊조렸다.

"엄마 닮아 나도 바보인가 봐. 난 결혼도 못 하겠고. 나중에 친정이고 뭐고, 빨리 나가고만 싶어. 엄마! 거기서 듣고 있으면 나 좀 봐줘요, 나 좀 몸 편하게 혼자 나가 살게요!"

4.

황진헌의 저의

　다음 날, 그는 약속대로 질의서 빈칸을 꽉 채워 왔다. 처음부터 끝까지 장난만 치던 엉터리 인터뷰와는 달리, 메일로 보낸 그의 답변은 노골적이리만치 대중의 취향을 겨냥한 것이었다.

　마치 전문 인터뷰이라도 된 듯 곤란한 질문에는 교묘히 다른 화젯거리를 끌어내고, 제품이나 브랜드 홍보성 질문에는 보석에 대한 자신의 철학을 정열적으로 쏟아 냈다.

　그리고 매우 의외일 정도로 글을 잘 썼다. 그의 적확하고도 수려한 문장에는 그동안 읽은 수많은 책들과, 깊은 사고와, 세계 곳곳을 누볐던 경험의 흔적들이 자연스럽게 녹아 있었다. 조곤조곤 말을 하듯 써 내려간 텍스트에는 마치 현장의 인터뷰 열기마저 담긴 듯했다.

　그러나 송아의 울화를 다소 가라앉힌 건 곳곳에 숨은 그의 마음의 조각들이었다.

「이건 오프 더 레코드, 금송아에게 보내는 귓속말. 내 보석이 비싼 이유? 난 부자들의 주머니를 터는 게 짜릿해. 가난한 사람들의 주머니를 터는 건 너무 쉬워서, 별 재미가 없거든.」

왠지 그다운 대답인 것 같아 슬그머니 웃음이 났다.

「잘 모를 테지만, 송아 씨도 세상 어렵게 돈을 벌고 싶다면 부자들의 주머니를 털어 봐요. 정말, 머리를 많이 굴려야 하니까. 돈을 버는 건 내게 놀이와 같아. 나는 재미있게 돈을 벌어 나와 함께 일하는 식구들을, 세공 기술자부터 화장실 청소 아줌마까지 모두 배불리 먹이고 싶어요. 그게 내 보석이 비싼 진짜 비밀입니다.」

그 대답은 '최고의 제품을 취급한다'는 등의 입에 발린 답변보다 마음을 좀 더 흔들었다.

그럼에도 번쩍이는 3캐럿짜리 반지는 골치 아픈 숙제였다. 송아는 인정에 조금 호소하기로 했다. 소소한 것들을 체크한 뒤 수정 메일을 보내며 덧붙였다.

「추신. 제게 맡기신 귀사 제품의 리뷰 건은 성실히 작성해서 메일로 송부하겠습니다. 그러나 한 달 내내 착용하고 다니는 것은 무리입니다. 현실적인 선에서 사용해 본 후 리뷰하겠습니다.」

그도 수정 답변서를 보내며 추신을 붙였다.

「추신. 계약대로 정확히 약속을 이행치 않는 것은 명백한 '사기'에 해당하며, 커다란 불이익을 받게 된다는 것을 명심하기 바랍니다.」

꽤 멋진 인터뷰 답변서 덕분에 스르르 녹았던 울화에 슬그머니 다시 불이 붙었다. 곧바로 문자를 찍어 보냈다.

[커다란 불이익이라뇨?]

그때 갑자기 그에게서 전화가 걸려 왔다. 딱 한 번 훑어봤던 그의 황금빛 명함. 저장 목록에도 없지만 그의 번호만은 정확히 암기되었다.

"감사합니다. 〈화이트 웨딩〉 금송아……."

그의 목소리가 '이봐, 금송아 씨!' 반갑다는 듯 울렸다.

— 내 전화를 그딴 식으로 받지 말아요. 우리, 사귀는 중이잖아. 어젯밤엔 잘 잤어요?

익숙한 울화가 뱃속에서 끓었다. 주변을 슬쩍 둘러보고 빈 회의실을 찾아 들어갔다. 목소리는 한껏 줄였으나 폭발하듯 말이 쏴졌다.

"사귀는 중이라뇨, 반지는 반지대로 끼게 하고! 날더러 어떡하라고요?"

— 그럼 뭐가 더 이득일지 저울질이라도 실컷 해 보든가. 보아하니, 가슴속은 아니더라도 머릿속은 나로 좀 채웠나 봅니다?

슬쩍 장난을 걸고 싶어 하는 그의 열기를 느끼곤 본론을 치고 들어갔다.

"광고로 약점 잡아 갑질하시려는 건 아니겠죠?"

그러나 그는 오히려 노골적으로 즐겼다.

— 갑질을 하는 게 아니라 내가 갑이야. 그리고 금송아가 잘못한 벌은 금송아가 직접 받아야지, 왜 잡지사가 받나?

"벌이라니요? 무슨 짓을 하려는 거예요!"

— 글쎄, 금송아는 취향이 좀 클래시컬한 편이니. 벌은…… 전통적인 방법으로 합시다.

"뭐라고요?"

— 보통 전통적인 체벌은 몸에 하지. 몸을 벌줄 거야.

그의 음성이 은근히 색스러웠다. 순간, 어떤 여자가 보얗고 토실토실한 맨살의 엉덩이를 두툼한 손바닥으로 맞는 요상한 그림이 떠올랐다.

"이봐요, 이건 성희롱……!"

그러나 곧 아차 싶어 혀를 깨물었다. 그가 놓치지 않고 "크크 큭!" 웃음을 터트렸다.

— 어이, 몸에 벌을 준다는데 성희롱이라니. 변태는 황진헌이 아니라 금송아?

얼굴이 훅 달아올랐다. 억울한 부분이 분명히 있지만 더 따지고 싶지 않다.

"리뷰, 쓴다니까요?"

— 내가 원하는 게 리뷰인지, 금송아가 한 달 동안 내 분신과도 같은 반지를 끼고 다니는 걸 즐기는 건지 정도는 구별할 줄 알잖아. 왜 이래? 멍청한 척하는 게 취미인가?

"이봐요!"

— 하하, 금송아 씨는 먹는 모습만큼이나 화내는 모습도 예쁜데. 이거, 눈으로 즐기지 못해 아쉽습니다? 이제, 나 손님 만나야

해. 잘 있어요.

다시 입을 떼기도 전에 그는 무시무시한 경고를 뱉었다.

— 고백할 게 있는데 사실, 난…… 금송아가 계약을 좀 위반해 줬으면 해. 금송아의 몸에 벌을 주게 될 날이 기다려지는군, 안녕!

그러곤 전화를 먼저 톡 끊어 버렸다.

어찌 보면 그의 말대로 그의 반지야말로 그의 분신이자 얼굴이었다. 〈싸이듀〉 브랜드가 세계적으로 큰 주목을 받고 국내에서 독보적 1위를 차지하게 된 건, 그의 누드캔디 시리즈 때문이다.

누드캔디는 투명 다이아뿐만 아니라 여러 가지 유색 보석들의 가치를 올려놓았다. 손가락에 끼지 않은 채 반지의 겉모습만 보면 동그란 밴드 위에 투명한 캔디가 올라붙은 것처럼 마치 장난감 같기도, 그 이름처럼 조그만 사탕알 같기도 해서 귀엽고 우스꽝스럽기까지 하다.

그러나 일단 손에 끼고 나면 피부 위에서 금속 조각의 방해를 받지 않은 채 아름다운 보석 고유의 찬연한 광채를 70여 개의 커팅 면을 통해 화려하게 뿜어낸다. 우아하면서도 깊이 있는 클래시컬한 감성이 손가락 위에서 보석이 아닌 손을, 아니, 반지를 낀 사람 자체를 품위 있게 빛낸다.

'어디 보자, 이리저리 따지고 생각하실 시간은 충분히 남았군.'

그는 그렇게 비웃었지만 따지고 생각할 여지가 어디 있을까. 구석기 편집장이 턱 받치고 기다리다가 초고를 톡, 가로채 가는데.

"스토리 라인, 바싹 세워. 뉴욕의 명문, 콜롬비아대학에서 경영 통계학, 저널리즘을 전공한 수재. 그는 보석 학교의 GIA 과정을 수료한 후 화려하게 자신의 브랜드를 성공시킨 능력남이다. 게다가 그는 금융 시장의 큰손, 황만복의 유일한 손자, 경쟁자도 없는 왕자님이다!"

반전의 반전. 게다가 그는 안쓰러운 상처마저 가지고 있었다.

「네, 열여섯에 혼자가 되었습니다. 어머니는 제가 어려서 일찍 돌아가셨고, 아버지는 교통사고로 돌아가셨어요. 저는 돌아오지 않고 뉴욕에 머물렀습니다.」

맥락상 설명이 더 필요해 송아가 묻자, 구석기는 아무렇지 않게 답해 줬다.

"아, 송아 씨는 모르겠구나? 다중 추돌에 꽤 큰 사고여서 국내에서도 기사가 됐었어. 하지만 어머니가 죽었단 얘긴 처음 듣는데. 유력가에 시집가면서 은퇴했던 진보라는 영화배우가 있었는데 '사랑 중독' 이라는 영화가 유명하지."

"알아요, 되게 옛날 영화배우…… 아, 그 바람피워서 이혼당했다는?"

"그래, 옛날엔 정말 핫했는데. 지금은 '바람피워서 쫓겨난 배우' 의 이미지만 남아 있지. 아니, 아니다, 이젠 그것마저도 다 잊혔어."

"그, 그런가요?"

"다섯 살 연하남과 외도를 했다지. 정말 전국이 떠들썩한 외도였는데. 실은, 황진헌이 진보라의 아들이란 얘기가 있어."

"네? 정말이요?"

그가 했던 말을 되새기며 깜짝 놀랐지만, 그런 것들은 보기 좋게 편집되었다.

"그러니 안쓰러운 상처는 살짝만 비추라고. 어떻게 감각이 황진헌만도 못하나? 지금이 딱 적당하거든? 쓸데없는 얘긴 다 커트! 블링블링한 것들로만 채워."

결국 기사의 포커스는 뉴욕에서의 낭만적인 학창 시절로 아름답게 우회되었다.

지면에 실린 것들은 그가 얼마나 돈이 많은지, 얼마나 좋은 차를 타고 화려한 집에서 사는지, 그가 보유한 〈싸이듀〉의 금고에는 어떤 종류의 값비싼 보석들이 차곡차곡 쟁여져 있는지 하는 것들이었다.

송아는 금고에서 나와 잠시 바깥바람을 쐬는 티아라(작은 왕관)를 배경으로 한 그의 사진을 실어 내보낼 수밖에 없었다. 커다란 사파이어들과 500여 개의 멜리 다이아몬드(0.25캐럿 이하의 소형)로 번쩍이는 티아라는 싱그럽게 웃는 그의 미소만큼도 빛나지 못했다.

"자, 거봐, 내가 늘 강조하지? 시의성! 모든 건 때가 맞아야 해. 셀프 인테리어 바람이 솔솔 부니까, 우리한테도 기회가 오잖아?"

구석기 편집장이 열변을 토했다. 회의실 테이블에서는 기획 회의가 한창이다.

한 달 동안 피땀 흘린 결과물이 인쇄, 제본이 되면 잡지는 팔릴 준비를 마친다. 그러면 잡지사는 리셋되듯 기획 회의에 들어간다. 다시 처음부터 책을 만드는 것. 이때는 한 달 중 가장 한가한 기간이기도 하다.

"우리 금송아는 지난 호에 멋진 홈런을 쳤는데, 반 대리, 이번엔 네가 좀 한 타 쳐 보자. 언제까지 빈둥거릴래?"

"우와, 맨입에. 삼겹살에 소주라도 사 주셔야 했던 거 아닌가요?"

"무어라? 너, 이참에 이번 호 집중 관리 대상자가 되고 싶구나?"

구석기 편집장과 반 대리 언니가 공방을 벌이는 동안 송아는 누드캔디를 조용히 엄지손가락으로 쓸고 있었다. 잡지가 깔린 건 며칠 전이지만 달력의 날짜는 1일.

결국 약속 어기기만을 고대하던 악당의 웃음을 무시하지 못했다. 끼기로 했지, 돌려 끼지 않겠다는 조건은 없었으니까.

그때 띵, 하는 문자 알림음이 작게 울렸다. 아, 편집장, 회의 중에 휴대전화 질색하는데.

진동으로 바꾸는 척 이상한 기대감에 몰래 확인하니, 액정엔 [야, 너 금송아, 이번에도 또 바쁘다고 모임 안 나오면…….] 어쩌고 하는 친구들의 잔소리가 떠 있었다.

실망은 왜 하니. 이후로 그는 한 차례도 연락을 해 오지 않았다. 말마따나 사귀는 사이도 아닌데. 불쑥 연락을 해도 또 이렇게 전혀 하지 않아도 불쾌하긴 마찬가지. 반지가 정말 그의 분신처럼 남아 거치적거리며 불편하게 쪼아 댔다.

"어이, 너, 금송아! 홈런 한 방 치면 인생 딱 끝나? 이왕 잘된 거, 일회성에 그치지 않도록 해야지. 이 좋은 기회를 그냥 날려 버리면, 바보 멍청이 인증하는 거야?"

"네…… 네? 뭐, 뭘 또……."

이따위 인간이라 반지에 대해선 보고하지 못했다. 반지 얘기를 꺼내 진실 공방을 벌이면 도미노처럼 '아침부터 찾아가 인터뷰를 위해 유혹' 어쩌던 황진헌의 주장도 같이 들춰질 테니.

다들 내놓는 기획이라 봤자 엇비슷하게 기존의 것들을 변형한 게 많았다. 정해진 포맷이 안정화된 뒤 소재를 바꾸는 코너들은 비교적 작업이 수월했다. 쌀쌀해져 가는 날씨를 고려한 몇 가지 소재들이 추가될 때 구석기 편집장이 휴식을 선언했다.

"잠깐 좀 쉬었다 합시다."

주섬주섬 일어나며 각자 휴대전화를 체크하는데 누군가 "우왁!" 소리를 질렀다.

"와, 황진헌 기사, 빵 뜰 것 같아요!"

"이미 떴는데 뭘?"

누군가의 목소리도 더해졌다. 구석기의 장담대로 당월 호는 모두가 비명을 지를 정도로 돌풍을 일으켰다. 이슈 폭발. 사람들은 아주 즐거워하면서도 더욱 궁금해했다. 〈싸이듀〉의 대표 자리에 이름 석 자만 덜렁 올라와 있던 34세, 황진헌이라는 인물에 대해.

"〈싸이듀〉 신제품이랑 같이 황진헌 인터뷰 기사가 좍 도배되었는데? 우리 기사 홍보도 곳곳에 있어요. 자세한 건 〈화이트 웨딩〉에서 소개한다고."

자리에서 일어나던 구석기 편집장은 "시의성! 봤지?" 하며 잔소리를 했다. 그러나 그 표정이 날아갈 듯 썩 좋진 않아 왠지 찝찝했다.

하지만 곧 반 대리 언니가 어깨를 잡아끌었다. 다른 선배들도 함께.

"야! 너도 나왔다?"

"웬일이니. 단독 인터뷰를 〈화이트 웨딩〉에서 가장 먼저 한 이유……. 야, 금송아, 네가 마음을 움직여서 인터뷰했다는데?"

"무슨 소리세요!"

제 발이 저려 발끈했다. 반 대리 언니의 휴대전화를 재빨리 잡아채 같이 들여다보았다.

「저는 '블러드 다이아'라는 단어를 가장 싫어합니다. 정직한 다이아몬드만을 엄선하여 만든다는 저의 철학을 포인트로 잡아 기사를 쓰자고 밀어붙였죠. 금송아 기자의 열정에 제가 항복을 하고 이렇게 여러 인터뷰까지 참여를…….」

"하아, 이 인간이! 자기 홍보에 왜 내 이름을 찍어다 붙이고 있……."

그는 송아의 질의서 마지막 부분을 인용하고 있었다. 그러나 욕설을 채 뱉기도 전에 곽 대리가 눈을 빛내며 송아의 손바닥을 확 잡아챘다.

"계집애! 너, 이거 이거 황진헌이랑 뭐 있구나?"

곽 대리는 그새 손가락 끝으로 송아의 반지를 도르르, 돌려 누드캔디를 제자리로 돌려놨다. 찬연한 광채가 주위를 환히 빛냈다. 사람들의 "우우와!" 하는 탄성도.

"있긴 뭐가 있어요?"

"그런데 왜 돌려 껴?"

"돌아간 거죠. 이거 한 달 동안 끼고 리뷰 꼼꼼하게 해 주기로 하고 기사 딴 거예요."

변명을 다 뱉기도 전에 동료, 선배들이 웅성거리며 동그랗게 둘러쌌다. 두 겹 세 겹 둘러싼 수많은 손들이 송아의 손을 빼앗듯 잡아챘다.

"야, 야, 이거 진품인가 본데?"

"설마, 3캐럿은 되어 보이는데 가품이겠지."

"당연히 가, 가품 샘플이죠. 황진헌이 미쳤다고 3캐럿짜리 다이아몬드 반지를 나한테 그냥 줘요? 들고튀면 어쩌려고."

한 마디씩 묻는데, 얼버무리며 싸구려 반지 다루듯 했다.

"잠깐 빼 봐. 보면 알지. 이거 가공하기가 보통 까다로운 게 아닌데. 가품, 아닌 거 같은데?"

"그래, 빼 봐. 나 한 번만 껴 보자. 그 리뷰, 그냥 내가 하면 안돼?"

명품 주얼리쯤은 물리고 질리게 봐 왔던 매의 눈들이 불을 켜고 한꺼번에 달려들었다.

"제 리뷰, 유명한 거 아시죠? 의뢰품입니다!"

송아는 당황하여 회의실을 쏙 빠져나왔다. 덕분에 선배들의 끈끈하고도 퀴퀴한 시선을 한 몸에 받게 되었다.

"쟤, 뭐 있다!", "뭐가 있겠어?", "황진헌이 평생 안 하던 인터뷰를 한다고 할 때부터 알아봤어.", "아이, 송아 그런 애 아니잖아."

추측과 추리들을 꼬치에 꿰듯 줄줄 꿰고 있었다.

[반지, 예쁘답니까.]

그때 휴대전화가 웅, 떨며 그가 오랜만에 말을 걸어왔다. 묘하게 반가우면서도 화가 불끈 치밀어 곱게 씹으려는데 다시 웅, 울렸다.

[누가 나한테 알려 줬을까.]

악! 누구야! 어떡해! 첩자가 있나 봐!

부들부들 떨며 빈 회의실을 찾았다. 이 남자랑 또 싸워 봤자 언는 게 없는데. 말려들면 안 되는데. 그러나 엄지손가락을 몇 번 들썩이다 결국 통화 버튼을 눌렀다.

"이렇게 될 줄 알고 일부러 장난친 거죠? 뺄래요. 계약이고 뭐고 다 물러요!"

유리창 밖을 흘끗 건너다보며 반지를 만지작거렸다. 반 대리 언니가 송아를 향해 '너, 얼른 들어와!' 란 듯 손가락을 까닥였다. 아직도 맞은편 회의실에서는 송아와 누드캔디, 그리고 황진헌을 주제로 화제 폭발 중이었다.

— 와, 환영입니다! 나야 좋지. 계약 위반, 해요. 빨리빨리.

시끌시끌한 분위기 속에서 그는 무언가로 두두두두, 소리 내며 장난을 치고 있었다.

열이 확 돌았다. 그의 '몸을 벌줄 거야.' 하던 음성이 가슴을 지그시 조여 오는 것 같다.

"좋아요. 우리 협상하죠? 다른 거 대요. 어떻게 하면 무를 수 있죠?"

— 못 무릅니다.

장난기로 흠뻑 젖은 목소리가 단호하게 울렸다.

"부탁이에요. 장난은 서로의 생활을 망가뜨리지 않는 선을 지켜야 하죠? 나 회사에서 아주 곤란해지려 하고 있어요."

— 이봐, 나는 이미 아주 곤란해. 인터넷도 안 봐? 사람들이 내 사진 밑에다 뭐라고 떠드는지. 난 미치기 일보 직전이야. 헤이, 거기! 내 사진 찍지 말아요!

크큭, 웃음이 났다. 그가 곤란에 빠진 게 묘하게 고소했다. 누군가에게 화를 내던 흥분조의 목소리는 다시 그녀에게 되돌아왔다.

— 금송아 씨 덕분에 나는 이미 더러워져 버렸어! 우리 이 고통

을 함께합시다?

"아니, 댁이 유명해진 건 매체 인터뷰 때문이잖아요? 왜 나까지 끌어들여요!"

— 아니지, 날 이렇게 도떼기시장에 던져 놓고 팔아먹은 건 금송아지. 난 이왕 버린 몸, 이참에 제품 홍보나 하기로 한 거고. 이 값비싼 황진헌이를 헐값에 팔아먹은, 금송아 씨는 끝까지 자기 자신을 팔지 말아요?

"이 인간이!"

— 오오, 이제 막나가자는 건가.

열이 치받아 생각이 말로 튀어나와 버렸다. 그러나 "하하하!" 웃는 시원한 웃음소리를 들으니 사과마저 쏙 들어갔다. 무시만이 그의 장난을 피하는 길이다. 반응을 하니까 재미있어하는 거야.

"관두세요. 끊어요."

그러나 그는 다른 말로 또 잡아들였다.

— 합시다, 협상. 지금!

하아! 이제 이 사람을 좀 알 것 같다. 원하는 걸 얻기 위해서는 꽤나 집요하며, 상대할수록 일을 자기가 편리한 방향으로 이끈다.

"됐어요. 바빠요."

— 바빠도 꼭 해야 할 텐데? 내가 잔뜩 주문한 차와 간식들이 나올 때까지 시간이 좀 남아.

"됐거든요? 나도 그쪽 뜻대론 안 움직여요! 끊을……."

하는데, 그가 목소리를 착 깔아 왔다.

— 찍어 봐요. 첩자는 과연 누굴까.

일부러 그러는 건지. 목소리를 착, 깔며 섹시하게 들이댔다. 아, 또 이렇게 거절할 수 없이 말꼬리를 잡고!

"네! 반지, 빼지 않을게요. 첩자한테 감시 잘하라고 하세요?"

그러나 걸려들진 않을 테다.

— 아니, 내가 '경고' 하는데 금송아는 꼭······.

전화를 무참히 톡 끊었다. 시원하면서도 무언가 찝찝했다. 그놈의 '경고'란 단어를 또 들어서인가. 아냐, 아냐. 기분 탓이야.

더 이상 휘말려선 안 되었다. 그냥 그가 더 고수이다! 시원하게 패배를 인정하고 관계를 끊는 게 상책이다. 지는 게 이기는 거야. 한 번 지고 끝내. 매번 이기려고 들었다가 손해는 사채 빚처럼 늘어났다.

훅 뒤집어졌던 기분을 가라앉혔다. 이 사람과만 얽히면 자꾸 흥분 상태가 되어 이성을 잃는다. 정신 차리자, 금송아. 나는 이성적인 여자야, 이성적인······.

그러나 그 기분은 제대로 가라앉게 되었다. 회의실로 다시 돌아가려는데 탕비실 쪽에서 애써 무시하던 얼굴이 커피 한 잔을 들고 나타났다. 디자이너 브랜드의 화이트 셔츠, 감색 치노 팬츠에 앵클 부츠를 신은 그의 패션은 회사에서도 단연 튀었다.

"내가 주던 건 죽자고 안 끼더니. 그 손가락, 참 쉽네."

오지령 선배였다. 다시 만난 뒤론 자꾸 말을 건다. 같은 회의실에서도 대각선 방향으로 피해 앉았건만. 이렇게 마주칠 때마다 매번 곤혹스럽다.

"먼저 바람피우고 버린 사람이 참 쉽게 말하네요. 절대로 바람피워선 안 될 사람과, 절대로 바람맞혀선 안 될 곳에다 무참히 버리고는 말이죠."

상처 준 사람이 상처받은 듯하는 표정이란.

옛일에 관한 언급은 약속인 듯 피했지만, 이젠 그러고 싶지도 않다. 그는 숨을 훅, 들이켜곤 변명 대신 충고를 던졌다.

"재벌 도련님이 잠깐 놀자고 덤벼드는 거야. 또 속아서 잔뜩 상처받지 마."

가라앉은 마음이 옥죄어도, 더 이상 아프진 않았다. 그를 사랑했던 기억은 이미 없으니.

"네, 잠깐 놀자고 덤벼든 부잣집 도련님이 있긴 있었죠. 미안하네요, 침대 위에서 제대로 놀아 주지 못해서."

"야!"

"그땐 제가 너무 순진했거든요."

그의 입을 독설로 막았다. 나이를 먹으면 좋은 유일한 건 마음이 굳는 만큼 말발이 는다는 것이다. 어렸을 땐 속절없이 당하고도 눈물을 흘리는 것밖에는 할 수 있는 게 없었는데, 시간이 많이 지나니 말도 깡도 늘었다.

기분이 훅 가라앉아 잠시 마음을 추슬렀다. 고갯짓을 하니, 그가 끈끈하게 고정했던 시선을 마지못해 떼며 회의실로 들어갔다. 공간이 일그러지듯 기억하고 싶지 않은 옛 영상이 떠올랐다.

열네 살 겨울, 엄마의 장례를 치르고 아버지를 따라 들어갔던 지금의 이층집. 난정이의 맞은편 방을 내주시며 처음 만났던 어머니.

'너도 단정한 숙녀로 자라야지. 그러니 너희 엄마처럼은 되지 말아야 한다?'

'네?' 하고 되묻는 아이에게 지금보다 더 팽팽한 얼굴의 어머니는 잔인하게 설명해 주었다.

'너희 엄만 느이 아버지를 사랑한 게 아냐. 돈을 주는 남자를 좋아했지. 하지만 결과가 어때? 일생을 망치고 여러 남자를 전전

하다가 일찍 죽었잖니? 엄마처럼은 되지 말아야지?'

말문이 막혀 어버버거렸지만 하나만큼은 인정할 수 없었다.

'우리 엄마는 함부로 남자를 만나고 다니지 않았어요!'

'만났어. 너 모르게 만나서 그렇지. 여태까지 네가 어떻게 먹고살았게? 너희 엄마가 남자들에게서 받아 오는 돈으로 먹고살았다? 여기, 증거가 있잖아.'

'증…… 증거라뇨?'

'너! 바로 네가 그 증거지. 결혼도 안 한 엄마가 널 어떻게 낳았을까?'

거짓말이라는 걸 잘 알았다. 하지만 끊임없이 되풀이되는 거짓말에는 나름의 힘이 생겨났다. 강박.

아버지에게 속아 사랑에 빠진 것뿐이야. 우리 엄마는 절대로 그러지 않았어. 그러니 나도 안 그래. 그 강박은 어떤 남자에게도 마음과 몸을 편안히 열지 못하게 했다.

그래, 오지령 선배에게만 잘못을 물을 수도 없다. 그가 주는 모든 선물들이 불편했고, 그가 사 주는 밥값을 모조리 갚아야만 할 것 같았다.

그도 처음엔 송아를 온전히 사랑해 주었다. 값비싼 선물을 안기고, 맛 좋은 음식들을 먹이지 못해 안달이었다. 하지만 얼마 지나지 않아 훅 들어오는 스킨십.

아닌 걸 알면서도 마치 잘해 준 대가처럼 여겨졌다. 그는 단둘이 있을 밀폐된 공간을 자꾸 찾았고, 사랑한다는 말과 함께 스킨십을 요구했다. 몸을 더듬거리며 들어오는 끈적끈적한 손을 매번 쳐냈다.

그래, 유난스러운 연인이었다. 남들한텐 다 쉬운 건데. 그래서 그랬나. 육체적인 만족을 빠르게 주지 못해서, 그렇게 잔인한 방법으로 배신했을까. 아니! 그가 원했던 건 손만 뻗으면 곧바로 얻을 손쉬운 여자였고, 금송아는 그렇게 해 주지 못한 것뿐이다.

고개를 흔들었다. 잊자! 말마따나 지금은 이 쉬운 손가락에 낀 반지부터 해결해야 했다.

여러 종류의 울화를 충전하니, 회의실 안으로 다시 들어갈 용기가 생겼다. 바글바글 모여든 사람들 틈에서 다시 질문 공세를 견뎠다.

"솔직히 불어. 그거, 진품이지?"

"딱 봐도 진품이라니깐. 커팅 면이 저렇게 나올 수가 없어요."

멀리서 오지령 선배가 슬쩍 쏘아보았지만 무시했다.

"그렇게 막 끼고 돌아다니기엔 좀 위험하지 않냐?"

결심을 굳히며 예쁘게 웃어 보였다.

"리뷰를 쓰기 위해 잠깐 끼기로 한 거라니까요? 그렇게 이상하게들 생각하실 게……."

하는데, 사람들이 "웬일이니!" 하며 유리 칸막이 쪽으로들 몰려갔다. 멀리서 엘리베이터 문이 스르르 열리며 익숙한 두 남자가 내려섰다.

두근두근, 심장이 뛰었다. 세상이 마치 슬로 모션처럼 움직였다.

훤칠한 키, 잘빠진 몸매의 남자가 성큼성큼 이쪽으로 다가온다. 구석기가 공손한 태도로 양손 가득 상자를 겹쳐 들고 뒤따른다. 동시에 남자 직원들이 튀어 나가며 문을 연다. 여러 개의 문들이 자동문처럼 연이어 열린다.

"대박, 대박!", "황진헌, 야, 야!", "황진헌! 황진헌이다!"

사람들은 앞다퉈 유리에 얼굴을 가져다 댔다.

위풍당당 논스톱으로 걸어 들어오는 전설의 주인공을 보기 위해.

회색의 영국식 슈트를 입은 모습이 갑옷을 두른 것 같다. 칼로 자른 듯 딱 떨어지는 핏은 당연했고, 스치듯 걸을 때마다 멜리 다이아몬드가 가득 박힌 시계가 번쩍이며 섬광을 발한다. 눈길을 잡아끄는 하이엔드 슈메이커의 악어가죽 구두까지.

모두들 그의 몸에 두른 값어치를 계산하느라 머릿속이 바빴지만, 그는 올곧이 한곳만을 향해 망설임 없이 걸어 들어왔다. 순식간에 구두코가 멈춰졌고, 그의 시선도 한곳으로 쏠렸다.

"내 전화를 왜 그런 식으로 끊습니까."

마치 단둘이 있다는 듯, 사람들의 소란스러운 반응쯤은 무시하듯. 무섭도록 집중하는 그의 시선을 따라 모두의 시선도 한곳으로 쏠렸다. 송아는 머릿속이 새하얘졌다.

"……."

두근두근, 심장이 두렵도록 요동쳤다. 그가, 이 회의실에, 저렇게 무장하듯 잘 차려입은 모습으로, 이미 들어서 있다는 게 믿기지 않았다.

"야, 저거 봐!"

반 대리 언니가 뭔가를 발견하고 옆의 다른 선배에게 황진헌의 손 뒤를 가리켰다.

"아, 이거요?"

그는 대답하며 뒤춤에 든 걸 내놓았다. 그 단호하고 우아한 동작이 마치 칼을 빼 들고 결투를 신청하는 것 같다. 동시에 "와아!" 하는 탄성. 공처럼 둥그런 붉은 덩어리는 장미 다발, 가슴이 서늘하도록 검붉은 장미였다.

꽃망울끼리 **빽빽**이 맞대어 마치 공처럼 만든.

"……."

핑크색 리본 손잡이가 송아 쪽으로 돌려졌다. 꼴깍, 넘어가지 않는 마른침을 삼켜 보았자, 이건 현실이다!

"받아요. 송아 씨를 위한 부케입니다."

그가 매력적으로 웃으며 살짝 윙크하자, 특유의 턱 보조개가 오목하게 들어갔다. 살짝 뒤집어진 주름진 입술에서 제대로 된 미소가 발했다.

"어머, 어머!", "웬일이야!"

꼼짝 못 하고 부케를 노려보니, 재촉이 더해졌다.

"야, 받아!", "팔 떨어지시겠다!"

관자놀이는 지끈지끈한데 손이 제멋대로 받아 얼결에 쥐었다. 하필, 공교롭게도, 잊고 있던 3캐럿의 누드캔디가 햇빛을 받아 반짝, 빛난다. 아이, 씨!

"반지, 황진헌 씨가 주신 건가요? 진품이죠?"

누군가의 질문과 휘익, 하듯 장난치는 남직원의 휘파람 소리도 연이어졌다.

그는 빙그레 웃으며 빈손을 들어 보이곤 약지와 새끼를 간들거렸다. 모두들 그의 새끼에 있는 흰 줄무늬의 반지흔을 발견했다. 동시에 손목시계에 **빼곡**한 멜리 다이아몬드들이 요란하게 반짝인다. 진품이거든? 보증이라도 하듯.

"오오!" 하는 탄성과 책상을 두구두구, 두드리는 사람들의 호응으로 회의실 안이 들썩였다.

"무슨 뜻입니까, 송아는 제품의 리뷰를 위해 잠깐 끼고 있는 거라던데."

뾰족하게 묻는 목소리는 오지령이었다. 송아에게 내내 시선을 떼지 않던 그는 오지령을 흘끗 보곤 다시 빙그레 웃으며 대답했다.

"송아 씨가 그렇게 말했으면…… 그래야 하겠죠."

그 시선에 담긴 뜨거운 열기가 노골적인 장난기로 번들거리는 것은 함정이었지만.

"크큭! 좋겠다, 금송아!"

누군가의 탄성이 튀어나왔다.

"자, 자! 질문들은 그만하고 잠깐 티타임이나 가집시다."

애매모호한 상황을 정리한 건 편집장 구석기였다. 잊고 있던 사이 커다란 회의 테이블에는 좀처럼 어울리지 않는 고급 과자와 케이크들이 죽 깔렸다.

각종 스콘, 여러 종류의 쿠키, 수제 초콜릿들, 보기에도 아까워 입으로 넣을 용기가 도무지 생기지 않는 예쁜 조각 케이크들, 그리고 여러 종류의 커피와 차.

모두들 상기된 채 갑자기 뚝 떨어진 간식에, 아니, 황진헌에 반쯤 흥분해 있었다. 금송아만을 제외하고.

"황진헌 씨가 괜찮은 제안을 하나 하려고 하는데, 그게……."

반가운 건지 곤란한 건지 어정쩡한 표정으로 구석기는 주춤주춤 소개를 해 나갔다.

그는 "제가 소개하죠." 하고 말을 받았다. 그러곤 고갯짓으로 넉살 좋게 인사했다.

"인사가 늦었습니다. 저는 황진헌입니다, 모두들 아시다시피."

"하하하!"

좌중에 자연스러운 웃음이 끼얹어졌다.

"〈화이트 웨딩〉의 당월 호 판매 부수가 가파르게 상승한다는 인사를 들었습니다. 그리고 아직 매출액으로 연결되지는 않았지만 저희 〈싸이듀〉도 핫 이슈로 떠올랐습니다. 누구 덕분에 말이에요?"

지그시 바라보는 눈빛 끝엔 금송아가 있었다. 확 고개를 돌렸지만 따갑도록 뜨거운 시선은 여전했다. 그는 말을 계속했다.

"저는 장사꾼이라 기회가 값없이 그냥 지나가도록 두고 볼 순 없습니다. 좋든 싫든 이왕 이슈가 되었으니, 〈싸이듀〉를 좀 더 대중에게 오픈해 볼까 합니다. 이슈를 한 번 더 키웁시다. 저희 프리미엄 서비스, '숙녀의 방'에 금송아 씨를 초대하려고 합니다."

모두들 황진헌의 기획에 기뻐하는 기색이 역력했다. 만날 '시의성' 어쩌고 하더니, 구석기는 영혼을 팔았구나. 악, 첩자는 편집장님이었어!

순간 구석기를 살짝 흘겨보는데 그가 스르륵 시선을 피했다. 말을 꺼낸 건 다른 직원.

"정말 좋은데요! 두 회사 모두 윈윈이죠."

"그렇다면 '숙녀의 방'을 직접 경험하는 여성의 체험기를 콘셉트로 잡는 건 어떨까요?"

"그래, 그건 송아가 적격……."

평소에 접해 보지 못할 고급 아이템이 던져지니, 여기저기서 아이디어들이 쏟아져 나왔다. 금송아는 아무런 생각이 없는데, 금송아 기자의 체험기를 결정하다니. 그러나 의견은 한데로 모아지고 있었다. 마음이 다급해졌다. 이건 그녀에게 너무 불리했다.

"저, 전 반대해요! 자, 잡지의 이슈가 너무 〈싸이듀〉로만 흘러가는 건 별로이지 않나요?"

"왜 그래? 이 좋은 기회를.", "씨이, 좋겠다! 싫으면 내가 갈게."

그러나 금송아의 나 홀로 반대 의견 따윈 곱게 묻혔다.

회의는 점점 숙녀의 방을 방문하는 금송아 기자의 체험기로 가닥이 잡혀 갔다. 졸지에 다음 호에 얼굴이 여기저기 찍혀 나오게 생겼다.

"저, 저기요! 그럼 미지의 여성이 방문하는 체험기가 어떨까요? 글을 읽는 독자가 쉽게 감정 이입을 할 수 있어야지요. '금송아'라는 주체는 빼고."

얼굴이 찍혀 나오는 건 아무래도 싫다. 황진헌은, '나한텐 그렇게 쉽게 강요하더니?' 하는 눈빛으로 슬쩍 미소를 지었다. 콱 찔렸지만 말짱하게 외면했다.

"좋은 의견입니다."

그는 다시 회의를 진행했다.

가까스로 안도한 뒤 송아는 회의에서 반걸음 물러났다. 아직도 해머로 얻어맞은 것같이 머리가 백지상태. 눈앞의 붉은 장미 다발이 요사스러운 향기를 토해 냈다. 1미터 앞에서 작정하듯 성적인 페로몬을 뿜어 대는 저 황진헌처럼.

입을 다물고 있는 송아는 어쩔 수 없이 회의를 주관하는 황진헌을 한동안 주시하게 되었다. 그는 직원들과 자연스럽게 이야기를 주고받고 있었다. 금송아를 꼬드기러 온 건지, 진짜로 회사 일 때문에 회의를 하러 온 건지 헷갈릴 정도.

확실히 둘만 있을 때와 회의 석상에서의 그의 모습은 아주 달랐다. 문득, 그가 〈싸이듀〉의 대표였단 사실이 뒤늦게 깨달아졌다.

"〈화이트 웨딩〉이 〈싸이듀〉의 매력을 보여 줄 수 있는 창의 역할을 한다? 좋습니다. 그렇다면……."

특유의 카리스마로 강렬한 눈빛을 발하며, 자기가 원하는 의견을 다른 사람의 입을 통해 말하게 하는 드리블 솜씨가 일품이다. 적당한 칭찬과 부드러운 반박. 의견을 이으며 필요한 사람에게 발언권을 넘기는 유연함.

다들 저도 모르게 다양한 의견들을 쏟아 냈다. 자연스럽게 "하하!" 터지는 웃음들이 마르지 않는 새 아이디어가 넘친다. 덕분에 회의 결과는 그 어느 때보다도 풍성했다.

"네. 숙녀의 방의 콘셉트는 20세기 초 상류층 여성들의 방을 그대로 옮겨다 놓은 겁니다. 마치 응접실에서 친구들과 수다를 떨며 보석을 천천히 고르는 것처럼……."

그의 남성적인 매력이 빛을 발했다. 특히 그가 보석에 관해 이야기를 할 땐 더욱 그랬다.

송아는 문득 갑자기 모든 게 이해되었다. 아, 이래서 그의 여비서가 통화를 할 때마다 그에 대한 호감이 작열했었구나. 그에 대해 말할 때마다 그의 직원들에게 배어 나오는 자긍심이 이런 거구나.

그때 다시 두근, 심장이 묵직하게 울렸다. 그가 활짝 웃으며 다정하게 입술을 부풀리기 때문일지도.

"동의하십니까?"

"네, 네?"

아, 멍청한 표정을 들킨 것 같다.

"송아 씨가 직접 미지의 여성이 되어 보석들을 착용하고 걸쳐보는 것까지는요."

"아, 네. 그럼요. 촬영은 들어가야죠."

반사적으로 바보같이 대답했다.

"그럼 직접 선보일 보석들을 고르는 건 저희에게 맡겨 주시면……."

그가 설명을 덧붙이며 회의는 순조롭게 마무리되었다.

송아는 결국 엘리베이터 앞에서 매우 공손히 고개를 숙이고 있게 되었다. 모셔 온 건 구석기인데 배웅은 이상하게도 금송아의 몫이 되어 버렸다.

"그럼 안녕히 가시고 날짜를 조정하는 건 강 비서님을 통해……."

하려는데, 그는 원래의 장난기를 찾았다.

"왜 이러시나, 우리 사이에?"

슬쩍 웃으니, 잊었던 울화가 되살아났다. 분위기에 휩쓸려 회의를 하고, 다음 호 기획까지 어떻게 되긴 했지만, 그가 동료들에게 애매모호한 관계를 충분히 흘리고 가는 건 사실이었다. 이 이기적인 인간! 자기 필요한 건 싹싹 다 훑어 챙기는 인간!

"우리 사이라뇨!"

그러고 보니 따져 물을 게 한둘이 아니었다. 화가 나서 다다다, 쏘는데 그는 손을 슬쩍 잡아 1층 카페로 이끌었다.

"놔요!"

갑작스러운 스킨십에 당황하면서도 처음 손잡던 게 생각났다. 그땐 사심을 가득 담은 듯 끈끈하게 미끄러져 들어오는 터치가 농밀했다면, 지금은 다정하면서도 천진하다. 마치 장난꾸러기 아이처럼.

"싫은데?"

그는 애써 빼내면 끈덕지게 손을 또 잡아 냈다. 확 털어 내니,

새끼손가락 끝을 잡고 늘어진다. 왜 이렇게 손잡는 걸 좋아하니?

"아파요!"

"반항할수록 더 아파. 아픈 거 싫음 가만있든가."

답하면서도 할 짓은 다 했다. 카운터 앞에서 맘대로 차 두 잔을 시키곤, 목에 걸린 송아의 직원 카드를 들어 계산까지 마쳤다.

"내 카드예요!"

"알아, 금송아가 사. 네가 사 주는 거 얻어먹고 싶어."

문득 호기심으로 반짝이는 카운터 아저씨의 두 눈동자가 몹시 신경 쓰였다. 여기는 밥 먹듯 매일 커피를 사 먹는 곳이다. 무려 40퍼센트의 직원 할인으로.

눈치가 백단인 그는 "여기, 〈화이트 웨딩〉 직원이랍니다." 하며 송아를 집게손가락으로 가리켰다. 카운터 아저씨는 "하하, 알죠." 답하며, '와우, 남자 친구?' 하는 입 모양을 만들어 보냈다.

얼른 손사래를 쳤으나 설득력은 없어 보였다. 가슴이 답답하며 골치가 지끈거렸다. 이로써 커피 아저씨까지 매일 만나는 모든 사람들에게 강제 커밍아웃을 당했다. 알 수 없는 오기와 '될 대로 되어라!' 자포자기가 동시에 일었다.

그는 길가 쪽 뷰가 좋은 창가에 자리를 잡았다. 송아는 종이컵이 테이블에 놓이는 것과 동시에 짜증을 냈다.

"이렇게 고의로 스캔들을 내는 이유가 뭔가요? 날 진짜로 좋아하지도 않으면서요?"

얼음이 잔뜩 든 커피를 시원하게 들이켰지만 속이 답답하긴 마찬가지.

"스캔들은 모르겠고, 금송아를 싫어한다고 하진 않았는데?"

그의 얼굴엔 묘한 장난기와 색기가 흘렀다. 배부른 호랑이가 토끼를 먹는 대신 즐겁게 갖고 노는 표정이랄까. 슬쩍 놓아줘서 이리로 팔딱 뛰면 앞발로 머리를 콱 누르고, 또 슬쩍 놓아줘서 저리로 팔딱 뛰면 다시 꽁지를 콱 누르는.

"하지 마요!"

손가락 하나는 아까부터 인질로 잡혔고, 다정하게 머리칼을 쓸려는 손은 덤이었다. 확 치워 냈어야 했는데.

눈이 마주치고 말았다. 집중의 열기가 가득한 그것과.

심장이 덜컥 내려앉았다. 이글이글 끓듯 빛나는 그 속엔 벼려진 칼날 같은 잔인함과 나른한 권태가 함께 깃들어 있었다. 지나가는 암컷을 마음껏 유린하곤 아무렇지 않게 떠나갈 수컷이 지니는 찰나의 흥미도.

그의 손에 부드럽게 감기는 머리칼의 간지러움에 가슴이 아릿해졌다. 안 돼, 느끼지 마!

뒤늦은 타이밍에 손을 간신히 쳐 냈다.

"무, 무슨 뜻이죠?"

"말 그대로. 싫지 않다고."

"끝까지 장난질이신가요?"

"이봐, 무슨 장난을 이렇게 시간과 정성을 들여 치나."

그는 나른한 표정으로 감상하듯 바라보았다. 따스하게 감겨 오는 손가락, 또 눈빛이 마주쳤다. 롤러코스터가 툭 떨어지듯 심장이 쫄깃해지는 느낌. 아냐, 정신 차려. 궤변과 분위기에 휘말리다 보면 본질이 흐트러진다. 지금은 절대로 이 인간의 속을 털어 내야 했다.

"도대체 나한테 왜 이러시나요? 보아하니, 황진헌 씨한테 사랑한단 고백을 듣긴 어려울 것 같은데."

딱딱하게 목소리를 굳히니 그가 곤란한 듯 입가를 혀로 축였다.

"내가 금송아에게 느끼는 감정, 그걸 솔직히 말하면 되나?"

그는 답을 생각해 내듯 맞잡은 손을 만지작거렸다. 질문의 요지는 그게 아니었으나 궁금한 걸 정확히 짚었다. 미소가 슬쩍 깃든 그의 입술에 즐거움과 심술이 올랐다.

"글쎄, 처음엔…… 좀 혼내 주고 싶었지."

그럼 그렇지. 이 봐, 날 좋아해서 이러는 건 아니잖아!

"이봐요!"

"그런데, 이렇게 공들여 괴롭힐수록……."

다시 커다란 손이 머리칼 안으로 쑥 들어왔다. 반항할 틈 없이 뒷목에 악력이 가해진다. 그가 입술을 가까이했다. 심장이 툭 떨어지는 것과 동시에 얼른 입을 가려 막았다. 그러나 코끝에 갑자기 밀려드는 애프터쉐이브의 잔향.

얼어붙은 채 움츠러들었다. 두근. 두근. 두근.

간지러운 건 귓가였다.

"함께 있는 게 점점 더 즐거워져."

연이은 '춥' 소리는 환청이었을까. 그의 속삭임에 심장이 요동쳤다. 갑작스러운 공격을 당한 듯 가슴이 후끈댄다.

나한테 장난치는 거라는데 두근거리다니. 안 돼. 매끈한 허우대와 매력적인 미소는 독이다.

"지…… 진짜로 원하는 게 뭔가요?"

울렁거림을 간신히 누르고 싸늘히 쳐다보니, 얄궂은 미소에 의아함이 깃든다.

"당신이 진짜로 원하는 거, 그걸 말해요. 이렇게 내 주변을 휘저으면서 날 흔들지 말고, 차라리 이성적으로 부탁해요."

"뭐, 뭐…… 뭘?"

그 눈빛에서 열기가 식은 틈을 놓치지 않았다.

"뭐라니요, 이제 와서 뭐라니요? 솔직히 말해요. 당신은 치밀하고 계획적인 인간이야. 이 반지, 내 인터뷰에 억지로나마 응해 준 것, 오늘의 행차, 다음 호의 기획까지. 당신은 하나도 손해 본 게 없죠. 내 말이 틀렸나요?"

커다란 충격이라도 받은 듯 그의 얼굴에서 매력적인 미소가 싹 빠졌다.

이거 왜 이러셔? 마치 그딴 건 하나도 몰랐단 듯이!

"후후, 이거 참 재미없는 해석이군."

허탈한 그의 미소에 마음이 쓸데없이 아파 왔다.

"네, 당하는 저야말로 재미없어요. 당신이 움직일 때마다 당신은 돈을 벌거나 이득을 얻게 되었죠. 지금까지 당신은 뭐 하나도 손해 본 게 없어."

그가 맞잡은 손을 버리듯 내려놓고 물끄러미 쳐다본다. 꽤 복잡해 보이는 그의 표정.

"그래, 그랬었군."

따뜻한 그의 온기가 떨어져 나가자, 마음이 쓰리며 외로워졌다.

"몰랐단 듯 허세 부리지 말아요. 좀 솔직해지시죠? 진짜로 원하는 걸 부탁해요."

"그래, 뭘 들어줄 건데?"

"글쎄요. 들어줄지 말지는 들어 보고 정할 거예요."

그때였다. 마치 답변을 대신하는 것처럼, '찰칵!' 셔터 소리와 함께 까르르, 웃음소리가 들렸다. 두 명의 어린 여자였고, 그 둘은 곧바로 달음질쳤다. 누군가 도둑처럼 사진을 찍고 도망친 것. 그

안엔 황진헌은 물론 금송아도 함께 담겼다.

벌떡 일어섰지만 거리엔 벌써 아무런 흔적이 남아 있지 않았다. 순식간에 무언가 당했는데, 아무 일도 벌어지지 않은 것처럼 무심하게 사람들이 오고 갈 뿐이다. 뒤늦게 달려 나가려는 송아의 손목을 황진헌이 잡아챘다. 그가 고개를 가로로 저었다.

그는 이미 여러 번 당해 본 것 같았다. 어정쩡하게 자리에 앉으면서도 불쾌함과 찜찜함이 교차했다.

"요새, 내가 인기가 좀 많아졌어. 그대 덕분에 유명해져서."

그의 입가엔 웃음기가 싹 빠져 있었다. 30센티미터 앞 차가운 얼굴에 가슴이 저릿했다. 차라리 가짜로나마 장난치는 얼굴이 낫다. 좋아한다는 말들이 거짓임을 아는데 왜 자꾸만 속이 상하는 건지.

"……."

그의 차가운 얼굴이 가까워졌다. 눈빛은 웃지 않았지만 주름 많은 도톰한 입술만은 밀어를 속삭이듯 부드러웠다.

"또, 그대 덕분에 선 시장에 내던져지기도 했지. 우리 할아버지가 아무리 등을 떠다밀어도 꼭꼭 숨어서 안 팔리고 여태 잘 버텼는데, 금송아가 멋지게 포장해 줘서 말이야. 이제 자칫하다간 팔려 나가게 생겼어."

지끈거리는 머리를 억지로 회전시켰다. 좋지 않은 생각이 몽글몽글 피어났다.

"가, 가짜로 애인 행세라도 해 달란 건가요?"

"하, 그거, 아주 좋은 생각이군."

그의 얼굴이 씁쓸하고도 서글펐다. 들켰으면 들킨 거지, 표정이 왜 이래?

"이거군요? 내 기사 때문에 이렇게 되었으니, 날더러 애인 행세를 해 달라?"

그가 잘 넘어가지 않는다는 듯 마른침을 삼켰다. 바라보는 눈빛이 불안하게 흔들렸다.

"그래, 내겐 당장 애인을 만들어 둘 필요가 있었지. 금송아는 멍청하지 않아서 참 좋아, 안 그래?"

그의 말 한마디 한마디가 냉기로 돌아와 가슴을 후벼 팠다.

"싫어요!"

"좋아, 가짜 애인이라. 이렇게 좋은 생각을 스스로 해 내고서, 왜?"

"하! 덮어씌우지 말아요. 혼자 사귈 순 없죠. 제 의견은 변함없어요, 싫어요!"

그러나 그는 뒤늦게 흥이 돋는다는 듯 자세를 바꾸어 바르게 앉았다.

"그럼 넌 맘껏 거절해. 나는 사력을 다해 매달릴 테니."

"이봐요!"

"황진헌의 첫사랑, 금송아. 황진헌은 마음을 홀랑 **빼앗겨** 금송아에게 온몸을 다해 매달리다가 버림받을 거야. 그리고 앞으로 어떤 여자와도 결혼하지 못하는 아픈 남자가 될 거야. 금송아 때문에."

"무, 무슨, 그게 무슨······."

"누구나 묻겠지, 왜 결혼하지 않으시나요? 그때마다 난 답할 거야, 금송아가 생각나서요."

맥이 탁 풀렸다. 어떤 액션을 취하든 이 남자는 나를 이용해 자기 이득을 챙기겠단다.

문득 그가 빈정거렸던 말이 기억났다.

'결혼이 딱 질색인 남자와 결혼하기 싫은 여자라. 아주 환상의 만남이군.'

집에서 결혼을 시키려나 보다. 그래, 원래도 괜찮았지만 지금은 선 시장에 내놓기에 더없는 최적기. 그러니 가장 연결될 일 없는 금송아가 가장 안전한 방패막이가 되는 건가.

가슴이 허하게 쓸쓸했다. 하지도 않은 사랑에 마음이 아련히 아파 왔다. 어느새 매력적인 웃음을 찾아 걸친 그는 손댈 수 없는 악동이 몸만 불쑥 자란 어른 같았다.

"앞으로 금송아를 막 많이 만날 수 있겠군. 버려질 때까지."

"하나부터 열까지…… 저에 대한 배려는 조금도 없군요!"

그는 씩, 웃으며 고르고 하얀 치아를 보였다. 머리칼로 깊숙이 들어온 오른손이 목 언저리를 간질이다가, 귓불과 귓바퀴를 살짝살짝 핥듯 매만졌다.

"이건 금송아에게 결코 나쁠 게 없어."

그는 협박과 타협의 대가였다. 힘차게 채찍을 휘두른 그는 이젠 당근 냄새를 슬쩍슬쩍 맡게 해 주었다. 달콤한 홍당무의 향을 맡고 코를 벌름거리는 멍청한 암말이 된 것 같았다.

"날 남자 친구로 막 이용하라고. 나는 선물을 사 줄 수도 있고, 좋은 식당에 데려가 줄 수도 있지. 친구들에게 자랑을 해도 좋고, 직장에서 나를 팔아 이득을 챙겨도 좋아. 헤아려 봐, 네가 누릴 수 있는 게 얼마나 많은지. 사귀는 동안 열심히 싹싹 다 챙겨 가져."

"……"

그는 속닥속닥, 간지럽도록 귓속말을 계속했다. 표정이 궁금했으나 그의 얼굴을 볼 수는 없었다.

"그래, 고의 스캔들! 스캔들이 요란해지면 본게임이 시작될 거야. 내 할아버지의 결혼 반대. 그럼 더 하기 싫어질 때쯤 나가떨어지라고."

기가 막혔다. 이게 그의 저의였구나. 모욕성 발언에 화가 발끈 났다.

"지, 지금…… 나 같은 여자는 보나 마나 '결혼 반대'를 하실 게 뻔하다는 건가요?"

"아니, 누굴 데려가도 마찬가지야. 머리 좋은 여자 질색, 말 잘하는 여자 질색, 너무 예쁜 여자 질색, 그리고 미안하지만 할아버지가 가장 경멸하는 직업이 '기자'야. 이렇게 보니 금송아보다 더 좋은 여자를 구하래도 구할 수가 없겠어."

머리가 어지러웠다. 그는 칭찬과 모욕을 동시에 투척했다.

"우리 할아버지는 좀 멍청한 듯 참한 여자가 엄청난 재산을 싸짊어지고 오길 기대하시지. 어때? 아무래도 금송아는 결코 내 할아버지의 이상형이 될 순 없겠지?"

"……"

그의 눈에 물기가 슬쩍 어린 건 진짜일까 착각일까. 그러나 그 반들거리는 눈은 아랑곳 않고 마지막 당근을 아낌없이 투척했다.

"할아버지가 나설 때쯤, 넌 그냥 두 손 들고 항복해. 그때까지만 내 옆에 있으면 이별의 선물로 그 반지를 줄게. 어때, 결코 손해는 아니지?"

악동 같은 그의 눈이 반짝, 빛났다.

5.

빛나야 할 것

부엌방, 송아는 침대에 누운 채 작게 한숨을 내쉬었다. 손바닥
만 한 작은 창이 하늘을 담고 있었다. 별이 하나도 보이지 않는다.
하늘이 칠흑같이 새까맸다. 손을 죽 뻗어 한 줌밖에 열리지 않는
창을 힘겹게 열었다.

쌀쌀한 바람에도 마음이 더웠다. 아직도 갈팡질팡 마음이 요동
친다. 반항을 해 봤자 제멋대로 굴 인간, 적극 협조 해 주고 이득
이나 실컷 챙겨? 그러나 회사에 헛소문이 잔뜩 난 걸 떠올리니 울
화가 치민다. 이불을 박차고 일어났다.

"아냐. 자야 해, 자야 해. 이미 엎질러진 물! 자자, 자자!"

또 살짝 맛이 간 여자처럼 스르르 누워 하늘을 바라보았다. 잃
어버릴까 봐 목에 걸어 놓은 반지가 거추장스럽다. 집에서도 끼라
고 했다고 넵, 하고 낄 만큼 멍청이는 아니니. 식구들에겐 절대 들
키지 않아야 했다.

114

그러고 보니 이게 웬일. 남자에게 뭘 받는 건 정말 불편했는데. 늘 커피 한 잔도 쉽게 얻어먹지 못했는데. 이상하게 황진헌에게만은 밥을 얻어먹어도, 꽃을…… 아니, 심지어 집값의 반지를 받았는데도 찜찜하긴커녕 억울하고 울화가 치미는 이상 증상에 시달린다.

겨우 꽃다발 하나에 그렇게 난리인데, 헤어질 땐 또 얼마나 입방아들을 찧을까. 하필이면 웨딩 부케를 가져와선! 까르르, 웃으며 이리저리 꽃다발을 돌려 보곤 한 마디씩 하던 게 생각나 머리가 지끈거렸다.

'야, 나중에 잘돼도 모른 체하면 안 돼?'

"아, 이미 사귀고 난 다음에 헤어질 일을 걱정하다니, 이러면 그 인간에게 말리는 거야!"

어깨에 힘을 빼고 잠을 청했다. 그러나 불쑥 그의 얼굴이 떠오른다. 반들반들한 눈빛으로 노골적인 장난기를 드러내던 그 악동의 표정, 그 도톰한 입술. 아, 자야 해!

다시 도르르 구르며 옆으로 누웠다. 거절했다간 아마도 제대로 들이대겠지. 그 사람이 작정하고 유혹하면, 난 넘어가지 않을 자신이 있을까.

마음이 자꾸 한쪽으로 기운다. 깔끔하게 거절하고 무시하잔 마음이 힘을 잃어 간다.

'네가 날 쳐다보는 게 참 달콤해.'

그때의 그 눈빛이란. 가짜로라도 그와 사귀는 건 참 달콤할 것 같다. 그리고 장난으로라도 그렇게 함께 있다 헤어지는 건 좀 힘들겠지. 바보 같게도 가짜 연애에 대한 기대와 함께 이별을 상상하니 마음이 사르르 아파 온다. 그래, 마음은 절대 주지 마. 차라리 이득을 챙겨.

"아, 이득!"

송아는 다시 발딱 일어났다. 이참에 독립을 하는 데 그를 이용할까. 결혼할 사람이라고 그를 데려오고……. 안 돼! 황진헌의 존재를 집안에 알리는 건 폭탄을 투하하는 것과 같다. 차라리 이 반지를 팔아 집을 장만하고 말지.

갑자기 입가에 미소가 지어지며 거추장스럽던 반지가 기특하게 여겨졌다. 방 한 칸이 아니라 집 한 채라니! 잘만 하면 집이 생기는 건가. 완전 멋진 독립!

"아, 나…… 진짜로 반지를 받을 생각을 다 하네. 나를 이렇게까지 타락시키다니, 이놈의 황진헌!"

결국 잠들기에 실패하곤 침대를 빠져나왔다. 물이라도 한 잔 마셔야 잠이 올 것 같다.

방으로도 스미는 오래된 부엌의 퀴퀴한 냄새가 밤의 냄새를 더했다. 더듬거리며 스위치를 찾아 켰다. 물 한 잔을 들이켜고 다시 불을 끄려는데 계단에서 인기척이 들린다. 난정이다.

서둘러 피하려 했지만 한발 늦었다.

"야, 사생아! 거기 스탑!"

난정이는 출출한지 냉장고에서 우유를 꺼내곤 시리얼을 집어 들었다.

"역시 낯짝이 훤하다? 매일 밤늦게까지 싸돌아다니더니?"

대거리를 하며 대화를 이어 가면 아버지 어머니를 깨우는 건 숨 쉬는 것보다 쉽다. 입을 꾹 다물고 장단을 맞추지 않기 위해 가슴을 식혔다.

"쓰레기 같은 잡지 나부랭이 좀 만드신다고 아주 커리어 우먼 나셨어, 응?"

하지만 난정이는 공격 포인트를 아주, 잘 짚었다. 한숨을 깊게 돌리며 다시 참을 인忍 자를 새겼다.

"그래, 너도 매달 들여다보는 쓰레기지. 결혼에 관심 많잖아."

나란히 선 난정이와 송아는 많이 닮았다. 그러나 송아는 눈빛이 또렷하고 코가 오똑하면서도 톡 부러지는 느낌. 즉, 귀여움과 섹시함이 공존했고, 난정이는 생김새가 비슷하면서도 분위기가 좀 달랐다. 인상이 흐릿해서 맹한 느낌이 더해진, 그래서 좀 더 색스러운.

그래서인지 남자들에게 좀 더 자주 대시를 받는다. 그걸 늘 입 밖으로 자랑했고, 날이 갈수록 화장도 짙어졌다.

"흥! 미혼모 딸이랑은 스펙이 다르니까. 같은 지붕 아래 살아도 같은 신분은 아니지, 사생아?"

아, 물은 괜히 마시러 나와선! 닥치고 말아야 하는데, 자꾸 말대꾸가 나갔다.

"그 스펙, 우리 엄마가 뼛골 뽑아 모은 돈으로 쌓은 거 알지? 미국 유학씩이나!"

"너 때문에 받은 우리 엄마와 나의 정신적인 피해 보상이라고 해야지. 정당한 대가라고?"

벌써 여러 번 싸웠던 주제. 대답할 말이 없어서가 아니라, 이 소모적인 싸움을 끝내기 위해 먼저 참았다. 그러나 작정하듯 이렇게 시비를 거는 걸 보면 뭔가가 좀 꼬인 모양이다.

"그래, 그렇게 애써 잘 만든 스펙, 결혼하기 전이라도 좀 써먹어. 아무것도 안 하고 있으면 더 힘들어져. 취업이 정 힘들면 아르바이트나 인턴이라도……."

"어따 대고 훈장질이야? 너, 내가 제대로 지랄 한번 하길 바래?"

폭발하듯 화를 쏟아 내는 난정이를 보니 울컥거렸던 마음이 오히려 가라앉았다. 그래, 선보는 것도 계속 잘 안 되고, 친구들도 점점 바빠져 가니 자기도 답답하겠지.

"그래, 자격 없는 언니 노릇 그만둘게. 말 그만 섞자."

방 안으로 들어가려 했는데, 난정이가 불러 세웠다.

"다시 붙어먹었니?"

한 번에 못 알아듣고 난정이를 잠깐 쳐다보았다. 그러다 오지령 선배를 문득 떠올렸다. 그래, 이것 때문에 굳이 내려왔구나.

"잘 살더라. 나도 몇 마디 안 해 봤어. 나랑은 아무 관계 없으니까 너 하고 싶은 대로 해."

기껏 묻고선 들은 체 만 체, 난정이는 먹던 그릇과 숟가락을 들고 몸을 일으켰다.

"애들이 너 데리고 나오래. 너 때문에 모임도 월초로 옮겼어. 나, 이딴 심부름 하기 싫으니까 애들한테 당장 연락하고 나와. 나 이상한 년 만들지 말고."

난정이는 먹다 만 우유와 시리얼을 벌여 놓고 사라졌다.

송아는 어지러워진 식탁 위를 조용히 정리했다. 난정이의 유학, 송아의 취업, 어물쩍 서로 번갈아 빠졌었다. 한둘씩 만나긴 했으나 다 같이 만나는 자리는 애써 피했다. 부엌의 형광등을 끄고 잠이 오지 않을 침대에 다시 누웠다.

친구들을 공유하는 건 참 골치 아픈 일이다. 원래는 송아의 친구들이었고, 애써 난정이를 껴서 친구를 만들어 주었다. 어머니와는 어쩔 수 없더라도 난정이는 아버지와 피로 이어진 형제. 하늘 아래 혈육 하나 없던 송아는 이복이나마 동생이 생겼다는 게 싫지 않았다.

'난정이에게는 비밀로 해. 너도 이제 와서 굳이 성을 바꾸는 건 싫다니. 이왕이면 난정이가 덜 상처받는 게 낫지 않니? 먼 친척인데 입양 온 걸로 하자.'

어머니의 비밀 제안이 불화의 씨가 될 줄은 꿈에도 몰랐다.

엄마는 당신이 가시기 전에 송아를 문송아로 바꾸어 주려 하셨으나 때 이른 죽음에 시기를 놓쳤다. 금순옥의 딸 금송아는 문송아가 되기 싫었다. 아버지가 강권하실 때도 끝끝내 거부했고, 동갑의 이복 자매는 금송아와 문난정인 채로 한 지붕 아래 살게 되었다.

대인 관계가 서툰 난정이는 여자 친구가 별로 없어 외로웠고, 붙임성이 좋은 송아는 난정이와 진심으로 친해지고 싶었다. 운 좋게도 둘은 금세 진짜 자매가 되었다. 비록 몇 년 동안이었지만.

'그 계집애 웃겨. 너도 내가 잘못했다고 생각해?'

'아냐, 네가 잘못한 거 없다니까. 그럴 만했어.'

혈육이 생겼다는 건 무언가 든든한 느낌이었다. 서로의 편이 되어 주는 거니까. 다른 친구들처럼, 그런 존재가 있다는 게 설레고 좋았다. 난정이의 편을 들어 주는 게 좋았다. 내가 힘들 땐 난정이도 내 편을 들어 줄 테니까.

'그 계집애 확 다시 가서 죽여 놓고 싶어.'

난정이는 가슴이 뜨거웠다. 그래서 친구들과 쉽게 싸우는 거였다. 스스로도 버거운 그것은 갑자기 꼭 사야 하는 물건이 되었다가, 또 갑자기 죽이고 싶은 사람이 되기도 했다. 송아는 이해할 수 있었다.

'안 말려. 소년원 가면 알바해서 영치금 많이 넣어 줄게. 보고 싶을 거야.'

형제였고, 친구였으니.

'깔깔깔, 미친년. 내가 너 땜에 참는다.'

그래서 알았다. 난정이의 그 분노를 식혀 주는 방법까지도.

그럼에도 가슴 한쪽은 늘 허했다. 가족이 셋이나 생겼는데 늘 불안했고, 어디 하나 마음 둘 곳이 없었다. 아버지는 엄마의 통장을 어머니에게 몽땅 맡겼다. 송아를 데리고 들어오는 조건이었을 것이다.

그 통장을 받아 든 어머니의 표정이란. 그건 그냥 돈이 아니라 엄마의 모든 것이 팔리고 바뀐 흔적, 엄마의 마음이었는데.

어른들을 믿으려 했지만, 나중에 다시 나를 위해 써 주시리라 생각하려 했지만, 마음 깊은 곳에선 그냥 없어져 버린 거라 여겼던 것 같다.

그래서 공부를 했다. 세상에서 빼앗기지 않는 유일한 것. 머리에 든 것. 학교 성적이야말로 빼앗기지 않을 것이었다. 석차에 숫자 '1'을 처음 새겼을 때의 그 안도감이란.

그건 자긍심, 기쁨 따위가 아닌 깊은 안도감이었다. 나는 나를 믿어도 좋아, 아무리 불안해도, 아무것도 가진 게 없어도 내 스스로를 의지하면 잘 살아갈 수 있어.

'진짜 전교 1등을 했어, 미친년!'

난정이는 등짝을 짝, 한 번 내리치고 비웃어 줬다. 난정이로서의 인정이었다. 송아의 성적이 나올 때마다 어머니에게 들들 볶이면서도 자기 식으로 쿨하게 비웃으며 축하해 줬다.

'엿이나 사 먹어. 알바 같은 헛소리 말고.'

그러곤 자기 용돈마저 나눠 주며 어머니에게서 용돈을 더 타 냈다.

난정이의 시원한 웃음소리를 생각하면 아직도 가슴이 아프다. 죽도록 밉지만 아직도 난정이 때문에 매번 아팠다.

'깔깔깔. 미친년아, 공부 좀 그만해! 눈알 썩어.'

진심으로 웃으며 목에 팔을 걸어 오던 옛 느낌이 아릿했다.

우리가 왜 이렇게까지 되어 버렸을까. 눈물 한 방울이 도르르 흘러 시트를 적셨다.

[잘 지냅니까?], [어이, 첫사랑?]

몇 번의 문자를 곱게 씹고, 몇 통의 전화를 가볍게 무시했다. 그렇더라도 그날은 왔다.

[금송아 씨, 'Jeune demoiselle'로 2시까지 와요.]

이 문자까지 무시할 순 없었다. 어차피 몇 시간 뒤엔 촬영과 인터뷰가 있으니. 아, 차단을 할 수도 없고. 어마어마하게 고급스러운 부티크의 이름을 보고 답을 넣었다.

[알아서 준비해서 갈게요. 4시까지 가겠습니다.]

곧바로 전화의 진동이 요란하게 울렸다. 뜨다 만 마지막 숟가락을 탁, 내려놓고 전화를 받았다. 잘 먹은 밥이 얹히는 기분이다.

— 잘 있었습니까?

"네."

눈치 빠른 반 대리 언니가 '황진헌?' 하며 입 모양으로만 물었다. 고개를 끄덕이니, '가, 가서 편하게 받아!' 하며 손짓을 해 준다. 손사래를 치는데, 언니는 송아 몫까지 점심값을 계산했다. "하지 마세요. 제가……." 했지만, 반 대리 언니는 달뜬 표정으로 "화이팅!" 외쳐 주며 자리를 떴다.

— 후후, 여자에게 이토록 씹히긴 처음이야. 와! 신선해. 매일 밤, 잠은 잘 와요?

"네."

잠을 잘 자긴. 며칠을 깊이 못 자고 끙끙 앓았다.

— 설마? 진짜?

"네."

그렇더라도 대꾸 안 해 주기. 재미없게 해 주기. 최대한 사무적으로 대하기.

얄팍한 금송아의 전략은 그러했다.

— 아, 역시 도도한 금송아, 보고 싶으니 와요, 얼른. 차 보낼게. 어디예요? 회사?

긴 한숨이 나왔다. 맞붙어 투덕거리다간 말리기 십상이다. 그나마 전화로 대화할 때가 통제가 쉽다.

"회사 앞이요. 기사 콘셉트에 해가 되지 않도록 알아서 준비할게요."

— 안 돼, 해가 되지 않을 수준으로는. 눈길을 사로잡도록 아름다워야지. 내 보석과 매치할 옷이야. 내가 골라.

"저도 일정이 있어요. 갑자기 이런 식으로 전화해서 나오라시면 곤란하죠?"

— 그러게 일정 의논하려는데 전화며 문자를 차곡차곡 씹으신 분이 누구셨더라?

"일은 핑계고 딴생각으로 연락하셨잖…… 공과 사를 좀 구분하세요!"

분노 게이지가 살금살금 올라갔다. 아냐, 안 돼. 화내면 말리게 되어 있어.

— 회사간 코워크 중에 대표 연락 피하신 금송아 씨? 공사를 좀 구분할 필요가 있겠어요?

아! 어떤 학원을 다니면 이 인간을 이겨 먹을 수 있을까. 망설이다 폭탄을 좀 이른 감 있게 투하했다. 이런 식으로라도 말을 꺼내 놓으면 미리 의논한 게 되는 거니까.

"금송아 기자 대역할 괜찮은 전문 모델 섭외해 놨어요. 의상 협찬도 받았고요. 굳이 준비한 의상을 입히고 싶으시면 교체는 가능……."

도저히 지면에 큼지막하게 찍힐 자신이 없어 궁리한 꼼수였다. 우려했던 것 이상으로 그는 버럭 화를 냈다.

— 아니, 아니! 난 금송아 기자를 초대했어. 정확히 말하자면 금송아지.

"어차피 저도 현장에 있을 거예요."

— 왜 이래? 날 알잖아. 나는 매우 사적인 감정으로 그쪽을 초대했는데, 이런 식으로 나오시면 어떡하나.

"이보세요, 황진헌 씨. 어차피 얼굴 안 나오잖아요. 연출은 제가 알아서 할 테니, 공적인 일은 그냥 일로만 해요, 그렇게……."

— 이봐, 금송아. 세상에 어떤 공적인 일도 사적 감정이 개입되지 않은 건 없어. 논리가 어쩌고 정의가 어쩌고, 모두 다 반드르르한 겉포장이야. 한 꺼풀 벗기면 결국 다 저 하고 싶은 대로 하고들 살아.

"당신의 쇼윈도 반지들이 실은 가품이듯이, 잡지도 모든 걸 사

123

실로 찍을 필욘 없어요. 사진은 진짜처럼 보이게만 찍으면 되죠!"

— 난, 금송아에게 내 보석을 자랑하고 싶어 불렀어. 나머지는 다 떨거지들이야!

"전문 모델이 가슴선이 훨씬 더 예쁘⋯⋯."

우기고 밀어붙이면 어떻게든 되겠지 했다. 그러나 그는 이를 악물며 음산한 목소리를 흘렸다.

— 내 말을 못 알아듣는군. 내가 촬영을 허락한 건 내 보석을 착용한 금송아의 가슴선이야. 떨거지들과 함께 너까지 쫓겨나고 싶으면 모델 불러. 난 엎어 버릴 테니.

"이런 갑질⋯⋯!"

— 어이, 사기꾼 아가씨. 내가 금송아 앞이라 매너가 말짱한 척 한다는 걸 알아줬으면 해. 신사의 가면을 벗으면 내가 얼마나 더 치사해질지 가르쳐 주고 싶군. 10분 내로 당장 튀어 와, 1분이라도 늦으면 국물도 없을 줄 알아!

만성 피로로 피부는 푸석푸석했다. 관리 한 번 못 받아 본 피부는 조명과 메이크업, 포토샵으로 커버한다 치자. 그러나 몸이 표현할 곡선, 하다못해 손의 표정까지도 엉망일 게 뻔했다.

얼굴도 아닌 손에 무슨 표정이냐 싶겠지만 그렇지 않다. 반지를 끼고 손만 쿡, 찍어 놓은 샷에도 여러 표정이 존재한다. 아무것도 아닌 것 같아도 나름 자연스럽게 슬픔, 기쁨, 설렘 등을 표현할 여러 스킬이 필요하다.

모델에게 이리저리 까다롭게 주문하던 걸 스스로 표현하려니 골이 지끈거렸다. 팔자에도 없던 모델을 결국 하게 생겼다. 내 기사에 내가 찍혀 나오다니! 생각만 해도 오글거린다.

그럼에도 송아는 발에 땀이 나도록 달렸다. 황진헌이라면 말짱하게 이 모든 걸 엎어 버릴 수 있다는 걸 확신했다. 헉헉거리며 'Jeune demoiselle' 앞에서 그 간판도 없는 커다란 건물을 올려다보자, 황진헌이 기쁜 듯 상반신을 내밀며 인사했다.

"헤이, 금송아! 여기!"

막상 들어간 부티크는 이 비싼 땅을 어떻게 하면 가장 비효율적으로 이용할 수 있는지를 잘 보여 주었다. 깔끔하게 깔린 밝은 톤의 마루는 놀랍게도 거의 텅텅 비어 있었다. 압도적으로 화려한 샹들리에와 물방울을 주제로 한 인테리어 아래 몇 무더기의 행거만이 소량의 옷들을 진열했다. 아마도 전시하고 싶은 건 화려한 부의 과시인 것 같다.

"안녕하세요, 금송아 님. 대표님께선 2층에서 기다리십니다."

여직원을 따라 나선형의 기다란 계단을 돌아 올랐다. 편집숍처럼 꾸며진 개인용 룸들이 구비되어 있었고, 그중 규모가 큰 곳으로 안내되었다. 보석도 방에서 고른다더니, 옷을 고르는 장소 역시 변태적 취향이야.

혼자 왔다면 주눅이 잔뜩 들었겠지만 그가 기다리고 있다는 사실에 어느 정도 자신감이 붙었다. 약간 상승한 전투력이 활기마저 실어 준다.

"이쪽입니다."

직원이 문을 열자, 소녀 취향의 아기자기하고 예쁜 방이 나타났다. 러블리한 화이트 톤의 레이스들이 곳곳에 장식되어 있었다.

"옷이 딱 한 벌이야? 어떻게 볼 때마다 그 옷이야?"

그는 송아를 보자마자 눈살부터 찌푸렸다. 아, 하필 또. 공교롭게도 만날 때마다 같은 옷을 입고 있었다.

"자주 입어서 그래요. 검은색이 편해요. 구김도 없고 뭐 묻는 거 신경 안 써도 되고."

"취향하고는. 이러니 내가 옷을 골라 주고 싶어지잖아."

그가 놀리듯 웃으며 다가왔다. 그러나 송아의 주의는 곧 행거로 쏟아졌다.

수십 벌의 드레스들이 그녀의 선택을 기다리고 있었다. 황진헌이 항의를 한 것도 무리는 아니다. 이런 수준의 협찬을 받기란 불가능하니.

그러나 울화가 꽉 치민다. 모두 그림의 떡. 죽 걸려 있는 드레스들은 한결같은 공통점이 있었다. 천을 걸친 것 같은 느낌의 드레이프트형이든, 일자형이든, 하트형이든, 모두 튜브톱이라는 것. 즉, 가슴이 훌떡 까였다는 뜻이다.

송아는 클리비지를 무척 강조한 올리브그린 드레스 하나를 빼 들어 몸 위에 대고 그에게 흔들어 보였다. 가슴골은 물론 젖무덤이 활짝 드러날 정도였다.

"차라리 홀딱 벗기시죠? 이 정도로는 성에 안 차실 텐데요?"

이를 바드득 갈며 간신히 악을 쓰고 싶은 걸 참았다.

"역시, 금송아는 내 취향을 너무 잘 알아. 5년 전에 한 번 써먹어서 좀 식상하지만 이참에 또 그래 볼까?"

그러나 그는 능글능글 여유 있게 받아친다.

아! 맞아. 순간 아랫입술을 꽉 깨물었다. 어떻게 누드캔디의 론칭 쇼를 잊었을까. 맨몸의 누드모델이 눈이 시리도록 흰 백색 조명 아래 누드캔디 하나만을 걸치고 쇼를 벌였던 그 충격적인 동영상.

"좋아, 이딴 드레스는 다 집어치우고 금송아의 누드……."

"항복할게요!"

소파에 드레스를 툭 내려놓고 두 손을 반짝 들었다.

계획 변경. 싸우면 안 돼. 차라리 하소연을 해서 실익을 챙기자.

"항복한다니까요? 하지만 저 드레스들은 못 입겠어요. 어깨도 잔뜩 뭉쳐서 라인도 밉게 나올 거고요, 다이어트도……."

하지만 그의 얼굴은 험악하게 일그러졌다.

"금송아, 아아주, 혼나야겠네?"

"네?"

그는 대답 대신 자신의 빈 새끼손가락을 툭툭 건드렸다. 화들짝 놀라 들어 올렸던 손을 감췄다. 아, 어떡해! 반지 뺀 걸 들켰다!

"아, 이, 이건……."

하는데 그가 한 발 한 발 다가왔다. 오늘따라 타이트 핏의 검은색 슈트를 잘 차려입은 그는 새까만 악마 같았다. 까만 눈동자를 반들반들 빛내며 웃고 있지만 정말로 화가 난 눈빛. 그의 체취가 섞인 강렬한 한숨이 훅, 끼쳤다. 입술이 바짝 탔다.

"아녜요! 이건, 이건 정당한 거예요."

말을 더듬으면 안 돼! 최대한 자연스럽게.

"촬……영이 있으니까 뺀 거죠. 바, 반지는 여, 여기 있어요!"

목걸이에 걸린 반지를 들어 보였다. 아, 더듬으면 안 된다니까.

"뭐라?"

여전히 노여움 가득한 목소리. 발걸음은 코앞에서 멈췄다. 가슴이 맞붙을 듯 가까워졌다. 슬쩍 몸을 비틀어 고개를 스윽 빼는데 그가 더욱 몸을 밀착했다. 가슴이 쿵쿵 뛰었다.

"사, 사진을 찍어야 하는데 반지 자국이 남으면 안 되겠죠? 반지로 눌린 살이 올라오려면 시간이 많이 걸린단 말예요. 미……리 빼놓은 거죠."

코앞에서 피식, 웃는 그의 눈빛이 더욱 매서워졌다. 그가 턱을 부드럽게 쥐고 엄지로 입가를 톡톡 쳤다.

"네?"

"거짓말할 땐 입가에 힘부터 빼고. 벌써 잊었어?"

저도 모르게 힘이 들어간 입가에 힘을 뺐다. 그의 손은 여전히 얼굴에 머물러 있었다. 그의 엄지가 입술을 건드릴 듯 가까워졌다. 간질거리며 입이 바싹 탄다. 고개를 빼려 했지만 꼼짝할 수 없다. 넘어질듯 아슬아슬하게 허리가 뒤로 꺾여만 간다.

"아하하."

애교스럽게 웃으며 허리를 더욱 뒤로 뺐지만 그는 함께 웃지 않았다.

"촬영 핑계라? 불과 10분 전까진 대역 모델이 있었지."

아, 도대체 이 남자는 왜 이렇게 쓸데없이 똑똑한 걸까. 허리가 아파 왔다.

"오, 오면서 빼, 뺀 거죠. 촤, 촬영을 해야 하니까요?"

"금송아, 반지 뺀 죄에, 거짓말한 죄 추가!"

"10분이면 충분히……."

하려다 입을 딱 다물었다. 그가 눈빛으로 경고했다.

'그만하시지? 나 더 화나기 전에.'

입술을 딱 붙였다. 매서운 눈빛이 고스란히 쏘아진다. 등이 저릿하며 오금이 저렸다. 그러나 그의 비난은 거짓말에 대한 게 아닌 것 같다. 심장이 쿵쿵 울렸다.

그가 시선을 내린다. 반들반들한 눈빛이 길고 빽빽한 속눈썹에 가려졌다. 그의 숨결이 위험하게 들썩였다. 갑자기 입술로 온 신경이 간다. 얼결에 혀로 입술을 축이고 말았다.

아, 이건 키스를 바라는 꼴이잖아.

뒤늦게 몸을 틀며 입을 막는데, 갑자기 균형을 잃었다.

"아앗!"

동시에 그가 허리를 틱, 감았다. 심장이 바닥까지 떨어졌다 올라오는 기분.

바보같이 휘청거리던 몸은 곧 바로 세워졌다. 저도 모르게 그의 옷깃을 쥐었던 한쪽 손을 놓고 정신을 차렸을 땐 그가 목걸이를 빼내고 있었다.

쓸데없이 숨이 가빴다. 안도감이 드는 동시에 창피해진다. 왜 키스를 하려 한다고 생각했을까.

"좋아, 반지는 촬영 끝나고 다시 끼기로 하지."

그의 목소리는 아무 일 없었다는 듯 평안했다. 혼자만 두근거렸었나. 창피하고 화가 났다.

"자! 남김없이 모조리 하나씩 입고 나와. 그렇게 보여 주기 싫어하는 거 실컷 구경하면서 어떤 벌을 줘야 할지 찬찬히 생각해 보게."

그는 소파에 던져졌던 드레스를 거칠게 집어 들어 손에 꽉 쥐여 주었다.

"아하하, 이리로 오세요. 도와드릴게요."

둘의 싸움을 아슬아슬하게 지켜보던 직원이 얼른 나섰다. 권하는 대로 따를 수밖에 없었다.

웬만한 방 크기의 커다란 피팅룸. 안에는 자잘한 여러 소품들이 잘 정리되어 있었다.

"어깨선, 가슴선이 아주 예쁘세요. 몸매도 좋으시고요. 충분히 잘 소화하실 수 있으니 걱정 마세요."

위로가 되지 않았다. 찍소리도 못 하고 가슴이 까이는 건 대굴욕이다. 붑 테잎으로 가슴을 정리하고 작은 패드를 덧댔다. 얇은 문 밖에 황진헌이 두 눈 시퍼렇게 뜨고 기다리는데! 가슴이 콱 죄어들었다.

아! 타임머신을 타고 10분 전으로 돌아가고 싶다. 반지 낄걸. 반항하지 말걸. 왜 하필 이걸 빼 들고 대들었을까. 손에 쥔 올리브그린 드레스는 참…… 작았다.

유두를 간신히 가리는 드레스의 가슴선은 심플한 일자형. 그러나 속이 환히 비칠 정도로 얇은 천들이 겹쳐져 피부와 옷감이 긋는 선을 흐렸다. 그렇게 입은 듯 벗은 듯 시작된 드레스는 몸을 단단히 감싼 채 짙은 올리브그린으로 내려와 잘록한 허리선을 강조한 채 툭 잘렸다.

"못 나가겠어요!"

직원은 문을 열었고, 송아는 문짝에 붙어 실랑이를 벌였다.

"왜요, 괜찮으신데요?"

"난 죽어도 못 나가요!"

그러나 갑자기 큼직한 손이 훅 끌어냈다.

"어이, 그렇게 자신이 없나?"

그가 비웃음을 문 채 노골적으로 바라본다. 뱃속이 쓸데없이 조여 왔다. 반들반들한 그의 눈이 샅샅이 훑는 게 느껴졌다. 꼭 발가벗겨진 느낌.

순간, 괜한 오기가 일었다. 그에게 우습게 보이기 싫다. 어차피 이렇게 된 것.

경험은 없어도 눈은 말짱하다. 거울을 보며 온몸에 바짝 긴장을 준 채 자세를 잡았다. 배 집어넣고, 허리 세우고, 가슴 펴고, 눈빛은 당당하게. 옷을 소화하는 건 몸이 아니라 멘탈이야.

거울 앞에 선 여인은 한 떨기 꽃이었다. 막 피어난 한 송이 꽃을 감싸듯 여인의 몸을 줄기처럼 감싸는 올리브그린의 드레스. 최소한의 천은 여체의 아름다움을 최대한 드러낸 채 봉긋한 엉덩이를 강조하곤 끝난다. 아름답게 죽 뻗은 두 다리가 하얗게 빛났다.

"구두가 아쉽군."

그가 만족스럽게 웃음 짓자, 이상한 안도감이 들었다. 직원이 서둘러 구두를 내왔다. 다리를 벌릴 때마다 조심하며 구두를 신었다. 노란색의 베이직한 구두가 러블리하다.

"노출이 과해요."

볼멘소리를 뱉었다. 당당한 건 당당한 거라도 사진은 사진이다.

"잘 어울려."

이가 앙다물어졌지만 '차라리 벗기시죠!' 따위의 반항을 더 할 생각은 나지 않았다. 대신 부탁을 했다.

"다른 드레스를 입어 보죠? 이건 빼 주세요."

"나는 결정했어. 다음!"

그러나 독재자 황진헌은 손짓을 하며 이미 이 망할 드레스를 촬영 리스트에 올려 버렸다.

"보석이 돋보여야지 노출이 돋보여선……."

하는데 그가 인상을 쓰며 쏘아봤다.

"무슨 소리! 보석을 착용한 사람이 돋보여야지, 보석이 주인을 잡아먹으면 어떡해? 오늘 빛나야 할 건 금송아, 너라고!"

백색의 두 번째 드레스는 마치 웨딩드레스 같았다. 하트 라인으로 부드럽게 가슴을 감싸며 잘록한 허리선을 강조했다. 발레리나의 스커트처럼 아름답게 퍼지는 우아한 흰색 물결은 소녀 시절에 꿈꾸던 그것 같다.

문득 엄마 손을 잡고 함께 바라보던 쇼윈도가 생각났다. 〈싸이듀〉의 쇼윈도처럼 하얗게 빛나던 유리 박스 안에는 새하얀 웨딩드레스가 서 있었다.

'송아야, 너는 나중에 꼭 빛나는 신부가 되어야 한다?'

'엄마도 입어. 엄마가 저 드레스 입으면 예쁠 텐데!'

'아니, 아니야. 나중에 커서 송아가 입어. 저런 드레스를 입은 우리 송아는 얼마나 아름다울까.'

얼른 머리를 흔들었다. 옛날 생각은 하지 마!

한동안 피팅 노예가 되어 입었다 벗었다를 반복했다. 선택은 전적으로 황진헌의 취향을 따라서. 하이 웨이스트의 블랙 드레스, 라일락색의 인어 라인 드레스, 그리고 그가 줬던 부케같이 검붉은 장미 드레스. 그의 손끝 지시에 따라 18세기부터 21세기까지의 수많은 디자인의 드레스들이 오갔다.

"촬영하기도 전에 지치겠어요. 충분히 골랐어요."

아, 드라마나 영화에선 꽤 로맨틱해 보이더니. 실제론 중노동이었다.

"이 이상은 죽어도 못 입어 봐!"

그는 기분이 좀 풀린 듯 피식 웃으며 직원에게 오렌지 주스를 주문했다. 얼음이 달그락거리는 게 쟁반에 받쳐진 걸 보자 너무 반가웠다. 스트로를 손가락으로 밀며 잔째 벌컥벌컥 들이켰다.

"많이 피곤해?"

웃음기 없는 그가 진지하게 물어 왔다.

"아뇨, 뭐 이 정도로요?"

일부러 씩, 웃으며 씩씩하게 대답했다. 조금 아까부터 기분이 좀 이상해져 있었다. 아니, 그 전부터.

'빛나야 할 건 금송아, 너라고!'

그가 외친 말이 뇌리에서 떠나지 않는다. 그윽하게 바라보며 웃는 미소조차 사랑하는 눈빛을 보내는 것 같아. 심장이 아까부터 비정상적으로 덜컥거리고 있었다.

"왜 그렇게 보시나요?"

하지만 태를 낼 순 없다. 쌔액, 웃으며 담백하게 묻는 수밖에.

그러나 그의 시선은 그녀를 떠나지 않았다. 그 눈빛이 목마르도록 강렬했다. 덩달아 입이 바싹 타, 싹 비운 음료수 속에서 얼음 한 알을 빼 물어 오도독 씹는데, 그가 문득 답했다.

"예뻐서."

"콜록, 콜록!"

얼른 빈 음료수 잔을 드레스에서 멀리했다. 직원이 달려 나와 유리잔을 받아 주었다. 다행히 짙은 네이비의 드레스였고, 입안엔 얼음 한 알뿐이었다. '콜록, 콜록!' 기침이 멈추지 않았다. 폭탄 같은 그의 발언도.

"처음부터 그랬고, 오늘은 더 그래. 내가 왜 이렇게 미친놈처럼 구나, 했는데 원인은 단순했어. 이건 다 너 때문이야. 네가 나빠."

"장난하지 마세요! 갈아입고 올게요."

말을 막기 위해 자리를 털고 일어서는데 그가 손을 들어 지시했다.

"입고 온 옷 포장해 주시고, 이 드레스들도……."

미약을 마셨다면 이런 기분일 것이다. 황진헌을 진짜 내 남자로 만드는 기분. 드레스를 입은 모습을 바라보던 그의 표정이 조금씩 굳는 걸 즐겼다. 그리고 그것은 송아에게도 열병처럼 전염되었다, 짜릿한 쾌감으로.

그래, 인정해야 했다. 처음 올 때와는 마음이 많이 달라져 있었다.

그는 헤어와 메이크업을 예약해 놓았고, 진득하게 오랜 시간을 기다려 주었다. 세상에서 가장 바쁜 사람이, 할 일 없는 한량처럼 대기석에서 천천히 변신해 가는 걸 지켜봐 줬다. 처음 만났을 땐 두 시간이 아까워 쪼개 쓰던 사람이.

비록 손에선 전자 결재와 업무용 통화를 놓을 새 없지만 변해 가는 송아의 모습을 뿌듯한 듯 틈날 때마다 바라봐 주었다. 노골적으로 만족이 드러나듯, 그 도톰한 입술이 일자를 그리며 감미롭게 웃었다. 얼굴이 자꾸만 확 붉어져 시선을 마주치기 힘들었다.

"아이라인 들어갈게요. 아래쪽 보시고요."

"네."

커다란 거울 앞엔 여러 개의 전구가 켜져 있었다. 처음 받아 보는 헤어와 풀 메이크업. 그의 주문대로 스타일은 내추럴했다. 그렇더라도 평소보다 깊은 아이라인과 풍성해진 속눈썹. 평소 대강 하던 메이크업에 비할 수 없다. 터치가 더해질수록, 거울 속에선 낯선 여인이 피어났다.

헤어만큼은 조금 과한 듯 과감했는데, 풍성하게 가채를 섞어 부풀려 올렸다.

"뒤끝이 너무 심하신 건 아닌가요? 티파니에서 아침을?"

60년대 복고 스타일이다. 소라처럼 부드럽게 말려 올라간 뒷모습이 재미있어 송아는 푸흡, 웃었다.

"아, 여자를 기다리는 건 많이 지루하군."

그가 일거리를 놓고 몸을 일으켰다. 직원이 송아에게 회색 모피 숄을 둘러 주려는데, 그가 대신 받아 들었다. 자기가 만들어 놓은 모습이 만족스러운지 어깨에 손을 짚는다.

"꽤 보람도 있고."

거울 속에는 낯설도록 아름다워진 송아와 익숙하게 잘생긴 황진헌이 함께 비쳤다. 제법 잘 어울리는 느낌에 조금 우쭐해지는데, 문득 벗은 어깨가 신경 쓰인다.

그가 손을 짚은 느낌. 따뜻하면서도 달콤하다. 미친 손이 함께 손을 잡아 깍지를 끼고 싶은 충동을 일으켰다. 처음 만났을 때 그가 해 줬던 것처럼. 흰 손가락과 검은 손가락이 얽혀 들어가는 외설적인 상상이 쏘아졌다. 안 돼!

"이거, 치우세요."

"뭘⋯⋯?"

의아함이 번지는 그의 잘생긴 얼굴을 보면서도 입가를 싸늘히 굳혔다. 터럭을 털어 내듯, 한 손가락으로 그의 손을 털어 냈다.

"함부로 나 만지지 말라고요. 가짜 애인 하시자는 분?"

그의 얼굴이 일그러진다. 꿈을 꾸듯 즐거운 표정이 순식간에 와장창 깨진다. 그러나 그것은 아주 짧은 동안. 피식, 웃으며 가면을 뒤집어쓰듯 그는 짓궂은 미소를 되찾았다.

무심한 손은 털어 내는 대로 털려진다. 그는 말짱했다. 무너져 내린 건 송아의 가슴뿐.

"아주, 안타깝군. 그럼 네가 날 잡아."

안타깝다는 그는 조금도 아쉬워하지 않았다. 단정히 어깨에 숄을 둘러 주곤 팔을 내민다.

"친구들이 저녁 먹으러 나오라고 난리더라. 그런데 식당이 하필⋯⋯."

그가 내주는 휴대전화를 톡, 잡아챘다. 심장이 욱씬, 쑤셨다.

"제 사생활이에요. 참견 마세요."

높은 힐로 서기 위해 무릎에 힘을 실으며 그의 팔에 의지했다. 직원이 어느새 딱 어울리는 비즈 클러치를 내밀었다.

"드레스와 세트로 드시면 돼요."

저딴 클러치, 받아 들고 싶지 않았다. 갑자기 이 모든 게 귀찮아지며 불쾌해졌다.

"촬영용이니 사양할 필요 없어."

"네, 감사히 받죠."

뱃속은 뜨거워지는데 목소리는 싸늘히 식어만 갔다.

몇몇 직원들이 오가며 부산스럽게 움직였다. 여러 벌의 드레스들이 〈싸이듀〉로 옮겨지고, 그가 자신의 차를 빼 오는 동안 흔들리는 마음을 다잡았다. 내 남자, 아니야. 일해야 해. 정신 차려!

"뭐, 부자 남자 친구가 생기니 좋군요. 이런 호사도 다 누리고?"

그러나 감정은 똑바로 설 생각을 않고 제멋대로 춤췄다. 아주 짧은 찰나, 황진헌이 내 남자라고 느꼈던 기분. 그 찰나의 달콤함을 멍청하게 되씹는다.

"부자라 퍽 다행이군."

조롱조의 음성이 울렸고, 지지 않고 되받아쳤다.

"당신이 매력적인 것도요. 전시용으론 딱이네요."

기분 좋은 그의 웃음이 "하하하!" 울렸다.

그가 조수석의 문을 열어 주었다. 거치적거리는 차림을 핑계로 손을 잡아 차에 태워 주는 걸 사양하지 못했다. 그가 보닛을 돌아 운전석으로 온다. 스킨십의 빌미를 없애듯 벨트부터 찰칵, 맸다. 그의 몸이 뒤늦게 차에 올랐다. 그 둔탁한 진동이 접촉처럼 아릿하게 느껴졌다.

"그러니 가짜라면 가짜답게 굴어요."

"뭐?"

그의 시선이 강하게 쏠렸다. 그러나 돌아보지 않았다. 피가 심장으로 몰리는 느낌.

"자꾸 애인처럼 굴지 말라고요. 난 그쪽이 아주 싫으니까."

"……."

한동안 그는 차를 출발시키지 않았다. 가슴이 쿡, 아파 옴에도 고개를 돌리지 않았다.

그와 함께 있는 모든 시간이 달콤했다. 가짜인 건 안전하고, 안전한 건 좋은 건데. 언제든 버려지더라도 유기견처럼 방황하며 괴로워할 일도 없는데. 그 가짜가 좋지만 싫다. 그와 함께 있을수록 점점 자신이 없어진다.

'빛나야 할 건 금송아, 너라고!'

문득, 문득, 진심처럼 느껴지는 그의 마음의 조각. 웃기게도 매 순간 진짜로 그와 가까워지고 싶다.

그때 띠딕, 울리는 휴대전화가 잠깐의 정적을 깼다. 오지령 선배였다. 답 문자를 넣으려 하는데, 전화벨이 먼저 울린다.

"네, 선배."

— 지금까지 연락이 안 되면 어떡해? 무슨 일 있어?

선배가 걱정스러운 목소리로 묻는다. 간단한 촬영은 스스로 하기도 하지만 이것은 기획물이니 선배가 카메라를 잡기로 했다.

"죄송해요, 출발했어요. 촬영 준비는 마쳤고요."

— 섭외해 놓은 것들은 다 취소하고. 어떻게 된 거야?

"황진헌 씨와 같이 있었어요. 이쪽에서 준비해 주셨어요."

— 참견할 주제 안 된다고 몰아붙여도 할 수 없어. 송아야, 너 내가 아무리……!

그가 어떤 말을 할지 알 것 같았다. 미리 말을 잘랐다.

"시간 맞춰 가요. 내 일은 내가 알아서 하니까 괜한 말은 마세요."

전화를 끊고 나니 이미 〈싸이듀〉 사거리 앞이었다. 단풍나무 거리의 몇 개 블록은 먼 거리가 아니다. 어색한 침묵 속 똑딱, 똑딱, 울리는 좌회전 깜빡이 소리가 유난히 크게 울렸다.

"애인인가?"

뜬금없는 질문이었지만 알아들었다. 통화 내용이 스피커로 샜나. 아니면 무언가 다른 분위기가 풍겼을지도.

"아뇨."

"그럼 썸 타는 중?"

"아뇨."

순간, 송아는 스스로를 욕하면서도 곧이곧대로 뱉는 자신을 어쩌지 못했다.

"사귀었던 남자요."

순간, "흠……." 하는 묵직한 한숨이 그의 입에서 나왔다.

좌회전 신호가 떨어지며 차는 부드럽게 호선을 그려 〈싸이듀〉의 주차장에 다다랐다. 차가 멈췄고 그의 질문도 함께 멈췄다.

6.

숙녀의 방에서

송아는 저릿하도록 아름다운 아르누보 양식의 건물을 올려다보며 한숨지었다. 그에게서 키를 인계받은 직원이 운전석에 오르기 무섭게 사람들이 튀어나왔다.

"대표님, 오셨습니까."

그가 밀렸던 업무 지시를 이것저것 할 때 입구에서 구석기 편집장이 걸어 나왔다.

"저도 궁금해서 와 봤습니다. 와! 정말 소문대로더군요. 촬영 끝날 때까지 같이 있으려고 했는데, 일이 생겨 먼저 갑니다."

"그러시죠."

황진헌은 다소 불쾌하단 듯 흘끗 보며 인사했다. 드레스 차림의 송아는 묵례를 하면서도 어깨가 오그라들었다. 황진헌의 주의가 직원들에게 잠깐 팔린 틈을 타, 구석기는 작게 속삭였다.

"적당한 거리, 알지?"

"네?"

"이따 지령이가 집까지 태워다 줄 거야, 수고해."

그제야 알아들었다. 취재원과의 적당한 거리. 너무 멀지도, 너무 가깝지도 않아야 한다. 송아는 무어라도 들킨 듯 괜스레 마음이 졸아들어 얼른 고개를 숙였다.

"네, 감사합니다."

고개를 까닥, 답례를 하며 구석기는 찬찬히 멀어져 갔다. 그래, 지금은 일하는 중. 잠깐 본분을 잊을 뻔했다.

"어이, 금송아 기자님?"

얼른 뒤를 돌아보니, 그가 고갯짓으로 입구를 가리킨다.

건물로 들어서는 그의 움직임은 물 흐르듯 조금도 흐트러지지 않았다. 그와 송아를 뺀 모든 직원들이 일사불란하게 움직였고, 트렁크에 실린 짐은 이미 둘을 앞질러 올라갔다.

"반갑습니다. 어서 오십시오."

어디선가 나타난 정영실 과장이 깊숙이 허리를 꺾어 인사했다. 뻔히 아는 처지에 확 달라진 태도. 얼결에 같이 고개를 숙이려 하니, 황진헌은 슬쩍 비웃으며 어깨를 잡는다.

"내가 요새 좀 안 하던 짓을 했더니."

숄 위로 어깨를 감싼 손은 다시 내려가지 않았다. 맨살에 그의 손이 닿진 않았더라도 꽤 신경이 쓰여 손끝으로 조용히 밀어 냈다. 그러나 그는 더욱 꽉 그러잡는다. 귓가가 갑자기 뜨거워졌다.

'날 더 이상 자극하지 말라고.'

귓가의 '춥' 키스 소리는 환청이 아니다. 심장이 빠르게 뛰며 얼굴이 확 달아올랐다.

"숙녀의 방은 처음이시죠? 부족하지만 제가 하나씩 설명해 드리겠습니다.”

엘리베이터 문이 열리자 정 과장은 태연하게 안내를 시작했다. 아니, 듣지 못한 척하는 것이다.

송아는 온몸이 조금씩 더 경직되었다. 모든 직원들이 일사불란하게 그녀만을 위해 대기했다. 조금만 철딱서니가 없었다면 마냥 즐거워했을 텐데. 오히려 모든 게 불편하고 부끄럽다.

“오 작가님은 다른 방을 촬영 중이십니다. 금송아 기자님은 착용 샷부터 촬영하시면 될 것 같습니다. 우선 숙녀의 방에 대해 소개해 드리겠습니다. 전면에 보이는 내부 인테리어는······.”

진헌이 손을 들어 올리자 정 과장은 설명을 뚝 그쳤다. 빳빳하게 굳은 어깨를 그가 부드럽게 어루만졌다.

“설명은 내가 천천히 하면서 들어갈 테니 촬영 지원해 줘요. 기사에 참고할 수 있게 보도자료, 빠짐없이 챙겨 보내고.”

“네.” 하고 고개를 숙이며 사람들이 각자의 위치로 사라졌다.

비로소 한숨을 깊게 토했다. 지금만큼은 이 사람을 의지하게 되었다. 평소에 입지 않던 모피 숄, 네이비의 오프숄더 드레스, 하이힐, 보석이 박힌 클러치. 평생 가장 잘 차려입었는데, 꼭 발가벗고 선 기분이다.

“금송아.”

“네.”

경직된 채 반사적으로 답하자, 그는 다시 고쳐 불렀다.

“송아야?”

그가 이런 식으로 부른 적이 있던가. 허리를 꼿꼿이 세운 채 그를 올려다보았다. 마음에 들지 않는다는 듯, 잠깐 망설이던 손이 비어져 나온 머리칼 한 올을 쓸어 넘겨 준다. 차마 쳐 내지 못하고 빤히 그를 바라보았다.

"뭐가 마음에 안 들어?"

아니라는 듯 고개를 흔들었지만 그렇다고 답한 꼴이다.

"말해."

"도대체 무슨 일을 벌인 거예요? 이건 협찬을 빙자한……! 잡지 촬영을 하자고 일개 기자에게 오픈하는 것치곤 모든 게 과하잖아요?"

"뭐가."

"촬영이고 뭐고 다 핑계야. 내가 그쪽한테 이런 걸 왜 받아요? 나한테 왜 이래요? 사람들에게 도대체 어떻게 보이겠어? 황진헌 씨가 데리고 노는 그렇고 그런 여자……."

"이봐!"

그는 더 말하지 말란 듯 잡은 팔에 힘을 주며 인상을 확 찌푸렸다. 호의에 대한 모욕이 지나치단 걸 인정한다. 하지만 이건 정말 그랬다. 다 때려치우고 도망치고 싶을 정도로.

"내 직원들은 원래 이렇게 움직여. 최선의 서비스를 하기 위해 모두들 몸에 밴 습관이야."

그러곤 그녀의 말을 의식한 듯 몸에서 손을 뗐다. 따뜻한 그의 체온이 훅 떨어져 나갔다. 문득 깨달았다. 나는 또 그의 체온에 기대고 있었구나. 기대지 마, 스스로 서야 해!

"내 직원들의 관심이 특별한 건, 금송아가 내가 데려온 첫 번째 여자이기 때문이야. 여기서 넌, 여자 한 번 사귄 적 없던 황진헌이 갑자기 신경을 쓰는 의문의 여자야. 이상한 생각은 다 네 머릿속에서 나오는 거고."

그는 한 발 떨어진 채 팔짱을 끼고 냉정하게 말을 뱉었다. 그러나 그의 차가운 말은 묘하게도 흐트러졌던 자신감을 되찾아 주었다. 순간, 바보 같은 생각이 싹 사라졌다.

그는 고개를 삐딱하게 기울이며 송아를 들여다봤다. 반들거리는 눈빛에 어린 조소, 날카로운 콧날, 비릿한 장난기. 싸늘함을 품은 채 입가가 심술궂게 비틀어졌다.

"헷갈려. 널 만날 때마다 매번 조금씩 헷갈려. 내가 보던 건 틈만 나면 거짓말, 들키더라도 뻔뻔하게 거짓말을 다시 거짓말로 돌려 막는 막장 금송아인데. 남자쯤은 빼먹을 수 있을 때까지 탈탈 털어 뽑아 먹고, 팬티까지 벗겨 가볍고 산뜻하게 뻥, 차 버릴 여자인데."

"하!"

그의 눈에 비친 나는 이런 모습이었구나.

"그런 못돼 처먹은 금송아 속에서 가끔씩 나타나는 넌 누굴까? 버림받기 싫어 소맷자락에 질질 매달리는 아이 같은 게…… 이래선 키스도 하고 싶고, 그보다 더한 걸 실컷 하고 잔인하게 차 버리고 싶어지잖……아아아앗!"

따귀를 시원하게 올려붙이지 않은 건 여기가 〈싸이듀〉라는 최소한의 자각 덕분이었다. 킬힐로 힘껏 서너 번 짓이겨 주곤 그가 아픔에 얼굴이 하얗게 될 때쯤 발끝을 놓아주었다.

"너! 여긴 내 회사……."

직원들이 차마 튀어나오지 못하고 눈알만 크게 데룩거리곤 다시 몸을 삭 숨기는 게 느껴졌다. 그는 체면 때문에 비명조차 제대로 지르지 못하고 말이다. 송아는 예쁘게 자세를 가다듬고 활짝 웃으며 그에게 감사 인사를 전했다.

"덕분에 기운이 확 나네요. 말씀하셨듯 제가 막장이라. 자, 이제

댁의 보석들을 실컷 자랑하시죠?"

보통의 주얼리숍은 밝은 조명과 차가운 유리로 둘러싸인 위압적인 인테리어를 자랑한다. 물론 그런 고급스러운 서비스를 즐기는 사람도 있지만 또 많은 사람들은 뭐 하나 편히 고르지 못하다 애써 들어선 숍의 문을 빈손으로 나서곤 한다. 황진헌은 이런 맹점에 주목했다.

숙녀의 방은 들어서는 복도조차 사랑스러웠다. 화려한 나무 조각이 벽을 뒤덮은 것처럼 아르데코풍의 장식들이 눈을 즐겁게 했다. 그리고 문을 열었을 땐 20세기 초 파리에 뚝 떨어진 것 같은 숙녀의 방으로 들어서게 된다.

"잘 알겠지만 당시 귀부인들의 방을 재현했지. 여기 놓인 가구들 중 일부는 실제로 동시대의 것들이야."

화해 아닌 화해. 팽팽했던 긴장감은 일단, 어느 정도 풀어져 있었다.

격조 있는 웨인스코팅에 벽지를 대신한 레몬색 비단 천이 예스러우면서도 아름다웠다. 물론 반짝이는 새것이지만. 그러나 머리 위를 빛내는 멋스러운 샹들리에는 진품인 것 같다.

"여길 꾸미려고 일부러 공수하신 건가요?"

"아니. 할아버지가 아버지의 수집품을 팔아 치우지 못해 안달하셔서. 여기 놓고 돈 버는 데 쓰려고 가져다 놨지."

송아는 "후후." 웃으며 꽃무늬 소파에 편히 자리 잡았다. 마주 보이는 장식장은 배 타고 온 듯했지만 다행히 소파는 새것이다. 그도 옆자리에 나란히 앉았다.

왜 이런 드레스를 입혔는지 뒤늦게 이해가 갔다. 앤티크풍의 소파, 테이블, 레이스가 러블리한 진품 침대와 벽장, 장식장, 책상, 이런 차림까지 정말 귀족 아가씨가 되어 과거에 뚝 떨어진 기분이다.

"자, 아가씨. 그럼 여러 보석들을 즐겨 보시죠."

테이블 위 커다란 터치스크린에 보석들이 나타났다. "우선 목걸이부터 보죠." 하고 터치하니 여러 가지 디자인들이 나타났다. 그가 준비해 놓은 것들이 있지만 소개 글을 위해 숙녀의 방 매뉴얼도 체험하기로 했다.

"우와! 나 이거 알아."

낯익은 사진이 반가워 터치했다. 다이아몬드만으로 된 다이아몬드 목걸이. 사진만으로도 숨이 막혔다.

"이걸 두고 '매디슨가에 이룬 황금당의 기적'이라고 했었지?"

"후후, 내 기사 리드까지 기억해요?"

"내 기사기도 하니까."

"아! 합치면 무려 100캐럿이 넘는 다이아 목걸이라…… 으! 이건 패스하고."

그러나 그는 손을 들어 지시했고, 직원이 움직였다. 깜짝 놀라 말렸다.

"아냐, 됐어요."

"무슨 소리. 여긴 구경하고 싶은 보석은 뭐든 즐길 수 있는 숙녀의 방이라고."

그가 조금 뻐기듯 웃었다. 그 웃음이 문득 귀여웠다.

"저런 것까지 정말 모든 고객에게 다 보여 주나요?"

"당연히 아니지. 네 덕분에 저 녀석이 아주 오랜만에 금고에서 숨 쉬러 나오고 있어."

그때 다른 직원이 무언가를 받쳐 들고 앞에 자리를 잡으며 인사했다.

"안녕하십니까, 금송아 기자님."

서비스가 시작된 모양이다. "네, 안녕하세요." 하는데 그가 나섰다.

"내가 하지."

여직원의 얼굴에 잠깐 애매한 기색이 올랐다.

"좀 못해도 내가 하고 싶어서."

하니, 여직원이 "네." 얼굴을 붉히며 자개함을 내려놓았다.

"뭔데요?"

"저 사람이 해 주면 더 시원하겠지만, 좀 별로여도 나한테 받아."

그가 자개 재질의 보석함처럼 생긴 작은 상자를 열자 의문은 곧 풀렸다. 상자 안에는 크림, 클리너, 티슈, 수건 등이 들어 있었다.

"손 씻게요? 그냥 내가……."

"핸드 마사지."

"으음?"

"……를 빙자한 세척. 지금부터 금송아가 즐기실 것들은 모두 진품이니까."

하긴 지금부터 왔다 갔다 할 게 빌딩 몇 채는 될 테니. 소문대로였다. 숙녀의 방은 들어오기가 매우 힘들어서 그렇지 일단 들어오기만 하면 눈이 휘둥그레질 정도의 호사를 누려 볼 수 있다.

"마사지받으시는 동안 원하는 걸 고르시면 무엇이든 착용해 보실 수 있습니다, 고객님."

경직된 표정으로 정중히 서비스 직원 흉내를 내자, 송아는 "큭." 웃고 말았다.

"긴장 풀어. 충분히 즐기고 글발 세워 기사나 잘 쓰라고."

긴장을 풀라더니, 헤매는 건 그쪽이었다. 무언가 매뉴얼대로 하려는 태는 역력했지만 아무래도 어설펐다. 클렌징을 찾으려는지 깨알 같은 영문자로 뒤덮인 병들을 하나씩 들어 부스럭부스럭 확인하곤 손가락으로 뒤적였다. 앞에 섰던 직원이 눈치 있게 더운 타월을 집어 내밀었다.

"아! 그렇지, 더운 타월부터."

손바닥에 따뜻하고 촉촉한 타월을 넓게 편 그는 송아의 손을 당당히 잡아들여 감싸듯 폭 싸안았다. 그리고 손목부터 혈 자리를 짚듯 눌러 마사지하며 닦아 내렸다. 서투른 움직임에 비해 마사지는 무척 시원했다. 조물조물 지압점을 누르는 적당한 압에, 따뜻한 타월이 주는 습한 열기에 피로가 정말 풀리는 것 같았다.

"대우받는 느낌이에요. 핸드 마사지 서비스, 정말 좋은 생각인 것 같아요."

그가 칭찬에 약하다는 걸 알아낸 건 비밀이다. 그는 기분 좋게 입꼬리를 올리며 눈을 반들거렸다.

"내 아이디어지."

"이런 것도 직접 고안했어요?"

"마사지숍 운영하는 여러 오너들한테 상의하면서?"

"서비스만 받고 아무것도 안 사서 가면 어떡해요?"

그는 무슨 걱정이냐는 듯 담백하게 웃었다.

"안 사도 돼. 실제로 숙녀의 방은 매장이 아니야, 보석을 구경하러 놀러 오는 곳이지. 실컷 착용해 보기만 하다 그냥 가도 아무 상관 없어."

"에이, 그럼 어떡해요?"

"하지만 마음 편히 즐겁게 고르던 보석들 중 일부는 무의식에 깊이 남게 되지. 나중에 다시 와서 사 가는 사람들도 있고, 그러면 더 아름다운 보석들이 기다리고 있고. 고객님, 조금 차가우실 수 있습니다?"

마사지 크림이 뿌려졌다. 풋, 웃는 송아의 손등 위로 그의 집중의 눈이 빛났다. 세상에서 가장 귀한 무엇을 손에 쥐듯 그의 커다란 손 위에 그녀의 손이 올랐다. 손바닥으로 깊이 밀려오는 그의 두 엄지가 무척이나 다정했다. 두 손으로 애무하듯 끈끈하게 밀려오는 그 압력에 문득 손바닥이 부끄러워졌다.

주변을 슬쩍 돌아보았다. 도움을 주던 직원은 어디로 갔는지, 어느새 둘뿐이다. 열려 있어야 할 방문마저 닫혀 있다. 그는 나란히 앉은 채 마주 본 자세로 손바닥의 혈 자리를 푸는 데만 골몰하고 있었다. 그러나 그도 미묘한 변화를 느꼈나. 슬쩍 시선을 치켜올리는 속눈썹.

그가 씩, 웃으며 묘한 눈빛을 흘렸다. 익숙한 그의 체취가 좀 더 가까워졌다. 피하지 못하고 그 눈동자를 들여다봤다. 서로의 영혼이 깊이 마주친 느낌. 짙은 외로움과 고독의 냄새는 그걸 아는 사람만이 알아챌 수 있다.

매 순간의 갈망을 무시해 치워 왔다. 그러니 곧 팡, 터질 풍선처럼 자꾸만 커진다. 혈관이 바쁘게 들썩이며 뱃속 깊은 곳이 조였다.

"반짝이는 건 눈에 잘 띄어. 볼수록 갖고 싶어지지."

그가 혀로 입술을 축였다. 도톰한 입술이 반짝이듯 반들거린다. 시선을 사로잡힌 채 강한 악력으로 손바닥 깊은 곳을 꾸욱 애무당했다. 순간 뱃속이 찌릿하여 손을 빼내려 했다. 마치 저 깊은 곳을 애무받은 것 같은 이상한 느낌.

"놔요!"

그러나 손을 인질로 삼은 그의 악력은 더욱 거세졌다. 손목이 잡힌 채 마디마디 깍지가 깊게 끼어졌다. 그곳을 애무당하듯 깊이, 그의 힘이 느껴진다. 심술궂게 그는 같은 자리만을 눌러 내린다. 몸이 뜨거워져 왔다.

　"벌받기 좋은 때는 아니겠지?"

　반들거리는 눈빛이 위험했다.

　"놔!"

　그의 몸이 가까워 올수록 심장이 쿵쾅거렸다.

　"네가 나빠. 날 이상한 놈으로 만드는 건 너야. 너만 보면 충동적이고 조급해지지. 넌 자꾸 날 더 나빠지게 해. 매 순간, 날 자극하잖아."

　"착각이야, 싫다니까!"

　손을 잡힌 채 그에게 상체가 밀리기 시작했다. 어깨의 숄이 스르르 흘러내렸다. 그는 아랑곳 않고 상체를 더 붙여 왔다.

　"아니! 내가 들썩거린 건, 나를 바라보는 네 열기 때문이야. 솔직해져 봐. 정말 내가 싫어?"

　"헛소리 마요!"

　"그럼 벌을 받는다는 핑계라도 만들어 줄까?"

　눕지 않으려고 버둥거리는 몸과 눕힐 듯 가까워져 오는 두 몸이 맞섰다. 잡힌 손으론 그의 가슴을 밀어 내면서도 몸을 세우기 위해 허리에 힘을 줘 버렸다. 그는 딱 그녀가 버티는 만큼만 힘을 썼다. 그러나 동전 한 개의 무게를 더하듯 조금씩, 아주 조금씩 더 버겁게 밀려든다.

　"하지 마!"

　힘이 빠질수록 그의 입술이 점점 다가들었다. 그의 체취가 달았다. 주름 많은 도톰한 입술을 머금고 싶었다. 몸을 들썩이게 하던 애프터쉐이브의 잔향이 폐부를 꽉 채운다. 그러나 한 번의 키스. 그걸 해서는 절대 안 된다. 목이 마를 때 짠물을 들이켜는 바보짓은 갈증을 더욱 부추길 테니.

"키스하자."

그가 애걸하듯 입술을 가까이했다. 가슴이 타들어 가듯 갈증을 느꼈다. 그걸 머금으며 함께 뒹굴고 싶다.

"싫어!"

입술을 돌려 피했다. 그의 입술을 보지 않으려, 그의 숨결을 마시지 않으려 애썼다.

"그럼 벌을 받아."

"싫다니까!"

얼굴을 멀리할수록 그의 악력이 거세졌다. 어깨를 부드럽게 잡아 오는 또 다른 악력에 고개를 돌리니, 그의 시선은 가슴골을 향해 있었다. 심장이 쿵쿵 뛰었다. 벗은 어깨가, 깊은 가슴골이 발가벗은 듯 부끄러워졌다.

"그래, 금송아는 거짓말을 좋아하지."

"아…… 아!"

"네가 정말로 욕심나. 네 심장은, 여기 어디쯤일까."

어두운 가슴골 새 그의 입술이 내려앉았다. 거친 힘에 비해 그 입술은 너무나 부드러웠다. 욕심껏 머금는 혀와 입술의 부드러운 느낌에 깊은 곳이 저릿해지며 몸에 힘이 훅 빠졌다. 이대로는 모든 게 무너져 내릴 것 같은 추락의 느낌. 어쩌면 이질적이도록 깊은 안도감.

그러나 순간, '똑똑!' 하는 노크 소리가 흐트러진 정신을 일깨

왔다. 튕기듯 놀라 그의 머리를 떼어 내려 했으나, 그는 아랑곳 않고 그녀의 체취를 깊이 머금었다.

다시, '똑똑!' 하는 노크 소리에 너무 마음이 졸여 애걸하기 시작했다.

"그만해요!"

"싫어."

"제발요!"

"싫다니까."

미칠 것 같았다. 간지러운 입술과 혀는 집요하게 가슴골의 피부를 건드렸고 심장은 미친 듯 쿵쾅댔다. 밖에선 어수선한 소음이 들리기 시작했다.

"그냥 열어요.", "그럴 수는 없어요.", "뭘 하는데 문을 안 엽니까."

아! 오 선배가 여직원과 실랑이를 벌이고 있었다. 그에게 다시 한번 소리 죽여 소리쳤다.

"멈추라고요!"

"싫은데?"

그는 오히려 이 상황을 즐기는 것 같았다. 몸이 다는 것은 그녀 혼자였다.

"제발, 제발 멈춰 달라고요!"

그의 혓바닥이 미끄러지며 입술이 아주 잠깐 멈췄다. 비딱한 고개 너머 심술궂은 악동의 눈빛이 반들거렸다.

"뭘 해 줄래?"

밖에선 실랑이가 슬슬 소란이 되어 가고 있다. "뭘 하는데요. 왜 송아를 그와 둘만 있게 놔둔 겁니까!" 오 선배의 항의가 문을 넘어왔다.

얇은 문과 가슴골에 붙어 있는 그의 도톰한 입술을 번갈아 봤다. 아무렇게나 되는대로 내뱉었다.

"뭐든."

"뭐든?"

"그래요, 뭐든. 뭐든 해 줄 테니…… 제발 멈춰요!"

가슴 아래서 진득한 승리의 미소가 그의 입가를 채웠다.

"생각해 보고."

그의 조롱이 속삭이듯 심장을 울렸다.

"어서요!"

애가 달아 소리치니, 입술은 게으른 듯 마지못한 듯, 한 박자 늦게 떨어졌다.

그가 단정하게 떨어져 앉으며 옷매무새를 추슬렀다. 울화가 확 치솟았다. 그의 가슴을 주먹으로 쾅, 내리쳤다. 그는 씩 웃으며 미는 대로 밀려 주다 손을 확 잡아챈다.

"오늘 저녁엔, 진짜로 데이트하자."

둔중한 충격이 심장을 쿵, 때려 왔다. 그의 눈빛이 그 어느 때보다도 진지했다. 동시에 울리는 노크 소리. '똑똑!'

"네!"

진득한 그의 음성이 방 안을 채웠다. 그녀도 자세를 정리했다. 그가 몸을 또 숙이자, 송아는 화들짝 놀라 뒤로 가슴을 뺐다. 그러나 그는 부드럽게 바닥으로 숙여 떨어진 모피를 집곤 어깨에 둘러 준다. 앞섶을 여미며 뒤늦은 후회에 몸을 떨었다.

아, 또 섣부른 약속을 해 버렸다. 그는 항상 빚을 지우듯 무언가를 늘려만 간다.

"들어와요."

"저기, 무슨 일이라도 있으십……."

"아, 기다렸습니까. 미안, 못 들었나 봅니다."

그러나 그 상황에선 영혼조차 팔 수 있을 것 같았다.

"그럼, 실례하겠습니다."

문이 열리며 여러 사람들이 쏟아져 들어왔다. 바닥으로 떨어지 듯 뒤늦게 심장이 쿵쾅댔다. 그러나 떨고 있는 건 송아 혼자뿐이 고, 그는 태연자약. 상자 안에 물품들을 성의 없이 더해 넣는다.

"대표님, 안녕하십니까.", "어서 오세요."

주변의 공기도 여상했다. 오 선배의 조수와 돕는 직원 하나가 두 개의 조명 기구를 들여왔다. 박스에 담긴 굵은 전선들과 트랜지 스터, 촬영 장비도 함께 카트를 타고 왔다.

"메인룸과 여기만 소개하죠? 너무 싹 다 오픈하면 구경하러 온 고객들은 볼거리가 너무 없어지니."

직원이 말을 걸어오는데, 순간 매끄럽게 받아치지 못했다. 함께 들어온 정 과장이 맞장구를 쳐 줬다.

"그러시죠? 규모는 이 방이 가장 작아도 귀부인의 방이라는 본 래 콘셉트엔 가장 잘 맞춰진 곳이니까요."

그가 우스갯소리를 덧붙였다.

"가장 돈이 많이 들었단 뜻이지."

그러나 송아는 웃지 못하며 가까스로 답했다.

"네, 그러시죠."

그가 물수건을 들이밀었다. 그러나 멍청하게 바라보고만 있었나 보다. "금송아?" 하고 되묻자 가까스로 받아 들었다. 무서운 표정 으로 내려다보는 눈앞의 오지령 선배에게 주의가 팔려 있어서였다.

"뭘 하고 있었습니까."

송아를 바라보던 오지령은 황진헌에게 항의조로 물었다. 그는 능글능글 장난스럽게 받아쳤다.

"글쎄요, 나쁜 짓?"

송아가 화들짝 놀라 나섰다.

"이봐요, 황진헌 씨! 그런 식으로……."

그러나 입을 다물었다. 여러 시선들이 갑자기 확 쏟아져서였다. 사람들은 둘이 함께 있던 것보다 그의 이름을 찍찍 부르며 함부로 말하는 태도에 더 놀란 모양이다.

입을 닫았다. 숨을 깊이 들이마시는데, 옆에 섰던 정 과장이 끼어들었다.

"보석을 착용하시기 전엔 모두들 핸드 마사지 서비스를 받으십니다."

오지령 선배는 인상을 쓰며 그에게 물었다.

"물론 항상 대표님이 직접 하시는 서비스는 아니겠지요?"

그러나 그는 젖은 타월을 성의 없이 탁, 올려놓으며 몸을 일으켰다.

"물론입니다. 뭐, 굳이 트집을 잡으신다면 저는 송아 씨에게 좀 잘 보이고 싶습니다만? 아, 남자로서요."

농담 반 진담 반인 듯한 말에 이상하게 분위기가 풀렸다. 사람들은 할 일들을 하면서도 그들의 대표 말을 "쿡쿡." 웃어넘겼다. 회사에서의 그를 모르지만 꽤 고압적인 태도만을 취하진 않는 듯. 오지령을 제외한 모두는 그들의 대표를 믿음직하게 바라보고 있었다.

송아는 땀을 닦는 척 물수건으로 목과 어깨를 정리했다. 조금 젖어 반짝이는 가슴골을 빠르게 스치듯 닦아 내렸다. 오지령 선배와 순간, 시선이 마주쳤다. 무얼 닦았는지 알아챈 것 같다.

그의 조수가 "선배님?" 하며 오 선배를 불렀다. 조명이 설치되고 촬영 준비가 갖춰졌다. 오 선배가 낭패 어린 얼굴로 찌푸리며 돌아섰다. 할 말이 많은 것 같은 그의 얼굴을 외면했다.

"실례합니다, 금 기자님."

제복을 입은 여직원 하나가 목걸이를 받쳐 들고 나왔다. 검은색 융단 위에서 깊은 아우라가 느껴졌다. 무려 100캐럿이 넘는 다이아몬드 목걸이가 숨 막히도록 아름답게 빛나고 있었다.

송아는 잠시 흐트러졌던 마음을 가다듬었다. 그야 어쨌든 그녀는 일하는 중이었고, 이런 작품을 이런 식으로 가까이할 기회는 평생 두 번 가져 보기 어렵다.

그러나 차마 그를 바라볼 자신은 없어 여직원에게 입을 열었다.

"와, 여태 보던 세팅 기법들이 한꺼번에 다 동원된 것 같아요. 어떻게 이런 복잡한 것들이 들꽃처럼 조화를 이룰 수 있죠? 에메랄드 컷, 오벌 컷, 라운드 컷, 페어 컷……."

막 채굴된 다이아몬드 원석은 그리 아름답지 않다. 직사각, 타원형, 원형, 물방울 등 여러 모양으로 연마하는 가공을 거친 여러 컷들이 각 크기와 모양에 알맞은 발물림으로 뒤섞인 채 세팅되어 있었다.

즉, 반지로 만들어 껴도 호사스러운 것들이 화환 모양의 다발로 묶여 목걸이가 되었다.

"잘 아시겠지만 들꽃으로 만든 화환에서 모티브를 딴 것입니다. 국내에 유일한……."

황진헌이 손짓하자, 여직원은 장갑을 낀 손으로 조심스레 착용을 시켜 주었다. 그리고 커다란 거울을 비춰 주었다.

"묵직하네요. 긴장되고 목에 힘이 자꾸 들어가요."

자칫 복잡하게만 보일 수 있으나, 수십 개의 다이아들은 교묘한 조화와 반복으로 전체가 어우러져 기막힌 빛을 내뿜었다. 확실히 눈으로 보는 것보단 착용했을 때가 더욱 아름답다.

"그냥 예쁜 목걸이라고 생각해요."

그가 만족스러운 표정으로 바라보았다. 장난기를 싹 뺀 그는 거만하면서도 품위와 여유가 넘쳤다. 갑자기 부끄러운 마음이 확 일어 볼이 붉어졌다. 그가 아주 단정해지자, 아까의 이상한 열기는 가라앉았다. 아니, 어색해지지 않으려 보석이 주는 또 다른 열기에 몸을 맡겼다.

"그렇게 생각하기엔 가격이 무시무시하니까요. 두어 시간만 걸고 있으면 진짜로 어깨가 아플 것 같아요."

"그럼 견뎌요. 그래도 아름다워지려는 노력치곤, 다이어트보다 쉽지 않을까?"

그가 농담을 던지자, 주변 사람들이 함께 웃었다. 송아는 문득 그를 바라보았다.

두 얼굴의 남자. 이 남자는 확실히 둘이 있을 때와 여럿이 있을 때의 분위기가 아주 다르다. 많은 사람들 속에선 늘 신뢰를 바탕으로 한 대중의 마음을 사로잡는 매력이 있다. 그러나 둘이 있을 땐…… 아니, 그런 상황은 무조건 피해야 해.

"잠깐 소등하겠습니다."

어느새 암막 커튼이 쳐지고 머리 위로 천으로 감싼 조명이 들어왔다. '팟!' 조명이 은은하게 내려앉으며 방 안의 불이 완전히 꺼졌다.

"노출."

오지령 선배가 건조하게 외치자 그의 조수가 땀을 쓱 닦고 움직였다. 촬영에 익숙한 송아는 반사적으로 눈을 감았다. 어둠 속에서 섬광이 번쩍이며 팟, 팟, 하는 기계음이 반복적으로 귀를 긁었다.

형편없이 헤어진 최악의 남자 친구였대도 사진 솜씨만큼은 인정해야 했다. 갓 제본된 잡지를 검수하며 페이지를 넘기다 보면 오 선배가 카메라를 잡은 면들은 부드럽게 튄다.

카메라의 각도와 빛의 질감을 이용해 평범한 것을 특별한 무엇으로 만드는 재능. 보통의 여자를 사랑스럽고 생기 넘치는 미인으로 탈바꿈시키는 식이랄까.

오 선배는 꽤 묵직해 뵈는 카메라를 들고 몇 가지 시도를 했다. 늘 저렇게 진득하고 진중하게 최상을 찾았었지. 문득 옛 감정이 가슴을 울렸다.

사다리 위에서 곡예를 하듯 몸을 굽히며 촬영을 하곤 했다. '조심해, 선배!' 외쳤던 가슴의 졸임, 그러면 그는 보기 좋게 입꼬리를 올리며 답했다. '네가 있으니 괜찮아.'

안심이 되었었던, 그러나 거짓말. 켜켜이 쌓았던 믿음은 단 한 번에 와장창 부서질 만큼 얄팍했다.

"이런 식으로 가죠. 헤어가 예쁘게 되었으니 제가 고개를 자연스럽게 돌릴게요. 목걸이의 이쪽을 중앙에 잡아 주시고……."

"그래, 그게 낫겠네."

간단하게 의논을 마친 뒤 촬영에 들어갔다.

"쇄골이 예쁘게 잡힌다, 그늘지게 어깨 모으고."

그 앞에선 늘 날을 세우지만, 아직도 저렇게 진지한 눈빛을 보면 그가 배신을 했었다는 게 믿기지 않는다.

"이렇게요?"

오 선배도 그럴까. 어둠 속에서 렌즈를 통하지 않는 날것의 시선이 다시 송아를 찾았다. 오 선배의 마른손이 벗은 어깨를 짚었다.

"아니, 이렇……게."

그러나 이것. 이 불편한 터치. 하지만 참아 넘겨야 했다. 어깨를 뒤틀며 목을 돌리는 자세가 쉽지 않으니.

"이렇게?", "그래, 조금 더, 옳지……!"

아니, 과하다. 암컷의 본능이 그의 욕구를 느꼈다. 악력을 더해 어깨를 틀어쥐어 오는 손이 싫다. 그가 맨살을 만지니, 다투던 기억도 되살아난다.

'거기 손 집어넣지 마, 싫어!' 불편해할수록 더 자꾸 안달하며 졸랐다. '사랑해서 그래, 조금만.', '손 빼!', '기분 좋게 해 줄게. 조금만 있어 봐.', '싫다고, 이런 식으로 나 만지지 말라고!'

떨리는 입가에 힘을 뺐다. 불쾌감이 온몸에 스멀거린다. 아무렇지 않은 척 얼굴을 폈다. 촬영 때문이야. 잠깐만 참으면 될 일이야.

그때였다. 탁, 하며 마른손을 쳐 내는 무엇이 어둠 속에서 나타났다. 황진헌의 검은 손.

"말로 합시다! 손은 치우시고."

들은 적 없던 날카로운 그의 음색이었다.

"뭐요?"

날 선 오 선배의 눈빛도 함께 맞섰다.

머리 위, 어둠 속에서 두 남자의 시선이 날카롭게 맞붙었다. 진헌의 눈은 송아를 진짜로 소유했던, 아니 되찾으려는 수컷에 대한 질투의 열기로 들끓고 있었다. 다른 사람들은 몰라도, 속삭이듯 머리 위에서 쏟아지는 말들을 송아만은 똑똑히 들었다.

"할 일만 딱 하시라고, 그 두 눈마저 제대로 뜨지 못하게 하고 싶으니."

"이 새끼가!"

카메라를 집어 던질 듯 주먹을 꽉 쥔 건 오 선배였다. 순간, 송아는 본능적으로 구석으로 밀쳐 둔 핸드 마사지 박스를 발로 차 바닥으로 떨어뜨렸다. 그리고 애써 잡은 자세를 흐트러뜨리며 벌떡 일어났다. '우당탕탕탕!' 요란스러운 소리가 방 안을 울렸다.

"죄송해요. 불 좀 켜 주세요."

송아는 크게 소리치며 사과했다. 어두운 조명 뒤에서 놀란 토끼 눈으로 바라보던 조수가 얼른 불을 켜기 위해 움직일 때 송아는 오 선배에게 고개를 가로저어 보였다.

"문제 만들지 말아요. 이건 내 기사야."

오 선배는 카메라를 움켜쥔 채 황진헌을 노려보고 있었다. 기이한 열기로 들썩이는 위험한 눈빛의 진헌에게도 송아는 목소리 낮춰 경고했다.

"저도 제 꼭지를 최상으로 채우고 싶은 욕심이 있어요. 당신이 보석에게 그렇듯이."

그는 이를 악문 채 꽉 쥔 주먹을 부들부들 떨고 있었다.

주변이 부산스러워졌다. 두 명의 직원이 다가들어 바닥을 치우는 것을 도왔다. "죄송합니다.", "아녜요, 저희가 미리 치웠어야 했는데." 몇몇은 이상한 기운을 눈치챘을 테다. 그럼에도 소동은 어색하게나마 단순 실수로 무마되었다.

촬영이 재개되었다. 송아는 바짝 신경을 곤두세워 최상의 자세를 잡았다. 오 선배도 맨살에 다시 손을 대진 않았고, 100캐럿의 목걸이는 암흑 속에서 밝게 빛나며 카메라 앵글에 담겼다.

그러나 송아는 기이한 감정에 휩싸였다. 거울 앞에서 황진헌이 벗은 어깨에 손을 짚던 그 느낌을 깨달았다. 따뜻하고도 부드럽던 그 촉감. 쿵쾅거리며 설레던, 그러면서도 그 이상을 원했던.

그의 손을 어렵게 떼어 냈었다. 그리고 그의 입술이 다가들었을 때,

'내가 들썩거린 건, 나를 바라보는 네 열기 때문이야. 솔직해져 봐. 정말 내가 싫어?'

싫다고 내치면서도 함께 얽혀 들었던 그에 대한 열기. 싫다고 차마 말조차 못 했던 오 선배에 대한 불쾌감. 무얼까.

그가 오 선배를 막아 줬을 때 난 심지어 안심을 하고 있었다.

"의상을 갈아입을 곳이 있을까요?"

여직원이 조심스레 다이아몬드 목걸이를 빼 줄 때 송아는 정신을 다잡으며 물었다. 묵직하게 누르던 무게가 사라지며, 100캐럿의 값어치에서 해방되었다.

"그럼요, 이쪽 방을 쓰시면 됩니다."

곁에 딸린 작은 방엔 커다란 거울과 소파, 테이블, 그가 준비한 다른 보석도 그녀를 기다리고 있었다. 여직원이 어두운 천이 깔린 넓은 케이스를 오픈했다. 그녀가 등 뒤의 지퍼를 내려 줄 때 송아는 신선한 시각의 충격에 사로잡혀 감탄할 수밖에 없었다.

"와아! 비단 천에 보석이 박힌 것 같아. 너무 아름다워요."

옐로 다이아몬드와 루비를 플래티넘의 금속 레이스에 세팅했다. 저걸 걸치면 마치 보석이 아니라 옷을 걸친 느낌일 것이다. 아, 이래서 그가 노출이 과하다 싶은 드레스를 선택했구나.

"그렇죠?"

직원은 얼른 올리브그린 드레스를 빼 들었다.

"어떻게 이렇게 딱 어울리는 드레스를 찾으셨어요?"

눈치 없는 여직원의 찬사에 당신네 대표님이 찾았답니다, 하는 답을 삼켰다. 안타깝게도 드레스는 아까보다 단 1센티미터도 길어지지 않았다. 조금이라도 가슴선을 위로 올려 보려 했지만 타이트하게 꽉 맞는 걸 더 움직일 겨를은 없다.

여직원은 신이 난 듯 준비된 보석을 둘러 주었다. 넓게 느껴지는 새롭고 시원한 감촉에 송아는 "아!" 잠깐 감탄했다.

어깨 위로 가느다란 플래티넘 실로 짠 금속 레이스가 짧은 숄처럼 걸쳐졌다. 그러나 그 정교함에 감탄할 틈은 없다. 넓고 납작하게 커팅된 원형의 옐로 다이아몬드가 온 가슴을 뒤덮으며, 불규칙하게 핏방울을 뿌린 것 같은 루비가 시선을 잡아끌었다.

그리고 그 아래에선 올리브그린 드레스가 시작된다. 아주 얇은 천을 여러 겹 덧댄 선이 흐릿하게 가슴선을 긋는다. 유두를 간신히 가리는 모호한 위치. 즉, 금속 레이스의 끝단과는 4센티미터의 틈이 벌어진다.

"아! 노출이 좀⋯⋯."

그 묘한 노출이 젖가슴을 아름답게 도드라지게 했다.

"어머, 사진이 정말 예쁘게 나오겠어요."

그녀의 말이 틀리진 않았다. 위로는 아름다운 보석이, 아래로는 화사한 드레스로 가려진 채 4센티미터의 노출이 그리는 가슴골의 묘한 음영이 상상력을 자극하며 보석을 더욱 색정적이고 아름답게 보이게 했다.

"제가 모델이 아니었으면 얼마나 좋았을까요."

편집자로서의 욕망과, 피사체로서의 불만이 충돌했다. 지면에 실기에는 정말 좋은 사진이 나올 것 같았고, 여자로서 가슴을 노출시키는 사진을 찍기는 정말, 싫었다.

"무슨 소리세요. 너무 아름다우신데요! 조금도 외설스러워 보이지 않아요."

송아는 힘겹게 방을 나섰다. 황진헌의 짓궂은 선택은 옳고도 괴로웠다.

밖으로 나서자 잠깐 정적이 흐르며 여러 시선의 집중이 느껴졌다. 문득 들려오는 한숨과도 같은 탄성. 모두들 보석이 아닌 다른 한곳만을 보는 것 같아 가슴이 잘 펴지지 않았다. '가슴 펴고 시선 처리 똑바로 하세요!' 모델에게 잔소리하던 스스로의 목소리가 악마처럼 느껴졌다.

특히 황진헌의 시선을 받아 낼 자신이 없었다. 그러나 그는 깜짝 놀라 당황한 표정으로 곧장 다가왔다. 그러곤 갑자기 재킷을 벗어 든다. 노골적으로 즐기던 아까의 태도는 어디로 다 집어던지고서.

"뭐 하시는 거예요?"

앞섶을 가리며 옷을 거꾸로 입히려는 그의 손을 잡아 냈다. 그러나 그는 악력으로 다시 가리며 다급히 속삭였다.

"이, 이……건, 내 판단 미스였어. 보석 길이를 잘못 계산했어."

그럴 리가. 수백 종의 유색 보석의 색을 민감하게 감지하는 그의 눈이 그럴 리가.

"정확하게 계산하신 거 알아요."

하지만 둘 사이에선 아까와 정반대의 기이한 싸움이 펼쳐졌다. 그의 목소리가 한껏 자신 없이 기어들어 갔다.

"차라리 화이트 드레스로 갑시다."

"레이스가 화려한 드레스에 이런 보석을 걸친다면 디자이너에 대한, 아니 한 땀 한 땀 세공한 장인에 대한 예의가 아니죠. 아니,

나보다 더 잘 아시는 분이 왜 이래요?"

"생각했던 그림……이 아니라 그래."

"하! 내 가슴선이…… 전문 모델보단 좀 부족해도 어쩔 수 없어요."

이런 사진을 찍고 싶어 안달 나서는 결코 아니다. 웬만한 퀄리티는 나올 테고, 모든 일엔 일정이라는 게 있다.

"그래! 전문 모델, 다른 사람을 씁시다."

"덕분에 취소했어요."

"그, 그렇지? 그럼 일정 잡아서 다음에 다시 가지. 촬영은 이쯤에서 접읍시다."

"장난 그만하시죠?"

이 인간이, 가뜩이나 찍기 싫어 죽겠는데! 울컥 치밀어 그의 손을 쳐 냈다.

"가뜩이나 줄줄이 야근거리가 밀려 있어요, 비켜요!"

어린애처럼 갑자기 말도 안 되는 고집을 부리는 그를 어둠 속으로 밀어냈다. 오 선배의 비난 어린 시선이 황진헌을 향했다. 꽉 눌러 참는 그의 불편한 숨소리를 애써 무시하며 밝게 웃었다.

"섹시함을 강조하진 마세요. 밝고 건조하게, 건강한 이미지로."

기어들어 가는 목소리에 힘을 주어 요구했다. 자신 있게 가슴을 펴며 허리에 손을 올리는 자세를 잡았다. 그리고 보석이 최대한 돋보이도록 고개를 들어 뒤로 뺐다. 찰칵거리며 울리는 셔터 소리가 영겁처럼 길게 느껴졌다.

애써 어색해하지 않으며 다음 드레스를 갈아입었다. 웨딩용은 아니었지만 하트 라인으로 가슴이 곱게 감싸인 백색 드레스는 결혼식 느낌을 자아냈다. 다시 자리를 잡자, 직원이 벨벳 박스를 들고 온다. 멍하니 바라보다 갑자기 이를 갈았다. 아, 이 남자 뒤끝!

숙녀의 방에 초대를 하네 마네, 문제의 그 '유혹' 사건에서 쇼윈도에 진열되었던 것들이다.

"이번 시즌 신상품인데요. 이것은……."

영문을 알 리 없는 여직원이 소개를 해 나가자 황진헌이 말렸다.

"여기가 더 잘 알아요."

그의 눈빛은, '누굴 유혹하느라 공부 좀 했을 테니.' 비웃고 있는 것 같았다. 힘껏 흘겨보는 송아를 무시한 채 그는 말짱하게 케이스를 펼쳐 보였다.

"자, 신부님의 취향은 어떻게 되십니까."

그 포즈가 마치 결혼하자는 신랑 같아 가슴이 알싸해져 왔다.

"제 취향은 솔리테어(중심석이 한 개인 것)예요."

"흐흠."

그는 진열된 것 중 가장 큼직한 걸 골라 손가락에 끼워 주었다. 우리는 별로 그렇지 않지만 서구에서는 약혼반지와 결혼반지를 구분한다.

"그럼, 결혼반지는 이게 어떨까."

흔히 결혼반지라고 부르는 건 실은 프러포즈 반지, 혹은 약혼반지이다. 결혼반지는 그보다 소박해서 자잘한 다이아몬드로 테두리를 두른 이터니티 반지나 심플한 밴드 형태. 두 반지는 겹쳐 끼기도 하며, '임자 있음'의 증표로 항상 몸에 지닌다.

"예쁘네요."

밴드 위에 깔끔하게 올라붙은 다이아몬드가 수십 개의 커팅 면을 통해 영롱하게 빛났다. 송아는 최대한 감정을 가라앉히며 촬영에만 집중하려 했다. 그가 결혼반지를 직접 끼워 주니 이상한 감정이 들썩였다.

"좀 밋밋하지 않나요? 웨딩반지는 세트로 소개해야죠."

그러나 신상품이라 그런지 직원의 참견이 다른 때보다 강했다.

"네?"

"신랑 반지만이라도요. 생각 같아선 이것들을 한꺼번에 다 끼워 드리고 싶은데."

욕심을 내는 여직원을 당황스럽게 바라보다, 황진헌을 돌아보았다. 그와 함께 결혼반지를 촬영할 생각을 하니 이상한 기대로 마음이 들썩였다. 그러나 그는 엉뚱한 말을 뱉었다.

"누구, 손 좀 빌려줄 사람?"

순간 송아의 가슴이 쿵, 아래로 떨어지는 것 같았다. 들떴던 기분이 엉망으로 흐트러졌다. 그러나 당연히 이 분위기에 누가 나설까.

퉁퉁한 남직원이 "저한텐 작습니다." 하며 거절했고, 홍보부 정 과장은 딴청을 부리다 바쁜 척 자리를 떴다.

"네가 찍어라?"

가소롭다는 듯 쏘아보며 카메라를 들고 대기하던 오 선배가 빈정거리듯 조수에게 말했다. 그도 당황하며 손을 감췄다.

"저, 전, 손이 더럽고 거칠어서……."

모두들 한 사람이 적임자라고 생각하는데도 그는 나서지 않고 있었다.

그의 눈동자가 요동치며 뺨이 미세하게 떨렸다. 그 굳은 표정에 더웠던 그녀의 심장도 순식간에 식어 버렸다. 그를 만날 때마다 들끓으며 요동치던 그에 대한 열기! 그게 다 무어라고!

결혼반지만은 끼기 싫다, 이건가?

그래, 갑자기 선명해진다. 장난인 듯 진심인 듯 헷갈렸던 그 모든 것들이. 칼을 품은 듯 가슴이 쓰렸다. 자리를 박차고 나가고 싶은 마음을 꾹 눌러 참으며 그의 손을 덥석 잡았다.

"손도 복장도 대표님이 제일 쓸 만해요. 그만 빼고 제 신랑이 되어 주시죠?"

목소리에 날이 선 건 어쩔 수 없다. 그리고 그의 손을 덥석 잡아 세트 반지를 끼워 넣었다.

"흐흠!" 하는 그의 한숨이 머리 위로 울린다. 울화로 들끓으면서도 가슴이 미어지게 아팠다.

일이야, 일만 하면 돼! 오늘, 이, 촬영만 끝나면 이따위 가짜 연인도 끝내자!

"송아는 그대로 앉은 채 앞을 보고, 대표님은 뒤에서 선 채로 손을 잡아 주시죠. 네, 그대로 스탑."

일생을 함께하자는 약속을 연기하는 두 손이 송아의 어깨 위에서 겹쳐 포개졌다. 서약서라도 되듯 '찰칵!' 한 프레임 안에 두 손이 갇혔다.

"수고하셨습니다!"

모두들 함께 외치며 촬영이 종료되었다. 불이 환히 들어왔다. 송아는 그의 손을 던지듯 뿌리치고 도망치듯 작은 방으로 달려 들어왔다. 허물을 벗듯 웨딩드레스를 얼른 벗어 들고, 원래 입었던 시커먼 정장을 몸에 꿰었다. 이게 내 옷이다. 이딴 드레스들은! 내 옷이 아냐.

촬영에 쓰인 옷과 구두를 포장 봉투에 대강 정리하고 직원에게 건넸다. 밖으로 나서니 그는 어느새 이상한 열기와 흥분으로 기분이 아주, 업되어 있었다. 그가 기분이 좋을수록, 반대로 그녀의 기분은 훅, 가라앉았다.

그가 잘생긴 얼굴로 마주 보며 싹 웃었다. 흥! 안 속아. 이젠 다시는 안 만날 거야! 결심의 날을 세우면서도 가슴이 욱신욱신 아팠다.

그가 다정하게 손을 확, 잡아챘다. 돌아보니 그는 주머니에서 부스럭거리며 무언갈 꺼냈다. 목걸이에서 분리된 누드캔디.

마지막 정리를 하느라 모두의 주의가 분산된 속에서 작은 실랑이가 벌어졌다. 송아는 이를 싹 앙다물고 주먹을 꽉 쥐었다. 그가 얼굴에서 웃음기를 흐트러트리며 속삭였다.

"왜, 왜 이래?"

아, 이젠 진짜로 끝이야. 그까짓 말로 하는 협박쯤. 더 이상 휘둘리지 않을 거야.

"말씀대로 난 빼먹을 수 있는 건 다 털어 먹었어요. 취재가 끝났거든요. 그동안 감사했습니다?"

그는 무척 황당해하며 다급히 속삭였다.

"착하지? 손바닥 펴!"

"싫어."

"혼날래?"

"맘대로."

"이봐, 좀 있다 데이트하기로 약속했잖아."

"난 약속한 적 없어. 오 선배가 태워다 줄 거예요."

"뭐어?"

약속이고 뭐고 지켜야 할 게 뭐야. 생각할수록 기분이 점점 더

167

상했다. 정작 결혼반지는 연출인데도 끼기 싫어하면서 나한테 이런 건 왜 자꾸 끼워? 가짜 연애고 뭐고, 그게 나랑 다 무슨 상관이야!

"끝이에요. 난 이제 다시는 그쪽 안 만날 거야."

길게 한숨을 내뱉는 그의 체취가 코끝에 전해졌다. 달콤한 체취에 마음이 또 울렁인다. 눈을 마주쳤다간 마음이 약해져 손바닥을 펴 줄 것 같아, 그를 바라보지 않았다. 카메라를 정리한 오 선배가 "가자!" 외쳤다. 송아도 답했다. "네, 가요!"

그때였다.

"손가락이 부어서 못 끼다니?"

갑자기 그가 큰 소리를 내는 바람에 모두의 시선이 모아졌다. 손을 비틀어 빼낼 수 없는 강한 악력으로 그가 우악스럽게 손을 잡아들였다. 그러곤 순식간에 혀끝을 손가락 위에서 굴리며 키스하듯 손을 머금었다.

"아잇! 지금 뭘 하는……!"

손가락에 짙은 애무가 펼쳐졌다. 모두가 보는 앞에서! 그의 입안으로 약지가 쑥 끌려 들어갔다. 깜짝 놀라 그의 가슴을 팍, 때리며 손가락을 그의 입에서 빼냈다. 그 틈을 타, 그는 잽싸게 반지를 쑥 껴 넣었다.

"거봐, 잘만 들어가잖아."

그가 노여운 눈빛을 번들거리며 송아를 노려보았다. 직원들이 "흠흠!" 얼굴을 붉히며 고개를 돌린다.

"미쳤어!"

하며 가슴팍을 때려 보았자, 이건 누가 봐도 남녀의 사랑싸움.

그가 갑자기 볼 키스를 하듯 얼굴을 가져다 댔다. 얼굴을 잡아 뺐지만 집요하게 힘으로 눌러 입술을 꽉 붙였다. 그리고 속삭였다.

"또 빼기만 해 봐! 체벌이 지금처럼 약소하진 않을 거야."

쿵쿵쿵쿵, 가슴이 뛰며 얼굴이 확 붉어졌다. 그의 돌발 행동에 공기가 확 달라졌다. 그만 빼곤 모두들 부끄러워하며 얼굴을 돌려 피했다. 아! 진짜 여기도 볼 장 다 볼 정도로 소문이 확 나겠구나.

그의 이번 협박은 효과적으로 먹혔다. 송아가 말 잘 듣는 여학생처럼 꽁꽁 얼어붙었으니.

"자, 선물!"

그는 블랙 다이아몬드로 만든 불 목걸이와 귀걸이를 걸어 주었다.

"……."

해머로 쿵, 머리를 맞은 듯한 충격에 사양할 말을 떼려 입도 열지 못했다. 귓불을 부드럽게 어루만지는 손길, 목걸이를 훑어 내리는 손끝이 색스럽고 끈끈했다. 세상에 둘도 없는 귀한 여인을 보듯 사랑의 눈길을 담아 말했다, 모두에게 들리도록.

"설마, 내가 널 빈손으로 가게 하려고 초대했겠어?"

예의상 반씩 섞던 존댓말도 걷어치웠다. 아, 여기도 결국 소문을 내려고 초대한 건가.

"이딴 걸 나한테 왜……."

"쉿, 예쁘다."

도톰한 그의 입술이 부드럽게 호선을 그렸다. 만족스럽게 머리칼을 쓸어 귀에 걸어 주는 손은, '더 진한 걸 원해?' 능글맞게 협박하고 있었다.

7.

두 남자의 식사 초대

사람들로 북적이던 방은 쥐 죽은 듯 고요해졌다. 오지령의 조수는 촬영 장비들을 싣고 나갔고, 묵직한 가방을 멘 오지령과 송아, 황진헌만이 불편한 침묵 속에 서로를 잡아먹을 듯 노려보았다.

황진헌이 먼저 딱딱하게 인사했다.

"송아 씨는 나와 선약이 있습니다. 어쨌든 수고했어요."

형식적 공치사는 '왜 알아서 꺼지지 않지?' 의 뜻이었다.

"선후를 따지자면 제가 선이죠? 어쨌든 대표님도 고생하셨습니다. 달갑잖은 신랑 흉내까지 내시느라."

그러나 송아의 팔목을 죽, 끌어당기며 제 쪽으로 붙이려는 오지령의 시도는 곧 가로막혔다.

"그 손, 놓지 못해?"

두 남자의 시선이 허공에서 맞붙었다. 튕겨져 나올 듯 진헌의 주먹이 쥐어졌고, 오지령의 어깨에선 가방이 떨어져 우당탕 나뒹

굴었다. 엉망진창 주먹싸움으로 이어지려는 찰나, 송아는 흐트러졌던 정신을 가까스로 가다듬었다.

얼른 조용히 빠져나가자. 그게 우선이다.

"선배, 이거 놓고 말해요."

송아는 잡힌 팔을 스스로 뿌리쳤다. 황진헌을 자극하지 않는 게 가장 급했다.

그러자 폭발 직전 황진헌의 눈빛은 다소 가라앉았다. 그가 되찾듯 송아를 끌어당기자, 오지령은 참았던 울분을 토했다.

"그쪽이야말로 송아를 좀 놓아주시지? 도대체 얘를 왜 붙들고 흔들어?"

황진헌은 앞으로 곧장 뻗어 나가려는 주먹을 다스리려는 듯 빈 손을 불안하게 쥐었다 폈다를 반복했다.

"이거, 전남친께서 너무 주제넘으신데?"

오지령의 표정이 충격으로 흐트러졌다. 자신과의 관계까지 털어놓았다는 건 결코 얕은 사이는 아니라는 뜻. 송아는 가벼웠던 입을 후회하며, "이봐요!" 황진헌을 말렸으나 오지령은 상처 입은 표정을 감추지도 않고 할 말을 쏟았다.

"그러니 그쪽 같은 사람이 장난치고 버리려는 걸 그냥 두고 볼 순 없지!"

"뭐라?"

"송아를 아프게 한 채 헤어졌지만 오해를 풀 거고, 다시 만날 생각이야."

황진헌의 입에서 실소가 터졌다.

"송아는 네게 마음 없어. 사랑에 빠지면 손을 잡아도, 아니 눈만 마주쳐도 갈 데까지 가고 싶어지지. 하지만 얜 너한테 안 그래,

171

너도 이미 알지 않나?"

일격을 당한 듯 오지령의 얼굴이 충격으로 무너졌다.

"당신이 우리 사이에 대해 뭘 알아?"

오지령은 황진헌의 멱살을 잡고 밀어붙였다. 그러나 그는 가볍게 오지령의 손목을 맞잡으며 치워 냈다.

"뭘 아는 건 없어도 이 여자의 감정은 고스란히 느껴. 네가 만지는 걸 달콤하게 즐겼다면 나는 촬영이고 뭐고 곧바로 들어엎었을 거야. 이 여자는, 내겐, 잘 반응하지."

"이봐요!"

더 듣고 있을 수가 없어 붙들린 황진헌의 손아귀를 떼어 냈다. 갑자기 알몸을 들킨 듯 부끄러웠다.

이 남자는 내 감정을 다 읽고 있었어! 그렇게 다 알면서, 이렇게 회사에 소문을 내는 퍼포먼스나 하고. 자기 집안에서 밀어붙이는 결혼이 싫다고, 허수아비 애인으로나 세우려고 날 이용해!

"나, 날 얼마나 봤다고 그렇게 아는 척해요?"

"오래 봤다고 다 아는 건 아냐. 잠깐 봤다고 모를 것도 아니고. 넌 내게 매 순간……."

그의 입에서 쏟아질 말이 두려웠다. 재빨리 소리쳐 그의 입을 막았다.

"헛소리 말아요! 협박에 휘둘린다고 우습게 보지 말라고요!"

"송아야!"

그가 부르는 이름에 가슴이 미어졌다. 진짜 애인 같아. 난 왜 이 남자의 모든 것에 의미를 부여하고 휘둘리는 걸까. 갈팡질팡, 그 어느 때보다도 감정이 미친년처럼 널뛴다.

헤어와 메이크업하는 걸 기다려 주며 애인처럼 군다고 가슴이 뛰고, 장난스럽게 스킨십을 해 오면 몸을 다 내줄 것처럼 굴고. 같이 있는 모든 순간을 즐기고. 결혼반지를 끼는 것 따위에 진짜로 결혼을 꿈꾸며 그를 갖고 싶어 안달한다.

"갈게요. 가요, 선배."

피하는 것밖엔 모르겠다. 안 만나면 돼. 눈앞에 없으면 괜찮아져.

"얘기해. 저녁 먹으면서 우리 다시 찬찬히 얘기하자."

그의 진중한 음성은 장난기가 말끔히 빠져 있었다. 그러나 그의 눈을, 그의 얼굴을 똑바로 바라보지 않았다.

"싫어요. 목적은 이제 다 달성한 거 아닌가요?"

"뭐? 너, 도대체……!"

"대표님 뜻대로 대표님 회사에도 충분히 소문내 줬어요. 그러니 이젠 나 좀 놔줘요. 온종일 정신없이 휘둘리며 끌려다녔다고요. 나, 너무 지치고 힘들어요. 실컷 이용해 먹었으면, 이젠 좀 쉬게 해 달라고요!"

그때 절대로 놓지 않을 것 같던 그의 억센 손아귀가 조용히 놓였다. 의식하지 못했지만 송아의 눈에선 눈물방울이 투툭, 바닥에 떨어졌었다.

송아는 도망치듯 오 선배를 따라 〈싸이듀〉를 빠져나왔다.

같이 있으면 이 남자가 원하는 대로 뭐든 걸 해 주게 된다. 몸으로 장난을 치면 몸을 내주고, 마음으로 장난치면 그대로 마음을 빼앗긴다. 싫어! 이 남자에게 더 이상 마음 휘둘리기 싫어!

빠르게 눈을 깜빡여 눈물을 집어넣었다. 직원들에게 애써 함빡 웃으며 묵례하고 돌아섰다. 온 신경을 눈물을 만들지 않는 데 집중했다.

끝이야. 이제는 정말로 끝이야. 뭐라고 하며 꼬드기든 말든 어쨌든 다시는 안 만날 거야.

그러나 결심을 굳힐수록 하지도 않았던 사랑에 가슴이 저려 온다. 세상에, 그렇게 속속들이 마음을 다 알면서 장난을 치고 있었어! 아, 내가 얼마나 우스웠을까. 자기한테 매 순간 두근대며 휘둘리는 걸 보는 재미가 얼마나 쏠쏠했을까.

당치 않게 차오르는 배신감과 동시에 잘생긴 그의 얼굴이 가슴을 후벼 팠다. 매 순간 내 남자로 느껴지던 설렘과 다정함이 폭풍처럼 지나간다. 아니, 내 것이 아니야. 내 남자가 아니라고!

축제와도 같던 취재는 끝났다. 이젠 어떤 이유로든, 만날 일 없어!

한참 지나서야 똑딱똑딱, 울리는 깜빡이 소리가 제대로 귀에 들어왔다. 오 선배가 긴 한숨을 내쉬며 티슈를 내민다.

"여기."

다행히 얼굴은 얼마 흐트러지지 않았다. 빠르게 정리하며 가방을 추슬렀다.

"회사 앞에 세워 주세요. 기사 정리하고 가게요."

"퇴근 시간 훨씬 지났어. 지금 들어가서 무슨 기사를 쓴다고 그래."

"현장감 남아 있을 때 써야 빨리 써져요. 차선 바꿔요."

도움을 받아 빠져나왔지만 그의 차를 타고 가긴 싫었다. 그러나 오 선배는 마음대로 자동차 전용 도로로 들어섰다.

"너, 워커홀릭이더라. 월초라도 충분히 쉬어. 좀 있으면 진짜로 바빠지잖아."

"내려 달라니까요?"

"그럼 짐 핑계로라도 좀 데려다줄게."

깜짝 놀라 뒤를 돌아봤다. 직원 손에 들려 줬던 포장 봉투들이

174

고스란히 실려 있다. 세상에, 저걸 다 받아 오다니?

당황해 숨을 머금자, 오 선배가 내키지 않는다는 듯 답했다.

"아까 직원들이 싣는데 빨리 나오는 게 우선인 것 같아서. 실랑이를 할 수도 없고. 너도 찜찜하지? 이따 내가 다시 가져다줄게. 이참에 황진헌에게 경고도 단단히 해 두고."

정신이 나갔었구나. 송아는 맥이 탁 풀려 창밖을 바라보며 답했다.

"됐어요. 내가 알아서 돌려줄게요."

퇴근 차량이 긴 줄을 이뤘다. 별수 없이 차량의 물결 속에 갇혔다. 둘만 함께 있는 비좁은 공간. 어쩔 수 없이 숨이 막혀 온다. 차창을 내리니 오 선배는 선루프를 열어 주었다.

"나랑 단둘이 있는 게 그렇게 싫어?"

"차 막히니 답답해 그렇죠."

습관적으로 둘러댔다. 선배는 서글프게 웃었다.

"하나도 안 변했어. 넌 항상 네 자신을 감추지. 황진헌에게도 그러니? 도대체 그 사람과 얽혀서 뭘 하겠다는 거야?"

"그 사람 얘기 할 거면 같이 가기 싫어요."

그러자 그는 더 듣기 싫은 이야기를 꺼내 들었다.

"사귀는 내내, 널 진짜로 얻고 싶었어. 그래서 그렇게 네 몸에 집착했던 것 같아."

기력이 달렸다. 오늘은 정말 피곤했다. 짜증이 올라와 저도 모르게 큰소리를 냈다.

"나 내려서 걸어갈까요? 하! 염치도 없지, 나한테 다시 시작하잔 말을 어떻게 꺼낼 수 있어, 우리가 어떻게 다시 시작해?"

"내 얘기 좀 들어 봐, 그땐 나도 어려서……!"

"나 제발 좀, 그냥 놔둬요!"

오 선배는 길게 한숨을 쉬며 원망스럽게 바라보았다. 그는 왜 날 원망할까. 궁금하지도 듣고 싶지도 않았다. 그냥 다 보지 않았으면. 그냥 모든 게 훅 꺼지듯 없어져 버렸으면.

"그래, 오늘은 이렇게 같이 가는 데까지만 하자."

그 말을 마지막으로 송아는 눈을 감았고, 오 선배는 운전에만 집중했다. 그의 차는 차량의 물결 속에 녹아들듯 앞으로 천천히 나아갔다.

뒷자리에서 커다란 봉투 무더기를 꺼내 들었을 때 송아는 다시 골치가 지끈거렸다. 하지만 오 선배에게 맡기느니 차라리 집으로 들고 가는 편을 택했다.

"운전하느라 고생했어요."

"그래, 오늘 힘들었을 텐데, 푹 쉬어."

건조하게 인사하고 집 안으로 들어섰다.

다들 외출하셨는지, 난정이만 홀로 부엌에서 저녁을 먹고 있었다. 배달 음식이 식탁에 펼쳐져 있다.

"뭘 이렇게 많이 시켰어?"

랩을 벗기지도 않은 김밥이 밀쳐져 있고, 비빔국수는 손만 댄 채 버려져 있다. 난정이는 쳐다보지도 않고 육개장을 뜨고 있었다.

"배달 한도 채우느라고."

갑자기 음식 냄새를 맡으니 속이 쓰렸다. 그러나 너무 지쳐 식욕이 돌진 않는다. 주의를 끌지 않으려 조용히 부엌방으로 들어가는데 난정이가 갑자기 큰 소리를 낸다.

"아, 정말 이것도 음식이라고!"

짜증을 내며 난정이는 식탁에 숟가락을 탁, 올려놓았다. 그러곤 송아의 짐에 관심을 보였다.

"J 브랜드 봉투네? 뭘 들고 왔어?"

하더니 뒤늦게 송아의 얼굴을 봤다.

"야, 너 그거 〈싸이듀〉 블랙불?"

갑자기 난정이의 얼굴이 흥분으로 빛났다. 목걸이를 풀어내는 손길이 거칠다. 등이 저릿해졌다. 아, 이걸 건 채 오다니!

"촬, 촬영한 거야."

"나 줘 봐."

"안 돼, 내일 곧바로 갖다 줘야 해."

"웃기지 마, 너도 이렇게 막 하고 돌아다니잖아."

"그런 게 아니라……."

하는데, 이미 목이 허전했다. 목걸이를 낚아챈 난정이의 관심은 귀걸이를 향해 있었다.

"아얏, 아파!"

"내놔 봐!"

순간, 누드캔디만은 빼앗기면 큰일 날 것 같아, 몰래 손가락의 반지를 빼 주머니에 쑤셔 넣었다. 다행히 보석을 거머쥔 난정이는 드레스를 탐하기 시작했다.

"이거, 내일 입고 나가야겠어!"

네이비의 오프숄더 드레스를 빼 들었다. 나머지는 아무래도 입고 나설 만한 것은 아니니.

"어딜 입고 나가? 협찬받은 거야. 가져다줘야 한다니까?"

"집에 가져온 거 보니까 아주 급하진 않은가 보네. 하루 더 있다 가져다줘."

"내일 당장 가져다줘야 해!"

"싫어! 난 내일 입고 나갈 거니까, 너도 나오든지 말든지. 문자 받았지? 단풍나무 거리, 라플라스, 오후 6시 30분."

"야!"

$$* \, +^* \, + \, +$$

결국 보석과 드레스를 빼앗겼다. 손에 꽉 쥐고 실랑이를 벌였지만 먼저 놓을 수밖에 없었다. 힘을 아끼지 않고 쥐어 채는 손아귀엔 욕심이 가득해서, 같이 당겼다간 완전히 망가뜨릴 것 같아서였다.

[야, 금송! 오고 있는 거? 왜 대답이 없어?]

단체 대화창의 알림음이 종일 울렸다. 송아는 결국 따로 말을 걸어오는 은수의 문자까지 무시하진 못했다.

[나가고 있어. 금방 도착해.]

[계집애, 결국 올 거면서 비싸게 굴긴. 빨리 와!]

정겨운 답이 총알같이 날아왔다. 은수가 마주 웃는 것 같다. 그래, 은수도 보고 싶다!

거의 다 썼는데. 어제 촬영한 '숙녀의 방으로의 초대'의 기사 작성 중이었다. 마지막 몇 문단을 남기고 아쉽게 종료 버튼을 눌렀다.

낮은 굽의 구두, 단정히 무릎을 덮는 검은색 플레어스커트, 흰 블라우스를 입은 송아는 천천히 단풍나무 거리를 따라 걸었다. 뭐라도 걸치고 나올걸. 바람이 시원하면서도 쌀쌀하다. 온통 붉게 물든 거리에 즐비하게 늘어선 화려한 명품숍들. 언제나 이 거리에선 이런 사치스러운 기분을 공짜로 즐긴다.

대신 밥이라도 한 끼 먹으려면 그 값이 녹록지 않지만.

송아는 라플라스의 건물을 보고 멈칫했다. 아, 왜 이걸 이제야 깨달았을까. 마침 난정이가 입구로 날듯 가볍게 들어서고 있었다.

"왔으면 들어가지 않고?"

난정이의 노란 재킷을 잡아챘다. 그새 새 옷까지 또 사 입고, 기어이 네이비 드레스, 블랙 볼 목걸이와 귀걸이 세트를 차리고 나왔다. 짐 속엔 모피 숄이 빠져 있어서 어깨에 두를 게 마땅치 않았다.

"식당, 네가 잡았니?"

"어, 제일 갈 만한 데더라고."

"장소 옮기자. 애들 아직 여유 없어. 여기 와인 한 잔에 간신히 배 채울 정도로만 시켜도 얼마나 많이 나오는 데인지 알아?"

난정이는 아름다운 정원이 꾸며진 입구로 걸어 들어가며 황홀하게 건물 외관을 바라봤다.

"알아. 그렇게 잘나셨으면 네가 좀 내든가."

"나, 대출 남았거든? 밥 한 끼에 이게 무슨 사치야?"

모처럼 잘 차리고 나온 난정이는 기분이 팍 상했는지, 다시 뾰족하게 날을 세웠다.

"오지령 불러? 왜, 오늘도 돈 내주러 나올 놈이 없나 보지?"

여태 꾹꾹 눌러 참는데, 진심으로 울화가 팍 치밀었다.

"왜 이렇게 생각이 없어, 어머니는 매일 돈 걱정하시면서도 너 기죽지 말라고 용돈 챙겨 주시는 거잖아. 오늘만 먹고 내일은 안 살래?"

"나는 내일 죽어도 이런 데서 한 끼 먹고 죽을 거야, 사생아!"

'사생아 소리, 하지 말라고!' 소리치려다 꿀꺽 삼켰다. 모임은 시작도 안 했는데 벌써부터 힘이 부쳤다.

"아, 어째 주변이 죄다 상거지들뿐이야. 나는 빨리 결혼해서 벗어나야지!"

1분이라도 떨어졌다 난정이와 가장 먼 자리에 앉는 게 상책이다. 좋아하던 친구들도 애 때문에 자꾸만 서먹해진다.

"화장실 들렀다 갈게. 너 먼저 들어가."

고칠 것 없는 화장을 고치고 손을 씻었다. 난정이에겐 동경의 대상인 이런 고급 식당이, 송아에겐 오히려 공포의 대상이 되어 버렸다.

"너, 우리 아빠 딸이었니? 감쪽같이…… 감쪽같이 날 속이고 친척 행세를……!"

어쩌면 난정이에게 먼저 사실대로 말했어야 했다. 그러나 난정이를 상처 입히지 말라는 어머니의 요청이 간절해, 끝까지 비밀을 지켰던 선의가 최악의 결과를 가져왔다. 한 번의 거짓말. 그건 가장 친했던 친구이자 자매 사이를 엉망으로 망가뜨렸다.

어머니는 막상 송아가 난정이와 잘 지내며 쌍둥이처럼 붙어 다니자, 아주 못마땅해하셨다. 대학에 들어간 즈음, 이젠 다 컸다고 생각해서였는지 예고도 없이 난정이에게 비밀을 터뜨리셨다. '송아, 느이 아버지 친딸이란다. 바람피워서 낳은 딸.'

"말하지 않은 건 미안해. 하지만 어머니께서……."

처음엔 사과도 했고, 사정 설명도 했다. 하지만 완전히 마음이 돌아선 난정이와 자꾸 싸우게 되었다.

"가정 파괴범의 딸이라더니 정말 가증스럽구나. 이 사생아!"

처음으로 '사생아'라고 부르던 난정이의 말이 사무치도록 아팠다. 하지만 설명을 계속했다.

"우리 엄마가 바람을 피운 게 아니야. 동갑이더라도 내가 네 언니야. 우리 엄마가 먼저 아버지를 만났고, 결혼을 못 했고, 네 어머니와 아버지가 결혼하신 뒤에 네가 태어난 거야."

차마 우리 엄마에게서 아버지를 **빼앗기** 위해 어머니가 이간질과 모략을 벌였다는 사실까지 전하진 않았다. 그 정도의 우애는 남아 있었다.

"네 어머니? 야! 매일 어머니, 어머니 착한 척 지랄하더니 이젠 다 들키고 나니까 네 어머니? 이 가증스러운 계집애!"

왜 그렇게까지 비난을 받아야 하는지 알 수 없었다. 그렇더라도 맞서 싸우지 않으며 난정이가 충분히 받아들일 시간을 주고 싶었다. 실은, 정말로 이해받고 싶었다.

덕분에 대학 생활은 한동안 난정이 없이 홀로 지내야 했다. 처음으로 같은 학교에 다니지 않았고, 새로 만나는 사람들도 많아 시간은 정신없이 지나갔다.

오지령 선배도 그 틈을 메웠다. 대학 시절의 오지령 선배는 유쾌했고, 돈을 아주 잘 써서 또래들에겐 그게 좀 대단해 보였다.

"사귀는 사이라도 무슨 용돈을 막 받아?"

"겨우 백만 원인걸? 받아, 해 줄 만하니까 해 주지."

"싫어요! 안 받을래."

"그럼 네가 알바하는 시간, 내가 사자. 우리 너무 못 만나잖아. 일하러 가지 말고 나랑 같이 있어, 응?"

"아이, 싫다니까!"

그렇더라도 그가 사 주는 비싼 식사까지 거절하진 못했다. 송아가 먹자는 것마다 입에 맞지 않아 반 이상 남기기만 하는 그에게도 가끔은 맞춰 줘야 한다고 생각했다.

"랍스터, 좋아해?"

"태어나서 처음 먹어 봐. 와, 접시에 담긴 모양도 굉장히 예쁘고 맛있어요. 세상에 이렇게 화려하고 맛있는 요리가 있다니!"

억지로 끌고 왔던 그는 송아가 수줍게 좋아하자, 너무나 흐뭇한 얼굴로 바라봤다.

"그런데 왜 먹다 말아?"

난정이 생각이 났다. 이렇게 화려하고 좋은 데 오면 얼마나 까무러치게 좋아할까. 혼자 이렇게 좋은 걸 먹는 게 미안하면서도 속상했다.

"그냥. 난정이도 이런 거 되게 좋아하는데, 해서."

싸우기 전엔 셋이서도 몇 번 만났다. 지령 선배도 난정이를 편하게 생각했다. 난정이와 같이 떠들며 웃던 생각만 하면 마음이 알싸하게 아팠다. 영원히 화해할 수 없을 것처럼 무섭고 불안했다.

"그렇게 사이가 좋더니. 꽤 길게 간다? 도대체 왜 싸웠는데?"

"그냥요. 여자들끼리 싸우는 게 다 그렇지."

솔직히 말하지 못한 건 혼자만의 허물이 아니기 때문이었다. 아니, 그에게 집안 속사정을 털어놓긴 싫었다. 그는 괜찮아 보이는 제안을 했다.

"그럼, 이번 생일 선물로 난정이랑 친구들 초대해서 내가 식사 대접할게. 약속 잡아."

"네?"

"분위기 잘 잡아 화해도 좀 하고. 나도 생일 선물은 좀 내 맘대로 하자, 알았지?"

그래, 철없었다. 어린 마음에 솔깃하고 좋게 들렸었다.

공교롭게도 그때의 멤버는 오늘 모이는 여섯 명. 3년을 붙어 다닌 고등학교 친구들이다.

"생일인데, 가야지."

집 안에서도 말도 섞지 않고 피하던 난정이는 고맙게도 별말 없이 와 준다고 했다.

무엇보다도 아이들이 참 좋아했다. "드라마에 나오는 데 같아.", "씨이, 송아는 이런 데도 자주 오고, 좋겠다!", "그래서 송아가 사 준다잖아.", "그래, 송아 덕에 이런 데도 와 보고, 완전 좋아!"

스무 살에 처음 경험한 고급 식당은 더욱 멋져 보인다. 부끄러움에 얼굴이 발개져 한마디도 못 하는 동안, 친구들이 제각각 문답을 주고받았다.

빳빳하게 다림질된 새하얀 테이블보, 예쁜 모양으로 접혀 장식된 냅킨, 빈 유리잔들과 포크, 나이프들이 칼같이 세팅된 빈 테이블조차 격조 있고 아름다웠다. 멋들어지게 구불구불한 한강의 모습과 불빛이 들어오기 시작하는 빌딩의 야경이 한눈에 펼쳐졌다.

시원한 통유리창의 창가 자리, 모던한 분위기의 인테리어가 그들을 감쌌다. 젊고 잘생긴 두 명의 웨이터는 팔에 수건을 건 채 그녀들의 시중을 들어 주기 위해 분주히 움직였다.

티 한 점 없이 깨끗하게 닦인 맑은 유리컵이 뒤집어지며 얼음물이 가득 찼다. 곧 컵에 눈물이 맺혀 흐르기 시작했고, 그 물 잔은 몇 번 더 비워지고 채워졌다. 그러나 지령 선배는 도착하지 않았다.

"선배, 왜 안 와?"

— 갈게. 금방 가.

여섯 장밖에 되지 않는 메뉴를 보고 또 보면서 뭘 먹어야 할지도 정하기 힘들었다.

"선배, 다 왔어요?"

— 시켜 먹고 있어. 갈게.

"그건 좀 그런데. 선배가 와야지."

— 랍스터든 스테이크든 맘껏 먹고 있으라니까.

지령 선배의 거친 목소리가 낯설었다. 그는 좀 취한 것 같았다. 난정이는 꼭 붙들고 놓지 못하는 휴대전화를 빼앗아, 톡 끊어 줬다.

"메뉴판 그만 외우고 랍스터 한 마리씩들 먹자. 여기 그거 맛있대. 여유 있게 같이 먹을 스테이크도 좀 시킬까?"

참다못했는지 난정이가 주문을 대신했다. 난정이는 배고픈 걸 잘 참지 못해, 허기가 지면 화를 크게 낸다. 전채 요리, 스프를 먹고 나니, 테이블 한가득 랍스터들이 채워졌다. 스테이크와 샐러드, 후식까지, 난정이는 이 식당의 요리들을 더 잘 아는 것 같았다.

조금은 불안했지만 지령 선배는 허튼 사람이 아니었고, 무엇보다도 송아의 생일이었다. 난정이와 화해를 하고 싶었고 맛있는 걸 친구들과 함께 나눈다면 더 맛있겠다는 생각으로 자리를 마련했지만, 그 무엇도 제대로 이루어지지 않았다.

"선배, 식사 거의 다 마쳤는데."

— 나 못…… 가.

선배는 엉망으로 잔뜩 취해 있었다.

"네? 다, 다 먹었거든요."

— 먹……었으면 계산하고 나가면 되지.

"와 주기로, 와 주기로 해 놓……."

— 다음……에 사 줄게.

"선배!"

— 야…… 너 나한테 돈 맡겨 놨어? 내가 돈이나 내 주러 가는 사람이야!

본심은 아닐 것이다. 발음이 형편없이 꼬여 있었다. 솔직히 그가 온다고 해도 안 될 것 같았다. 그럼에도 전화가 어이없이 끊기자, 땀이 바짝바짝 났다.

"안 온대?", "못 오나 봐.", "어, 어떡하지?", "나도 돈이 없는데.", "야! 그럼 처음부터 먹지 말았어야지!"

친구들이 불안으로 한 마디씩들을 뱉었고, 그때 난정이가 기다렸다는 듯 나섰다.

"그러게, 이렇게 분수에 맞지 않는 사치를 왜 해?"

음식을 더 과하게 시킨 건 너였잖아.

말하지 못했다. 속상하고 화나는 것보다 당장은 음식값이 더 걱정되었다. 음식값을 보태려 사실, 송아는 모아 두었던 용돈을 몽땅 들고 왔다. 그렇더라도 반이나 될까 말까. 염치 불구하고 친구들에게 부탁했다.

"괜찮아.", "무슨 큰일이 생겼나 보지.", "있는 대로 걷어 보자. 이게 다라 미안해.", "그래, 우리가 먹은 거잖아."

땀을 뻘뻘 흘리는 송아에게 친구들도 얼마씩을 쥐여 주었고, 난정이는 매정하게 끊어 냈다.

"난 없어!"

돈이 한참 모자랐다. 얼이 쏙 빠질 정도로 지배인 아저씨께 혼이 났다.

사무실에 들어가 학생증을 맡기고 다시는 이런 식으로 무전취식을 하지 않겠다는 자필 반성문을 쓰고, 진짜로 울기도 했다.

"죄송한데, 집에 전화는 절대로 못 하거든요. 흐흐흑!"

어머니께도 아버지께도 전화를 할 곳은 없었다. 왜 이런 바보 같은 일을 벌였을까, 하는 자책뿐.

"돈은 꼭 갚을게요. 정말 잘못했습니다. 제가 있을게요. 친구들이라도 돌려보내 주세요."

진심으로 이 상황을 즐기는 것 같은 난정이의 표정을 보고서야,
뭔가가 크게 잘못되었다는 걸 짐작했다. 아니, 그때도 깨닫지 못했
다. 아무리 그래도 난정이는 세상에서 가장 가까운 사이였으니까.

지령 선배가 일부러 골탕을 먹였을 리 없었다. 무슨 급한 사정
이 있었을까. 그러나 선배는 노골적으로 송아를 피했다. 몇 번을
엇갈리다 겨우 만났다. 그리고 무척이나 달라진 선배의 태도를 확
인하며 절망했다.

"만나자며? 그런데 왜 넌 내가 만지는 게 그렇게 매 순간 싫어?
내가 벌레야? 징그럽니? 너한테 난 뭐냐, 응?"

형편없이 술에 취해 잠자리를 강렬히 요구했다. 그와 함께하며
좋았던 마음이 한꺼번에 와르르 무너졌다.

"선배에게도 사정이 있겠지. 더 묻지 않을게. 우리, 이제 그만
만나요."

어렵게 만날 때마다 취해 있었고, 마주칠 때마다 육체관계만 요
구했다. 매번 그 집요한 손길을 뿌리치기가 너무 힘들었다.

"이리 와 봐!"

"나 만지지 마, 나 이런 식으로 만지지 말라고!"

"우리가 이렇게 된 건 다 네 탓이야. 여태 내가 너한테 얼마나
잘했어? 내가 네 남자 친구이기는 했어?"

이별이 쉽지 않았다. 낮마다 싸늘한 지령 선배는 밤마다 취해
찾아오거나 전화를 걸어왔다. 딱 세 달을 만났고, 딱 그만큼의 시
간 동안 시달렸다.

사랑은 달콤하지만 이별 끝은 지저분하고 퀴퀴하다. 송아가 가
장 큰 충격을 받은 건, 지령 선배가 맨정신일 때 난정이와 붙어 있

던 모습이었다. 그의 건장한 팔뚝에 난정이의 가느다란 팔이 걸려 있었다. 마치 다정한 연인처럼.

그날 저녁, 난정이는 자랑스레 속삭였다.

"네가 무슨 여자 친구였니? 끝까지 가 보지도 못한 게. 지령 오빠, 낮보단 밤이 낫지."

"……."

난정이의 입술 새로 비어져 나오는 그 '오빠' 의 어감이란.

"너, 우리 엄마한테, 느이 엄마한테서 아빠를 빼앗아 갔다고 누명까지 씌우고 지랄했다며? 어때? 사생아. 진짜로 남자를 빼앗겨 보는 느낌은?"

우애도 사랑도 완전히 끝났다. 송아는 지령 선배가 술에 취했던 밤들에 대해 입을 다물었다. 몸으로 획득한 난정이의 사랑을 깨 주지 않은 걸로 마지막 우애를 털어 냈다. 난정이도 이미 형제간의 정을 끝낸 것 같았다.

"지령 오빠랑 내가 첫날밤을 치른 게…… 네 생일 전일까, 후일까."

사랑도 잃었고, 세상에서 가장 가깝던 형제도 잃었다.

그러나 송아의 배려가 무색하게 난정이는 지령 선배와 채 한 달도 사귀지 않고 유학을 떠났다. 송아의 엄마가 만들어 준 송아의 학비로.

송아는 행동을 단정히 했다. 더 이상 아무도 믿을 수 없었다. 난 이제 혼자야. 세상에서 가장 두려운 것, 혼자가 되었다는 것, 더 이상 마음을 기댈 곳은 송곳을 꽂을 만큼도 없다는 것.

그러나 무작정 집을 나설 순 없었다. 현실을 너무 잘 알아서였다. 스무 살짜리가 공부를 하며 학비와 용돈은 그렇다 치고, 먹고 잘 곳까지 마련하는 건 도저히 힘에 부친다. 짐을 싸 들고 집을 나가는 순간, 졸업은 아주 요원해진다.

아니, 학교고 뭐고 다 집어치우고 나오려던 걸 참게 만든 건 엄마였다.

'고아라고 무시당하는 거 물려주기 싫다!'

가족이 꼭 필요하다며, 그래야 남들처럼 좋은 데 시집갈 수 있다던 엄마의 말. 그저 보이기라도 번듯한 가족, 내가 바르게 잘 자랐다는 걸 증명하는 거죽.

솔직히 머리로도 가슴으로도 이해가 되지 않았다. 그렇더라도 엄마의 한恨은 잘 알고 있었다. 평생 보지 않을 것처럼 굴던 아버지에게 오죽하면 죽어 가는 순간까지 그렇게 애써 부탁했을까. 그래, 내가 모르는 무언가가 있겠지. 버티다 보면 언젠간 알게 되겠지.

송아가 미련스럽게 집을 지킨 건, 그 마지막 뜻에 순종하려는 의지였다.

하지만 현실의 매일은 녹록지 않았다. 그래서 아름답고 기분 좋은 것에 기댔던가. 아름답고 기분 좋은 것. 그래, 웨딩드레스.

우리 엄마가 만일 결혼을 했다면, 나는 지금 이렇게 되지는 않았겠지.

웨딩드레스에 대한 바보 같은 집착은 아마도 그때 시작되었던 것 같다.

블로그에 하나둘씩 예쁜 것들을 찾아 올렸고, 서툰 글솜씨로 사족을 달아 넣었고, 이 바닥에서 쓰는 용어들을 하나둘씩 익혔고, 학생 신분으로 외고를 싣는 기쁨까지 누렸다.

새로운 사랑으로 약한 마음을 기대지 않았다. 빼앗길까 봐 두려워 시작하지 않은 건 아니다. 세상을 살며 믿었던 얄팍한 믿음이 와장창, 박살 나 버렸기 때문이었다.

"뭘 이렇게 힘주고 나왔어?"

"드레스는 J 브랜드, 요건 무려 〈싸이듀〉의 블랙불이란다, 얘들아?"

블랙의 멜리 다이아가 빽빽이 세공된 엄지손톱만 한 구슬이 난정이의 귓가에서 달랑거렸다. 세트 디자인의 불(공)을 연결해 만든 목걸이도 검은빛으로 영롱하게 얼굴을 함께 빛낸다. 아이들은 난리가 났다.

"어머, 이거 진품인가 봐! 웬일이니? 부자 남친이라도 생겼어?"

"글쎄, 누가 사 줬을까?"

"야, 진짜 예쁘다. 이게 도대체 얼마야?"

까르르, 웃는 아이들에게 송아는 천천히 걸어갔다. 오랜만에 여섯 친구들이 모두 모였다.

"송아야, 여기!"

문득 옛날로 돌아간 듯 아련했다.

"근데 너, 옷이 좀 낀다?"

그러나 눈치 없는 친구 하나가 난정이의 흥을 팍삭 깼다.

"어, 정말. 이 옷핀 자국. 계집애, 그럼 그렇지. 너 뒤쪽에 지퍼 다 못 채운 거 티 나."

"에이, 송아 협찬받은 거 몰래 입었구나? 이것도 잡지에 나온 거야?"

"씨이, 좋겠다. 명품 드레스도 막 입어 보고. 너희 평소 옷도 같이 입고 그래? 친척이라 그런가 체구도 거의 비슷하고."

"친척 소리 좀 집어치워! 나 그딴 말, 제일 싫어해."

난정이는 거칠게 짜증을 냈다. 아직도 친구들에겐 송아가 친척인데 입양 온 것으로 남아 있다. 어머니가 만든 옛 거짓말이 송아의 인생에 미치는 파장은 정말 컸다.

"난, 쟤네 첨에 쌍둥이라고 장난칠 때 진짜인 줄 알았잖아."

"생긴 건 둘이 정말 닮았어. 분위기는 완전 달라도."

"그래, 피가 섞이긴 섞였나 봐. 외사촌이라도 어떻게 저렇게 닮았니."

친구들의 속 모르는 소리에, 난정이는 결국 큰소리를 냈다.

"피 섞였단 얘기, 계속할래? 내가 말을 안 해서 그렇지 송아 얘……!"

송아는 빠르게 걸어 들어와 난정이의 어깨를 탁, 짚었다.

"그만하자."

그리고 귓가에 속삭였다.

"나 망신 주자고 너 상처 입을 말 하지 마."

난정이의 목소리는 수그러들었지만 눈빛엔 날이 서 있었다. 송아는 맞은편 대각선에 자리 잡으며 대강 얼버무렸다.

"미안하다. 형제끼리 분란 일으켜서."

아이들은 별 뜻 없이 말을 더했다.

"학교 다닐 땐 죽고 못 살더니, 너희도 진짜 자매가 다 됐나 보다."

"원래 자매는 잘 싸우지."

"싸워 봤자 또 풀리지 뭐."

하는데, 눈치 빠른 은수가 분위기를 전환했다.

"뭐 먹을래?"

말을 다 하진 못했지만 은수는 대강 둘 사이를 눈치채고 있었다. 송아를 든든하게 지원해 주는 고마운 친구다. 아이들도 동참했다.

"그래, 뭐가 맛있을지 좀 보자."

하며 메뉴판의 페이지를 넘기는데, 몇 애들의 얼굴에 당황이 어렸다. 집에서 용돈을 받는 친구 하나는 알고도 반대하지 못한 것 같았고, 인턴이라 바빴다던 친구 둘은 모르고 왔나 보다.

"아오, 완전 고급스럽네." 하며, 눈짓을 주고받는다. "무리하지 말고 적당히들 시키자?" 이를 앙다문 말도 나왔다.

"맨 뒷장엔 먹을 만한 메뉴들도 많아. 우리도 럭셔리한 분위기 좀 즐겨 보자."

한둘이 난정이를 흘겨보는 눈초리에 은수가 나서며 말렸다.

침묵과 한숨이 잠깐 흘렀다. 그러다 문득 모두 같이 옛 생각을 떠올렸다. 난정이가 먼저,

"랍스터 한 접시씩들 할래?"

하며 거침없이 헛소리를 했다. 한 친구가 푸하하, 웃으며 난정이의 등짝을 "야아!" 하며 짝 때렸고, 몇몇이 크큭큭, 웃음을 참았다.

"그만해라, 문난정?", "야! 이제 그만 싸워." 하는데 눈치를 잘 안 보는 친구 하나가,

"그때 나 진짜 식당에서 알바라도 해야 하는 줄 알고 왕창 쫄았잖아."

하니, 아이들이 푸하하하, 참고 있던 웃음을 터뜨렸다. 송아는 홀로 웃지 못했다.

"그때, 음식값을 좀 깎아 줬던가?"

"알바해서 갚고, 지배인 아저씨가 직원 DC 해 줘서 일부는 깎고."

애들에겐 깔깔 웃고 지나칠 수 있는 옛일이 되어 버렸으나 송아는 아직 아니었다.

와인은 건너뛰고, 모두들 헐겁게 음식을 시켰다. 전채며 후식을 줄줄이 털고 식사 중 가장 저렴한 것들을 골랐다. 리조또와 180그램짜리 작은 스테이크들 같은. 아이 주먹같이 한 옴큼씩 담겨 나올 음식이 기대되지 않았다. 식전 바게트마저 야박하게 얄따랬다.

"송아, 네 기사 완전 떴더라? 나도 궁금해서 사 봤어."

과자인지 바게트인지 알 수 없을 작은 조각을 끝내며, 친구 하나가 얘기를 끄집어냈다.

"얘기하지. 한 권 보내 줄걸." 답하니,

"오오, 〈싸이듀〉 황진헌이?" 다른 친구들도 참았다는 듯 한 마디씩을 터뜨렸다.

문득 가슴이 길게 그어지는 느낌에 뱃속이 아렸다. 생각하지 마! 이젠 다시 볼 일 없는 남이야.

"나도. 나도 그 얘기 꼭 물어보려고 했어."

"진짜 잘생겼더라. 요샌 방송도 막 나오던데?"

"야, 가까이에서 보니까 어때?"

문득 거울 앞에서 그가 휴대전화를 건네주던 장면이 떠올랐다.

'친구들이 저녁 먹으러 나오라고 난리더라. 그런데 식당이 하필⋯⋯.'

네이비 드레스를 입고, 그와 함께 거울에 비친 모습이 잘 어울린다고 착각했었지. 그가 어깨에 손을 짚던 따뜻하면서도 달콤하던 느낌, 하지만 아쉬울 것 하나 없이 털려 나가던 그의 손. 하필 난정이가 저 드레스를 입고 온 게 미치도록 거슬렸다.

'누구, 손 좀 빌려줄 사람?' 그가 말한다. 누가 책임이라도 지라고 할까 봐! 그러면서도 '키스하자.' 들이대던 입술. 하!

"사진처럼 생겼어."

건조하게 답했다. 그때였다. 갑자기 누군가, "저기, 저기!" 한곳을 가리키며 손가락질을 했다. 송아는 고개를 들고 입구를 바라보았다. 심장이 꽉 죄어 오며 눈을 뗄 수 없었다.

황진헌이, 이곳으로, 걸어 들어오고 있다. 아이들의 요란한 반응에 그의 시선도 이쪽으로 쏠린다. 그의 등장에 아무리 주변이 술렁였더라도 창피하도록 오버액션을 하는 테이블은 딱 하나였으니.

그는 송아에게 얼른 손바닥을 들어 보였다. 왠지 그답지 않게 어색해하며 겸연쩍어한다. 하지만 곧 여실해지는 불쾌한 표정, 어색한 웃음기가 싹 빠진다. 아, 맞아. 난정이가 입고 있는 것들!

그러나 곧 송아의 얼굴에도 경련이 일었다. 한 젊은 여자가 그대로 뒤에서 걸어와 그의 목을 감싸 안으며 내리눌렀다.

송아의 심장이 툭, 떨어졌다.

속없이 까르륵, 태를 내며 좋아하는 친구들. 송아는 얼른 고개를 돌려 피했다. 그 짧은 찰나가 사진처럼 각인된다.

나이는 서른 서넛쯤. 송아보다 완숙하고 세련되어 보인다. 보통 사람은 절대 못 입는 녹색과 붉은색의 보색 배열을 블라우스와 스커트로 멋지게 소화했다. 최고급의 핸드백, 도도한 듯 보브 컷의 단발……. 아, 내가 왜! 이런 걸…….

심장이 쿵쿵 뛰었다. 점프하듯 그의 어깨를 감싸 안는 그녀의 팔이, 그 부유한 차림이, 자연스레 그녀의 팔을 풀어 내리며 손목을 잡는 그의 익숙한 웃음이 끊임없이 리플레이 되었다. 그래, 저쪽은 집에서 미는 진짜 연인?

눈앞의 얼음물을 찬찬히 들이켰다. 위장이 쓰려 온다. 음식은 왜 이렇게 안 나와. 뭘 얼마나 많이 시켰다고.

"웬일이니? 진짜 잘생겼다.", "자세히 좀 볼랬더니. 룸으로 가네.", "쳇! 프러포즈 어쩌고 기사 내더니 애인 있었어.", "세상이 다 그렇지 뭐."

아이들도 실망한 듯 속닥거렸다.

"그래도 송아한텐 알은체한다? 멀리서도 금방 알아보네?"

신기하다는 듯한 은수의 말에 갑자기 가슴이 무너져 내린다. 그러나 그가 시야에서 사라지자, 질문이 쏟아졌다.

"야! 인터뷰 뒷얘기 좀 해 봐.", "말하는 건 어떻든? 목소리도 멋있어?"

하는데 문난정이 비웃으며 보탰다.

"표정 보아하니, 황진헌이랑 뭐 있네. 회사에서는 오 선배랑 붙어먹고, 외근 나가서는 황진헌이랑 나 홀로 썸 타고. 역시 남자 후리는 핏줄은 못 속여, 응?"

"말 함부로 하지 마!"

불안한 감정에 송아도 조금씩 날이 섰다.

"야아, 그만 싸워.", "너희 남자 문제로 싸우니?"

아이들이 제각각 거드는데, 난정이의 독설은 계속됐다.

"아무리 짝사랑도 대충 격이 맞아야지. 네가 느이 엄마를 닮긴 닮았어, 응?"

"그만하랬지!"

"하하, 애 눈 돌아가는 것 좀 봐. 질투할 사람을 질투해. 저 여자 대충 견적 내도 네 1년치 월급은 걸쳤더라. 눈 풀어, 응?"

"야, 문난정!"

난정이의 눈웃음에 테이블을 뒤집어엎을 것 같았다. 순간, 격노하는 감정을 어쩌지 못하는데 아이들이 다급히 외쳤다.

"야야! 그만.", "온다, 온다!", "누구?", "황진헌, 와!"

그가 룸 쪽에서 다시 걸어 나왔다. 슬쩍 뒤를 보니 아주 오는 것처럼 손에 든 가방과 커다란 종이백도 함께다. 이 감정을 반갑다고 해야 할지, 그렇지 않다고 해야 할지. 목이 빳빳해져 돌아보지도 못하는데, 무언가 부드러운 털 뭉치가 어깨에 내려앉았다.

"왜 이렇게 얇게 입고 나왔어? 감기 들면 어쩌려고."

어제 둘렀던 모피…… 숄?

"안녕하세요. 좀 실례해도 되겠습니까."

그는 넉살 좋게 씩, 웃으며 송아의 옆자리를 가리켰다.

모두의 눈이 그에게 쏠렸다. 커다란 키, 눈을 떼기 힘든 비현실적인 몸매, 클래시컬한 스트라이프 그레이 슈트가 맞춘 듯 딱 떨어졌다. 그는 서글서글한 눈빛으로 송아를 내려다보았다.

오후가 되어 얼굴 언저리가 거뭇했지만 그의 체취를 담은 애프터쉐이브의 상쾌한 향은 여전하다. 웃을 때마다 턱 밑에 살짝 패는 그 보조개와 도톰한 입술도.

친구들은 아이돌 스타라도 본 것처럼 "꺄악!", "와아!" 탄성을 지르며 황진헌을 반겼다. "앉으세요.", "어서요!"

그는 "하하, 감사합니다." 웃으며 자리에 앉았다. 얼굴이 갑자기 확, 달아올랐다.

"송아를 찾았으니, 전 여기로 왔습니다."

가슴이 툭, 내려앉는 기이한 안도감. 다시는 안 만나기로 하고선!

그러나 그는 송아보다 더 익숙하게 그녀의 친구들을 대했다.

"만나서 반갑습니다. 저는 황진헌이라고 합니다."

말릴 새도 없이 그의 금빛 명함이 뿌려지고, "알죠.", "우우와!", "흐흠, 〈싸이듀〉 대표?" 친구들도 명함이 있는 아이들은 명함을, 없는 아이들은 이름을 대며 자연스레 통성명했다. 그는 듣자마자 곧바로 다섯 명의 뒤섞인 이름들을 빠르게 외웠다.

"정은수 씨, 김수진 씨, 노은경 씨, 김아람 씨 그리고 문난정 씨!", "기억력 좋으시네요?" 삽시간에 아이들의 호감을 샀다. 그리고 "대학 동창?" 정보를 파기 시작했으며, "고등학교요. 3년 동안 붙어 다녔어요." 아이들은 준비된 듯 술술 불었다.

"뭐 먹습니까? 맛있는 거 많이 먹습니까?"

그는 송아 옆에 놓인 계산서를 쓱 뒤집어 봤다. 송아는 뜨악하여 그대로 덮어 눌렀다.

"친구분들, 서운하실 텐데 이제 가셔서 식사하세요. 알아서 먹고 갈게요."

그러나 그는 송아의 왼손을 익숙하게 잡아 테이블 아래로 내리며 기어이 계산서를 뒤집어 보았고, "이런!" 과장되게 안타까운 표정을 지었다. 그리고 몰래 잡은 손을 놓아주지 않았다. 힘으로 잡아 빼니 깍지를 꽉 껴 버린다. 밉다! 원망으로 가슴이 들끓는다.

"다들 다이어트를 너무 심하게 하는군요? 그래도 이건 아냐, 괜찮으면 주문 좀 다시 합시다. 이렇게 만난 것도 인연인데 제가 식사 한 끼 대접……."

송아는 냉정하게 손을 탁, 쳐 냈다.

"사양할게요. 안녕히 가세요."

정색을 하고 노려보는데도 그는 씩, 웃기만 했다. 순간 그와 눈을 마주쳤다. 지그시 내려다보는 눈빛의 강한 열기에, 가슴이 탁 막혀 그 눈동자를 계속 마주할 수 없었다. 그는 테이블 아래서 다시 손가락을 조용히 감아 오며 입을 열었다.

"우리 송아는 싫대도 친구분들이 초대해 주시면 괜찮겠지요, 초대해 주시겠습니까?"

당황하는 송아와 상관없이 친구들은 모두 이 상황이 빠르게 이해가 가는 모양이었다. 고새 몇 마디나 주고받았다고 마치 친해진 것처럼 그는 자신에게 호의를 보이는 친구들을 노렸다. 아이들은 역적처럼 송아를 시원하게 배신했다.

"와악! 좋아요.", "잘 먹겠습니다.", "잔뜩 많이 사 주세요!"

자청하여 그의 꼭두각시가 되었다.

"좋습니다. 그럼 저도 이제 정식으로 초대받았군요."

그의 목소리가 부드럽게 내려앉았다.

"왜 이래요, 내 친구들 앞에서!"

이를 악물고 조용히 속삭이자, 그는

"작정하고 잡으러 왔으니 잡혀 있어. 좀 있다 혼날 테니까."

하고, 빈 손가락을 부드럽게 문질렀다. 하! 다 끝난 마당에 반지는 무슨! 거세게 손을 돌려 뺐지만 그의 악력은 어림없다. 그는 송아를 쥐지 않은 왼손으로 웨이터를 불렀다.

"와인도 나쁘지 않겠지만, 이 집은 맥주가 괜찮습니다. 음식과 잘 어울려요. 맥주치곤 좀 센데, 부드럽고 향긋하죠. 다들 한 잔씩?"

부드럽게 리드를 하면서 송아의 왼손을 그의 왼손으로 바꾸어 쥐었다. 오른손으론 자연스레 메뉴를 넘기면서도 집요하게 놓지 않았다.

"좀 별로인 거 있어도 한 번씩들 먹어 봐요."

갖가지 음식을 주문했다. 서비스 바게트는 정말 형편없었는데, 곧 커다란 빵 바구니가 테이블마다 놓였다. 다들 배고픔에 겨워 큼직한 것들을 집어 든다. 그가 서둘러 말렸다.

"맛있는 거 많습니다. 조금씩들 먹어요!"

염소 치즈 요리, 두어 가지 푸아그라, 몇 가지 파이들이 전채로 쏟아졌다. 한 입씩 먹어 보기도 하고, "나는 거위 간 싫어.", "요 맛은 괜찮아." 건너뛰기도 하면서 즐겁게 맛본다. 그는 요리가 나올 때마다 웨이터처럼 소개했다.

"이건 파리 본점에선 인기가 좋은데, 여기에선 그저 그래요. 내 입맛에도 별로고."

그리고 양념에 졸인 통통한 달팽이들도 먹음직하게 나왔다.

"이건 많이 먹어 둬요. 이 집의 자랑입니다."

다들 푸짐해진 식사에 즐거워했다. 고급스러운 분위기에서 기름에 뜬 듯 주눅 들었던 마음들이 그의 자연스러운 리드로 확 풀렸다.

달팽이 요리는 쫄깃한 소라 맛이 났는데, 다들 눈을 번쩍 뜨며 맛있어했다. 허기가 조금씩 가시며, 그새 편해진 친구들은 그에게 질문을 쏟았다.

"송아, 많이 좋아하세요?"

질문이 확 뛴 바람에 송아는 은수를 당황하여 쳐다보았다. 은수는 궁금했다는 듯 샐쭉 웃었다.

"네, 좋아합니다. 첫눈에 반했어요. 덕분에 인터뷰도 털렸죠."

다들 설마 하는데 그의 대답이 너무도 시원했다.

"네에?", "정말요?", "송아 때문에 인터뷰를 하셨어요?"

송아는 황급히 '하지 마요!' 그의 허벅지를 찌르듯 흔들었다. 지금 이 사람이 어디까지 와서 헛소문을! 그러나 그는 테이블 아래로 잡은 손을 꽉 쥔 채 놓아주지 않았다.

"네, 데이트해 준다고 인터뷰 따고선, 먹튀했어요. 보기 좋게 사기를 당했죠."

친구들이 "웬일이니?" 깔깔 웃는 데 대고 그는 시원스레, "하하!" 웃음을 더했다.

결국 "그만 좀 하시죠?" 황진헌에게 이를 악물고 속삭였고, 그는 송아에게 은근히 몸을 기울여 그녀의 귓바퀴에 입술을 가져다 댔다. 그러곤 "싫어!" 귓속말을 짧게 되돌려 주었다. 역시, 신사인 것처럼 연기하지만 그는 그였다.

"송아의 어떤 점에 반했어요?"

누군가 질문을 더했다. 황진헌은 잠깐 망설이듯 빙그레 웃었다.

"예뻐서 반했습니다."

은수도 거들었다.

"얼굴이요?"

그는 고개를 저었다.

"아니요, 얼굴이라기보단 그냥 이 여자가 예뻤습니다. 먹는 것, 날 욕하고 돌아서는 것, 약 올리는 것까지 모두 다."

하면서 머리칼을 슬쩍 쓸어 귓바퀴에 걸어 주곤 빈손으로 턱을 괴며 바라보았다. 그가 송아를 지그시 바라보는 눈빛에, "와, 로맨틱해!" 하는 누군가의 탄성이 이어졌다. "큭큭, 많이 좋아하시나 봐." 하는 웃음도. 송아는 귓불까지 새빨개졌다. 이 남자 연기력 진짜!

그의 입술이 천천히 열렸다. 그는 말이 아니라 눈빛으로 자신의 감정을 모두에게 전하는 것 같았다. 그럼에도 그는 자신의 말을 더했다. 마치 그윽하고도 깊은 그의 본심이 우러나오는 것 같아, 거짓임에도 뱃속이 끓어오르듯 떨렸다.

"그냥 끌립니다. 이유는 모르겠어요. 흐흠, 그래도 굳이 말하라면, 네. 고집스러울 정도로 품위가 있어요. 그러면서도 앙큼하고 귀엽고……."

"품위…… 핫! 금송아, 기대하시는 것과는 많이 다를 텐데요?"

"야, 야아!"

친구 하나가 말렸으나, 난정이가 오래 참긴 했다. 사랑에 취한 듯 송아의 얼굴을 보며 읊어 내리는 황진헌의 찬사가 꽤 거슬렸던지, 날 선 대꾸로 그의 말을 툭, 잘랐다.

찰나의 일그러진 표정 변화는 송아만이 알아챌 수 있었다. 순식간에 흥이 깨지며, 그의 눈빛에선 특유의 냉정한 동물적 본능이 되살아났다. 그럼에도 그의 말투나 표정은 오히려 더 친절해져서, 그 부조화가 두려웠다.

"글쎄요. 제가 말한 '품위'는 남의 옷과 보석을 빼앗아 몸에 두르듯 훔칠 수 있는 건 아닙니다만. 매력처럼 송아의 일부죠. 매번 정신없이 휘둘려요."

그가 눈썹을 슬쩍 들어 올리며 "기술 점수, 10점 만점에 10점?" 장난스러운 표정을 지었고, 그를 감상하듯 넋을 잃고 바라보던 친구들이 하하하, 일제히 웃음을 터뜨렸다. 한 사람만 빼고.

뒤늦게 네이비 드레스와 블랙불의 출처를 알아챈 난정이는 분노와 수치로 부들부들 떨었다.

"결국 송아 꼬리 친 거에 넘어가신 거네. 송아한테, 돈 많이 쓰시겠어요?"

난정이가 비릿하게 웃으며 비아냥거리자, 그의 눈빛이 더욱 매서워지며 미소가 짙어졌다.

"네. 저, 돈 많습니다. 그래서 송아가 돈이 많든 적든 그건 상관

없습니다. 그래요, 우리 송아에게 돈 좀 많이 써 보죠. 이럴 때 쓰려고 열심히 일했나 봅니다."

"부자신 거 알지만, 잘난 체가 너무 심하시네!"

"문난정 씨…… 하아."

그는 다른 때와 달리 참을성 있게 꾹 눌러 참았다. 이미 처음부터, 그가 선물한 옷과 보석을 고스란히 걸치고 있는 난정이에게 감정이 좋지 않았다. 그러나 싱긋, 다시 밝은 척 웃었다.

"실제로 잘났다네요. 내가 그런 거 아니고, 송아가 그러더라고요. 우리 송아의 기사, 〈화이트 웨딩〉 이달의 프러포즈에 10면에 걸쳐 자세히 소개되어 있어요. 가격은 8천 원, 따끈따끈한 신간입니다. 다들 꼭 한 권씩 사서 보시죠?"

마치 책 장수처럼 홍보용 톤으로 바뀐 바람에, 아이들은 하하하, 웃고 말았다. 문난정의 분노 유발은 그의 농담으로 계속 씻겨 내려갔다. 그러나 그는 눈빛을 날카롭게 벼리며 난정이에게 물었다.

"그러는 문난정 씨도 저처럼 돈에 관심이 많으신가 봅니다. 말끝마다 '돈' 얘기군요. 예, 저도 돈 좋아해요. 돈만 좇으며 한 15년을 달려왔죠. 문난정 씨는 어떤 노력을 하고 있습니까? 부모님 돈 자랑하는 거 말고."

"……"

그의 말투는 더욱 부드러워서, 그의 날 선 눈빛과 기이한 괴리감을 형성했다.

"스스로 어떤 노력을 하는지 좀 들어 봅시다. 좋아하시는 그 '돈'을 위해서. 송아 씨의 친구이니, 제가 특별히 공짜로 카운슬링해 드리죠."

난정이는 눈썹을 뾰족하게 세웠지만 입이 꽉 막혔다. 테이블에 순간 침묵이 끼얹어졌다.

"그만하세요! 제…… 동생이에요."

송아는 망설임 끝에 말을 뱉었다. 난정이와 머리채를 같이 잡고 뒹굴지언정, 그에게 이런 식으로 모욕을 당하는 걸 두고 볼 수는 없었다.

"이거, 실례했군요. 문난정 씨."

그는 이해가 잘 가지 않는다는 듯 가늘게 인상을 찌푸렸지만 깨끗이 물러났다. 난정이도 비웃음을 물고 싸움을 끝냈다.

"글쎄요, 금송아가 절 어떻게 소개할지 참 기대되네요."

은수가 "계집애, 그만 좀 해!" 나서며 대강 얼버무렸다.

"얘네들 집에 사정이 좀 있어서요. 송아가 설명드리겠죠."

아마도 재혼 가정의 자매 정도로 이해했을까. 집에 가서 시끄러워질 생각을 하니 골치가 지끈거렸다. 고맙게도 분위기를 전환시켜 준 건 은수였다.

"데이트한 얘기 좀 해 주세요. 송아랑 어디까지 갔나요? 혹시 첫 키스도 전?"

그는 곤란한 듯 입가를 문지르며 부드럽게 웃었다.

"현재는……." 하는데, 목이 갑자기 간지러웠다. 이 남자가 애들 앞에서 무슨 스킨십을 하려고! 황급히 손을 털어 내는데 송아의 목에서 목걸이가 순식간에 떨어져 나왔다.

"무슨 짓……!"

그러나 아이들이 먼저 소리쳤다.

"오오, 누드캔디!"

"현재는 반지를 끼워 준 정도입니다. 절대로 빼지 않겠단 약속을 이렇게 번번이 어깁니다만."

"진짜 다이아?", "되게 큰데, 진짜야?", "몇 캐럿이에요?"

반지를 만지작거리는 그가 송아를 흘겨보며 입매를 심술궂게 올렸다. 그 망설임 없는 눈빛에 오소소, 소름이 돋았다. 애들 앞에서 또 손가락을 입안에 넣었다간 창피해서 죽어 버릴 것이다.

"내가…… 내가 낄게요!"

쏙 빼서 스스로 꼈다. 그는 '진작 그럴 것이지.' 하는 표정으로 아이들의 질문에 답했다.

"5년간, 제 몸의 일부이던 누드캔디 첫 작품이지요. 3.02캐럿. 인도산. 최고 품질입니다."

그는 송아의 왼손을 들어 친구들에게 보여 주었다. 흰 반지흔이 여전한 그의 그을린 빈손도 함께.

감탄이 쏟아지며 아이들의 눈이 반짝였다.

"와아, 그런 건 얼마인가요?"

"글쎄요. 제겐 값을 매길 수 없는 소중한 물건입니다만."

"그럼, 프러포즈의 의미인가요?"

허를 찌르는 은수의 질문에, 황진헌은 의미심장하게 하하, 웃었다. 그러곤 장난기가 진한 미소를 지으며 송아를 바라보았다.

"아뇨, 족쇄의 의미입니다. 내가 아닌 다른 놈들은 절대 손 못 대게 하려고. 그러니 아주, 많이 잘못했단 걸, 아셨습니까, 금송아 씨?"

그의 검지가 송아의 볼을 톡, 건드리는 동시에 그의 턱이 만족스럽도록 오목하게 패었다.

8.

그의 진심

황진헌은 후식이 나오기 전 친구들에게 양해를 구했다.

"괜찮으시다면 송아를 좀 빌려 가겠습니다. 후식은 친구분들끼리 맛있게 드시죠."

그는 꼭 쥐었던 손을 놓아주는가 싶더니 일으켜 세웠다. 송아는 이를 악물고 그의 말에 따랐다. 그래, 담판이라도 짓자. 이젠 한계치를 넘어섰다!

아이들은 신이 난 듯 "데이트 잘해라?", "나중에 뭐 했는지 말해 줘?", "황진헌 씨, 송아 마음 잘 잡으세요!" 등의 속없는 응원을 쏟았다.

머리에선 화가 끝까지 치솟는데도 이상하게 마음이 울렁거린다. 도대체 이 남자를 알 수가 없다. 도대체 그의 장난의 끝은 어디까지인지. 아니, 이런 식의 희롱을 즐기는 이유가 뭔지.

"타지."

그가 안내하는 대로 조수석에 올라탔다.

"넓고 탁 트인 곳으로 가 주세요. 카페나 룸에 갇히기 싫어요."

조용한 차체가 느리게 유영했다. 사업하는 사람답게 그는 아주 비싼 차량을 몰았다. 우와, 손가락질을 하며 차창 밖을 지나는 사람들. 그가 겸연쩍은 듯 후후, 웃으며 조심스레 말을 붙였다.

"화, 많이 났어?"

"네."

스쳐 가는 도심 풍경에서 눈을 떼지 않았다. 그가 가는 곳마다 주변이 어수선해진다. 당황하며 길을 비켜 주거나 거리를 멀리 띄우고, 창을 내리고 노골적으로 구경하기도. 우회전을, 차선 변경을 해도 홍해 갈라지듯 한다.

"으음, 잘못한 게 많은 금송아가 선수를 치시겠다? 그래, 탁 트인 곳이라……."

이런 것들이야말로 그의 삶의 단면이다.

도로 위처럼 머릿속이 어지러웠다. 파편이 되어 흩어졌던 말들이 머릿속에서 다시 뭉친다.

'네, 오늘의 식사는 물론 뇌물이죠. 모두들 눈 동그랗게 뜨시고, 송아가 바람피우는 현장 발견하시면 꼭, 연락 주세요.'

아이들이 깔깔깔 웃었다. '송아, 감시하라고요?', '여기 스파이 하나 더 추가!' 그는 부추기듯 더 더 더, 하는 시늉으로 손가락을 튕겨 올렸다.

'전 뇌물로 드릴 게 참 많죠.'

아이들이 자지러지며 웃었다. 이 사람의 웃음이 하하하, 뒤엉켰다. 낯이 붉어지며 등이 저릿해 왔다.

친구들은 음식을 입에 넣는 대신 많은 말들을 뱉었다. 송아 학교 다닐 때부터 공부 엄청 잘했어요, 송아 완전 오랜만에 남자 친구 생긴 거니까 잘해 주셔야 해요, 애 만날 야근하는데 연애하기 힘드실 텐데, 등등.

'남자 친구 아니라니까!' 같은 말들은 시끄러운 웃음소리에 묻혔다. '송아도 속으론 완전 좋아할걸요?', '계집애, 표정 봐. 내숭 백단!' 스쳐 갔던 말들까지.

얼마 안 가 헤어질 텐데. 하지만 이야깃거리는 아주 오랫동안 남겠지.

"내려, 강바람이 선선하고 좋다."

깨끗하게 리모델링된 금요일 밤의 한강 공원.

선착장에서 커다란 배 한 척이 밤의 강변을 구경하러 온 사람들을 가득 싣고 출발했다. 쏟아져 나온 한 떼의 사람들이 뿔뿔이 흩어져 갔다. 둘은 그 긴 행렬의 꼬리 어디쯤에서 뒤얽혀 걷다가 억새밭으로 난 길로 떨어져 나왔다.

"앉자."

인적이 드물지만 아주 없진 않았다. 마른풀 사이로 쉬이, 바람이 휘몰아치며 그의 목소리가 잔잔히 울렸다. 먼 도심의 불빛과 희미한 가로등이 머리 위를 조용히 비춘다. 걸음을 멈추고 강이 바라다보이는 쪽 벤치에 앉으려 했다. 그는 "잠깐." 하며 슈트 상의를 벗어 바닥에 깔아 줬다.

"그냥 앉을게요. 옷값을 생각하면 제 스커트를 깔아 드려야 할 판이에요."

"그냥 좀, 앉아."

그는 손을 잡아끌어 곁에 주저앉혔다. 그의 손길이 따뜻하고 다정했다. 그렇더라도 매정하게 손을 털었다. 그는 털어 내는 대로 털려 줬다.

빛을 반사하는 강줄기가 한쪽을 향해 무던히 흘렀다. 묵묵히 흘러가는 강줄기를 바라보고 있자니 마음이 차분히 가라앉는다.

"문난정 씨는 어떻게 된 거야. 집안이 좀 어지러운가. 잠깐 봤지만 너도 참…… 힘들게 자랐구나."

구질구질한 금송아를 들켰다. 난정이가 뱉은 말들이 허공에 떠다니다 이 사람의 귓속에 들어갈 것 같다. '사생아!', '가정 파괴범의 딸 아니랄까 봐.' 싫다, 자기 인생을 망가뜨리면서까지 나를 낳고 키워 준 고마운 엄마가 세상 잣대로 평가질 당하는 게.

"말하기 싫어요."

이 사람에겐 그냥 〈화이트 웨딩〉의 기자, 금송아고 싶었는데. 보잘것없는 금송아래도 그것만은 자랑스러웠는데.

"그럴 것 없어. 우리 집안도 뒤집어서 털면 나을 게 없으니. 그래도 내가 애써 고른 선물을 모조리 다른 여자가 걸친 기분은 꽤 나쁘더라. 자매간에 싸움이라도 벌였나?"

그는 이상하도록, 그 어느 때보다도 다정했다. 그게 더 가슴 아프고 싫다.

"동생에게 걸치게 한 건…… 사과할게요."

"문난정 씨, 집에서 대단할 것 같던데? 그래도 우리 할아버지와 맞붙으면 백 퍼센트, 우리 할아버지 승!"

그는 애써 농담으로 기분을 풀어 주려 했다. 송아는 사무적으로 싸늘히 답했다.

"옷과 보석은 내일 인편으로 보내죠."

그는 너그럽게 웃으며 손을 그러잡았다.

"어차피 네 거인 거 알잖아. 반지까지 줬으면 정말 혼났을 텐데, 그것만은 안 했더군."

그의 손을 재빨리 털어 냈다. 이 봐, 이러니 내가 자꾸 착각하지.

"후우. 도대체 장난을 쳐도…… 내가 매달리기라도 바래요?"

"매달려 봐. 금송아가 매달리니 정말 좋더라. 유혹, 해 봐. 넘어가 줄게."

타이를 풀려는 척, 느슨하게 하며 웃는 그의 도톰한 입술에 애써 눌렀던 울화가 터졌다.

"황진헌 씨, 정말 나한테 왜 이래요!"

결국 큰소리를 쳤다.

"일단 화부터 풀자. 이러니 내가 말을 못 꺼내잖아. 우리 송아가 왜 이렇게 화가 났을까. 식당으로 쳐들어간 거? 아님, 내가 친구들에게 밥 한 끼 산 거?"

우리가 어울리지 않는 거요. 그래서 당신에게 매달릴 생각조차 못 하는 거요!

그는 조심스레 다시 손가락을 얽어 왔다. 친구들 앞에선 노련한 듯 여유 있던 태도가 어쩐지 달라져 있다. 더 이상 장난이 아닌 듯, 진심인 듯, 머뭇거리는 속 다정함에 가슴이 묵직해진다.

"이거, 금송아가 진짜로 화를 내니 은근히 긴장되네."

그러나 희고 가지런한 치아를 드러내며 저렇게 웃는 미소는 또 장난 같다.

"황진헌 씨는 한 번 치고 마는 장난이지만, 저는 평생 볼 친구들이에요."

"왜, 평생 놀림거리라도 될까 봐 겁나?"

낮게 착 가라앉은 그의 목소리가 조곤조곤 눌러 왔다. 그 다정한 온기에 또 휘둘리고 만다.

"네, 겁나요."

그가 송아를 올곧이 바라보았다. 그의 뜨거운 눈빛을 받는 건 늘 불편하고 더웠다. 그럼에도 진심으로 싫어할 수가 없다. 그는 어느새 자연스레 머리칼을 쓸며 긴 머리채를 만지작거렸다.

"먹는 것도 예쁘고. 머리카락도 예쁘고."

예쁘다는 말에 왜 가슴이 아플까. 그는 잡지 않은 손으로 손가락빗을 만들어 머리를 천천히 쓸어 주었다. 마치 소중한 무엇을 다루는 것처럼 어둠 속에서 알 수 없는 눈빛으로 집중한다. 그가 한 곳 한 곳을 어루만지면, 꼭 아이가 된 느낌. 그는 어른 같았다.

"여기도 예쁘고." 귓불로 들어와 손끝으로 천천히 애무하는 그의 체온을 재빠르게 내치지 못했다. "그리고 여기도." 또한 여자가 된 충만함. 그의 앞에서는 자꾸만 안기고 싶은 여자가 된다. 뱃속의 본능이 끓었다.

"다 예뻐. 꽃처럼 그냥 보려고만 했는데, 자제력이 자꾸 무너져가. 가까워지고 싶어. 송아야, 이제 우리……."

마음을 꽉 다잡았다. 이런 식으로 질척질척, 그와 얽혔다간 스스로를 제어할 수 없을 것이다. 그의 손을 한 템포 늦게 밀어 냈다.

"남의 문자를 훔쳐보고, 식당엔 왜 찾아왔어요? 내 친구들 앞에서 돈 자랑이 그렇게 하고 싶으셨나요?"

어둠 속 그의 미간 아래 깊은 그늘이 졌다. 영수증에 형편없는 메뉴만을 찍어 놓았던 가난한 금송아를 들킨 게 정말 싫었다.

"그냥, 밥 한 끼 산 거잖아."

그 밥 한 끼는 오 선배와의 악연을 덮고도 남을 정도로 강렬했다.

"나한텐 그냥 밥 한 끼가 아녜요. 전 진짜로 평생 놀림당할 거라고요. 너무 강렬한 인상을 남기셨거든요, 잠깐 장난이나 치시곤 스쳐 갈 남자분께서!"

"그만, 하지?"

짧게 끊는 그의 목소리가 낮고 차가웠다. 그러나 한발 더 나갈 수밖에 없었다.

"대답해요. 제가 있는 식당엔 왜 찾아왔나요? 도대체 내 친구들한테까지 가짜 스캔들을 퍼뜨려 뭘 얻으려고요."

그는 화를 누그러뜨리려는 듯 숨을 골랐다.

"뭘 얻으려는 게 아니라! 우리, 이제 좀 솔직해지자고. 너도 나한테 끌리잖아?"

"아니라니까! 난 당신 싫다고. 도대체 몇 번을 말해요?"

"하! 아까도 너, 질투했잖아. 너 보러 왔다니까 눈빛까지 달라지고서."

얼굴이 확 달아올랐다. 가슴이 쿵쿵 뛴다.

솔직해지면, 마음을 다 헤집고 나면, 뭐가 달라질까. 하늘과 땅차이인 이 사람과, 조금이라도 가까워질 수 있을까.

그가 숄을 여며 주며 따스하게 어깨를 감싸 왔다. 그리고 다정히 손을 잡는다. 너무 좋아. 그러니까 안 돼!

"이거 놔!"

"아직도 내가 하는 모든 게 장난 같아?"

"놓으라니까요?"

"싫어!"

하며 또 슬쩍 잡아채는 손. 그러나 이번엔 털어 내지지 않는다. 비틀어도 소용없다. 결국 악력을 이기지 못하고 그러잡힌 채 소리쳤다.

"내가 그렇게 우습나요? 세상 모든 사람들이 다 자기 아랜 줄 알죠? 사회에서는 황만복 씨 손자라고 절절, 회사에서는 대표라고 절절, 자기 주변이 다 절절매는 사람들로 채워져 있으니, 나 같은 여자 하나쯤 아무렇게나 해도……."

그는 "이봐!" 하고 말을 막았다. 순간 분노가 폭발하듯 그의 눈빛이 반들거렸다. 그의 질책하는 눈빛만으로도 아릿하게 두렵다.

"그따위로 날 생각하니 인터뷰 기사를 그 지경으로 내보냈지, 안 그래?"

숨을 쌕쌕 몰아쉬면서도 대꾸하지 못했다. 대중이 원한다고 믿은 대로, 그의 부와 보석에 관한 것들로만 지면을 채워, 잘 팔리도록 손질해 내보낸 부끄러운 기사. 그러나 정작 보여 준 건 그의 왜곡된 단면뿐.

"자. 화 풀고, 내 말 좀 들어……."

그는 마주 잡은 손을 부드럽게 어루만지며 다시 아이 다루듯 다정하게 굴었다. 그의 목소리가 따뜻해지자 또 마음이 달라졌다. 이렇게 어르고 달래는 데 휘둘리다간 그에게 금세 꼼짝 못 하게 될 것이다. 마음에 단단히 방어벽을 세웠다. 이젠 이 사람을 진짜로 털어 내야 해.

"싫어요! 어차피 당신 궤변엔 못 당해. 화를 낸다고요? 그래요. 난 황진헌 씨의 모든 것에 다 화가 나요. 만나는 순간부터 지금까지 매 순간! 모두, 다, 싫었어! 어떻게 그렇게 사람 속을 탁탁 터는지는 모르겠지만! 그래요, 그것까지. 난 당신이 정말로 싫어!"

그가 상처받았다는 듯 비틀린 미소를 머금으며 송아의 머리칼을 쓸었다. 머리칼을 쓸어 귀 뒤로 넘겨 주는 손길, 너무 부드럽다. 가슴이 꽉 막혔다.

"이런, 금송아는 이렇게 잔인하지. 그래서 반했나."

그의 다정한 눈빛이 심장에 꽉 박히는 것 같다. 조곤조곤 가슴을 눌러 오는 그의 가짜 고백. 진짜로 화가 났다. 이런 식으로 마음을 뒤흔들면 난 어떡하라고!

"잔인한 건, 황진헌 씨…… 본인이 얼마나 잔인한지 모르나요? 왜 이렇게 사람 마음을 뒤흔들어요!"

"……."

"인터뷰 때문에 곤경에 처했다는 거, 이해했어요. 억지로 들이댄 내 잘못도, 어느 정도는 인정하고요. 하지만 이게 뭐예요! 너무나 도가 지나치잖아요!"

억울한데. 가슴이 답답한데. 내가 이렇게까지 말을 못했나 싶을 정도로 두서가 없었다.

"〈화이트 웨딩〉에서는 어느 정도 선을 지키는 척하더니, 〈싸이 듀〉에서는 아주 대놓고 소문을 냈죠. 그래요, 그건 협박이든 뭐든 합의했다 치죠. 아무리 그래도 내 친구들, 내 동생에게까지……. 이렇게까지 깊숙이 내 인생에 들어와 날 흔들면 어떡하라고요!"

"송아야……."

"당신에게 장난이든 뭐든, 내겐 이제 인생이 휘청거릴 정도의 큰일이 되어 버렸어요. 가짜 연인인지 뭔지, 난 이제 감당이 안 돼. 도대체 일을 어디까지 키우시려고요?"

나는 무슨 허영으로 지금까지 끌려온 걸까. 그가 해 주는 게 좋았나. 그가 대단한 사람인 게 좋았나. 아니면 그저 이 사람이 웃어 주는 데 헤벌쭉해선 얼굴 한 번 더 보는 데 혹한 걸까. 아주 잠깐이라도 이 사람 곁에 있고 싶어 그랬던 걸까.

"난정이가 알았으니, 이제 부모님 귀에도 들어간 거나 마찬가지예요. 내 직장, 생활 반경의 사람들, 친구들, 가족들…… 하다못해 사귀었던 남자한테까지 당신의 존재가 새겨졌어요. 아주, 내 인생을 통째로 흔들어 망가뜨릴 작정인가요!"

"알았어. 이제 내 말 좀 들어 봐!"

그는 손을 그러잡아 어깨를 끌어안았다. 그의 체취가 달콤하다. 양팔로 감싸 안는 더운 포옹, 정말로 사랑하는 것같이 저렇게 뜨겁게 쳐다보는 눈빛!

너무 싫다! 이러니까 자꾸 내가 바보 같아지잖아. 처지에도 맞지 않는 남자에게 헤벌레해선, 내일 버려질지 모레 버려질지 모르는 속에서 소문만 무성하게 커져 나가는 걸 견디고만 있잖아!

억지로 잡힌 손을 내쳤다. 그는 다시 팔을 잡아 꽉 쥐었다. 몸을 발딱 일으키려는 힘을 그는 악력으로 내리눌렀다. 그의 눈빛이 강렬하게 내리꽂혔다. 어둠 속에서도 그 열기는 태울 듯 사로잡았다. 저도 모르게 진심을 뱉었다.

"왜요, 결혼이 딱 질색인 황진헌 씨, 저랑 결혼이라도 하실래요? 화려한 선물에, 친구들에게 베푸는 값비싼 식사에, 그럴 듯한 매너! 재미있죠? 제가 황진헌 씨에게 푹 빠져 가는 매 순간이 웃기고 즐겁죠?"

"……."

"난 당신처럼 가볍게 장난치다 시간 되면 딱 끊는 거, 못 해. 난 마음이 무겁다고요! 이딴 반지도……."

손가락의 반지를 뽑아냈다. 맞춘 듯 꼭 맞았던 게 쉽게 뽑히지 않아 손가락이 거칠게 쓸렸다. 아프더라도 지금이 마지막 기회다. 마음이 아직 얕을 때, 가장 상처를 덜 받을 수 있을 때 뽑아내야 한다.

"이딴 반지도 정말 싫어! 정말 당신 여자라도 되는 것같이 기분이 이상해진단 말야!"

휘돌려 빼는데 잘 빠지지 않는다. 손가락이 부러지든 말든 세게 더 돌리는데, 그가 손을 꼭 잡아 막았다. 그가 꽉 끌어안는다. 싫다! 그의 가슴을 툭툭, 원망스럽게 때리며 밀쳤다. 힘껏 떼어 내는데도 잘 떨어지지 않았다.

"나한테 너무하단 생각 안 드세요? 솔직해지라고? 뭘 어떻게 더 솔직해?"

"쉬이, 알았어. 알았다고……."

"정말로 난 당신이 징그럽고 싫어! 그래요, 나 당신에게 매 순간 흔들렸어요. 그래요, 나 당신 좋아해. 그렇다고 왜 그걸 재미로 삼아? 당신 좋아해서 휘둘리는 게 그렇게 웃겨요? 왜 이렇게 잔인하게 사람 마음을 뒤흔들어…… 아악!"

이성을 잃고 두서없이 소리치니, 그는 그의 입술로 입을 막아 왔다. 싫어! 이런 취급 당하기 싫어! 그의 입술을 콱 물어 버렸다.

"윽……!"

그가 짧게 신음하는 사이, 벌떡 일어섰다. 피하려 도망치는데, 그는 손목을 놓아주지 않았다. 그의 눈앞에서 아프도록 온 힘을 다해 비트는데도, 그는 꽉 붙들고 절대로 놔주지 않았다.

"싫다고! 나, 만지지 말라고! 좋아한다니 우스워요? 아무렇게나 넘어뜨리고 함부로 해도 될 것 같아? 웃기지 마, 가짜 연인이고 뭐고, 이제부터 당신이랑은 아무것도 안 할 거……."

한 번도 경험한 적 없던 완력이 갑자기 들이닥쳤다. 갑자기 두 발이 땅에서 떨어졌다는 사실에만 당황했다. 입술을 가르고 들어오는 말캉한 것에 이미 키스를 하고 있다는 걸 아는 덴 몇 초나 걸렸다. 목이 그의 손에 받힌 채 뒤로 깊이 젖혀져 있었다.

"으음!"

몸부림치며 그의 어깨를 주먹으로 내리꽂았다. 그는 절대로 놓아주지 않았다. 함께 나동그라질 만큼 격렬하게 발버둥 쳤지만 그는 뿌리 깊은 기둥처럼 꿈쩍 않았다. 그의 입술이 끈질겼다. 한 팔이 겨드랑이에 갇혀 무용지물인데 다른 팔까지 금세 붙들렸다.

"마음껏 물어뜯어!"

맞붙은 입술에서 그의 쉰 목소리가 새어 나왔다. 애프터쉐이브의 잔향이 숨을 꽉 막았다. 그와 가까워질 때만 슬쩍슬쩍 코를 스치던 아릿함에 가슴이 죄었다. 저녁때만 진해지는 특유의 체취가 몸속 깊이 흘러들었다. 그의 까끌까끌한 턱수염이 거슬리도록 신경을 깨우고, 그 부드러움이 정신을 흐트러뜨렸다.

그는 거칠고도 부드럽게, 그리고 집요하게 입안을 얼렀다. 그의 입술이 달았다. "으읍!" 지르는 비명이 음란하게 질척거리는 소음에 묻히고 먹혔다. 품 사이에 가두어진 팔로 그를 밀어 내며 머리를 떼어 내려 했다.

"송아야, 네가 좋아, 좋아해."

그의 목소리가 꿈결처럼 입안을 가르고 들어왔다. 머리를 때리는 충격에 현실감은 없다.

"거짓……말!"

"그래, 거짓말이야. 처음 본 순간부터…… 좋았어."

그는 무슨 말을 하는 걸까.

"한순간도 네가 좋지 않았던 적이 없었어. 널 처음 봤을 때부터!"

순식간에 현실감이 온몸에 스몄다. 난 왜 지금, 이 사람의 허벅지 위에 올라타 있는 걸까.

갑자기 낯선 자극에 뱃속이 저릿해졌다. 은밀한 곳에 압력이 느껴진다. 그녀는 그의 오른쪽 허벅지 위에 말을 타듯 올라타 있었다. 그가 한 다리를 벤치에 걸쳐, 단단한 허벅지에 앉힌 채 그녀를 들어 안고 있었다.

"좋아해, 송아야."

더 이상 몸부림치지 못했다. 그에게서 빠져나오려 할수록 아랫도리의 강렬한 자극이 온몸을 비볐다.

"으으읍!" 내뱉은 음성이 꼭 신음 소리 같았다. 더 이상 소리를 만들지도 못했다. 머리는 더욱 단단히 고정되었고, 한 팔은 손목이 아프도록 꽉 쥐어졌다.

가슴이 쿵쿵 뛰며 피가 빠르게 돌았다. 어두운 강변이 침실 안이라도 되는 것처럼 뱃속 어딘가가 점점 더 농밀해진다. 결박하는 힘이 완강한 데 비해 입술은 너무나도 부드러웠다. 간절하게 부탁하듯 애원하듯 애걸하듯 입술을 머금어 들이며 이를 두드렸다. 그가 깊이 숨을 빨아들일 때 결국 "흐읍!" 이를 열고 말았다.

단번에 혀가 그의 입안으로 쏙 끌려 들어갔다. 그가 얽어 주는 강렬한 감촉이 생경하고 요사스럽다. 뱃속이 저릿하며 온몸의 세포가 깨어난다. 남자를 안고 싶은 계집의 본능이 들끓는다. 그의 가슴과 밀착된 젖가슴이, 그의 허벅지에 맞닿은 엉덩이가 못 견디게 뜨겁다. 질척거리는 속살이 내는 소음들이 불쾌하도록 달다.

몸에서 힘이 쑥 빠지자, 그는 고쳐 안으며 조금 더 편하게 자세를 잡았다. 그를 안을 수 있도록 팔을 둘러 주고 남은 손으로 단단히 허리를 받쳐 줬다. 그의 숨결을 정신없이 들이마셨다.

그가 집요하도록 집중해 주는 이 순간이 짜릿하다. 체중을 온전히 내맡기고도 두 다리로 온 세상을 굳게 받쳐 주는 그의 단단함이 너무도 듬직하다.

이대로 품에 안겨 모든 걸 내주고 싶다. 그를 영원토록 놓고 싶지 않다.

"내가 네게 뱉었던 말들, 하나같이 다 거짓말이야. 네가, 그냥, 좋아."

그는 한껏 입안을 헤집고 나와 소중한 듯 입술을 애무해 왔다. 더 이상 떨어지지 않겠다는 것처럼.

"그만, 그만……해요. 나 어지러워."

간신히 멈췄다. 몸은 억지로 멈췄는데, 본능은 계속 들끓고 있었다. 무언가 더 하고 싶었다. 이걸로는 부족했다. 그도, 그도 억지로 급브레이크를 밟았다는 걸 안다.

치릇치릇, 쉼 없이 울던 풀벌레 소리가 이제야 귓속을 파고든다. 쉬이이, 부는 강바람에 실려 오는 물 냄새가 이제야 비릿하다. 송아는 두 팔로 그를 밀어 냈다.

가슴이 여전히 쿵쿵 뛴다. 아직도 호흡조차 버겁다. 그는 엉망으로 흐트러진 스커트 자락을 내려 주었다. 그러나 한쪽 허벅지 위에 앉혀 놓은 자세는 풀어 주지 않았다. 갑자기 부끄럽고 창피한 감정이 훅 몰아쳤다. 그는 조용히 그러안아 줬다. 뱃속의 떨림이 그에게까지 전달될 것 같다. 그가 껴안아 주는 게 부끄럽고도 따뜻했다.

아이처럼 안긴 채 묵묵히 흐르는 검은 강을 바라보았다. 몰래 그의 체취를 들이마셨다. 그의 땀 냄새가 조금 섞인 밤공기가 다디 달아, 왈칵 울음을 터뜨리고 싶다.

사랑은 돈 앞에 그 의미가 퇴색되고 덧없어진다. 은막의 신예 스타 진보라는 세상 떠들썩하도록 화려하게 은퇴한 뒤 로맨티시스트 황진석과 결혼했다. 그러나 둘 사이를 벌린 건 이혼 시에나 효력이 발생하는 '혼전 계약서'였다.

"날 거지 취급 했어. 당신 사랑해서 결혼했는데, 결국 돌아온 건 거지 취급이야!"

"아버지랑 쓴 거잖아. 그럼 내가 가진 것들이라도 당신 이름으로 돌려줄게."

'황만복 아들'로만 빛이 나던 아버지는 어머니의 자존심을 지켜주지 못했다.

"차라리 다시 나가서 일하고 싶어! 답답해 죽겠다고! 나 믿다고 당신 주머니도 탈탈 털었잖아!"

"그럼 아버지에게 잘해. 잘해서 타 써."

진헌이 아무리 어린애였더라도 문밖으로 새어 나오는 언쟁의 의미를 모를 수 없었다.

어머니는 부잣집에 시집와서 화려한 생활을 기대했겠지만 실제론 스스로 누리던 사치의 십분의 일도 누리지 못했다. 할아버지, 황만복은 '절약'이 뼛속 깊이 박인 사람이었다. 일찍 사별한 뒤 재취도 않은 채 돈 버는 일에만 골몰했다.

옷장엔 여름 양복 한 벌, 겨울 양복 한 벌. 변기 물 내려 버리는 게 아깝다고 변기 속에 벽돌을 두 장씩 겹쳐 넣고 사는 양반이었다. 어머니는 잘 참다가도 얼마 못 견디고 발작적으로 백화점을 털어 왔다. 할아버지는 돈주머니를 꽉 오므렸다.

"저것, 문밖출입시키지 마! 집에 붙어 있으며 살림이나 돌봐야지 이 무슨 쓸데없는 치레야?"

기본적으로 어머니는 뱃속에 흥과 끼가 넘쳤다. 따분한 시집살이, 아무에게도 주목받지 못하는 심심하고 고독한 나날들. 고용인들에게 "오늘도 아름다우세요." 따위의 영혼 없는 칭찬을 받는 것으로는 성에 차지 않았다. 그래선지 어머니의 기분은 하루에도 몇 번씩 오르락내리락했다.

"진헌아, 넌 세상에서 가장 멋진 아들이란다. 사랑해!"

칭찬을 받아 기분 좋은 채 들떠 놀다 보면 빈 찻잔을 굴려 넘어뜨리는 것만으로도,

"내가 쟤만 안 가졌어도, 이런 신세가 되진 않았을 텐데!"

갑자기 돌변하셨다.

진헌은 늘 어린애답지 않게 진중했고 최선을 다했다. 실수하지 않으려 갖은 애를 썼다. 그랬지만 그의 아버지도 진헌도 어머니에게 버림을 받고 말았다. 어머니는 할아버지와 사사건건 부딪치며 아버지와 싸우다 별거를 선택했다.

그리고 웃기게도 문제의 그 '혼전 계약서'가 이혼을 막았다. 비록 서류만 남은 이름뿐인 부부더라도, 이혼을 하면 어머니는 진짜 빈털터리가 되니까.

어차피 머리끝부터 발끝까지 돌봐 주던 것은 유모의 몫. 어머니가 없다고 크게 달라질 것은 없었다. 그러나 크게 달라졌다. 아버지조차 해외로 떠돌던 일곱에서 열한 살까지. 진헌은 '얌전한 아

이'에서 점차 '미친 새끼'로 변해 갔다. 결국 할아버지 입에선 '육시랄 놈' 소리가 마를 날이 없었다.

"진보라 씨와 톱 모델 정시형 씨가 함께 찍힌 사진이 떠들썩하게 회자되고 있는데요. 이에 대해 어떻게 생각하십니까!"

어떻게 생각하냐니. 어머니가 다른 남자와 찍힌 사진이 세상에 떠도는데, 열한 살짜리 아들에게 어떻게 생각하냐니. 학교에서 친구들에게 놀림을 받으며 손가락질당하는 것보다 더 큰 고통은 끈질긴 기자들에게 시달리는 일이었다.

"엄마가 아버지랑 이혼할 거 같으니? 엄마 애인 본 적 있어? 같이 만난 적 있어?"

기자 수첩과 인터뷰 마이크를 들이미는 악몽이 청소년기 내내 가시지 않았다.

다행히 아버지가 곧 나타났다. 아버지는 "나랑 어디 좀 가자." 하시며 짐을 꾸리게 하셨다. 그렇게 도망치듯 따라간 곳이 뉴욕이었다.

아버지는 머무시던 브롱크스의 집으로 진헌을 데려갔다. 좀 살 만한 사람들이 모여 사는 거리이긴 했지만 흑백황인종이 한꺼번에 뒤섞여 사는 곳이다. 그곳에서 아버지는 뜻밖에도 보석 공부를 하고 계셨다. 한국에서도 할아버지의 금은방, '황금당'을 운영하셨기에 보석 공부를 더 할 필요는 없어 보였는데, 아버지는 여전히 보석에 파묻혀 계셨다.

"아름답지 않니? 네가 대하는 세상이 너를 대하는 세상이야. 화를 가라앉히고 세상을 아름답게 보렴. 세상엔 아름다운 게 참 많단다."

물론 아버지의 말은 단번에 이해할 수 없었다. 드라마처럼 울분이 싹 가라앉은 것도 아니었다. 그러나 하루에도 몇 번씩 폭발하는 울화와 분노를 아버지는 아주 서서히 꺼뜨렸다.

아버지와 함께한 5년. 그 시간이 없었더라면 소년 진헌은 아마도 무척 다른 인생을 살게 되었을 것이다.

그러나 너무도 짧았다. 어머니를 잊으려 뉴욕으로 날아갔던 아버지는 주검이 되어 서울로 돌아왔다.

진헌은 할아버지와 나란히 서서, 때로는 홀로 상주가 되어 수백 번의 맞절을 했다. 시커먼 옷을 입은 수천 명이 홍수를 이룬 것처럼 떼를 지어 밀려오고 밀려갔다. 그 속에서도 기자들은 악머구리같이 들끓었다.

"야, 진보라 왔어?"

늦은 밤 손님이 뜸해졌을 때쯤 밤바람을 쐬러 나오다, 그들의 이야기를 듣고 말았다.

"아니, 아직. 사람 없을 때 오겠지. 진보라도 불쌍하지. 아들 낳아 주고도 개털이잖아. 혼전 계약서를 어찌나 빡세게 썼는지, 이혼하곤 생활비도 없어서 쩔쩔매나 보더라."

"황만복이가 어떤 노인네인데 헛돈을 쓸까. 너희 얼마 부를 거야? 제일 많이 부르는 데서 눈물의 인터뷰 기사 내지 않겠어?"

"좀 빠져라? 넌 진보라 스캔들로 특종 터뜨려 이혼시키고 이 기사 또 쓰게?"

"내가 이혼시켰니? 데스크에서 당연히 막히겠거니 하고 그냥 끼워 올렸더니, 그대로 올라갔잖아. 꼭대기에서 황만복이가 오케이한 거야. 앓는 이같이 속만 썩이는 이름뿐인 며느리, 망신 한 번 당하고 확실하게 뽑아 버리자, 했던 거지."

"밑바닥 출신이라 황만복이가 체면은 안 따지지. 여기저기 꽂아 줄 돈 쓰기 아까우니까 그런 거 아냐? 스크루지 같은 영감탱이, 꼴 좋네. 며느리 치우느라 덕분에 아들만 망가졌⋯⋯."

그 뒷이야기는 듣지 못했다. 진헌이 달려들어 기자 한 놈을 잡아 무차별로 주먹을 내리꽂기 시작했기 때문이었다. "여기 좀, 와봐요!", "아아악!" 소리가 교차되는 가운데, 구경을 좋아하는 사람들이 벌떼같이 모여들었다.

"집엔 안 들어갑니다. 저 혼자 살 거예요."

두 기자는 결국 아무 기사도 싣지 못했고, 주머니를 두둑이 채웠다. 기자들에게 삥을 뜯긴 할아버지는 노기가 성성했다. 할아버지는 그런 식으로 돈을 뜯기는 걸 세상에서 가장 싫어했다.

"너 혼자 뉴요크 가서 살래? 미친노무 새끼."

게다가 친권자인 할아버지를 인정하지 않고 홍 변호사 아저씨에게 유산에 관한 것들을 의뢰하다 적발되었다. 홍 변호사 아저씨마저 할아버지의 영향력 아래 있는 사람이라는 걸, 어린애는 계산하지 못했다. 할아버지는 진헌의 행동을 아주, 무척, 괘씸해하셨다.

"네, 가서 혼자 살 거예요!"

할아버지에게도 진헌에게도 자신의 상처를 보듬을 시간이 필요했다. 할아버지는 "어디, 네가 얼마나 버티는지 보자." 하며 딱 굶어 죽지 않을 정도로만 돈을 보내 주셨다. 할아버지가 너무나 미워 뉴욕에 돌아왔지만 진헌은 마음을 잡고 공부를 하기 시작했다.

아버지의 말이 아니었더라면 다시 폭주하는 삶을 살았을지 모른다.

'잊어라. 뭐든 마음에 담지 않으면 별것 아냐. 곱씹으면서 스스로를 후벼 파면 별것이 되지. 별일이 되고 아니고는 네가 할

탓이다. 그러니 네 마음을 다스리는 것. 그 수밖엔 없다.'

진헌은 어떤 유학생들보다도 **빠듯하게** 지냈다. 엄마가 함께 상주하는 다른 유학생들과는 삶의 질이 완전히 달랐다. 심부름을 다니시는 홍 아저씨가 들여다봐 주시더라도 타지에서 돈 관리를 직접 했기에 정신이 바싹 났다.

일주일 동안 어떻게 지내며 할아버지의 돈을 허투루 쓰지 않았는지 매주 보고서 조의 편지를 썼다. 할아버지의 돈은 결코 공짜가 아니라서, 매년 빚으로 쌓여 갔다. 이자와 빚은 고스란히 쌓였지만 빚이 커질수록 할아버지는 진헌을 '마음대로 휘두를 권리'를 가지시려 했다.

"내 돈으로 먹고 컸으니, 니 몸뚱어리도 내 것이다, 요놈!"

그걸 지켜 내기가 가장 힘들었다. 1년에 두 번, 휴가 때마다 며칠씩 들러 할아버지와 빚과 이자에 관해 협상을 했다. 이자에 이자를 물게 하지 않으려고 진땀을 뺐다. 아마도 그렇게라도 곁에 두시는 것으로 내버려 두셨을 것이다.

하지만 스물이 되니 경제적 지원을 정말로 딱 끊으셨고, "애 같은 짓 그만두고 와서 일이나 배워!" 하며 불러들이셨다.

그러나 진헌은 아버지의 유산에 걸린 족쇄가 풀릴 때까지 어떻게든 혼자 살아갈 궁리를 했다. 신탁은 성년이 되어야 풀리게 되어 있었다. 그러니 영장이 날아들었다. 군말 없이 군대에 들어갔다 놓여나서도 다시 돌아갔다. 홍 아저씨가 입학 허가서를 물어 나르며,

"일부러 유학도 보내는데, 그냥 내버려 두시지요. 세계적인 명문 학교입니다."

할아버지를 설득한 모양이지만 진헌은 대학을 졸업한 뒤에도 돌아오지 않았다. 보석을 함께 공부한 뒤 그쪽 업계에 발을 들여 완

전히 자리마저 잡아 갔다.

"위독하십니다."

어릴 때를 빼곤 거의 평생을 서로 데면데면 살았어도 건강으로 반칙을 쓰시는 분은 아니었다. 군말 없이 들어오고 보니 훼이크였다는 걸 알았지만 그땐 모른 척 져 드릴 수밖에 없었다.

"식구가 서이야, 너이야? 너랑 나 단둘이야! 아들 며느리 잃어버리고 손주 하나 남은 나한테 뭐 이리 몹쓸 짓이 길어! 공부 다 마쳤으면 빨랑빨랑 쳐 와야 할 것 아냐!"

꼬장꼬장한 만큼이나 자존심을 굽히지 않던 양반이 치시던 호통 때문이었다.

자라면서 쓴 모든 돈을 빚으로 지우시며 짤랑거리는 센트 단위까지 계산하게 만든 그 지독함이, 진헌을 위한 교육의 일환이었다는 걸 알 나이는 충분하고도 남았다. 아들을 너무 자유롭게 키워 허망하게 잃어버린 데 대한 한풀이였을지도.

보석업에 종사하기에 뉴욕은 가장 매력적인 도시였다. 하지만 이제 얼마나 더 사실까 싶은 단 한 명의 가족을 위해 그 꿈을 목전에 두고서 깨끗이 포기했다. 그리고 군말 없이 6년을 주말마다 드나들며 곁에 붙어 있어 드렸다.

하지만 할아버지는 빚을 다 받아 내시고서도 진헌을 '마음대로 휘두를 권리'에 대한 집착을 포기하려 드시지 않았다. 끈질기게 식구를 늘려야 한다며 여자를 들이미셨다. 누구라도 옆에 들여야 조용해지시지, 싶어 딱 한 번은 눈을 질끈 감았었다.

하지만 여자가 싫었다.

"결혼도 비즈니스라고 생각해요. 서로 책임질 선까지 관계가 진행되지 않는 중엔 저도 다른 남자를 만날 수 있죠."

전 애인을 정리하며 질척거리던 걸 들키고서도 꽤나 당당했던 태도. 보석을 선물하면 열이면 열, '이건 얼마짜리야?' 물어보던 여자들보다 훨씬 오만 정이 떨어졌다. 돈 많은 할아버지를 만난 덕에, 진헌은 돈으로 가장 많은 상처를 받았다.

아니, 그냥 여자가 싫었다. 할아버지의 유산을 계산하며 짤랑거리는 상대의 욕망을 읽으면 더 이상 아름답지 않아졌다. 유산은 돌아가셔야 받는 것. 그들은 할아버지의 죽음을 원했다. 차가운 보석이 내뿜는 냉기보다도, 온기 있는 사람의 욕심이 마음을 더 싸늘히 식혔다.

결혼을 전제로 만나는 여자든 욕망을 풀기 위해 만나는 여자든 관심사는 비슷비슷했다.

'가진 게 얼마나 되죠?', '내게 얼마나 해 줄 수 있죠?'

호감이 사라지는 데는 서너 번의 만남이면 족하다. 그런 여자들과 호적으로 묶여 평생을 붙어살아야 한다는 건 정말 끔찍했다. 저 닮은 아이가 나온다는 건 더더구나.

그러나 할아버지는 그렇지 않았다. 사실 결혼이 엎어지고 2년이면 정말 많이 참으셨다. 그래서인지 이번엔 해괴한 짓을 하셨다.

''이달의 프러포즈'라는 새로운 코너인데요. 사회적으로 성공한 괜찮은 미혼남들이, 불특정 여성들에게 프러포즈를 하는 형식이에요. 대표님같이 잘생기시고 성공하신 분들이 선정되시죠!'

금송아 기자에게서 황당한 인터뷰 제의를 받은 날, 진헌은 서둘러 본가를 찾았다. 할아버지의 등쌀에 폭발할 지경이었다.

배후를 알아내는 건 너무나 쉬웠다. 〈화이트 웨딩〉은 진헌을 거스를 위치가 아니었지만, 할아버지의 건물에서 월세가 살살 밀려가고 있었다. 게다가 이건 20년 전에나 먹힐, 너무나도 낡고 낡아 오히려 신선할 정도의 것이었다. 즉, 할아버지의 머리에서나 나올 기획.

"제발 좀! 그만두시죠. 결혼, 생각 없다니까 왜 이렇게 밀어붙이세요!"

성북동의 대저택은 날이 갈수록 을씨년스러워져만 갔다. 일하는 사람들도 많이 줄었고, 그나마 남은 사람들도 함께 늙어 활기라곤 찾아볼 수 없다. 곧 죽을 노인처럼 퇴락해만 가는 것들 속에서 홀로 쌩쌩한 건 팔십의 노인뿐.

"싹퉁머리 없는 새끼, 제 할애비한테! 인사도 하기 전부터 무슨 말버릇이야!"

전깃값을 아끼느라 노인은 껌껌한 어둠 속에서, 귀신처럼 낡은 흔들의자에 흔들흔들 앉아 있었다. 진헌은 화가 치밀어 거실등부터 탁, 켜며 버럭 퍼부었다.

"기자라면 치를 떠는 거 뻔히 아시면서, 제 기사 내서 뭐 하시게요!"

사실을 팩트라며 포장하는 기술은 위장에 가깝다. 진실은 묻어 두고 흥밋거리만 남긴다. 남의 상처와 사생활을 파먹고 사는 구더기보다도 못한 족속들.

"광고 낼라고 한다. 거리에 광고 내서 내 손주 이렇게나 잘났소! 이렇게나 잘났는데, 여직두 총각이요! 여보오, 누가 지발 좀 데려가오, 광고할라고 한다!"

골치가 지끈지끈 아팠다. 이번엔 정말 작정을 하신 것 같다.

"하하, 광고 같은 소리……. 네, 좋습니다, 낸다 치지요. 그랬다 아무 여자나 들러붙으면 어쩌게요? 어머니처럼 또 떼 내시게요?"

노인은 당장 손에 잡히는 대로 리모컨을 던져 들었다. 진헌이 날아오는 시커먼 것을 익숙하게 막았다.

"그래, 이 육실헐 놈아. 아무 여자나 들였단 봐라, 한 번 뗐는데 두 번은 못 뗄까. 여자 하나 잘못 들이는 게 집안 망하는 지름길이다. 겪어 보고도 모르냐?"

덕분에 딱, 하고 팔꿈치에 요란한 소리가 울렸다.

"그러니 어떤 여자도 안 들이겠다는 거 아닙니까. 이 잘난 집안은 혼자 잘 지키십시오."

"배라먹을 새끼, 어이구! 이 육시를 해도 시원찮을 새끼."

진헌은 쏟아지는 욕설에 미간 한 번 구기지 않았다.

"광고는 무슨! 저, 잘 포장해서 선 시장에 던져 놓으시려는 거 압니다. 왜, 지금 있는 그대로는 잘 안 팔립니까. 며느리 쫓아내고 아들 잡아먹고 혼자 남은 손주, 아무리 돈 많아도 무서워서 이 집엔 며느리로 못 주겠대요?"

노인은 벌떡 일어나 탁상 한쪽에서 수백 장의 사진 무더기를 쓸어 내쏟았다. 단정하고 얌전해 뵈는 여자들의 프로필과 사진이 와르르 쏟아졌다.

"없기는 니미럴, 차고 넘친다! 죄다 눈에 차질 않아서 그렇지. 니가 세상에 얼굴만 내밀고 살았어 봐라, 진즉에 훨씬 더 좋은 자리로 홍수가 났다. 죄졌어? 니가 뭐 하러 얼굴을 감추고 살아? 그 따위로 살 거면 방구석에서 테레비나 들여다보고 살아라, 이 미친 놈의 새끼!"

"뭐라고 하셔도 광고 안 냅니다. 선도 안 봅니다. 아무리 어려울 때도 할아버지 투자금에 손대지 않은 건, 제 평생 가장 잘한 일이었습니다."

노인의 두툼한 볼때기가 분노로 씰룩였다. 황만복이 이렇게까지 해괴한 짓을 한 건, 진헌을 움직일 방법이 도통 없기 때문이었다. 어려서부터 겪은 것이 있어 황만복을 뼛속까지 잘 아는 진헌은, 할아버지와 그의 힘이 미치는 지인들의 투자금에 일절 손대지 않았다.

눈앞의 말짱한 손자는 가장 쉬운 협박, '투자금 빼겠다!'가 통하지 않는 유일한 골칫거리였다. 여자는 작정한 듯 쳐다도 보지 않으니, 짐승처럼 끌어다 놓고 씨를 받을 수도 없고.

"내 나이가 팔십이다! 남들은 자손 번창하여 서로들 물려받으려고 싸움질하며 안달인데! 내가 평생토록 모은 이 피 같은 재산, 다 어쩌라고!"

"그 피 같은 것들, 실컷 아끼시는 통에 전 어머니 아버지 다 잃었습니다. 할아버지 돈은 할아버지가 알아서 하세요. 기부라도 하시든지요."

"뭐, 기, 기부…… 남을…… 남을 줘? 이 미친놈아! 어린애같이 언제까지 부모 그늘에서 못 벗어날래? 옛날이면 니 아들이 장가갈 나이다, 이 시러베새끼."

"예, 시러베새끼는 어쨌든 결혼 안 합니다. 그러니 광고를 내시든 마시든 맘대로 하세요."

깔끔하게 통보를 마친 진헌은 몸을 반짝 일으켰다. 팔십의 노인은 손자의 소맷자락을 붙들고 늘어졌다.

"어이구! 이 미친 새끼야, 집안이 이 지경으로 말라 비틀어져 가는데! 애비 잡아먹고 혼자 남은 게, 아예 작정하고 절손을 하려 들어!"

역시 추호도 고집을 꺾을 생각이 없는 노인도 고래고래 마주 소리를 쳤다. 아버지 얘기가 나오자, 진헌은 목소리를 낮췄다.

"돌아가신 아버지께, 미안한 마음도 없으십니까."

모든 방법을 다 동원한 노인은 급기야 눈물을 찍기 시작했다.

"내가, 죄가 많아서 아들까지 먼저 앞을 세우고! 다 늙어 빠져 껍데기만 남아선! 하나 남은 손주놈, 짝지어서 자손 끊기지 않는 거 보는 게 죽기 전 마지막 소원이라는데……"

"껍데기만 남으시다뇨, 할아버지만큼 건강하신 분도 드뭅니다. 겨울마다 덥다고 보일러 끄시는 통에, 고 비서 아저씨는 한여름에도 뼛골이 쑤신대요."

"이 새끼, 이 갈아 죽여도 시원찮을 개새끼. 세상 사람들! 이놈 좀 보오!"

"산삼 드실 때마다 조금씩이라도 나눠 주세요. 할아버지 모시느라 고 비서 아저씨는 진짜 껍데기만 남으셨어요."

"어휴, 저 새끼 귓구멍엔 뭐가 가득 처박혀 있을까 말이다. 이 새끼야, 장가들어! 장가들어서, 제발 손 좀 보란 말이다!"

"그렇게 자손이 소원이시면 할아버지가 직접 장가를 드세요!"

"어이구! 배라먹을 새끼, 이 육실해 우라질 개새끼."

그렇다고 두 손 놓고 있을 황만복이 아니었다. 진헌의 고집도 고집이었지만 노인의 의지도 만만치 않았다. 결국 뒤통수를 얻어맞은 진헌은 당장 〈화이트 웨딩〉, 구석기 편집장을 불러들여 분통을 터뜨렸다.

"나한테 도대체 왜 이럽니까. 내가 그동안 〈화이트 웨딩〉 편의를 얼마나 봐줬습니까. 광고 싹 다 빼도 좋다, 이거예요?"

잡지 밥 20년, 닳고 닳은 구석기 편집장은 바싹 엎드리며 느물느물 웃었다.

"아닙니다. 심려를 끼쳐 드려 정말로 죄송합니다. 엎드려 사죄를 해야 한다면 그렇게라도 하고 싶습니다. 하지만 저희도 좀 힘듭니다. 황만복 회장님 성격을 누구보다도 잘 아시지 않습니까."

구불구불 담을 타듯 이야기를 풀어 가는 솜씨가 능구렁이가 따로 없었다.

"저희가 아니더라도 어디에서라도 쓸 겁니다. 회장님이 직접 자료를 챙겨 주시는데, 어딘들 욕심을 안 내겠습니까. 그렇지만 〈화이트 웨딩〉은 전적으로! 황진헌 대표님의 편입니다. 이왕이면 인터뷰를 직접 하시고, 어떤 선에서 어떻게 기사가 나가는지 직접 관리, 감독하시는 게 훨씬 낫지요."

연륜이 묻어나는 최고 수준의 협박이었다.

"게다가 기자도 교체했습니다. 지난번 마음에 들어 하셨던, '매디슨가에 이룬 황금당의 기적'을 쓴 기자이지요. 금송아 기자라고. 아시다시피, 주얼리에 대해 해박합니다. 〈싸이듀〉 황진헌 대표님의 기사를 쓰기엔, 마치 신이 점지해 주신 것처럼 적격이지요."

약장수처럼 약까지 먹였다.

"아무 데서나, 보석에 대해 일자도 모르는 아무나에게, 기사를 쓰게 하시겠습니까. 아니면 대표님이 컨트롤하실 수 있는 곳에서, 이렇게 딱 맞춤인 기자에게 쓰게 하시겠습니까. 선택은 대표님의 몫입니다."

아주 불쾌했다. 그리고 더욱 불쾌한 일이 기다리고 있었다.

'이 시대를 대표하는 멋진 신랑감? 쳇이다!'

그때는 어떠한 기시감도 느끼지 못했다. 쇼윈도를 들여다보는 아무나였으니.

'에메랄드 컷, 솔리테어, 클래식 4프롱.'

그 여자는 아주 건방졌고, 귀여웠고, 보석을 바라보는 눈이 반짝반짝 빛났다. 쇼윈도 안을 그렇게 집중해서 쳐다보는 눈이 보석 같았다. 그리고 싸구려 꽈배기를 아주 맛있게 뜯어 먹었다.

'웨딩밴드까지 세트가 8천만 원대는 받으시겠네. 그중 삼분의 일은 로고값이고.'

입가에 기름이 묻어 반들반들했다. 기름 묻은 입가에 설탕이 잔뜩 묻어 있는 게 아주 거슬리고 불편했다.

'퍽이나 잘 팔리겠다. 여기가 맨해튼인 줄 아나? 라운드 쓰리 스톤 반지는, 9천만 원대. 완전 도둑놈의 시키!'

마음이 울렁였던 건, 그때 그 얇은 입술에서 '도둑놈의 시키!' 가 뱉어져 나왔을 때였다. 열이 확 오르며 '시키!' 라고 뱉는 그 설탕 묻은 입술을 확 잡아, 어떻게든 벌주고 싶다는 충동을 강렬히 느꼈다.

'코스프레 중인가요? 보석상 앞에서 빵 먹는 장면?'

금송아 말대로 황진헌은 변태일지도. 더는 욕설을 들어 줄 자신이 없어 알은체를 했다.

'이 신상품들이 왜 그렇게 그쪽분을 출근길부터 화나게 했는지, 그 이유는 좀 궁금하군요.'

처음엔 잡지나 읽고 익힌 안목이거니 했지만 곧 주얼리를 공부하는 학생일까 싶었다. 업계 종사자가 쇼윈도 제품을 진짜로 착각할 리는 없으니.

'호, 혹시, 처, 처음부터 다……?'

'네, 모조리, 꼼꼼히 다 듣고 봤습니다만.'

'그러니까 저 실례를……. 흐음, 저, 직접 디스플레이를 하신 건…….'

하지만 또 욕한 걸 아주 미안해하면서 무너지는 표정이 볼만했다. 볼이 발그레해지다 그 붉은 기가 이마까지 번지고, 결국 귓불까지 새빨개지는 천진함. 그리고 그 반짝이는 눈빛 속엔 미안함과 더불어 보석에 대한 애정마저 깃들어 있었다.

'정말 유니크하고 아름다운 커팅의 다이아 반지들인데, 가격이 너무 과해요. 쓰러지게 끼고 싶게 만들고선, 절대로 낄 수 없는 가격의 것들을 과시하듯 전시했죠.'

파인 주얼리(진품의 귀보석 주얼리)의 속성에 대해 잘 이해하면서도 여자들의 욕망에 대한 어떤 애정이 묻어났다. 그 따뜻함이 신선했다.

'네, 전 속물이고 허영덩어리라 감탄보단 욕이 나오네요.'

마음껏 껴 보게 하고 구경시켜 주고 싶었다. 한 번 더 보고 싶었단 마음이 없다면 거짓이지만. 그때까지만 해도 공부하는 어린 학생을 계도하려는 아저씨의 마음이 반 이상이었다.

'와서 마음껏 구경하고 공부하고 가요. 사라고 눈치 주는 일은 없을 테니까, 부담은 내려놓고.'

하지만 어린 학생은 곧 성숙한 여자가 되어 훌쩍 한발 다가섰다.

'데이트하자고 유혹하시는 것 같네요.'

슬쩍 비웃는 게 아주 요염하고 예뻤다. '너랑 데이트 안 해.' 하면서도, '나랑 데이트할래?' 동시에 묻는 것 같은. 발랄한 생기와 그 장난기.

마음이 후려쳐진 건 딱 그때였다. 난생처음으로 수컷이 되어 여자에게 들러붙는 경험을 했다.

'좋아요! 이따 퇴근하고 매장으로 와요. 보석 얘기나 하면서 데이트 비슷한 거라도 해 봅시다. 자, 전화번호!'

살짝 돌 만큼 강렬히 후려쳐져, 황진헌의 이름을 드러내고 몇 번 만나 볼 결심을 했다. 그러나,

'저, 처음 보는 남자에게 명함 같은 거 막 주고 그런 여자 아니거든요.'

기다렸단 듯 약 올리며 도망쳤다.

'다음부터 바람피울 땐, 반지부터 빼고! 제대로 잘하세요? 안녕! 아, 저, 씨!'

괘씸했다. 아주 괘씸해서 아침 업무가 좀 흐트러졌다. 와서 공부하라고 호의를 베풀었더니, 꼬리 치며 유혹했다. 귀여워서 넘기는 대로 넘어가 줬더니 유부남 훈계를 하며 도망쳤다. 아주 앙큼하기 그지없었다.

돌아서는 어깨를 붙잡아 흔들며 반지에 대한 변명이라도 할 걸 그랬나. 그딴 후회가 든다는 게 더 열받았다. 나 아저씨 아니라고! 잊어버리려고 생각을 꺼뜨릴수록 더 생각이 났다.

"아까, 금송아 기자가 대표님께 뭐라고 했는데 그렇게 화가 나셨습니까. 제가 나가 볼 걸 그랬나요?"

마침 매장 안쪽에 있었던 홍보부 정영실 과장이 알은체를 하는 바람에, 그녀의 정체를 쉽게 알아 버렸다.

"누구요?"

"알고 이야기하시던 거 아니었나요? 금송아 기자요. 요전에 전화로 야단치셨던……."

적지 않은 충격을 받았다. 동시에 울화가 폭발했다. 그냥 모른

척 넘어갈 수가 없었다. 호기심을 자극해 결국 이쪽에서 먼저 연락을 하게 하는 꼼수. 그거라면 성공이다!

게다가 그 방법이 너무 괘씸하다. 쉽게 용서가 되지 않았다.

낡고 낡은 미인계라. 미인도 아닌 주제에. 기사를 이딴 식으로 따려 들다니! 업무에 연애 감정을 얽는 걸 지극히 싫어한다. 그래서 아주 고까운 마음으로 만났다.

'구걸이 전략인 줄 알았더니. 유혹이 그쪽의 전략인가.'

그런데 또 눈앞에 데려다 놓고 보니, 아침에 보았던 그 앙큼한 여자였다. 귀여웠다. 볼수록 마음이 울렁거렸다. 아니, 미인계를 쓰려면 화장이라도 제대로 하고 나올 것이지, 최소한의 성의조차 없다!

'키스를 유도하는 게, 지금, 그쪽의, 목적입니까.'

아니, 진짜로 저쪽은 유혹할 생각이 없던 것 같다. 그게 더 화가 나 시비를 한껏 걸었다. 그럼에도 물 한 잔을 꿀꺽꿀꺽 들이켜는 그 입술에 또 애가 달았다.

'자, 이젠 말해 봐요. 오늘 하루, 난 그쪽 손바닥에서 완벽히 놀아났어. 오늘 아침에 벌인 그 쇼, 목적이 뭐였나? 고작 내게서 인터뷰를 받아 내려 했다는 말만 하지 마. 그거라면 정말 실망이야?'

실타래가 엉킨 듯 이 모든 상황이 혼란스러웠다. 유혹했던 건가. 목적을 가졌던 것인가.

'그냥 출근길에 지나가다 쇼윈도 구경한 게 다예요. 우연히 뒤에 계시다 들으신 거고요. 전, 대표님 얼굴도 몰랐어요. 목적 같은 거 없었다고요!'

여자의 표정은 진실을 말하는 것 같았다. 날 몰랐던 건가. 진짜로 우연이었던 것인가.

'하! 나를 얼마나 형편없이 봤으면……. 업무를 항상 이따위로 합니까?'

정황은 유죄였지만 여자의 눈빛은 결백을 말하고 있었다. 바싹 밀어붙였던 건 어느 정도는 떠보려는 목적이었다.

'업무를 항상 이따위로 하는 건 아닙니다만, 적어도 제가 황진헌 씨를 제대로 유혹했다니, 스스로가 자랑스럽네요. 격한 고백, 감사드립니다.'

구질구질한 변명 대신 여자는 당당히 되받아쳤다. '그래, 그래서 뭐? 어쩌라고?' 하며 정강이를 툭, 걷어차듯이. 앙큼하고 귀여운 만큼 당차기까지 했다. 그래서 더 예뻤다.

'좋아요, 그럼 유혹당한 걸로 칩시다. 그러니 유혹한 대가를 치러요.'

그래, 모든 걸 어지럽게 한 건 본능이고, 오랫동안 금욕으로 눌러뒀던 수컷으로서의 욕망이다. 그녀의 말대로 유혹당한 걸로 치기로 했다.

고인 본능은 풀면 그만. 육체를 취하고 나서 흥이 깨지면 그만. 그러면 이 모든 혼란스러움도 말끔히 정리될 것이다.

'난, 유혹한 적 없다니까요!'

'있든 없든 그쪽은 날 자극했어. 그러니 내 성적 취향은 침대 위에서 직접 확인해요. 자, 그럼 거래합시다. 나랑 사귀는 것과 기사.'

이 거래는 모든 이들의 소원풀이였다. 황진헌의 욕망도 풀고, 금송아의 소원도 풀고, 할아버지의 목적도 풀고, 구석기의 바람도 푼다. 반쯤은 고심하던 바였고, 반쯤은 충동이었다. 족쇄처럼 스스

로를 묶던 트라우마를 떨쳐 버릴 기회든 뭐든 앞으로 한발 나서기
로 했다.

'싫어요! 난, 날 팔면서 일하는 거 안 해요.'

하하. 그러나 이 여자는 아주 웃겼다. 함부로 굴어도 좋을 여자
라고도 생각했다. 그래서 아주 쉬워 보였는데.

'난, 내가 끌리는 사람하고만 만나요.'

가슴에 통증이 일며 기이한 열기가 끓었다. 아주 이상한 여자였
다. 이 여자는 하나도, 단 하나도 예상 안에서 움직이는 게 없었다.

너무나 이상해서 늘 치밀하게 계획대로만 움직이던 황진헌을 돌
게 만들었다.

'회사에서도, 집에서도, 화장실에서도, 부모님, 친척, 친구들을
만날 때도. 절대로 빼지 말고 반드시 이 반지와 함께 있어요. 나
라고 생각하고?'

성공의 아이콘처럼 자랑스레 끼고 다니던 분신을 여자의 손가락
에 끼워 넣었다. 여자의 손에서 반짝이는 내 것이 좋았다. 몸의 일
부를 여자에게 끼워 넣듯 만족스러웠다.

여자는 밀당의 쾌감을 즐기게 했다. 시답지 않은 대화를 나누는
한마디 한마디가 취한 듯 웃겼다. 여자가 끄는 대로 끌리는 것, 당
기는 대로 당겨지는 것, 그 모든 게 재미있었다.

'금송아 말대로 나는 변태가 맞나 봐.'

'네?'

호기심 어린 눈으로 올려다보는 눈이 맑다.

'네가 날 쳐다보는 게 참 달콤해.'

침을 꼴깍 삼키는 저 입술을 깊이 머금었으면.

목이 말랐다. 보면 볼수록 갈증이 났다. 한번 마시면 멈출 수 없

236

게 될 걸 느꼈다.

'저기요! 이봐요!'

같이 있기 싫었다. 오직 인터뷰에만 목을 매는 여자와 함께 있고 싶지 않았다. 같이 있는 시간이 길어질수록 점점 더 선명해졌다. 이 여자는, 날 유혹할 생각이 정말 없었구나.

'그럼 다시, 제대로 해 봐.'

'뭐, 뭘요?'

'유혹. 내가 넘어가나 안 넘어가나.'

이건, '날 유혹해 주세요.' 비는 꼴. 궁금했다. 그녀가 정말로 유혹하면 어떨까. 얼마나 짜릿할까.

'좋아요, 해요, 데이트. 이 반지는 빨리 무르고요? 사귀려면 첫 데이트부터 시작해야죠.'

인터뷰만 따고 먹튀하겠다는 강렬한 의지를 보이며 그녀가 달려들었다. 인터뷰를 해 주기 싫었고, 같이 있고 싶었다. 아무리 기다려도 유혹해 주지 않을 그녀를 유혹하고도 싶었다.

'데이트에서 내가 뭘 할 줄 알고?'

'네, 저는 인터뷰하고 황진헌 씨는 데이트하고. 각자 하고 싶은 걸 하는 거죠.'

'영리하긴 한데, 유혹은 실패. 싫어!'

'아니, 아니요! 데이트 인터뷰! 아니, 인터뷰 데이트라고요. 인터뷰도 하고 데이트도 하고……'

냉정히 거절할수록 그녀는 귀엽게 치덕치덕 매달렸다. 너무 거세게 털어 냈다간 확 떨어져 나갈 것 같아, 거칠게 쳐 내지도 못하면서 매달리도록 만들었다.

'서로에 대해 뭘 알아야 사귈지 말지를 결정하죠. 제가 황진헌

씨에 대해 궁금한 게 너무, 많은데. 당신에 대해, 가르쳐 주신다고 생각하시면 안 될까요?'

눈빛이 맑고 순수했다. 너무 예뻤고, 너무 귀여웠다. 블랙 재킷, 흰 블라우스, 블랙 스커트. 얼마나 예쁜데 뭐 저런 차림을 하고 다니나. 저 장례식장 직원 같은 이상한 옷을 벗기고 다른 옷을 입혀 봤으면. 아니, 그냥 모조리 벗겨 봤으면.

'놔요! 아파요! 놓으라고요!'

이 여자가 유혹한다면, 정말 넘어가 주고 싶었다. 겨우 손만 잡았을 뿐인데, 심장이 덜컹거리며 요동쳤다. 거뭇한 스스로의 손가락과 새하얗고 가느다란 손가락이 얽힌 그림이 기묘했다. 손가락들 대신, 네 개의 다리를 그렇게 얽어 넣고 싶다.

'그래서 더 매력적이지. 괴롭히고 싶고 울리고 싶고.'

너무 예뻐서, 너무 귀여워서, 엉망진창으로 흐트러뜨리고 싶다. 서러움에 엉엉 목 놓아 울도록 못되게 울려 버리고 싶다. 힘껏 괴롭혀 주고 싶다.

'나는 결혼이 딱 질색인데 어쩌지? 대놓고 거짓말하라는 건가?'

그녀의 눈에 어린 실망감이란. 그녀는 진심으로 결혼을 원했다. 그녀의 모든 글 곳곳에서 결혼에 대한 열망과 행복한 가정에 대한 꿈으로 넘쳐 났다.

'기사에선 줄곧 '완벽한 결혼식'에 대한 의지가 엿보이던데. 금송아는 어떤 남자와 결혼하고 싶습니까.'

'네, 결혼은…… 안 하려고요.'

'왜 굳이 잡지사, 〈화이트 웨딩〉에서 일합니까? 자기는 남자랑 결혼하고 싶지도 않으면서, 완벽한 결혼식에 대한 로망을 미

238

련하도록 꽉 끌어안고 사는 이유가 무엇입니까?'

'글에 남성 혐오가 다분하던데, 아니, 남성에 대한 불신으로 순화합시다. 왜 그런 사고방식을 갖게 되었습니까.'

'질문이 너무 어렵습니까. 그럼 쉽게 바꿀까? 아버지 영향입니까, 아니면 연애에 참담하게 실패한 영향입니까.'

'결혼이 딱 질색인 남자와 결혼하기 싫은 여자라. 아주 환상의 만남이군.'

그래, 한없이 잔인했다. 매 순간 더욱 잔인해지고 싶었다.

'진⋯⋯헌 씨.'

'한 번만 더 불러 줘요.'

'네?'

'듣기 좋아서 그래, 불러 줘요.'

따뜻했다. 한 번도 느껴 보지 못한 여성의 품처럼, 내 여자의 그것처럼.

'진헌 씨.'

'한 번 더!'

그러나 그녀는 더 불러 주지 않았다.

'자, 인터뷰는 이쯤 합시다. 데이트는 물 건너갔고, 황진헌을 만나기 싫은 금송아는 날 시원하게 걷어찰 테니, 무례하게 굴어 미안합니다.'

그때, 딱 적당했던 그때 그만두는 것이 좋았을 텐데. 자꾸만 더 보고 싶은 미친 욕망이 이성을 마비시켰다.

"금송아 기자, 왜 그럽니까. 금송아 기자는 남자 친구도 없답니까. 연애도 안 해 봤대요?"

빠르게 달아오른 마음은 빠르게 식을 것이다. 그럼에도 일단 끓어오른 걸 곧바로 식히긴 힘드니,

— 왜 그러십니까. 금송아 기자가 무슨 실례라도…….

광고 일을 핑계로 통화 중, 구석기에게 시비를 걸어 스파이질을 시켰다.

"결혼관도 〈싸이듀〉에 대한 생각도 참 마음에 안 듭니다. 글만 잘 쓰면 다입니까. 훈계질하다 덕분에 인터뷰 털렸습니다."

슬쩍 돌려 까는 척 칭찬했다. 기분이 썩 좋아진 구석기는 껄껄 웃으며 원하는 걸 스스로 불었다.

— 그 녀석이 일밖엔 모르는 경향이 있습니다. 잠자는 시간 빼곤 회사에 종일 붙어 있는데, 무슨 연애입니까. 미혼남이 대중에게 프러포즈하는 내용을 쓰는 덴 무리가 좀 있을 수도…… 제가 잘 읽고 거르겠습니다.

"됐습니다. 서면 인터뷰 하기로 했으니, 그대로 갑시다. 구석기, 당신! 이번에 나한테 톡톡히 빚졌습니다. 꼭 갚으세요!"

— 네, 감사합니다. 제가 도울 수 있는 일이라면 나중에 크게 한번 돕겠습니다.

금송아가 솔로임을 확인시켜 준 구석기에게 빚까지 짊어지우며 대화를 잘 마무리했다.

언론에 노출된 결과는 꺼리고 싫어했던 만큼, 딱 예상만큼 번거로웠다. 그리고 '그따위로 살 거면 방구석에서 테레비나 들여다보고 살아라, 이 미친놈의 새끼!', 할아버지의 욕설만큼 효과도 좋았다. 얼굴을 팔아먹으며 언론을 탄 만큼 매출도 급격히 올랐다.

꽃처럼 옆에 두고만 보면 되지. 처음의 자기 합리화는 그랬던

것 같다. 또 볼 일을 만들어선 안 된다는 이성의 경고를 무시하고, 한 번 더 보고 싶다는 열망이 일을 쳤다. 그녀가 좋아하는 일거양 득. 어차피 팔린 얼굴, 그동안 신비주의 마케팅으로 일관했던 '숙녀의 방'을 오픈하며 그녀를 초대했다.

'당신이 진짜로 원하는 거, 그걸 말해요. 이렇게 내 주변을 휘저으면서 날 흔들지 말고, 차라리 이성적으로 부탁해요.'

일이 먼저였냐, 그녀를 보는 것이 먼저였냐 묻는다면 황진헌은 참 대표답지 못했다.

'가, 가짜로 애인 행세라도 해 달란 건가요?'

그녀가 어리석었다.

'하, 그거, 아주 좋은 생각이군.'

그렇담 그렇게 믿게 해 줘야지. 협박과 회유는 덤이다.

어울릴 것 같은 드레스를 입혀도 주고, 쓰러지게 껴 보고 싶다던 반지도 껴 주고. 일이라면서. 지난번처럼. 아무런 사심 없이 공적으로 만나는 만남으로. 딱 거기까지.

'그래, 고의 스캔들! 스캔들이 요란해지면 본게임이 시작될 거야. 내 할아버지의 결혼 반대. 그럼 더 하기 싫어질 때쯤 나가떨어지라고.'

가짜 행세를 하며 꽃처럼 지켜 주며 보기나 하자. 정말로 건드렸다간 완전히 망가뜨릴 것 같으니 손만은 대지 말자.

'할아버지가 나설 때쯤, 넌 그냥 두 손 들고 항복해. 그때까지만 내 옆에 있으면 이별의 선물로 그 반지를 줄게. 어때, 결코 손해는 아니지?'

아니, 황만복과는 절대로 마주치지 않게 할 것이다. 그녀를 욕보이다니! 싫다! 첫 만남이면 그날이 이별이다.

241

'그러니 가짜라면 가짜답게 굴어요.'

하지만 왜 그렇게 생각이 짧았을까.

'자꾸 애인처럼 굴지 말라고요. 난 그쪽이 아주 싫으니까.'

눈으로 즐기다 고스란히 놓아주면 그만이란 생각을 어떻게 할 수 있었을까. 싫어한다는 말을 저렇게 아프게 뱉는 마음에 내가 더 아픈데.

'키스하자.'

더 나아가면 안 된다는 이성과 만지고 싶다는 본능이 싸운다.

'싫어!'

가슴이 타들어 간다. 그녀의 얇은 입술을 머금으며 뒹굴고 싶다.

'그럼 벌을 받아.'

'싫다니까!'

한 번도, 단 한 번도 허락하지 않는 입술. 억지로 범하고 싶은 걸 또 눌러 참는다. 협박하고, 꼬이고, 안 되면 뒤집어씌우고.

그녀는 너무나 단정했다. 단정한 게 싫고, 단정해서 좋다. 그녀를 무너뜨리고 싶은 열망과 지켜 줘야 한다는 양심이 중심을 잃고 비틀거린다.

'누구, 손 좀 빌려줄 사람?'

두려웠다. 저건 절대로 가짜로 낄 수 없다.

'손도 복장도 대표님이 제일 쓸 만해요. 그만 빼고 제 신랑이 되어 주시죠?'

세상이 뒤틀리고 균열이 인다. 결혼반지를 끼고 웨딩드레스를 입은 그녀의 모습! 아름답다.

가짜놀이. 나는 이걸 끝낼 자신이 있을까.

다른 남자와 결혼해서 사는 이 여자를, 나는 견딜 수 있을까.

아니! 내 여자다. 눈으로만 보고 놓아주기는 개뿔. 나는 그녀를 도저히 앞으로도 놓아주지 않을 것이다.

결혼. 그녀와의 결혼이라.

격렬한 물결이 머릿속에서 요동친다. 예상되지 않는 낯선 파고들.

그렇더라도 하나는 확실하다. 그녀를 향한 내 마음! 어떻게 더하지 못하겠다.

'황진헌의 첫사랑, 금송아. 황진헌은 마음을 홀랑 빼앗겨 금송아에게 온몸을 다해 매달리다가 버림받을 거야. 그리고 앞으로 어떤 여자와도 결혼하지 못하는 아픈 남자가 될 거야. 금송아 때문에.'

가벼운 입이 내뱉은 헛소리를 재빨리 지워 없앨 것이다.

'내가 네게 뱉었던 말들, 하나같이 다 거짓말이야. 네가, 그냥, 좋아.'

그녀를 향해 거칠게 툭툭, 내달리기만 하는 이 심장을 어쩌지 못하겠다.

너무나 예뻐 곁에 두고 잠깐 보려고만 했던 꽃. 그는 결국 참지 못하고 툭, 꺾어 내 것으로 만들기로 한다.

9.

어떻게 하더라도 마음은 새어 나간다

"내려…… 내려 주세요!"

이래서는 정말 아이 같잖아.

뜨겁게 키스한 이후 그는 다시 벤치에 앉아서도 송아를 내려놓아 주지 않았다. 그의 허벅지 위에 올라앉아 있는 기분은 뭐라고 설명할 수 없이 괴롭다.

"힘들다니까요."

"그럼, 견뎌."

그가 짓궂게 웃으며 머리칼을 쓰다듬었다. 어른이 아이를 안듯 두 다리를 오른쪽으로 뻗게 하고, 엉덩이는 그의 왼쪽 허벅지 위에 놓아뒀다. 허리를 뒤틀며 조금씩 움직일 때마다 은밀한 아래쪽이 자꾸 맞비벼져 죽을 맛이다. 이걸 말할 수도 없고.

"허리 아파요."

"그렇게 온몸에 힘을 꽉 주니까 그렇지. 힘 빼고 나한테 기대."

그가 부드러운 손길로 송아의 머리칼을 길게 쓸었다. 송아의 체향에 취한 듯 진헌의 눈동자가 부드러워진다.

그러나 그것도 잠시. 고물고물, 통통한 엉덩이가 진헌의 허벅지 위에서 자꾸만 꼼틀댔다. 진헌은 더 이상 참을 수 없어 그녀의 얇은 입술을 머금는다.

"우읍, 또오……!"

그러나 그 말은 진헌의 입안으로 먹혀 들어갔다.

입술과 입술이 다시 진득하게 얽혔다. 보드랍게 쪽 빨아들인 두 입술을 진헌은 욕심껏 머금어 들인다. 속살을 가르며 그녀의 입안을 헤집는다. 부드럽게 잘하려던 마음도 잠시, 온몸이 들끓으며 뱃속으로 피가 몰렸다.

달콤하다. 부드럽고도 따뜻하다. 하지만 들이켤수록 갈증 난다. 다정하게 허리만 가만히 안고 있으려 했는데, 치한처럼 봉긋한 가슴이 궁금해져 간다.

진헌은 정신을 바싹 차리며 주먹을 꽉 쥐었다. 하지만 통통한 엉덩이가 자꾸만 고물댄다. 고물고물, 꼼틀꼼틀. 다정하게 머리칼을 쓸어내리던 손끝이 뻣뻣해지며 힘이 들어갔다.

"우읍, 그으……만요!"

잔뜩 목이 말랐는데 소금물을 들이켰다. 머리칼을 쓸고 있는 것만으로는, 무릎 위에 가만히 앉혀 놓은 정도로는 도저히 가라앉을 것 같지 않다. 그러나 아쉽도록 달콤한 숨결마저 도망친다.

"몸……이, 자꾸 이상해져. 더 이상…… 못 하겠어요!"

어둠 속에서 얼굴이 발개질 대로 새빨개진 송아가 두 팔을 쭉 뻗으며 진헌을 떨어뜨렸다. 가슴이 쿵쿵 뛰며 몸뚱이는 급브레이크를 밟은 관성에 아우성쳤다.

그때, 송아의 작은 비명이 울렸다.

사실, 실수한 건 송아 쪽이다. 몸부림치다 기우뚱하며, 그의 불룩해진 앞섶을 짚어 버렸다. 딱딱한 그의 것이 손바닥에 꾹! 기겁을 했다.

"앗, 아악! 난 몰라!"

송아를 두 팔로 받치며 안았던 그는 무방비 상태로 당했다.

"네가 느끼는 걸, 나도 느끼니 어쩔 수 없잖아."

호들갑을 떨며 난리 치는 통에, 진헌은 송아를 놓아주고 말았다. 그녀의 두 발이 땅에 반짝 놓여났다.

"나도 건강한 남자라고."

진헌이 씩 웃으며 송아의 손을 다시 붙든다. 도망치려던 송아의 손은 탈출에 실패했다.

"몰라요!"

"못된 손, 금송아. 변태 인증?"

"아악! 하지 마!"

진헌이 팔을 당겼다. 구겨진 진헌의 슈트 상의 위로, 송아의 엉덩이가 다시 내려앉았다. 그가 참지 못하고 "큭큭!" 웃었다.

"놔줘요. 창피해, 죽을 것 같아."

"왜? 나는 이제야 숨이 쉬어지는데."

진헌이 송아의 등을 자신의 가슴에 기대게 했다. 나란히 앉은 채 뒤에서 그러안은 두 사람이 한 폭의 수채화 같다. 진헌의 낮은 목소리가 강바람을 타고 부드럽게 울렸다. 들릴 듯 말 듯.

"좋아해."

"금방 아무 때나 헤어질 것처럼 굴었으면서 이제 와서."

뾰로통한 목소리. 아직도 믿을 수 없다. 정말 좋아해서 좋아한다고 하는 걸까. 그냥 키스라든가, 그런 걸 하기 위해서……

하지만 어둠 속에 언뜻 비치는 그의 표정, 그의 숨결, 그의 손짓 하나하나가 마음을 전한다. 잠깐 육체적인 장난을 치려는 본능에 겨워 뱉은 말은 아니다. 아직도 그는 '좋아한다'는 말을 마음껏, 시원히 하지 못했다. 좋아하는 마음이 새어 나갈까 두려워하는 것처럼.

"이제야 살겠는데, 변한 건 없으니까. 나를 마음껏 휘두르고 싶어 하는 할아버지는 어쨌든 내 할아버지고."

송아가 말을 끊었다.

"그렇죠. 나는 할아버지에게 소개조차 하지 못할 형편없……"

그가 턱을 돌려 뒤에서 키스하며 입을 막았다. 얼결에 들어온 부드러운 입술을 본능적으로 받아들였다. 그는 '춥' 짧게 키스하며 말을 이었다.

"그런 말 입에 담지 마. 넌 내게 최고의 여자야. 결혼 따윈 생각조차 없던 황진헌을 제대로 흔들 만큼."

마음이 얄궂다. 그가 흔들리는 게 기쁜데도 고작 흔들리는 게 만족스럽지 않다. 그의 가슴에 등을 기댄 채 송아는 가볍게 빈정댔다.

"됐어요. 나도 황진헌 씨와 결혼 따윈 생각 없거든요?"

그는 "쿡쿡." 웃었다.

"나는 생각 있는데, 상대가 금송아라면…… 으윽!"

또 장난질이다. 송아는 그가 아주 미워 팔꿈치를 세워 힘껏 가슴을 찍어 줬다. 서로의 체취를 느끼며 한껏 가까워진 채 장난을 치는 이 시간이 달콤하고 즐거웠다. 취하도록 부드럽게 머리칼을 쓸어 주며 그는 집요하게 물었다.

"아까 얘기하기 싫다고 한 거…… 문난정 씨 언니, 금송아 얘기해 줘."

그가 키스하며 몸으로 장난을 치는 대신 집안 이야기를 꺼낸 건 의외였다.

"됐어요. 키스했다고 인생 책임져 달라고 안 해. 골치 아픈 얘긴 그만두고, 좋을 때 연애나 실컷 해요. 진짜로 연애하면 나한테 뭐 해 줄래요?"

장난으로 슬쩍 돌리는 쪽은 오히려 송아였다.

"해 달라는 거, 다. 날 남자 친구로 마음껏 이용하라는 건 진심이었어. 대신 금송아도 진심을 줘. 나는 가짜는 취급 안 해. 보석이든 마음이든."

얽혀 있는 두 손 사이, 비뚤어진 반지를 바로 해 줬다. 깊게 밀려들어 오는 반지와 그의 손가락에 몸이 저릿했다. 이걸 빼내려고 소리쳤던 게 불과 몇십 분 전인데. 원래부터 제자리인 양 송아의 손에 얌전히 끼워져 있다.

"언제부터 나 좋아했어요?"

그런 게 뭐가 중요할까. 하지만 확인하듯 그에게 물었다. 아직도 그의 마음을 믿을 수 없다. 너무 좋아서, 그의 진심에 목이 마르고 애가 닳았다.

"반지 껴 줄 때부터."

"하아, 거짓말."

"내 성공의 아이콘, 누드캔디 1호를 마음에도 없는 여자에게 막 끼울 만큼, 나 경솔하지 않아."

"경솔했어."

"덕분에 너와 이렇게 가까워졌잖아. 충분히 값어치 있었어."

치덕치덕 얽히는 두 입술 새로 그의 체취가 넘어왔다. 아쉬웠다. 그가 신사처럼 손도 대지 않는 가슴 끝이 저릿해진다. 송아는 다시 몸이 뜨거워지는 걸 느끼며 그를 떼어 냈다. 이렇게 욕구 불만에 시달리다간 먼저 안아 달라고 조를 것 같다.

"송아야, 아까 하기 싫단 얘기 해 줘."

그는 꽤 집요했다. 그의 성격을 모르지 않지만 이런 데 집착할 줄은 몰랐다.

"재미없는 얘기야."

"재미없는 얘기, 좋아."

하고 싶지 않았다. 아버지가 내 엄마를 마음껏 유린하고 버렸거든요. 그래서 내 엄마는 홀로 외롭게 병들어 죽었거든요. 덕분에 난 계모와 배다른 여동생과 자랐어요. 아직도 집에만 들어가면 전쟁 중이라 집에서 독립하는 게 소원이에요. 그래서 남자에게 다시는! 버림 같은 거 받고 싶지 않거든요!

"듣고 나면 꽤 부담스러워질 거예요. 연애하자고 했지, 인생 책임져 달라고 안 했어. 다른 얘기 해요!"

목소리가 뾰족해진 건 어쩔 수 없었다. 그러나 그는 송아보다 더 크게 화를 내며 목소리를 낮게 가라앉혔다.

"어이, 금송아. 너야말로 가볍게 장난치다 시간 되면 딱 끊을 준비 하니? 난 진심을 달라고…… 후우."

딱딱해진 등을 세우며 그에게서 몸을 멀리 뗐다. 울화가 치미는 건 어쩔 수 없다. 잡은 손을 뿌리치니, 그가 한숨을 쉬며 부드럽게 안아 들었다. 그의 품에 강제로 갇혔다.

"난 진심을 달라고 했어."

"진심이야."

"거짓말. 너는 지금 날 버릴 준비를 벌써부터 찬찬히 하고 있어. 다른 건 몰라도 나는 날 버릴 준비를 하는 걸 아주 잘 알지. 버림받아 본 사람은, 그걸 본능처럼 잘 알아채."

그제야 깨달았다. 그도 아픔을 갖고 있구나. 그리고 나도 벌써부터 이 사람을 버릴 준비를 하고 있었구나. 나도 모르게. 뜨겁게 몸이 달아오른 이 순간조차.

충격을 받은 듯 한꺼번에 깨달아졌다. 내 마음은 가짜였어. 이 사람이 좋다고 생각했지만 그러면서도 가장 상처를 덜 받을 준비를 하며 언제든 안전하게 헤어질 생각을 해 왔어. 그의 마음이 가짜임을 탓하면서.

하지만 진짜 사랑. 이 사람을 진짜로 사랑할 일은 두렵고, 겁이 났다.

그러나 그는 욕심이 아주 많았다. 송아는 욕심 많은 그의 입술을 욕심껏 머금었다. 눈으로만 탐하던 도톰한 그의 입술은 최고의 감촉이다. 말캉하고 부드러우면서도 힘이 넘치고 따뜻하다. 내 것. 내일은 모르더라도 지금은, 지금만큼은 온전한 내 것.

그가 입술 새로 속삭였다. 그윽한 목소리가 다디달았다.

"날 온전히 사랑해 줘, 진짜 네 마음을 줘."

어떻게 이런 말을 안 하고 살 수 있었을까, 싶게 한번 이야기를 시작하니 봇물이 넘치듯 쏟아져 나왔다. 긴긴 이야기는 계속 이어져 그가 운전해 데려다주는 차 안에서까지 끊이지 않았다.

"그럼 금송아도 사실, 집에 데려갈 애인이 필요했다는 말인가?"

"아뇨. 그건 어머니 말씀이고 아버지 말씀은 결혼해서 나가라는 거죠. 그냥은 안 되고."

"금송아는 당장 매일이 불편하고?"

송아는 샐쭉 웃었다. 그러나 아직까지 송아의 마음은 완전한 진짜가 아닌가 보다. 이 사람에게 있는 그대로 날것같이 다 말할 순 없었다. 사실을 왜곡시키진 않았으나 꽤 미화시켜서, 최대한 건조하게 전달했다.

엄마는 아버지와 결혼하지 못했고요. 엄마가 돌아가신 뒤 뒤늦게 아버지 집에 들어가서 살게 되었고요. 난정이는 어머니의 딸이며 배다른 동생이고요. 친척으로 알았다가 뒤늦게 출생에 대해 알게 되어 사이가 좋지 못하고요. 여러 가지로 불편해서 이젠 독립하고 싶은데, 아버지는 결혼해서나 나가라네요. 처녀가 보호자 없이 혼자 사는 건 불안하니, 정도로.

"'보호자'라. 어감이 좋은데? 좋아, 내가 보호자 해 줄게. 집도 얻어 주고."

그는 '보호자'란 단어를 꽤 마음에 들어 했다. 한 번도 그가 어린애 같단 생각을 한 적 없는데, '보호자'란 단어를 뱉는 그는 정말 어린애같이 귀여웠다.

"네? 됐어요. 집은 내가 얻어요."

"보호자가 되어 준다니까."

"싫어. 누가 누굴 보호해. 나는 스스로를 잘 지킬 수 있거든요?"

신호가 걸리자 차를 멈춰 세운 진헌이 송아를 돌아보았다. 차돌같이 매끄럽고 단단해 바늘 끝도 들어가지 않는다. 꽤나 독립적인 애인. 예쁜 만큼 원망스럽도록 미웠다.

"넌 너무 뻣뻣해. 몸에 힘 빼고 나한테 기대랬지?"

딱딱해진 그의 목소리에 송아는 쿡쿡, 웃었다.

"됐어요. 일이 어떻게 무 자르듯 한 번에 다 돼요? 야반도주하

251

듯 도망치거나, 큰 싸움 내면서 들어엎고 나오긴 싫어요. 그러려면 벌써 그랬지. 차근차근할 거야. 내가 알아서 해요."

"가 준다니까. 내가 가서, 금송아 보호자 하겠습니다. 우리 송아 독립하게 해 주십시오, 부탁드리면 된다 이거잖아."

뻐기듯 말하는 그가 너무 귀여워져서, 송아는 큭큭, 웃었다.

"아하하, 웃겨. 우리 송아, 크크큭!"

그러나 진헌은 따라 웃지 않았다. 눈이 세모로 변해 뾰족해질 대로 뾰족해진 진헌의 눈초리와 마주친 송아도 웃음을 슬며시 그쳤다.

"뭐라?"

"아, 미안요. 빤하잖아요. 어머니는 어떻게든 명분을 세워 날 그냥 내보내고 싶으신 거고. 아버지는 결혼하기 전까진 보호자를 자처하며 붙들고 있고 싶으신 거고. 우리 엄마에 대한 죄책감 같…… 으음!"

말을 또 줄여 버렸다. 어떻게 포장해도 말이 길어지면 진상이 드러나게 마련이다. 송아는 "흐흠!" 목을 가다듬으며 말꼬리를 돌렸다.

"그러니 결혼할 사람을 데려오라는 거예요. 우리 집에 가면 꼼짝없이 나랑 결혼할 사람 돼요. 나랑 결혼하실래요?"

이건 그를 떠보고 싶은 내 진심인가. 부담을 줘서 우리 집에 오지 않게 하려는 목적인가. 나, 참 별로인 여자구나.

그러나 그는 대답 없이 한동안 숨을 깊게 쉬며 송아를 바라보았다. 쉽게 답하지 못하는 그가 문득 미워졌다. 상처 주려다가 도리어 상처받았다.

"거봐요. 이젠 다시 그런 말 꺼내지 마……."

하는데, 그가 손을 잡아챘다. 조수석과 운전석 사이의 좁은 공간에 둘의 손이 맞잡아졌다.

"놔, 지금은 손잡기 싫어!"

원망스러운 마음이 치받쳐 손을 돌려 뺐다. 그러나 그는 손가락을 얽어 들이며 깍지를 꽉 꼈다. 그가 마른침을 삼키며 송아를 바라봤다.

"난 마음보다 말이 더 무거워. 그래서 약속 못 해. 대신, 네 손을 절대 놓진 않을게. 보호자 해 준다는 약속은, 꼭 지킬 거고."

문득 그의 진심을 가지고 가볍게 굴었다는 후회가 들었다. 늦었지만 사과를 하려 입을 여는데, 그는 아랑곳 않고 그의 제안을 더했다.

"나랑 하기로 한 거래, 기억해?"

어떻게 잊을까.

'할아버지가 나설 때쯤, 넌 그냥 두 손 들고 항복해. 그때까지만 내 옆에 있으면 이별의 선물로 그 반지를 줄게. 어때, 결코 손해는 아니지?'

"아직도 유효하단 뜻인가요?"

떠올리는 것만으로도 기분이 훅 꺼졌지만 애써 아무렇지 않은 체했다. 그러나 그는 송아의 눈을 똑바로 바라보며 말을 이었다.

"조건을 하나 더 달자. 난 무슨 일이 있어도 네 손, 절대로 안 놔."

그의 말뜻을 이해할 수 없어, "네?" 되물었다. 그는 가쁜 숨을 몰아쉬듯 말했다.

"그러니까 너도 끝까지 내 손을 꽉 잡고 있어. 그러면 이 황진헌을 온전히 네게 줄게."

어린애같이 환히 웃는 그의 눈빛에 툭툭, 가슴이 뛰었다.

키스한 남자. 마음을 확인한 남자. 아무래도 그 친밀감은 전 같지 않다.

[우리 송아 어디?], [책상 앞이요.], [또? 어떻게 맨날 회사? 토요일인데.]

문자를 찍으면 이렇게 닭살이 된다. 아직도 어색하지만 그가 너무 좋다. 너무 좋고 좋아서 잘 보이고 싶은 마음에 여우 짓도 한다. 엉덩이 사이에서 꼬리가 불쑥 튀어나온 듯, 저도 몰랐던 내숭도 튀어나온다.

[훗. 난 바쁜 여자랍니다.]

[쳇. 난 한가한 남자이군요. 금송아 잡으러 가야지. 세 시간 조금 더 걸려. 콜?]

[출장 간다며. 어딘데요?]

[하네다 공항. 금방 갈게. 도망가지 말고 거기 고대로 있어.]

그의 존재는 일상에 너무나 자연스럽고도 빠르게 섞여 들었다. 그렇더라도 이렇게까지 빠를 줄은 몰랐다. 툭, 끼어든 난정이의 문자가 그 급물살의 시작이었다.

[저녁 먹으러 들어와. 아빠가 찾으셔.]

난데없는 소리에 느낌이 들었다. 얘가 입을 결국 열었구나. '또 술 드셨니?' 물어보려다 마음을 바꿔 [그래.] 답했다. 기대로 달떴던 마음이 훅, 가라앉아도 어쩔 수 없다.

[금송아 도망가요. 오늘은 집에서 저녁 먹어야 해요. 미안!]

[윽, 매정한 금송아!]

후후, 웃다가 또 기분이 가라앉는다. 늦을수록 더 취하실 테니,

차라리 빨리 들어가자.

"남자가 있다며?"

어머니와 아버지, 난정이 사이에선 벌써 많은 말들이 오간 것 같았다. 고개를 숙이며 수저를 드는 건 그렇다고 답을 하는 거나 마찬가지. 된장찌개와 서너 가지 나물, 달걀말이가 밥상에 놓여 있었다. 송아 몫의 밥과 찌개 그릇도.

"맛있게 먹으렴?"

"네, 어머니. 잘 먹겠습니다."

송아는 자기 몫의 찌개를 빈 그릇에 조금 덜었다. '나, 너 한 번도 안 굶겼다?' 어머니의 밥상에만 앉으면 이상하게 그 말에 목이 멘다.

실로 오랜만에 온 가족이 둘러앉았다. 부모님과 닮은 꼴의 두 딸. 그림으로만 보면 완벽하게 아름다운 4인 가족이다.

"저, 봐. 아니란 소리 안 하잖아. 다이아 반지도 받았다니까?"

난정이가 끊어진 화제를 얼른 이었다. 흘끗 보니 난정이의 입가엔 조소가 고였다. '황진헌이 너랑 진짜 결혼이라도 할 거래?' 묻는 것 같다. 머리가 지끈거렸다.

"그 큰 보석 회사 대표라며? TV에도 나오는 그런 사람……"

아버지도 차마 말을 끝맺지 못했지만 확인을 하고 싶어 하셨다. 송아는 아직 가득 차 있는 술잔을 복잡한 표정으로 바라봤다. 아직 한 번도 비워지지 않았다.

"재주가 좋구나. 어디, 반지 좀 보자!"

어머니도 가세하셨다. 첫술을 뜨기 전부터 목이 메어 온다. 아직 입에 넣지 못한 첫 번째 밥숟갈을 국그릇에 걸쳐 두고, 찬물을 들이켰다. 오늘따라 밥이 쉽게 넘어갈 것 같지 않다.

"좀 보자니까? 왜 안 내놓니?"

"내가 봤다니까. 쟤, 반지 안 내놔. 엄마 헛물켜지 마."

"웃기는 애구나. 내가 빼앗기라도 할까 봐 그러니?"

난정이와 어머니가 바삐 말을 주고받았다. 아닌 게 아니라 '맡아 둔다'는 둥의 핑계로 가져가실까 봐 두렵지 않은 건 아니다. 어머니 손에 들어간 재물은 한 번도 고스란히 나온 적이 없으니. 그때 난정이가 곧바로 달려들어 송아의 목을 잡아챘다.

"무슨 짓이야?"

목걸이를 빠르게 움켜잡았다. 펜던트 대신 달랑거리는 반지를 손에 꼭 쥐었다. 불안감에 가슴이 콩닥콩닥 뛴다. 난정이가 손등을 움켜잡으며 강제로 손가락을 폈다.

"하지 마!"

"보기만 한다니까."

"왜 이러세요!"

"그래, 얘. 나도 좀 보자!"

어머니까지 가세하여 어깨를 강제로 잡아챘다. 그때 '와장창!' 소리가 나며 귀가 찢어지는 소음이 들렸다.

"둘 다, 그만들 두지 못해!"

아버지였다. 새빨개진 얼굴로 상을 들어엎을 태세를 취하셨다. 맨정신임에도 눈에 광기가 돌기 시작하는 아버지를 본 어머니와 난정이도 주춤거리며 웃음을 폈다.

"좀 보자는데 왜 그러세요?"

"어떻게! 어떻게, 탐낼 게 없어서 딸년 결혼반지를 탐내!"

"아니, 내가 언제 탐냈다고 그러세요? 당신은!"

주저하는 기세는 있었지만 어머니는 억울하다는 듯 큰소리를 치셨다. 아버지는 벌컥벌컥 들이켜고 빈 술잔을 탁, 소리 나게 내려놓으며 소리를 치셨다.

"오죽하면! 오죽하면 딸년이 제 어미가 가져갈까 무서워서 결혼반지를 보여 주지도 못할까. 당신이 여태 한 짓이 있으니 그러는 거 아냐?"

"아니, 이 양반이! 내가 뭘요, 내가 얘한테 뭘 그렇게 잘못한 게 있어요! 내가 밥 한 끼 굶긴 적 없이 때마다 얼마나 정성껏 먹였는지 아시면서 그래요?"

"애, 밥 멕인다고 들어오래서 여태 첫술도 못 떴어!"

애매한 침묵이 밥상 위에 내려앉았다. 아버지는 "다들, 자리에 앉아!" 하며 두 모녀에게 호통쳤다. "너도 먹으러 들어왔으면 먹고!" 송아에게도 한마디 하셨다.

"참 나, 내가 억울해서!"

어머니의 말씀 뒤로 다시 식사가 이어졌다. 송아는 목걸이를 쥔 손을 내려놓고 애써 밥숟갈을 다시 쥐었다. 수저는 놀렸지만 어머니와 난정이의 눈빛은 송아의 목에 끈끈하게 달라붙어 있었다. 번득이는 세 쌍의 눈들 속에서 첫술을 뜨니 목이 막혀 숨이 잘 쉬어지지 않았다.

반지를 흘끗 바라본 아버지가 입을 열었다.

"넌, 그런 비싼 반지를 함부로 가지고 다니다 잃어버리면 어쩌려고 그러냐."

반찬 대신 물로 애써 밥을 넘기고, 송아는 고민 끝에 입을 뗐다.

"잘 가지고 다닐게요. 잃어버리더라도 리포트 넘버라고, 다이아몬드 측면에 일련번호가 있어서, 누가 함부로 팔거나 하면 신고가 들어가요. 커팅도 특별한 거라 누가 봐도 알아보는 물건이고요."

"하!" 조소를 뱉은 난정이가 입을 비죽대며 어머니를 향해 말했다.

"엄마, 쟤 엄마한테 경고하는 거야. 갖다 팔면 경찰서 끌려간다고."

"싸가지 없는 년! 제 어미한테."

두 번째 밥숟갈을 떴지만 도저히 목으로 넘어갈 것 같지 않았다. 슬프게도 난정이의 말이 전혀 틀린 건 아니었다. 반지를 훔치도록 방치해서 어머니를 경찰서에 들락거리게 하는 불상사만큼은 경험하고 싶지 않았다.

"결혼반지까지 받았으니, 결혼만 하면 되겠네. 황진헌네 집에 인사는 갔나? 날짜는 언제로 한대?"

난정이가 조롱 섞인 목소리로 자신만만하게 물었다. 송아를 불러들인 오늘의 목적은 이거였다. 송아는 대꾸 대신 맨정신인 아버지께 말씀을 드렸다.

"아버지, 저 독립하게 해 주세요. 부탁드릴게요."

그러나 아버지의 대답은 벽을 마주한 것같이 답답했다.

"그 얘기는 끝났지 않니. 결혼을 하면 모를까. 정 그러면 데려와. 와서 보고 결혼을 시켜도 좋을지 말지……."

난정이는 코웃음을 치며 아버지의 말을 끊었다.

"그런 대단한 부자가 퍽이나 결혼을 생각하며 만나겠어요. 쟤도 그거 알고 만나는 거예요. 아빠도 짐작하시면서?"

아버지는 "흐흐흡!" 곤란한 듯 숨을 들이켰다. 대단한 사윗감이라 생각하면 아까웠고, 차라리 딴 데 시집보낼 때 흠집이나 낼 인사라 생각하면 당장 치워야겠다, 싶으면서도 인물이 아깝긴 아깝다.

송아는 입에 넣지 못한 두 번째 숟갈을 국그릇에 걸쳐 놓고 마음을 단단히 먹었다.

"그 사람 만난 지 겨우 한 달이에요. 벌써 이런 거 받은 것도 과분한데 결혼 얘기, 너무 빨라요. 서로 알아보고 적어도 일이 년은 사귀어 본 다음에 평생을 함께할지 말지 결정할 거예요."

"그럼 더 얘기할 것 없다. 집에 있으면서 만나. 누가 못 만나게 하디?"

"아버지!"

"그저 기회만 있으면 집에서 빠져나갈 궁리만! 일 핑계 대지 마라. 어머니나 난정이 핑계도 댈 것 없어. 네가 언제 한 번이라도 네 어머니에게 마음 열어 봤니? 너도 노력이란 걸 해 봐야 할 것 아냐!"

노력. 노력이라. 어떤 게 도대체 노력일까.

송아는 아연해져 다시 밥숟갈을 들지 못했다. 아버지의 훈계는 계속되었다.

"너! 항상 잘난 척 눈을 치뜨며 너희 어머니 속 긁지 않니? 피가 섞인 나도 잘난 척 바른말만 하며 가르치려는 널 보면 속이 뒤집어진다. 너는 개똥같이 알아도, 이 사람도 너한테 한다고 했어! 너도 가족이 되려는 노력을 좀 해야지!"

가족이 되려는 노력. 안됐지만 아버지가 꿈꾸는 세상을 더 지켜 드릴 기력이 없었다. 보고 싶은 것만 보시고, 보이는 대로만 믿으시는 아버지를 더 이상 납득시킬 수 없었다.

송아는 결심을 하듯 입을 열려 했다. 그러나 난정이가 톡, 끼어들며 다시 진헌을 끌어들였다.

"그러지 마시고 이 기회에 오라고 하세요. 결혼을 시키든 안 시키든 다들 황진헌, 보고들 싶으시잖아요."

너무나 노골적인 의도에 송아가 버럭 화를 냈다.

"그 사람 끌어들이지 마. 이제 시작 단계라니까 무슨 결혼이야?"

그러나 난정이는 대답 대신 아버지를 자극하기 시작했다.

"그 남자, 송아 좋아 죽어요. 쟤는 나중에 결혼을 하네, 마네 하지만 그건 애 생각이고요. 만날 야근이니 뭐니 하면서 새벽에 들어오는데, 그 남자가 가만히 놔두겠어?"

"야!"

아버지의 눈빛이 불안으로 흐트러졌다. 어머니의 눈빛은 조롱과 조소로 가득했다.

"쟤 똑똑한 척해도 금방 넘어가요. 몇 번 자다가 흥미 떨어지면 결혼 말도 쏙 들어갈 텐데. 좋아 죽는다고 할 때 다짐이라도 받아놓으셔야 나중에 위자료라도 챙기지."

"문난정!"

그러나 난정이는 말을 그치지 않고 더욱 빠르게 내뱉었다.

"그래, 금송아. 그 남자가 너랑 결혼한대? 안 한대지? 그런데 반지 같은 건 왜 줬대?"

"내 일은 내가 알아서 해! 왜 자꾸 그 사람 끌어들여?"

"자신 있으면 아버지한테 보여 드려. 안심시켜 드리고 당당하게 만나. 결혼을 하든 말든. 나중에 또 너희 엄마처럼 배부터 불러 와서 집안 망신시키지 말고."

어머니도 거들었다.

"그래, 궁금하구나. 얼굴이나 봅시다. 아무리 결혼 생각 없이 만난다고, 인사 오기도 싫다니?"

"아직 결혼 말할 단계 아니라니까요?"

"설마, 선물로 보석이라도 들고 오랄까 봐. 웃긴다, 애. 얼굴이나 보자는데, 사위 아니라 남자 친구래도, 얼굴 한번 못 본대요?"

"그래, 얼굴 한번 보자는 거 흉 아냐."

난정이가 승리의 미소를 짙게 내뿜으며 송아를 노려봤다. 결국 아버지가 나섰다.

"데려와라! 말 들어 보니 한번 봐야겠다. 돈이 넘쳐흘러 세상 무서울 것 없는 놈이, 네 몸만 버려 놓을 심산으로 만나는 거라면 나부터 반대다!"

"그 사람 안 와요! 그만두세요."

그러나 난정이가 또 나섰다.

"금송아가 연락 안 하면 내가 할게. 나 황진헌 연락처 알아요. 명함 받았어!"

결국, 난정이와 어머니는 아버지를 흔드는 데 성공했다. 독립은 커녕 덤터기만 뒤집어쓴 송아의 머리가 새하얘졌다.

황진헌이 집 안에 들어서는 광경은 매우 비현실적이었다. 〈화이트 웨딩〉에 꽃다발을 들고 왔을 때조차, 지금에 비할 수가 없다. 둘만 있을 땐 모르겠더니, 아니 단풍나무 거리에 있던 황진헌의 그림은 어울렸지만, 송아네 동네를 밟은 광경은 기이하도록 이질적이었다.

주택가 좁은 골목에 작은 소란이 일었다. 아버지는 퇴직을 하시며 일찌감치 차를 정리했었다. 그러니 송아네 집 앞은 이놈 저놈이

대 놓은 차들로 항상 꽉 들어차 있었지만 오늘은 아버지가 나서며 골목을 말끔히 비워 놓으셨다.

"아, 동네 사람끼리 아는 처지에 차 좀 세우면 어때서."

"오늘은 우리 송아 보러 온 손님 때문에 안 돼. 어여, 어여 차 빼!"

아버지의 얼굴엔 오랜만에 웃음꽃이 피었다. 오란다고 올까, 싶기도 하지만 온댔으니 오겠지. 그러다가도 TV에도 나오는 그렇게 큰 회사 대표가 우리 딸내미를 달라고 내게 고개를 숙일까, 걱정된다. 그러면서도 큰 비를 들고 비질 자국이 얌전하도록 마당을 싹싹 쓸었다.

가지치기를 하지 않은 나무들이 을씨년스럽다. 약을 친 지도, 정원에 꽃을 심은 것도 언제인지 가물가물하다. 송아 엄마에게서 받은 돈을 보태 마련하며, 정말로 단란한 가정을 만들자 다짐했던 집인데. 정신을 차리고 보니 귀신이 나올 것처럼 황폐해져 버렸다.

"옷 입으세요. 온대요."

현관에서 고개를 내밀고 부르는 송아를 보며, 아버지는 "그래." 하고 돌아섰다. 땀에 젖은 러닝셔츠에 더러운 손을 쓱쓱 문질러 닦고 들어서며 새 옷을 입기 위해 벗어 올린다.

송아는 [5분 뒤 도착 예정입니다.] 문자를 보며 한숨을 쩍 내쉬었다. 난정이를 붙들고 늘어지며 말렸지만, 요 계집애는 결국 문자를 해 버렸다.

"너, 일부러 분란 일으켜 헤어지게 하려고 그러니?"

속엣말을 뱉으니,

"요 정도로 헤어질 거 같으면 네 짝 아니야. 이 기회에 일찌감치 정리하셔!"

고소하단 듯 혀를 쏙 내밀고 2층으로 올라갔다.

[난정이 문자 무시하세요.] 바삐 메시지를 보냈지만 요란하게 울린 휴대전화는 난정이의 것이었다.

"오셔야 형부가 될지 말지를 판단하죠. 네, 오시라고요. 시간은…… 네. 좋아요. 두 손은 무겁게! 선물 잔뜩 싸 들고 오시는 것 잊지 마시고요. 네, 비싼 거요. 갈비, 꽃등심 다 받아요."

"야!"

서둘러 2층으로 뛰어 전화를 빼앗아 들었지만 이미 끊어져 있었다. 전화를 다시 해서 해명을 했다.

"오실 필요 없……"

그러나 황진헌은 흔쾌히 답했었다.

— 갈게. 나도 금송아가 어떻게 사는지 정말 궁금해.

골목을 서성이는데 낯선 엔진 소리가 울렸다. 송아는 슬리퍼를 끌고 골목 밖으로까지 나가 목을 빼고 둘러봤다. 골목이 꽤 넓은 줄 알았는데, 차 한 대가 지나치기 힘들어 백미러를 접었다, 폈다 아슬아슬 그의 차가 들어섰다.

"여기요!"

그러나 운전석에는 그의 기사가 앉아 있었다.

차 문이 열리며 그가 뒷자리에서 나왔다. 간신히 빠져나온 차는 송아의 집 앞 골목에 엉덩이를 들이밀었다. 좁은 공간을 게처럼 옆으로 다니게 하는 게 민망했다.

"좀 좁죠?"

그러나 싹 빠져나온 그는 상기된 채 주변을 둘러보았다. 이 동네에선 절대 볼 수 없는 값비싼 차종과 이곳 풍경이 너무나 어울리지 않았다.

"와, 근사한 동네에 사는구나. 이런 데 산 지는 얼마나 되었어?"

그리고 이렇게 멋진 슈트를 잘 차려입은 그도.

오늘따라 더욱 훤칠한 그를 보고 송아는 샐쭉 웃었다. 주변은 높아 봐야 삼층집이고, 대부분 단층이나 2층인 오래된 주택가다. 그는 앞집 마당에서 비어져 나온 장미 넝쿨이 마음에 든 것 같았다. 잘 가꿔진 정원을 담장 위로 흘끗 넘어다보며 벽돌에 붙은 담쟁이덩굴을 신기하단 듯 손가락으로 싹 훑었다.

"중학생 때부터요."

"부럽다. 좋은 동네 사네. 골목골목 친구들도 많을 거 같아. 지난번 친구들도 요 근처 사는 동네 친구들인가?"

마지못해 고개를 끄덕이니 그가 씩 웃었다.

"이렇게 좋은 데 살면서 왜 독립은 한다고 그래?"

슬쩍 웃으며 그의 기사에게 눈짓을 했다. 어렵사리 좁은 곳에 차를 댄 그의 기사가 트렁크에서 뭔가를 잔뜩 꺼냈다. 그 역시 큰 짐을 들고 게처럼 옆으로 빠져나오는 게 미안해 눈짓으로 인사했다.

"들어오세요."

문을 여니 새삼 부끄러웠다. 송아네 대문은 칠은커녕 녹이 잔뜩 슬어 손댈 곳 없이 구멍이 숭숭 뚫려 있었다. 그의 표정이 미세하게 흔들렸다. 알 만해서 그에게 변명했다.

"모든 아버지들이 정원을 꾸미는 데 소질이 있으신 건 아녜요."

꽃나무가 무성했던 앞집 정원과 유사한 분위기를 기대했을 텐데. 같은 건축업자가 지은 쌍둥이 집이지만 오랜 세월 방치되니 딴 집이 되었다. 오늘 정리했대도, 죽은 나무를 치우지 못해 둥치들과 정리하지 못한 빈 화분들, 말라비틀어진 흙더미가 흉흉했다.

"하하, 그렇군. 이해해."

그는 애써 표정을 정리하며 현관을 밟았다. 잘 닦인 말끔한 가죽 구두가 계단을 밟으니 또 아차 싶다. 평소에는 신경 쓰지 않았는데, 이렇게 보니 구석구석 깨져 문드러진 곳이 눈에 띈다. 서둘러 현관 비밀번호를 누르며, "아버지!" 작게 소리쳤다.

"아이고, 어서 오십시오.", "어서 와요."

그래도 실내는 몇 년 전 인테리어를 해서 봐 줄 만했다. 말끔한 외출복을 입으신 아버지 어머니가 현관으로 나오셨다. 난정이조차도 단정한 옷으로 차려입고 고개를 까닥, 했다. 그도 신을 벗으며 정중히 인사하고 들어섰다.

"안녕하십니까. 황진헌이라고 합니다."

송아마저 들어서니 그의 기사가 커다란 짐을 내려놓기 시작했다. 현관이 좁단 생각은 한 번도 안 해 봤는데. 그가 내려놓은 짐이 들어차니, 발 디딜 곳 없이 왜소해 보였다.

"아이, 뭘 이런 걸 다……."

과일 바구니, 떡 바구니, 고기 꾸러미가 수북했다. 어머니는 대놓고 반기시며 박스들을 집어 드셨다. 다섯 명의 발과 짐이 들어차니, 더 이상 공간이 없기도 했다. 부엌에는 송아가 준비한 몇 가지 음식이 차려져 있었다. 간단히 차를 마시고 식사를 대접할 생각이었지만 너무 약소해 괜히 준비했단 생각마저 든다.

"아, 앉아요.", "네."

그의 기사가 나가고, 겨우 한 사람이 더해졌을 뿐인데 이상하게 모든 데가 좁아졌다. 소파는 물론 다 같이 앉을 수 없고, 다섯이 둘러앉으려니 방석을 놓을 공간도 부족하다. 진헌은 호기심 어린 눈으로 집 안을 둘러보았다. 아무리 손봤대도 여전한 구식. 천장까지 나무로 둘러쳐진 80년대 식 인테리어가 그에겐 신기한 것 같다.

"아이, 우리 집이 좀 좁아서……."

어머니는 샐쭉 웃으며 찻상을 들이밀었다. 송아도 우려낸 찻주전자와 찻잔을 함께 차렸다. 평소엔 잘 쓰이지 않는 어머니의 고급 찻잔이 오랜만에 세상 빛을 보았다.

"아닙니다. 아담해서 오히려 아늑하고 좋습니다."

자리가 불편하지요, 말씀 놓으십시오, 이거 원, 그럼세, 몇 차례 의미 없는 대화들이 오갔다. 회사 얘기까지 나와 그가 명함을 드리며 다시 인사하니,

"이렇게 큰 회사 대표……인데, 우리는 이렇게 살아요."

아버지는 헛웃음 치며 차가 뜨거운데, 하는 허튼소리로 입맛을 다셨다.

그의 몸가짐에는 훌륭하게 교육받고 잘 자란 태가 역력했다. 그는 권하는 찻잔을 들어 자연스럽게 마셨다. 자연스럽지 않은 것은 오히려 아버지와 송아 쪽. 어머니는 이것저것이 다 못마땅한 듯 "흐음!" 한숨을 내쉬며 입을 비쭉이셨고, 난정이는 이 상황이 신기한 듯 비웃음을 문 채 모두를 객처럼 구경했다.

"송아, 책임지실 생각은 있어서 사귀시는 거예요?"

아버지조차 차마 묻지 못하는 질문을 톡, 꺼내기도 하면서.

아귀가 맞지 않은 채 헛소리만 돌던 분위기 속에서 아버지가 정말로 궁금하단 표정을 지으셨다. "얘!" 송아가 놀라 말렸지만 그는 여유 있게 웃었다.

"언니라고 한 번도 안 부르네요. 언니라고 들었는데."

난정이가 인상을 쓰며 입을 비쭉였다.

"자기 엄마 얘기도 해요? 출생의 비밀?"

"네, 돌아가신 친어머니 성을 유지하고 싶어 혼자 금송아가 되었다는 이야기까지 다 들었습니다."

"흥!" 난정이는 입술을 뒤틀었고, "허허." 어머니는 코웃음을 치셨다. 말없이 입가를 쓱쓱 문지르는 건 아버지뿐. 진헌은 뒤늦은 답을 했다.

"송아의 인생을 책임지겠느냐 묻는 거라면 전 그럴 수 없습니다. 송아의 인생은 송아 스스로의 것이니까요."

찬물을 끼얹은 듯 일순 침묵이 돌았다. 그의 이야기는 계속되었다.

"다만 저는 곁에서 버팀목이 되고 친구가 되어 줄 겁니다. 그것만은 변치 않을 진심입니다."

"후우." 하는 아버지의 한숨. 그러나 그는 단정히 무릎을 꿇어 고쳐 앉았다.

"가벼운 마음으로 송아 만나는 거 아닙니다. 서로 알아 가는 단계고 이제부터 맞춰 가야 할 것도 많을 것 같습니다. 섣부른 약속을 드릴 순 없지만 책임감을 갖고 만나 보겠습니다. 교제할 수 있게 허락해 주십시오."

무릎을 꿇은 채 아버지 앞에서 고개를 숙이는 그가 송아는 갑자기 낯설어졌다. 저 사람이 정말 내가 사귀려던 사람인가.

가슴이 먹먹하다. 언제나 외롭다고만 생각했는데. 항상 장난이라 여기며 그를 믿을 수 없다 생각했는데. 이 자리를 만든 난정이가 정말 미웠는데. 울음이 와락 오를 정도로 그가 커 보였다. 고개를 숙이느라 바닥을 짚은 손을 끌어다 꼭 잡아 주고 싶다.

아버지도 마른침을 삼키고 말을 고르다 천천히 답하셨다.

"후우, 나중에 꼭 결혼을 하겠느니 어쩌니 하는 말보단 믿음이 가는구만. 내가 변변치 못해 잘해 준 게 없네. 우리 송아, 잘 부탁하네."

그는 곧바로 답하지 않았다. 실은, 어머니의 답을 기다리고 있었다. 그러나 팔짱을 낀 어머니는 끝끝내 말씀이 없으셨다. 빈말이라도 한마디 해 주시지, 송아는 모로 고개를 돌린 어머니를 쓸쓸히 바라보다, 기다리다 못해 그를 잡아 일으켰다.

"이제 그만 식사하시죠?"

결국 분위기를 전환했다. 난정이도 합세했다.

"고기 구워 먹자? 아까 보니까 고기 있던데."

그러나 어머니는 뾰족한 표정으로 내내 입을 열지 않으신다.

"찬이 변변찮은데, 들어온 고기 구워서 함께 먹을까 봐요."

송아가 얼굴을 붉히며 한 번 더 여쭸다. "흐흠!" 한숨을 들이켜신 어머니는 마지못해 입을 여셨다.

"불고기 사 왔잖아."

"안 하던 불고기 양념을 했더니, 맛있을지 자신이 없어서요. 좋은 고기 같던데."

그래도 손님이 왔으니 나서서 함께 상을 차려 주시면 정말 좋을 텐데. 눈치를 보니 어머니가 쌀쌀히 답하셨다.

"네 맘대로 하려무나."

결국 송아가 스스로 일어섰다. 나중에 먹게 손대지 말란 뜻인 줄 알아듣고서도 모른 체했다.

"상 차릴게요. 잠시만 계세요."

그러나 잠자코 있던 진헌이 팔을 슬쩍 붙든다.

"아버님, 집 구경 좀 해도 되겠습니까."

"그, 그러게."

별생각 없이 허를 찔린 아버지의 답은 선선히 나왔지만 당황한 쪽은 어머니와 난정이였다.

"송아야, 네 방 좀 보여 줘."

진헌의 천진한 표정에 송아는 더욱 기겁했다. 너무나 당황하여 "네?" 침을 꼴깍 삼키며 되물었다. 아, 맞아. 왜 이 생각을 못 했지?

"방을 못 치웠어요. 그냥 식사하세요."

흐트러진 표정을 추스르며 말렸지만 그가 꿇었던 무릎을 펴고 일어섰다.

"더 좋지. 진짜로 어떻게 사는지 볼 수 있으니."

"지저분하다니까요. 오늘은 그냥 식사만 하세요."

그러나 그는 아랑곳 않고 다시 아버지에게 요청했다. 그의 눈매에 호기심이 다글다글했다.

"사실 가족들도 궁금했지만 가장 궁금한 건 송아 방이었습니다."

뒤늦게 깨달은 아버지가, "저, 수리를 한 지가 오래되어 놔서 실은, 보여 주기가 좀……." 하며 겸연쩍어하셨다.

그때 눈치 빠른 난정이가 나섰다.

"2층으로 오세요!"

무슨 소리니, 송아가 눈짓을 했지만 난정이는 아랑곳 않았다. "내가 올라가서 대강 정리할 테니 천천히 올라와." 포석을 단단히 깔아 놓은 때문에 어쩌지도 못하고 얼어붙었다.

견디다 못했는지, 어머니는 "상은 네가 차리렴. 나는 골이 울려서." 하시며 안방으로 들어가려 하셨다. 아버지는 갑자기 소리를

269

버럭 치셨다.

"사람 불러 놓고, 다리 뻗치고 자리에 누워 있게? 어째 여태 안 아프던 머리가 갑자기 왜 아파?"

깜짝 놀라 송아가 "아버지! 제가 하면 돼요." 말리는데, 진헌이 빙그레 웃으며 말을 더했다.

"그냥 밥에 찬 두어 가지면 잘 먹습니다. 오늘은 어머니가 차려 주시는 밥이 먹고 싶습니다."

능청스레 웃는 얼굴에 어머니는 거친 숨만 쌕쌕 내쉬셨다. 그는 눈치 없는 어린애인 양 한결같이 졸랐다.

"송아야, 좀 구경시켜 줘."

아닌 게 아니라 송아도 자리보전을 하고 싶은 기분이 들었지만 마지못해 난정이가 꾸민 일에 맞장구를 치기로 했다. 여럿의 낯빛이 까맣게 타들어 가는 가운데 진헌만이 즐거웠다.

"1층엔 방이 둘뿐인가요?"

하는 수 없이 일어서며 소개에 나섰다. 오랜만에 여는 안방 문이 어색했지만 슬쩍 열어젖혔다.

"여기는 어머니 아버지가 쓰시는 침실이고요. 여긴 화장실, 이 쪽은 아버지 서재."

"와, 책이 정말 많으시네."

중앙의 커다란 책상과 창틀 일부를 빼고는 사면이 거의 책장으로 꽉 찼다. 책장에 미처 자리를 잡지 못한 책들은 가로로 잔뜩 쌓여 있다.

"국문학을 전공하셔서, 소설류가 많죠."

"아하, 그래서 송아도 영향을 받아 기자가 되었구나."

"지금은 퇴직하셨지만 아버지도 한때……."

어색해서 땀이 바싹바싹 났다. 그는 신기한 듯 주변을 둘러보았다. 담배 냄새가 가득 밴 곳에서 책을 한 권 뽑아 들다가, 손을 더럽히기도 했다. 새카매진 그의 손가락들이 민망해 얼른 티슈를 뽑아 주었다.

"자주 읽지 않으시는 책엔 아무래도 먼지가……."

2층으로 올라서는 발걸음엔 자신감이 완전히 사라져 있었다. 그가 지나치는 문 하나를 가리켰다.

"여긴 왜 안 봐?"

그를 기다리던 난정이가 계단 아래로 고개를 내밀었다.

"거긴 셋집이에요. 밖으로 다니도록 통로는 따로 뺐고요."

"그런가요?"

그는 즐겁게 계단을 두어 개 더 밟아 올라섰다. 환한 중창 양옆으로 난정이가 쓰는 두 방문이 나란히 열려 있었다. 난정이가 먼저 나서 소개했다.

"이쪽은 화장실, 여기는 옷방이고요. 자잘한 소품들도 돼요."

난정이의 옷과 모자, 핸드백, 구두, 화장품 등이 발 디딜 틈 없이 빼곡했다. 송아도 거의 들어오지 않는 곳이라 얌전히 침을 삼키며 난정이가 하는 대로 내버려 뒀다. 그가 주었던 네이비 드레스가 바깥에 걸려 있고, 서랍장을 겸한 액세서리 테이블 위에는 그가 준 목걸이와 귀걸이가 상자에서 오픈된 채 전시되어 있었다.

"어디서 많이 보던 거네?"

그가 흐뭇하게 웃었다. 오픈된 옷장의 옷들을 쓱 둘러보곤 레이스 자락 하나를 악수하듯 흔든다.

"거의 같이 입어요. 그래서 좀 잘 싸우기도 하죠."

난정이가 먼저 나섰고, 그도 고개를 끄덕였다.

"아니, 이렇게 예쁜 옷들이 많은데 왜 볼 때마다 시커먼 옷이야? 꼭 장례식장 직원같이."

난정이가 "크흐흐!" 웃었다. 그러곤 뭐라 말을 더하려다 꿀꺽 삼킨다. 송아는 잠깐 난정이를 흘겼다. 난정이의 취향은 블링블링해서, 송아와는 전혀 다르다.

"아무 때나 인터뷰 나갈 수 있게 전투복처럼 입는 거죠. 뭐가 묻어도 태 안 나고, 편하고 실용적이니까."

그가 이해가 가지 않는다는 듯 미간을 찌푸리며 고개를 갸웃하는 통에, 송아는 침을 꼴깍 삼켰다. 이 사람이 눈치가 빠르다는 게 너무 힘이 들었다.

"출……근할 때만요. 물론 평소엔 저도 안 그러죠."

오른쪽 입꼬리를 올리지 않으려 무진 애를 썼다. 낯선 장소에 시선을 빼앗긴 진헌은 다행히 구경에만 열중했다.

"여기는 두 자매의 방?"

"네."

자신 있게 난정이가 답할 때 송아는 찬찬히 숨을 들이마셨다.

"음, 어떻게 각자 하나씩 안 쓰고 이렇게들 쓰고 있네?"

"저쪽이 너무 좁잖아요."

말은 어떻게 이어 붙여도 싱글 침대가 하나뿐인 건 어쩌지 못했다. 송아가 전에 쓰던 작은 옷방과 달리 난정이 방엔 예쁜 야외 테라스가 딸려 있었다. 볕이 잘 드는 창가엔 티 테이블, 넉넉한 공간엔 책상과 피아노가, 한쪽 구석엔 침대가 놓여 있다.

그가 흥미 있다는 듯 피아노를 가리켰다.

"잘 쳐?"

숨을 찬찬히 내쉬며 송아는 고개를 저었다.

"못 쳐요. 난정이가 잘 쳐요."

그는 아쉽다는 듯 입맛을 다셨다.

"한번 쳐 보라고 하고 싶은데."

난정이가 선수를 쳤다.

"전 사전 준비 된 완벽한 연주가 아니라면 사양입니다?"

그가 돌아서다 말고 손가락을 까닥이며 싱글 침대를 가리켰다. 이제나저제나 준비를 하고 있던 송아가 여유 있게 답했다.

"전 침대를 싫어해요. 어려서부터 요를 깔고 바닥에서 자던 습관이 있어서. 침대에서 자면 허리가 아파요."

"뭐?"

그가 충격을 받듯 어리둥절하자, 난정이도 맞장구를 쳐 줬다.

"네, 다 커서 만났으니 어려서부터 밴 습관은 다르죠. 실은 방금 이불 개러 올라왔어요."

그가 눈을 크게 뜨며 신기하단 듯 심각하게 답했다.

"나는 바닥에서 한 번 잤다가 죽을 뻔했는데. 이거, 금송아랑 맞추려면 큰일 났군."

그가 걱정하는 걸 깨달은 송아는 "그만 떠들어요." 그의 등을 툭 때렸다. 그가 "하하." 웃으며 답했다.

"아니, 이게 얼마나 심각한 문제인데 그렇게 쉽게 말해? 이래서 사소한 습관까지 미리……."

할 때 송아는 그의 입을 틀어막았다.

"동생 앞에서 별소릴 다 하세요!"

공포의 집 구경은 무사히 끝이 났다. 어머니는 송아가 재 놓은 불고기와 함께 그가 사 온 등심을 구워 놓으셨다. 삼색 나물과 잡채, 호박전, 김치, 뭇국, 고기 두 가지. 별것 없지만 부엌 식탁이 가득 차도록 차린 밥상에 그를 앉히는 게 뿌듯했다. 어디서 가져온 짝 안 맞는 의자가 하나 더 놓였더라도 5인 상이 썩 그럴듯했다.

"고기 맛있네. 많이 들어요."

"불고기 말고 등심 드세요."

"아니, 난 네가 만들었다는 거 먹을래, 맛있다."

식탁 위 공기가 한결 부드러워졌다. 고기를 굽는 통에 환기가 잘되지 않아 조금 부끄러웠지만 집을 싹 보여 주고 나니 마음이 한결 좋았다.

"꽃등심 받는댔더니 정말 사 오셨네요?"

"그럼요. 미래 형부로 받을지 말지를 결정한다는데, 몇 번이라도 사 와야지요."

"아이, 더 비싼 거 부를걸."

난정이의 볼멘소리 뒤로 하하하, 웃음들이 더해졌다. 엄마와 아버지가 결혼하지 못한 사연이 어쨌든 그에게 잘 자란 괜찮은 여자로 보이는 게 뿌듯했다. 문득 엄마에게 고마운 마음이 들었다.

이래서 엄마가 가족을 꼭 만들어야 한다고 그랬구나.

"후드가 영 시원찮아서. 좀 쌀쌀해도 창을 열까 봐요."

어머니가 골을 누르며 말씀하자, 근처에 계신 아버지가 일어났다.

"골치 아프다며. 당신도 상 차리느라 수고했어."

"네, 감사합니다. 맛있게 먹고 있습니다."

진헌이 넉살 좋게 답했다. 그러나 그때였다.

아버지가 창을 연 순간, 느닷없이 바람이 휙 불어왔다. 끼이익, 하는 소음과 함께 송아의 방문이 비명을 지른다. 관심을 두지 않던 그가 흘깃 바라보며 물었다.

"아, 저긴 구경을 못 했네요."

"아, 거긴! 창고예요. 더러운 것만 잔뜩 쌓여 있는데, 보여 주기 창피해서."

어머니가 목소리를 높이셨다. 송아는 등이 저릿해서 얼른 일어 났다.

"손잡이가 빠져서 잘 그래요. 어서 드세요."

하는데, 그가 재빨리 일어나 팔을 뻗었다.

"아냐, 먹어. 내가 닫을게."

그러나 장난처럼 바람이 한 점 더 휘이이, 크게 불어왔다. 끼이 익, 소리와 함께 그가 손잡이를 놓쳤다. 곧 '쾅!' 하는 굉음과 함 께 문손잡이가 옷걸이의 모서리에 부딪쳤다.

말릴 새도 없이 그가 방 안 풍경을 눈에 담아 버렸다. 아, 난 몰 라!

바람이 휘이이, 부는 속에서 문은 두어 번 더 쿵, 쿵, 모서리에 몸을 부딪쳤다. 그는 문이 여닫히는 대로 말뚝처럼 서서 방 안을 들여다보고 있었다. 송아는 눈을 감아 버렸다. 차라리 더러운 속옷 안자락을 들키더라도 이것보다 부끄러울 수는 없다.

"어째, 기자님 방에 보석 책이 한 권도 없더라니……."

책꽂이에 찬찬히 넣어 보는 게 소원이던 책들이 베개 근처에 가 로로 잔뜩 쌓여 있었다.

"참 많이도 공부하긴 했는데. 자다가 몸부림 한 번 잘못 쳤다간 즉사하겠다."

그는 "흐음!" 하며 길게 숨을 들이마셨다. 갑자기 허를 찔린 가 족들은 한마디도 하지 못한 채 그의 등만을 바라보았다.

그가 송아의 방으로 한 발 내디뎠다. 확인이라도 하듯 책의 아슬아슬해 보이는 밑동을 툭, 건드리니 수십여 권의 책이 와르르 쏟아졌다.

"제가 게을러서, 정리를 못 해서 그래요."

서둘러 정신을 수습한 송아가 그를 밀어젖히며 손목을 잡아끌었다. 그는 무서우리만치 무표정한 얼굴로 그녀의 손목을 탁, 쳐 냈다. 그가 손으로 벽을 통통, 두드렸다.

"내벽은 못 하나 박을 수도 없는 헛벽이고. 사방이 더 둘 데 없이 짐으로 꽉 들어찼는데, 이 좁은 데서 무슨 정리를 어떻게 더 해. 옷이…… 이것들뿐인가. 이러니 매일 장례식장 직원이지."

송아는 그의 손목을 다시 잡아끌었다.

"나와요, 아까 본 옷방에 웬만한 것들은 다 있어요."

그는 곧 울음을 터뜨릴 것 같은 괴로운 표정을 하며 목소리를 가다듬었다.

"너, 그런 거짓말이…… 지금 내 귀에 들어올 거라 생각하니?"

그가 한 발 더 내디딜 때 송아는 같이 울고 싶어졌다. 평소엔 신경도 쓰지 않던 낡은 장식장이 그의 눈에 띄었다. 그가 옆으로 슥, 밀어 치웠다.

"밟지 마세요. 발 젖어요."

하지만 이미 밟아 버렸다. 갈라진 외벽 틈으로 얄궂게도 물이 스며들어 와 있었다. 큰비가 아니라면 이렇게까지 젖지는 않는데. 이상하게도 부끄러운 모든 게 한꺼번에 그의 눈에 들키고 만다.

"야…… 벽에 구멍이 났네. 겨울에 되게 추웠겠다. 그리고 이 곰팡이, 여자 방이……."

"창틀이 약간, 벌어진 것뿐이에요. 곧 수리할 거예요."

그는 송아의 팔을 탁, 쳐 내며 구석의 사물함들과 짐들을 와르르 무너뜨렸다. 2단으로 빽빽이 채워진 옷들 안쪽까지.

"너, 이런 데서 매일 잠을 잤니?"

온통 시커멓게 꽃핀 벽과 훅, 끼치는 익숙하고도 진한 냄새.

"……."

너무나 창피해서 눈을 감아 버렸다.

"그래, 까만 옷이 실용적이겠구나. 이런 침대라면…… 허리가 안 아플 수가 없겠고."

그는 엉덩이 부분이 푹 꺼진 침대를 손으로 쿡쿡 눌렀다.

더 이상 그를 말리고 싶지 않아져 송아는 식탁의 자리로 돌아왔다. 모두들 얼어붙어 있는데, 그도 자기 자리를 찾았다. 눈앞의 물잔을 조용히 집어 꿀꺽꿀꺽, 천천히 비워 낸 그는 탁, 소리 나게 유리잔을 놓았다.

"죄송한데…… 밥은…… 후우! 도저히 더 못 먹겠습니다."

모두들 차마 입을 떼지 못했다. 그러나 어머니만은 빠르게 정신을 차리고 태연히 얼굴색을 굳혔다.

"그러시구려."

그러나 서둘러 정리를 하려 일어나시는 어머니에게, 그는 곧바로 답했다.

"창고방은 정말 보여 주기 창피하셨겠네요. 송아의 짐이 '더러운 것'이니까. 그래서 더러운 것만 잔뜩 쌓여 있다고 하셨습니까."

"그만하게!"

아버지도 치부를 들킨 걸 크게 노여워하셨다. 진헌은 아버지에게도 한 말씀을 드렸다.

"아버님, 송아 낳아서 키워 주신 것 감사합니다."

"이봐……."

"송아가 문송아가 아니라 금송아인 것. 네, 그럴 수 있다고 생각했습니다. 송아가 왜 독립을 저렇게 간절히 원하나, 궁금했었습니다. 힘들다고 엄살 부리고 하는 타입 아니라서……."

"이봐! 누구나 말 못 할 사정이라는 게 있네."

"그래요! 우리도 쟤 처음에 올 때 방 해 줬어. 우리 난정이 맞은 편 방! 줬는데 지가 싫다고 이리로 온 거야! 난정이랑 싸우고서!"

어머니가 억울하단 듯 소리치셨다.

"불편해하면 1층에도 방이 있지 않습니까."

"책이 좀 많아요? 그 책을 어떻게 다 옮겨? 저 책들이 그 쪼그만 방에 다 들어가기나 해?"

"새카만 먼지가 피어오르도록 펼쳐 보지도 않는 책…… 그 책이 송아보다 소중하시단 겁니까."

"아니, 이 사람이 보자 보자 하니까, 집에 제일 오래 있는 사람이 양지바른 데를 써야지, 만날 나가서 들어오지도 않는 애가 무슨 큰방이 필요하다고!"

"당신, 그만해!"

어머니가 눈을 치뜨며 맞서기 시작하자, 아버지가 크게 고함을 치셨다. 진헌도 결심했다는 듯 말을 꺼냈다.

"송아, 데리고 나가게 해 주십시오. 살 집도 제가, 구해 주겠습니다. 제 집 근처, 회사도 가까운 곳에요."

"아니, 남자 사는 데 코앞에 집을 얻어서……."

절대 굽히지 않을 것이 들어오자, 할 말이 없으신 듯 입을 다무셨던 아버지도 결국 노여워하셨다. 그러나 그는 지지 않고 답했다.

"아버님, 아버님은 그런 것만 걱정되십니까. 여태 저런 데서 지

내게 해 놓고……."

그는 침을 삼키며 다시 말을 이었다.

"가슴도 아프지 않으십니까."

"……."

"저는 불과 얼마 안 된 연인인데도 가슴이 미어집니다. 어떻게! 집 안을 싹 다 뜯어 고친 흔적이 역력한데 송아 방만 저 모양입니까!"

"쟤는 짐이 많아 그랬죠!"

말도 안 되는 억지지만 어머니는 크게 고함을 치셨다. 그는 말이 통하지 않는 어머니 대신 아버지께 고개를 숙였다.

"전! 송아, 하루도 저런 데서 재우기 싫습니다. 당장 병이라도 들까 봐, 저는 하루도 잠을 편히 잘 수가 없을 것 같습니다!"

씩씩 숨을 몰아쉬며 대답 없는 아버지 대신, 어머니가 다급해져 소리치셨다.

"안 돼요! 생활비는 어떡하라고! 이런 식으로 쟤 몸만 쏙 빠져나가면 집안일은 나 몰라라 할 텐데?"

"……!"

그는 믿을 수 없다는 듯 어머니를 바라보았다.

이대로 내보내는 건 뭔가 불리해진다는 불안. 그 본능이 어머니의 생각을 또 180도 바꿔 놓았다.

"월세 몇 푼 빼곤 수입 한 장 없는데. 돈 버는 사람 하나가 쏙 빠져나가 버리면 생활비는 누가 대? 그쪽이 댈래요? 여보! 당신이 뭐라고 좀 해 봐요!"

그는 황당하다는 듯 침을 꼴깍 삼켰다.

"송아는 셋집에 사는 사람보다도 못한 저런 취급을 받고 있는

데…… 그런 송아가 번 돈을 쓰려고 잡으시는 겁니까. 독립을 못하는 이유가 설마, 그거였습니까."

"집마다 말 못 할 사정이라는 게 다 있어요!"

"네! 저희 집도 말 못 할 사정, 있습니다! 저는 부모님 없이 혼자 자라서 너무 외로웠는데, 오히려 외로운 게 낫다는 생각도 처음입니다!"

"하아, 어쩐지 어른 무서운 줄 모르고 본데없더라니. 부모 없이 자란 게 자랑이다, 이거야?"

"네! 가족 전부가 다 적敵 같습니다. 친아버지, 의붓어머니, 이복 자매, 말만 들어도 쉽지 않을 거라 생각은 했습니다만, 이렇게 무서운 건 줄은 눈으로 보고야 알았습니다."

"이봐! 큰 회사 사장이라고 해서 대우해 주니깐 눈에 뵈는 게……!"

"그래도 가족이 없는 것보단 나을 거라 생각했습니다. 아버님 말씀도 일리가 있겠거니, 식구들끼리 사이가 좋기만 한 집이 얼마나 될까, 그럭저럭 잘 지내는 거 보고 어린 여자의 투정이었거니! 착각하고 그냥 일어설 뻔한 제가 부끄럽습니다. 데리고 나가게 해 주십시오!"

"아니, 방 하나 보고 어떻게 다 안다는 듯이 그래?"

"할아버지가 귀에 못이 박히게 말씀하셨습니다. 돈이 무서운 게 아니라, 사람이 무서운 거다, 늘 귓등으로만 들었는데 정말 돈이 아니라 사람이 무섭습니다."

"이 사람이 돈 많다고 말 너무 함부로 하네!"

"데리고 나가게 해 주십시오! 저, 송아, 저 방에서 하루라도 더 지내게 하기 싫습니다!"

"그래도 어떻게 이렇게……!"

하실 말씀을 잃으셨어도 아버지의 의지는 여전했다.

"아버님께 따님은 어차피 한 분뿐이지 않습니까. 드레스룸에 침실에 화장실까지 혼자 쓰는 2층 따님은 공주님인데, 우리 송아는 집안 일구는 노새 같습니다. 아니, 노새도 요즘은 저보단 좋은 대우를 받아요."

"……."

"송아, 제게 주십시오. 아버님께 송아는 동생의 발꿈치만도 못하고, 세 들어 사는 사람보다도 못하고, 보지도 않고 쌓아 두는 낡은 책보다도 못합니다. 여태 이렇게 함부로 하셨으니 저 주십시오! 저는 보석보다 더 귀하게 여기겠습니다."

"안 된다니까, 이봐요!"

크게 얻어맞은 듯 대꾸를 못 하시는 아버지 대신 어머니가 소리치셨다.

"일어나자."

진헌은 결심한 듯 송아를 일으켰다. 손이 거칠게 당겨지자, 송아는 비로소 입을 뗄 기운을 찾았다. 정신없이 오가는 대화 속에서 얼이 쏙 빠져 있었다. 뭐라고 말려야 하는데 할 말이 생각나지 않았다. 내가 왜 저 사람에게 독립 얘기를 꺼내선. 내가 왜 이 사람을 집에 오게 만들어선!

"이, 이런…… 이런 식으로…… 이렇게 뒤집어엎고 나가려고 여태 버틴 거 아녜요."

애써 냉정하게 말하던 그가 버럭 화를 냈다.

"너는 집이 버티는 데니? 내게 집은, 들어가서 쉬는 곳이야! 너한텐 집이 진짜로 전쟁터구나!"

"그, 그래도 이런 식으로, 들어엎고는……."

"아버님이 보내 주십시오. 아직도 남자가 무서워 붙드십니까. 저도 웬만큼 일중독자인데, 송아는 항상 일하는 중입니다. 낮에도 일! 밤에도 일! 주말에도 일! 언제든 일! 왜냐! 회사 책상이 송아의 집이었거든요. 이제야 알겠습니다. 왜 그렇게 연락할 때마다 항상 일하는 중이었는지, 왜 그렇게 회사 일에 목을 맸는지, 송아에게 집을 좀 갖게 해 주십시오!"

아버지는 "어휴……!" 길게 한숨을 쉬곤 비틀거리며 일어나셨다.

"아이, 안 된다고 해요!"

소리치시는 어머니 목소리 새로, 기운 없이 입을 떼셨다.

"데려가요…… 데려가."

"아, 아버지!"

"가거라. 가, 가라……."

비틀거리는 아버지의 등이 한없이 작아 보였다. 하지만 그가 굳세게 잡아끄는 대로 끌려 나올 수밖에 없었다.

10.

뒤바뀐 현실

그의 차 조수석에 강제로 태워졌다. 휴대전화로 무언가 문자를 찍어 보낸 뒤, 그는 잠깐 대기했다. 멍하니 앉아 있던 송아는 퍼뜩 정신을 차렸다.

"나…… 들어갈래."

정신없이 끌려 나와서 그래, 다시 들어가면 돼. 다시 들어가 상황을 잘 정리하면 파국만은 면할 수 있어.

"뭐어?"

그는 황당하단 듯 송아를 바라보았다. 송아는 차 문을 열며 그에게 인사했다.

"이런 식으로 나가려면 벌써 나갔어요. 들어갈래, 가요!"

엄마가 만들어 준 이 집을 지키려 어떻게 참았는데. 이대로 공중분해시킬 순 없어. 엄마가 죽어 가면서까지 만들어 준 이 모든 것들이 다 허물어져 버려!

그러나 그는 팔을 잡아끌며 차 문을 잠갔다. '착' 하는 소음과 함께 차 문이 열리지 않는다. 익숙지 않은 버튼들을 누르며 송아는 화를 버럭 냈다.

"나한테 왜 이래요? 자기 마음대로! 난 안 나갈래. 이대로 나갔다간 영영 끝이야!"

실랑이를 벌이는데 대문이 열렸다. 무언갈 든 난정이가 슬리퍼를 끌고 나왔다. 차창이 열리며 그의 무릎 위로 가방이 툭, 떨어진다. 송아가 물었다.

"이거, 뭐야?"

"이로써 너와의 악연도 끝이구나. 다신 오지 말고?"

비웃음을 문 난정이는 개운하단 듯 말을 뱉었다. 진헌은 눈썹을 날카롭게 세운 채 난정이를 노려보았다.

"아, 어찌나 시원한지. 형부 자격은 충분하네요. 합격입니다?"

"동생 자격 없다는 건 확인한 것 같은데?"

난정이는 빙글빙글 웃으며 매끄럽게 답했다.

"나는 쟤가 내 진짜 언니였단 걸 안 순간부터 동생 아녔어요. 잘 가. 이거 다, 내 덕이다?"

"야!"

송아가 소리치자 난정이는 즐겁게 미소 지으며 훈계했다.

"넌 들러붙는 데 무섭게 소질 있으니, 저 남자에게 잘 들러붙어. 다신 기어 들어오지 말고. 네 방이었던 곳도 곧 내 짐으로 꽉 채워 놓을 거야."

"그러잖아도 헛소리 중이었는데, 잘 일깨워 줘 고맙군."

그가 난정이와 죽을 맞췄다. 난정이는 째액, 웃으며 몸을 돌렸다. 그러곤 잊었다는 듯 고개만 돌리고 소리쳤다.

"손톱 밑에 가시 박아 놓고 혼자 하는 공주 짓도 마냥 즐겁지만은 않았다고 전해 줘요. 이제 공주 짓은 속 편하게 혼자 할 거야. 내 집이고, 내 엄마 아빠야. 잘 가라, 사생아!"

슬리퍼를 찍찍 끌며 들어가는 난정이의 발걸음엔 여유조차 묻어 있었다. 그의 차는 긴 호선을 그리며 골목을 빠져나왔다.

의지와 상관없이 송아는 어디론가 실려 갔다. 한강 변을 끼고 시원하게 달리던 그의 차는 단풍나무 거리로 들어섰다. 차창 밖 풍경을 멀거니 바라보다, 송아는 가슴을 쥐어뜯었다. 울화가 꽉 치민다. 식구들 앞에서 듬직하고 고마웠던 게 바로 좀 전이었는데, 난데없이 이 사달을 만들었다.

분노에 차 그를 노려보았다. 신호에 걸려 잠깐 틈이 난 그도 송아를 바라본다. 맘에 들지 않는다는 듯 눈썹을 세운 건 여전하지만 표정은 한결 부드럽다.

"문난정이 금송아에게 애정이 전혀 없는 건 아니군. 가족들에게 금송아 혼자 바보짓 하는 거로만 봤는데."

"무슨 소리예요?"

"적어도 어머니 같진 않다고."

난정이의 옛말이 뇌리에서 뱅글뱅글 맴돌았다.

'어이, 사생아! 지령 오빠랑 내가 첫날밤을 치른 게…… 네 생일 전일까, 후일까.'

아무리 그래도, 끝을 봤다.

"모든 걸 다 아는 것처럼 말하지 마요. 보이는 게 다는 아니니까."

"보이는 게 다는 아니래도 마음은 늘 빛처럼 쉽게 새 나가지."

그가 차를 주차시킨 뒤 조수석 문을 열어 주었다. 낯선 주차장에 강제로 끌려온 송아도 말이 곱게 나가진 않았다.

"늘 이런 식이죠?"

둘은 주차장과 빌라동을 분리하는 작은 공원으로 들어섰다. 송아는 그의 손에 들린 가방을 획, 빼앗아 들었다.

"뭐든 다 아니까, 뭐든 다 알아서 판단하고, 뭐든 다 자기 멋대로 휘두르고!"

"집에 가자. 가서 싸우자."

빌라에 딸린 곳답지 않게 고즈넉하고 운치 있는 정원조차 화가 치밀었다. 숲길을 연상케 하는 작은 오솔길을 따라 놓여 있는 그림 같은 벤치들. 그와의 격차를 시위하듯 보여 주는 것 같다. 이딴 게 나랑 다 무슨 상관이야, 왜 날 여기 데려와!

"아뇨, 안 들어가요. 알아서 갈게요."

"들어가. 나, 너희 아버지에게 너 잘 보호하겠다고 약속하고 데려왔어."

송아는 코웃음을 치며 팔을 붙든 손을 돌려 뺐다.

"놔요! 우리 집에 저녁 먹으러 와선 이게 다 뭐예요!"

"그러려고 간 거 아닌 거 알잖아. 인사드리고 나서, 너랑 저녁에 가볍게 데이트나 하려고 했어."

"좋게! 좋게 나오려고 했었어요. 이렇게 막 싸우고 뒤집어엎고 뛰쳐나오게 만들면 어떡해? 모든 일엔 절차가 있다고요!"

"절차 따지면서 여태 그런 데서 살았어? 이봐, 헛똑똑이! 너, 그런 거 따졌다간 집에서 절대 못 놓여났어."

"나도 나오려고 했어요, 내 힘으로!"

"집에서 그렇게 형편없는 취급을 받는 걸 봤는데, 그냥 참았어야 했단 말이야?"

진헌의 감정이 슬슬 격앙되었다. 말을 하면서 그 방의 처참했던 광경이 떠올랐다. 짐 뒤에 감춰졌던 시커먼 곰팡이들, 빗물이 새어 들어오던 방 안, 곧 쏟아질 것 같았던 짐들. 그게 송아의 머리 위로 쏟아진다면, 아니, 그만!

"이봐요!"

"네가 제일 잘못했어! 가족들 다 잘못했지만, 그중 네가 제일 나빠. 왜 자기 몫을 못 챙겨? 바보같이, 같이 사는 사람들은 너 같은 건 안중에도 없는데, 너한테만 가족이야! 너만 가족이고 너만 식구야! 다들 널 뽑아 먹을 궁리만 하는데!"

얼굴이 확 달아올랐다. 이 사람은 왜 모든 걸 다 꿰뚫을 듯 알아차릴까.

"그냥 좀 내놓을 만큼 내놨어. 나도 챙길 건 챙겼다고요. 취업하고 돈 모으면서 차근차근 준비해 왔다고요. 이젠 독립해도 되겠다 싶어서 말 꺼낸 게 좀 길어진 건데, 갑자기 끼어든 거야. 자기가 뭘 안다고!"

"너희 집 사람들! 짐승 우리만도 못한 데다 들여다 놓고 생활비만 바라면서도, 인사 온 사람에게 들켰다는 데 대한 죄책감이나 부끄러움조차 전혀 없어. 오직, 널 더 이용하지 못하는 것에 대한 아쉬움뿐이야! 거기다 널 더 뒀어야 했다고?"

"어머니만 그러시는 거야!"

"아니, 다 마찬가지야. 겨우 빼내 온 지금조차도 다시 들어간단 바보 같은 소리나 하고 있고. 그렇게 쉽게 보이니까 계속 뜯기지. 가족들도 잘못했지만 네가 제일 잘못했어! 다른 사람들보다 네게 가장 화가 많이 나!"

"그래서! 당신이 무슨 상관이야? 그래서? 당신이 뭔데! 당신이 뭔데 그걸 야단쳐요? 흑흑! 나한테⋯⋯."

갑자기 울음이 왈칵 쏟아졌다. 가뜩이나 창피하고 짜증 나서 죽겠는데, 더 부끄럽게 눈물샘까지 터져 버렸다.

"그래요, 나 바보짓 했어. 엄마의 모든 흔적들이 다 팔려 나가는데, 엄마가 그냥 돈으로 바뀌어 없어지는 것 같아 미칠 것 같았는데, 그것조차 지키지 못했어. 엄마가 고아 되지 말라고 지불해 준 거 같았단 말야!"

"뭐?"

그는 이해하지 못할 것이다. 나도 날 이해하지 못하겠는데, 그가 어떻게 이해해?

"죽을힘을 다해서 붙어 있었다고요. 고아 안 되려고. 우리 엄마처럼 고아 안 되려고. 남자랑 결혼해서 잘 살 수 있을 것 같지도 않으면서, 친정이 있어야 된다는 말을 바보같이 지키고 살았다고요! 나도 아닌 거 알아!"

"⋯⋯."

"그래도 좋게 나와서 가족의 끈은 지키고 싶었는데. 근데 당신이 단번에 깨부숴 버렸어!"

가족이 꼭 필요하다며, 그래야 남들처럼 살 수 있다던 그 말.

울기 싫은데 자꾸 어린애처럼 울음이 터졌다. 아! 쥐구멍이 있다면 어디로 들어가 사라져 버리고 싶다. 모든 게 싫고, 모든 게 미웠다. 그러나 그는 더 창피하게 부드럽게 안아 달랬다.

"쉬이, 알았어."

달래 주니까 이상하게 더 울음이 복받쳤다.

"엄마를 그냥 날려 없애 버렸단 말야. 이렇게 다 망가뜨리고 무너뜨리고 나오면 엄마가 만들어 준 가족은, 우리 엄마는 세상에 아무엇도 남질 않잖아!"

"왜 안 남아, 네가 있는데. 네 엄마에게 가장 소중했던 네가 있는데. 그리고 널 사랑하는 내가 있는데!"

아, 나는 무슨 바보 같은 말을 하고 있을까.

"송아야!"

"당신에게 이런 모습 들킨 거 얼마나 비참한 줄 알아요? 왜 남의 인생을 멋대로 헝클어뜨려! 왜 불쌍한 고아 계집애를 만들어?"

"쉬이. 알았어. 그만."

"이제 진짜로 고아가 되어 버렸단 말이야. 이제 난 세상에서 혼자가 되어 버렸다고요!"

"왜 네가 혼자야. 이렇게 널 사랑하는 내가 있는데."

"다르잖아, 당신은 그냥 사귀는 남자잖아."

"아냐, 넌 내 거야. 난 네 아버지에게서 널 정당하게 **빼앗아** 왔어."

"내가 왜 당신 거야? 왜 날 당신 마음대로 해? 나는…… 나는……. 흐으흑!"

내가 무슨 말을 하는 걸까. 우리는 무슨 멍청한 대화를 나누는 걸까. 하지만 가슴속 깊이 꾹꾹 눌러 왔던 무언가가 탁, 터진 듯했다. 무슨 대꾸를 들으며 그의 가슴을 두드려 댔는지는 모르겠다.

"내 인생을 자기 맘대로 뒤집어 놓고, 나는 당신에게 근사하게 보이고 싶은데, 사람을 바닥까지 까뒤집어선! 왜 이렇게까지……! 흐흐흐윽! 나 이제 어떡하라고!"

양팔을 잡혔고, 양어깨를 붙들렸다. 굳세게 끌어안는 그의 가슴에 안기며 몸부림쳤다. 거센 힘이 그의 진심 같았다.

"미안해……. 너 **빼내** 왔으니 책임질게."

그는 따뜻하게 말했다. 미쳤구나. 간사하게도 안심이 된다. 안정감이 들며, 가슴이 따뜻해진다.

"누가 누굴 책임져!"

다른 마음도 불쑥 솟는다. 그는 나한테 왜 이러는 걸까. 왜 이렇게까지 잘해 주는 걸까.

"그럼 네가 날 책임져."

"하지 말라고!"

그가 손을 억지로 붙들어 그의 가슴을 만지게 했다. 거센 박동이 쿵쿵, 손바닥으로 전해진다.

"난 이 뜨거운 불덩어리 같은 걸 어쩌지 못하겠어. 몸이 시켜. 몸이 제멋대로 말하고 제멋대로 움직여서 이렇게 만들었어. 내 몸을 탓해!"

"또 억지로 말 꾸며 내려고?"

"그래, 이건 다 너 때문이야. 네가 내 몸뚱이를 이렇게 만들어 버렸어. 그러니까 네가 책임져!"

그는 손을 놓은 채 꽉 껴안았다. 너무 꽉 안는 통에 끼인 손과 어깨가 아파 왔다. 바보같이 이 통각이 그의 진심인 것 같다. 아니, 이 사람은 잠깐만 내 거인 건데. 이 사람과의 미래를 생각할 순 없는데. 바라고 욕심부려선 내가 더 상처받을 텐데.

"……."

바보같이 오롯이 내 것인 것 같다.

산들바람이 한 점 살랑 불어왔다. 불어온 건 가벼운 바람이었는데 파닥파닥, 마른 단풍이 머리 위로 와르르 쏟아졌다.

"……."

그의 머리 위에도, 송아의 머리 위에도, 몇 개의 나뭇잎이 붙어 버렸다. 그는 다정하게 머리칼에 붙은 나뭇잎 두 점을 떼어 줬다. 송아의 눈에 그렁그렁한 눈물을 엄지로 슥 지워 주며, 자기 머리에도 붙은 걸 떼 달라는 듯 고개를 숙이는 그.

송아는 그가 미워 머리칼을 탁, 쳐 냈다. 머리 위에 붙은 단풍이 도르르, 굴러 어깨에 내려앉는다. 그가 미워 어깨를 탁, 또 쳐 냈다. 그가 애써 웃으며 손을 사로잡았다.

복수하듯 반대편 손을 바싹 드는 그를 보곤 눈을 질끈 감았다. 그러나 그는 사로잡은 송아의 손바닥을 눈앞에 펼쳤다. 그리고 춥, 가벼운 입맞춤을 한다. 손바닥에 간질거리는 그의 입술이 내려앉았다.

"들어가자."

갑자기 피로감이 몰려오면서도 안도감이 들었다. 그의 입술이 믿음직했다. 오직 날 위해 이런 바보 같은 일을 벌여 준 걸 알면서도 인정하고 싶지 않은 마음.

그가 물었다.

"계속 열 내고 싸웠더니, 목마르다. 너는?"

그가 좋으면서도, 그가 이렇게까지 해 준 게 너무 고마우면서도,

"나도…… 좀 목말라요."

창피해서였나 보다.

겉으로 볼 땐 10여 년 이상 된 조용한 저층 빌라였다. 그러나 엘리베이터를 타고 최상층인 4층에 오르니, 현관을 혼자 쓰는 호화스러운 곳이다.

"집이, 한 층에 하나뿐이네요."

"거실이 좀 넓었으면 했어. 혼자 쓰긴 그럭저럭……."

그는 말을 스스로 잘랐다. 작은 방을 홀로 쓰던 송아를 떠올려서였다.

그러나 현관으로 들어서자, 송아는 답을 잊었다. 전실과 현관을 지나는 드넓은 공간만으로도 기가 죽었다. 중문을 양쪽으로 활짝 열어젖히니, 흰 대리석으로 매끈한 벽, 흰색으로 통일된 붙박이 가구들, 매립등만으로 이루어진 평면형 양식 천장, 초호화 인테리어였다.

"여기저기 클래시컬하게 해 놨더니 질려서. 할아버지도 못지않게 올드한 걸 고집하셔서 집이 좀 그렇거든. 이렇게 해 놓기는 했는데, 막상 몇 달 살아 보니……."

몇 개의 가구들만이 빨강, 파랑, 초록 등으로 포인트가 될 뿐, 집 안 전체가 실버와 화이트 톤으로 얌전히 정돈되어 있었다.

"다 하얗네요."

송아가 눈이 휘둥그레져 집 안을 돌아보니, 그가 부끄러운 듯 웃었다.

"그래, 좀 춥더라."

송아는 쿡, 웃었다. 억지로라도 웃게 해 주려는 그의 마음. 답답한 가슴이 가시지 않았지만 그래도 웃었다. 집 안은 눈이 내린 것처럼 온통 하얗다. 그 와중에 새빨간 소파가 우스꽝스러우면서도 예뻤다.

"그래, 인정해. 이런 선택을 할 즈음에 난…… 스트레스가 많았어."

"청소하기 힘들 것 같아."

"그래도 바닥은 좀 진한 색을 택했는데?"

"아뇨, 너무. 너무 넓어서."

그는 답을 하지 않았다. 그가 직접 청소하며 살지는 않을 것 같다. 그는 둘러보라는 듯 손을 들어 권했고, 송아는 "나중에요." 하며 째액 웃었다. 소파에 가방을 내려놓으며 엉덩이를 붙이려 하자, 그는 어깨를 잡아 일으키며 집 안을 강제로 구경시켰다.

"여기는 내 방……."

아주 넓은 공간이었지만 방은 네 개뿐이었고, 진짜 창고처럼 쓰는 작은 부엌방을 제외하곤 방들이 아주 넓었다. 마당까지 합쳐 가로로 펼쳐도 송아네 집 두 개는 쏙 들어가겠다.

송아는 그의 손에 이끌려 천천히 집 안을 둘러보았다. 구경을 할 기분이 아니긴 했지만, 강제로라도 그의 손에 이끌리니 새로운 것들이 눈에 담겼다.

그의 침실, 드레스룸, 게스트룸까지. 각 방에는 모두 화장실이 딸려 있었다.

"방이 네 개인데, 화장실이 네 개네요. 취미 생활은 안 하나 봐."

"왜?"

그는 눈썹을 들어 물었다.

"책도 없고. 피규어나 로봇 장난감도 없고. 낚싯대도 없고. 골프채만 덜렁."

그가 빙그레 웃었다.

"너도 그런 게 보이니?"

"골프는 일 때문에 칠 테고. 황진헌 씨 집도 황진헌 씨 책상 앞이에요?"

그가 총을 맞은 것처럼 인상을 쓰며 가슴을 쥐어뜯는 시늉을 했다. 송아는 서글프게 쿡쿡 웃었다.

"보석이 취미고 일이었지. 그런데 실은, 요새 새로운 취미에 빠져 있었어."

그는 아일랜드 식탁의 모서리를 팔꿈치로 짚으며 턱을 괴었다. 갑자기 손을 들어 머리칼을 쓸어내리는 통에 송아는 고개를 슬쩍 돌렸다. 볼이 발갛게 달아올랐다.

"무슨 취미요?"

"공주 만들기."

"아이!"

송아는 그의 가슴을 툭, 때리며 그를 밀었다. 그는 하하, 웃으며 그녀의 손을 잡아챘다.

"이젠 정식 보호자 자격도 얻었겠다, 내 마음이니까. 방도 꾸며 주고, 쇼핑도 시켜 주고, 옷도 입혔다 벗겼다……."

"이 사람이!"

송아는 잡힌 손으로 그의 가슴을 세게 밀쳤다. 그가 양보하지 않고 두 손을 꽉 쥔 채 그윽하게 내려다본다. 의식하지 못했지만 여긴 그 혼자 사는 그의 집.

그러나 그는 오히려 담백하게 웃는다. 안쓰러운 듯, 가슴 아픈 듯, 애달프게 바라보는 그 눈이 너무 슬퍼서 내 눈에서도 함께 눈물이 쏟아질 것 같다. 이마로 쭙, 떨어지는 키스에 목이 메었다. 울기 싫어.

그를 얼른 꽉 끌어안고 눈물을 싹싹 지웠다. 그리고 귓가에 속삭였다.

"나 목마르다니까."

"나도."

그렇게 말하면서도 그는 양팔로 온몸을 꽉 감싸 안았다. 그의 어깨 위에서 긴 한숨을 내쉬었다. 그의 체온이 온몸으로 깊숙이 스며드는 느낌. 이 온기가 좋다.

뭘 한 것도 없는데 금세 어둠이 내려앉았다. 입안이 깔깔해도 끼니때가 되었다. 그러고 보니 너무 미안하다. 명색이 식사 초대였는데. 그가 잔뜩 들여놓았던 선물. 그 십분의 일의 정성도 밥상에 올려 주지 못했다.

"나가자. 나가서 저녁 먹자."

굶기다시피 한 점심이 생각나 먼저 제안했다.

"재료가 좀 있을까요? 주방도 근사한데 집에서 먹어요."

"아냐. 저녁 먹으러 나가는 김에 한 군데만 들렀다 와 보자. 다행히 입주할 만한 괜찮은 데가 있단 연락이 왔네."

그를 처음 봤던 날이 새삼 떠올랐다. 저 사람이 유부남인 줄 알고 한번 사귀고픈 마음에 몸부림쳤었는데.

"일단 뭐라도 좀 먹고요. 솜씨는 없지만 내가 만들어 줄게요."

어떻게 이렇게 가까운 사이가 되어 버렸을까.

빙긋 웃으며 눈을 빛내는 그가 너무나 든든하다.

"그럴까? 그럼, 내가 만들어 줄게. 이건 내 주방이니."

"네?"

당황하는 송아에게 그는 자랑하듯 검지를 들어 보였다.

"나 요리 잘해. 적어도 금송아보다는."

"네에?"

"불고기 양념, 형편없더라."

295

"뭐라고요!"

매우 다정했던 데 취해 흐트러진 틈에 그의 맹공을 받았다.

"그냥 뒀다간 애먼 요리만 찍어 내는 불량 신부가 되실 듯?"

그가 미워 등을 툭, 치니 그는 얼른 잡아 자기 허리를 감싸게 한다. 그러곤 냉장고를 구경시켜 줬다. 모든 게 종류별로 깔끔하게 정리되어 있다.

"와, 다들 각 잡고 줄을 섰네요. 꺼내기도 아까워."

"싫은데. 잔뜩 꺼내서 네 배를 볼록하게 만들 건데?"

그의 체취가 너무나 좋았지만 잡힌 손으로 그의 허리를 꽉 꼬집었다. 그는 "아얏!" 하며 벌주듯 송아의 손을 잡아 꽉 깨물었다.

"흐흐흐! 간지러!"

그러나 깨무는 줄 알았더니 입안에서 혀로 살살 굴리며 장난을 친다.

"잘못했어요, 해."

"으흐흐. 싫어. 으흐흐흐흐! 가, 가, 간지러!"

"잘못했어요, 해야지?"

그는 무자비하게 송아를 반짝 들어 아일랜드 식탁 위에 올려놓았다. 아이처럼 몸이 들린 수치심에 다리를 들어 그의 가슴을 툭, 찼다.

"아이 씨, 나 아이 취급 하지 말아요. 빨리 내려놔!"

"아니, 이 녀석도 죄를 지어 버렸네?"

그가 입맛을 다시며 다리를 잡았다. 그가 눈을 빛내며 보기만 하는데도 간지러워서 죽을 것 같다. 고르게 난 흰 이를 보자, "으흐흐흐!" 웃음이 먼저 쏟아졌고, 그의 입안에 허벅지의 살이 애무당하자, "흐으흠!" 하는 신음이 뒤이어졌다.

치마가 살짝 걷혀 올려졌다. 새하얀 허벅지가 그의 붉은 입술 아래 희롱당했다. 몸이 불덩이처럼 달아오른다. 당장이라도 안고 키스해 달라고 하고 싶다. 그는 그의 몸이 시켜 지금 이 상황을 만들었다고 한다. 나도, 내 몸이 시키는 대로 하게 될까.

송아는 "흐으!" 하며 몸을 비틀다 그의 턱을 밀어 냈다.

"황진헌, 변태!"

허물어져 가는 몸을 간신히 추스르며 송아는 진헌을 쏘아보았다. 진헌도 웃음기를 채 거두지 못하고 숨을 몰아쉬며 바라본다.

"입술도 잘못했어."

"변태를 변태라고 했는데, 뭘?"

"변태는 금송아도 변태고. 진헌 씨, 해."

그가 입술에 춥, 입을 맞추며 말했다. 그의 혀에 반응한 송아의 혀도 그를 마중했다. 그의 입술이 달았다.

"자기도 금송아래 놓고!"

"나는 예뻐서 그러는 거니까, 해도 되지만 너는 진헌 씨, 해."

진득하게 입술과 입술이 엮였다. 정신이 아득해져 왔다.

"진헌 씨."

"그래."

"진헌 씨?"

"하아, 하아." 숨을 몰아쉬며 송아는 진헌의 입술을 깊이 빨아 들였다. 온몸의 피가 입술에 쏠린 듯 그와 맞닿은 살갗이 기쁨에 달뜨며 춤췄다. 그의 손길이, 입술이 닿는 구석구석이 너무 좋다. 가슴이 쿵쿵 뛰었다.

진하게 두 혀와 혀가 아쉽게 서로를 갈구했다. 그의 타액을 마시고 자신의 타액을 내어 주며, 속살이 맞닿는 부드러움을 즐겼다.

머리칼을 다정히 쓸어 주고, 잘못 전달될까 두려워하며, 진심을 서로에게 전했다. 그러나 그대로 스탑.

"후!"

그가 깊게 숨을 내쉬며 급브레이크를 밟았다. 그의 눈이 정염으로 번들거린다. 귓가까지 새빨개진 송아의 가슴도 쿵쿵 뛰었다. 하지만 그는 씩, 웃으며 송아의 머리를 헝클인다.

"또 아이 취급!"

부끄러움에 송아가 슬쩍 흘기자, 그도 지지 않았다.

"아이 짓 하면서."

"언제요?" 하며 그의 등에 기대자, 그는 업어 주듯 아일랜드 식탁에서 송아를 내려놓았다.

"언제든 아이가 되어도 좋아."

반짝 안길 수 있는 그의 등이 넓고 듬직했다.

"이렇게. 매 순간. 나한테는."

그는 정말로 아이처럼 송아의 어깨를 따뜻하게 그러안았다. 그리고 말끔하게 닫혀 있는 냉장고를 열어 다시 함께 들여다봤다.

"구워 먹을 스테이크 고기가 좀 있고, 급한 대로 파스타는 언제든 할 수 있고, 또……."

냉장고를 뒤지는 그에게 답했다.

"고기 싫어요. 파스타."

어떻게든 아까 일을 머릿속에서 지우고 싶었다. 그냥 지금은 잊어버리고 싶다. 힘들 때마다 매 순간 방관만 하던 아버지일지라도 그렇게 하고 나왔다는 게 힘들었다.

"그래, 그럼 파스타."

몇 개인가의 플라스틱 통이 도마와 함께 나왔다. 그는 쑥스러운 듯 팔을 걷어붙였다. 한쪽에 있는 앞치마까지 두르니, 그럴듯하면서도 우스웠다. 도마 위에 양파와 당근, 버섯 같은 자잘한 식재료가 놓였다. 그리고 그가 칼을 잡기 시작했을 때 송아는 깜짝 놀랐다.

"와, 주방장 같아. 어떻게 그렇게 빠르게 썰어요?"

그는 모터가 달린 듯 빠르게 칼질을 계속하며 다소 거만하게 말했다.

"이래 봬도, 나는 꽤 훌륭한 주방 보조였다고. 양파를 하루에도 몇 바구니씩 썰었어. 자취 경력도 꽤 되고."

"네? 황진헌 씨가요?"

"뭐라고?"

그는 다다다, 하던 칼질을 뚝 멈추고 눈썹을 들어 올리며 '나 화났음'의 표를 냈다.

"진헌 씨?"

알고 보니 사소한 데 목숨 거는 스타일. 그는 거만하게 요구했다. "좀 더 다정하게." 아니, 독재자 스타일.

"뉴욕에서 세금 내고 나니까 생활비가 모자라서."

그는 답하면서도 꽤 부끄러워했다. 물을수록 궁금한 게 늘었다.

"세금…… 생활비를 할아버지가 다 주시는 거 아니었어요?"

벌써 재료 손질을 끝낸 그는 의자를 끌어다 송아를 다시 앉혔다. 인형처럼 그의 손에 들려 가까운 데 앉혀지는 게 웃기면서도 달콤했다.

"나, 장난감이에요?"

"설마, 공주라니까."

그는 짙은 미소를 보내며 프라이팬에 재료를 볶기 시작했다. 야채가 공중제비를 돌며 화려하게 볶아지고, 약간의 불 쇼도 있었다.

"와앗, 조심해요!"

하지만 곧 뚜껑이 덮이며 짧은 쇼는 막을 내렸다. "정말 요리사 같아!" 칭찬하자, 그는 어린애처럼 아주 좋아했다.

"반항하다가 돈줄 딱 끊겼어. 덕분에 스무 살에 할아버지랑 재정 분리했고. 할아버지 빚 갚느라고 죽는 줄 알았지."

"할아버지한테 빚졌어요?"

"고등학생 때까지 먹고 쓴 돈, 학비. 매끼 밥값도 부당했지만 이자가 완전 고리사채였지."

잠깐 멈칫하곤 분한 듯 주먹을 쥐며 부르르 떨었다.

"와, 할아버지가 키워 주신 돈을 받아요?"

"응, 우리 할아버지 돈을 썼다간 비싼 돈값을 물어야 해. 결국 노예 신세로 전락하지."

이걸 얘기해야 하나. 그러나 진헌은 호기심으로 눈을 반짝이며 귀를 기울이는 귀여운 얼굴 때문에 그저 웃을 수밖에 없었다.

"아버지 유산으로 다 쓰러져 가는 조그만 건물을 사들여 하숙을 쳤는데, 세금이 눈 튀어나오게 나왔어. 융자금 때문에 여유는 없고, 양파를 썰 수밖에. 뉴욕주가 세금이 그따위인 줄은 고지서를 보고서야 알았지. 그땐 나도 어렸다고."

그는 자신의 실수에 대해 변명했으나, 송아에겐 그의 이야기 자체가 충격이었다.

"하숙을 쳐요? 뉴욕에서요? 진헌 씨가요?"

"응, 유학 온 학생들을 상대로."

물을수록 궁금한 게 더 늘었다. 그는 차근차근 답해 주었다.

그의 할아버지는 딱 빌어먹기 직전의 식비와 하숙비, 몇 년 치학자금 정도만 남기고 진헌을 발가벗기듯 털었고, 진헌은 그 돈으로 융자를 낀 건물을 사들여 하숙을 쳐 생활비와 학비를 만들었다. 다 써 버릴 줄 알았던 돈으로 돈을 벌며 일어났고, 그 기반은 〈싸이듀〉의 모태가 되기도 했다.

"난 할아버지 돈으로 편하게 사업하는 거로만 알았는데. 정말 장사꾼의 피라는 게 따로 있나 봐. 학비로 하숙이라니……. 나라면 그냥 있는 돈을 아껴 썼을 거 같아요."

이야기가 재밌어 꼬리를 물고 묻게 되었다. 아일랜드 식탁에 딸린 높은 의자에 앉아 다리를 달랑거리며 그가 요리하는 걸 보고만 있으니, 정말 아이가 된 것 같다.

"인터뷰 참 잘하네. 나한테 돈 얘기를 털어놓게 하다니. 진짜 인터뷰를 할 때 그렇게 하지."

그가 슬쩍 흘기며 "그랬으면 있는 거 없는 거 다 털렸을 텐데." 하자, 송아는 배시시 웃었다. 그에게 부끄럽고 미안하고, 그리고 그가 좋았다.

프라이팬 뚜껑을 열자, 솨아, 하는 소리와 함께 뜨거운 김이 올랐다. 으깬 감자와 생크림, 우유를 부어 간한 뒤 한 김 끓어오르는 동안 아일랜드 식탁에 상이 차려졌다.

"자, 완성입니다."

마주 보는 대신 나란히 앉았다.

"맛없어도 맛있다고 해."

감자와 불 맛이 가미된 크림소스는 정말 일품이었다. 으깬 감자의 부드러움이 유크림과 섞여 되직하게 혓바닥을 감쌌고, 덕분에 고소한 베이컨과 알싸한 후추 향이 배가되었다.

맛있다, 하며 씹다 보면 입안에서 감도는 훈연의 불 향이 '한

입 더'를 불러일으킨다. 절인 올리브와 아삭한 피클을 곁들이니 맛집이 부럽지 않았다.

"맛있어요."

"어떻게 맛있어? 맛의 변곡선이 어떻게 그려져?"

"아이, 그렇게 시험 치듯 그러지 마요. 그냥 맛있어요."

"그래, 아무렇게나 먹어. 넌, 먹는 게 특히 예쁘니."

그는 스파클링 와인을 개봉했다.

"난 어쨌든 오늘을 축하하고 싶어. 금송아가 내 거 된 날."

그가 애써 장난치며 웃고 있다는 걸 안다. 어떻게 마냥 즐겁기만 할까. 문득문득 가슴이 답답하고 아파 와도 그 웃음 가면을 함께 쓰며 웃기로 했다.

코르크 마개 소리가 시원하게 펑, 부엌을 울렸다. 맑은 액체가 좁고 긴 잔에 따라졌다. 기다란 몸체 안에서 탄산이 보글거리며 오른다. 건배사는 의미 없는 말 대신 서로의 눈빛만으로. 톡 쏘는 와인 맛은 설레는 연애의 맛이었다.

사실, 송아가 그의 곁에 안착하기까지는 평온치 않았다. 아무리 사랑에 빠진 황진헌이라도 그는 그였고, 송아도 주관이 흐릿한 편은 아니었으니.

"어떻게 사람만 덜렁 보내서 짐을 빼 와요?"

"내가 전화드릴 테니 그렇게 해."

짐을 빼는 일부터 실랑이를 벌이기 시작했다. 이건 진짜로 보호자를 얻은 느낌. 아버지에게 받는 간섭은 간섭도 아니었으며, 무엇

하나 마음대로 되지 않았다.

"직접 가서 얘기도 좀 하고 제대로 빼 올게요."

"지금은 모두에게 시간이 필요해. 그렇게 뒤집어 놓고 나왔는데, 아버지도 마음을 좀 가라앉히셔야 하지 않겠어?"

아니, 누가 뒤집어 놨는데!

하지만 그의 모든 결정의 기준은 송아, 그녀 자신을 위해서였다. 그는 적당한 때를 택하자고 제안했다. 항상 더 넓고 깊게 생각하는 그 때문에 자꾸만 하나씩 지게 되었다.

그러나 딱 한 가지는 양보할 수 없었다.

"집은 내가 얻어요."

다섯 평 남짓. 약간 낡긴 했지만 부엌 겸용 방에 화장실이 딸린 아담한 원룸이었다. 그러나 계약하겠다는 걸 들여다보고 그는 기겁을 했다.

"내가 너 이런 데다 데려다 놓으려고 그렇게 데리고 나온 줄 알아?"

"겨우 사귀는 사이인데, 받을 게 따로 있죠. 싫어요!"

"겨우 사귀는 사이? 날 그렇게밖에 생각 안 해? 내가 네 보호자라니까."

"보호자는커녕 감시자야!"

"이 봐, 그 부엌 골방하고 여기가 다를 게 뭐야? 치안조차 엉망이야!"

"이 동네 치안 좋아. 이만하면 깔끔하죠. 여기가 어때서? 나는 딱 이런 데서 살려고 했었어요."

결국, 고성이 오갔다. "차라리 다시 들어가고 말아!"까지 나왔을 때 이번에도 결국 송아가 마음을 고쳐먹어야 했다. 집으로 돌아와 말도 않고 눈썹을 뾰족하게 세운 그에게 화해를 청하듯 말했다.

"하아, 좋아요. 그럼 진헌 씨랑 살게요. 게스트룸, 여기."

혀를 깨물고 빼 든 고육지책이었다. 절대로 집은 못 받겠고, 그도 죽어도 원룸은 안 된다니.

어차피 근 이틀간 머무르던 곳이었다. 사람 마음이 간사한 게, 처음 들어올 땐 마음 두렵고 어렵더니 지금은 그냥 아주 넓은 집. 게다가 그와 함께한 시간들이 나쁘지 않았다.

잠들 때면 집에 데려다주듯 '안녕!' 방문 앞에서 인사하곤 짧게 키스하고 헤어진다. 그의 날갯죽지 밑에 둥지를 튼 이상하게 든든한 느낌. 진짜 보호자가 생긴, 세상에 믿을 구석이 생긴 것 같은 깊은 안정감. 마치 원래부터 그랬던 것처럼.

이 제안엔 그도 눈에 띄게 흐트러졌다. 소리를 지르려다 말고, 다시 입을 열려다 다무는 그를 보면서, 송아는 입꼬리를 비틀어 올렸다.

"아, 안 돼."

그러나 그는 곧 단호히 거절했다.

"네?"

꽤 의외였다. 오히려 아주 좋아할 줄 알았는데.

"여긴 말 많고 눈 많은 단풍나무 거리야."

문득 들떴던 기분이 가라앉으며 현실이 깨달아졌다. 아, 맞아, 그렇지.

"그으……렇죠? 깜빡했네요. 나를 할아버지께 소개하기도 그럴 테고, 이곳은 당신 친구들도 많은 곳이니. 아…… 네. 많이 곤란하겠네요."

그의 얼굴이 일그러지며 빠르게 어깨를 잡아들였다.

"송아야, 송아야?"

"이거 놔요, 사귀는 사람한테 집을 받는 게 무슨 독립이야. 난 원룸 얻을 거예요."

그가 몸을 돌려세웠다.

"오해하지 마. 잠깐이라도 너 욕먹이기 싫어서 그래. 사람들이 네 등 뒤에서 손가락질할까 봐. 여긴 뉴욕이 아니야."

아, 이런 사람을 왜 난 매번 의심할까. 송아는 쓸쓸히 웃었다. 이래서 내가 이 사람 품에 있고 싶었구나. 이 사람은 정말로 나만 생각하니까.

"요샌 다 마찬가지야. 집 받아 근처 살면 소문 안 나요? 이 동네 집값이 얼만데. 어차피 내 쪽엔 진헌 씨 여자 친구라는 거 소문 다 났어요."

"흐흠……."

그의 눈빛이 갈등으로 들썩였다. 그도 송아를 읽듯이, 어느새 송아도 그를 읽었다. 문제가 그거라면 오히려 손 내밀어 주고 싶다.

"혼자 살기 무서운데."

그의 눈이 가늘어지며 빠르게 답하지 못했다.

"보호자라면서요?"

손가락으로 거칠게 쓸어 올리는 머리칼이 부드럽게 흐트러졌다. 그를 설득하는 방법을 하나 안다. 이런 식으로.

"진헌 씨, 내 진짜 보호자 해 줘요."

송아는 여우처럼 그를 보며 샐쭉 웃었다. 머리에서 손을 떼 그의 손가락에 깍지를 껴 얽었다. 손가락에 낀 반지가 힘차게 반짝인다.

"나도 집이 갖고 싶어요, 우리 집."

그의 호흡이 흐트러졌다. 그는 무너져 갔다. 본능처럼 그녀의 입술을 덥석 물어 오려는 그의 입술을 슬쩍 돌려 피했다.

"약속, 하면."

"뭐?"

"약속하면 키스하지."

"하아, 벌써부터 못된 것만 배워선."

그가 인상을 썼다. 송아는 큭큭, 웃었다. 역시 스스로 쟁취하지 못한 독립은 대가가 따른다. 그러나 커다란 집과 그 집에 사는 이 남자, 뭐 어떻게 해야 이보다 좋을까.

"괜찮아요. 나, 남의 눈 같은 거 신경 안 써."

"너, 남의 눈 신경 아주 많이 써. 왜, 내가 집을 해 주는 게 그렇게 싫어? 차라리 나랑 동거를 하자고 할 만큼?"

그러나 져 준다고 해서 그가 송아의 머리 꼭대기에 앉지 않는 건 아니다. 송아는 항복을 하듯 그에게 입술을 겹쳤다. 그러나 그는 가볍게 춥, 입 맞추곤 무릎 위에 앉혀 줬다. 머리칼을 다정히 쓸어 주는 그의 부드러운 손길에 녹아 없어질 것 같다.

"네, 당신 할아버지가 당신에게 주는 돈 받는 기분이랄까."

"이봐, 비교할 걸 비교해."

그가 인상을 쓰자 바른대로 답했다.

"후후, 당당한 기분이 안 들어. 그래서 싫어요."

그와 경제력이 달라 모든 걸 반씩 부담할 순 없어도, 큰돈을 빚지긴 싫었다. 게다가 그에게 뭘 받을수록 드는 묘한 느낌, 사귀는 대가를 받는 그 느낌이 싫었다.

송아는 이 뒤집어진 세상을 받아들이기로 했다. 이젠 출퇴근도 걸어서 10분 거리. 주택가로 이어진 골목을 나와 단풍나무 거리를 따라 길게 걸으면 회사로 들어가는 골목 입구이다. 달라진 건 사람들이 쏟아지는 방향과 반대 방향으로 걷는 것.

이곳은 그의 세상. 이 세상에 두 발을 디디기로 했다. 우리의 미래가 어떻든, 가끔씩 그의 할아버지에게서 전화가 걸려 오면 화들짝 놀라 방문을 닫고 통화하든 어쩌든, 그의 마음은 온전히 나만의 것이란 걸 굳게 믿는다. 그는 내 남자다. 내게 주어진 시간만큼은.

그에게 조금도 서운하지 않아.

앞으로 '할아버지께 소개시켜 주세요.' 따위의 말은 절대 않을 것이다. 그의 할아버지를 언급할 때마다 고통으로 일그러지는 표정을 두 번이나 확인했다. 그도 그의 최선을 다하듯, 나도 나의 최선을 다한다. 그의 손을 꽉 잡고 놓지 않기로 했다. 어쨌든 사귀는 것뿐이잖아.

그와 함께 지내는 며칠은 더할 나위 없이 달콤하고 좋았고, 또 불편했다.

처음엔 아주 바빴다. 얼마 안 되는 짐들을 정리하는 것 때문이 아니라 그가 사들인 엄청난 물건들 때문이었다. '안 받아.', '싫어.'를 반복했지만, 그는 '벌거벗고 살래?', '난 정리 안 하는 것 질색이야.' 등의 이유로 예쁜 옷과 가구와 소품들을 들여놨다.

함께 해 먹는 밥이 맛 좋았다. 그렇게나 사랑하던 단풍나무 거리를 손잡고 함께 거니는 그 시간, 시간이 행복했다. 시원한 가을 바람을 맞으며 '올 크리스마스엔 혼자 지낼 일은 없겠어.' 소소한 농담들을 주고받다 보면 시간은 손에 든 모래알처럼 쑥 빠져나간다.

그리고 집이 생긴 느낌. 진짜로 집이 생긴 느낌을 알았다.

샤워를 하곤 피곤함에 까무러쳤다가 알람에 놀라 뛰쳐나가는 게 집이었지만, 그와 함께 하는 집은 달랐다. 한창 야근을 해야 할 때도 집에 들어오고 싶어 몸부림을 치다가, 결국 일거리를 싸 들고 들어온다.

그도 마찬가지였다. 빨간 소파 앞에 깔린 털이 복슬복슬한 아이보리색 카펫에 퍼질러 앉아 각자의 집무실을 차렸다. 소파 테이블에 노트북을 펴 놓고, 바닥에 엎드려 자료를 읽다 보면 그의 커다란 손이 허리로 감겨든다. 그러면 쿡, 웃음이 나며 마주치고 마는 묘한 시선.

그의 눈빛엔 늘 갈증이 어려 있었다. 그걸 들여다보면 함께 목이 말라, 저도 모르게 그의 입술에 매달리고 있다. 촉촉한 달콤함에 취해 혀를 얽으면 뱃속이 훅 달아오르고, 겹쳐지는 속살의 부드러움에 몸부림친다. 그러나 곧바로 뚝!

"왜요?"

"어? 무, 문자가 왔네? 아아, 결재할 게……."

이번에도 춥, 하는 짧은 마무리로 입술을 매정하게 떼 내는 그를 보며 송아는 숨을 훅, 들이켰다. 전에는 그렇게 손을 대지 못해 안달이더니, 집에 들어온 뒤로는 이상할 정도로 신사적이다. 이러다간 내가 변태가 되어 그를 덮칠 지경. 그는 아주 다정해진 만큼 딱 그만큼 단정해졌다.

하지만 서로가 신경 쓰이는 건 어쩔 수 없다. 집 안에서 마주칠 때마다 드는 어색한 기류. 그건 어둠이 내린 뒤면 더욱 심해졌다.

그는 애꿎은 머리칼만 마구 훑으며 장난을 쳤고, 송아는 그의 머리를 심술궂게 비쭉, 잡아당겼다. 게다, 언젠가부턴 깊은 키스조차 피한다.

곧 헤어질 시간이 되니까. '안녕!' 방문 앞에서 베이비키스를 하고 헤어진다. 사실, 따지고 보면 이건 아주 바람직한 동거인데. 더할 나위 없이 달콤하고 좋으면서도 불편하다.

"언니, 어떤 친구가 그러는데, 사귀는 남자가 키스도 잘 안 하려고 한다던데, 그럴 땐 어쩌죠?"

반 대리 언니는 남은 고추장 비빔밥을 마저 뜨지 못하고 송아를 뚫어져라 바라보았다.

"그, 그 친구가 그러는데 남자가 좋아하는 것도 같고, 그런데……."

결국 이따위 상담을 스스로 하기에 이르렀다. 그러나 반 대리 언니는 말을 뚝 잘랐다.

"황진헌이 고자야?"

아이 씨. 난 왜 거짓말에 소질이 없는 걸까.

"그, 그런 건 아니고."

"혹시 결혼해야 첫날밤 주의? 오오, 쏘 로맨틱!"

"언니이!"

언니는 웃기다는 듯 배를 잡으며 쿡쿡거렸다.

"보통은 마음 맞추면 바로 몸도 맞추지 않나? 아무리 그래도 삐리리 한 적도 없어?"

"아니, 좀 그런 날 딱 한 번 있었는데. 그날은 좀 그랬고. 절대 다신 안 그래요."

"흐흠, 고자가 맞나 보다."

"남은 심각한데. 연애라도 실컷 해야지, 하는데……."

입맛이 떨어지는지 반 대리 언니는 숟가락을 그냥 내려놓고 한숨을 푹 쉬었다.

"의외로 널 심각하게 생각해서는 아닐까."

"언니, 아시잖아요. 알면 알수록 차이가 정말 많이 나는 걸 느껴요."

"왜? 그냥 이기적으로 생각해. 결혼에 대해서 가볍게라도 얘기는 해 봤니?"

"어휴, 이제 사귀는데 무슨. 그냥 그 사람 일생에 깊은 추억이라도 되었으면 하는 정도가 제 기대의 끝이에요. 손 꽉 붙들고 연애나 실컷 해야지."

"어떻게 넌 욕심도 안 내니?"

"욕심내는 만큼 제가 상처받아요. 사랑받고 싶은 욕심 부리고 사랑 실컷 받고 헤어지면 상처 대신 추억을 챙길 수 있잖아요."

"그러다 애라도 생기면 어쩌려고."

"어휴, 언니는 무슨!"

그러나 입맛이 진짜로 떨어진 송아는 휴게실의 창을 열어 환기하곤 늘어놓은 음식들을 치웠다.

엄마한테서 진정으로 이해가 가지 않았던 한 가지를 이해하게 되었다. 그와 함께 있을수록 조바심 났다. 더 많은 걸 해 봤으면, 더 오랜 시간을 보냈으면, 더 깊이 가까워졌으면. 헤어지기 전에 그를 닮은 아이라도…… 아냐!

말로만 경고를 받을 땐 별생각 없었으나 그와 가깝게 될수록 강렬히 의식되었다. 가끔 싸우는 소리를 듣지만 내용은 알 수 없는 통화. 언제 그의 할아버지가 들이닥칠까. 그래서 그는 집을 따로 얻어 준다고 했을까. 그의 집에 살림을 차린 걸 보시면 드라마처럼 얻어맞는 굴욕을 당하지는 않을까.

그때 테이블을 톡톡, 두드리는 소리에 뒤를 돌아보았다.

"네 스토커다. 그릇은 내가 내다 놓을게."

하며 반 대리 언니는 자리를 비켜 주었다.

"고마워요."

집에 한 번 데려다준 이후, 오 선배는 오늘 같은 시도를 자주 해 왔었다. 눈을 마주치면 피했고, 노골적으로 차를 두 잔 들고 자리로 오기도 여러 차례였다. '좀 바쁜데.', '약속 있어요.', '나 이거 빨리 넘겨야 하는데, 몇 시간만 있다 말해요.' 미루고 피해 왔다.

"웬일로 오늘은 안 피하네."

"그동안 좀 미안했어요."

평소라면 또 피했겠지만 오늘은 피하지 않았다. 이 사람에게도 미련을 끊게 해 줘야 끝이 나지. 그러나 그는 좀 더 대담해졌다.

"회사에서 할 얘기가 아니야. 바쁘더라도 잠깐 나가자."

"나 야근하려고 저녁 먹었는데. 아래 카페서 차 한잔하면 안 돼요?"

"아무리 내가 하찮아도…… 후우! 아니다. 시간 애매할 것 같으면 짐 싸서 나오든지. 집에 데려다줄게."

잠깐 망설이다 송아는 노트북과 교정쇄 뭉치를 추려 가방을 싸 들었다. 진헌 씨가 저녁 약속이 있다고 해서 야근을 하려 했지만 집에 가서 그를 기다리며 일하는 것도 나쁘지 않겠다 싶었다.

사형 방법은 가장 잔혹하게 보이는 것이 고통이 가장 덜하다고 한다. 인간적으로 보이는 방법이 실은 더욱 고통스럽다. 송아는 단숨에 그의 미련을 끊게 해 주기로 했다. 어쩌면 6년의 질질거리는 세월이 난정이와 그녀 사이에서 그를 고통받게 했을지도 모른다.

그래, 차라리 깔끔하게 정리를 하자. 언제까지 피할 수도 없고.

그가 운전석에 앉아 내비게이션에 주소를 입력하자, 송아는 고쳐 불렀다.

"이사했어요. 단풍나무 2길 13번지요."

"뭐?"

지도를 슬쩍 본 그는 믿을 수 없다는 듯 핸들을 돌려 단 세 블록의 거리를 운전했다. 근처는 부촌의 주택가라, 사실 송아가 얻을 만한 집은 없다. 고급스러운 붉은빛 대리석의 저층 빌라를 보고, 그는 핸드 브레이크를 힘주어 올렸다.

"로또라도 맞았어? 네가, 갑자기 어떻게?"

탁, 문을 닫으며 운전석에서 빠져나온 그는 주차장에 연결된 아름다운 정원을 황당하단 듯 바라보았다. 그의 말이 갑자기 우스워졌다.

"로또…… 훗. 맞네요. 네, 황진헌이라는 로또죠. 동거 중이에요."

송아는 그를 놓아두고 눈앞에 보이는 벤치에 자리를 잡았다. 어둠이 내려앉은 7시의 하늘은 붉은 기가 거의 남아 있지 않았다. 그는 고통스럽다는 듯 다가와 이를 악물며 송아의 어깨를 잡아 흔들었다.

"야, 너! 나한테는 그렇게 조금도 틈을 내주지 않더니, 어떻게…… 어떻게!"

송아는 흔들면 흔들리는 대로 그에게 어깨를 내어 주었다. 그가 마음을 다 풀고 가 주었으면. 그래서 미련을 깨끗이 버려 주었으면. 마지막 바람이었다.

"동생이랑 뒹군 남자랑 어떻게 더 뭘 해! 선배도 양심이 있으면 그만 좀 해요!"

입 밖으로 꺼내고 보니 너무나 처참해 그의 손을 쳐 버렸다. 그가 닿는 게 또 소름 끼친다. 이 사람 때문에 남자란 남자는 다 믿을 수 없었다. 그는 원망스럽게 송아의 어깨를 잡아 다시 흔들기 시작했다.

"넌! 끝까지! 끝까지 날 한 번도 붙잡아 주지 않았어."

"뭘 붙잡아! 난정이한테 다 들었는데. 난정이가 오빠라고 부르면서 선배 팔짱 끼고 희희낙락하는 거 내 눈으로 다 봤는데! 생일날 그 지경으로 날 망신시키면서 버렸으면서!"

"그래! 나 실수했어. 하지만 네가 생각하는 그런 거 아니야."

"헛소리 마요."

"실수였어. 취해서 한 실수. 난정이와 네가 너무나 비슷해 보였어! 느낌이 좀 달라서 밀어냈어. 난정이더라. 불벼락을 맞은 것처럼 놀랐어! 그게 다야. 네가 상상하는 거, 그런 거 아녔어!"

"뭐……?"

두서없는 그의 폭로에 가슴이 콱, 막힌 것처럼 답답해졌다.

"그래, 좀…… 좀! 그렇게 되었었어. 넌 줄 알았으니까, 너한테 하듯이! 아니, 그것보단 좀 더 많이. 그래도 술집에서 술 마시다가 그랬던 게 뭐 얼마나 큰일이었겠어? 그냥, 그 정도였어!"

"……"

"그런데 내가 왜 술을 마시고 있었는지 알아? 네가 난정이의 배다른 언니였단 말을 왜 난정이에게서 들어야 해? 난정이가 너에

313

대해 여러 가질 얘기해 줬어. 나는 너에 대해 아는 게 하나도 없었더라."

"······."

"난정이도 처음부터 그러려고 그랬던 거 아냐. 밀어냈었어. 하지만, 그래도 나는 그게 넌 줄 알았지. 넌 언제나, 항상! 날 밀어냈잖아."

머리가 어지러웠다. 둘이 바람을 피운 것으로 알고 6년을 미워했던 두 사람. 그 둘을 미워하는 것으로 여태 버텨 온 삶.

"걔도 전화로 얘기하다 얘기 좀 더 하려고 들른 거였어. 너 기억나? 잠깐이라도 들러 달라고 했었지만 넌 [내일 만날 텐데, 내일 봐요.] 했지. 늘, 항상! 바빴잖아."

머리가 깨질 듯 아팠다. 너무 옛 기억이라 하나도 기억나지 않는다.

"도저히 다음 날 네 얼굴을 못 보겠더라. 누가 봤을까 봐 두렵기도 했고. 그래, 내가 어리석었어. 그땐 어렸었잖아. 그냥 미안하다고 고백하고 털고 나면 그렇게까지 큰일도 아닌데. 이렇게까지 끌고 와 버렸어."

뒤늦게 아이들이 늘 하던 말이 머릿속에 울렸다. '난, 쟤네 첨에 쌍둥이라고 장난칠 때 진짜인 줄 알았잖아.', '둘이 정말 닮았어.', '그래, 피가 섞이긴 섞였나 봐.'

"그런데 왜 변명을 안 했냐! 왜 그렇게 오해하게 놔뒀냐! 넌! 날 정말 쉽게 포기하더라. 너한테 난 뭐였니?"

그의 음성이 천천히 잦아들었다. 두서없는 그의 고백이 입체적으로 천천히 이해가 가기 시작했다. 그즈음, 난정이는 어머니에게서 출생의 비밀을 들었고, 송아에게 이를 갈고 있었고, 송아는 오

314

해를 풀고 관계를 되돌리고 싶었고, 그리고……. 선배는 난정이에게 실수를 했다.

"난정이와의 관계도 끝까지 비밀에 부쳤지. 난 모든 걸 네 입에서 듣고 싶었어. 하지만 넌! 그 어떤 어려운 일이 있든지 나한텐 마음 한 자락 열어 주지 않고, 나를 붙들려는 노력조차 조금도 하지 않았어."

"……"

붙잡긴 했었어. 아니, 나는 그를 붙들었을까.

입이 떨어지지 않았다. 나는 저 사람을 그냥, 사랑하지 않았던 거구나.

"오직 난정이의 거짓말만 믿었겠지. 난정이는 그렇게 믿었으면서, 난…… 난 너한테 도대체 뭐였니? 내 마음을 탈탈 털어 널 좋아했던 난, 너한테 그렇게 아무것도 아니었니?"

그래서 저렇게 상처를 준 거였구나.

"하아, 그랬어…… 그랬구나. 그랬었구나."

그는 자리에 그대로 주저앉아 송아의 무릎에 얼굴을 기댔다. 울먹이며 안겨 드는 그를 차마 밀어내지 못했다. 이 사람이 난정이를 만졌던 손으로 나를 만지려 했었다는 미움만 켜켜이 쌓아 뒀었다. 그래서 내 자신을 더욱 아프게 했다.

"오빠라고 매달리는 난정이를 보란 듯 내버려 둔 건 딱 한 번이었어. 넌 그대로 돌아서더라. 차라리 따귀를 때리고 침을 뱉지. 그랬으면 미안하다고 매달리면서 용서해 달라고 빌었을 텐데. 왜 나한텐 그렇게 한 번도, 단 한 번도 기회를 안 줬니?"

"후우. 그랬군요."

눈물을 닦으며 초조해하는 그의 등에 저도 모르게 손을 얹었다.

그의 등을 천천히 쓸어 주었다. 나도 가해자였구나. 단 한 번도 사랑을 제대로 주지 않았던 가해자.

"그래, 그러니까 돌아와. 돌아와 송아야. 우리 다시 시작하자. 황진헌과 어떤 일을 벌였대도 난 상관없어. 그땐 내가 너무 어렸어. 다 털어놓고 내가 먼저 손 내밀걸. 네가 손 내밀어 주길 기대하면서, 네가 먼저 날 잡아 주길 바랐었어. 날 잡지 않은 널 매일 원망하면서……."

"쉬이, 그만해요."

그는 아이처럼 엉엉 울었다. 생각해 보면 그는 아주 여린 사람이었다. 작은 일에 행복해하고, 사소한 것에 토라지는. 마음이 너무 여리고 착해서 좋아지고 만 그런 사람이었다.

그러나 그때였다.

"으윽!"

하는 그의 비명. 그가 갑자기 오솔길로 휙 내팽개쳐졌다. 연이어 들리는 '퍽!' 하는 파열음. "아악!" 하는 비명과 함께 그가 흙바닥에 나뒹굴었다.

"저, 저기……."

송아는 천천히 위를 올려다봤다. 오지령이 안겨 있던 자리를 밀고 들어서 있는 건 오싹하도록 분노로 가득 찬 그였다.

11.

뜻밖의 사고

"왜 여기, 네가 이 녀석과 같이 있어?"

그의 물음은 물음이 아니었다. 오싹하도록 차가운 그의 목소리
에 등이 저릿했다. 그러고 보니 몇 초 전까지 무릎 위에서 오 선배
의 젖은 얼굴을 안고 있었다. 그가 화를 내는 게 무리가 아니다.

"미안해요. 그럴 일이 좀……."

"사과하지 마!"

그러나 그는 냉랭하게 말하며 다시 일어나는 지령을 주먹으로
막았다. 지령은 한껏 힘을 실어 "이 새끼가……!" 달려들었으나
팔을 내리뻗지 못하고 다시 얼굴을 맞았다. '퍽' 소리와 함께, 송
아의 비명이 "아악!" 울려 퍼졌다. 그가 음산하게 덧붙였다.

"사과하지 말라고. 네가 하는 말은 모두 그대로 믿을 거야, 알
아들어?"

한 번도 본 적 없는 무서운 얼굴로 진헌은 오지령에게 격노를

317

퍼부었다. 체격이나 근육 상태로 운동을 했었다는 느낌은 있었지만 그게 격투기일 거란 상상은 못 해 봤다. 정말, 어떻게 이 사람에 대해서 이렇게 아는 게 없었을까.

문제는 지령도 싸움을 전혀 모르는 편은 아니었단 것이다. 기습적으로 당해 두 번은 그냥 맞았지만 그의 주먹도 만만치는 않았다.

문제는 전조. 지령은 움직임이 컸다. 발을 뒤로하며 힘을 싣고 주먹을 날리면 그걸 읽고 진헌은 슬쩍 피하며 옆으로 빠져 빠르게 잽을 쏘았다. '퍽' 하고 지령의 고개가 돌아가고, 화가 버럭 나 흐트러진 뒤 다시 진헌의 복부를 강타하려 주먹을 날린다.

지령이 중심을 잃는 순간, 진헌은 뒤로 한 발 물러나며 다시 옆구리를 발길질한다. 오른 다리를 차올리는 동안 진헌의 왼쪽이 비더라도 반격할 순 없다. 지령은 이미 충격에 바닥을 구르고 있으니. 순식간에 아수라장이 된 싸움판에서 송아는 "꺄악!" 소리를 쳤다.

"무슨 짓이야, 말로 해요!"

진헌이 송아를 돌아보는 틈에, 지령은 그의 뒤를 가격했다. 지령의 발길질에 "으윽!" 하고 앞으로 고꾸라지고 정신을 다시 차린 진헌은 지령을 공격하기 위해 일어섰다. 지령은 악을 썼다.

"네가 뭔데! 달콤한 말로 속여서 감히 어디로 끌어들여. 뭐, 동거를 해? 송아를 노리개로 삼으려고?"

"입 닥쳐!"

자제력을 내려놓은 진헌의 매타작이 무서웠다. 구둣발로 정강이를 일격하여 몸을 숙일 때 다시 복부를 발로 차 고꾸라뜨리곤 일어설 때마다 발길질을 했다. 퍽, 퍽, 쉼 없이 구둣발에 얻어맞으면서도 지령은 곧바로 일어나 지지 않고 달려들었다.

"열심히 사는 애 돈으로 흔드는 거, 부끄럽지도 않냐?"

진헌이 주춤하는 순간 지령의 팔이 진헌의 복부로 날아왔다. 정통으로 맞은 이번 주먹은 타격이 만만치 않았다. 배를 구부리며 땅을 보는 순간 지령은 발을 들었고, 빗맞은 발끝을 잡혀 바닥에 굴려진 채 지령은 진헌과 함께 뒹굴었다.

"그만하라고요!"

인적이 드문 곳임에도 몇몇이 웅성거리며 몰려들었다. 누군가 신고했는지, 주변을 돌던 순찰차가 빌라의 입구에서 경광등을 빛냈다. 싸움이 말려지고, 파출소로 인계되어 간단하나마 진술 조서를 쓰는 지경에 이르렀다.

"내 여자를 끌어안고 꼬여 내는 현장을 목격했습니다."

말끔한 슈트가 흙바닥에 굴러 구겨진 걸 보고, 송아는 숨을 크게 들이켰다. 얼굴이 벌겋게 부어오른 지령의 진술 조서 괄호 안엔 '피해자'가, 상대적으로 얼굴도 몸도 말짱한 진헌의 진술 조서 괄호 안엔 '가해자'가 적혀 있었다.

"그러니까 오지령 씨도 황진헌 씨를 때리기는 하셨다는 거죠?"

조사를 하는 경위가 인상을 쓰며 물었다. 지령은 다른 답을 했다.

"멀쩡한 여자를 버려 놓는 몹쓸 놈입니다. 얘가 순진해서 속고 있는 거라고요!"

지령은 송아의 팔을 끌어당기며 빠르게 말했다.

"송아야, 속지 마. 이 녀석이 뭐라고 꼬이며 데리고 들어갔니? 널 이용만 해 먹고 말 녀석이라고!"

"이 새끼가 지금 어딜 손대!"

팔이 툭, 밀쳐지며 순간적으로 벌에 쏘이듯 진헌의 주먹이 지령의 얼굴로 강타했다.

"어이, 황진헌 씨! 자꾸 이러시면 유치장 들어갑니다!"

제대로 한 방 맞은 오지령도 황진헌을 향해 주먹을 날렸다. 경위의 책상 앞은 아수라장이 되고 진헌의 변호사가 불려 왔다.

송아도 조사를 받아야 했다. 송아의 괄호 안에는 '목격자'라 적혔다.

"금송아 씨, 주소는요?"

"서울시 서대문구……." 하는데, 진헌이 끼어들었다.

"단풍나무 2길 13번지입니다. 함께 삽니다."

송아의 눈이 커다래졌다. 오히려 당당한 그의 얼굴. 그러나 경위의 질문이 쏟아졌다.

싸움은 쌍방 과실이었지만 그의 변호사가 한참을 뛰어다니며 검찰부로 송치되는 것만은 막았다. 오지령도 진헌에게 불리한 진술을 더 하진 않았고, 싸움에 관한 사실은 은폐되거나 축소되었다.

해 질 녘 시작된 싸움은 자정이 다 되어서야 파출소 입구에서 막을 내렸다. 진헌의 변호사가 합의금을 전달하기 위해 지령을 설득했으나 그가 소리쳤다.

"저 새끼에게 매값 안 받는다고!"

주먹질은 간신히 멈췄지만 두 사람은 죽일 듯 서로를 노려보았다. 지령은 의지를 꺾지 않고 송아를 붙들고 늘어졌다.

"저런 사람들은 결혼도 장사야. 너는 이용만 당할 거야. 집 같은 거 해 준다곤 안 하디? 뭘 주든 너랑 노는 값 치르는 거야. 돈으로 주는 선물, 받지 마. 내게 돌아와. 내가 대신 해 줄게, 이 새끼만큼은 아녀도 충분히 네게 다 해 줄게. 나는 안 그래!"

"그 입, 못 닥쳐?"

다시 주먹을 치켜드는 진헌의 팔을 붙들고 늘어지며 송아가 말렸다.

"좀, 그만 때려요! 이 사람 많이 맞았어요!"

그리고 빠르게 지령에게 말을 더했다.

"그때 그 일은 서로 잊어요. 선배가 어떤 마음일지, 한 번도 생각 안 했어. 늘 내 생각만 했나 봐요."

"말 섞지 마!" 하는 진헌을 바라보며 송아는 침착하게 답했다.

"지금 할게요. 지금 안 하면 나중에 만나서 다시 하게 돼요."

그는 이를 악물며 송아를 지령에게서 한 발 떨어뜨렸다. 그리고 "흐흠!" 가쁘게 숨을 들이마시면서도 고개를 돌려 준다. 그러나 그녀의 손을 꽉 붙든 채였다.

"빨리 끝내."

송아는 진헌의 손을 잡은 채 말했다.

"나만 상처받은 줄 알았는데, 선배도 많이 아팠겠네. 선배에게 최선을 다하지 않았어. 피하고 원망만 하면서 내 생각에만 갇혔었어. 선배를 진심으로 사랑하지 못한 거…… 미안해요."

이것이 지령에게 가장 잔인한 말이 될 거란 걸 알면서도 말을 뱉었다. 가장 혹독한 사형 방법을 택해, 그를 끊어 냈다.

"송아야, 제발!"

고통스럽게 호소하는 지령에게 송아는 진헌을 눈짓으로 가리켰다.

"나 이 사람 사랑해. 나 이 사람을 선택했어요."

그 말은 손 마디마디를 꽉 쥐고도 불안에 떨던 진헌의 손아귀에서 힘을 뺐다.

"선배와 내가 함께할 기회는 이제 없어요. 우리는 이미 서로를 놓아 버렸잖아. 선배도 나도 우린 다 서로를 충분히 사랑하지 못했어. 그러니 미련도 내려놔요."

그리고 지령의 무릎을 바닥으로 꺾었다. 다하지 못한 마음들이 부유하여 미련을 남기는 걸까. 그래서 나도 지령 선배를 볼 때마다 미움을 내려놓지 못했던 걸까. 그렇더라도 우리의 시간은 이미 끝났다.

밤바람이 오늘따라 쌀쌀했다. 별 한 점 없이 구름 사이로 하현달만 슬그머니 걸어 둔 하늘이 희부옇게 빛났다.

긴 한숨을 내쉬는 송아의 어깨를 진헌은 조용히 감싸 안았다. 아까의 광경을 생각하면 미칠 것 같지만 애써 기억을 털어 냈다. 믿는다. 이 여자를 아니까 믿는다.

하지만 그러면서도 밉다. 너무나 예쁘지만 오늘만큼은. 송아는 다정히 안겨 오지도, 그렇다고 밀치지도 않은 채 냉랭했다. 격투기는 호신용으로 배웠을 뿐 평소 절대로 주먹을 쓰는 편은 아닌데, 오늘은 잠시 이성을 잃었다.

지령은 송아와 나이가 맞아 보였고, 같은 회사라 말도 잘 통할 것 같았고, 같은 학교를 나와서인지 서로 아는 게 아주 많아 보였다. 냉랭하게 눈빛을 주고받는 것조차 둘 사이에 뭔가 있는 것 같아 괴롭다.

'그때 그 일은 서로 잊어요.'

게다가 그녀와의 추억. 그녀와의 연애 기억을 갖고 있다는 게 견딜 수 없었다.

'선배도 많이 아팠겠네.'

그 녀석의 머릿속에 든 송아를 후벼 파내 찾아오고만 싶다.

'그러니까 돌아와. 돌아와 송아야. 우리 다시 시작하자. 황진헌과 어떤 일을 벌였대도 난 상관없어. 그땐 내가 너무 어렸어.'

미칠 것 같다.

이 여자를 만졌을까. 어떻게 만졌을까. 지금보다 어리고 앳된 송아는 그에게 뭐라고 말하며 사랑한다고 속삭였을까. 둘은 어떻게 살을 맞댔을까, 아니지, 그건 그만!

생각하지 말아야지, 다짐할수록 피가 끓는다. 그럴수록 살의가 차올라 주먹만으론 부족했다.

그러나 '미안해요, 나 이 사람 사랑해.' 확실한 고백이 그의 숨통을 조금이나마 트이게 했다. 미약하게나마 안심이 된다. 내 것, 내 여자.

"자, 말해."

아니, 아직은.

예쁜 그녀를 보니 안심은커녕 더 불안해진다. 밉고 화가 난다. 진헌은 송아의 어깨를 살짝 흔들었지만 뾰로통해선 더 이상 말을 하지 않았다.

"싸웠다고 그래? 그럼, 그 상황에서 주먹을 어떻게 안 쓰나?"

화를 버럭 내다가도 기운을 삭인다. 미칠 것만 같다. 송아는 고개를 푹 수그린 채 얼굴조차 보여 주지 않았다. 바람이 후욱 불며 붉은 낙엽이 비처럼 쏟아졌다. 밝은 가로등 아래 네 개의 발이 타박타박 집을 향해 걷는다.

"말하라고."

송아는 숨을 크게 들이켜고 그를 원망스럽게 바라보았다.

"보셨듯이 끝내는 중이었어요. 왜 그렇게 큰 싸움을 해요?"

적반하장이긴 했지만. 그래도 이렇게 엉망진창으로 두 사람이 뒹굴었다는 게 속상했다.

"너는 끝이었대도 그 녀석은 아녔어."

"내가 끝이면 끝이야."

귀여운 송아의 얼굴은 단호했다. 진헌은 그 단호함이 자신을 향할까 괜스레 두려워진다.

"그 녀석이 나한테 맞은 게 마음이 아파?"

"그럼, 사람 때려서 다치는 게 뭐가 보기 좋으려고요!"

진헌의 언성이 슬쩍 높아졌지만 송아는 상관하지 않았다.

"나도 맞았다고. 난 괜찮고?"

"딱 네 대 맞아 놓고선. 싸움은 언제 배워서, 그렇게 싸움꾼같이 사람을 때려요? 진헌 씨 얼굴도 결국 다치고! 이게 뭐야?"

터진 입술을 보며 송아가 인상을 흐리자, 진헌은 헛웃음이 나왔다.

"나 맞은 대수를 세고 있었어?"

"아이, 나 나쁜 계집애인가 봐. 그 와중에 진헌 씨 다치는 거만 생각하고 있었어요. 그렇다고 진헌 씨가 이겨서 오 선배를 때리는 것도 불편하고. 난 피가 마르는 것 같았다고요!"

복잡했던 그의 표정이 환히 밝아졌다. 그래, 이거면 되지 무슨 말이 더 필요할까.

"하하! 그럼 됐어. 그건 네가 날 사랑한다는 증거니까."

송아는 어이가 없어 그를 올려다보다가 한숨을 폭 내쉬며 걸음을 재촉했다. 주먹을 꼭 쥐고 호주머니에 넣으며 걷는 게 진헌은 주책없이 귀여웠다.

"어린애 같아요."

"남잔 다 어린애라잖아. 네가 이해해."

"나이도 많이 먹어 놓구선."

"할아버지도 어린애 같다고 했어, 옛날에 우리 할머니가 살아 계실 땐."

"말을 저렇게도 잘하면서 주먹 말고 입으로 하지."

그때, "이렇게?" 하며 그가 송아의 턱을 치켜들었다. 그의 도톰한 입술이 달싹이자, 절로 침이 꼴깍 넘어간다. 뭘 하려는지 알았지만 오늘따라 입가가 터진 그가 미웠다. 아프겠다! 잘생긴 얼굴에 흠집이 났다.

"키스해.", "싫어요."

그냥 이런 이상한 상황이 되어 버린 게 안타깝고 화가 난다. 입 맞추려는 그의 가슴을 쿡 밀어 냈다.

"키스하고 빨리 털어 버리자.", "지금은 좀 그래요.", "나 위로 좀 해 줘라.", "사람 실컷 때리고 위로는."

매정하게 고개를 돌리는 송아의 뺨을 기어이 잡아 돌리곤 춥, 강제로 베이비키스를 했다.

너무나 미워서 키스하기 싫었지만 또 걱정은 된다.

"밥은 먹었어요?" 하니, 그는 절레절레 고개를 흔들었다. 안 먹어서 안 먹었다는 것인지 분위기상 안 먹은 게 유리하니 안 먹었다는 것인지. "정말?" 물으니, 그는 고개를 끄덕였다.

"배고파. 회사에 너 데리러 갔다가 반 대리가 너 퇴근했다고 해서. 느낌이 이상했는데, 역시나 나쁜 예감은 잘 맞더군. 너, 왜 전화 안 받아?"

화들짝 놀라 휴대전화를 확인하니 부재중 전화가 여러 통이다.

"반 대리 표정은 수상하고, 네 연락은 없고. 내가 애가 타겠어, 안 타겠어. 내가 그 꼴을 보고 주먹을 올리겠어, 좋은 말로 하겠어?"

답을 할 길 없어 눈만 깜빡이다 건너편의 24시 곰탕집을 가리켰다. 진헌의 시선도 송아의 손가락 끝을 향했다.

"난 안 먹어요. 저녁 먹었어요." 했지만 그는 "조금만 먹고 남겨." 하며 송아 몫의 국밥도 시켰다.

그 소동을 치르며 추위에 한참 떨다 뜨끈한 걸 보니 숟가락을 들게 되었다. 모락모락 뜨거운 김이 오르는 곰탕이 뜨끈하고 개운했다. 그가 밥숟갈에 깍두기 하나를 얹어 주었다.

숟가락이 놀려질 때마다 입안에서 말캉한 밥알들이 돌아다니며 배 속이 더워졌다. 거의 다 먹어 가는데 그가 고백하듯 말했다.

"안 믿겠지만 너랑 저녁 같이 먹으려고 나 요즘 매우 무리하고 있어."

"누군 안 그런가."

함께 있을 시간을 만들려 종종거리던 매일의 매시간이 생각난다. 테이블 밑으로 툭, 차 오는 그의 발길질에 송아는 발을 채이곤 인상을 폭 썼다. "하지 마요." 진헌은 그런 송아가 또 예쁘다.

"그냥 털어 버리자."

"난 진헌 씨처럼 돌아서면 개운해지지 못해요. 감정을 추스르는 데 시간이 많이 걸려요."

"나도 그래. 집중하며 노력하는 거지. 너랑 같이 있는 이 소중한 시간을 인상 쓰는 데 쓰고 싶지 않아. 오늘은 원대한 계획도 좀 생겼고."

밥이 좀 남았는데, 한 숟갈을 더 뜨고 끝낼까 그냥 끝낼까 망설이다 딱 한 입만 더 먹기로 했다.

"무슨 원대한 계획이요?"

별생각 없이 국밥을 입에 넣는데 그가 한 말 때문에 푸읍, 그의
얼굴에 밥알을 튕겨 버렸다.

"오늘 밤, 나랑 자자."

아니, 여태 그렇게 신사처럼 굴었으면서 갑자기 이 사람 왜 이
런담?

송아는 엘리베이터에서부터 슬금슬금 그를 피했다. 가슴이 콩닥
콩닥 뛰었다. 뜨거운 눈빛을 보내며 그가 다가오자 다시 반대편 모
서리로 스텝을 밟듯 슬쩍 옮겼다.

"들러붙지 마, 떨어져요!"

가볍게 어깨동무를 해 오는 것조차 버겁다. 평소에도 강렬히 의
식되던 그의 체취가 오늘따라 더욱 선명히 몸을 조인다.

"갑자기 왜?"

"진헌 씨야말로 갑자기 왜요?"

그러나 피해 봤자 엘리베이터 안이었고, 4층에 도착하는 데 걸
리는 시간은 매우 짧다.

"생각이 달라졌어."

"무, 무슨 생각이요?"

"불안해. 네가 도망쳐 버릴 것 같아서."

현관문 앞에서 손목을 잡혀 버렸다. 빠르게 비밀번호를 해제한
그가 급하게 입술을 겹쳐 왔다. "아이, 싫어!" 하며 도망치는데,

그가 발목을 잡았다. 와당탕 넘어지며 둘의 몸이 현관 앞에 쏟아졌다.

살짝궁 눈을 떴다. 아파야 정상인데, 깔려 있는 건 그의 몸이다.

"이런 식으론 싫어요, 특히 오늘은."

이 사람은 정말 별로인 날을 골라. 가슴을 밀며 몸을 일으켰으나 이상한 자세이다. 그의 몸 위에 요상하게 올라타 있다. 그의 중심이 엉덩이에 맞닿아 있었다. 엉덩이 한쪽에 느껴지는 이건…….

"초조해. 더 가까워지고 싶어. 모든 게 안정되면 천천히 가자, 했어. 그런데 네가 더 좋아질수록 더 초조해져."

그의 중심이 강렬히 의식되었다. 몸을 일으키지 않을 수 없었다. 그러나 곧 무게 중심을 잃고 바닥으로 쓰러졌다. 이번에도 아픔은 없다. 아파야 할 어깨엔 그의 손바닥이 들어가 있었다. 그러나 그는 송아의 좁은 배 위에 올라타 있다. 그가 내려다보는 중압감에 심장이 오그라들었다.

"그 녀석의 말에 나도 개운치 않았나 봐. 열심히 사는 애를 돈으로 흔든다는 말을 부정하면서도 그 녀석에겐 주먹이 나갔어. 너랑 가까워지고 싶어. 날 붙들어 줘."

그의 입술이 다가왔다. 송아는 고개를 돌렸다. 누워 있는데도 쓰러질 것같이 머리가 빙글빙글 돌며 어지러웠다. 최선을 다하지 못해 흘려버린 사랑의 끝을 확인했다. 그리고 가장 사랑하는 정점에 서 있을지도 모르는 그가 가까워지고 싶다고 부탁한다.

왜일까. 그는 왜 불안한 것일까. 언젠간 우리가 헤어질 거란 걸 그도 알면서 조심하며 다가오지 않았던 걸까. 그래서 날 안을 수 없었던 건가.

"키스해." 그가 입술을 들이대자, 송아는 입을 틀어막았다.

"키스하자. 너랑 더 가까워지고 싶어."

그가 긴장으로 눈을 반들거리며 송아의 답을 기다렸다. 위압적으로 내려다보는 눈빛은 강렬했지만 실상, 그는 거절을 두려워하고 있었다. 그럼에도 바보같이 이 순간에 이딴 게 제일 신경 쓰이다니.

"야, 양치하고. 이 닦으면 키스할게요. 밥 먹은 거 신경 쓰여."

맥이 탁 풀어진 듯 그가 큭큭 웃었다. 그가 손을 잡고 나란히 누워 버린다. 둘이 같이 어이없이 천장을 바라보았다. 그게 뭐가 그리 우스운지. 송아도 한동안 함께 깔깔깔 웃고 말았다.

"그래도 금송아가 하라면 해야지."

옷도 그렇지만 몰골이 엉망인 그는 발딱 일어나 드레스룸으로 들어갔다. 잠시 뒤 쏴아, 하며 보일러 도는 소리가 들렸다. 그는 샤워를 하나 보다. 송아는 잠시 앉아 숨을 골랐다. 누워도 앉아도 머리가 어지럽긴 마찬가지다.

이렇게 저돌적으로 변한 그를 밀어내긴 힘들다. 머리가 복잡했다. 생각이 바글바글 끓는데 편한 바지에 흰 면티로 갈아입은 그가 송아를 잡아 일으켰다. 그의 머리칼이 젖어 있었다.

"얼른 이 닦자."

"밀어붙이지 마요."

"내가 밀어붙이지 않을 땐 내심 섭섭해했으면서?"

"우, 웃기지 마요!"

침착하게 시침을 뗐으나 뜨끔했다. 그런 게 보이나? 송아는 침을 꼴깍 넘기며 그를 흘긋 바라봤다. 속을 들여다보듯 빤히 내려다보는 그의 반들반들한 눈은 늘 편치 않다.

"너, 유혹했잖아. 집 안에서 마주칠 때마다 이렇게 웃기도 하고, 요렇게 어깨를 돌리기도 하고, 또 이런 식으로 눈을 뜨고……."

송아의 흉내를 내는 그가 미워, 배를 쿡 밀어 버렸다. 이건 정말 억울한 모함이다.

"내가 언제 유혹을 했다고요?"

그러나 그는 놀리기를 계속했다.

"그럼 내가 유혹할까? 네가 유혹해 주길 기다리다가 내가 늙어 죽겠어."

"시, 싫어."

"유혹해라. 넘어가 줄게."

"아이!"

입술을 겹쳐 오려는 농밀한 그의 움직임을 당할 재간이 없었다. 비누향이 섞인 그의 체취는 또 다르게 달콤했다. 이러다간 상상했던 끝까지 쏘아져 버릴 것 같아 기어이 그를 밀어냈다. 몸을 일으켜 방으로 도망치는데 그는 거실 화장실로 슥 밀어붙였다.

"난 양치 같은 거 상관없지만."

그는 느물느물 웃으며 따라왔다.

"내 방 화장실로 갈래요. 치, 칫솔 거기 있어."

"됐어. 여기도 칫솔 많아."

자연스럽게 화장실을 같이 쓰려는 그를 밀어냈으나 그는 새 칫솔 하나를 꺼내 포장을 뜯고 치약을 묻혀 버렸다. 그리고 아이에게 하듯 턱을 부드럽게 움켜쥐며, "아, 해!" 하고 입을 벌리게 했다. 이대로 당할 순 없어 턱을 빼내려고 했다. 그러나 피하려니 입술을 겹쳐 오는 통에, "그냥, 내가……." 하는데, 칫솔이 입에 쏙 들어 왔다.

그리고 다른 칫솔을 하나 더 꺼내 그도 칫솔을 물었다. 그와 함께 이를 닦을 자신이 없어, 제대로 발음하지도 못하며 "나가아요오." 하는데, 그는 또 슬쩍 웃으며 중앙의 욕조 위에 걸터앉았다. 그리고 같이 이를 닦기 시작했다.

아, 아직 이런 모습 보이고 싶지 않은데. 가까워지고 싶다더니 정말 훌쩍훌쩍 거리를 좁혀 왔다. 생각을 실천으로 옮기는 데 재능이 탁월한가. 다른 쪽도 그럴 것 같아. 문득 이 공간이 화장실이란게 강렬히 신경 쓰였다.

그가 걸터앉은 곳은 조개껍질 모양으로 생긴 커다란 욕조의 테두리였다. 욕조가 아주 커서, 두세 사람이 나란히 다리를 뻗고 쉴 수 있을 정도. 구석엔 샤워 부스와 유리 칸막이가 따로 세워진 변기가, 다른 한 면엔 두 사람이 각각 쓸 수 있는 세면대와 화장대가 나란히 배치되어 있었다. 대형 창으로 정원마저 내다보이니, 욕실의 분위기는 꼭 방 같다.

송아는 세면대로 다가가 그가 보이지 않는 데서 입안을 헹궜다. 보이기 싫어하는 걸 아는지, 그는 멀리 떨어진 욕조를 사용했다. 먼저 끝낸 그는 무료하다는 듯 샤워기 꼭지를 틀며 툭툭, 물방울을 튀기며 장난을 걸고 있었다.

"그만해. 뭘 그렇게 또 깨끗이 헹구나?"

그는 놀아 달라는 듯 샤워기를 틀며 슬금슬금 장난을 쳐 왔다. 몇 개의 물방울을 타타탁, 맞는데 꽤 차가워 좀 언짢았다. "하지 마요!" 진심으로 목소리를 높였다. 그리고 그때 그의 얼굴에서 악동의 장난기가 폭발하는 걸 보고 말았다.

소름이 오소소 돋았다. 그는 고용인들을 정성껏 괴롭혔다고 했었지.

"앗, 차거!"

그는 붓을 터치하듯 슬쩍 물을 훑어 뿌리고 껐다. 이번엔 블라우스가 좀 젖었다. 열이 확 올라, "하지 말라니까욧!" 날카롭게 소리를 쳤다.

그러나 그는 "싫어." 눈을 반들반들 빛내며 후후, 신나 했다. "완전 재밌어." 하곤 또 슬쩍 터치하듯 물을 훑어 뿌리고 껐다. 열이 확 오르며 저 샤워기나 수도꼭지 중 하나를 꼭 차지해야겠단 의지가 솟았다.

그에게 한 발 다가가니, 그의 공격의 농도가 짙어졌다. "오지마! 물 뿌릴 거야."

"가만 안 둬!" 하며 송아는 다다다 달렸다. 샤워기를 빼앗진 못해도, 수도꼭지를 막아설 수는 있을 것 같았다. 수돗물을 끄면 샤워기는 무용지물이니까.

그러나 그는 그녀를 가만두지 않았다. "오지 말라니까?" 하며, 갑자기 굵고 힘찬 물줄기가 와르르 쏟아졌다. 그는 송아의 발을 공격했다. 송아는 화가 버럭 나 소리쳤다. "아악! 어떡해!"

슬리퍼도, 바지의 아랫단도 함께 물벼락을 맞아 흥건해졌다. "아이, 양말 다 젖었어!"

정신이 확 들며 이번엔 진심으로 화가 났다.

"뛰지 마, 금송아! 미끄러져 다친다?" 하며 그는 그녀를 쏙 받아 안았다. 그 바람에 송아는 샤워기를 확 거머쥐었고, 분을 주체하지 못하고 그의 몸에 물벼락을 내렸다.

"앗, 차거!"

그는 끌어안았던 팔을 풀며 물살을 피해 등을 보였다. 그가 괴로워 눈을 찌푸리는 게 짜릿해, 송아는 물을 한 번 더 뿌렸다.

"앗, 차거, 차거!"

똑같이 해 주고 싶어, 바짓단에 물을 뿌리려다, 그는 맨발인 걸 깨달았다. 억울했다. 대신 그의 등짝에 찬 물줄기를 왕창 뿜어 줬다.

"앗, 차갑다니까!"

송아가 후후, 웃는데, 그는 사악한 미소를 쌕 지었다. 그는 다시 쏟아진 물줄기를 피해 슬쩍 몸을 비틀며 보디클렌저를 집어 들었다. 그리고 힘차게 찌익, 송아의 몸에 뿌렸다. "아악! 어떡해!" 블라우스의 앞자락에 정통으로 맞고 말았다.

열이 올라 그의 가슴에 물을 확 뿌리니, 그도 악동의 눈을 빛내며 송아에게 비누액을 팍팍 뿌렸다. "하지 마요!" 신이 난 그는 멈출 생각이 없어 보였다. 이건 그녀에게 너무 불리했다. 맹물보단 비누액이 훨씬 치명적이다.

"아악! 그만! 이제 그만! 그만해요. 옷 다 버렸어!"

가슴 앞자락이 장미색 비누액으로 흥건했다. 아무리 장난이지만 하나도 봐주지 않고, 그는 구석구석 비누를 뿌려 놨다.

"난 몰라!"

송아가 짜증을 내자, 그는 슬쩍 눈치를 보며 보디클렌저 통을 슬그머니 내려놨다. 열을 주체하지 못해 원망하듯 샤워기를 한 번 더 그의 몸에 확, 뿌리자, 그는 능글능글 웃으며 손에 들린 샤워기를 힘껏 빼앗았다.

젖은 두 몸 사이엔 딱 10센티미터의 거리가 있었다. 그의 움직임이 다시 농밀해졌다. 단단한 근육이 비치는 젖은 가슴이 겹쳐 오는 게 너무나 떨려 송아는 그를 밀어 내려 팔을 뻗었다. 그러나 이번엔 그의 힘이 완강했다.

심장이 갑자기 날뛴다. 열이 오르며 얼굴이 달아올랐다. 좀 전과는 다른 열기. 그러나 그는 장난기가 채 가시지 않은 음흉한 웃음을 흘렸다. 송아의 입술에 쪽, 가볍게 입 맞췄다. 그리고 그녀의 귀에 다정히 속삭였다.

"너, 샤워해야겠다?"

그는 문을 달칵, 닫고 조용히 욕실을 나갔다. 그의 등 뒤에 새카만 악마의 날개가 달린 것 같았다.

샤워를 하지 않을 수 없었다. 맑은 형광등 아래 송아는 하얀 몸을 씻었다. 얇은 문 밖에서 그가 기다리고 있는데, 이렇게 발가벗고 몸을 씻는단 사실이 어지러웠다.

잘 정돈된 채 접혀 있는 샤워 가운을 꺼내 걸쳤다. 드라이어를 집어 들고 머리칼을 말렸다. 팔을 움직일 때마다 샤워 가운에 쓸리는 맨가슴의 촉각에 날이 선다.

문을 열고 나설 일이 막막하다. 하루 종일 입었던 속옷을 들고 고민은 왜 하는지. 결국 젖은 옷 뭉치와 함께 말아 두었다.

거실의 조도가 은은하다. 달칵, 하며 테이블에 물 잔을 내려놓는 그와 눈이 마주쳤다. 물벼락을 맞았던 그도 샤워 가운 차림이다. 뱃속이 지그시 조였다. 웃어 보여야 한다고 생각했는데, 마른침을 삼키는 것조차 어렵다.

"진짜로 내키지 않아서 그래?"

표정이 너무 굳어 있었나. 가볍게 미소 짓던 그의 표정도 함께 일그러졌다.

"아니에요."

애써 쥐어짜 낸 목소리가 떨렸다. 후우. 남자와 잔다는 게 현실로 다가오지 않았다. 아니, 그를 처음 볼 때부터 강렬히 바라던 것일지도 모르는데.

"너무 밀어붙이니까. 여태 안 그러다가……."

"예뻐서. 너무 예뻐서 갑자기 초조해졌어."

변명치곤 궁색하다. 이렇게 초조해진 이유. 내 눈에만 이 여자가 예뻐 보이는 게 아니라는 다급함, 조바심.

"미안해요. 잘 끝내려고 한다는 게……. 진헌 씨한테 사과해야 하는데 화만 내고."

"알긴 알아?"

원망하듯 물었지만 그럼에도 하나부터 열까지 예쁘지 않은 데가 없다. 새하얀 피부, 앙증맞은 얇은 입술, 작고 귀여운 콧방울, 그럼에도 도도한 콧날.

그를 바라보는 눈이 반짝인다. 그 빛나는 생기가 탐스럽다. 그리고 오늘은 열기로 발그레해진 뺨이 다른 욕심을 부추긴다.

"더 좋은 날, 더 좋은 때를 골라야 하는데. 인내심이 바닥나 버렸어."

진헌은 말하지 못했다. 네겐 내 흔적만 남기고 싶어. 옛 애인의 존재를 입에 올리지 않는 데 혼신의 힘을 다했다. 송아와의 첫날밤에 다른 남자를 끼우긴 싫다. 할 수만 있다면 저 조그만 머릿속에서 옛 기억을 탈탈 털어 내고 싶다. 아니, 지금부터 그렇게 할 것이다.

"아앗!"

그는 겨드랑이 사이로 긴 팔을 넣고 무릎을 번쩍 들어 올렸다.

너무나도 쉽게 들리니 어린애가 된 것 같아. 자연스레 벌어지는 샤워 가운의 가슴 부분을 추슬렀다. 단단하게 받쳐 주는 팔은 듬직했지만 꼬이듯 속삭이는 목소리는 달콤하다.

"내 방으로 가자."

그러나 한 발 한 발 걸음을 옮기는 진헌의 마음만은 형편없이 들끓었다. 이 돌발 행동이 수컷의 유치한 질투심이란 걸 비치지 않으려 애썼다. 지난 일이 어떻든 그녀를 사랑한단 사실엔 변함없다.

하지만 옛 연인을 눈에 담는 그녀의 머릿속엔 그와의 밤도 함께일 것이다. 그 밤들을 흐릿하게 만들어야만 한다. 그의 육체로 그 기억들을 지우고 끊어 낼 것이다. 나의 송아. 나만의 송아로 만들어야 해!

"예쁘다."

볼에 입 맞췄다. 유치하고 졸렬했다. 이렇게 예쁜 여자를 급히 안는 이유.

그렇더라도 오늘 이후론 머리끝부터 발끝까지 내 것으로 채울 것이다.

송아는 가까워지는 그의 얼굴에 심장이 쿵쾅거렸다. 갓 면도를 했는지 푸릇했던 그의 뺨이 깨끗했다. 까슬까슬한 얼굴도 섹시하지만 매끈한 얼굴은 사람을 잔뜩 긴장시킨다. 익숙한 입술과 턱 아래 그늘진 음영에 마음 설렌다. 두렵고 또 기대된다.

그러나 발걸음이 한 발 한 발 옮겨질 때마다 부풀었던 기대가 짓눌리기 시작한다. 가슴이 쿵쿵 뛰며 무섬증이 덮쳐들었다.

몸이 침대 위에 놓이고 작은 스탠드가 달각, 켜졌을 때 "꺼 주세요." 부탁했다. 그의 취향이 어떻든, 불빛 아래선 도저히 자신이 없다.

달칵, 하며 곧 익숙한 어둠이 둘을 감쌌다. 레이스 커튼 너머 정원의 외등이 은은하게 빛을 내린다. 치륵치륵, 풀벌레 소리가 귀를 찢듯 요란했다.

당장 입술을 겹치며 샤워 가운을 벗겨 오리라 생각했는데, 그는 한동안 마주 앉은 채 어둠 속에서 송아를 응시했다. 그의 눈빛을 많이 받았었지만, 그리고 그때마다 도통 그의 속을 알 수 없었지만, 지금의 눈빛은 더욱 그랬다.

그가 팔을 뻗어 샤워 가운 안으로 손을 넣는데 저도 모르게 움찔, 놀라고 말았다. 그는 "후후." 가볍게 웃으며 맨살의 어깨 근육을 부드럽게 마사지했다. 여민 부분이 넓게 벌어지고 그의 양손이 목 언저리와 어깨를 주물렀으나 그의 손에 색기는 없었다. 다정하게, 어른처럼, 마치 뭉친 근육을 풀어 주듯 하는 손놀림이 오히려 건조했다.

그럼에도 긴장에 마른침이 꼴깍 넘어갔다. 송아는 그의 움직임이 의아해 빤히 쳐다봤다. 그는 눈빛을 마주하며 머리칼을 부드럽게 넘겨 주었다. 그리고 '예쁘다.' 했을 때처럼 가볍게 볼에 입 맞추어 주었다.

두 개의 베개를 고쳐 놓고 머리를 받쳐 눕혀 주는 그의 손에서 송아는 어떤 종류의 망설임을 읽었다. 내가, 생각보다 섹시하지 않은가. 그래서 여태 나를 그냥 놓아둔 건가.

"그렇게 하기 싫어?"

진헌은 바싹 얼어붙은 송아의 태도를 화난 것으로 오해했다. 이런 일을 계기로 첫날밤을 지내는 게 불쾌할 대로 불쾌하니 먼저 키스를 해 주지도, 웃어 주지도, 팔을 벌려 안아 주지도 않는다. 미안하더라도 야속한 건 어쩔 수 없다.

그러나 송아가 불편한 건 그가 제대로 리드해 주지 않아서였다. 송아는 불규칙하게 날뛰는 가슴을 억누르며 그의 볼에 건성으로 입맞춤했다.

"아니라니까. 그딴 거 한 번만 더 물으면 내 방으로 돌아가 버릴 거야."

첫 경험에 대한 친구들의 수다들이 한꺼번에 밀려들었다. 굉장히 아프다던데. 별로라던데.

그는 "후후." 낮게 웃으며 입술을 겹쳐 왔다.

"그건 안 돼!"

사과하듯 입안을 슬쩍 훑고 나간 키스는 아주 짧았다.

그 뒤로, 그는 완전히 다른 사람이 되었다. 다정함과 조심스러움은 바로 날아가 버렸다. 샤워 가운을 양쪽으로 활짝 젖히고 곧바로 흰 알몸을 만들었다. 그의 앞에서 발가벗었다는 충격을 느낄 새도 없이 "웃!" 하는 신음을 삼켜야 했다. 그가 가슴 한쪽을 입안에 혹 머금었다.

"하아!"

선홍빛 유두가 그의 입술 안으로 빨려 들어간다. 새하얀 젖무덤이 그의 입술과 함께 넘실거린다. 그는 나머지 가슴과 엉덩이를 욕심껏 거머쥐었다. 질척이며 움직이는 혀의 느낌, 혓바닥보다 더 요사스럽게 움직이는 그의 두 손을 어째야 좋을지.

몸을 비틀며 그의 머리칼을 잡아 쥐었다. 저도 모르게 그가 손대는 손가락들을 하나하나 잡아 뜯었다. 생경한 느낌이 퍼부어진다. 그가 손대지도 않은 아랫도리가 뜨거워지며 견디기 힘들어졌다. 한 번도 내 보지 않던 이상한 음성을 흘린다.

"흐으!"

간신히 혓바닥에서 놓여나니 더욱 황당해진다. 그가 벗은 다리를 활짝 펼쳐 벌린다. 이 사람이 지금 어디를! 충격에 다리를 얼른 오그리는데, 그가 강제로 두 다리 사이에 자신의 몸을 끼웠다. 게다가 양손으로 더욱 넓게 벌린다.

"기분 좀 풀어, 응?"

목소리는 부드럽지만 허벅지를 벌리는 그의 손엔 힘이 꽤 들어가 있다. 허벅지를 오므려 조이는 송아의 저항도 만만치 않았다. 송아는 이래선 안 되지, 스스로를 다독이며 조금이나마 힘을 풀려 애썼다. 그러나 벗은 채 활짝 벌린 다리 사이에 그가 몸을 놓고 있다는 것만으로도 미칠 것 같다.

그러나 그는 무자비하게 다른 쪽 가슴을 또 머금었다. 반대쪽이 고문을 당하는 동안 바짝 긴장했던 것이, 기어이 똑같은, 아니 더 심한 고초를 당했다. 휘돌리는 혀끝은 너무나도 부드럽고 다정해서 그 어떤 고문 도구보다도 고통스러웠다.

츄르릅, 나는 소리를 좀 없앴으면. "으흐음." 신음하는 주책없는 내 입도 막아 버렸으면. 아랫배에 또 화르륵 불이 붙는다.

"그렇게나 싫어?"

그가 몸을 뗀 것은 기어이 이마를 팍, 밀린 뒤였다. 밀어 낸 줄 몰랐는데 꽤 거세게 머리칼을 잡아 뜯어 밀어 냈다. 그러고 보니 그가 애무를 하는 동안 송아가 한 것은 손가락 잡아 뜯기, 머리 쥐어뜯기, 그리고 머리를 팍, 쳐 밀치기.

"이래서는……."

너무 강제로 하는 기분이잖아. 진헌은 말을 삼켰다. 왜 이렇게까지 거부할까.

"미, 미안해요."

밀쳐 내긴 했으나 그가 이리저리 손을 댄 것 때문에 송아는 뱃속이 들끓으며 온몸에 열이 올랐다. 송아는 다리를 조금 오그렸다. 그가 거뭇한 수풀을 내려다보는 게 아주 신경 쓰였다. 이런 자세로, 자꾸 대화를 하게 되다니. 그러나 그는 상한 기분을 추스르며 다정히 웃었다.

"서로 잘 모르니까. 정 싫으면 어색해도 그냥 얘기해. 좋아하는 건 가르쳐 주고."

좋아하는 거, 뭐? 그는 익숙한 여자를 원했던 걸까. 당연히 그는 익숙한 남자겠지. 아아, 자존심이 상하며 기분이 불안하게 출렁인다.

그러나 그가 다정하게 양 무릎을 또 세우니, 다시금 긴장이 솟는다. 지금 그가 어디를 들여다보고 있는지 생각하면 미칠 것 같다. 결국 그가 하란 대로 말로 하고 말았다.

"그렇게 뚫어져라 보지 말아요!"

목소리가 꽤 뾰족하게 나왔는데도, 그는 "큭." 웃으며,

"깜깜해서 잘 안 보여."

하며 손을 들어 올렸다. 엉덩이가 쥐어진 채 갑자기 허벅지 안쪽이 넓게 벌어지는 바람에, 소리조차 지르지 못하고 얼어붙었다. "으으!" 갑자기 들어온 입술의 감촉에 너무나 깜짝 놀라, "아아!" 저도 모르게 신음을 질렀다.

저절로 다리가 오그라들었다. 그의 머리를 다리 사이로 콱 조였다. 그는 힘으로 눌러 벌리며 이번엔 혓바닥으로 그곳을 길게 훑었다. "아악!" 비명을 질렀다. 거, 거길 핥아 버렸어! 그의 머리를 잡아 뜯으며 또 거칠게 확 밀어 내고 말았다.

"이…… 이건, 이건 싫어요."

그는 "으음." 곤란한 음성을 흘리며 한동안 그녀를 바라보았다.
벗은 몸에 아무것도 하지 않은 채 시선만을 받는 것도 꽤 힘들다.
흘낏 바라보니, 그는 말없이 자신의 샤워 가운을 벗어 한쪽에 던졌
다.

그의 나신이 온전히 드러났다. 상상만큼 훌륭한 보디라인이었지
만 눈을 가득 채운 건 딱 하나. 커다란 그의 것. 그 커다란 음영이
위협적으로 눈앞에 튕겨져 나왔다.

"앗!"

눈을 가렸다. 위선 떨고 내숭 부리는 성격은 절대 아닌데. 몸을
공벌레처럼 도르르 말고 옆으로 누웠다. 그가, 이 잠자리가, 갑자
기 너무 무서워졌다.

"너 혹시……."

남자랑 잠자리를 하려면 어떻게 하는 거라는 걸, 모르지 않았다.
그래도…….

"처음……이니?"

아는 것과 경험하는 건 천지 차이다.

화가 발끈 치솟았다. 나만 처음인 거 싫어! 창피해서 대답하기
싫었다.

'네.' 하고 대답하진 않았지만 그는 이미 대답을 들은 거나 마
찬가지였다. "후후후!" 웃는 그의 비웃음이, "하하하하하……." 침
대 위에서 매너 없이 웃고나 있는 그가 이제야 알았다는 사실이
오히려 이상한 거다. 다른 건 눈치가 백단이더니!

"그런 건 미리 말을 해 줘야지."

지극히 다정한 목소리. 진헌은 지옥에서 확 건져진 기분이었다.
설마 했던 기대가 들어맞자 주책없게도 웃음이 자꾸 났다. 조용히

옆으로 몸을 누이며 다정히 어깨를 쓸어내렸다.

"그만 비웃어요!"

손바닥으로 얼굴을 가린 채 짜증을 내는 송아를 보니 더욱 미안하고 예쁜 마음이 들었다. 송아는 그의 벗은 가슴을 원망스럽다는 듯 찰싹, 때렸다.

"비웃다니! 기뻐서, 기분이 좋아서 웃은 거야."

아, 자꾸 웃으면 안 되는데. 빨리 웃음을 그쳐야 하는데. 진헌은 큭큭, 숨을 참아 가며 웃음을 끊어 냈다. 그러곤 송아의 탐스러운 머리칼을 조용히 쓸었다.

"하기 싫은데 억지로 하는 줄 알았잖아."

"아니랬잖아. 이, 이상하기도 하고, 그리고 막상 하려니 좀 무섭기도 하고, 그, 그래서 그랬단 말이에요!"

볼멘소리로 답했지만 송아는 그냥 처음이라고 얘기할걸, 후회했다.

"무서워하지 마, 안 할게."

"네?"

의아함과 안도감, 또 모를 서운함이 설핏 든다. 이 무슨 요사스러운 변덕인지. 남자들은 하다가 그만두는 거 못 한다던데. 이건 해당 사항이 아닌가.

그러나 머리칼을 살살 쓸어 주는 그의 손길엔 끈적임이 묻어났다. 그는 언젠가처럼 귓가에 속삭였다.

"지금은."

침이 꼴깍 넘어갔다. 안 하겠다는 말이 꼭 하겠다는 말로 들렸다. 속삭임은 귓바퀴를 슬쩍슬쩍 물어 오는 애무로 변질되었다. 귓불을 입안에 머금으며 쪽 빨아 당겼을 땐 "으으!" 하는 신음이 나와 버렸다. 그는 천천히 몸을 쓸었다.

"예쁘다. 예쁘지 않은 데가 하나도 없어."

속삭여 주는 그의 음성이 달콤했고, 온몸을 어루만지기 시작하는 그의 손길이 색스러웠다.

그는 젖가슴으로 천천히 손을 뻗었다. 저도 모르게 목에 힘이 들어가자, 그는 여유 있게 웃었다.

"긴장 풀어."

송아는 쳐다보지도 않고 고개를 돌렸다. 아아, 눈에 담기도 괴롭다. 도대체 섹스는 뭐가 좋은 거라는 거야!

진헌은 후후, 가볍게 웃으며 송아를 달랬다.

"괜찮아. 긴장할 것 없어. 네가 싫으면 안 한다니까."

다정히 어깨를 어루만지던 손은 그녀의 손을 잡았고, 그녀의 손바닥에 그의 것을 닿게 하여 쥐여 주었다.

"아이!"

너무나 어색해서 손에 쥐었던 걸 금세 놓아 버렸다. 그러나 그는 조르듯 끈기 있게 다시 쥐여 주었다.

"쉬이, 괜찮아."

둘의 열 손가락이 함께 얽히며 그의 분신 위를 넘나들어 놀았다. 끝에서 뚝뚝 떨어지는 애액이 손에 든 땀과 열기가 한데 얽혀 손가락과 손바닥 안을 촉촉이 적셨다. 너무나 부드럽고 따뜻하면서도 단단하고 강인한 느낌. 그가 이끄는 손길에 따라 리드미컬하게 파도를 탔다.

"아직도 마냥 싫기만 해?"

"그래도 좀, 이, 이상해요."

촉촉한 끝에 닿은 손바닥 속이 간질거렸다. 그를 쥔 건 손인데,

배 속 깊은 곳에 이슬이 고였다.

"그럼, 이 녀석과 좀 더 사귀어 봐. 이젠 온전히 네 거니까."

"아이."

그렇게 부끄러운 말을 막 하다니. 그의 속삭임이 달콤했다. 그러나 그는 끈기 있게 기다려 주었다. 그를 더 뿌리치지 않고 익숙해질 때까지. 그리고 그처럼 잘하진 못하더라도 어색하나마 어루만질 수 있을 만큼은 되었다. 그는 악마처럼 매끄럽게 송아를 꼬였다.

"그러면 이젠 밀어내지 않기? 약속해."

"왜, 왜요?"

"네가 밀어내는 기분, 정말 싫거든. 거절당하는 거 싫어, 특히나 너한텐."

"치잇."

"상처받아. 또 밀어내면 거긴 정말로 안 하는 벌을 줄 거야. 약속?"

바싹 내미는 새끼손가락에 어이없이 손가락이 걸렸다. 첫날밤에 무슨 규칙이람. 그러나 그는 송아의 손가락을 거머쥐자마자 후후, 웃으며 깊이 키스해 왔다.

밖에서 하는 키스와 침실의 키스는 농도가 달랐다. 그의 것을 쥔 채 입안에 그의 혀를 머금는 느낌도 사뭇 달랐다. 너무나 부끄러워져 어느새 그를 놓아 버리고 그의 벗은 등을 감쌌다. 그의 입안으로 끌려 들어간 혀의 느낌이 더 농밀해지고 더욱 깊어졌다.

"우읍!"

저도 모르게 신음을 흘리며 그 입술에 매달렸다.

그는 왼쪽 가슴의 정점을 애무해 왔다. 꼬집듯 강렬하게 쥐었다

푸는 자극이, 처음 느꼈던 혀의 느낌보다 오히려 더 짙고 강했다. "아!" 하며 아픔과 쾌감에 신음을 흘리자마자, 후퇴하듯 부드럽게 젖무덤을 쥐며 달랬다. 저릿한 압력이 느리게, 그리고 강렬히 쏟아졌다.

"아아!"

그 쾌감은 오른쪽 가슴으로도 함께 전해졌다. 튕겨지는 유륜의 움직임을 스스로 바라보니, 피할 수 없는 쾌감과 부끄러움에 치를 떨었다. 그의 손가락 사이에 유륜이 끼워진 채 양쪽으로 강렬히 압박되었다. 강렬한 열 손가락의 움직임에 배 속 깊은 곳이 흥건히 젖어 들었다.

"흐흡!"

그는 아까처럼 유륜을 입안에 머금었다. 사탕을 물고 놀듯 천천히 돌아가는 그의 혀가 뱀처럼 매끄럽고 야릇했다. 강렬한 흡입에 쾌감이 증폭되었다. 가슴 끝이 빳빳해졌다. 저릿한 등의 느낌, 그의 짧은 머리칼에 손을 감았다.

"하아!"

그러나 곧 그의 머리를 밀쳐 내고 말았다. 부끄러움과 함께 그가 주는 쾌감을 알아 버렸지만 그 농도가 너무 짙어 차마 견뎌 내지 못했다. 이마를 쿡 밀린 그가 송아의 눈을 얄궂게 바라본다. 싫어서 밀어낸 건 아니에요. 사과를 하지도 못하고 침만 꼴깍 삼키며 그를 미안하게 바라봤다.

"후!"

그는 입술 끝으로 '아웃'을 시키듯 왼쪽 유두에 바람을 불어 넣었다. '이제 여긴 안 해 줄 거야.' 하는 것 같다. 그의 입술 끝에 매달린 게 악동의 장난기라는 걸 알아차렸지만 이미 때는 늦었다.

이번엔 다른 쪽 유륜이 머금어졌다. 웬만하면 견뎌 보려 했는데, 그 쾌감의 농도가 너무 짙어 진저리를 치기 시작했다. 그의 혀가 휘돌며 감아드는 곳은 유륜인데 엉뚱한 아래쪽이 훅 젖어 들었다. 게다가 이번엔 그도 밀어내려면 밀어내란 듯 더욱 애무의 농도를 높였다.

매끄러운 혀가 뱀처럼 휘돈다. 유륜을 쪽 빨아들이는 도톰한 입술이 유두를 혀끝으로 희롱하곤 또 슬쩍 뱉는다. 다시금 쪽 빨아들여지는 유두. "천천히 좀……." 온몸을 비틀며, "흐으!" 견디는데, 다시 슬쩍 뱉었다 쪽 빨아들여진다. "하악!" 결국 그의 어깨를 꾹 밀어 버렸다.

그의 눈이 악동처럼 번들거렸다.

"후우!"

오른쪽 유두도 결국 아웃을 당했다. 이 무슨, 이 무슨 장난을 하려는 건지. 두려움에 오싹하면서도 그가 주는 쾌감에 그가 다시 입술을 겹쳐 오는 걸 막아 내지 못했다.

그가 송아의 위로 올라타며 다리 사이를 벌리고 그의 몸을 놓았다. 그가 몸을 일으켜 앉으니 무릎이 접혀 올라가며 다리 사이가 방만하게 벌어졌다. 송아는 겁이 나 속삭였다.

"이, 이제 하는 건가요?"

장난기가 가득했던 그가 "크크큭." 등을 구부려 웃으며 허벅지 안쪽에 춤, 입을 맞췄다. 송아는 겁에 질려 따라 웃지도 못한다.

그의 음경이 좀 큰 편이긴 했으나 지금만은 그게 좀 미안했다.

"안 한다니까."

"할 때 얘기, 얘기하고 해요."

"왜 이렇게 겁을 내."

"어, 어떻게 안 무서워."

"금송아, 정말 착하다."

그의 손은 갈라진 틈을 애무하기 시작했다. 그녀의 속살은 진작부터 흠뻑 젖어 있었다.

"즐겨 봐. 네가 느낄 수 있는 쾌감을 알아내 봐."

그의 손가락들이 빙글빙글 돌았다. 커다란 꽃의 주변을 맴돌며 담뿍 젖은 꽃잎을 헤쳐 노는 벌들처럼 자유로이 맴돌았다. 꽃잎이 한 장 한 장 헤쳐질 때마다 송아는 진저리 치며 몸을 틀었다. "이, 이상해.", "쉬이, 느껴 봐."

꽃잎을 헤집고 헤치다 꿀을 뿜는 가장 안쪽 구멍을 찾아냈다. 손가락이 한 마디 들어가며 구멍을 희롱했다. "흐으!" 그녀의 몸이 비틀렸다. "그만해!", "싫어."

사부작사부작 움직이는 벌꿀의 엉덩이처럼 그의 손가락이 그녀의 구멍을 헤집었다. 슬그머니 돌렸다 살짝 들어갔다 잘박잘박 잘게 치며 쑥쑥 들어간다. 맑고 단 꿀이 또 왈칵 쏟아지며 그녀가 신음을 흘렸다. "하아!", "그래, 착하다."

몸을 뒤트는 그녀의 쾌감을 증폭시키기 위해 그의 입술이 그녀의 꽃에 내려앉았다. 꽃 위의 또 다른 꽃처럼 그의 입술이 꽃잎을 헤집는다. "흐으!" 몸을 뒤트는 것도 무시하고 입술은 꽃잎을 한 장 한 장 다시 헤친다. 그리고 단꿀이 나오는 샘에 도달한 혓바닥이 갈증을 해소하듯 츄릅, 빨아들인다. "하아!"

격렬한 쾌감이 아랫도리를 저릿하게 했다. 엉덩이가 제멋대로 춤을 추며 꽃을 흔들었지만 그의 입술은 착실하게 따르며 집요하게 혀를 얼렸다. "아아앗!"

"너!"

하지 말랬는데. 그의 머리를 콱 밀어 버리고 말았다. 절대로, 절대로 싫어서 그런 게 아닌데.

"정말 싫어?"

아니, 아니라고. 그러나 변명 대신 고개를 싹 돌렸다. 그곳을 마시던 입술과 마주할 자신이 없었다. 창피해. 너무나 부끄러워. 얄궂게도 배 속이 벌컥거리며 애액을 토했다. 쾌락은 멈췄지만 몸은 더 많은 쾌감을 달라 졸랐다.

그러나 그는 약속대로 다시 시도하지 않았다. 짧게 애무당했던 강렬한 그곳의 쾌감이, 깊숙이 각인 찍히듯 남아 버렸는데도.

"흐으!"

빠르게 이슬이 고이며 흐른다는 사실이 스스로도 느껴졌다. 그는 오른쪽 젖무덤만을 이로 잘근잘근 씹었다. 통각이 비정상적인 쾌감으로 자라났다. 그가 손대는 모든 곳이 불에 덴 듯 뜨거워졌다.

그는 꽤 심술궂었다. 모든 곳을 그의 먹잇감으로 삼았다. 아웃당한 정점만을 제외한 채.

이와 혓바닥으로 무릎부터 허벅지로 이어지는 기다란 길을 냈다. 무릎을 간질이던 입술이 허벅지 안쪽으로 이어졌다. 그의 혓바닥은 무자비해서, 욕심을 채우듯 모든 곳을 핥아 먹어 치웠다. "으으히!" 몇 번인지도 모를 신음을 끊임없이 흘렸다.

입안이 바싹 탔다. 팔에서 손가락 끝으로, 발가락 끝에서 허벅지 안쪽으로 이어지는 모든 애무는 정점에 이르기 직전 멈췄다. 정점에 가까워져 오면 기대감이 부풀며 온몸이 비틀렸다. 그가 한 번만 그곳을 머금어 주었으면. 아까처럼. 강렬하게. 그러나 스탑!

그러다 한 번씩 근처를 이로 콱 깨문다. 손가락으로 슬쩍, 강하게 쓸린다. 정점을 튕겨 올리는 엄지의 그 느낌에 "하아!" 신음을 쏟으면, 그는 매몰차게 그 쾌감을 걷어 갔다. 못됐어!

그는 다시 다른 곳을 애무하기 시작한다. 처음부터, 천천히, 느리게, 더 느리게. 가슴의 두 정점과, 아래쪽 정점은 아주 가끔씩만. 짧도록. 아주 아쉽도록.

그러나 바싹 긴장한 유두를 슬쩍 쓸고 도망치는 손끝. 애가 탄다. 거슬리도록 신경이 바짝 서며 애가 달았다.

그는 어느새 허벅지 안쪽만을 집요하게 애무하기 시작했다. 그가 이로 잘근잘근 물어 줬다. 꽃잎을 헤치고 꿀을 머금던 아까의 쾌감을 기억한다. 그러나 손가락 길이만큼 빗나간 그곳. 깨무는 통각이 강렬하게 달았다. 혀의 놀림이 뱀보다 더 간교했다. 질척거리는 소음과 검은 수풀에서 움직이는 그의 입술.

온 신경이 그곳으로 집중되며 왈칵 젖어 들었다.

"하아, 너무해. 일부러…… 일부러!"

입술이 바싹 탔다. 꽃잎을 유린하던 쾌감을 원했다. "흐으!" 몸을 비틀며 다리를 빼내는데도, 그는 무자비하게 다른 쪽 허벅지 안쪽을 공격했다. 그는 정점만을 빗긴 채 가슴 바깥쪽을 둔탁하게 잡았다. "하아!" 신음을 쏟으며 결국 제 손으로 그의 양손을 유륜으로 이끌었다.

그는 강렬하게 꽉 누르기만 했다.

"나빴어!"

송아는 그를 원망스레 쳐다보았다. 허벅지의 애무를 잠깐 그친 그가 색스러운 눈빛으로 웃음기를 머금고 내려다봤다.

"거봐, 너도 좋잖아. 즐거운 느낌을 찾았지?"

이런 순간에도 순순히 져 주지 않는 그가 미웠다. 맛만을 보여 주듯, 엄지로 쓱, 밀치며 그는 애무를 딱 멈췄다. 꽃잎에서 꽃물이 왈칵 쏟아진다.

"그러면 좋아요, 해."

"시…… 싫어!"

"좋아요, 하라니까."

"으으!"

쾌감에 몸이 비틀렸다.

"조, 좋아요!"

그가 만족스러운 듯 "후후." 짧게 웃었다. 부끄러워!

그러나 곧 "하아!" 신음을 쏟았다. 그가 제대로 애무해 주는 손길은 달랐다. 통각과 악력을 적절히 사용해서 리드미컬하게 쾌락을 쥐어짰다. 그가 주는 즐거움에 잠깐 취할 새도 없이 꽃잎 안으로 불쑥 밀려드는 손가락이 딱 멈췄다. 그는 경고했다.

"또 밀어내 봐?"

송아는 원망스레 그를 흘겼다. 너무 미워서 가슴을 짝, 소리 나게 때렸다. 그가 눈썹 한 짝을 치켜들며 마주 흘겼다. 그러나 지금은 정말 싸우고 싶지 않았다.

"안, 안 밀어내. 흐읍!"

사과 대신 그의 목을 감싸 안으며 깊이 입 맞췄다. 얽어 들이는 혀끝을 핥아 안으며 입술을 애무하는 사과는 아주 쉽게 먹혔다. 그곳 안에서 손가락이 빙글빙글 돌았다. "아아앗!" 그는 손의 움직임을 멈추고 양 무릎을 세워 다시 몸 아래쪽으로 내려갔다.

또 밀어내지 않으려 온 신경을 집중했다. 부끄러움보다 짜릿한 쾌감이 더 강렬했다. 젖어 든 그곳에 그의 부드러운 입술이 닿았다. 깊게 빨아들이는 입맞춤에 어깨와 허리가 뒤틀어졌다. 미칠 것 같은 쾌감이 온몸으로 기어 다녔다. 혀로 젖히며 깊이 다시 흡입하는 움직임에 엉덩이가 들썩였다. "아아!" 신음을 흘리니 동시에 그의 손가락들이 더해졌다.

자극이 한층 강렬해졌다. 물리고 핥아지는 동시에 강하게 문질러졌다. "으으!" 그의 머리에 손을 댔다가도, 손을 떼며 몸을 뒤틀었다. 절로 오므려지는 다리는 그가 강렬한 힘으로 잡아 벌렸다. 말을 듣지 않는 몸이 남의 것 같았다. "아아, 하아아!"

그가 갑자기 움직임을 멈추자, 송아는 몸이 저릿해졌다. 그는 어둠 속에서 몸을 세우며 중심을 겹쳐 왔다. 쾌락이 다시 두려움으로 변질되기 시작했다. 솔직해지기로 했다. 그에겐 솔직한 게 옳았다.

"나, 무서······ 무서워요."

"알았어. 긴장하지 마. 억지로 안 해. 그냥 편안하게 긴장 풀고 즐겨."

"아니, 그게 아니라······."

그는 천천히 몸을 포개며 입술을 겹쳤다. 그의 팔에 안긴 채 깊은 키스를 받았다. 귓가에 신음을 흘리며 그는 자신의 욕망을 억눌렀다.

그의 분신으로 깊은 중심을 애무하기 시작했다. 멈췄던 쾌감이 한층 강렬해졌다. 부드럽고도 따뜻했지만 더 짜릿한 자극이 온몸에 전달되었다.

꽃잎이 한 장 한 장 열린다. 입구에 그의 귀두가 맞비벼진다. 뜨거운 꿀이 왈칵 쏟아질 틈 없이 또 다른 쾌감이 쏟아진다. 엉덩이가 그의 것과 함께 춤춘다. 가장 무서운 것이 가장 알싸한 쾌감을 선사했다.

열에 달떴다. 증폭된 쾌감이 벼랑 끝까지 쏘아져 오르는 것 같았다.

"하아!"

쇳소리 섞인 그의 깊은 신음을 들으니, 흥분의 열기가 더해져 몸이 더 뜨거워졌다. 살이 맞비벼지는 질척이는 소음이 방 안을 덮었다. "아아!" 누구의 것인지 모르는 신음이 뒤얽혔다. 쾌감이 정점에 달했다. 그리고 "하, 하, 하아!" 그 벼랑 끝에서 뛰어내리듯 절정을 맞았다.

12.

그와 함께하여 달라진 세상

"괜찮아."

그는 약속대로 거기서 멈췄다. 샤워 가운을 조용히 여며 주며 다정히 끌어안는 그가 고마웠다. 하지만 그에겐 어떤 만족감도 주지 못한 채 받기만 한 것이 속상했다.

"아니, 저기……."

"키스가 서툴러서 설마 하긴 했었어. 무리하지 마, 천천히 가자."

가벼운 베이비키스가 전해졌지만 조금 발끈하는 마음이 없다면 거짓이다.

"키스도…… 키스도 별로였어요?"

목소리가 또 뾰족해지자, 그는 가볍게 큭큭, 웃었다. 하지만 대답은 단호하다. "응."

"악, 정말, 그래서 별로였다고?"

그는 부드럽게 귓바퀴를 애무하며 속삭였다.

"별로긴. 더 끓어올랐지."

장난기 어린 음성으로 답하는 그의 말뜻이 완전히 이해되진 않았지만, "가르쳐 줄게. 뭐든, 하다 보면 잘하게 되니까." 하는 답에는 화가 더럭 났다.

"황진헌 씨는 많이 해 봐서 잘한다고요?"

그도 말에 힘이 들어갔다.

"다시 불러!"

"대답해 봐요. 말 돌리지 말고!"

가슴을 밀어 내는데, 그는 조용히 송아를 응시했다. 그는 밀어 내는 걸 정말 싫어하는구나. 가슴이 저릿해지며 그의 노여운 눈빛을 받았다. 완전히 내 남자가 되지 못한 서운함과, 그에게 만족감을 주지 못한 후회가 마음을 아프게 했다.

"지금 내겐 오직 금송아뿐이야, 앞으로도 그럴 거고."

그러나 강하게 힘이 실려 울리는 그 말은 어떤 약속이나 맹세보다 진실처럼 들렸다. 마음이 바보같이 풀리는 데 심술이 나, "자기는 금송아라면서." 하니, 그는 "후후." 웃으며 말했다.

"'금'이 너무 예뻐서. 내가 금을 좀 좋아하지."

그의 손길이 따뜻했다. "아이 짓 하잖아." 하며 또 서로의 몸을 얽었다.

"저……."

미안함에 머뭇거리는 송아의 말에 그는 장난스럽게 말을 더했다.

"내일은 좀 더 아찔하게 해 줄 거야. 매일 밤 끈질기게 유혹하다 보면 너도 어느 날엔 꼭 하고 싶겠지. 그날을 고대할게."

송아는 침을 꼴깍 삼키며 그의 가슴에 얼굴을 파묻었다. 뒤틀리고 잘못된 연애의 기억이 그를 거부하고 밀어내는 것으로 나타났다. 삽입과 배설만이 목적인 불결한 행위라고만 여겼는데. 그게 온 몸에 배어 버렸는데. 그와는 전혀 그렇지 않다.

진짜 연인. 더욱 깊은 친밀감. 그에게도 쾌감을 주는 것. 갖지 못한 것들이 못내 아쉬웠다.

그와의 시간이 길지 못하더라도, 그와 더 가까이 지내고 싶다. 진짜 그의 여자가 되어서 안겨 보고 싶다. 그는 가슴에 파묻은 머리를 조용히 어루만졌다.

"자, 내일 출근하려면 자 둬야지."

한껏 갈라진 목소리로 그는 풀지 못한 욕망을 억눌렀다. 아무리 부끄럽더라도 용기를 내야 할 때. 송아는 젖 먹던 힘까지 끌어올렸다. 이대로 오늘을 보내고 싶진 않아. "진헌 씨."

"응?" 하는 음성은 열기를 꽉 누르고 있었다. 얼굴에 더운 기가 확 끼쳤다.

"나도 더 가까워지고 싶어. 제대로 해 주세요. 진헌 씨의…… 진짜 진헌 씨의 여자가 되고 싶…….."

말을 끝맺지 못했다. 강렬한 키스가 전해져 입안을 훑었다. 그는 단 한 마디도 하지 않았지만, 대답은 격렬하게 전해져 오는 애무. 채 식지 않은 몸이 다시 불을 지폈다.

진한 애무는 아까와 같은 듯 달랐다. 꽃잎을 헤치는 손길이 격했다. 질척질척 휘돌리는 엄지의 움직임은 아까와 같았지만 폭주를 하는 중이다. 휘몰아치다가도 욕심을 빼는, 그러다가도 "하아." 하는 그녀의 신음에 다시 정신을 잃고 마는.

그의 다급한 마음과 후끈한 열기에 아래쪽이 뻐근해지며 다시 왈칵 젖어 들었다. "하아.", "아아!" 누구의 것인지 모르는 신음이 얽혀 들었다. 충만하게 젖어 든 입구에 그의 것이 한참을 다시 희롱했다. 꽃잎을 지분거리며 부드럽게 헤치는 짐승처럼. 함빡 젖어든 곳에서 꽃물이 또 왈칵 쏟아진다.

달뜬 쾌감이 정수리를 관통했다. 몇 번이나 깊게 맛본 짜릿함에 거부감을 잊었는지, 뻣뻣하게 굳었던 다리가 방만하게 벌어진다. 그럴수록 부드럽게, 더 부드럽게 희롱하는 짐승의 대가리. "아흑!" 열락에 눈멀어 신음을 흘렸다. 그러나 저릿한 쾌감이 온몸을 관통하는 동시에 짐승의 대가리가 고개를 훅 들고 쳐들어왔다.

꽃잎이 왈칵 찢어지며 붉은 꽃물을 뿜는다. "아악!"

"힘 빼. 그래, 그렇게. 착하다. 조금만 참아."

어떻게 이렇게 다정한 목소리로 무자비한 짓을 할 수 있을까. "숨 쉬어.", "후, 아악!" 숨을 내쉰 틈에 짐승의 대가리가 자비 없이 벌컥벌컥 밀려든다. 그의 가슴을 밀어 내지 않기 위해 시트를 꽉 그러쥐었다.

"다 됐어요?", "응.", "아악! 거짓말!", "후우. 그래, 착하다.", "아악!"

눈으로 보았던 것보다 더 크고 무서운 짐승이 자꾸만자꾸만 안쪽으로 대가리를 들이밀었다. 불로 지져지는 통증. 섹스는 이런 것이구나. 열락의 기쁨은 완전히 사라졌다.

"잘했어, 다 됐다, 쉬이."

"흐흑!"

눈꼬리로 주르르 흐르는 눈물을 그가 입술로 훔치며 닦아 줬다. 그 다정함이, 사랑받는 이 충만함이 아픔을 조금씩 견딜 만하게 했다. 지져지던 통증은 처음보다 다음이, 다음보다 그다음이 조금씩 덜어졌다. 그 간극을 빈틈없이 메워 오며 희미한 열락의 쾌감이 자라난다.

쿵, 쿵, 심장이 귓가를 울렸다. 한 번씩 그가 밀려들 때마다 조금씩 그의 여자가 되어 간다. 아픔 속에 느끼는 저릿한 벅참. 내 남자, 나의 진헌 씨. 이제 이 사람은 나의 것이다.

"예뻐."

잘근잘근 귀를 물며 키스해 오는 그의 입술이 간지러워, 송아는 두 팔로 그의 가슴을 밀어 냈다. "으흠!" 하며 그는 짐짓 노여운 표정을 지어 보였다. 송아는 얼굴이 발그레해져 고개를 돌렸다.

"저기……. 그게 아니라, 세수도 안 했고 그리고 이도 안 닦았고."

"좀 아깐 더한 것도 했으면서."

그의 손이 아래로 미끄러졌다. 엄지로 배 속 깊은 곳을 슬쩍 애무해 나가는 손이 자연스레 흘러내렸다. 각자의 샤워 가운은 바닥 어디론가 내던져졌다. 한 이불 안에 든 두 알몸은, 나신을 반 이상 아침 햇빛 속에 드러냈다.

이렇게 자유로워져 본 적 없는 젖가슴이 싸늘한 공기에 노출되었다. 열기가 어린 그의 시선도 함께.

"나, 지각…… 지각해요!"

지금 또 시작하면 안 되는데.

꼼꼼히 뒤처리하곤 핏물을 씻겨 주던 그의 손길을 기억한다. 처음이 이 사람인 게 너무 행복하다 생각하며 이제는 다 됐구나, 잠들려 할 때 그때부터가 시작이었다.

그는 집요하도록 육체의 쾌감을 가르쳤다. 늦은 밤까지 그리고 새벽부터 몇 번이나. 그러나 정작 그 자신은 처음이었던 송아를 배려해 이를 악물어 참았다. 그러다 한 번 더 즐기긴 했지만.

그가 선홍빛 유두를 검지로 지분거렸다. 겨우 하루 새 길이 들 듯 그의 손길에 익숙해져, 몸이 쾌감을 또 달라 조른다. 피곤한데도 온몸에 엔도르핀이 돌았다. 검은 손이 깊고 자잘하게 애무하며 유륜에 장난을 걸었다.

말간 유두가 그의 도톰한 입술에 물려 왈칵 잠긴다.

"흐흐, 간지러워!"

또 시작이다. 상처 날까 조심하는 게 더 간지러워.

버릇처럼 입에 쏙 든 그것을 어린애처럼 뱉곤 또 왈칵 빨아들인다. 몸속 깊은 곳이 다시 젖어 들어간다. 쑤욱 밀어 내고 또 쪽 빨아들이기.

"으흐흐, 하지 마!"

쾌감에 또 뒷머리가 저릿하다.

"싫어."

물리고 빨린 곳이 결국 쓰라려 오긴 한다.

"나 배고…… 배고파요."

협탁의 디지털시계가 찰칵, 하며 6:59에서 7:00로 넘어갔다. 그는 억울한 표정을 지으면서도 몸을 일으켰다.

"오늘은 천천히 출근할래."

샤워 가운 차림으로 다시 나타난 그는 새 가운을 입혀 주었다. 마른 듯 조그만 몸이 도톰한 면 재질의 천 안으로 쏙 들어갔다. 진짜로 아이처럼 알몸을 맡긴다. 그는 허리끈을 단정하게 매어 주며 이마에 쪽, 소리 나게 입맞춤했다.

"씻고 아침부터 먹자."

샤워 부스 안으로 들어가 그의 두 번째 흔적을 지웠다. 흥분에 달떠 서로의 몸에서 쏟은 것들과 약간의 핏물이 맑은 물에 쓸려 내려갔다.

처음 쓴 근육의 통증이 상당했다. 걸을 때마다 쓸려 아팠지만 그 아린 기쁨도 함께다.

보얗게 낀 수증기를 손바닥으로 닦아 냈다. 거울 속엔 다른 여자가 있었다. 어제와 같지만 다른 여자가 되었다. 황진헌의 여자.

이 순간을, 그의 여자가 된 지금을 기쁘게 즐기자. 그는 날 사랑하고 있어.

그러니 그가 기쁘게 주는 것을 기쁘게 받자. 대신, 나도 내가 해 줄 수 있는 걸 찾자.

겨우 하루일 뿐인데 비었던 방이 낯설다. 그가 사 줬던 몇 가지 옷들 중 레몬색으로 시작해 푸릇한 그린으로 끝나는 시폰 원피스를 골랐다. '더럼 타요. 까만 거 입을래요.', '장례식장 패션 좀 집어치워. 이거 입으면 꽃 같겠다.' 그와 나눴던 말을 떠올리며 풋, 웃었다.

그가 사 준 전신 거울 앞에서 핑그르르, 돌아 보았다. 회사에서 하루를 보내기에도 나쁘지 않아 보인다.

"와! 냄새가 근사해요. 오늘은 왜 늦게 출근해요?"

주방 안에서 무언가가 볶아지고 있었다. 그의 출근이 한 시간쯤 더 빨라 늘 먼저 나서는 편이다. 매일 아침은 간단한 콘플레이크 나, 바로 앞 빵집의 샌드위치.

"오늘은 든든히 먹여 보내고 싶어서. 아침에 좀 들를 데도 있고."

그는 손이 빠른 편이었고, 요리를 하는 중이라고는 볼 수 없을 정도로 주방이 이미 단정했다. 송아는 자연스레 수저와 물컵을 챙기며 빈 식탁을 채웠다. 그가 작게 휘파람을 불었다.

"거봐, 예쁠 거랬지?"

"후후. 대표니까 출근 늦게 해도 되고 좋겠다."

"설마, 제일 일찍 출근해서 직원들 잘 출근하나 눈 크게 뜨고 감시해야 해."

"치잇. 악덕 업주!"

"칭찬, 고마워?"

그는 이를 드러내고 사악하게 웃었다. 그러나 그의 손에 들린 것에선 좋은 냄새가 났다. 눈앞에 접시가 달그락 놓였다.

"진헌 씨랑 살면서 살쪘어요. 겨우 일주일 좀 더 되었는데."

그의 집에 들어온 뒤론 이상하게 마음이 좋았다. 먹는 게 다 살로 가는 것 같다.

"더 통통하게 찌워야지."

"쳇, 못생겨지면 모른 체하려고? 왜요?"

"아주 잘 살찌워서 콱 잡아먹게."

빈 팔을 잡아 앙, 깨무는 시늉을 한다. 이에 물린 자국을 보고 "아이!" 하니 그가 씩 웃는다. 그러나 그의 시선은 또 빈 손가락에 머물렀다.

"이 고집쟁이를 어째야 할까."

"진헌 씨만 하려고요."

약간의 한숨. 그러나 그는 옷 속에 숨었던 목걸이를 풀어 반지를 빼낸 뒤 약지에 밀어 넣는다.

"잃어버릴까 봐 그래요. 너무 비싼 거기도 하고."

"끼라고 만든 거야. 잃어버리면 또 해 줄게. 이걸 끼워 놓아야 내가 안심이 돼."

"진헌 씨한테 의미 있는 건데 잃어버리면 큰일이잖아요."

"나한텐 비교도 안 되게 네가 훨씬 더 중요해."

아침 햇살에 누드캔디가 화려하게 반짝였다. 기분이 썩 좋아졌다. 이렇게 아침을 만들어 먹으니 진짜로 결혼 생활을 하는 기분이야.

"진헌 씨가 아침부터 해 주는 밥을 먹으려니 좀 그래요."

접시엔 동그랗게 모양이 잘 잡힌 오믈렛이 예쁘게 담겨 있었다.

"별게 다.", "내일은 내가 해 줄게요.", "누가 하면 어때.", "나도 뭔가 해 주고 싶어."

결국 강권에 이기지 못하고 수저를 들었다. 부드럽고도 따뜻한 밥알과 계란이 입안에 퍼졌다.

"베이컨늘 참 맛있게 보까써요."

"입천장 데겠다. 천천히 먹어. 뜨거워."

달걀의 고소함을 떠받치는 베이컨 맛이 일품. 그러나 추한 모습을 보이긴 싫다.

"그렇게 막 쳐다보지 마!"

"싫어. 너 먹는 거 보는 재미로 만들었어."

그는 은근히 웃으며 바라봤다. 그러니까 더 먹는 게 쉽지 않은데, 그는 덥석덥석 잘 먹으면서도 시선을 떼지 않는다. 그가 손을 뻗어 엄지로 그녀의 입가를 슬쩍 쓸었다.

"안 돼, 먹지 마!"

손을 잡았지만 이미 늦었다. 엄지가 이미 그의 입안에서 쪽 빨렸다. 그는,

"뭐, 그렇다면 좀 더 기뻐하실 방법으로."

하고 몸을 일으켜 식탁 너머로 입술을 내밀었다. 갑자기 "큭큭!" 웃음이 나며 그의 어깨를 탁, 밀쳤다. 그러나 그는 기어이 양어깨

를 꽉 잡아, 입술에 '쪽!' 하고 입 맞춘다.

"밀어내지 마!", "싫어!"

싱글거리는 눈싸움 속에서 식사가 이어졌다.

"저녁에 데이트하고 싶은데. 또 야근?"

"으음……."

마음이 갈팡질팡한다. 말이 동거지, 그와 시간을 보내기가 쉽지 않았다. 데이트하고 싶은데. 그러나 잡지사는 슬슬 시동이 걸려 달릴 준비를 했다.

"언제까지 얼마큼 바빠?"

"글쎄요. 달력의 숫자가 커지는 만큼 계속이요? 앞으로 2주쯤은 더 바쁘고. 마감하면 하루 쉬고. 그러면 리셋, 아시듯이."

그는 마음에 들지 않는다는 듯 인상을 썼다.

"기자도 별로지만 기자랑 사귀는 건 더 별로야."

"기자가 뭐 어때서?"

서운하다. 내겐 유일한 자랑거리인데.

"너니까 특별히 사귀었어. 난 원래부터 기자를 아아주 싫어했다고. 게다가 이렇게나 바쁘니."

그래도 그가 매달리는 느낌은 좋다.

"뭐, 아아주 근사한 데이트를 준비한 거면 시간을 약간, 내 보고요."

"나라고 막 한가하고 그런 건 아니라고?"

그가 자존심 상해 한다. 그가 훨씬 더 숨 가쁘다는 걸 알지만 뻗대는 건 즐겁다.

"저녁에 뭐 해요? 뭐 할 건데요?"

그래도 궁금하니까.

"밤새도록 한 거, 이어서 더 하게. 홀딱 벗겨 놓고 냠냠 먹어 치우기."

그가 커다랗게 남은 한 술을 입안에 싹 넣고 맛있게 씹었다. 송아는 얼굴이 확 붉어졌다.

"치잇!"

"어디서부터 먹을까. 널 싹 먹어 치워 주지."

"이, 변태!", "뭐?", "변태라고요! 황 변태!"

저도 모르게 콧소리를 내며 앙탈 부리자, 그가 장난스럽고도 위험하게 눈을 빛냈다.

"좋아, 오늘 밤엔 이 황진헌이 얼마나 변태인지 제대로 알려 줄게. 기대해!"

"아악, 됐어요!"

왠지 그에게 걸어선 안 될 시동을 건 것 같아, 그를 도발한 걸 금세 후회했다. 그는 느물느물 웃었다.

"우리 송아가 원하는 건 다 해 줘야지. 하자, 변태놀이!"

"아악! 잘못했다니까요!"

"싫어! 나한테, 무르는 건 없어. 하자, 변태놀이!"

둘의 웃음소리가 식탁 위에서 얽혔다. 까르르, 웃는 송아의 귓속에 그의 다정한 목소리가 파고들었다.

"그리고 그 전에 같이 저녁 먹자."

매일 하던 실랑이.

'태워다 줄게.', '싫어요.', '내가 창피해?', '걷고 싶어 그래요.'

그의 출근은 송아보다 한 시간 빠르다. '한 시간 일찍 출근해서 한 시간 야근을 줄여.'

'하던 대로 할게요. 일이란 게 그렇게 되지 않아요.' 출퇴근 시간이 없어지니 하루가 세 시간 길어져 몸마저 편해졌다.

그러나 오늘은 다르다. 그가 뺨에 가볍게 키스한다.

"이따 봐!", "다녀올게요!"

밤을 보내고 그 남자의 집에서 나오는 기분이 어색하다. 요 근래 일주일과도 마음이 달랐다. 여자는 신체 진도에 따라 마음이 달라진다더니. 조악해 보이던 그 말이 맞긴 맞나.

키스한 남자였던 그는 이제 밤을 함께 보낸 남자가 되어 있다. 진짜 내 남자. 나의 진헌 씨.

전엔 늘 세상과 홀로 싸우며 사는 기분이었는데, 이상하게도 진짜로 보호자를 얻은 느낌이다. 든든한 안정감이랄까.

보고 싶다. 헤어진 지 얼마나 되었다고.

늘 하루가 그렇게 짧더니 그를 기다리는 하루는 길다. 마감일보다 일찍 들어온 외고를 챙기며, 자잘한 진행 회의에 들락거렸다. 2호남과의 인터뷰 약속, 확인 통화도 했다.

— 영광이네요. 대중을 상대로 하는 프러포즈라. 하필 황진헌 씨 다음이라 무척 신경 쓰이긴 하지만. 사진 찍으려면 헤어랑 메이크업도 좀 하고, 멋진 옷을 입고 만나야죠?

"꼭 그러실 필요는 없어요. 가지고 계신 사진 주셔도 되고요. 제가 직접 찍어 드릴 수도 있고요."

얼마나 적극적이신지.

— 전문 사진작가님이 묵직한 카메라로 찍어 주시는 거 아닌가요? 병원도 열심히 꾸며 났는데.

"하하. 묵직한 카메라로 제가 잘 찍어 드릴게요."

모든 면에서 일사천리로 착착착. 그와는 모든 게 정말 다르다. 통화를 끝내고 고개를 돌리니 오 선배가 손에 든 서류를 책상 위에 올려놓는다.

"같이 가서 찍어 줘?"

회사엔 사진기자가 딱 한 명. 그의 일은 따로 정해져 있다.

"내 일이니까 내가 할게요. 몸은 좀 어때요?"

오지령 선배가 입꼬리를 애써 끌어 올리며 피식, 웃었다. 싸운 태를 싹 지울 순 없겠지만 그의 얼굴도 생각보단 말짱했다.

"너도 신경 꺼. 메일 확인해. 사진 보냈어."

그의 손이 송아의 어깨 근처에서 멈칫했다. 방향을 잃은 손. 그러나 그의 손은 책상을 탁, 짚는 걸로 인사를 대신한다. 그래, 이게 오 선배와의 딱 적당한 거리다.

그때 휴대전화가 부르르 진동했다.

여러 번 울리도록 한참을 들여다봤다. 아버지와 통화를 한 적이 언제던가. 아버지의 전화가 낯설다. 결국 받아 들었다.

"어떻게 지내세요?"

아버지는 "흐흠……." 하는 한숨 섞인 소리로 잠시 머뭇거리셨다.

— 저어…… 잘 지낸단 말은 들었다.

"네?"

— 황 서방이 아침에 잠깐 들렀었어.

어째 출근을 않고 미적거리더니. 가슴이 뜨뜻해지며 고마운 동시에 불안했다.

"뭐라던가요?"

— 그냥 이런저런 얘기를 한참 하고 갔지.

그러나 낮게 가라앉은 채 차분한 아버지의 음성. 당신이 부르시는 호칭이 '황 서방'으로 바뀐 것도 낯설다.

— 같이 지낸다고?

"저……." 하며 머뭇거리니 먼저 입을 여셨다.

— 잘 붙들고 살아라. 인성이 참 바르더구나. 어른을 대하는 품도 그렇고 좋은 집안에서 잘 자란 태가 나. 내가 마냥 좋아해야 하는 건지, 한탄을 해야 하는 건지. 못난 애비가 어리석어서…….

가슴이 먹먹해졌다. 좋은 마음으로 빚어낸 최악의 결과. 아버지와 관계된 것은 뭐든 그랬다. 아버지는 늘 좋은 사람이고 싶었으니까.

엄마를 사랑했지만 고아인 엄마를 택하기엔 할머니를 거스를 수 없었고, 할머니를 만족시켜 드리기엔 결혼으로 맺어진 어머니와 잘 지낼 수 없었다. 어머니와 송아를 어떻게든 잘 지내보게 하려고 송아 엄마가 송아 앞으로 남긴 걸 맡겼지만, 다 헛짓. 계모와 이복동생 사이에 끼어 이리저리 치이는 큰 딸년을 눈 뜨고 보기 힘드니 다시 술로 도망쳤다.

늘 술에 취해 딸을 챙겼다. 일찍 들어오라고. 사내놈들은 다 위험하다고. 독립 같은 건 꿈도 꾸지 말고 결혼 전까진 아버지 그늘에서 꼭 붙어 지내라고.

"걱정 마세요. 제가 선택한 일이니 알아서 할게요."

단호한 목소리로 그 끈적거리는 정을 떼어 냈다. 그의 손에 이끌려 나왔지만, 그래, 그의 말대로……. 내 잘못도 크다. 거리를 벌릴 땐 냉정히 벌렸어야 했는데. 그러나 아버지의 이야기는 계속되었다.

— 나도 느이 엄마한테 그랬으면 좋았을 텐데, 그랬으면 그 사람을 그렇게 허망하게 놓치지는 않았을 텐데, 그랬으면 내 인생도 좀 달라졌으려나 싶더구나. 비슷한 일 겪으면서도…… 아니지. 훨씬 더 차이가 지는데도 황 서방은 다르더구나.

"……."

— 늘 내 처지만 원망했었다. 내가 느이 엄마한테 미안한 마음을 네게다 이상하게 풀며 살았나 보다. 내가 못났어. 못나서 미안하구나. 네게…… 네게 너무 부끄럽고 미안하다.

고래고래 소리를 치시며 소동이라도 벌이실 줄 알았는데. 당장 회사로 쳐들어와 난동이라도 피우실 줄 알았는데. 아버지의 자조 섞인 목소리에는 울음기조차 묻어 있었다. 며칠 새 아버지가 폭삭 늙으신 것 같다.

"한번 갈게요."

— 바쁜데 괜히 시간 쓰며 올 생각 말고, 황 서방 옆에 꼭 붙어지내. 내가 너 볼 면목이 없어 그런다. 지금 말고 나중에…… 좀 있다 나중에 보자.

아버지의 전화는 그렇게 끊겼다.

집에서 그렇게 데리고 나오고. 동거를 하게 되고. 첫날밤마저 보냈다는 게…… 그의 발걸음을 아침부터 집으로 향하게 했나 보다. 아까는 그렇게 말짱한 얼굴로 장난만 치더니.

가슴을 주먹으로 문질렀다. 어디 조용한 데 들어가서 잠깐이라도 엉엉 울고 나오고 싶다.

하지만 팟, 하며 꺼멓게 꺼진 노트북이 밝아졌다. 새하얀 화면이 반긴다. 아, '신사의 품격'.

남성 액세서리를 다루는 4페이지짜리. 그 옆엔 다른 꼭지들도 수북이 대기 중이다. 송아는 "후우." 한숨을 쉬며 눈앞의 커피를 집어 한 모금 들이켰다.

"계집애, 오늘따라 피부가 뽀얗네 뽀얘. 벌써 잤나?"

제풀에 '콜록콜록' 기침을 했다. 반 대리 언니는 티슈를 톡톡 뽑아 내밀었다.

"우리 얌전한 고양이께서 드디어 부뚜막에 오르셨구나! 어째, 화끈하게 잘해 주던?"

얼굴이 붉게 타올라 대답도 못 하는데, 언니는 송아 손의 반지를 쓱 뽑는다. "왜, 왜요?" 하니, 손바닥에 꼭 쥐여 준다.

"조심하던 거 계속 조심해. 너 두고 말들 많아. 아무래도 이번 호 기사가 아직 돌고 있잖니?"

"네?"

"황진헌 신붓감 구한다는 기사를 네 손으로 쓰고서, 확 낚아채 버리면 욕먹지, 암!"

"아! 그 생각은 못 했는데."

송아가 침을 꼴깍 삼키며 울상을 짓자, 언니는 등을 토닥토닥하며 힘껏 놀려 주었다.

"괜찮아, 괜찮아. 설마 '이달의 프러포즈' 랬다고 진짜로 신붓감 구한다고 생각하며 읽는 독자가 요즘 세상에 어디 있니. 그저 홍보인 거 알면서도 황진헌이가 궁금하니 낚여 준다, 하고 사 읽는 거지."

이건 병 주고 약 주기. "아이!" 하며 언니를 가볍게 흘겨보니, 언니는 음흉하게 웃으며 귓가에 속삭여 줬다.

"걱정 마. 뜬소리는 잠깐 견디면 그만이지. 허튼 데 흔들리지 말고 꽉 잡아라?"

"언니는요!"

왠지 웃기면서도 마음이 따뜻해졌다. 언니는 비밀을 속삭이듯 가만히 말했다.

"사람들 입방아 같은 거 한 방에 날릴 획기적인 아이디어가 있는데."

"뭔데요?"

하지만 언니는 다시 장난처럼 웃으며 집게손가락을 착 펴 들었다.

"쏴! 아주 크게 한턱 쏴!"

"네?"

"쏴 다 모아 놓고 먹여. 입안에 음식 들어가면 욕도 쏙 들어가지. 물론, 네가 말고 황진헌이가 와서? 요! 소고기, 꽃등심, 불에 구운 불갈비, 체키럽⋯⋯!"

언니는 말하다 말고 흥얼흥얼 노래를 부르며 커피를 찾아 탕비실로 떠났다. 송아도 "훗." 웃으며 화장실로 향했다.

하지만 손안의 반지를 다시 손가락에 꼈다. 소문. 소문이라.

그래, 이 반지를 못 꼈던 건 잃어버릴까 봐가 아니었을 것이다. 그가 태워다 주는 걸 거절한 것도 똑같다.

그러나 볼일을 마치고 나오려는 순간, 반 대리 언니의 경고를 너무나 빨리 확인하게 되었다.

"걔, 동거한대?"

"응. 사귄다더니 벌써 동거래. 초스피드!"

"어쩐지. 걔 버스 안 타고 요 며칠 단풍나무 거리로 퇴근을 하더라고."

"그치? 내 말이 맞지? 오늘 아침에도 그쪽에서 걸어오는 거 봤다니까."

그들이 말하는 '개'의 정체를 모를 수 없다. 등이 저릿해 문밖을 나서지 못했다.

"황진헌 차, 그 독일산 L6 트렁크에다가 쇼핑백을 한가득 싣고, 자기는 손바닥만 한 핸드백 달랑달랑, 눈은 공주처럼 요렇게 뜨고……."

"야, 진짜 깜찍하네. 평소 순진한 척은 다 하더니! 기사 한 방, 인생 역전이로구나!"

"아 씨, 그거 나한테 왔을 때 그냥 한다고 할걸."

"섭외될 리가 없다고, 맡으면 그냥 똥 밟는 거라고 하고선?"

"큭큭, 아깝겠다, 곽 대리? 구석기한테 네가 개 시키라고 했다며?"

"야, 내가 언제! 걔가 황진헌이 잡아먹으려고 작정하고 채 간 거지!"

선배 기자, 곽 대리와 지원팀 직원들이었다. 평소에도 얌체 짓으로 민폐를 끼치는 곽 대리님은 그렇다 치고, 지원팀 직원들은 평소 크게 교류할 일이 없는데. 얼굴만 겨우 아는 사이에 왜 저렇게 다 아는 것처럼 말하는지.

"잡아먹어? 하하하! 이미 먹혔겠지?"

"아무것도 몰라요, 하는 얼굴로 새침 떨더니 결국 본성은 못 속여. 다리부터 벌리잖아?"

"아, 어린 게 벌써부터 발랑 까져서, 어디서 몸 팔고 기사 쓰는 버릇부터 들였어!"

"몸 팔고 기사 썼는지, 기사 쓰고 연애하다 잤는지는 모르지."

"웃기시네. 화대로 반지 받은 거야. 내가 인터뷰 첫날부터 잤다는 데 내 한 달 월급 건다!"

"곽 대리, 그래 봤자 한두 달짜리 장난감인데, 뭘 그렇게 부러워하시나?"

"왜? 선물이라도 싹싹 챙겨서……."

기척이 없을 때쯤 조용히 밖으로 나왔다. 그러나 가장 악의적으로 욕을 하던 곽 대리가 다시 들어왔다. 세면대 앞에 두고 간 휴대전화를 집을 때 거울을 통해 송아와 눈을 마주쳤다. 송아는 싱긋 웃으며 고개 숙여 인사하는데, 곽 대리는 고개를 싹 돌려 피했다.

도망치듯 종종걸음으로 걸어가는 곽 대리의 뒤를 따라 천천히 사무실로 돌아왔다. 아무렇지 않은 척 과장되게 여유를 부리며 "다 썼어?" 다른 사람에게 말을 거는 곽 대리의 뒤통수를 보니, 다 들어엎고 싶은 마음에 분노가 확 일었다. 그러나 싱긋 웃었다.

그래, 이건 어쩔 수 없는 일.

모든 일엔 대가가 따른다. 그를 얻은 대가. 그를 내 남자로 얻은 대가. 이 사람들의 입은 내 남자의 무게. 그 정도는 내가 견뎌야지.

이렇게 괜찮은 남자의 사랑을 담뿍 받는데, 이게 뭐가 대수일까. 나는 그동안 무얼 두려워했던 걸까. 이를 앙다물었다.

퇴근 시간이 넘어서까지 신들린 듯 자판을 두드렸다. 내일 아침 송고할 꼭지를 어떻게든 만들어야 했다. 편집 기자가 원고와 사진 자료를 첨부하여 대강의 페이지를 구성해 넘기면, 디자인팀에서 조판 업무가 이루어진다. 책으로 인쇄될 화면을 한 페이지, 한 페이지 디자인 틀을 만들어 가며 앉히는 것이다.

송아는 디자인팀에 오후에 일을 넘기지 않는 편이었다. 그들이 아침부터 업무 시간 내에 하루 종일 일을 할 수 있도록 하고, 스스로가 야근을 하는 걸 선택했다.

배려였다. 자기가 낮에 일을 하고 퇴근 무렵 일을 넘겨 디자인 팀에 야근을 시키는 곽 대리 같은 선배들도 있었지만 송아는 작은 부분부터 신경을 쓰며 배려했다. 어차피 야근거리들이 널렸는데 이왕 하는 야근, 같이 일하는 사람들이라도 덜 고생했으면 하는 마음에서였다. 이런 마음이 곳곳에 스민 덕분에 직접 부딪치는 사람들에게는 늘 평판이 좋았는데.

창밖으론 가로등이 희미하게 켜지기 시작했는데도 사무실은 거반 다 차 있다. 다들 눈으로 레이저를 뿜으며 자판을 두드리는 중이다. 어떻게든 퇴근을 하기 위해 과일 주스 한 잔으로 점심을 때우며 하루 종일 전력 질주 했다.

[금송아 잡으러 왔음!]

진헌 씨의 문자. 반가움이 뱃속 가득 퍼졌다. 와, 데이트다!

그러나 아차 싶어 핸드백을 뒤졌다. 이래서 습관이 무섭구나. 괜한 핸드백에 배신감이 들어 책상 한구석 기름종이로 얼굴을 툭툭 찍으며 째려봤다. 반 대리 언니가 화장품 케이스를 내밀며 악마 같은 미소를 싹 짓는다.

"언제 쏘신대?"

"후! 이미 소문 다 났더라고요. 이왕 이렇게 된 것 쏘긴 뭘 쏴!"

"어쭈, 이젠 아아주 뻔뻔하다?"

왠지 모를 부끄러움이 뱃속을 간질였지만 모른 체 퍼프를 찍어 피부를 정돈했다.

"요 색깔 너 잘 받더라."

언니가 골라 내민 틴트로 입술을 정리하며 거울을 보았다. 그를 보며 설레는 얼굴이 괜찮아 보인다.

"좋겠다, 계집애. 잘되어서 시집가라."

반 대리 언니만큼은 색안경을 끼지 않고 순수하게 축하해 주는 게 고맙고 기뻤다.

"이상하게 생각하지 않아 줘서 고마워요, 언니."

반 대리 언니는 놀리는 투로 낭랑하게 말했다.

"처녀랑 총각이 만나서 연애하는 게 이상한가? 더러운 얘기 들은 거 있음 다 잊고, 내 몫까지 마구 즐겨라?"

얼굴이 확 달아올라 언니의 어깨를 툭 쳤다.

엘리베이터 앞엔 퇴근하는 직원이 하나 더 있었다. 아까 화장실에서 험담을 하던 곽 대리. 다리를 벌리고 어쩌고 하던 그녀의 음성이 골을 울렸다.

그녀는 옐로우와 그린이 섞인 산뜻한 원피스를 시작으로 송아의 핸드백과 구두를 빠르게 스캔했다. 핥듯이 훑어 내리는 눈이 의아함을 담았다. 엘리베이터 문이 열리자, 거울을 통해 그녀의 비쭉이는 얼굴이 비쳤다. 그녀가 표정으로 말했다. 뭐, 싸구려잖아.

원피스는 못 알아보는 것 같고, 구두와 핸드백은 가지고 있던 것. 거울을 통해 그녀의 번뜩이는 눈이 손가락의 누드캔디에 머무는 동안 송아는 싸구려 핸드백에서 블랙볼 세트를 꺼내 들었다. 드레스 세 벌과 함께 난정이가 고스란히 실어 보낸 것이다.

엘리베이터는 천천히 느리게 내려왔다. 송아는 거울을 보며 양쪽 귀걸이를 차례로 한 뒤 목걸이를 걸었다.

"근데, 곽 대리님. 한 달 월급 거신 돈은 누가 받게 되나요? 혹시 제가 받나요?"

"뭐?"

거울로 훔쳐보던 곽 대리가 화들짝 놀라 돌아보자 송아는 누드
캔디 낀 손을 내밀어 보였다. 낭패감이 가득한 그녀의 눈이 송아를
향했다.

"안됐지만 화대는 아니었어요."

그녀는 답하지 않았다. 대신 그녀의 시선은 블랙의 멜리 다이아
들이 찬연히 빛나는 볼 세트를 거쳐 원피스로 도망치듯 피했다.

"아, 이 원피스는 그 쇼핑백들 속에 있던 게 맞아요. 정답 발표
할 게 좀 더 있을까요?"

끈끈하게 들러붙었던 시선이 일시에 떨어졌다. 얼굴이 확 붉어
진 건 오히려 그쪽이었다.

"한 달 월급, 제게 빚지셨네요. 제게 진헌 씨 기사 떠넘긴 걸로
퉁쳐 드릴까요? 덕분에 너무 괜찮은 남자 친구 생겼는데."

"짜증 나."

문이 열리자, 그녀는 종종걸음 치며 엘리베이터 밖으로 빠져나
갔다.

로비 밖에는 이질적인 풍경이 펼쳐져 있었다. 그가 회사 앞에서
퇴근하는 송아를 기다리고 있었다. 집값을 넘어서는 그의 차가 좀
크단 걸 알았지만 오늘따라 유난스럽다. 일방통행의 골목이 비좁
아, 그의 차는 소유주를 표시한 붉은 벽돌을 밟은 채 서 있었다.

처음 만났던 그날처럼, 날렵하게 빠진 짙은 그레이 슈트를 입었
다. 그가 손을 흔들었다. 차체에 비딱하게 기대선 그 모습이 광고
화보의 한 장면 같다.

종종거리며 앞서가던 곽 대리는 황진헌을 흘깃 보곤 도망치듯
발을 놀렸다. 그러나 송아에겐 이제 진헌 씨만이 눈에 들어왔다.
허투루 지어내는 사람들의 입방아며, 스캔들이며 그런 것들이 아

주 소소하게 여겨진다. 그가 반갑게 그녀를 맞았다.

"하루 종일 무척 보고 싶었어."

"나도요. 나도 무척이나 보고 싶었어요."

그 대답이 반가웠는지, 그는 "후후." 웃곤 송아의 턱을 가볍게 쥐며 입술에 베이비키스를 했다. 도톰하고 촉촉한 그의 입술이 송아의 입술에 빠르게 닿았다 떨어졌다. 그 짧은 스침이 짜릿하게 달콤했다.

"회사 앞으론 왜 찾아왔어요, 그런 소리 안 하네?"

그의 커다란 손이 귀엽다는 듯 머리를 흐트러뜨렸다.

"난 몰라. 이미 소문 다 났어요. 모르는 사람 아마 우리 회사에 하나도 없을걸?"

"그래? 뭐, 그렇다면 이왕 이렇게 된 것……."

그가 깊숙이 고개를 숙이며 제대로 된 키스를 하려 들자, 송아는 그의 가슴을 툭, 때렸다. 그가 손을 잡아채며 즐겁다는 듯 "하하!" 크게 웃었다.

"타시지요? 금송아 기자님."

품위 있는 신사처럼 그가 조수석 문을 열어 주었다. 장단 맞춰 고개 숙여 답례하고 몸을 실었다.

그의 차는 예전의 그 라플라스로 향했다. 퇴근 시간의 단풍나무 사거리는 차량의 물결이 어마어마했다. 앞뒤로 갇힌 게 지루한지 그는 송아의 귓불을 툭 건드렸다.

"진작 이럴 것이지."

"가볍고 어떤 옷에나 잘 어울려요. 선물을 너무 늦게 걸어서 미안해요. 그리고 고맙고요."

"나한테 예쁘게 보이고 싶어 걸고 나왔구나?"

그가 달콤하게 예스를 강요했다. 송아는 '네.' 거짓말하려다가 솔직히 말했다.

"나 욕하고 다니는 직원 보라고 일부러 걸었어요. 진헌 씨가 줬단 거 자랑하려고."

그가 "후후." 웃었다. "기대하던 바는 아니지만 솔직한 건 좋아."

낮에 있던 일을 대강 재잘재잘 떠들었다. 흉하고 지저분한 얘기는 얼버무린 채.

"진헌 씨가 회사 앞에서 보란 듯이 기다리고 있으니 기분 좋더라. 나도 어쩔 수 없는 속물인가 봐요."

"속물 아닌 사람이 어디 있어. 기분 좋다니 영광이야."

라플라스 앞도 차량이 어마어마했다. 입구부터 기다란 행렬이 줄을 이었다.

그러나 '띵' 하며 울리는 문자 알림음에 송아는 얼른 휴대전화를 들여다봤다.

[시간 괜찮으면 잠깐 봤으면 하는데. 내 방으로 올 수 있나?]

구석기 편집장님이었다. 다 늦은 때 왜 뜬금없이 부르시는지 알 만했다. 소문이 그분의 귀에도 들어갔구나. 아! 어떡하지? 다들 원고를 쓰고 있으니 나도 야근 중인 줄 알았겠지.

그가 흘낏 보면서 "왜?" 물었다.

"편집장님이요. 나 잠깐 회사에 들어갔다 올까 봐."

그는 피식 웃었다.

"퇴근 시간 훨씬 지났어. 일이 있어 퇴근했다고 해. 중요한 일이냐고 나중에 묻고. 그럼 내일 보자든가 하겠지."

그가 그렇게 말하니 왠지 든든한 백이 생긴 것 같다. 에라 모르겠다! 금세 답을 받았다.

[그럼 내일 아침에 잠깐 봅시다.]

그때 그의 차를 발견한 직원 하나가 급히 달려 나왔다. 꾸벅 인사하며 손을 내밀자, 그는 주머니에서 키를 꺼내 넘기곤, "고마워요." 하며 차에서 내렸다.

"이래도 돼요?"

"글쎄, 내가 여기 돈을 많이 벌게 해 주니까 이쯤은 서비스를 받자고."

밖에 나오면 그가 대단한 사람임을 새삼 느낀다. 아무리 마음을 다독여도 돈이 신분을 만든다는 현실은 어쩔 수 없다.

라플라스는 맛집으로 소문이 자자하지만 야경이 더 유명하다. 테라스석은 언덕 아래로 쏟아지듯 펼쳐진 도심의 풍광이 한눈에 들어오기 때문이다. 그러나 예약 후 몇 달을 기다리는 건 필수. 덕분에 붉은 노을을 배경 삼은 남의 프러포즈 장면을 SNS로나 보는 그림의 떡이다.

"황 대표님, 안녕하십니까."

제복을 입은 웨이터가 허리 굽혀 인사했다. 친구들과 식사하던 넓은 홀로 가려니 했는데 그는 2층으로 올랐다. 지난번 그가 사라졌다가 나타난 곳. 붉은 카펫을 밟으며 올라가자, 기다란 복도가 이어졌다. 웨이터는 마지막 방문을 열었다.

답답한 밀실을 예상하고 들어서는데, 넓은 테라스를 통째로 낀 아담한 룸이었다.

"와아!"

바람이 한 점 살랑 불어 송아의 얼굴을 간질였다. 언덕 아래 펼쳐진 서울의 절경이, 자랑삼아 올리는 사람들의 사진과는 차원이 달랐다.

"알아서 주문해 주세요. 진헌 씨 먹는 거 먹을래."

야경에 취해 문을 좀 더 열려 하자, 대기하던 웨이터가 다가와 대신 열어 주었다. 접이식 문을 시원하게 열어젖히자, 쌉쌀하도록 신선한 공기가 왈칵 몰려들었다.

"안 추워? 괜찮겠어?"

"시원한데요." 하니 주문을 마친 그가 다른 지시를 했다. 직원들이 금세 들어와 세팅된 테이블을 테라스로 옮겼다.

"이럴 것까진 없는데."

"괜찮아, 네가 좋으면 그만이야. 추우면 얼른 말해."

건물에서 튀어나온 발코니에 식탁을 끼고 앉는 건 아찔한 매력이 있었다. 1미터 밖은 깎아지른 낭떠러지.

"절벽 위에서 식사를 하는 기분이야. 아슬아슬한데 아주 재밌어요."

어느샌가 서빙된 식전 빵을 뜯으며 깎아지른 아래쪽을 내려다보았다. 다행히 바람이 거의 없어 이런 호사가 가능했다.

"언제 한번 론다에 가자."

"네?"

"스페인, 론다. 누구를 위해 좋은 울리나."

송아는 "후후." 웃었다.

"왜요?"

"절벽에 들러붙어서 장사하는 식당들이 많아. 진짜 천 길 낭떠러지에서 아찔하게 식사해 보자. 올리브 농장이 죽 펼쳐진 시골의 절경을 보면서? 여긴 너무 안전해서 심심할 정도지."

송아는 "크큭." 웃었다. 하자고 들면 한발 더 나가는 어쩔 수 없는 그의 장난 본능.

"그럼 그런 데 휴가 가서 기사나 쓸까요?"

"그러든가. 헤밍웨이도 거기서 글 썼다니."

"그럼 진헌 씨는 뭐 하지?"

"나는 너 만지작거리면서 놀 거니까 쓸 수 있음 어디 써 봐. 놀러 갔으면 놀아야지, 왜 일할 생각을 하나? 이 일벌레 양."

아, 그래, 맞아. 하루 종일 기사를 쓰고 있다 보니 미쳤나. 휴가 가서도 왜 기사를 쓰고 있을 생각을 하는지. 부끄러움에 슬쩍 웃는데,

"어이, 금송아."

그가 손목을 까닥이며 송아를 불렀다. 아, 그의 얼굴엔 이미 장난기가 고였다. 그가 저런 눈빛을 할 땐 위험해진다.

"싫어요, 이런 데서."

짐짓 위엄을 세웠지만 그는 무릎 위를 톡톡, 치며 이리로 와 보라는 시늉을 했다.

"같이 있을 때 좀 만져 보자. 테이블이 너무 넓네. 널 만질 수가 없어."

"우아하게 식사할래."

"귀부인처럼 우아하게 식사하게 해 줄게."

"거짓말."

"아냐, 거짓말."

그는 섹시하고 달콤하게 웃었다. 캐러멜 시럽을 머금은 것보다 더 다디단 눈빛이 송아를 핥았다. 곧게 뻗은 콧날 아래, 도톰한 입술 새로 혓바닥 끝이 입술을 슬쩍 쓸었다.

"이리 와, 나쁜 짓 안 할게."

뱃속이 조였다. 어젯밤 끊임없이 가르치던 쾌감을 기억한다.

"아냐, 할 거 같아."

테이블 양끝을 꼭 잡고 버텼다. 그가 손목을 까딱이며 더욱 깊이 유혹했다.

"안 해. 이리 와."

"안 가."

"잡으러 간다? 반항하다 잡히면 나쁜 짓 하지?"

"꺄악! 크크크!"

잠깐의 몸싸움이 있었다. 손목을 잡혔고, 그가 몸을 일으켜 키스하려 할 때 얼른 돌려 피했다. 그는 테이블을 돌아 덮쳐 오려 했다. 송아는 그를 피해 뒤로 물러났다. 그러자 그는 얼른 다가와 송아를 덥석 안아 들었다. "잡았다!", "아악!"

그때 똑똑, 노크 소리와 함께 음식이 서빙되었다. 직원은 둘을 흘깃 보았지만 진헌의 눈빛에 곧 시선을 피하고 밖으로 나섰다. 지글지글 끓는 접시 위에 두툼한 스테이크와 구운 야채들. 짐승의 피가 눌어붙는 냄새가 구수하게 바람결에 흩어졌다.

"진헌 씨."

안긴 채 송아는 그를 조용히 불렀다. 그가 안아 들어 준 더 높은 세상. 불안의 원인은 이것일까.

"나 사실은, 조금 불안해요."

"왜 그래. 경치 좋잖아. 아깐 좋아하더니?"

송아는 지금이 기회라고 생각했다. 그와 함께 있다 보면, 그와 장난치며 즐기다 보면 꼭 해야 할 말들을 잊곤 한다. 그의 흥을 깨는 것이, 그가 불쾌할 것이, 그래서 더 이상 그녀를 사랑하지 않게 되는 것이 두렵다.

"이런 절벽 꼭대기에서 당신이 안아 들어 주는 기분. 딱 이게 요새 내 기분이에요."

그는 아이처럼 그녀를 안은 채 지그시 바라보았다.

"나 혼자 있었을 때, 땅에 두 발을 디뎠을 땐 안전하고 불행했는데. 당신이 이렇게 안아 준 뒤론 너무 든든하고 행복한데, 불안해."

"뭐가 불안해?"

"우리가 다르니까. 당신은 이렇게 너무 멋지고, 너무 높은 데서 사니까."

그에게서 불쾌한 눈빛이 슬쩍 오르며 지그시 송아를 응시했다. 그는 천천히 입을 열었다.

"내가 이렇게 꼭 끌어안고 있는데도?"

송아는 팔을 뻗어 그에게 손을 내밀었다. 그의 양손은 송아를 안는 데 모두 쓰여 있었다.

"그럼 날 내려놓고 내 손을 잡아 줘요. 먼저 손잡자고 한 건 진헌 씨였잖아."

허를 찔린 듯 그의 눈빛이 흔들렸다.

"뭐?"

"좋은데. 당신 앞에서 아이가 되는 것 너무 좋은데. 그래도 싫어요. 난 당신의 힘이고 싶지, 짐이고 싶지 않아요. 당신은 내 모든 걸 너무 짊어지려 해. 그래서 속상해요. 미안하고. 면목 없고. 이제부턴 당신 손을 잡게 해 줘요."

송아를 바라보는 진헌의 눈동자가 깊어진다.

"오늘, 아버지에게 가 준 것 너무 고마워요. 매일, 당신 할아버지를 혼자 지탱하고 있는 것도."

"……."

"나도 당신이 너무 좋아요. 처음 봤을 때부터 그랬어. 함께 있을 때마다 매일 더 많이 좋아져. 떨어지는 거 두렵고, 당신과 헤어지는 건 상상도 하기 싫어. 세상 기준이 어떻대도 난 이제 당신과 계속 함께 있고 싶어요."

"……."

"그러니 날 바닥에 내려놓고 내 손을 잡아 줘요. 그래야 내가 당신과 함께 걷지. 난 당신과 짐을 함께 나눠 지고 걷고 싶어요."

그는 내내 말이 없었다. 송아는 그에게 용기를 내어 한발 더 다가서기로 했다.

"그러니까 짐을 함께 나눠 지면서 걷고 싶다는 뜻은……. 그땐 생각이 없었지만 그래도 생각이 있게 되었다고 했으니까, 그러니까……. 그래도 나중에라도 언젠가 때가 되면 나랑 꼭……."

"……."

"결혼하실래요?"

그의 머리칼이 바람결에 이리저리 흔들렸다. 특유의 속을 알 수 없는 눈이 빤히 응시한다. 그는 무슨 생각을 하는 걸까.

염치없지만 그러고 싶은데. 세상에 다른 남자는 아무도 만나고 싶지 않은데. 이 사람을 내가 영원히 차지했으면. 내가 다른 남자를 만나지 않고, 저 사람도 다른 여자를 만나게 될 일이 영원히 없었으면.

그는 굳혔던 얼굴을 풀며 픕, 웃었다. 그러곤 송아를 바닥에 내려놓아 주었다. 지그시 손을 잡아 주는 손길. 그 미소가 싱그러웠다.

"아니, 여자가 결혼을 하자는데, 웃다니요! 이건 나에 대한 모독이야."

"모독한 거 아냐, 너무 예뻐서 웃었어. 그런 말을 네가 먼저 해 버리면 내가 뭐가 돼? 그건 반칙이야. 이리 와, 밥 먹자."

그는 테이블 세팅을 무시하고 옆자리에 앉혔다. 고기를 알맞게 한 점 잘라 입에 넣어 준다.

"아, 해!", "아니, 어린애 취급 하지 말라고 여태 실컷 말했는데!", "내 취미라니까, 아, 해, 아아!", "아이!"

달콤한 고기 한 점이 입안으로 넘어왔다. 작은 불빛들이 점점 그려 주는 도심의 풍광을 함께 바라보았다. 쌀쌀해져 가는 늦가을의 밤공기가 쌀쌀하지만은 않다.

"송아야."

그가 고기를 한 점 더 잘라 입안에 넣어 주며 말했다. 그의 다정한 눈빛에 어쩔 수 없이 이번엔 순순히 받아먹었다. 아, 맛 좋다. 그도 고기를 한 점 입안에 넣었다. 같은 걸 함께 나누어 씹는 기분이 좋다.

"너와 함께 있단 자체가 이미 내겐 큰 힘이야. 할아버지…… 후우. 세상엔 설득이란 게 전혀 되지 않는 사람이 있어. 사실 그딴 건 네 의견 죽이고 내 의견만 살리자는 수작이잖아. 우리 할아버지에겐 그게 좀 안 통해. 자기 생각대로만 사시는 양반이라."

그가 자신의 무릎을 툭툭 쳤다.

"날 내려놓으라니까.", "그래도 아직은, 조금만 더……."

송아는 져 주기로 했다, 지금은. 그가 날 이렇게 원하니. 부끄러웠지만 그의 무릎 위에 올라앉으려 했다.

"네가 내 품에 있는 게, 내게 너무 많은 위로가 돼. 짐이라니, 말도 안 돼. 내 짐……을 함께 지는 건. 그래, 나는 그게 너무 싫어. 옆에서 사랑해 주고 좋은 것들만 같이하고 싶은데."

그러나 그는 몸을 돌려 마주 보게 앞으로 꼭 끌어안았다. 그의 무릎 위에 다리를 벌린 채 서로의 목을 꽉 안았다. 정말 아이같이.

"그냥 내게 조금만 더 시간을 주면 안 될까. 방법을 찾고 있어. 널 다치도록 내놓고 싶지 않아."

몸을 떼는 그에게 섭섭한 마음이 올라왔으나 그는 손에 낀 누드 캔디를 톡, 쳤다. 마음이 죄었다.

"내 마음은 이렇게 순결하니까. 나를 믿고."

"이젠 잘 낄게요."

그는 말을 돌렸다.

"나무라는 거 아냐."

그의 눈빛이 부드럽게 가라앉았다.

"이래서 내가 금송아를 좋아하나 보다."

"네?"

"확실히 가까워질수록 점점 더 잘 보여. 좋아하는 만큼 배려해 주고 감싸 안아 주려고 해. 어머니한테도 받지 못했던 게 너한테 숨어 있는 걸 알고 내가 냄새를 잘 맡았나 보다. 착해, 금송아."

그의 말뜻을 잘 이해할 수 없었다. 그러나 해사하게 웃는 그 미소만큼은 그도 순간 아이 같았다. 송아는 툭 자르듯 말했다.

"싫어요, 착한 거. 자꾸 착하다고 하지 마."

"왜? 착한 거 싫어?"

"네. 착한 거 싫어요. 착한 건 마음이 약한 거고 약하면 당하니까. 이젠 정신 차릴래. 안 당하고 살고 싶어. 독해질래. 못돼질 거야."

그가 귀엽다는 듯 "크큭." 웃었다. 머리를 헝클어뜨리는 손길이 부드럽고 좋았다.

"독해지고 못돼지는 건 내가 할게. 넌 그냥 착하게 살아라."

"싫어, 못돼질 거야."

"이봐, 너 사실은 이렇게 아이처럼 굴잖아."

"진헌 씨가 내 속에 숨은 아이를 자꾸 끌어내나 봐."

"실은, 나도 그래. 그래서 행복해."

그가 "후후." 웃으며 강아지를 쓰다듬듯 부드럽게 쓰다듬었다. 그의 손길에는 마법이 걸린 것 같다. 그와 함께 있으면 이상하게 안심이 되었다. 그의 체취, 그 애프터쉐이브의 향이 폐부로 들어오면 세상의 모든 불안이 씻은 듯 달아나는 것 같았다.

그러나 멋진 데이트의 피날레는 엉뚱한 방향으로 흘렀다. 송아는 정체 모를 불안의 원인을 실체로 확인했다. 그가 웨이터를 통해 계산을 마치고, 뒤쪽 계단 출구를 나설 때 갑자기 두 사람과 마주쳤다.

"편……집장님?"

얼굴이 화끈 달아올랐다. 스캔들의 실체를 눈으로 확인시켜 준 것 같았다. 그러나 송아보단 그가 더 당황한 모양이다.

"아, 금송아 씨."

구석기는 어떤 노신사와 함께였다. 뚱뚱하고 다부진 체격, 키가 송아만은 할까.

사나운 불도그를 연상시켰다. 그가 노인이라 느끼는 건 다 빠져 한 줌밖에 남지 않은 머리칼과 잔뜩 늘어진 양 볼의 주름 때문. 눈빛은 매우 형형하여, 손에 든 금손잡이 단장은 지팡이가 아닌 지휘봉 같았다.

노인은 단장을 들어 다짜고짜 황진헌을 내리쳤다.

"요놈!"

"아, 아얏! 밖에서 왜 이러십니까!"

그러나 황진헌은 지팡이를 피하는 대신 송아를 등 뒤로 숨기는 데 급급했다. 팔뚝에 딱, 하고 뼈가 부딪치는 소리가 굉장했다. 부러지진 않았을까. 걱정되어 앞으로 나서려니 그가 손을 꽉 움켜쥐며 붙들었다.

놀랠 새도 없이 노인의 입에서 욕설이 쏟아졌다.

"천하의 후레자식, 집안 망쳐 먹고 나라 팔아먹을 놈의 시키!"

송아는 깜짝 놀라 노인을 바라보았다.

"쟤가 금송아지니?"

단장 끝이 진헌의 뒤로 향하기도 전에 진헌은 맞서 소리쳤다.

"절대! 한마디도 하지 마세요."

"야, 너!" 하며 단장 끝이 옮겨지자, 뒤에 섰던 구석기 편집장이 깜짝 놀라 대답했다.

"예, 그렇습니다."

노인은 눈알을 데루룩, 굴리며 노기를 실어 소리쳤다.

"예라이, 금송아지 아니라 똥송아지다!"

"한마디라도 더 하시면 저도 가만히 있지 않겠습니다!"

"고추 떼라."

노인은 노기가 성성한 목소리로 지팡이를 그의 중요 부위에 휘둘렀다. 그는 꼼짝 않고 피하지 않았고, 노인의 지팡이 끝도 살아 있는 생물처럼 묘하게 딱 멈춰 서며 다치게 하지는 않았다.

"쓰라는 덴 쓰지도 않고 덜렁덜렁. 달고만 다니면 뭘 하니? 혼인 좀 하라니까 안 하던 짓거리나……."

그 할아버지에 그 손자, 황진헌도 지지 않았다.

"제가 씨 뿌리는 데나 쓰는 종마입니까. 억지로 접붙이려 들지 마세요."

그들의 농도 짙은 대화에 부끄러움은 주변인들의 몫. 노인은,

"에헉! 저노무 시키를, 어따 갖다 팔아먹을 수도 없고."

크게 한숨을 내쉬며 진헌의 등 너머를 싸늘하게 바라봤다. 송아는 한 발 나서려 했지만 진헌의 손아귀에 실린 뜻을 거역할 수 없었다.

어느새 직원이 우르르 몰려들어 일렬로 죽 늘어섰다. 노인의 울화는 애먼 데 떨어졌다.

"이 게을러터진 것들, 월급은 공으로 처먹는 날도둑 같은 것들, 어째 모두들 다 공으로만 얻으려 들어!"

욕설의 긴 파장을 남기며 휘몰아치는 바람처럼 사라졌다.

공으로 얻으려 드는 사람. 겉으론 직원들을 향한 잔소리지만 실상은 자신을 가리키는 말이라는 걸 모를 수 없다.

진헌은 불쾌한 듯 빠르게 식당 로비를 나섰고, 그의 손끝엔 송아의 손이 달려 있었다. 구석기는 주차장 입구까지 둘을 따라 나왔다.

"이런 데서 마주치게 될 줄은 몰랐습니다."

말을 붙인 건 황진헌에게였다. 송아는 슬그머니 손을 잡아 돌려 뺐지만, 황진헌은 꽉 잡은 채 놓아주지 않았다. 구석기 편집장은 못 본 체했다.

"그러게요. 저 모르는 새 이 식당 주인도 제 할아버지께 큰 빚을 졌나 보네요. 제가 억세게도 운이 나빴습니다."

"운이 나쁘다니요. 저희 덕분에 홍보도 잘되고, 〈싸이듀〉가 더

387

잘나가고 있지 않습니까. 역시 어르신의 혜안은 못 당합니다."

동문서답. 송아는 휙휙 건너뛰는 이 대화가 잘 이해되지 않았다. 그러나 그는 바뀐 화제에 또 엉뚱한 답을 했다.

"그쪽도 저희 할아버지께 발목을 단단히 잡히셨군요. 단풍나무 거리 황만복에게 빚을 한번 지면 빠져나오기가 아주 힘들답니다. 주의하세요."

"글쎄요, 회장님께 빚 없는 사람이 이 거리에 몇이나 되겠습니까. 직원들 월급 안 밀리려고 늘 벼랑 끝을 걸었는데, 황 대표님 덕에 몇 달은 숨 좀 쉬고 살게 되었습니다."

"그랬으면 됐지, 여긴 또 웬일이십니까."

그의 싸늘한 말에 편집장은 싹싹하게 웃으며 받아쳤다.

"그저, 확인하실 게 있으시다셔서 불려 온 겁니다."

돌아서려는 진헌에게 편집장은 계속 말을 이었다. 털어 내고 싶어 하는 황진헌과 들러붙으려는 구석기의 묘한 힘겨루기 속에서 송아는 입을 열지 못했다. 그는 차 문을 열고 조수석으로 송아를 들이밀었다.

"그럼, 이만."

그러나 싸늘히 운전석으로 돌아가는 황진헌의 옷자락을 구석기가 다시 잡았다.

13.

흔들리는 마음

소리가 새지 않도록 그는 운전석의 문을 다시 닫았다. 그러나 자신을 화제로 한 대화는 아무리 모기만 해도 귀에 쏙 박힌다.

"누군가의 유희거리로 커리어를 망치기엔 많이 아까운 녀석입니다."

"누가 유희거리랍니까. 말조심하세요!"

말문이 막혀 입을 꼭 다문 구석기에게 그는, "괜히 나서서 흔들지 마세요." 하며 차에 올라탔다. 편집장은 가볍게 묵례를 하고 자신의 차가 있는 쪽으로 걸어갔다. 그의 차는 부드러운 호선을 그리며 도로 위 차량의 물결에 합류했다. 슬쩍 돌아본 그의 표정이 좋지 않았다.

"당분간 모르는 번호의 전화는 받지 마."

"안 돼요. 전화를 어떻게 안 받으면서 일해요? 회사 전화도 있는데."

"그럼 누가 나오란다고 무작정 나가지 마. 대신 나한테 당장 연락해."

그가 이런 식의 요구를 한 적은 없었기에, 송아는 더 이상 토를 달지 않고 "네." 하며 고개를 끄덕였다. 더 묻지 못한 건 그를 곤혹스럽게 하고 싶지 않아서였고, 또한 그의 곁에서 겪어야 할 것들은 오롯이 받아들이기로 해서였다. 그날 밤,

"말 들어, 응?"

두 번 말한 적 없던 사람이 다짐을 또 받았다.

"알았다니까요."

"퇴근할 때 연락해. 같이 퇴근하자."

"뭐 얼마나 멀다고."

"더 빨리 보고 싶으니까."

따뜻하게 겹쳐 오는 그의 입술은 부드러웠지만 다급했다. 송아는 그때부터 침실을 공유했다.

"떨어지기 싫어. 같이 자자."

몸을 얽어 오는 열기는 전처럼 더웠더라도 그의 마음은 복잡해 보였다.

"사랑해."

전에 없던 사랑 고백도,

"나도 사랑해요."

좋아한다고 수줍게 고백할 때보다 흔들리고 있었다. 그가 흔들리니 송아도 그랬다. 다음 날 구석기 편집장의 예고된 호출이 그 시작이었다.

"이봐, 송아 씨. 눈치껏 잘하는 것 같아 그러나 보다 했는데, 어째 며칠 새 일을 이렇게까지 만들어요?"

좁다란 편집장님의 방 안 책상 앞에서 송아는 고개를 숙였다.

"취재원과 연애라니. 그것도 광고주를 겸한 사람인데. 기본도 몰라요? 내가 여태 그렇게 가르쳤어?"

입이 열 개라도 할 말이 없었다.

"적당한 거리, 잘 유지하면서 취재원들을 효과적으로 관리하라고 내가, 입사 때부터 얘기해 왔잖아?"

"……."

"그런데 웬 동거를 한다는 소문이 나? 나는 그딴 헛소리 대신 금송아 씨를 믿고 싶어. 사실, 아니죠?"

목이 막혔다. 그러나 "죄송합니다." 대답을 대신했다. 그는 기가 차다는 듯 바라봤다.

"아니, 무슨 황진헌 기사냐며 순수한 웨딩 관련으로 쓰자던 게 지난 달 요맘때였어. 무슨 사고를 이렇게 초스피드로 치나?"

너무 많은 일들이 일어난 게 그렇게 짧은 동안이었다는 걸 새삼 깨달았다. 그 짧은 한 달 동안 세상이 바뀌었다. 가장 중요하고 사랑하는 것들의 우선순위가 지진이 난 것처럼 뒤집혔다. 구석기는 짧게 쏘아보던 눈길을 거두고 "후우." 한숨을 뱉었다.

"여태 노력한 세월이 얼마야? 그게 겨우 연애 한 번이랑 바꿀 정도로 가벼웠어?"

"여러모로 죄송합니다."

묵례를 하고 방을 나서려는데, 편집장이 "송아 씨." 붙들었다.

"나도 미안해요. 내가 송아 씨 좀 이용했어."

"네?"

의미를 알 수 없어 그를 보는데,

"상대는 황진헌이에요. 내 능력치는 한참 넘어갔으니 이제 당신

소관이야."

알 수 없는 말을 뱉었다. 송아는 숨을 죽이며 문을 닫고 나왔다. 왠지 발 디딘 곳이 모두 흔들리는 것 같아 마음이 아팠다.

그동안의 일에 대한 노력, 열정, 그로 인해 굳건했던 자긍심. 편집 기자라는 신분표는 보잘것없던 금송아에게 단순한 직업이 아닌 자존감과 삶의 의미였는데.

— 실례가 되실 줄 알지만 시간을 좀 내 주셨으면 합니다.

차분하고도 감정을 뺀 억양이 낯설었다. 오후의 해가 기울기 시작할 때. 내선으로 돌려진 전화라 피할 틈이 없었다.

째지듯 찔러 오는 늙은 목소리가 '당장 뛰어 오라고 해!' 하며 수화기를 넘어왔다. 황만복의 비서가 정중한 만큼, 할아버님의 성미는 아주 급했다.

— 되도록 빨리 만나 뵙고 싶어 하십니다만, 시간이 되시겠습니까.

목소리는 친절했지만 질문이 아닌 강요. 그가 다짐받던 게 이거구나.

"퇴근하는 6시 이후라면 오늘도 괜찮습니다. 어디로 가면 될까요?"

그러나 한번 들으면 잊기 힘든 그 목소리는 빚을 받듯 무섭게 독촉했다. '제가 안 오면 내가 가면 되지. 가자, 앞장서라!'

그대로 새 들어오는 기고만장함에 말을 고쳤다.

"지금 출발하겠습니다. 어디로 갈까요?"

— 준비되는 대로 바로 내려오십시오. 차가 대기하고 있을 겁니다.

그가 사 준 아이보리색 원피스를 입고 나오길 잘했다고 생각했다. 혹시 몰라 핸드백에 챙겨 둔 화장품을 꺼내 들었다. 시간이 없더라도 빠르게 손을 놀리며 얼굴과 머리를 정리했다.

진헌 씨와 만날 때보다 더 바짝 신경 썼다. 아무리 탐탁잖아 하시더라도 잘 보이고픈 마음은 어쩔 수 없다.

"죄송해요. 잠깐 외근 나간 걸로 해 주세요. 좀 있다 들어올게요."

반 대리 언니에게 뒤를 부탁하고 나섰다.

"됐어. 퇴근 시간 얼마나 남았다고. 일 보고 그냥 직퇴해."

"늦게라도 들어올게요. 저녁 식사는 먼저 하세요."

이렇게 빨리 불려 들어갈 줄은 몰랐는데. 급작스러웠던 그와의 만남처럼 그의 할아버지와의 만남도 그랬다. 그의 뜻을 거스르는 마음이 날뛰었다.

피하며 진헌 씨 등 뒤로 숨으면 할아버님의 약은 바짝 오를 테고, 그 울화는 진헌 씨에게로 향하게 될 테지. 스스로 땅을 밟고 내려와 그의 짐을 나눠야 한다. 그래야, 그의 여자가 될 자격이 조금이나마 생긴다.

검은색 중형 세단이 오래된 부촌을 향했다. 아래쪽 커다란 한옥이 보였고, 차는 그쪽 정문을 통과했다. 수백 평 부지의 저택은 한옥의 구조이면서도 차량의 운행이 원활하도록 잘 개조되어 있었다.

차는 사랑으로 짐작되는 곳에서 멈췄다. 행랑으로 쓰는 바깥채, 사랑, 안채 등이 제대로 계산되어 지어진 신식 한옥이었고, 입구는 현대식 현관처럼 세련되었다.

안으로 들어서니 향나무의 은은한 향이 실내를 메운다. 커다란 대들보가 천장을 가로지르는 마루를 지나 넓은 거실로 향했다. 맞미닫이가 열리자, 노기를 주체하지 못하는 노인네가 송아를 노려보고 있었다.

마른침이 잘 넘어가지 않았다. 얼른 허리 굽혀 인사했다.

"안녕하세요, 할아버님. 금송아입니다."

노골적인 악의 앞에 담담하기는 쉽지 않다. 노인네는 차갑게 말을 쏘았다.

"본데없구나. 어른을 봤으면 큰절을 올려야지!"

"네." 하며 절을 올리려는데, 아무래도 익숙지 않다. 잘 봐주려 해도 올바른 방식은 아니었을 것. 노인네의 '쯔쯔쯔쯔' 혀 차는 소리가 힐난을 대신했다.

등이 저릿했다. 탐색이라도 하듯 노인은 송아를 뚫어져라 관찰했다. 그 기묘한 시선에 이끌려 눈을 마주쳤다. 눈 아래가 두두룩하며 양 볼이 늘어진 얼굴. 입꼬리가 처졌고 배는 볼록했다. 진헌 씨가 할아버님을 닮진 않았다.

"그, 금송아입니다."

눈싸움을 하듯 시선을 잘못 둔 것 같아 얼른 치웠으나 늦었다. 고쳐 인사하는 것으로 얼버무려도 마음에 안 든다는 표정은 여전하다.

"안다, 똥송아지."

숨을 조금 들이마셨다. 어르신을 거스를 말이니 단정히 미소 지었다.

"왜 웃니? 매쳤니? 내가 우스우니?"

"아니요. 할아버님께 예쁘게 보이고 싶어 웃습니다. 그런데 전 '똥'이 아니라 '금'입니다. 절 미워하시는 건 어쩔 수 없지만 그러지는 말아 주세요. 절 낳아 주신 저희 엄마의 성입니다."

"내 손주 앞길 가로막고 해괴한 짓은 다 하면서, 뚫린 주둥아리라고 어디서 함부로 놀려?"

그는 노기를 다스리기 힘들다는 듯 씩씩 숨을 내쉬었다. 할아버님의 마음을 풀어 드리는 건 어쩌면 불가능할지도. 두려움에 가슴이 꽉 조였지만 그렇더라도 또 예쁘게 웃었다. 어쨌든 그의 유일한 가족. 지금의 최선을 다하고 싶다.

"죄송합니다."

그때 검은색 유니폼을 입은 젊은 여인이 차를 내왔다. 찻잔 하나는 황만복 앞에, 나머지 하나는 망설이듯 송아의 맞은편에 놓았다. 송아가 선 채로 아직 자리를 잡지 못하고 있어서이다. 노인은 목이 꺾어지듯 고개를 들어 노려보기를 멈추지 않았다. 그 침묵이 길었다.

"앉을까요, 할아버님?"

망설임 끝에 조심스레 여쭈니 통박이 돌아온다.

"맹랑하기까지. 어른이 앉으란 말도 않는데 넙죽넙죽 앉겠다는 구나?"

오그라드는 마음을 싹싹 펴며 답을 드렸다.

"목이 아프실 것 같아서요. 그럼 몸을 낮추겠습니다, 할아버님."

그리고 바닥에 조용히 몸을 구부렸다. 치마를 입어 어쩔 수 없이 무릎을 꿇게 된다. 쟤가 어쩌나 보자, 하고 눈알을 데루룩 굴리던 시선에 피식, 조소가 피어오른다.

"누가 누구의 할애비인데 보자마자 할아버님?"

"진헌 씨 할아버님이시기 때문입니다."

"김칫국도 정도껏이지. 진헌이가 네 거이니?"

"네, 지금은…… 서로 좋은 마음으로 교제하고 있습니다."

"교제는 무슨, 살림을 차리고서! 말대답도 또박또박! 도통 어른
어려운 줄을 몰라!"

송아는 고개를 숙였다. 뜻을 거스르지 않도록 말을 골라도 소용
없는 건 없는 거다.

노인은 노기를 주체 못 하다 뜨거운 차를 후루룩후루룩, 국처럼
한참을 마셨다. 얌전하고 여리여리한 거 수두룩 빽빽인데, 사진 속
에도 저런 건 많고 많은데. 노인의 눈이 송아를 또 한 번 샅샅이
훑는다.

탁, 소리 나게 잔을 내려놓았다. 울화가 치밀어 결심한 걸 뱉기
로 한다.

"솔직히 말하자. 진헌이가 너 돈 주고 샀니?"

"네?"

불쾌하지 않다면 거짓. 그러나 답을 유예했다.

"돈 주고 고용했느냔 말이다. 어쩌다 스치듯 두어 번씩 만나도
여자를 대놓고 들이는 애가 절대 아냐. 이거, 장가 안 들려고 너
허수아비로 세워 수 쓰는 거 아니냔 말이다."

"아닙니다. 저, 저희는 진심으로 사랑하고 있습니다."

그의 '장가'란 말에 마음이 한껏 흐트러진다. 그러겠거니 싶었
고, 오래 못 가겠거니 각오했어도 어느새 마음이 변했다. 그와 떨
어지는 건 미치도록 상상하기도 싫다.

"하! 사랑? 진심, 웃기시네!"

제대로 된 화제를 꺼냈다는 듯 노인은 자세를 고쳤다. 송아를

바라보는 노회한 눈에는 비난과 경멸이 가득하다.

"그럼 네가 멍충이라 진헌이에게 속고 있나 보다. 네 손꾸락에 들어간 그 반지값만 네 3년 치 월급이다. 그 정도 돈이면 진심의 할애비도 사지. 개가 알거지라도 퍽이나 사랑했겠다."

송아는 차분히 마음을 가라앉히며 힘을 실어 말씀드렸다.

"아니요. 제가 진헌 씨에게 반한 건 그래서가 아닙니다. 저는 저 자신보다 더 귀하게 여겨 주는 그 마음에 반했습니다."

'빛나야 할 것은 너라고!' 화를 더럭 내던 그를 기억한다. 보석이 돋보여야 한다며, 스스로를 존중하지 못하던 못난 단면을 지적당하는 순간, 그의 진심이 비쳤다. 그 파편이 날카롭게 심장을 찔렀다.

송아의 눈빛이 터럭 하나 없이 맑고 투명하게 빛난다. 이제부터 포화를 내리쏠 준비를 하는 황만복의 말라비틀어진 심장도 움찔, 하고 만다.

요년이, 내 손주를 요렇게 홀렸구나. 그렇다면 더 가만둘 수 없지. 그 '진심'을 깨부숴 무너뜨리마.

무섭게 번들거리는 두두룩한 눈이 형형한 빛을 뿜는다.

"기사 쓰려고 처음 만났다메? 그 기사, 우리 손주를 세상에 알리는 그 광고 기사! 그건 내 손주 좋은 데 장가들이려고 내가 쓰라 시킨 기사다. 네까짓 것한테 손 타게 하려고 낸 게 아니란 말야."

송아는 깜짝 놀랐다. '이달의 프러포즈'를? 아, 그래서 진헌 씨는 처음 만나자마자 누가 보냈냐고 의심부터 했었구나. 순간, 머릿속이 멍해지며 안개가 낀 듯 희부예져 간다.

"주제도 모르고 어찌 내 손주를 중간에 가로채? 세상에서 가장 순결하고 잘난 색시를 붙여 주려 광고를 냈는데! 우리 손주 이렇게 멋쟁이오, 값을 올려놓으라 광고를 냈더니 어디서 기자 나부랭이가 천지 분간을 못 하고 다 된 밥에 재도 아니고 똥을 뿌려!"

"아아, 그러니까 그 모든 게 할…… 할아버님이 기사를 쓰시게……."

"왜, 그놈이라고 모를 줄 아니? 내가 쓰라, 했으니 네게다 기사를 썼지. 안 쓴다던 기사를 넙죽 써 주니 네까짓 게 뭐라도 되는 줄 알고 기고만장했니?"

그제야 그가 순순히 기사를 써 준 게 이해가 되었다. 그는 할아버님의 명령에 못 이겨 써야 할 기사를 썼고, 그런데 금송아는…… 왜 만났을까. 장난삼아 만난 걸까.

"자, 이제 불어라. 너 뭐 받고 그 집에 들어갔니?"

머리가 멍해 선뜻 답이 나오지 않았다. 뭘 받아야 하나. 들어가려고 들어간 건 아녔고, 내 방을 보곤 그가 폭발해 나를 억지로 데려왔지.

"더 차근차근 물어야겠니? 너 뭐 받고 만나기로 했니? 진헌이로서는 널 끼고 있으면 혼인 안 한다고 뻗댈 수 있고, 밤에도 심심치 않으니 더욱 좋지. 진헌이에게도 도무지 좋은 것들뿐이지 않니?"

반지를 받기로 했었지. 해 줄 수 있는 건 다 해 준다고도, 그리고 집도. 돌이켜 보니 그의 사랑조차 너무 쉽게 얻은 것 같다. 기사보다도 더. 쉽게 얻은 것, 그건 가짜인 걸까.

얄궂게 가짜 연인 행세 중 나눴던 말들까지 조각조각 파편처럼 흩어진다.

'우리 할아버지가 아무리 등을 떠다밀어도 꼭꼭 숨어서 안 팔리고 여태 잘 버텼는데, 이제 자칫하다간 팔려 나가게 생겼어.'

'날 남자 친구로 막 이용하라고. 사귀는 동안 열심히 싹싹 다

챙겨 가져.'

"하! 진심? 이것들이 너의 진심이고 진헌이의 진심이다. 잇속이 맞아떨어지니 배도 맞은 거지. 으흐흐, 사랑? 사내 녀석 아랫도리엔 정욕만 있지 그딴 건 없어. 서너 번 자고 나면 변하는 게 사내 진심이야. 그래도 붙어 있을래?"

머리가 어지럽고 구토가 쏠렸다. 그러나 무서운 포화 속에서도 흙먼지는 찬찬히 가라앉아만 간다.

가짜 연인을 언급했던 그의 허탈한 표정. 장난스럽기만 했던 눈에 어리던 물기.

그땐 몰랐어도 지금은 안다. 그 얼굴은 참 씁쓸하고도 서글펐다. 그건 진짜라는 증거다.

집을 해 주고, 선물을 쏟아 환심을 사려 한 게 아니다. 그 환심으로 정욕을 채우려 나를 안지 않았다. 내 몸이, 내 마음이 스스로 그를 향해 완전히 열릴 때까지, 끝까지 기다려 줬다. 욕정과 배설이 다가 아니었다. 이것은 사람을 시켜, 서류 따위론 절대 알아낼 수 없는 것. 둘만의 것.

송아는 천천히 입을 열었다.

"아니요! 할아버지. 기사를 쓴 건 할아버님의 뜻이었을지 몰라도, 그다음부터는 저희들의 마음이, 서로를 향해 조금씩 얽혀 지금을 만들었습니다. 그가 제게 베푼 건 육욕이나 잇속을 위한 대가도, 그 무엇도 아니었습니다. 그저, 그가 해 줄 수 있는 방식의 진심이었습니다."

"……!"

황만복의 얼굴에 낭패가 짙게 어렸다. 의심의 씨앗을 꼼꼼히 뿌렸는데. 계집의 굳은 마음에선 싹도 트지 않는다.

이걸 어쩐다? 주먹으로 팔걸이를 툭툭 치는데, 계집의 입에서 말이 더 쏟아졌다.

"만약 그의 진심이 변한다면, 그건······."

그 말을 뱉는 송아의 눈에서는 어쩔 수 없이 눈물이 도르르, 흘렀다. 상상만으로도 이렇게 아픈데.

"그건 어쩔 수 없는 일입니다. 그러나 적어도 지금은. 그도, 저도 서로를 향한 마음뿐입니다. 할아버님이 뭐라셔도, 저는 그의 곁에 있고 싶습니다."

그때 밖에서 작은 소란이 일었다. 그러나 황만복 앞에서 혼신의 힘을 짜는 송아의 귀엔 아무것도 들어오지 않았다. 노인의 얼굴에서 초조함이 흐른다. 이런 식이면 어쩔 도리 없지.

"어이, 똥송아지!"

새하얀 낯빛의 송아가 고개를 들었다. 또!

"뭐라 지껄여도 마찬가지야. 근본은 못 속인다더니, 네 애미! 네 애미도 느이 애비와 똑같았더구나. 가진 거 하나 없는 고아에, 느이 애비 집안 다 들쑤시고 엉망진창을 만들더니 결국은 널 홀로 낳았잖니? 그러곤 끝까지 키우지도 못해 계모 손에 자란 넌 얼마나 잘 자랐겠니?"

"어, 어르신!"

송아는 견딜 수 없는 모욕에 심장을 찔린 듯 아팠다. 이건 아무리 그의 할아버지라 해도 참을 수 없었다.

"세상 잣대가 어떻대도 저희 엄마는 곱고 고운 분이셨습니다. 저도 제 엄마의 뜨거운 사랑을 받고 잘 자랐습니다. 엄마와 너무 일찍 헤어진 게 제 유일한 한입니다. 그래서 삶의 매 순간마다 엄마를 생각하며 바르게 살았습니다."

맑고 고운 눈에 이슬이 스르르 고인다. 그걸 보는 노인네의 마음도 좋지만은 않다. 그러나 세상 하나밖에 없는 내 손주가 더 소중하니라.

"그래, 세상 잣대? 눈이 있으면 너 스스로를 봐라. 네 애미와 네가 뭐가 다르니? 네가 우리 진헌이에게다 댈 만은 하니? 애비나 계모나 이복동생이나, 집안이 얼마나 번드르르한지. 전 재산이라곤 꼴랑 허물어져 가는 집 한 채?"

온몸을 난자당한 기분이었다. 그 틈을 타 황만복은 이제 심장을 찔러 들었다.

"네가 왜 진헌이와 사귀는지 내가 똑바로 말해 볼까? 그동안 설움 잊도록 실컷 돈을 처발라 먹고 입고 쓰고! 그럴라고 만나는 거다, 그게 네 진심이다."

"아무리…… 아무리 제가 마음에 드시지 않는다고 해도……."

"그런데 너는 우리 진헌이한테 뭘 해 줄 수 있니? 끼고 자는 것밖엔 도무지 쓸데가 있니?"

"……!"

"그렇게 파르르, 할 것 없어. 너, 이 황만복이를 얼마나 우습게 알고 내 손주를 건드렸니? 눈에는 눈! 이에는 이! 이 황만복이식 셈법으로 이자를 정확히 쳐서 갚아 주마."

꿇어 엎드린 송아의 눈에선 눈물이 하염없이 쏟아졌다. 노인은 말을 고쳐 보드랍게 송아를 꾀어냈다.

"헤어지거라. 그럼 다 괜찮아져."

"싫, 싫습니다."

이를 앙다문 말간 얼굴을 보고 황만복은 입술을 깨물었다. 우당탕! 요란한 소리가 울리는 걸 들으며 노인은 말을 바삐 쏟았다.

"가서, 일러라. 진헌이에게 다 말해. 그러면 우리 진헌이가 너를 위해 어찌 해 주는지 보거라. 그걸 좋다고 받아 처먹는 게! 그게 너의 진심, 진짜 마음인 거다!"

바닥에 흥건하게 고인 눈물. 요란한 소리는 더욱 가까워졌다. "놓으세요, 들어가겠습니다!" 하는 목소리가 낯익다. 진헌이었다.

그리고 그의 눈엔 무릎 꿇려 눈물을 쏟는 송아와 그녀를 무섭도록 쏘아보는 그의 할아버지가 들어올 수밖에.

"그렇게까지 말씀드렸는데! 부탁드린 지가 하루가 지났어요, 이틀이 지났어요?"

송아는 깜짝 놀라 뒤를 돌아보았다. 고함에 가깝도록 날것의 감정을 드러내는 그의 모습이 낯설다. 늙은이의 주름진 얼굴이 실룩였다.

"미친놈, 배라먹을 놈! 사지를 붙들어 육실헐 나쁜 놈의 새끼!"

그러나 진헌은 더 이상 대화를 잇지 않았다. 대신 송아에게 검고 기다란 손을 내밀었다.

"말 좀 듣지."

눈물을 얼른 닦고 고개를 들어 올려다보니 그의 키가 알던 것보다 훨씬 더 크다. 그가 단호하게 손을 잡아챘다. "가자!"

종이 인형처럼 맥을 못 추며 끌려 나갔다. 그는 사정을 봐주지 않고 성큼성큼 밖으로, 밖으로만 나갔다. 너무 빨라 종종걸음 치다 결국 뛰었다. 들어오는 덴 아주 멀었던 입구가 그와 함께하니 가깝다.

그는 입을 굳게 다문 채 아무 말도 하지 않았다. 머리를 다치지 않도록 손바닥을 얹어 줬지만 밀어붙이며 차에 태우는 완력은 평

402

소 같지 않다. 조수석 문이 거세게 탁, 닫혔다.

운전마저 매우 거칠었다. 그의 운전은 아주 점잖은데. 저택 내부에서부터 가슴 저릿하게 울리는 엔진의 굉음에 조마조마했다. 저러다 건물 기둥을 전속력으로 들이받는 건 아닌지. 그러나 그의 차는 저택 내 도로를 빠른 속도로 빠져나왔다.

저택은 완전히 시야에서 사라졌지만 무서운 표정은 여전했다. 이렇게 화가 난 그는 처음 봤다. 아니, 두 번째. 분노와 울화가 뒤섞인, 그는 마치 자신에게 화를 내는 것 같기도 했다.

적어도 지금은, 이렇게 같이 있으니 모든 게 괜찮다. 이 사람이 아파하는 모습에 내 마음이 더 아프다. 저 하늘은 그에게 수줍게 결혼하자고 했던 그 하늘처럼 오늘도 붉다.

그러나 한 시간쯤 조마조마한 침묵이 흐른 뒤, 결국 말을 걸지 않을 수 없었다.

"어딜 가요?"

그가 향한 곳은 국제공항이었으니.

"도망."

"네?"

비행기의 이착륙 소음이 가까워질 즈음, 그는 표정도 목소리도 많이 누그러져 있었다. 그럼에도 단호했다.

"어감이 싫다면 '사랑의 도피' 쯤으로 하자."

그러나 지금 그는 슈트 차림이고, 송아는 원피스 차림이다. 핸드백 안엔 분신처럼 함께 다니는 미니 노트북과 약간의 화장품이 전부.

"아, 안 돼! 나 일하다 말고 나왔어요."

"나도 회의하다 말고 튀어나왔어."

그는 단호했다. 뒤늦게 골이 지끈거려 그의 옷깃을 잡아들였다.

"으음. 저, 도……망칠 만큼 한가하지가 않아요! 여권도 없고 또……."

그의 가슴팍에서 나온 녹색 뭉치가 그녀의 무릎 위에 툭 떨어졌다.

'언젠가 해외여행을 가게 되면 쓰려고요.' 짐을 정리할 때 자랑스럽게 웃어 보였었다. 그가 깜짝 놀라 물었었다. '해외에 나가 본 적이 없다고?', '흐흐, 글로는 자주 나갔었는데.'

"도망가는데 뭘 그렇게 뒤를 돌아봐? 가자!"

명령조였고 그의 손끝엔 송아의 손목이 다시 달렸다. 약간이나마 버티기도 하고, 짜증을 내기도 했다.

"이건 너무 충동적이에요!"

"내가 말하지 않았던가? 내 인생에 가장 충동적인 일은 널 만나기로 한 거였어. 이건 계획적인 거지, 널 데리러 오는 길에 예약도 해 뒀다고. 안녕하세요."

마지막 말은 데스크 여직원에게 하는 말이었다. "진헌 씨?", "가만있어."

"인천—푸껫 20시, 1AB 좌석 발권해 드렸습니다. 게이트는……."

붉은 티켓 위에 그리스 펜으로 표시를 하며 여직원이 친절히 설명했다. 뭐? 곧 출발? 아직도 이 상황이 적응되지 않아 그의 옆구리를 툭툭 치다가 잡혀 버렸다. "가만있으라니까." 여직원이 물었다.

"그런데 짐은 없으십니까?", "네."

어색한 표정을 짓긴 했지만 그녀는 직원을 호출했다.

"라운지까지 안내해 드리겠습니다."

공항에 이런 서비스가 있던가. 여행객들로 바글바글한 속에서 마치 프리 패스를 얻은 것처럼 모든 게 빨랐다. "이쪽입니다.", "안내해 드리겠습니다." 시키는 대로 따라다니다 보니 고급 호텔 같은 라운지에 앉아 있다.

왁자지껄한 공항 안이라고는 믿기지 않을 조용하고 고급스러운 곳. 꽤 넓지만 텅텅 비어 나이 지긋한 노신사 하나만이 저 너머 테이블을 차지했고, 그 외엔 둘뿐이다.

"진헌 씨?"

"응."

커피가 한 잔 놓였을 때 비로소 정신을 가다듬었다. 잔 안에 휘도는 부드러운 크레마와 향기가 유혹했다. 아까 할아버님이 했듯 뜨거운 걸 후후 불며 후루룩 두어 번 마셨다. 가출했던 혼이 슬쩍 돌아와 제자리를 찾은 기분이다.

휴대전화를 들여다보니 어이가 없다. 회사에 앉아 있다가 할아버님께 불려 가서 혼이 나고, 출국을 30분 남길 때까지 채 몇 시간이 걸리지 않았다.

"그렇게 정 걸리면 휴가라도 내든가. 하루 이틀 정도는 쓸 수도 있잖아."

아, 오늘 금요일이지. 정말 그는 계획적이었던가. 골이 지끈거렸지만 반 대리 언니에게 연락을 했다.

"휴가 내라니까?"

"지금 주말에 안 나가는 것도 얼마나 데미지가 큰데 이래요?"

"휴가는 그렇다 치고, 법정 휴일에 쉬겠다는데 뭘 그리 눈치를 봐. 왜 넌 항상 당연히 누려야 할 걸 못 누려?"

토요일, 일요일은 휴무지만 바쁘니 출근하기 일쑤다. 당연히 수

당 같은 것도 없다. 그래도 그건 그냥 일이니까. 내 일이니까 하는 거다.

"이봐요. 당신은 대표잖아요! 당신 직원들도 그래요?"

"난, 내 직원에게 정해진 시간에만 일 시켜."

아, 네, 그러시겠죠. 하지만 기운이 죽 빠졌다. 난 지금 왜 이런 대화를 하고 있지?

지금 그와 해야 할 더 중요한 말들이 켜켜이 쌓여 산을 이루는데, 어느 틈에 다 잊어버렸다.

그도 눈치를 챘나. 그가 부드럽게 송아의 머리칼을 쓸었다. 억울했던 감정이 되살아나며 갑자기 눈물이 핑 돈다. 지금은 위로받으면 울게 되어 있어.

"하지 마요! 지금은 이렇게 만져 주지 마."

그러나 그는 옆자리로 옮겨 머리를 안아 주었다.

"미안해. 이런 일 안 겪게 하려고 했는데."

그의 품에 안겨 익숙한 체향을 맡으니 순간 두려움이 엷어진다. '헤어지거라. 그럼 다 괜찮아져.' 하지만 고개를 저으며 털어 버렸다.

"무슨 얘기 들었어?"

"별말 안 들었어요."

그의 목소리에 노기가 비쳤다.

"송아야!"

침을 꼴깍 삼키는데 그가 다시 높아진 목소리를 가다듬으며 부드럽게 얼렀다.

"우리 하나만 약속하자. 서로를 믿고 놓지 말기. 나를 믿고……."

"후후." 송아는 그의 손에 깍지를 얽어 걸며 꽉 잡아 주었다. 그는 할아버지가 무슨 말을 하셨는지, 대강 짐작하는 것 같았다.

"못 믿으니까 날 이런 데 데려와 놓고선."

"뭐?"

그의 가슴팍을 밀어 내고 그를 똑바로 바라보았다.

"날 처음 만난 날, 내게 반지를 준 날……. 날 믿어서 반지를 줬던가요? 당신 할아버님이 보냈다고 잔뜩 의심하고선."

그는 깜짝 놀란 듯 당황하며 몸을 일으켰다. 그러곤 혀로 입술을 축였다. 그 모습이 섹시하다고 느꼈는데, 지금은 아주 미웠다. 아니, 여전히 미워 죽겠고, 또 섹시했다.

"너 무슨 생각 해? 오해하지 마! 날 믿어. 널 갖고 싶었어. 아니라고 확신했어!"

"궁금하네요. 당신은 어떤 마음으로 날 좋아했을까."

"너 아녔으면 기사 안 썼어. 우습겠지만! 금송아한테 홀딱 반해서 기사 냈다는 거, 정말……."

하지만 씩, 웃는 송아의 말짱한 표정을 보고 진헌은 말을 멈췄다. 등이 저릿해지던 공포가 사라지고 어제처럼 웃던 그 송아 그대로다. 심장이 졸아들었던 진헌이 송아의 어깨를 위아래로 쓸었다.

"난, 당신 믿어요."

할아버님이 심었던 건 의심이었구나. 우리 둘이 싸우길 바라셨구나. 그래서 견고하지 못한 마음이라면 그대로 뒤틀어 떨어지길 바랐구나.

이제야 안심이라는 듯 진헌의 입술이 송아에게 쪽, 베이비키스를 했다.

"이 봐, 이렇게 날 못 믿고선."

하지만 이건 시작. 할아버님은 다른 방법을 갖고 계실 테다.

"믿어도 불안해. 안 되겠어, 이제 어떻게든 해야지."

"뭘 어떡하는데?"

"놀러 가자! 이 일벌레 양. 너처럼 일만 하면 정말 바보 돼. 가자!"

그의 손목에 매달려 뛰듯 걷는 게 몇 번째인지 모르겠다. 화려하게 디스플레이 된 면세점들이 휙휙 지나갔다.

"빈손으로 갑자기 끌고 와 놓고선!"

"빈손이 문제면 채우면 되지."

그는 눈앞에 걸린 백팩 하나를 품으로 던졌다. 두어 군데의 상점을 지나며 그 안엔 수영복, 속옷, 선글라스, 여름용 팬츠와 셔츠 등이 빠르게 담겼다. 20분 새 없던 가방이 금세 생겨 버렸다.

"뭘 하려고요?"

"사랑의 도피라니까."

그때 빨리 탑승하라는 방송이 시끄럽게 울려 퍼졌다. 다급하게 외치는 이름의 주인공은 황진헌과 금송아. 아, 전 세계인이 듣고 있는데 공항에서 방송 탔어! 얼굴이 확 달아올랐다. 다시 그의 손목에 잡혀 이번엔 진짜로 뛰었다.

"어서 오십시오. 반갑습니다."

얼굴이 확 달아오르며 5분을 남기고 아슬아슬, 맨 마지막으로 탑승했다. 타자마자 맨 앞자리. 기다렸다는 듯 비행기는 문을 닫고 이륙을 준비했다.

"안녕하십니까, 저는 이 비행기의……."

곧 어떤 남자가 정중하게 인사를 해 왔다. 왜 나한테 인사를 하고 그래. "아, 네 안녕하세……." 민망함에 얼굴이 발개지는데, 그는 익숙하게 송아를 위해 이것저것 주문했다.

주변을 돌아보니 좌석이 몇 개 없는 이 방 안엔 두 사람뿐이다. 바글바글 와자지껄한 소음이 저 멀리서 들렸다.

"와, 첫 출국에 이거 영광이에요."

"나야말로 금송아의 첫 출국을 같이 해 영광이야."

아래론 시커먼 구름밖에 보이지 않아 좀 심심해졌을 때쯤 메뉴판이 나왔다. 비행기에서 호텔처럼 만들어 주는 즉석 샐러드며, 도기 접시에 금속 나이프로 한우 스테이크를 잘라 먹는 호사를 누리기도 했다.

"어째, 진헌 씨가 만들어 주는 음식이 훨씬 더 맛있는 거 같아요."

"당연하지. 어딜 여기다 대?"

레토르트 처리 된 음식 맛은 그저 그랬지만 와인을 담은 유리잔을 함께 챙, 부딪치며 건배했다. 사실 이 사람이 왜 이런 짓을 벌였는지, 한참 전부터 이해는 하고 있었다.

"약, 잘 먹을게요."

"약?"

"할아버님한테 혼나고 나와서, 진헌 씨 나한테 약 먹이는 거잖아. 잘 먹는다고요."

"후후."

그의 의도가 어찌 되었든, 갑자기 끌려온 공항에, 갑작스러운 여행에, 휘둥그레질 정도의 서비스에 정신이 팔려 있지 않았다면 이렇게 고요히 스테이크를 썰고 있진 않을 것 같다.

"아주, 약았어."

고기를 씹으며 그를 씹듯 째려보았다. 그가 부드럽게 웃으며 엄지로 볼을 튕겼다.

"고마워."

"뭐가요."

"나, 봐줘서."

"할아버님이 한 일이 진헌 씨의 잘못은 아니잖아. 사과할 일, 아녜요."

할아버님도 이 사람을 내놓기 싫으시겠지. 가슴이 먹먹해지면서도 서러움을 가라앉혔다.

"정말 아무 얘기도 안 해 줄래?"

그는 기회가 있을 때마다 다그쳤지만 송아는 답했다.

"내가 진헌 씨에게 이 말 저 말 옮기면 나는 당신과 할아버지를 이간질시키게 돼요. 그건 싫어요."

그는 "흐음……!" 못 견뎌 했다. 송아는 다른 것도 약속받았다.

"나, 월요일엔 꼭 출근해야 해요?"

"진짜?"

그가 눈빛으로 '휴가 내라!' 꼬드기고 있었지만 단호하게 말했다. "우리의 짧디짧은 휴가를 위해!" 그가 아쉬워할 때 다시 챙, 와인 잔을 부딪쳐 줬다.

＊ ＋ ＊ ＋

새벽에 떨어진 푸껫은 서울보다 꽤 따뜻했고 비가 내렸다. 그가 준비한 차량에 올라타 검게 보이는 시골길을 10분쯤 달리자 숙소가 나왔다. 들쭉날쭉한 야근에 익숙해진 데다, 비행기에서 푹 자서인지 피로감은 없었다.

다만 어제의 충격이 다소 어렴풋해졌다. 못마땅해하며 어떻게든 떼어 낼 도리를 하시는 할아버님의 반들반들한 눈빛을 떠올릴 때마다 온몸이 부들부들 떨리던 게 가라앉았다. 대신 그 틈을 메우는 것은 깊은 좌절감. 이 사람의 유일한 혈육이 그토록 싫어한다는 사실.

"어이, 금송아! 생각하지 마."

샤워를 마친 그가 대강 말린 머리를 마른 수건으로 털며 다가왔다.

"내가 무슨 생각을 하는 줄 알고요?"

"나쁜 생각."

그가 검지로 송아의 이마를 싹싹 문지르며 주름을 펴 주는 시늉을 했다. 문득 상념에서 빠져나왔다. 나는 어제 일을 계속 곱씹고 있구나. 부드럽게 가라앉은 그의 눈을 바라보았다.

이렇게 바로 씻은 그의 모습이 좋다. 슈트를 걸쳤을 때의 그는 마치 전투복을 입은 것처럼 날 서고 매서웠지만, 씻고 난 뒤 여유를 되찾고 송아를 눈에 담으면 그는 한없이 부드럽고 자상했다. 그리고 달콤하기도.

그는 '춥' 아껴 뒀던 키스를 이마에 내려놓았다. 살짝 눈을 감으며 익숙하지 않은 보디클렌저가 섞인 그의 체취를 맡았다.

"좀 둘러봤어?"

"아, 아뇨."

그가 가방을 챙기고 씻고 나온 10여 분 동안 멍하니 앉아만 있었다. 무심코 놓아둔 핸드백을 추스르니 그가 싹 빼앗아 옷장 안에 던지듯 집어넣었다.

"이왕 즐기기로 했으니 즐기자. 걱정은 서울에 놔두고."

그의 눈빛에서 뭔가를 자랑하고 싶어 하는 어린애의 열기를 느꼈다. 적절한 질문을 찾았다.

"왜 하필 여길 데려왔어요?"

그는 신이 나서 손목을 잡아끌고 침실을 가로질렀다.

"더 먼 데 갔다간 금송아가 난리를 칠 테니 가까운 델 찾았고. 그리고……."

그가 여러 개로 연결된 미닫이문을 바깥으로 끝까지 젖혔다. 얇은 나무를 어슷하게 덧대어 만든 겉문 사이로 더운 바람이 훅 끼쳤다. 다시 한번 접이문이 활짝 걷혔을 때 송아는 비명에 가까운 탄성을 질렀다.

"와!"

"요 정도면 놀 시간을 잡아먹어도 여섯 시간을 날아올 만하거든."

둘은 ㄷ자형의 독채를 쓰고 있었다. 건물의 양 날개를 이루는 부분이 은밀하게 주변 시선을 차단했고, 중앙엔 수십 명이 파티를 벌여도 좋을 중형 풀이 자리했다. 아름답게 일렁이는 물빛 주변으론 단층에 어울리는 키 작은 야자수가 보기 좋게 가꿔져 있었다.

그것들을 빛내는 화려한 조명들. 보름달 같은 은은한 외등은 포근한 조도를 유지했지만 별과 같은 수백 개의 작은 등들이 야자수를 더욱 이채롭게 빛냈다. 하늘에선 은하수가 쏟아질 듯하며, 그리고 그 너머 눈앞에 펼쳐진 너른 바다.

"와! 바닷가에 와 본 게 얼마 만인지 몰라."

"얼마 만인데?"

검게 보일 뿐이라 그 아름다움을 다 알 순 없지만 해가 뜨거나 질 땐 장관일 것 같다.

"글쎄요. 대학생 때?"

'엠티 못 가.', '또? 너만 가면 전원 참석인데?' 강권에 의해 갔던 겨울의 강릉이 바다에 대한 가장 최근의 기억이다. 뭘 하고 놀아 본 적이 없네.

그가 갑자기 장난처럼 머리를 툭 쳐 왔다. 슬픈 상념이 깨지며 울컥 화가 난다. "하지 마요!" 하며 그를 확 미는데, 그가 슬쩍 몸을 틀어 피한다.

'풍덩' 하며 물이 온몸을 휘감았다. 간신히 물 밖으로 내민 입으로 "아악!" 소리를 지르며 허우적거렸다. 그는 구해 주지도 않고 팔짱을 낀 채 내려다보며 떠들기만 한다. "아악, 지, 진헌……." 그러나 다시 가라앉는 몸에 꼴깍꼴깍 물을 먹었다.

숨이 콱 막혔다. 10여 초였지만 끝없이 물을 들이켜니 여기서 죽나, 싶은 두려움이 온몸을 감쌌다.

도와줄 생각은 않고 말로만 떠들던 그가 게으르게, 아주 게으르게 수면 밖에서 풍덩 빠져들며 잡아 줬다.

"아악, 나 놓지 마!"

그러나 그의 입엔 장난기가 가득했다. 와, 나 방금 빠져 죽을 뻔했는데, 이 사람이! 하는데.

"서라고."

"네?"

아직도 너무 무서워 그의 목을 꼭 끌어안은 손을 떼지 못하는데, 발은 이미 땅에 닿아 있다. 젖은 머리칼을 통해 이마로 쏟아져 내리는 물을 닦으니 겨우 가슴 높이.

"두 발로 서야지? 그래야 물을 안 먹지?"

부끄러움에 화가 확 치밀면서도 열이 났다.

"왜 이렇게 물을 많이 마셔? 맛있어?", "아이!"

그러나 그를 쉽게 응징할 순 없었다. 15미터는 되어 보이는 풀은 꽤 넓었고, 송아의 걸음은 느렸다. 그는 물고기처럼 허리를 놀리며 팔 한 번 휘젓지 않고 저 끝으로 도망쳤다. "잡아 봐라.", "죽었어!"

이건 너무 불공정한 게임. 가뜩이나 훌륭한 수영 실력에 젖은 옷이 치덕치덕 감겨 걷는 것조차 쉽지 않았다. 일단 신변 안전한 물 밖으로 나오기로 하고 간신히 난간에 매달려 애처롭게 용을 쓰는데, 거의 다 기어 나온 순간 뒤에서 누군가 확 잡아당겼다. '풍덩', 소리와 함께 송아의 비명이. "아악!"

이번엔 물을 한 모금도 마시지 않고 발딱 일어났다. 울화가 공포를 이기고 곧바로 그의 가운을 잡아챘다. 그러나 그는 없다. 저 멀리로 물고기처럼 유영하는 살색의 물체. "아악, 변태!"

아무리 감춰 준다고 해도 티 없이 투명하고 맑은 물, 깨끗한 조명에 보일 게 모조리 보이는 그는 자연의 상태였다. 그러나 멀찌감치 도망쳤던 그는 생각을 바꿨는지 다시 이리로 헤엄쳐 온다. "아앗! 물 뿌리지 마!" 송아는 본능적으로 뒤를 돌며 양손으로 얼굴을 감쌌다. 찌익. 뭐지?

하는데 등이 허전했다. "뭐예요!" 그의 타깃은 원피스였다. 반항했지만 마음먹고 달려드는 그를 막을 길은 없다. 팔로 막으며 반항하니, 팔을 잡혔다. 그는 입술을 혀끝으로 달콤하게 어르며 "으응!" 하고 졸랐다.

눈 깜짝할 새 양팔에서 소매가 쑥 빠져나갔고, 허리와 몸통에 남은 건 그의 발에 밟혔다가 곧 물 밖으로 내던져졌다. 브래지어와 브리프 차림.

알몸의 그가 몸을 확 틀며 송아의 목을 감았다.

"힘 빼! 같이 헤엄치자. 저기에선 바다가 더 잘 보여."

그리고 그는 자연스럽게 그녀의 몸을 끌어당겼다. 평소라면 절대 그럴 수 없을 텐데, 순간 그를 믿어 버렸다. 물에서 머리를 뒤로 대고 눕는데도 그가 등 뒤를 받치고 있다는 사실에 전혀 무섭지 않았다. 몸에서 힘이 스르르 빠졌다.

정말 한 쌍의 물고기가 된 듯. 그의 가슴에 머리를 기대고 쏟아지는 별을 바라보며 함께 헤엄쳤다. 물은 따뜻했고, 살랑 부는 바닷바람은 시원했다. 하늘엔 쏟아질 듯 수많은 별들. 저렇게 빽빽하게 별이 든 하늘을 본 일이 있었던가. 해방감에 가슴이 뻥 뚫린 듯 시원했다.

"꿈만 같아. 너와 함께 이러고 있는 게."

"데리고 와 줘서 고마워요. 내가 가 본 데 중 가장 아름다운 곳이에요. 죽을 때까지 잊지 못할 것 같아. 정말 다르네. 글로만 보던 세상과 진짜 세상은요."

더운 바람을 막으며 그가 등을 부드럽게 안았다.

"바다에 가 볼래?"

"아뇨, 낮에 가요. 지금은 위험할 것 같아."

밝은 조명은 건물 안쪽에서 끝나 있었다. 그는 고개를 끄덕이며 손을 꽉 잡았다.

"아까 물에 빠져 날 잡던 것처럼 날 꽉 붙들고 놓지 마, 응?"

"네. 꼭 잡고 있을 거야, 내 남자야."

부드러운 바닷바람이 둘을 간질였다. 그가 송아의 어깨를 그러안으며 다정하게 키스했다. 서로의 입술과 입술이 달콤하게 겹쳤다 떨어진다. 그의 눈 안에 송아가 들어 있고, 송아의 동공에 그가 비친다. 그의 눈 안에 담긴 나와, 나를 품는 그가 마냥 좋다.

알몸의 그가 송아의 어깨를 그러안으며 다정하게 키스했다. 입술과 입술이 뜨겁게 겹쳐졌다. 오랫동안 굶주린 것처럼, 타들어 가는 갈증을 해소하듯 그의 입술을 깊이 빨아들였다.

속살을 함께 맛보는 짜릿함이 온몸을 휘감았다. 혹, 끼치는 열기는 그의 손길 때문만은 아니다. 감싸 안으며 어깨를 쓰다듬던 그의 손이 등 뒤의 호크로 다가갔고, 갑작스러운 허전함에 무슨 짓인지 알면서도 그를 말리지 못했다.

분홍색의 천 조각이 수면에서 천천히 멀어져 갔다. 말캉하고 부드러운 젖무덤이 그의 손안에서 희롱당했다. 말간 유두가 손가락 끝에서 지분거려질수록 그의 치열에 더욱 매달렸다. 그의 입안이 달콤했다. 달고 촉촉한 게 너무도 맛 좋아, 저도 모르게 그의 가슴에 몸을 더 바싹 밀착했다.

그의 다른 손이 그녀의 손을 잡아들였다. 잡힌 손은 그의 중심으로 인도되었다. 딱딱하게 되어 버린 그의 분신을 부드럽게 감아쥐었다. 손 밖으로도 한참을 길게 비어져 나오는 그의 것. 늘 조금은 두렵지만 오늘은 그마저도 잊었다.

송아의 손이 작고 그의 것이 크니 한 손에 맘껏 들이진 못한다. 그러나 물결의 부드러운 흐름보다도 더 부드럽게 그의 그것을 어루만졌다. 체모를 가르며 손가락을 모아 가볍게 한 번 앞으로 당겼다. 그가 "하!" 내뱉는 신음 소리가 짜릿해 더욱 천천히 손바닥에 그러쥔다.

평소보다 더 과감히, 감히 손대지 못했던 아래쪽을 슬쩍슬쩍 검지와 중지로 희롱했다. 그러곤 다시 도망치듯 그의 것을 쓰다듬는다. 서너 번을 당기며 그가 쾌감을 느끼는 순간, 다시 열락을 거둬

들이며 귀두를 희롱했다. 휘돌려 핥듯이 지분거리는 엄지손가락엔 그에게 배워 얻은 색기가 가득하다.

그가 "흡!" 가빠하는 것이 기뻐 그의 혀를 들이마셨다. 송아는 그의 치열을 고르게 핥으며 그의 입안을 유영했다. 그가 더 이상 참지 못하고 엉덩이 쪽으로 손을 들이민다. 허벅지에서 두 다리를 꺼낼 새 없이 손가락 끝에 갈라진 틈을 내줬다. 브리프가 성급하게 훅, 내려갔다.

그는 엉덩이 쪽에서 손을 들이밀며 앞쪽으로 꽃잎을 헤쳐 나갔다. 뒤에서 앞으로 길게 쓸어 들이는 중지가 애틋하게 꽃잎을 흔든다. 그러나 그에 비해 송아는 너무 작았고, 그는 더 큰 만족을 주고 싶어 했다. 몸이 붕 뜨며 그의 한쪽 허벅지에 몸이 걸쳐졌다. 오른 무릎에서 브리프가 빠져나간다.

한강 변의 키스가 생각났다. 더 나가고 싶어 주체하지 못하던 몸은 이제 그에게 활짝 열려 있었다. 말린 브리프 자락이 왼 다리에 걸린 채 그의 허벅지에 은근히 이지러지는 꽃잎들. 그 사이로 그가 묘하게 움직이며 길을 냈다. "흐으!"

바닥을 딛던 다리가 떨어지며 올라가는 계단을 새로 디뎠다. 그가 슬슬 꽃잎을 헤칠수록 몸이 기울어지며 남은 다리가 자꾸만 올라간다. 방만하게 허벅지가 벌어질수록 그의 손가락들이 다급해졌다. 달라진 건 그의 손이 엉덩이 쪽에서 앞으로 밀려오는 것뿐인데 이상하게 느낌이 달라 진저리가 쳐졌다. "하아!"

꽃잎을 쓸던 그의 중지가 입구를 더듬기 시작했다. 더 깊이 헤쳐질수록 뱃속이 뜨거워져 간다. 리드미컬하게 앞뒤로 질척거려지는 움직임. 딱 한 곳으로 온몸의 피가 쏠렸다. 다리를 더욱 벌리며 그가 주는 쾌감에 몸서리쳤다. 결국 그의 것을 잡은 손을 놓쳤다.

"안, 안으로 들어가요. 더 이상 견딜…… 여, 여기선 안 되겠어."

금세 절벽에서 떨어질 듯 아릿해진다.

"왜? 조금만 더, 응?"

그가 유혹하듯 중심을 두어 번 맞비볐지만 송아는 도리도리 고개를 저었다. 그는 아쉽다는 듯 그러나 서둘러 송아를 안아 들었다. 그녀의 몸이 물 밖으로 붕 떠올랐다.

그가 계단을 한 발 한 발 밟으며 물 밖으로 나올 때마다 따뜻한 기운 대신 서늘한 바람이 체온을 앗아 간다. 물 밖으로 나온 몸이 젖은 솜처럼 무거웠지만 그가 받치고 있다는 그 든든함이 또 좋았다.

미등이 실내를 어둑하게 밝혔다. 몸을 부르르, 떠니 그가 마른 타월로 꼼꼼히 닦아 준다. 그가 조도를 낮추곤 몸을 단단히 겹쳐 왔다. 물방울이 아직 남아 있는 그의 등을 양팔로 감쌌다. 단단하고 듬직한 등, 이 믿음직한 쾌감이 좋다.

얇은 면으로 된 홑이불 아래, 두 나신이 함께 숨어들었다. 그가 노골적으로 다급히 훅, 아래로 내려가는 통에 키득키득 같이 웃고 말았다. 송아는 몸을 도르르 말며 장난치듯 무릎을 굽혀 다리를 감싸 안았다. 이러면 아무것도 못 하니. "크크크."

"어허?" 짐짓 그가 어르는 척 몸을 그대로 뒤집었다. 색스러웠던 그의 눈빛도 어느새 장난기로 반들거린다. 왠지 이상한 짓을 할 것 같아, "아이!" 하며 다시 앞으로 누우려 했으나 이미 늦었다. 그는 엉덩이를 가볍게 찰싹 때리며 하늘로 향하게 했다.

"이 못된 금송아지. 혼나야겠어."

"금송아지라고 하지 마요!"

기분이 확 나빠졌지만 그 생각은 곧 잊혔다. 그나마 몸을 가려
주던 홑이불이 사라지고, 뺨을 시트에 댄 채 무릎으로 바닥을 짚고
하늘로 엉덩이를 열었다. 그대로 고개를 돌려 그를 올려다보니, 그
는 혓바닥으로 그곳에 길을 내고 있다.

이런 식의 애무도 앞쪽에서 받던 것과 느낌이 다르다. 그가 하
는 대로 내버려 두기로 했다. 크크큭, 간지러워 웃음이 났다.

"웃지 마! 집중해."

그가 벌을 주듯 엄지로 샘의 입구를 강하게 압박했다. "으으!"
몸을 뒤틀었지만 꼼짝 없이 그의 양 허벅지에 갇혀 자세를 고정당
한 뒤다. 엉덩이를 위로 든 채 그에게 그곳을 보이고 있다는 사실
이 몹시 부끄러웠다. 그러나 그의 손가락은 무자비하게 그녀의 꽃
잎을 뒤에서 앞으로 길게 쓰다듬었다. "흐으!"

"좋아요, 해.", "싫어, 안 해."

이상하게도 그는 침실에만 들면 독재를 하고 싶어 했다. 항복하
듯 그의 취향에 장단을 쉽게 맞춰 주고 싶지 않다. 묘한 반항심에
다리를 휙 빼려 했지만 그의 허벅지가 꽉 조여 왔다. 무릎이 꼭 붙
여지며 정강이에 묵직한 압박이 더해졌다.

"그럼, 벌받아야지?"

다시 그의 중지가 샘에 자리 잡으며 지분거렸다.

"싫어, 안 한다니까. 흐으!"

중지가 슬슬 더 깊이 박혀 들었다. 꿈틀거리는 물뱀의 대가리처
럼 주변을 헤집으며 슬쩍슬쩍 들락거렸다. 다른 손가락들은 주변
의 꽃잎을 헤쳤다. 갑자기 짙어지는 쾌감에, "하악!" 숨을 급히 들
이쉬는데 그의 입술까지 더해져 왔다. "으읏!"

배 속이 와락 조이며 뜨거운 것이 주르르 쏟아졌다. 그러나 주

변을 적실 새도 없이 그에게 먹혀 버린다. 사흘은 목을 축이지 못한 사람처럼 그는 단 한 방울도 남기지 않고 다급히 빨아들였다. "흐으!" 츄릅츄릅, 마시는 그 능란한 혀의 휘돌림에 뜨거운 것이 또 왈칵 쏟아졌다.

그러나 이번에도 그의 입술이 더 빨랐다. 그는 더 달라고 조르듯 샘에 손가락을 더했다. "아아!" 짙어진 쾌감과 빨라진 쾌락의 농도에 인질로 잡힌 무릎에 힘이 자꾸 들어갔다. "하아, 나, 놔줘.", "아직 안 돼, 더 느껴. 이제 시작인데." 그가 집요하게 손가락들을 바삐 움직였다.

"하아, 하아악, 놔줘, 놔주세요."

다리를 붙인 채로 뒤로 받는 애무는 강도가 너무 세서 견디기 힘들다. 그러나 "싫어!" 하는 저 악동의 본능. "아이!" 송아도 화가 슬쩍 올랐다. 그가 어떤 얼굴을 하고 있을지 알 것 같다. 그는 아까 받지 못한 걸 받아 내려 욕심까지 부렸다.

"그럼 좋아요, 할래?", "싫어! 안 할 거야. 흐으!", "크큭, 너 이제 큰일 났다."

발끈해서 반항하니, 그의 손가락이 갑자기 쑥 빠졌다. 허전함에 몸의 기운이 훅 빠졌지만 곧 허리에 빳빳한 긴장이 휘돌았다. 짐승의 대가리같이 거대한 그의 것이 맞닿는 게 느껴진다. "아아!"

너무나 부드러운, 너무나 다정하게 부드러워 몸서리쳐지는 그의 것이 장난스럽게 그녀의 입구로 고개를 들이밀었다. 사실, 이건 아직도 좀 무섭다.

"좋아요, 해."

귀두의 끝이 짐승의 대가리같이 꽃잎들을 한 번 휘저었다. 야수같이 입구로 쳐들어오는 고통은 아직도 생생하지만, 그걸 견딘 끝이 어떤 열락을 가져다주는지도 몸이 기억했다. 공포심과 기대감이 묘하게 교차되며 그녀의 집중이 한곳으로 몰릴 때 그가 유두를 꼬집듯 비틀었다.

"하라니깐.", "흐으. 싫어, 안 해!"

짜릿한 쾌감으로 몸을 비틀 때 짐승의 대가리가 다시 꽃잎을 한 장씩 느긋하게 헤쳤다. 주둥이를 들이박고 먹이를 찾아 헤매듯 입구를 지분거렸다가 휘돌며 꽃잎을 흐트러뜨리곤, 다시 입구를 괴롭힌다.

너무 부드러워! 더 이상 참지 못하고 꽃물을 주르르 쏟았다. "하악!"

"좋다고 좀 해 줘, 안 하면 계속한다?", "크크큭! 맘대로 해, 싫어!"

젖무덤이 강렬하게 쥐어지며 곧 유두가 다시 꼬집듯 비틀렸다. "아아!" 신음을 쏟을 때 그도 짐승의 대가리를 다시 꽃잎에 문질렀다. 보드랍고도 보드라워진 두 입구가 만나 맞비벼지며, 서로의 애액을 주르륵, 주르륵 쏟았다.

"하아, 하아, 하아!"

그가 괴로워하며 몸을 떼며 숨을 골랐다.

"크크큭! 황진헌 졌다."

왜 그런지 알고 있는 송아는 웃음을 참지 못했다. 더 이상 참기 힘든 그의 귀두에서 침이 뚝뚝 흘러내린다. "후우!" 그는 전의를 가다듬으며 목소리를 차분히 가다듬었다. "착하지?"

"착하다고 하지 마, 못돼질 거라니까."

"좋아. 그럼 다시 한번 더."

저 차분함은 집요함이 만들어 낸 가면. 짐승의 대가리가 다시 잘근잘근 입구를 조여 왔다. 다시 시작된 다정함과 부드러움에 송아는 몸을 뒤틀었다. "흐으!" 하면서도 그의 것을 따라 입구를 조이며 함께 물었다.

들어오지 않고 애를 태우며 슬쩍 휘돌리는 애처로움에 "하아!" 탄성이 터지며 저도 모르게 말을 뱉었다. "아아, 좋아."

그가 행복해하며 후후후, 웃는다.

"한 번 더."

"뭘?"

"좋다고. 한 번만 더 좋다고 해 줘, 응?"

그에게 항복한 게 아니었는데, 저도 모르게 그 말이 터져 나와 버렸다. 그러나 이제 이런 신경전은 아무래도 좋았다. 그가 주는 열락이 너무도 커서 다른 곳으로 신경을 흐트러뜨리고 싶지 않다.

"좋아요, 진헌 씨가 해 주는 거 좋아."

"할래?", "응. 좋아."

그는 진심으로 유쾌하게 "하하!" 웃었다. 그가 웃으니 함께 기분이 좋아졌다. 그의 짐승도 달콤한 쾌감에 취한 듯 대가리를 꽃잎 사이사이로 흔들었다. 그리고 무릎을 풀어 주며 그녀가 긴장이 확 풀릴 때 다시 그의 손이 빠르게 허벅지 안쪽을 떠받쳤다. 동시에 엉덩이가 훅 당겨진다. "아앗!"

동굴의 입구에 귀두 끝이 밀려들었다. 쑥 들이미는 대가리가 좁디좁은 통로로 들어찼다. 안쪽은 매끈하고도 보들보들하지만 매번 빡빡하다. "으으!" 하는 신음에, 한발 물러서듯 고개를 뺀다. 그러나 곧 쑤욱, 쑤욱, 쑤욱, 자잘하게 나누어 들어가던 짐승의 대가리는 목적한 곳에 슬그머니 안착했다.

"하아.", "괜찮아? 안 아파?"

아직도 이건 쉽지 않다. 그럼에도 횟수가 더할수록 고통은 줄어든다. 오히려 그가 안에 들어찼다는 짜릿한 충족감이 온몸을 채운다.

"응, 괜찮아요, 해 줘요."

살짝 물러난 뒤 가볍게 쿵, 하고 밀려든다. 뱃속에 자르르 퍼지는 쾌감, "사랑해." 그가 몸을 숙여 귓가에 속삭였다.

뭉근하게 가슴을 조여 오는 안도감, 그리고 행복감. 다시 쿵, 하고 밀려드는 압박에, 그녀도 입을 열었다. "나도 사랑해요."

"하아!" 그가 기분 좋은 탄식을 뱉었다. 만족감 어린 입술이 부드러운 곡선을 그리며 동시에 그의 몸에 속도가 붙기 시작했다. 쿵, 쿵, 밀려들 때마다 자잘하게 흩뿌려지는 쾌감에 빡빡하던 입구가 애액을 벌컥벌컥 쏟는다. "아아!"

둘의 집중이 한곳으로 쏠렸다. 지진이 일어나듯 거뭇한 수풀들이 요동치며 한데 얽혀 든다. 끊임없이 파고들듯 달려드는 그의 것이 왜 이렇게 좋을까. 쿵쿵쿵, 밀려드는 소리에 쿵쿵쿵, 심장이 요동친다. 그가 또 묻는다. "좋아?", "으응, 좋아! 좋아, 더 해 주세요."

엉덩이와 허벅지를 잡아채는 손길이 더해졌다. 그가 더 깊이 더해질수록 충격에 쾌감이 배가된다. "으응!" 쾌락에 몸부림칠 때 그의 손가락이 앞으로 더해졌다. "으읏!" 짜릿한 쾌감이 더 짙어져간다.

꽃잎을 헤치던 것처럼, 아까처럼. 아까 해 줬던 것처럼 그렇게 짐승의 뿌리와 함께 뱀의 대가리들이 겉 꽃잎을 헤치고 다닌다. 짐승이 뿌리 끝까지 끊임없이 대가리를 받아 드는 쾌감과 함께 꽃잎이 지분거려지는 짜릿함이 더해져 뱃속이 들끓는다.

"하아, 나 이상해.", "안 돼, 더 느껴."

하늘로 날아오르듯 뭉근한 기운이 발끝부터 머리끝까지 훅 끼쳤다. 아득한 느낌과 함께, 한 종류의 쾌감만이 온몸을 지배했다. 쿵쿵쿵쿵, 끝없이 전해지는 그의 힘찬 몸짓은 오로지 그녀만의 것. 내 것. 내 남자. 내 사랑.

"아아, 좋아! 나 좋아, 좋아요.", "하아!"

미친 듯한 열락이 더 이상 커질 수 없어질 때쯤 절벽에서 뛰어내리는 아릿한 느낌과 함께 질구가 벌컥벌컥 조였다. "하아, 하아, 하아, 하악!"

그녀의 사정을 느꼈는지, 그의 속도가 더욱 빨라졌다. 발갛게 부어오른 귀여운 쾌감의 입구 사이에서 그의 것이 보였다 사라지기를 끊임없이 반복한다. 그녀의 쾌락을 더 끌어올리고 싶은 욕심에 그의 손이 더해진다. 손가락들이 군무를 추듯 빠르게 움직였다.

추락의 기쁨을 느꼈던 뱃속이 다시 서서히 하늘로 오른다. 질척거리며 맞비벼지는 속에서 다시 서로의 것이 젖어 들기 시작했다. 다시 한번 아득해지며 세상이 까맣게 아릿해질 때쯤, 그도 "하아, 하아." 가쁘게 내쉬며 그녀의 등에 몸을 기댔다.

14.

서로의 의미

푸껫은 '아름다운 해변'이란 이름 뜻에 걸맞은 곳이었다. 오자
마자 돌아가는 비행기 편을 예약해 놓으란 단언을 혀 깨물고 취소
하고 싶을 정도. 새벽까지 마음껏 사랑을 나누고 해가 중천에 뜰
때까지 함께 끌어안고 늦잠을 잤다.

날이 갈수록 쌀쌀해지기만 하는 서울과 달리, 습윤한 바다 냄새
를 이끌고 들어오는 선선한 아침 바람은 바싹 오그라들었던 근육
의 긴장을 노곤하게 풀어놓았다. 살짝 밴 가슴과 손의 땀, 따끈한
체온, 부드러운 맨살의 감촉, 숨결에서 묻어나는 그의 진짜 체취가
달큼했다.

옅은 잠에서 슬쩍 깨어날 때마다 어디로 도망이라도 갈까 허리
를 바싹 끌어당기는 그의 조바심, 그가 허리를 감아 주는 진한 안
정감, 송아의 유두라든가 그의 분신이 서로의 가슴과 다리에 스치
는 농염함이 깊은 친밀감을 만들었다. 손끝에서, 눈빛에서, '춤'

하는 한 번의 짧은 입맞춤 속에서도 서로의 마음이 묻어났다.

거짓이 아니다. 그의 진심도, 나의 진심도. 우리는 서로를 향해 있다. 함께 있으니 이렇게 행복하다.

점심이 된 첫 끼니를 룸서비스로 불러 먹고, 잠시 사라졌던 그는 오리발, 수경, 구명조끼 같은 것을 잔뜩 가져왔다. "나 수영 못 해요!" 하는 반항쯤은 그대로 묻혔다. 잡다한 살림을 싸 들고 그는 다짜고짜 바닷가로 끌고 갔다.

"발만 담근다니까요."

"직접 들어가서 머리까지 푹 담가 봐. 바다를 온몸으로 느껴야지 왜 발가락만 담그려 드시나."

비키니 같은 걸 입고 밖에 나서긴 창피하다느니, 하는 데서부터 실랑이는 시작되었다. 남들 입은 수영복은 그러려니 하지만 직접 벌거벗고 나서는 기분은 몹시 괴롭다. 몸을 가리는 곳이 넓은 단정한 속옷만을 입는 송아로서는 수영복 포장을 풀 때부터 기겁을 했다.

바닷가로 열린 현관을 나서면서도 칭얼대길 멈추지 않자, "왜 그래? 이렇게 예쁜데." 하며 그가 고개를 숙여 가슴 둔덕에 짧게 키스했다. 송아는 깜짝 놀라 몸서리쳤다. "아이, 밖에서!", "그럼 안으로 다시 들어가?"

거의 끈이라고 볼 수 있는 비키니의 옆쪽 고무줄을 탁, 튀기는 장난에 그의 손등을 맵게 짝, 때렸다. 그러나 그가 들었던 짐이 한꺼번에 투툭, 바닥으로 떨어지는 걸 눈치챘을 땐 이미 제대로 해 보자는 그 못된 눈빛이 번들거리고 있었다.

"크크, 하지 마!", "뭘 할 줄 알고?", "뭘 하려든 하지 마! 아악, 크크크!"

하지만 팔은 단단히 붙들렸고, 몸통은 선 채로 겹쳐졌다. 등 뒤론 커다란 외벽 기둥이, 앞으론 점점 딱딱해지는 그의 것이 수영복의 얇은 천을 통해 배를 지그시 눌렀다. 그는 다른 손 중지로 엉덩이 골에 손가락을 슬그머니 집어넣으며 보복했다. "아이, 변태!" 진저리를 쳤지만 그는 이미 시동이 걸렸다.

"안 되겠다? 오늘은 다 집어치우고 변태놀이를 즐겨야지."

슬그머니 휘도는 손가락을 뜯어내려고 했지만 아슬아슬한 옷 사이즈 때문에 함부로 힘을 쓸 순 없었다. 집요하게 꿈틀꿈틀 아래로 아래로만 내려가는 손. "아이, 미쳤어!" 항문 주변을 슬그머니 휘도는 손가락에 송아는 다급해졌다. 말릴수록 더 하는 그의 손가락이 더 아래로 미끄러졌다. "하악!" 숨을 내쉬자, 그가 악마같이 속삭였다. "항복해.", "하아, 항복!"

그러나 주르륵 미끄러져 내려가는 손가락이 더 아래쪽을 슬금슬금 더듬었다.

"더 하고 싶어졌어.", "항복이라니까!", "늦었어."

실랑이를 벌이는 중에도 질척질척 휘도는 손가락은 하던 짓을 그대로. 집요하게 입구를 바삐 넘나드는 그의 손가락들이 더욱 내밀하게 파고들었다.

"하아!" 밤새 얻었던 쾌감이 아직도 몸에 남은 때문에, "하악!" 바로 앞에 밖이 내다보인다는 불안 때문에 다리가 풀려 버렸다. 그의 허벅지가 단단히 체중을 받쳤다. 그럼에도 빠르게 진퇴를 반복하는 나쁜 뱀의 대가리. 결국 선 채로 절벽에서 뛰어내리는 아릿한 경험을 해 버리고 말았다. "하아, 하아, 하아!"

진짜로 항복하듯 그의 가슴에 기대 여운을 즐겼다. 심장이 쿵쾅쿵쾅 뛰었다. 그의 혀가 부드럽게 송아의 입안을 가르며 들어왔다.

목이 마른 듯 바싹 메마른 그의 입술에서 단맛을 더 빨아내고 싶어 강하게 그를 흡입했다.

수영복 위를 둔탁하게 누르며 어루만지는 그의 손을 내버려 뒀다. 그가 주는 쾌락은 날이 갈수록 농도가 짙어졌다. "하아!" 깊은 탄식을 뱉듯 한 번 더 큰 숨을 내쉬었을 때 그도 같은 신음을 귓가에 쏟았다.

"이렇게 좋아하니까 그만둘 수가 없잖아, 이 내숭쟁이!"

그의 얼굴을 쳐다볼 수가 없어, "아이!" 하며 원망하듯 그의 가슴을 툭, 때렸지만 그는 "네가 좋아하는 게 너무 좋아." 고백하듯 속삭이곤 수줍게 큭큭, 웃었다. 송아는 얼굴이 발개진 채 말했다.

"빠, 빨리…… 나, 나가요."

그의 손이 수영복에서 말끔히 떨어졌다. 안도감이 들었지만 기어이 이런 짓을 끝까지 한 그가 미우면서도 마냥 밉지만은 않았다.

그러나 수영장에서 바닷가로 연결된 계단을 밟기 시작했을 때까만 점처럼 저 멀리서 왔다 갔다 하던 몇몇의 물놀이객이 가까워 오자, "으음!" 잠시 고민하던 그는 서둘러 구명조끼를 입혔다. 착착 버클을 채우는 그에게,

"왜, 보기 좋다면서요?"

볼멘소리로 반항하는 척했지만 그는 또 단호해졌다.

"생각이 달라졌어. 수영복은 이곳 풀 안에서만 입기로?"

이 독재자! 결국 수경을 끼고 스노클링용 마우스피스까지 물었다. 천천히 발을 담그며 모래에 파묻혀 가는 발가락들을 바라보다 한 발 한 발 파도를 거스르며 들어갔다.

철썩, 다가들었다가 쏴아, 물러나는 파도의 물살에 천천히 몸을

맡겼다. 그가 단단히 손을 맞잡아 줬다.

"무서워?"

"조금요. 하지만 진헌 씨가 잡아 주니 괜찮아요."

너무나 빛나 보여 발만 담갔다 곧 빼려 했던 인연의 바다. 그러나 이 사람을 만나고선 어느 순간도 물러날 수 없었다. 무릎까지 차올랐던 물이 허벅지, 허리를 넘겨 가슴까지 넘실거린다. 이제는 머리를 담가야 할 때.

그가 숨을 쉬는 방법을 다시 설명했다. 경사가 완만하여 물놀이에 제격인 해변. 송아는 고개를 끄덕였다. 곧 얼굴을 넣고 첫 호흡을 뱉으며 숨을 쉬었다. 입으로 내뱉는 호흡보다 바닥에서 발을 떼는 것이 훨씬 힘들었다. 그러나 그를 믿고 몸을 맡겼다.

함께 손잡고 수중을 헤엄쳤다. 산호모래로 이루어진 투명한 바다는 바닥까지 말갛게 속살을 내보였다. 파도 소리에 뒤섞여 꿀렁거리는 물소리가 심장 소리에 맞춘 듯 편안하게 울렸고, 햇살에 비치는 소라 껍데기와 물풀들이 이 세상이 아닌 듯 신비로웠다.

그가 천천히 구르며 움직이는 데 따라 송아도 오리발을 놀렸다. 한 쌍의 물고기 같다. 다른 물고기들도 지나가는 객을 쳐다보듯 관심 없이 그들을 스치며 헤엄쳤다.

손가락 길이의 물고기 떼들이 와르르 지나치기도 했고, 노랑과 검정의 줄무늬고기와 맞닥뜨리기도 했다. 바닥을 기는 커다란 가재를 발견하고 함께 즐거워할 때 누군가 다리를 툭툭 쳤다. 깜짝 놀라 몸을 트니 은빛 물고기가 스르륵 거만하게 길을 텄다.

그가 열어 주는 이런 이채로운 경험, 세심한 배려의 마음을 그냥 받을 자격이 있는지 없는지는 더 이상 따지지 않기로 했다. 그가 진심이고, 내가 진심이니 그걸로 되었다. 그가 가진 걸 나누어 주듯, 나도 가장 값진 걸 내어 주리라.

그 결심은 늦은 저녁을 먹으러 숙소로 돌아왔을 때 더 확고해졌다. 모래를 잔뜩 뒤집어썼다며 그가 날개 부분의 바깥채에서 샤워하길 권했다.

"밖에 옷 가져다 놨어."

먼저 씻고 나선 그가 길게 소리쳤다.

"네, 곧 나가요."

머리를 말리곤 물놀이한 것들을 정리하며 나오는데, 그가 내놓은 옷이 좀 그랬다.

"이게 뭐예요?"

소리치니 그는 대답이 없었다. 휴가지에서 입기엔 좀 호화스러웠지만 기분 좋게 선물 포장을 풀었다. 촬영 때 입었던 드레스의 브랜드. 그러나 니트 원단이 보드랍고도 시원해 이렇게 보니 또 괜찮다.

무릎길이로 우아하게 몸을 감싸는 레몬빛 오프숄더 원피스였다. 가슴 둔덕이 특히 예쁜 송아에겐 맞춤 디자인. 서울에서라면 좀 그렇지만 비키니를 벗은 뒤라 과감해졌다. 브라 캡까지 일체형이라 브리프만 입은 맨몸으로도 옷 태는 그럴싸했다.

유리문을 밀고 나섰다. 그는 면 재질의 바지와 셔츠를 입고 있었다. 그도 휴가지에서 입긴 좀 단정한 차림.

"우리, 어디 가요?"

앙증맞은 흰색 슬리퍼 샌들을 내미는 그의 손에서 한 짝씩 받아들어 발에 꿰었다.

"아니, 어디 가고 싶어?"

"그런데 왜……."

하려다가 깜짝 놀랐다. 그는 장난스럽게 짜잔, 손바닥을 펴 보이며 그녀가 활짝 웃어 주길 바랐다. 그러나 웃지 못했다. 뭉클해져 버려서. 본채의 전면 접이창을 활짝 열어젖힌 넓은 공간에, 근사한 저녁을 차려 놓은 걸 봐 버렸다.

어디에선가 가져온 2인용 테이블, 두 개의 의자. 천천히 지는 석양 속에서 유리볼의 작은 초가 은은히 빛을 뽐었다. 둘의 사랑처럼 바람에 위태롭게 흔들흔들 춤을 췄지만 그윽한 아로마는 주변을 더욱 향긋이 물들인다.

"잘…… 잘 먹을게요, 고마워요."

"천만에."

자꾸만 목이 막혀 매끄럽게 찬사를 뱉지 못했다. 그는 멋쩍은 듯 흰 이를 빛내며 씩 웃었다. 차양이 만드는 그늘이 풀에도 넓게 드리워졌다. 춤추듯 흔들리는 촛불 뒤로 풀장의 수면이 잘게 출렁였고, 그 단층 뒤 너른 바다가 붉은 석양에 타오르듯 일렁인다.

아름다운 해변, 푸껫. 이 아름다움에 가슴이 먹먹해져 오는 건 오직 그와 함께 있기 때문이다.

"후후, 꿈같아요. 남자한테 이벤트 받는 게 이런 기분이구나!"

차오르는 벅찬 마음을 누르며, 일부러 밝은 척 떠들었다. 자칫 했다간 울어 버리는 추한 모습을 보일 것 같아서. 어제 보던 바다는 시원하고 검었지만 오늘 보는 바다는 덥고 붉다.

"첫 해외여행에 감동을 너무 먹어서 큰일 났네. 내 눈을 이렇게 높여 놓았으니 진헌 씨, 큰일 났어요! 아아, 가기 싫다!"

"그럼 가지 말자. 여기 있자."

그는 기다렸다는 듯 도톰한 입술을 축이며 꼬드겼다. 그의 유혹에 정말로 마음이 흔들렸다.

"안 돼, 그래도 가야죠."

"왜? 노트북 하나 펴 놓고 바다를 바라보며 글이라도 쓰면 좋잖아."

"치잇! 그럼 진헌 씨는 어쩌려고요?"

"바다가 바라다보이는 작은 카페 차려서 커피 팔지? 전망이 제일 좋은 자리는 네 지정석이야. 거기서 일해. 나는 일하는 금송아 바라보고."

"장난하지 마요."

전혀 장난 같지 않아 달큼한 기분이 조금 흐트러졌다.

"여긴 좀 조용해 그런가? 그럼 하와이? 아님 론다?"

그의 눈빛이 너무도 진지했다. 숨을 크게 들이마셨다.

"나는 지금 일이 좋아요. 서울에 있을래."

"그럼, 뉴욕은?"

마음이 복잡해졌다. 그의 말뜻을 알 것 같았다.

"나는…… 진헌 씨에게서 단풍나무 거리 〈싸이듀〉를 빼앗는 나쁜 여자가 되고 싶지 않아. 내게도 거긴 소중해요, 당신을 만났거든요."

그가 깊은 한숨을 내쉬었다. 송아는 그가 입을 열기 전 말을 더했다.

"그리고 무엇보다도 당신의 유일한 혈육인 할아버지와 당신을 갈라놓긴 싫어. 그리고 가서 당신이 어느 날 어느 때 지금처럼 한숨을 푹 쉬면 내가 무슨 생각을 하겠어요?"

"……"

"저 사람이 다 버리고 온 걸 마음에 걸려 하는구나."

송아를 바라보는 그의 눈동자가 흔들렸다.

"진헌 씨가 속상하면 나도 속상해요."

그는 알싸하게 웃으며 촉촉한 입술을 '춥' 겹쳐 왔다. 고개를 돌리니 그가 다정히 어깨를 안아 온다.

"해 지는 거 더 볼래?", "응."

의자를 고쳐 앉았다. 맛이 없어진 식사를 밀쳐 두고 조금 남은 석양을 함께 구경했다. 해가 꼴깍 넘어가려는 순간, 그가 손바닥에 뭘 가만히 쥐여 준다.

"뭐예요?"

손을 펼쳐 보니 누드캔디. 송아는 풋, 웃으며 손가락에 꼈다.

"물놀이하니까 뺀 거지. 아까는 그러라면서."

다시 석양을 바라보니 그가 갑자기 일어나 바닥에 무릎을 꿇었다.

"왜 이래, 진헌 씨 나한테 뭐 잘못했어요?"

아니, 그건 아니고. 마치 왕자님처럼 반무릎을 꿇고 주머니에서 무언갈 꺼낸다. 케이스가 아주 작다. "흐흠!"

잘각, 하며 뚜껑을 열었다. 투명한 멜리 다이아들이 빼곡히 둘러 박힌.

저도 모르게 혓바닥으로 입술을 축였다. 그가 케이스에서 얇은 이터너티를 뺐다. 그러곤 송아의 손을 잡아들인다. 천천히 밴드가 누드캔디를 보호하듯 깊게 끼워졌다. 약혼반지와 겹쳐 끼는…… 결혼반지.

"저와…… 결혼해 주시겠습니까."

그도 처음엔 장난스럽게 말하려고 했던 것 같은데, 목소리도 표정도 금세 무거워졌다. 송아는 애써 집어넣은 눈물을 와락 쏟았다.

"훗!"

"대답을 해야지. 왜 울어?"

그도 어색하게나마 웃음기를 찾았다. 엄지로 쓱쓱 지워 주는 눈물이 더 창피하다.

"몰라요. 반지는 먼저 끼워 놓고 이제 와서 물어보는 게 어디 있어?"

말의 내용은 엄청 부끄러웠는데, 그는 진지하게 답했다.

"어제 열심히 가르쳐 줬잖아. '좋아요.' 더 배워야 할까?"

"아이!"

"어허? 빨리 대답해야지?"

장난을 가장했어도 그는 간절히 대답을 기다렸다. 그의 눈빛이 불안으로 흔들리는 게 너무 싫어, 부끄러움을 꾹 참고 답했다.

"좋아……요."

"후후, 한 번 더 해 줘."

"좋아요, 진헌 씨랑 결혼할래."

"그래, 그럼 우리 서울 가서…… 결혼하자."

그는 조용히 일어나 선 채로 송아의 머리를 안아 주었다. 두근두근, 뛰는 그의 박동 소리를 들으며 송아의 가슴도 함께 쿵쿵, 뛰었다. 끊임없이 쏴아아, 밀려드는 파도 소리에 섞여 오는 그의 둔탁한 심장 소리. 내 남자, 내 거!

짧았던 이틀의 휴가는 낮잠 꿈처럼 아득해졌다. 여기는 현실이 기다리는 서울이니.

결국 월요일 새벽부터 노트북이 뜨끈뜨끈해지도록 손가락들이 자판 위에서 정신없이 춤을 췄다. 그와의 잠깐의 다툼도 있었다.

"결혼식이 뭐가 급해요? 난 진헌 씨랑 같이 있기만 하면 돼."

"그깟 식? 결혼식은 형식을 갖춰 우리가 어떤 사이다, 공표하는 거야."

송아를 두고 사람들이 얕잡아 떠드는 것에 진헌은 크게 분개했다. 그러고 보면 처음부터 진헌은 송아와의 관계를 늘 공개하길 원했다. 사람들에게 정식으로 인정받는 것. 그래서 송아가 더 당당해지고 편해지는 것. 그게 진헌이 원하는 것이었다.

"할아버님도 저렇게 반대하시는데."

"그래서 그래."

하지만 결혼조차 현실이다. 며칠이나 건드리지도 못한 메일에 살짝 비위가 상한 그가 딱딱하게 문자를 보내왔다.

[인사 간다고 아버님껜 내가 그냥 연락드렸어, 메일 체크도 안 하신 금송아 양?]

그는 한번 마음먹자 또 무섭게 밀어붙였다.

[그냥 그때 얘기했던 대로 해요.]

[나는 너랑 같이 보면서 결정하고 싶다고, 나 혼자 결혼하니?]

[마감이잖아.]

[마감 처음이야? 매달 똑같은 일, 딱딱 계획 세워서 힘 안 들게 하면 좋잖아. 얼마나 능력들이 없으면 그러고 있어?]

뻔히 알면서 편집팀 전체를 바보 취급. 그래, 그는 대표였었지.

[내가 진헌 씨 부하 직원이 아닌 게 얼마나 다행인지 몰라. 쪼지 마시고요?]

[겨우 이게 쪼여? 너, 내 부하 직원이었음……!]

[이었음 어쨌게요?]

함께 뾰족해지자, 그는 부드럽게 어투를 돌렸다.

[딱, 오늘만 일찍 퇴근해라. 얘기 안 해도 돼, 그냥 와서 잠이라
도 자.]

[안 돼, 바빠요.]

[너, 어떻게 그렇게 매일을 새벽까지…… 후우! 그따위로 고생
하는 거 보는 내 마음은 어떤 줄 알아!]

지금 누구 땜에 이렇게 되었는데! 때마침 필자에게 전화가 와서
잠깐 통화를 하다 답을 못 했다. 그러나 정신을 차리고 보니 몇 시
간이 후딱. 상황이 애매해져 버렸다. 다시 [헬로?] 그러나 묵묵부
답. 아, 이 남자 삐쳤나 봐.

그러나 퇴근 무렵 퀵으로 커다란 상자가 도착했을 때, 송아는
피식 웃었다. 그래, 오늘만 일찍 가자. 노트북을 주섬주섬 챙기려
던 송아는 큰맘 먹고 다시 내려놓았다. 그가 화를 낼 만했다. 일주
일 내내 10분도 함께 대화하지 못했다.

조용한 회의실에 들어가 포장 상자를 풀어 보니 옷과 핸드백,
구두 같은 것들이 들어 있었다. 레이스 재질의 원피스, 화이트 톤
으로 맞춰진 소품들. 광택이 도는 은색 재질에 인쇄마저 고급스러
운 초대장은 단풍나무 거리의 어떤 주소가 새겨져 있었다.

집과 반대 방향이었고, 차량 이외에는 인적이 드문 곳. 그가 뭘
준비하고 부른 거지? 택시를 탈걸, 후회하며 찬찬히 세 블록을 걸
으며 생각에 잠겼다.

"아야!"

조금 걷는데 발뒤꿈치가 벌써 쓸린다. 뾰족한 디자인의 구두 굽
이 불편했다. 쌀쌀한 가을바람이 레이스 원피스를 뚫고 사정없이

들이친다. 평소의 진헌 씨라면 선택하지 않았을 것들. 그러나 뜻이 있으니 보냈겠지. 송아는 휴대전화를 또 들여다봤다. 칫, 자기도 바쁠 땐 이러면서!

주소의 문 앞에는 이어 마이크를 찬 검은 정장의 남자들이 경비견처럼 입구를 지키고 있었다. 자동차 한 대만 딱 빠져나갈 만큼 열어 놓은 철창문으로 검은 차량들이 속속 들어갔다. 마침 짙게 선팅한 독일제 세단이 조용히 멈췄다. 경비 중 하나가 다가드니 운전석이 10센티미터쯤 내려졌다. 몇 마디 주고받은 뒤 차량은 넓은 정원 안으로 미끄러져 들어갔다.

그때 경비 하나가 다가와 잡상인을 내쫓듯 팔로 막아섰다. "저, 초대장이……." 하며 든 걸 내밀었지만 그가 돌아본 곳은 다음 차량이었다. 송아를 무시한 경비는 빠르게 다가가 허리 굽혀 인사했다. 차창이 내려지고 넓은 선글라스를 낀 여자가 물었다.

"탈래요?"

경비가 "네?" 깜짝 놀라는 데 대고 그녀는 비키라는 듯 거만하게 손을 휘저었다. 그녀는 차 문을 톡톡, 다그치듯 두드리며 강아지 부르듯 다시 불렀다.

"헤이, 기자님, 거기!"

왠진 모르겠지만 모멸감이 훅 끼쳤다. 싹 무시해 치우려니 그녀가 검지를 까닥인다.

"어이, 거기! 진헌이 만나는 사람 아니에요?"

더 이상 무시할 수 없어, 입가를 영업용 미소로 위장했다.

"절 말씀하시는 건가요?"

"거봐, 맞으면서. 타요!"

그러니 여태 무시해 치우던 경비가 조수석 문을 열어 준다. 시늉만 에스코트, 강압 같은 떠밀림에 억지로 태워졌다.

"안녕하세요."

마지못해 인사했다. 그녀는 선글라스를 반쯤 내리고 호기심 어린 눈빛으로 잠깐 쏘아봤다. 피식, 입가에 조소를 띄운 뒤 그대로 벗어 옆에 툭, 던진다. 부웅, 하는 동시에 머리가 뒤로 탁 튀겨졌다. 인상을 찌푸리는데 거친 운전의 그녀가 답했다.

"안녕 못 하네요, 그쪽 때문에."

가슴 서늘한 미인이었고 설핏 낯이 익었다. 어디서 봤지? 풍기는 분위기론 몇 살 많아 보였지만 피부과와 헬스 트레이닝으로 관리된 상태만 봐선 송아가 좀 처졌다. 그러다 고개를 휙 돌릴 때 헤어스타일을 기억해 냈다. 보브 컷. 보브 컷의 단발. 아, 라플라스에서 진헌 씨를 끌어안던 여자!

"사진으론 귀엽던데. 실물은 그저 그렇네. 조명발이었나 봐요?"

"네?"

"〈싸이듀〉 보석 걸고 찍었던 사진 봤어요. 다음 호에 나온다며?"

묘하게 무례한 여자에게 일일이 답해 주고 싶지 않아 "흠." 한숨을 삼키며 입을 닫았다. 진헌 씨를 만나 확인하면 될 일이다. 여자는 아랑곳하지 않으며 말을 계속 이었다.

"황만복 회장님께서 화가 많이 나셨나 봐. 나, 중간에서 힘들어요. 어르신이랑 우리 집에선 미친 듯이 밀어붙이지, 진헌이는 자기 혼자 딴소리나 하고."

"네?"

바보같이 두 번째 반문을 하고 말았다. 상대하지 말잔 다짐이 형편없이 흔들렸다. 이 여자만큼 말할 줄 몰라서 닥치고 있는 게 아니다.

"결혼은 당사자의 합의가 있어야죠. 이거 어쩌죠? 저도 요즘 진헌 씨와 결혼식을 준비하고 있는데."

집안에서 미는 여자가 있을 수도 있다는 상상, 해 봤었다. 감정이 상할까 봐 진헌 씨는 시시콜콜 말하지 않았을 것이다. 불쾌했고 자존심도 꽤 상했다. 그렇더라도 나는 그를 믿어, 괜찮아.

"그럼 우리 둘 다 할까요? 결혼식. 그대도 하고 나도 하고. 뭐, 같은 남자 아랫도리 공유하면서 잘 지내봅시다."

그녀의 입에서 나온 말이 충격적이라 돌아보지 않을 수 없었다.

"뭐라고요?"

"예전에는 첩도 정식으로 식을 하고 들였다니. 대신 진헌이의 가족들과 친구들이 참석하지 못하는 건 너무 섭섭해 말고요."

'정말 미안한데. 할아버지나, 우리 친척들은 참석하지 못할 것 같아.' 하던 그의 말이 생각났다. 혹시 그가 하려는 결혼식도 이런 뜻?

충격적으로 울화가 폭발하며 마음이 용암처럼 들끓었다. 그러나 송아는 고개를 흔들었다. 배신감 따위, 들지 않았다. 이 여자는 일부러 나를 자극하고 있어.

"네, 그쪽도 너무 섭섭해 마셔야겠네요. 결혼식에 신랑이 참석하지 못할 불상사 정도는."

"하하하! 아하하하하!"

그녀는 시원하게 손뼉을 치며 자지러지게 웃었다. 오싹해지는 건 그녀가 진심으로 유쾌하게 웃는다는 거였다.

"와! 당돌한 아가씨네. 나, 박수란이에요."

하며 그녀는 손을 내밀었다. 인상을 찌푸리며 손을 내밀지 않는

데, 그녀가 먼저 손을 잡아채 강제로 흔든다. 송아는 싸늘하게 말을 더했다.

"안됐지만 내 남자는 첩을 들이지 않아요. 그러니 우리가 굳이 인사를 할 필요가 있을까요?"

그러나 박수란은 "크큭!" 웃다가 다시 "크큭크크크!" 뱃속에 고인 웃음을 마저 웃으며 신기하다는 듯 송아를 돌아보았다. 그녀의 눈빛이 깨끗한 게 더욱 불쾌했다.

"이래서 우리 진헌이가 반했구나? 와, 귀여워!"

우리 진헌이라. 하아! 그를 믿더라도 뱃속이 뭉근하게 뜨거워지는 건 어쩌지 못하겠다.

그녀를 따라 움직이는 것밖엔 도리가 없었다. 아직도 그는 연락이 없다. 10여 대 이상이 주차된 정원 주차장을 지나 작은 현관이 난 뒤쪽 입구로 들어섰다.

"수란아, 어서 와!", "어이, 박수 왔구나?"

모두들 박수란을 반겼다. 연회장을 연상시키는 화려한 실내엔 열댓 명이 삼삼오오 짝지어 술을 마시고 있다. 서로들은 잘 아는 처지인 모양. 그러나 송아만은 꾸어다 놓은 보릿자루였다.

"여기는 황진헌의…… 후우."

황진헌의. 소개는 딱 거기까지. '오오!' 하며 궁금했단 듯 눈을 빛내기도 했지만, 대부분은 무시와 경멸을 던졌다. 초면의 사람들에게 받는 그따위 시선은 꽤 버거웠다.

박수란은 중앙의 가장 넓은 소파에 자리를 잡았다. 소파 테이블엔 3층 페스트리 접시에 안주와 갖가지 종류의 술이 단정하게 차려져 있었다. 뒤쪽에 그림처럼 서 있던 웨이터가 빈 컵과 포크, 접시 등 새 사람을 위한 세팅을 했다.

그러나 2인분을 나란히 세팅한다. 공교롭게도 송아의 자리가 박수란의 옆자리가 되어 버렸다.

"그냥 앉아요. 계속 그러고 서 있지 말고."

언제 봤다고 이래라저래라. 하지만 발끈하면서도 자리를 잡게 되었다. 테이블을 먼저 차지했던 세 사람이 곧장 질문 폭탄을 쏟았다.

"이분이 그 유명한 기자님이신가?", "진헌이가, 정말 결혼하재요?"

이제 막 시작인 듯 술 냄새를 거의 풍기지 않았다. 호기심은 가득했지만 무례하지도 호의적이지도 않다. 젊은 남자를 향해 짧게 답했다.

"네."

그들을 어떻게 대해야 할지 막막했다. 아무리 봐도 그의 친구들. 함부로 굴 수 없었다.

"그래, 황만복 어르신께서는 진헌이와 헤어지면 뭐 해 주신답디까?"

그러나 다음 질문에는 입을 꼭 다물었다. 그때 훅 끼어든 다른 친구가 물었다.

"여긴, 어느 댁 따님이신가? 웬 뉴 페이스?"

자기 자리를 찾은 그는 새 얼굴이었다. 웃지도 화를 내지도 못하며 그를 보는데, 먼저 질문을 쏟던 남자가 새끼손가락을 까닥거리며 흔들어 보였다. "여긴 아냐, 황쓰.", "아하, 그 유명한 여기자님!"

나는 황의 새끼손가락인가. 형언할 수 없는 굴욕감이 훅 끼쳤다. 발딱 일어나서 숨을 골랐다. 박수란이 몸을 틀며 붙들었다.

"왜, 기분 나빠요? 여기 다 진헌이 친구들이에요. 자리를 박차고 나가고 싶으시면 문은 저쪽에."

숨을 조용히 들이마셨다. 그녀의 친구들을 대하던 그를 기억한다. 그의 친구들도 딱히 그녀에게 큰 실례를 범하진 않았다. 그럼에도 참기는 쉽지 않다.

"화장실이 어딘가요?"

간신히 기분을 추스르며 뒤에 선 웨이터에게 조용히 물었다.

"안내해 드리겠습니다."

웨이터가 몸을 틀었지만, 복도 끝으로 움직였다.

"괜찮아요. 혼자 갈게요."

휴대전화를 들어 통화를 시도했다. 찬찬히 되짚어 보니 그가 이리로 오란 적은 없다. [진헌 씨가 여기로 부른 거…….] 초대장의 사진을 찍어 전송하려다 그만두었다. 그랬겠거니 짐작한 건 혼자만의 생각. 그렇다면 나를 부른 사람은.

일부러 모욕을 당할 것도 없지만 일을 키우진 말자. 조용히 빠져나가자. 빈 화장실에서 거울을 하릴없이 들여다보다 내린 결론이었다. 그러나 두런두런 울리는 남자들의 목소리가 건너편에서 들렸다.

"〈싸이듀〉가 매물로 나온단 말이 무슨 소리야?"

"에휴, 그 집안 시끄럽다. 물려받을 게 손주 하나라고 거긴 조용할 거다, 말들 하더니 제일 시끄러워. 황진헌한테 꽃뱀이 하나 똬리를 틀었나 봐."

"아무리 돈 있어도 맨땅에 헤딩하면서 그만한 브랜드 키우기가 쉽지 않은데. 황만복 회장 기운도 좋으셔. 제대로 손주랑 치고받고 싸우려고 들려나?"

"손주 버릇 제대로 고치려고 들면 못 할 짓이 뭐겠니. 말짱하던 집이 웬일인지."

"그러게, 여자 조심해야 해."

"하아, 어떻게 알몸뚱이로 그 많은 황씨 집 재산을 혼자 꿀꺽하려고."

"전문 꽃뱀인가 보지. 그래서 노는 것도 남들 놀 때 실컷 놀아봐야 한다니까. 혼자 잘난 척 열심히 살더니 여자라고 어디서 그런 걸."

"그렇게 예쁘디?"

"나가서 봐. 그냥 반반한 정도? 하룻저녁 여흥거리라면 모를까. 예전에 개 쫓아다니던 배우 진아림에 비하면 댈 것도……."

더 이상은 듣고 있을 수가 없어 서둘러 복도를 빠져나왔다. 코너를 돌아 홀로 돌아오니 묘하게 모두의 시선이 끈끈하게 들러붙는 것 같다. 아깐 몰랐는데, 모두들 송아에 관한 관심이 지대했다. 걸어가는 곳마다 부자연스럽게 뚝뚝 끊기는 이야기들. 아, 이런 단체 뒷담화라니.

온몸이 바늘로 찌르는 듯 아팠다. 꽃뱀 소리도 억울했지만 정작 가슴이 아픈 건 다른 것 때문이다. 금송아 때문에 황진헌이 욕을 먹는다는 것. 동정과 비웃음의 대상이 된다는 사실. 아니, 금송아는 그걸 어렴풋이 알면서도 애써 무시해 왔다는 사실.

"다들 결혼으로 한발 올라서야 현상 유지가 될동말동인데."

"에이, 그건 심하다. 노인네 죽기 기다렸다가 혼자 물려받으면 그만인데."

"그 노인네가 금방 죽을까? 30년은 더 살걸?"

그의 할아버지까지 같이 도마 위에 올라 난도질당한다는 사실.

금송아는 정말로 천하에 나쁜 년 몹쓸 년 도둑년이었구나.

"요즘 세상, 재벌 하나 사라지는 거 순식간이야. 자기 위치 유지하는 게 칼날 위에 서는 것보다 더 어려워요."

"노인네 때문에 뉴욕 버리고 서울 왔는데, 계집애 때문에 다시 돌아가려나?"

송아가 있던 테이블이라고 예외는 아니었다. 박수란이 슬쩍 고개를 들고 돌아온 송아를 바라보았다. 대화가 잠깐 멈췄다.

"진헌 씨가 초대한 자리는 아닌 것 같네요. 친구분들께 실례가 많았습니다."

누구에게 해야 좋을지 모르는 인사를 대강 하고 자리를 나섰다. 그때 박수림이 다시 송아를 잡았다. 그녀의 표정도 껄끄러웠다.

"얼굴이 그런 걸 보니 무슨 얘기를 듣긴 들었나 보네."

박수림은 마치 안내라도 하듯 나가는 문으로 함께 나섰다. 그녀의 에스코트를 받고 싶지 않았지만 그녀는 제멋대로였다. 그녀는 빠르게 재재거리며 설명했다.

"여긴 회원제 모임이라, 사실 아무나 들어올 수 없어요. 저기서부터 유일그룹, 경산그룹, 대주그룹, BK그룹 아드님들, 따님들……. 나는 영신유통 쪽 직계요."

출구의 문이 열렸다. 그녀가 서너 걸음쯤 앞서 걸으며 송아를 향해 뒤돌았다. 한 점 불어온 가을바람이 그녀의 머리를 아름답게 찰랑거리게 했다.

"이제 좀 자각이 되나요?"

할아버님이 가르쳐 주시려는 것들은 처절했다.

너는 우리 진헌이와 어울리지 않아. 스스로를 봐. 네가 얼마나 뒤떨어지나.

뭐 그런 거였음, 독하게 더 매달려 줄 텐데. 견디면서 매달리는 거, 그딴 거 누구보다 더 잘할 자신 있는데. 난정이와 어머니와도 10년을 잘 지냈는데, 모진 구박쯤, 무시쯤, 뭐 그런 것 아무것도 아닌 것.

"진헌이 사랑해요? 본인만 신데렐라 돼 신분 상승 하면 진헌이야 어떻게 되든 말든이지 뭐. 그 신분 상승은 진헌이를 찍어 내리는 만큼 하는 건데. 그게 당신의 사랑이잖아, 그치?"

그렇게 쿡쿡 아프게 찌르며 설명해 주지 않아도 벌써 다 아는데. 그녀는 복잡한 표정으로 "후우." 한숨을 내리쉬었다. 머리가 어지러웠다.

"일반인들도 결혼할 때 남자가 집을 해 오니, 여자가 혼수를 얼마 하니, 서로 손해 안 나게 따지고, 일반적인 정가가 정해져 있다면서요?"

"정가……라뇨?"

가슴이 싸늘해지며 뒤늦게 정신이 차려졌다.

"권장 소비자 가격 같은 정가요. 우리 쪽도 그래요. 사람 사는 데 다 똑같아. 줄 거 주고 받을 거 받으면서 계산기 두드리고 서로 잘 맞춰요. 그대들이 오가는 돈 단위에 동그라미가 몇 개 더 붙을 뿐이지."

가슴이 너무나 아파 왔다. 그가 왜 날 사랑해 줬는지. 자기가 해 줄 수 있는 방식으로 왜 모든 걸 다 쏟아 주었는지. 전에는 이해를 못 했는데. 이래서 그랬구나. 뒤늦게 이해가 갔다.

이래서 결혼을 넌덜머리 내며 칠색 팔색 했구나. 이런 사람들 속에서 기댈 데 하나 없이 마음이 얼마나 팍팍했을까.

"무섭네요. 진헌 씨를 노예처럼 돈을 주고 산다니. 그런 식이라면 전 아무리 돈이 많아도 진헌 씨를 살 수가 없겠네요. 진헌 씨는 제게 너무 귀해서 돈 같은 걸 주고 살 수가 없는 존재인데."

박수림의 입가가 씁쓸하게 피식, 올라갔다. 그러나 바보같이 들리더라도 할 수 없다.

"진헌 씨는 제게, 그냥 세상에서 가장 따뜻한 품이에요. 그게 꽃뱀이고 도둑질이라면 전…… 잠깐이라도 따뜻하게 안겨 봤던 데 만족해요."

아련한 듯 알 수 없는 눈빛으로 바라보는 박수림의 표정. 그러나 그런 건 송아의 눈에 들어오지 않았다. 박수림은 기사가 대기하는 차 문을 열어 주었다.

"그럼, 가요. 누가 여기로 보냈는지는 짐작할 테니. 가서 그렇게 직접 말해요. 나는 내 역할을 다 했어요."

탁, 하고 문이 닫히는 동시에 송아는 눈물을 쏟았다.

이것이 그의 세상. 그리고 티끌보다도 값없는 그녀의 처지. 눈물이 비 오듯 쏟아졌다. 그는 이런 것들을 혼자 견디며 그녀를 품으려 했구나. 미안한 마음에 눈물을 흘리는 것조차 편치 않았다.

송아를 실은 차량은 빠르게 밤길을 달려 그녀가 가 본 적 있던 곳으로 향했다. 낮에 보던 저택과 달리 그의 본가는 마치 귀신이라도 나올 것처럼 쓸쓸하도록 드넓었다. 익숙한 나무의 향이 느껴지는 마루를 밟고 다시 할아버님을 뵈러 들어섰다.

"조용하디?"

노회한 눈빛에선 복잡한 심정이 뒤얽혔다. 고 비서는 고개를 숙이고 다가와 답을 드렸다.

"네."

"쌈박질을 어째 한 번도 안 한 눈치디?"

"네, 사이가 무척 좋아들 보였답니다."

어이가 없다는 듯 "하!" 기가 차 하며 노인은 더 물었다.

"그러면 진헌이 녀석은 왜 안 오는 것 같디? 와서 지랄이라도 크게 한번 벌여야 하는데, 도무지 조용하구나. 저 혼자 예식장이나 알아보고 앉았고."

"아마도 송아 씨가, 입이 꽤 무거운 편인 것 같습니다."

반가움인지 아쉬움인지 모를 긴 한숨을 내쉬며 착잡하게 입을 열었다.

"휴우, 가지가지 한다. 사내한테 쟁알쟁알 고해다 바칠 인물 아닌 줄은 알았지만. 이거 무슨 미련 곰퉁이도 아니고, 꿀을 처먹었어?"

그때 검은 유니폼을 입은 나이 든 여인 하나가 고개를 숙이며 다가왔다.

"송아 씨, 오셨습니다."

노인은 울화 섞인 기침을 짧게 한 번 하며, 눈앞의 서류들을 잔뜩 잡아 소파 테이블에 탁, 집어 던졌다.

"들어오라고 해!"

송아는 며칠 전 만났던 노인 앞에 다시 서게 되었다. 허리를 깊이 숙이며 죄스러운 마음으로 인사를 드렸다. 고민이 많은지 두두룩한 눈 밑이 새카맣다.

"안녕하세요, 할아버님."

노인의 눈빛에선 다시 노기가 올라오며 날카로운 소리를 토했다.

"누가 누구의 할애비, 너 또 그리 부를래?"

괜한 호통을 빽 질렀지만 맑고 고왔던 눈에 발갛게 눈물 자국이 맺혔던 흔적을 보니 마음이 또, 괜스레 어지럽다.

"진헌 씨의 할아버님이시니, 제게는 평생 할아버님입니다."

"질긴 게 고래 심줄이구나, 매친년."

그렇더라도 지금 한발 물러서는 것이 평생 우리 진헌이에게 족쇄를 채우는 길이다. 노인은 마음을 다잡으며 어린 계집에게 물었다.

"그래, 무얼 느꼈니?"

송아의 맑고 고운 눈에 말랐던 눈물이 다시 스르르 고였다.

"제가, 제가 많이 부족하단 걸 느꼈습니다."

가쁜 듯 "후우." 숨을 몰아쉬는 노인의 목에서도 가래가 잘잘 끓었다.

"또!"

"진헌 씨의 세상에선 제 자신이 진헌 씨뿐만 아니라 할아버님까지 욕먹이는…… 욕먹이는……."

송아의 눈에서 비 오듯 눈물이 주르르 흘렀다.

"우, 우습게 만드는 존재라는 것도 알았습니다."

"눈도 귀도 똑바로 뚫렸고, 대가리도 멍충하기만 한 건 아닌가 보구나. 그래, 그럼 이젠 헤어질 테냐?"

송아는 간절한 마음으로 할아버님 앞에 무릎을 꿇었다. 털썩 떨어지는 무릎이 짓찧어져 아플 만도 했지만 그녀는 그런 걸 전혀 느끼지 못했다.

"할, 할아버님. 그렇더라도 진헌 씨 옆에 있게 해 주십시오."

"으이? 여태 잘 알아 처먹는다 했더니 이게 무슨 또 헛소리니?"

송아는 마음을 담아 할아버님께 간절히 말씀드렸다.

"그리고 그다음은 그 사람이 얼마나 외로웠을까, 하는 생각을 했습니다. 돈이 정말 산같이 많고, 다들 너무나 대단한 사람들이었지만 정말로 차갑고 무서웠습니다. 이런 사람들만 상대하고 살면서 마음 붙일 데가 얼마나 없었을까, 오죽하면 저한테…… 저 같은 것한테 온기를 찾아 모든 것을 쏟아 주었을까, 귀히 여기며 사랑해 주었을까, 그런 생각을 했습니다."

"무어?"

"저는 제 방식대로 그를 사랑하겠습니다. 결혼 같은 거, 욕심내지 않고라도 그의 곁에 꼭 있고 싶습니다."

"아이고 두야."

뒷머리를 주무르며 밭은기침을 몇 번 한 노인은 빈 재떨이에 누런 가래를 '커억, 퉤!' 뱉어 냈다. 송아는 얼른 눈물을 싹싹 닦고 망설임 끝에 할아버님을 올려다봤다.

"어, 어디가 편찮으신가요?"

걱정스레 곱게 올려다보는 눈이 예쁘다. 호통을 확, 쳐 버려야 하는데 황만복의 목소리가 계집애의 눈꼬리처럼 저도 모르게 촉 처졌다.

"네 덕에 인생 마지막 길에 손주 놈이랑 생이별하게 생겼다. 단둘뿐인 피붙이를 이리 갈라놓으니 마냥 좋디?"

송아는 마른침을 삼켰다. '그럼, 뉴욕은?', '〈싸이듀〉가 매물로 나온단 말이 무슨 소리야?'

머릿속을 스치는 것들을 기억해 내곤 고개를 다시 숙였다. 무릎 위에 쥐어진 작은 주먹이 다부졌다.

"저, 절대로! 그렇게 하지 않겠습니다. 할아버님과 그 사람을 이

간질하거나 떼어 놓지 않겠습니다. 가, 가족으로서 곁을 지키며 함께 있고 싶습니다. 할, 할아버지가 그렇게 싫, 싫어하지만 않으신다면…….”

노인은 다시 몸을 일으켜 “후우.” 한숨을 내뱉곤 조곤조곤 말했다. 울화를 내어 뿜던 아까와는 사뭇 달랐다. 노회한 눈빛에서도 애처로움이 우러났다.

“어이, 금송아지야.”

“네?”

처음으로 제대로 불러 주시는 이름. 그러나 그 축축한 목소리가 마냥 반갑지만은 않다.

“사내가 사업하며 일생 사는 건 교도소 담장 위를 걷는 거란다. 한 발만 삐끗해도 그 안으로 곧바로 굴러떨어져. 돈 없어서, 힘 모자라, 세금으로 다 말아먹고 엉망진창 될 일이 수두룩허다.”

안다. 대기업, 중견기업이라 칭하는 기업들이 채 30년의 수명을 채운 게 몇이던가. 쓰나미에 휩쓸려 가듯 매해 죽어 나가는 기업들. 그들의 말로가 아름답지만은 않으리란 건 짐작하고도 남는다.

“그 고비마다 곁을 지키며 지원을 해 줘야 하는 게 처가니라, 아니?”

“……네.”

넌 진헌이에게 해 줄 수 있는 게 아무것도 없단다. 처절하게 말씀하는 노인은 스크루지라 손가락질받는 노인네의 욕심만은 아닌 것 같다. 그렇더라도 송아는 사력을 다했다.

“그, 그러나 어떤 거래든 받기만 하는 거래는 없습니다. 만일, 결혼이 거래가 되어 처가의 도움을 받으려면, 결국 처가의 버팀목도 되어 주어야 하겠지요. 그, 그건 진헌 씨에게도 부담입니다. 교도소 담장 안으로 굴러떨어질 일도 두 배로 불어난단 뜻이라 생각합니다."

황만복의 눈썹이 매섭게 치켜 올라갔다. 울화가 탁, 치밀어 사르르 풀어놨던 마음을 꽉 다잡았다.

"네 이년!"

보드라웠던 노인의 목소리가 다시 냉혹해지자, 송아는 바싹 긴장해 얼어붙었다. 노인은 있는 대로 기력을 끌어올려, 황만복이란 이름자에 붙은 그 진가를 보여 주기로 했다.

"내가 지금 말장난이나 하자고 널 부른 줄 아니? 말 몇 마디 이겨 먹으면 그만인 줄 아니!"

"……!"

"지금부터 내가 할 일을 알려 주마. 맘 약해져 봐줄 거라 착각 마라. 넌 팔자 한번 펴 보잔 도박이지만 나한텐 내 하나밖에 없는 손주 일생이다."

노인은 기력이 부치는지, 몸을 뒤틀며 상체를 일으켰다. 얼른 다가가 잡아 드리려 하자 매서운 손이 탁, 걷어 냈다.

"위하는 척 요사 떨지 말아라, 이년!"

송아는 얼른 손을 치우고 고개를 숙였다. 차가운 눈빛을 받으며 다시 자리에 꿇어앉자, 노인은 준비했던 말을 쏟았다.

"자, 나는 이제부터 널 후려칠 것이다. 네 주변을 후려치고, 네 가족을 후려치고. 하지만 그 순서는 별로 신경 쓰이지 않을 것이다. 매타작은 쉼 없이 이어질 테니. 그 끝은 네 아가리에서 '헤어지겠습니다.' 소리가 나올 때까지. 이게 팔십을 살아온 나, 황만복의 셈법이니라!"

소름이 오소소 끼치며 노인의 포화에 눈물조차 쏙 들어갔다.

"내일은 네게서 일을 빼앗아 주마. 죄목은 내 손주를 탐한 죄니라. 그리고 그다음 날은 네 애비에게 동네 망신을 시켜 주마. 죄목은 제 딸년을 단속 못 한 죄니라. 그리고……."

그때였다. 맞미닫이가 스르르 열리며 진헌이 들어왔다. 소란조차 일으키지 않고 조용히 들어오는 그의 얼굴엔 시퍼런 서슬이 돋아 있다. 칼날 같은 진헌의 안광을 마주한 황만복은, '그래, 네놈이 오겠거니 했다.' 하는 표정으로 벌떡 일어나 소리쳤다.

"그래, 이따위 계집애 때문에 네가 무슨 일을 벌이니? 얘가 뭔데! 내가 널 어떻게 키웠는데 배은망덕도 유분수……."

그러나 진헌은 차갑게 일별한 뒤 송아에게 검은 손을 내밀었다.

"일어나, 왜 이러고 앉았어. 네가 이러고 있으면 내가 얼마나 가슴이 찢어지는지 알아!"

음산한 음성이 가슴 저릿하도록 서늘했다. 꼭 울 것처럼 이야기하는 그의 눈을 보고 송아도 함께 눈물이 쏟아질 것 같았다. 아니, 쏟아졌다. 진헌은 송아를 데리고 나가는 대신 황만복의 맞은편 소파에 앉혔다.

"일어나 여기 앉아."

송아는 잠깐 버텼지만 그의 뜻을 거스를 수 없었다.

"앉으라니까!"

노기 가득한 눈빛으로 그는 마치 어린애를 대하듯 손바닥과 엄지로 두 뺨의 눈물 자국을 슥슥, 지워 준다. 안쓰럽다는 듯 애틋하다는 듯.

그게 뭐라고. 갑자기 뱃속이 뜨듯해지며 할아버님께 호되게 혼난 게 아무것도 아닌 것 같다.

진헌은 송아의 손을 맞잡은 채 착잡하게 말했다. 희고 검은 열

손가락이 꼭 얽힌 두 손을 시위하듯 할아버지 앞에서 흔들어 보였다.

"후우, 무슨 짓이든 해 보세요. 저는 이 손 안 놓습니다. 얘도 그럴 거고요."

"배라먹을 놈의 새끼! 만나자마자부터 살림부터 차린 거, 뭐 대단한 계집이라고! 얼마나 행동이 단정치 않으면 사내가 살잔다고 덜렁 따라 들어와 살림부터 차려?"

"구석기 시켜서 뭐 확인하셨습니까. 얘 평소 행동거지 어떤가, 다 알아보시고서 왜 딴소리세요!"

"모른다, 내가 뭘 알아? 남의 말 다 헛것이야. 난 내 눈으로 본 것만 믿는다!"

황만복이 화를 버럭 내자, 진헌도 지지 않았다.

"그럼, 보셨잖습니까. 그동안 그렇게 뒤를 파고도 모자라, 불러들여 보셨으면 어떤지 잘 아실 텐데 왜 억지세요!"

"그래, 안다. 하지만 이건 결혼이야! 평생 한 번뿐인 든든한 처가를 얻는 일이란 말야."

"결혼 장사 해서 돈을 두 배 불리면 뭐 합니까. 돌아가실 때까지 있는 거 다 쓰시지도 못하실 거면서 무슨 돈을 그렇게 더 벌고 싶어 하세요?"

"이놈아, 몰라 묻니? 돈이 그냥 돈이니? 돈이 곧 힘이야!"

"예, 힘! 제겐 이 여자가 힘입니다. 얘를 안고 있으면 살아갈 힘이 나요. 얘 집에 데려온 거요? 다 아시듯이, 하도 힘들게 지내서 데려왔어요. 얘한테 집을 만들어 주고 싶어서. 이 여자 집은 자기 회사 책상이었거든요."

"……"

"그런데 묻더라고요. 이 황진헌이 집도 회사 책상 앞이었냐고. 글쎄, 그랬더라고요. 애를 데려오고부터! 제게도 처음으로 집이 생겼더라고요. 제게, 어려서부터, 단 한 번이라도 집이 있었습니까. 어머니, 아버지 탈탈 털어 다 **빼앗아** 가시고, 제게 한 번이라도 집을 만들어 주신 적 있으셨나요? 그저, 돈! 돈! 돈!"

"……."

"예, 이렇게 생긴 여자 많아요. 하지만 제게 집이 되어 주는 금송아는 세상에 하나뿐입니다. 내게 힘이 되어 주는! 살 힘을 만들어 주는! 여자는 이 여자 하나라고요. 전쟁터 같은 밖에서 하루 종일 이리저리 치이며 싸우고 들어서면 모든 걸 잊고 큭큭대며 웃다가, 다음 날 하루를 더 살 힘이 되어 주는 여자라고요."

황만복은 알아들었다. 저 녀석도 어려선 저렇게 찔러도 피 한 방울 안 날 것 같은 애가 아니었다. 솜털이 보송보송하니 까르르, 웃기도 하고 애교도 피우고, **빽** 소리를 질러 서먹하게 굴어도 어느새 달려와 말캉하게 안겨 오던 그랬던 어린 시절이, 제게도 있긴 있었다.

고왔던 며느리도 있었고, 하는 게 다 마음에 안 든다고 매일 잔소리만 퍼부었어도 속 깊고 품 넓은 아들 녀석도 있었다. 하지만 그것들은 봄날의 꿈처럼 모두 흩어져 사라졌다. 이제는 을씨년스럽고 황량한 집 안에 늙은이 하나만이 남았을 뿐.

황만복은 제게 화풀이하듯 손주에게 퍼부었다.

"왜 너만 그렇게 유난이야? 왜 늬 친구들처럼 순종하며 어른이 시키는 대로 허지 않고, 왜 이렇게 유난을 떠냔 말야!"

"예! 친구들처럼! 순종? '접붙여 주는 사람이랑 결혼해라, 그래야 내 재산 물려받지.' 그게 순종입니까 거래입니까. 부모랑 하는

결혼 장사지요. 제가, 할아버지 재산 탐내 여기 온 거라 생각하십
니까. 할아버지라서, 그냥 제 할아버지니까 여태 여기 와 있었습니
다."

"미친놈의 새끼! 그런데 왜 이제 와서!"

"제게 있어 결혼은! 처가를 얻는 게 아니라 처를 얻는 겁니다.
평생 같이 품을 따뜻한 온기 있는 사람을요. 저는 이 결혼, 안 팝
니다! 그렇게 결혼을 거래하듯 사고판 사람들 나중에 어떻게 됩디
까! 할아버지, 만날 교도소 담장 타령 하시죠?"

"……!"

"부부끼리 형제끼리 지분 싸움 하며 서로들 감옥에 보내지 못해
안달! 집안에서 결국 신나게 개싸움들 나지 않습니까. 낮에도 일하
느라 하루 종일 싸우고 나서, 밤에도 식구들과 전쟁을 벌이라고
요? 지금 제게 敵하나 더 붙여 주지 못해 안달이십니까!"

"적敵이 무에야! 제대로 된 집안 여자에게서 자손을 보라고!"

"예! 저는 이 여자 아니면 몸이 열리지 않아요. 디미시는 여자
들마다 그 뱃속을 들여다보면 역겨워 세 번을 만나기가 힘듭니다.
하지만 이 여자는 얼마나 맑고 투명한지. 얼마나 깊은가 보자, 하
고 한 발 한 발 디밀다가 이렇게 깊이 빠져 버렸습니다."

"못난 놈의 새끼, 계집 하나한테 홀랑 빠져서 하는 소리가!"

"예, 저 이 여자에게 빠졌어요. 나올 생각, 앞으로도 없고요. 그
러니 자손 보고 싶으시면 이 여자에게 보셔야 합니다. 아니! 다 관
두세요. 자, 여기 초대장 나왔습니다."

진헌의 품에서 청첩장이 나왔다. 얼이 빠진 송아는 무슨 일이
벌어지는지 자각하지 못한 채 눈앞의 흰 종이를 멍하니 바라보았
다. 진헌은 결심한 듯 탁, 놓은 청첩장을 황만복 앞에 조용히 미끄

러프리며 대령했다.

"무에, 이놈! 기어이 나를 거스르고 저 혼차 결혼을 하려 들어!"

반들반들하게 할아버지를 쏘아보는 진헌의 목소리가 낮게 가라앉았다.

"한 번만 더! 애 이런 식으로 무릎 꿇리시면 저 정말 다 집어치우고 뉴요크 갑니다. 가서 아주 안 와요. 1년에 제 얼굴 한두 번이나 보며 살고 싶으시면 마음대로 하세요. 이 지경이면 가야 하나 벌써부터 마음 흔들렸는데…… 얘가 그러지 말자네요."

"……!"

"할아버지 눈이 어떤 눈이신데. 애 괜찮은 앤 거 아시죠? 그러니, 이 착한 애 불러다 자꾸 흔드시는 거 아닙니까. 절 막을 방도가 없으니! 얘만 괴롭히시는 거 아닙니까? 하아, 자!"

진헌은 벌떡 일어나 송아의 손목을 잡아끌어 일으켰다. 일어나지 않으려는 송아의 저항은 가볍게 무시당했다.

진헌은 마지막으로 조용히 통보했다.

"할아버지 결혼식 아니고 제 결혼식입니다. 제가! 할아버지를! 제 결혼식에 초대하는 겁니다. 저는 초대했으니 오시든지 마시든지는 할아버님 뜻입니다."

그의 운전은 평소처럼 고요했다. 소음이 차단된 조용한 실내는 똑딱똑딱, 하는 깜빡이 소리만 요란했다. "후우." 하는 그의 한숨이 길다. 송아는 그가 길게 내쉰 만큼 크게 들이마시며 창밖을 바라보았다. 그러곤 망설이다 입을 열었다.

"미안해요. 내가 모르고……."

"사과를 네가 왜 해. 나 더 부끄럽게 하지 마."

그의 턱이 앙다물려 근육들이 긴장으로 팽팽했다. 저녁마다 그
렇듯 단풍나무 거리는 차량으로 가득하다. 집 앞 주차장으로 들어
서던 차량. 그러나 그는 갑자기 가슴이 답답하단 듯 "후우." 숨을
길게 뱉으며 빈 도로로 유턴을 했다. 부웅, 하는 엔진음과 함께 전
용 도로로 들어선다.

도심의 한강이 휙휙 지나갔다. 송아는 그의 손등에 손을 조용히
얹었다. 따뜻하다. 이렇게 따뜻한 사람이 자기 할아버지에게 잔뜩
퍼붓고 나와 얼마나 속이 상할까. 안쓰럽고 미안해 그가 늘 그렇게
해 주듯 머리칼을 부드럽게 쓰다듬었다.

그는 뚫어져라 앞만 보며 운전했다. 힘이 잔뜩 들어간 턱. 여느
저녁처럼 푸릇하게 수염이 자라 있다. 송아는 꺼끌꺼끌한 뺨을 위
로하듯 부드럽게 쓸었다. 쏙 들어간 턱 보조개마저 안쓰러워 조심
스레 손가락을 댔다. 턱, 하고 그의 손이 잡아챘다. 그의 눈이 낮
게 가라앉아 있었다. 송아는 샐쭉 웃었다.

"우리, 바람 쐴래요?"

그는 슬쩍 미소 지으며 예전의 그 강변으로 향했다.

시간이 늦어서인지 유람선의 선착장은 검게 불이 꺼져 있었다.
러닝을 하거나 자전거를 탄 사람들이 간간이 지나쳤다. 검게 빛나
는 강물을 바라보며 잠시 걷다, 빈 의자에 앉았다. 그는 그때처럼
슈트 상의를 깔아 주었지만 송아는 자처해서 그의 무릎에 올라앉
았다. 그가 간신히 웃었다.

"여우 짓 한다."

그러나 입술에 춥, 슬쩍 키스하곤 금세 떨어진다. 송아가 다시

입을 맞추며 그의 혀를 깊숙이 끌어당겼지만, 그는 슬쩍 입안을 헤집고 나와선 머리를 꼭 안아 주었다.

"아이 짓이라며."

이 사람 정말 속상하구나. 가슴이 아파 정말 아이처럼 그의 품에 쏙 안겼다. 허벅지 안자락으로 깊게 들여 앉는 엉덩이를 그가 한 번 더 추켜 깊게 끌어안았다. 그가 힘이 나도록 몸의 모든 온기를 뽑아서라도 전해 주고 싶다.

깊은 곳에서 쏟아지는 그의 한숨. 그것은 같은 크기의 상처이다. 송아는 아이처럼 안겨 어른처럼 그의 넓은 어깨를 작은 가슴에 그러안았다.

"내가, 진헌 씨 가족이 되어 줄게요."

그가 대견하다는 듯 얼굴을 슥 보더니 슬쩍 웃었다. 슬픔이 가득하면서도 사랑으로 충만한 눈빛.

"그리고 진헌 씨 가족을 절대 잃지 않게 할게요. 시간이 얼마가 걸려도 꼭 그럴 거야. 그리고……."

그의 눈이 작고 고운 송아를 담았다. 송아는 그가 그래 줬듯 그의 머리칼을 부드럽게 쓰다듬으며 속삭였다.

"고마워요, 내 가족이 되어 줘서."

슬쩍 눈썹을 들어 올리던 그가 얕은 한숨을 마저 내쉬곤 후후후후, 웃어 버렸다. 그러곤 아까와 달리 깊게 입술을 빨아들이며 키스해 왔다. 송아는 눈을 감고 그의 입술에 조용히 매달렸다. 그의 남은 한숨마저 다 마셔 버리기 위해.

15.

화이트 웨딩

할아버님의 무서웠던 예고와 달리 다음 날 송아에게는 아무 일
도 일어나지 않았다. 마감할 일거리들은 고스란히 얌전하게 그녀
를 기다렸다. 2년 반. 달마다 한 번씩 서른 번 이상이나 해 왔지
만, 마무리란 건 늘 지치고 숨 가쁘다.

"계집애, 고것 참 섹시하네?"

"고만 좀 해요!"

마지막 검수를 마치고 출력을 보낸 뒤 송아와 반 대리는 긴장을
확 풀었다. 인쇄 검수가 남았지만 큰일은 이제 끝이다.

"이거, 가슴골 봐라. 요래 요래서 황진헌이가 반했구나?"

"아, 나 이거 전국에 깔리면 쪽팔려서 어떡하죠?"

반 대리 언니는 기회라도 잡았다는 듯 송아의 촬영 사진을 흔들
면서 힘껏 놀려 주었다.

"얼굴 다 잘리고 몸만 나왔는데, 팔릴 쪽이 어딨어? 팔릴 가슴

이 있을 뿐이지."

"아악, 언니!"

그때 그의 단골 문자가 날아왔다. [나, 금송아 잡으러 왔다!] 송아의 얼굴이 활짝 피며 화색이 돈다.

"그래, 진짜로 쪽 팔아 주고 금송아 낚아채신 님이 오셨구나. 부러운 년!"

이른 퇴근. 집에 다시 간 건 근 3주 만이다. 시간이 일러선지 골목이 한산했다. 주차할 데를 마련하려 동네 사람들과 상기된 표정으로 말을 주고받던 아버지가 생각난다. 그가 처음 왔던 때와 달리 이젠 둘이 함께 손을 잡고 들어서지만.

"들어와."

송아를 보냈던 날처럼 난정이의 표정은 후련하단 듯 산뜻했다. 발랄한 하늘색 원피스 차림으로 슬리퍼를 끌고 마중을 나왔다.

"어떻게 된 거야?"

그러나 마당으로 들어서자, 송아는 당황하며 주변을 살폈다. 그새 얼마나 되었다고 집 안 분위기가 사뭇 달라졌다. 난정이는 비웃듯 한쪽 입꼬리를 끌어 올렸다.

"변덕이라도 나셨나 보지."

죽은 나무가 쓰러져 누웠던 곳이 말끔하다. 밑동조차 파내어 정리했는지 화단의 새 흙이 벌겋다. 게다가 어디선가 옮겨다 심은 듯한 국화와 꽃잔디며 코스모스라니.

너무도 어색해서 눈을 둘 데가 없었다. 나갈 때의 상태를 말짱히 기억하는 그의 표정도 마찬가지. 얼굴이 훅 달아올랐다. 지저분했던 마당보다 왠지 더 부끄럽다.

"왔니."

단정한 셔츠에 면바지 차림의 아버지, 어지러운 꽃무늬 원피스의 어머니도 현관에서 둘을 맞았다. 착잡한 표정의 아버지와 그 뒤로 입을 비쭉이시는 어머니께 담담히 인사했다.

"네, 그동안 잘 지내셨어요."

"뭐, 우리야 만날 똑같지."

어색함 속에서 다섯이 다시 모였다. 그러나 그날과 달리 껌껌하고 좁은 마루가 아닌 방으로 안내하신다. 의아함에 눈썹을 치켜드니, 아버지는 모른 체 먼저 서재로 발을 들이미셨다. 방문을 젖혔을 때 폐부에선 긴 한숨이 쏟아졌다.

수천여 권의 낡은 책으로 꽉 들어찼던 방이 텅 빈 채 휑뎅그렁했다. 저 한쪽 빈 벽에 세 자 크기 책장 두 개만 벽에 붙어 있다. 책상까지 싹 치워 없애니 꽤 큰 방이다. 황당해하는 표정에 아버지가 "휴우." 길게 한숨을 내쉬셨다.

"장승처럼 다 서 계시네? 앉으세요들?"

난정이가 어디선가 방석 다섯 장을 가져다 내놓는 걸, 받아 들어 한 장씩 펼쳤다. 새것인지 노란 꽃수 위에 엉덩이를 내려놓으려니 못내 어색하고 괴롭다. 부엌에선 주전자 물 끓는 소리가 길게 삐이, 들려오고 어머니를 도우러 나선 난정이를 제외한 셋이 드넓은 방에서 어색한 침묵을 지켰다. 보다 못한 송아가 입을 뗐다.

"왜 이러셨어요. 평생 모으신 책인데."

아버지는 고개를 푹 수그린 채 하릴없이 방바닥을 손톱으로 긁었다.

"보지도 않는 놈의 걸, 쓸데없이 끼고 있었더구나."

소 잃고 외양간 고친다더니. 딸애를 그 지경으로 사내놈 손에 딸려 보낸 아버지, 문천식의 마음이었다. 있을 때 조금이나마 잘해 줄걸.

솔직히 엄마 성 따라 산다던 어린애 말 때문에 문송아로 바꿔 주지 못했을까. 그 어린것이 눈치를 보다, 보다 제가 분에 차 한 말이었지. 집으로 데리고 들어왔으니 그걸로 된 것 아니냐, 난정 어미가 속살거리니 아이고 골치 아파, 나도 모르겠다, 나자빠진 것 이지.

제 엄마 통장 저 여자 밑구녕에다 넣어 준 거 빼고 애비로서 해 준 게 뭘까. 하늘을 올려다볼 면목 없으니 만날 술이나 처먹었지.

단정히 앉은 진헌을 보니 또다시 고개가 수그러든다. 첫인사 온 사위 앞에 딸애 체면을 구겨도 더할 나위 없이 구겼다. 앞으로 살 날 동안 친정 얘기만 나오면 얼마나 부끄러울까. 맨정신엔 이렇게 생각이 말짱한데. 왜 만날 술로 도망쳐 세월을 없앴을까.

"차 드세요."

교양이라도 얹은 듯 콧소리를 섞은 어머니의 접대용 목소리였 다. 쓰지 않던 세트 도자기 찻잔에 국화차가 노랗게 우려 나왔다.

"날짜는 저희끼리 의논해서 잡았습니다. 더 필요하시면 보내 드 릴게요."

그럴 것 없다는데도 진헌은 200여 장의 청첩장을 챙겨 왔다. 두툼한 뭉치를 받아 들며 아버지는 죄인처럼 입을 열었다.

"이름을, 그래 어떻게 박았니."

누가 봐도 이상한 모양새. 문천식의 딸 금송아. 호적에조차 올 려 주지 못한 남의 딸. 그런 딸애 결혼식에 애비라고 팔짱을 끼고 나설 순 없다.

"제 쪽도 그래서, 그냥 저희 둘 이름만 넣었습니다."

"……."

「지금처럼 두 손을 꼭 잡고 앞으로 한발 더 나아가려 합니다. 저희 두 사람의 결혼식에 오셔서 함께 축복해 주시기 바랍니다.

신부 금송아, 신랑 황진헌」

진주빛이 은은히 감도는 광택지를 꺼내 든 아버지의 표정이 착잡했다. 그러나 곧 입을 열었다.

"참 잘했구나."

"손님 규모는……."

"부를 사람이 뭐 몇이나 되겠어. 이 많은 걸 다 뭐 하러……."

진헌과 아버지가 두런두런 이야기를 나누기 시작하자, 송아는 몸을 일으켰다. 왠지 더 앉아 있기가 너무 괴롭다. 온몸을 두드려 맞은 듯 목이 타는 것인지 가슴이 타는 것인지 모르겠지만 어쨌든 물이나 한 잔 마시자, 부엌을 찾았다.

정수기에서 가득 한 잔 따라 들이켜고도 속이 타긴 마찬가지. 컵을 내려놓고 돌아서려는데 난정이가 식탁 의자 한 개를 빼 앉는다.

"완전 초스피드구나?"

"그래."

냉랭해도 악의 없는 난정이의 얼굴. 송아도 맞은편 의자를 빼 앉았다. 이 얘기는 정리하고 넘어가야 식장에 들어설 때 편할 것 같다. 과거의 일은 작은 터럭이라도 다 털어 내고 싶다.

"오 선배에게 얘기 들었어."

표정이 읽혔는지, 난정이는 단번에 뜻을 알아차렸다. 그러곤 입 꼬리를 올린 채 재미있다는 듯 빙글빙글 웃었다.

"그 오빠, 참. 입도 되게 무겁네, 큭. 어찌나 순진하신지! 흐흣."

송아는 가볍게 한숨을 쉬며 답했다.

"꼭 그런 식으로 말해야겠니? 너무 잔인하지 않았니?"

난정이는 정색하며 똑바로 바라보았다.

"잔인한 건 너였지? 나는 널 만난 뒤로 온 마음을 다 까고 너를 대했어. 하지만 너는 내숭에 거짓덩어리였지. 우리 집에 잘 달라붙어 있으려고 날 이용한 거잖아. 널 진심으로 좋아했던 만큼, 제대로 괴롭혀 주고 싶었어."

"후우, 너 끝까지!"

더 말할 필요 없다, 몸을 일으키려 할 때 비웃음을 다시 찾은 난정이가 말을 이었다.

"스무 살 그땐 딱 그 마음이었어. 유학 갔던 내내 네 돈 훔쳐 쓰면서…… 참 공부 안 되더라. 그리고 돌아와서 지금까진…… 널 볼 때마다 아주 불편했어. 네가 시위하듯 저 방구석에서 저러고 있는 게, 다 내 잘못을 일부러 찔러 대고 쑤셔 대는 것 같았거든, 크크."

"……."

"너 내보내고 나선 내가 속이 너무 편해서 살이 다 쪘어? 흐흐흐흐흣!"

방정맞도록 급한 웃음소리를 내며 난정이는 재미있게 웃었다. 거짓들이 안개처럼 걷히고 서로를 말짱하게 바라보니 서로가 보인다. 가장 좋아하면서, 가장 증오하면서 함께한 세월이 만만치 않으니. 그러나 각자 자기 생긴 대로 서로를 대할 뿐이다.

착잡하게 입을 열었다.

"그렇게 좋아했니?"

난정이는 오 선배를 진짜로 좋아했었다. 그건 어렴풋이 조금씩 알게 되었다.

"미친년, 좋아했으면 어쩔 거야? 그래, 맘속에만 숨겼던 남자가 만져 주니 너무 달고 좋아서 더 못 밀어냈다, 왜? 그 오빠 나 별로였고, 너 좋아했던 거 알면서, 이게 잘난 체를 시원하게 다 못 해서 그러신가?"

"……."

"너도 참 웃겨? 그때가 언젠데, 옛사랑 타령. 왜, 어디서 뭐 했는지도 자세히 가르쳐 줘? 그 오빠 말 했어도 대강 애매하게 했을 텐데?"

"하아, 입 닫아. 나 결혼식 얼마 안 남았어."

화해도 뭣도 아닌, 그러나 남은 앙금마저 말끔해졌다. 마음을 정리하고 오해를 풀어서가 아니다. 그저 이게 아무것도 아닌 거란 걸 깨달아서였다. 옛일은 그저 옛일. 잠깐 망설이다 가슴에 고인 말까지 털어 버렸다.

"너한테 들러붙은 건…… 너랑 진짜 형제가 되고 싶어서였어."

"아, 나 저 또라이, 으흐흐흐흐!"

뭐가 그리 우스운지, 낄낄대며 웃음을 멈추지 않는 난정이를 뒤로 다시 방으로 돌아왔다. 입장은 둘이 손잡고 할 거라는 둥, 간단한 예식 뒤에 연회가 어떻게 된다는 둥, 세세한 이야기를 진헌이 차근차근 드리고 있었다.

"예식 관련해선 더 필요하신 게 있으시면 말씀하시고요, 이제 일어나겠습니다."

    모든 게 마음에 안 들어 가슴만 쥐어뜯던 어머니는 좀이 쑤신 듯 얘기가 언제 끝나나, 한참을 기다렸다. 그러다 두 사람이 집을 나설 때쯤 이때다 끼어들었다.

    "아이, 생활비, 여보……."

    아버지의 눈썹이 비쭉 올라갔다.

    "뭐어?"

    "얘기하라니깐!"

    "아니, 이 여편네가! 미쳤어?"

    맨정신인 아버지의 팔이 번쩍 치켜들어졌다. 진짜로 한 대 내리칠 것 같은 시퍼런 서슬에 어머니의 눈이 질끈 감겼다. 그러나 곧바로 매가 떨어지지 않자, 짜증 섞인 앙탈을 부리기 시작한다.

    "아이, 이 양반이. 왜 이래?"

    "어휴, 어이구! 어이구, 내 팔자야!"

    사위 앞에서 끝까지 부끄러운 모습만 보인 아버지의 낯이 벌겋게 달아올랐다. 진헌이 나서려 할 때 송아는 "나중에요.", 했지만 진헌은 선 채로 말했다.

    "따로 말씀드리려 했는데. 처제의 일자리, 추천은 해 주겠습니다. 물론, 저희 회사는 안 됩니다. 갑자기 낙하산처럼 누군가 들어오면 전체 분위기가 나빠져요."

    냉정하게 떨어지는 진헌의 말이었지만 어머니는 조금이나마 희망을 실어 그를 바라보았다.

    "그럼, 취직은 시켜 준다는 건가?"

    "아뇨, 취직은 처제가 직접 해야죠. 저는 처제의 스펙에 맞는 자리 몇을 추천해 주겠다는 뜻이었습니다. 그럼 예식 때 뵙겠습니다."

아연실색하며 입을 딱 벌리는 어머니 뒤로 두 사람은 말끔히 자리를 털고 일어났다.

황만복은 아팠다. 침대 위에서 링거를 꽂고 자리보전 중이다. 그는 아주 오랜만에 끙끙 앓아누웠다. 머리맡에는 진헌이 녀석이 초대장이라고 주장하는 청첩장이 박스로 한가득.

"휴우, 골이야. 야, 야! 이거 빼라!"

대기하고 섰던 간호사가 삼분지 일도 들어가지 않은 걸 말짱히 보고도, 빼 달라니 그냥 쏙 빼 준다. 바늘 뺀 데를 10여 초간 꼭 누르더니 테이프를 매정하게 탁탁, 붙이곤 링거액을 챙겨 나간다.

"편히 누워 쉬십시오, 회장님. 필요하신 거 있으시면 부르십시오. 대기하고 있겠습니다."

친절하게 웃어 봤자 영업용. 예쁘장하니 딱히 금송아지보다 못할 것도 없는데, 쌔 하니 나가는 게 노인네야 아프든가 말든가. 저는 월급만 챙겨 가면 그만.

그나마 사람 같은 고 비서가 들어와 안부를 챙긴다. 진짜 말라빠져 날이 갈수록 더 늙어 가는 이 물건도 안쓰럽다.

"끝까지 맞으시지요. 기력도 많이 부치시는데."

"개 줄같이 사람을 묶어서는 갑갑해서 못 살겠다."

일어나 앉으니 골이 띵한 게 어지럽다. 어째 날이 갈수록 더 이 모양이야.

주변을 돌아보니 넓고 넓은 집이 황량하기 그지없다. 하는 거 없이 왔다 갔다만 하는 인간들 죄다 쓸모없어 한둘씩 정리하고 보니 이제 남은 게 여남은 명. 그나마 오래된 수족들이라 같이 살긴 산다만 그들도 다 늙어 낼모레 육십, 칠십들이다.

에헉! 집안이 이렇게 말라비틀어져서야.

"그러지 마시고 못 이기는 척 가 주시지요?"

고 비서마저 안 하던 참견질이다. 짜증이 훅 올라왔다가도 송아지처럼 눈망울이 맑게 빛나던 고걸 생각하니, 이러쿵저러쿵 아랫사람 평하는 습관이 튀어나온다.

"계집애가 똑똑하면서도 순하더구나. 똑똑하면 독하든지, 순하면 멍청하든지 하는데. 고생깨나 하고서도…… 흔치는 않은 인물이야."

"선한 본성은 감출 수 없지요. 도련님이 반하실 만했습니다. 품성이……."

"옷 한 벌두 집에서 입을 게 있고, 일할 때 입을 게, 잔칫집서 차려입을 게 있단다. 밑에 두고 부리기에나 딱이지. 쳇!"

그때였다. 검은 유니폼을 입은 중년의 여자가 인사를 꾸벅하며 다가온다.

"금송아 씨가 오셨는데, 어떻게 할까요?"

"금송아지가 왜 여길 와?"

"편찮으시다고 할까요?"

황만복은 흔들리는 골을 누르다가 "들어오라고 해!" 하고 말았다. 울화가 콱 치밀어 그냥 보내렸더니 또 저가 뭐라 그러려고 왔나, 궁금하다. 진헌이가 무릎 한 번만 더 꿇리면 가만 안 있겠다던 경고가, 헛소리는 아니다 싶으면서도 야단 한 번 더 치고 싶다.

연분홍 원피스를 입은 금송아지가 들어섰다. 스물여섯 먹은 어린 계집애라 그런가 볼 때마다 꽃 같긴 하다. 배시시 웃으며 인사

한다. 배알도 좋구나, 눈물 빼고 간 게 며칠이나 되었다고.

"안녕하세요, 할아버님. 저 또 왔습니다."

"왜 왔니?"

"지난번에 할아버님, 아무래도 좀 편찮으신 것 같아서 걱정되어
서 왔습니다."

"병 주고 약 주고 아주 지랄을 해라."

욕 한 바가지 퍼부어 주니 움찔, 하면서도 또 사르르 웃으며 다
가든다.

"잘못했습니다."

"잘못했으면 하란 대로 하지."

"그렇게는 못 합니다, 할아버님. 대신 할아버님 자주 드신다는
생강차 끓여 왔습니다."

손에 보따리를 든 게 그거로구나, 싶어 궁금타가도 기가 차며
우습다.

"여기 너보다 그거 잘 끓이는 이가 없어 그딴 걸 들고 왔니?"

"아니요, 그냥 제가 할아버님과 차 한잔 마시고 싶어 끓여 왔습
니다."

콩닥콩닥 말 몇 마디 주고받았다고, 웃기기도 하니 기운이 돈다.

"오냐, 그래 얼마나 오지게 잘 끓였는지 먹어나 보자."

자리를 털고 일어나 거실로 나섰다. 며칠 전 눈물 바람에 난리
를 피우던 그곳. 그러나 끓어앉히는 대신 맞은편 자리를 내줬다.
검은 유니폼을 입은 여인 하나가 눈치 있게 찻잔을 가져다주고, 송
아는 더운 생강차를 차분히 따라 황만복에게 내민다.

"기운 내시라고 꿀을 좀 탔습니다. 뜨겁습니다."

그깟 것 맛보고 싶지도 않지만 이렇게 와서 고개를 조아리니 그

냥 져 주고 한 잔 마셔 주기로 한다. 향긋하니 배와 대추 맛이 섞인 은은한 매운 향이 독하지도 약하지도 않은 게 뭐, 나쁘진 않다.

"너, 장사를 해도 이따위로 하면 안 된다. 생강차랑 혼인식이랑 바꾸려 드니?"

"아닙니다. 생강차는 그냥 드시라고 가져온 공짜고요. 혼인식은 진헌 씨가 초대하는 겁니다."

따박따박 또 말대꾸 시작. 소리를 빽, 지르려다가 그 송아지 같은 맑은 눈망울을 또 마주한다. 에휴! 관두자. 두 번이나 독하게 눈물을 뽑았으면 됐지, 나도 기력이 없다, 하는데 저가 입을 연다.

"진헌 씨 봐주셔서 감사합니다, 할아버님. 진짜로 진헌 씨 기꺾고 혼내시려고 제대로 다가드시면 못 그러실 것도 없다는 것 잘 압니다."

황만복의 눈썹이 싸악 들린다.

"송아진 줄 알았더니 불여우로구나?"

"진헌 씨의 기를 꺾으려 들지 않으신 건, 사내로서 마음을 다치지 않게 하려는 할아버님의 깊은 사랑이신 것도 압니다. 할아버님이 절 내치시려던 것도, 다……. 진헌 씨를 아끼는 마음에서였단 것도요. 그이를…… 그이의 마음을 다치지 않게 잘 지켜 주셔서 감사합니다."

"후우."

황만복의 날 선 눈빛에 맥이 탁, 빠지며 입에서 긴 한숨이 나왔다. 송아는 밝게 목소리를 높여 맑은 톤으로 화제를 돌렸다.

"저 처음 그이 만나 인터뷰하면서 물었었어요. 이 시대를 대표하는 멋진 신랑감…… 후후. 그땐 리드가 왜 그런가 싶었는데, 되짚어 보니 할아버님이 생각하셨다, 싶어요. 어쨌든 그땐 정말 이해가 안 갔거든요. 주얼리 사업을 하기 훨씬 좋은 맨해튼 지점을 놓아두고 서울에 본사를 둔 이유가 뭔지."

"뭐라든?"

"사실, 그땐 장난으로 답했었어요. 하지만 나중에 가까워지고 알았어요. 아, 할아버님 곁에 있으려고 그랬구나. 겉으론 데면데면한 것 같아도 그 사람은 사실, 할아버지를 깊이 생각하는구나."

"……."

"그날 그렇게 하고 가서, 사실 그이가 많이 속상해합니다."

황만복은 식어 가는 생강차를 꿀 먹은 벙어리마냥 후루룩후루룩 마셨다. 달달한 것이 입에 들어가니 매우면서도 속이 뜨듯이 풀린다. 머리가 어지럽고 기운이 죽 빠진다.

"한 잔 더 드릴까요?"

덜그럭, 내려놓은 찻잔에 또 차를 조르륵 따르는 조막만 한 손. 애정이 뚝뚝 묻어나는 게 보이지 않을 수 없다. 식구라…… 얘랑 식구가 된다.

"할아버님이 기쁘게 드셔 주시니 제가 너무 좋습니다."

쌔액, 웃으며 밝게 웃는다.

에이, 요년아. 진헌이 홀리듯이 나도 홀리려 드는 게냐. 욕 한 바가지 해 주려다 찻물이나 들이켜고 만다. 금송아지가 또 뭐라 종알종알 입을 놀린다.

"그리고 정말 모자란 절…… 이렇게 봐주셔서 감사합니다. 앞으로 잘하겠습니다."

"아이고 두야."

잘 가라앉나 싶었던 골이 다시 울린다. 이젠 정말 누워야겠다 싶다. 머릿속에 계산기가 착착착 무섭게 돌아간다. 이 결혼으로 난 손해가 도대체 얼마냐! 눈앞이 아득해진다.

결혼으로 뭔 손해냐 하겠지만 얻을 수 있는 걸 못 얻는 것도 황만복에게는 아주 큰 손해다. 살 만큼 다 산 늙은이가 웬 욕심이 저리 크냐 하는 것은 모르는 소리. 욕심이 이쯤은 되어야 저리 큰 부자가 된다.

"진헌이헌테, 내가 가겠으니 손님 제대로 치를 자리나 넉넉히 마련해 놓으라 해!"

황만복이 비척비척 침실로 가는 등 뒤로 송아지가 발딱 일어나 꾸벅 절한다. 보지도 않는 데다 꾸벅 또 계속 절한다.

"감사합니다, 할아버님! 감사합니다, 할아버지!"

모두의 축제가 한창 준비 중이다. 〈화이트 웨딩〉도 축제 분위기. 송아는 몇 년이나 자기를 들들 볶던 구석기의 또 다른 얼굴에 깜짝 놀랐다.

"아뇨! 결혼식 인터뷰만큼은 꼭 〈화이트 웨딩〉이 맡아야죠. 두 사람이 만나게 된 것도 '이달의 프러포즈'고 둘이 사랑을 꽃피운 게 '숙녀의 방으로의 초대'였는데. 그 결실을 여기서 발표하지 않으면 이건 정말 말도 안 되는 겁니다, 암요?"

"당신, 일부러 못 알아듣는 척……. 시끄러운 거 싫다니까, 우리 결혼에 웬 발표고 인터뷰입니까, 내가 연예인이에요?"

황진헌 앞에서 두 손 맞잡고 감언을 하는 구석기는 전에 알던 카리스마 편집장님이 아니다. 송아가 웬일이니, 하는 얼굴로 침을 꼴깍꼴깍 삼키며 그를 보자 '오라, 여기를 찔러 보자.' 노련한 구석기가 방향을 튼다.

"송아 씨, 따지고 보면 내가 송아 씨와 황 대표님을 그 뭐냐, 중매를 선 거나 마찬가지예요."

"네?"

"그 인터뷰에 곽 대리나 다른 사람을 내보냈어 봐, 송아 씨가 이런 멋진 결혼을 할 수 있었겠어?"

말도 안 되는 공치사를 하는데 따지고 보면 말이 되는 것도 같고.

"그렇담 그 중매비는 저희 할아버지가 받으셔야겠네요."

진헌이 치고 들어왔다. 아, 그렇기도 하다. 손주 광고 내자고 모든 걸 시작하신 건 할아버님이었으니.

그러나 누가 공이 크고 작으면 어떠랴, 구석기는 그저 인터뷰만 따면 오케이다.

"그래도 사람이 그런 게 아니지. 옷 같은 거 해 달란 소리가 아냐. 그딴 거 안 해 줘도 돼? 그냥 기획물로 웨딩 인터뷰 한 번만 가자, 독점으로다가."

"네?"

"독점 가자, 독점. 응? 딱 한 번만. 마지막으로 딱 한 번만 더!"

따지고 보면 할아버지 결혼 반대뿐만 아니라, 편집장님 결혼 반대도 만만찮았는데. 조금 더 생각하면 황진헌이 금송아에게 장난이나 치고 말까 봐, 오지령에게 집에 데려다주라고도 했고. 이러면 중매꾼인가, 훼방꾼인가?

"내가 안 보이는 데서나마 황만복 회장님께 우리 금송아가 얼마나 괜찮은 애인지를 잘 어필한 줄 알아? 황진헌 대표님도 제 은공을 몰라주시면 섭섭합니다, 네?"

그러나 밥이 잘되어 밥상을 잘 차려 놓으니 여기저기서 숟가락들이 비집고 들어오는 걸 어쩌랴. 밥이 잘되었으니 그래, 맛있게 다 같이 나누어 먹어야지.

친분을 내세우는 게 구석기의 전략. 옆구리가 쿡쿡 쑤셔지는 반 대리 언니가 나선다.

"송, 송아야? 인터뷰 안, 안 할래?"

인상 딱 쓰고 단칼에 거절할 준비를 하는 황진헌이라도 금송아 앞이라면 물러진다. "어차피 언론 타게 될 것 같으면 잘 아는 데 서…….", "하고 싶어?", "아뇨, 그게 아니라……."

이 틈을 구석기가 놓칠 리 없다. 등 뒤를 툭 치는 두툼한 손에 반 대리의 입에선 자동 반사로 질문이 튀어나온다.

"자! 첫 질문입니다. 금송아 기자에게 처음으로 반한 건 언제였 습니까."

그렇더라도 대중의 관심은 금송아보다는 황진헌. 내밀어지는 인 터뷰 마이크가 못마땅하면서도 마지못해 송아를 봐서 입을 떼 준다.

"송아에게 처음으로 반한 건 〈싸이듀〉의 쇼윈도 앞이었습니다 만, 금송아 기자에게 반한 건 더 전이었습니다."

"네? 송아를 알기 전 금송아 기자를 알았다는 건가요?"

"네, 글로만이지만요. 약간 팬이었죠. 〈싸이듀〉 기사를 잘 뽑은 걸로도 계속 눈여겨봤고."

"좀 더 구체적으로 말씀을 해 주실 수 있을까요?"

"우연히 펼쳤던 페이지의 글귀가 인상적이었습니다. '그의 마음 은 나를 비추는 거울과 같다.'"

「그의 마음은 나를 비추는 거울과 같다. 나는 그 사람을 어떻 게 생각했을까, 그래서 내게선 어떤 행동이 새어 나왔을까. 사소

474

한 눈빛, 말투, 지나가는 한숨 한 자락까지 내 마음은 그에게 시시각각 새어 나가고 있었다. 나는 그에게 묻는다. '당신에게 난 어떤 존재인가요?' 입을 열기 전에 나 스스로를 비춰 보는 건 어떨까. 그의 마음의 거울엔 내가 행동으로 만들어 왔던 인영이 이미 나를 바라보고 있을 것이다.」

"흥미롭군요. 그런 마음인 채로 서로 얼굴을 모르고 처음으로 만났다는 건가요?"

"네, 설탕 꽈배기를 뜯어 먹으며 제 신상품을 욕하던 어떤 예쁜 여자를 만났죠, 그것도 〈싸이듀〉의 쇼윈도 앞에서."

"어머나!"

"네, 그러니 글로도 인물로도 첫눈에 반한 셈이죠.", "하하하!"

인터뷰는 오래도록 이어졌다. 10페이지를 채우는 건 어렵지 않아 보였다. 오히려 넘치는 얘기 중 어떤 것들을 편집할지 고민해야 할 뿐.

물론 천하의 황진헌이 있는 얘기 그대로를 털어놨을 리 없다. 그의 '이달의 프러포즈' 서면 인터뷰 솜씨를 기억하는 송아는 잠자코 있었다. 재미난 얘기는 재미난 대로, 감추고 없앨 얘기는 저 밑으로 치워 버린 채 일이거니, 생각하고 따라붙었던 사람들도 그의 연애담에 귀를 쫑긋 기울였다.

결혼 준비는 급하게 하든 천천히 하든 바쁘게 마련이다. 안면만 있는 친구들이 아닌, 진헌의 진짜 친구들을 만나기도 했다. 일곱의

475

친구들 중 하나로 박수란을 다시 만난 건 그때였다.

진헌이 눈에 담는 박수란은 송아의 머릿속에 그리던 여자는 아니었다. 그렇더라도 전작이 있으니 기분이 썩 좋지만은 않았는데.

"나도 이 결혼 반대였어. 네가 꽃뱀한테 물린 줄 알았지."

"네가 뭐라고 내 결혼을 반대해."

"그럼 회장님이 직접 밀어붙이는데 어떡해? 내가 거절해서 남이해 주면 더 잘해 줬을까?"

"넌, 이번에 나랑 원수진 줄이나 알아."

다시 만난 박수란은 유쾌하고 솔직하며 할 말 다 하는 여자였다. 그런데 정말 하고 싶은 말을 거르지 않고 다 하고 사는 여자.

테이블에 앉았던 진헌의 친구들이 박장대소를 하며 모두들 웃는다.

"내가 송아 씨한테 언제 딱 반했는지 알아? '안됐지만 내 남자는 첩을 들이지 않아요.' 크큭, 크크크크크!"

뭘 둘이서 '같은 남자 아랫도리 공유' 하고 어쩌고 하던 기 싸움까지 샅샅이 다 안줏거리로 뿌리시나. 박수란이 말을 할 때마다 송아는 낯이 뜨거워져 죽을 거 같았다.

"엔딩 포인트, 포인트! '진헌 씨는 제게, 그냥 세상에서 가장 따뜻한 품이에요. 그게 꽃뱀이고 도둑질이라면 전…… 따듯하게 안겨 봤던 데 만족해요.' 캬캬캬캬캬!"

내가 언제 저렇게 양손 모아 기도하듯 어깨를 좌우로 흔들었어! 아, 새색시 될 사람이 신랑 친구들 앞에서 2차전을 제대로 벌일 수도 없고.

"제, 제가 언제요……."

이를 악물지만 언제 또 말싸움을 이겨 볼까, 박수란은 할 말을 시원히 다 쏟는다.

"나, 한 자도 안 빼고 기억하는데, 송아 씨는?"

첫 만남에도, 두 번째에도, 그리고 모든 오해가 풀렸던 그날에도 송아는 박수란의 찰랑거리는 보브 컷 머리칼을 다 쥐어뜯고 싶은 걸 꾹 눌러 참았다.

그러나 그분을 소개하는 건 참 더뎠다. 송아도 때가 되면 입을 열겠지, 싶어 그의 상처를 굳이 후벼 파지 않았다. 어느 날 해가 기울어 어둑해질 무렵, 느닷없이 전화가 걸려 왔다.

— 나, 진보라예요. 나 알아요?

성우를 해도 좋을 정도로 안정적인 톤과 발음의 중년 여인이었다. 이런 목소리를 기억하지 못할 리가 없는데, 싶다가 소름이 혹 끼쳤다.

"아, 안녕하세요. 금송아입니다."

휴대전화를 붙든 채로 머리 숙여 인사했다. 당황과 동시에 심장이 쿵쿵 뛰었다.

— 나, 요 앞인데. 잠깐 차 한잔 마시고 가요.

어떡해야 하나 머릿속이 복잡해졌다. "이따가 진, 진헌 씨랑 같이……." 물으려니 그녀는 "후후." 웃었다.

— 내가 전화번호를 누구에게 받았겠어? 그냥 나와 내 얼굴 구경이나 해요.

그녀는 10여 미터도 떨어지지 않은 집 앞 커피숍에 와 있었다. 화장도 하고 옷도 좀 갖춰 입고 나가고 싶었는데 기다리실 걸 생각해서 옷만 단정히 입고 뛰쳐나갔다.

1층의 테라스가 넓은 주택가 가정집을 개조해 만든 카페, 유리창 밖에서부터 한눈에 알아봤다. 황당할 정도로 비현실적인 미모와 말로는 형언하기 힘든 아우라가 주변을 압도했다. 실내로 들어서자마자 공손히 고개를 숙였다.

"아, 안녕하세요."

"직접 보니 귀엽고 예쁘네."

그녀의 말투는 거침없었지만 왠지 따뜻했다. 세련된 몸짓으로 권하는 데 따라 송아도 자리를 잡았다.

"오라 가라 해서 미안해요. 그래도 내가 좀 보고 싶어서 불렀어요."

송아 앞에도 곧 향긋한 커피가 놓였다.

"아니요, 괜찮습니다."

과하지 않은 화장과 말끔히 틀어 올린 머리, 하얀 니트 원피스 위엔 더 새하얀 모피 숄을 걸쳤다. 모락모락 피어오르는 훈김 너머의 그녀는 그대로 한 장의 화보 같아서, 그 프레임 안에 들어온 젊은 송아가 오히려 완벽한 구도를 깨는 기분이었다.

"긴장 풀어요. 나, 송아 씨가 어려워해야 하는 사람 아냐. 아, 말 놔도 되나?"

"그, 그럼요."

그녀에게선 플로랄 계열의 베이스 노트가 매혹적으로 전해졌다. 뒤늦게 정돈되지 않은 차림이 민망했다. 긴장을 풀라는 말에 더 긴장했다.

"예쁘다! 젊어서 예쁜 건지, 그냥 예쁜 건지는 모르겠지만."

그러나 그 긴장은 진헌 씨를 처음 만났을 때와 비슷한 종류의 것이었다. 새삼 그녀가 그의 어머니란 게 실감 났다. 너무도 매력적이고 설레는 느낌. 너무 좋은데, 어쩔 수 없이 바싹 졸아드는 마음. 코끝이 찡해졌다.

"감사합니다."

"송아 씨가 참 괜찮은 사람인가 보다 싶어. 두 남자를 얼마나 해실해실 풀어 놨는지, 진헌이는 나한테 연락을 다 하고, 노인네는 선심을 다 쓰네. 아, 내 얘긴 못 들었죠?"

노인네. 그녀로선 가족 관계는 완전히 깨진 모양이었다. 그러고 보니 한 번도 누구의 엄마, 어머니 등의 단어를 쓰지 않는다. 갑자기 쳐들어오는 급한 성격은 집안 내력인 것 같지만.

"네." 하고 답하다, 문득 "죄송합니다." 덧붙였다. 죄송할 게 아닌데, 그녀에게 미안했다.

"내가 진헌이에게 잘못한 게 너무 많아요. 살면서 그다지 남한테 큰 잘못 안 하고 살았는데, 내 가장 소중한 사람들한테는 가슴에 큰 대못들을 박았어. 그래서? 송아 씨에게 잘 부탁한다고. 앞으론 나 자주 보게 될 테니."

"네?"

알 수 없는 말을 쏟던 그녀는 말꼬리를 돌리며 싹 웃었다.

"TV에서, 화면으로요. 나도 일 좀 하고 살게, 동네 아줌마로 살려니 죽겠어서."

송아는 진심으로 답했다.

"저…… 그래도 동네 아줌마라고 하시기엔 정말 아름다우신걸요."

잠깐 송아를 들여다보던 진보라는 배를 잡고 정말로 재미있다는 듯 깔깔 웃었다.

"하하하! 만날 듣는 소리라도 송아 씨가 그렇게 얘기해 주니 기분 좋네. 그래도 못 가요, 송아 씨 결혼식은."

"네?"

"그러니 결혼 잘해요?"

"저, 저기······."

그녀는 볼일을 다 보았다는 듯 반짝 일어나 찬찬히 걸어 나갔다. 완벽한 몸매가 만든 아름다운 뒤태가 새카만 노을 속으로 우아하게 멀어져 갔다.

그녀가 남기고 간 건 미미하게 남은 그녀의 향기와 책 한 권 크기의 상자였다. 디자인조차 너무 촌스러운 핏빛 케이스. 송아는 잘각, 하고 뚜껑을 열었다.

그 안엔 진주 귀걸이와 목걸이 세트, 핑크 사파이어 귀걸이, 루비 반지, 터키석 브로치 같은 여남은 개의 주얼리들이 두서없이 들어 있었다. 그리고 그 안자락엔 빛바랜 로고가, '황금당'이라고 새겨져 있었다.

어쨌든 그렇게 그날은 성큼성큼 다가왔다.

"왜 이렇게 오래 걸려. 웨딩드레스는 네 전문이잖아."

"몰라요! 그러니 더 못 고르겠어. 다 괜찮은데. 이것도 괜찮고, 저것도 괜찮고."

"옷은 한 벌만 입는 거다, 금송아 양?"

커튼 밖에서 진헌이 놀리는 데 대고 "알았어요, 골랐어!" 송아는 목소리를 높였다. 도우미 언니가 이런저런 조언을 해도 아는 게 많은 게 오히려 독이다.

"아! 진짜 한 벌만 입어야 하는데."

어여쁜 오프숄더를 고르면 신부가 가슴을 까는 게 아니다 싶고, 화려한 꽃수 레이스를 잡으니, 튈 스커트도 좋고. 미니멀한 도비 실크가 우아해 보였다가, 실루엣이 세련된 인어 라인에 손이 간다.

"악! 나 결정장애였어."

그렇더라도 결국 골랐다.

"신부님 나오십니다."

도우미 언니가 차르르, 커튼을 걷는다. 거울 앞으로 꽃같이 어여쁜 금송아가 흰 드레스를 입고 나섰다.

"이, 이상해요?"

진헌의 얼굴이 천천히 일그러져 송아는 같이 울상을 짓고 말았다.

그래도 자신 있는 게 허리 라인과 가슴 라인. 신부가 어깨를 까는 게 아니다 싶었지만, 가슴을 소담하게 감싸는 하트 라인의 플라워 모티브 레이스가 로맨틱하다.

동그라니 귀여운 어깨 아래 드레스는 꽃받침처럼 시작되고, 가슴과 상체엔 자잘한 흰 꽃이 눈처럼 흩뿌려졌다. 스커트 아래까지 내려오는 꽃잎의 줄기. 튈 스커트가 꽃처럼 팡 퍼져 공주처럼 우아하게 하체를 감싼다.

"아니! 너무 예뻐. 와! 예뻐. 진짜로!"

"다, 다른 거 또 입어 볼까요?"

몇 번을 갈아입어도 진헌의 대답은 마찬가지.

"예뻐.", "예뻐.", "너무 예뻐!"

"아, 나보고 결정 못 한다고 뭐라고선?"

"몰라. 다 예쁜 걸 어떡해."

흐뭇한 눈빛에 하는 짓이라곤 슬쩍 주변의 눈치를 보다, '춥'

입술을 살짝 핥듯 키스하고 떨어지는 것. "아이!"

"신부님이 정말 귀엽고 아름다우세요."

"정말 그렇죠?"

"언니까지 그러지 마세요. 창피해요."

도움이 전혀 안 되는 조언들 속에서 송아는 결국 첫 드레스로 결정했다. 머릿속엔 수천의 독특한 디자인이 떠다녀도 결국 결정하게 되는 건 내게 어울리는 것. 드레스가 정해지니 〈싸이듀〉의 직원들이 무언가를 잔뜩 들고 주르륵 섰다.

"뭐, 뭔가요?"

"넌 〈싸이듀〉 황진헌의 신부라고."

어느 날 봤었던 그의 눈빛처럼 어린애의 자랑의 열기를 마주한다. "후우!" 한숨을 길게 내쉰 송아는 긴장으로 눈빛이 반들거린다.

"왜 넌 보석만 보면 긴장해? 자, 널 빛낼 것들이야."

"잃, 잃어버리면 어떡하지?"

"괜찮아, 널 뚫어져라 지켜보고 있을 눈이 수천이야."

"뭐, 뭐라고요?"

진품의 티아라를 착용한 신부는 세계에서도 몇이나 될까. 공주의 왕관이 머리 위에서 눈부시게 빛나고 귀에도 목에도 플래티넘 위에 세팅된 다이아몬드 제품들. 화환을 모티브로 한 것들은 백색의 드레스를 더욱 빛낼 순백의 주얼리들이다. 세상에서 가장 순결한 금송아를 빛낼.

흰 장미가 가장자리를 빼곡하게 장식하는 웨딩 로드로 진헌과 송아가 들어선다. 어느 음대 졸업생들을 조르르 몰고 온 작은 관현악단이 웨딩마치를 연주한다. 신랑 신부가 꽃길로 들어서자, 사람들은 와글와글 저만의 아는 것들을 떠들어 댄다.

"신부가 참 예쁘네.", "신랑이 그렇게 능력이 있다며?", "어머, 신랑 생긴 게 배우 같아.", "선남선녀가 따로 없군.", "좋을 때다!"

그렇게 무섭고 질기게 반대할 때는 언제고, 골이 아프다며 안 온다던 때는 언제고, 맨 앞에 앉은 황만복도 싱글벙글. 이젠 좀 있으면 자손 볼 희망에 입가가 찢어진다.

속없이 낄낄거리는 난정이 등짝을 짝 후려치는 난정 모도, 죄인처럼 바닥을 보다 딸을 보다 하는 문천식도 이날만큼은 송아와 진헌의 결혼을 모두 함께 축하했다.

그러나 자기가 한 말과 행동이 스스로의 족쇄가 되니, 난정 모는 여러모로 손해가 많다.

"난정 엄마는 아깝겠다. 그럴게 친척이라두 성이라도 바꿔 주고 해서 진짜 자식처럼 품어 주지. 저렇게 남이면 나중에 집에 잘하겠어?"

친척 타령 거짓말, 남보다도 못하다 진짜 남처럼 되었다. 저렇게 잘될 줄 알았으면 좀 잘할 걸 그랬지 싶다가도, 내 딸 난정이보다 백배 천배 잘된 걸 보니, 배가 아파 정말로 못 산다.

"어휴, 난정 엄마도 그러는 거 아냐. 그동안 살려 온 친척 애를 그만큼 벗겨 먹었으면 됐지. 시집가서 남 되었으면 잘 살게 좀 놔 줘요!"

이웃 눈이 무서워 말도 속 시원히 못 하고 속으로만 끙끙. 남편도 대하는 게 예전 같지 않고, 끼어 있던 송아가 없으니 난정이와도 틈이 벌어진다. 난정이는 어느 명품 브랜드의 '고객만족팀'에서 일을 하게 되었다.

"야! 너, 돈을 벌면 집에도 좀 내놔야지. 어떻게 송아만도 못하니?"

"나 쓰기도 모자라. 엄만 도대체 내가 돈을 어떻게 버는지 알기나 해! 진상 고객들한테 따귀 맞아 가면서 버는 거야!"

전에는 몰랐는데, 난정이가 눈을 치뜨며 소리치니 난정 모는 참을 수 없이 비위가 상한다.

"야, 네가 어떻게 나한테 그럴 수가 있니?"

"엄마가 나한테 해 준 게 뭐가 있다고!"

"뭐가 어째? 너 유학 보내 줬잖아?"

"그게 엄마가 보내 준 거야? 송아 엄마 돈으로 간 거지! 엄마도 필요하면 직접 벌어 써?"

사방이 온 천지 적敵뿐이다. 남편도 원수, 딸년도 원수. 난정 모는 가슴을 두드려 대도 어쩌랴. 자기가 한 짓이 자기에게 돌아오는 것.

문천식은 그래도 간간이 얼굴 비치며 저 할 도리는 하려 드는 송아에게 그저 고마울 뿐이다. 이제 와서 뒤늦게 잘하려 든다고 어떻게 제 어미의 인생이 그렇게 한스러웠던 게, 저가 힘들게 지냈던 게 한꺼번에 싹 잊힐까.

그러나 송아로서도 사는 게 좋아지니, 조금씩 그 슬픔과 한도 잦아들어 간다. 진헌도 송아를 더 아프게 하지 않기 위해 지난 일은 그냥 묻어 두기로 한다. 마음은 들끓더라도 가족에게 매타작을 내리는 것은 송아에게 새로운 상처를 만드는 일이니.

하지만 그건 인성이 바르고 점잖은 둘만의 생각. 모든 일을 다 알고 있던 황만복은 조금씩 송아가 예뻐질수록 친정 식구들이 특히, 그 계모 년만큼은 마뜩지 않다.

"돈 버는 애를 그렇게 쏙 빼 가 데려가셨으면 값을 좀 치르셔야지요?"

결혼식 후에 이루어진 뒤늦은 상견례. 문천식을 따돌리고 다른 사람들 눈을 모두 피해 노인네에게 몰래 했던 한마디가 무서운 불씨가 된다. 난정 모로서는 젊은 사위가 찔러도 피 한 방울 안 나올 것 같으니, 다 늙어 맘 약할 노인네에게 입이나 떼 보자, 하는 생각이었지만.

어이가 없다는 표정으로 쌔 하니 답도 않고 돌아서던 노인네. 그 손주에 그 할배로구만, 하고 싫으면 말아라, 치마를 추켜올리며 "흥!" 하고 만 게 난정 모의 기억의 끝이다.

그러나 눈 밑을 파르르 떨며 돌아서던 황만복에게는 그렇지 않았다.

"고 비서야. 그 계모 년이 나한테 감히 돈을 달라 하드라?"

눈을 끔뻑끔뻑 입을 다물지 못하는 노인을 보며 고 비서는 식은 땀을 흘렸다. 감히 황만복에게 저렇게 함부로 무례히 구는 사람은 여태 상상도 할 수 없었다.

"금송아지 판 값을 치르래? 하!"

그가 어디 가만있을 양반인가. 더도 않고 덜도 않고 딱 있던 사실을 사람들에게 솔솔 뿌린다. 동네 사람들은 난정 모의 뒤에서 수군거리기 시작한다.

"송아가 글쎄 그 애비 친딸이었대요!", "친척이라메?"

"생모가 남긴 재산을 여태 파먹고 살았대.", "성씨도 안 바꿔 주고?"

황만복이 뿌린 씨앗은 딱 사실 그대로지만 원래 이 사람 저 사람 입에 말이 옮겨지면 이자에 또 이자가 붙는다. 변수라면 스스로가 일궈 놓은 밭에 뿌려진다는 점. 황만복식 셈법에 맞춘 황만복식 복수다.

"자기 수준대로 쓰고 살라고 그 잘난 체를 하더니?"

"학대를 했대. 그러고도 남을 여자잖아, 그 여자가."

"어머, 좋은 데 시집가고도 키워 준 값을 안 내놓는다고 그렇게 욕을 하고 다니더니. 난정 엄마 완전 무서운 사람이로구나?"

난정 모는 평생 알던 모든 사람들로부터 손가락질을 받았다. 집 안에서뿐만 아니라 대문 밖을 나서도 온통 적敵. 하루 종일 입을 뗄 사람이 없이 가는 곳마다 사람들의 조롱이 목을 죈다.

"난 말도 섞기 싫더라.", "상종하지 마.", "아이! 살 떨려."

제가 대하는 세상이 저를 대하는 세상이니, 사방이 온통 적敵뿐이다.

"저 여자가 무서운 여자래.", "입에서 나오는 건 다 거짓말이래."

시집온 첫해, 이듬해는 둘이 잘 지내도록 놓아두었으나 황만복은 어느 날 송아를 불러 자신의 바람을 전한다.

"너 똑똑한 거 안다. 직장에서두 일등 직원인 것두 안다. 하지만 이젠 우리 집 사람이 되어라."

"저……."

모든 게 다 좋으면 좋겠지만 송아에게도 희생할 부분이 컸다.

평생의 꿈이었고 가장 좋아했던 일. 직장을 관두란 얘기에 눈물이 쏟아졌다. 하지만 한 달 중 3주는 야근에 주말 특근으로 눈코 뜰 새 없는 생활. 며느리 역할을 잘 못한 건 물론이니, 할아버님 앞에서는 면목 없었다.

"우리 집 살림이 아조 크다. 무얼 상상하든 그보다 클 것이야. 여자 손이 30년이나 비어 있었더니 집안이 다 결딴났다. 황진헌의 아내가 되었으면 너도 그 짐을 함께 져라."

눈물이 뚝뚝 떨어졌다. 인생을 함께하는 진헌의 무게가 가볍지만은 않다. 황진헌의 아내뿐만 아니라 황씨 집안의 며느리도 되어야 했다.

"네가 네 역할을 잘할수록 뒤에서 쑤군대는 입도 더 없어질 것이야. 그건 네가 져야 할 몫이다."

말투는 단호했지만 노회한 눈은 다소곳이 숙여진 송아의 머리를 따스하게 내려다보았다.

"어차피 그렇게 가벼운 입들은 돈 앞에 힘 앞에 무릎을 쉽게 꿇는단다. 이게 황만복이 보는 황만복의 세상이다. 후우! 내 어깨가 너무 무겁구나. 너희에게 내려놓고 나도 좀 쉬게 해 주련?"

노인의 뜻에 송아는 흐르는 눈물을 닦으면서도 두 말 않고 "네." 답했다. 그의 입에서 따스한 미소가 솟았다.

그러나 황씨 집안의 며느리로 살기로 했더라도 어려서부터 한 공부를 싹 쏟아 버린 것은 아니었다.

"나, 외고 마감인데. 조금만, 조금만 더 쓰고 잘게요. 먼저 자요."

"기다릴게."

"먼저 자라니까요, 응?"

"너! 침실로 일 끌고 들어오는 건 반칙이야?"

"다른 날도 아니고 마감. 나 내일 마감인데?"

"마감 처음이야?"

언젠가 싸웠던 것 같은 주제로 다시 언쟁을 벌이지만 그의 눈빛은 캐러멜처럼 달콤하다. "못됐어!" 송아가 그를 노려보며 콧등을 찡그리니, 그는 "금송아, 요 못된 표정?" 하고는 주름이 잡힌 코를 싹싹 지워 주는 시늉을 한다.

"너랑 같이 잠드는 게, 내겐 하루 중 가장 행복한 일이야. 내 즐거움을 빼앗지 마? 난 기다릴 거야."

귓바퀴에 사르르 감겨드는 말이 자상한 듯 근사하긴 한데, 이건 선전포고. 그의 '기다린다' 는 건 기다린다는 뜻이 아니다.

송아의 손이 자판 위에서 미친 듯이 춤춘다. 방바닥에 애처럼 주저앉아 버린 그의 눈빛엔 장난기가 다글다글하다. "아, 나……." 하는데 그가 애처롭게 올려다본다. '빨리 와' 하는 표정으로 한다는 말이.

"천천히 해. 나는 내가 알아서 놀고 있을게."

하며 스커트를 슬쩍 걷는다. "아이!" 손을 밀쳐 봐도 그는 끈덕지다. 슬쩍 또 마주치는 눈, 그 반들반들한 눈빛이 말한다. '어디, 할 수 있으면 계속해 봐.' 스커트는 무릎 위로 올라갔고, 무릎 안쪽에 집요한 키스가 '춥', 떨어진다. 점점 안으로, 안으로 파고드는 그 도톰한 입술.

"크크큭, 크크크큭! 하지 말라고요!"

"어, 금송아 좋아하는데?"

"알았어, 알았어요. 항복!"

"진작 그럴 것이지. 자고 일어나서 내일 해. 난 너 잠 안 자고 일하는 게 세상에서 제일 싫어."

결국 노트북을 밀치고 어깨를 감싸 일으키는 그의 손에 이끌린다.

그래도 마감은 마감.

"네, 메일 보냈어요. 사진 예쁘게 실어 주셔야 해요? 아래쪽의 지문은요……."

담당 편집 기자 출신의 외고 필자라 그쪽에서도 시어머니가 따로 없을 것이다. 그래도 좋은 글이라 실어 주고 괜찮은 작가가 되어 놓치기 아까우니 실어 주고. 다른 방향의 커리어가 송아에게도 느리지만 조금씩 자라난다.

"우리 집안에 진짜 금송아지가 들어왔어? 고맙구나, 네가 이 집 안에 참 큰일을 했다!"

황만복은 첫 손주를 안고 그렇게 좋아했다. 그뿐일까. 둘째, 셋째까지 어디선가 튀어나오니 아무리 도와주시는 분들이 있어도 정신없다. 엄마니까, 안주인이니까.

단풍나무 거리를 나와 황만복의 저택으로 자처해 들어갔다. 그러나 노인의 건강은 하루가 무섭게 달라진다. 무심히 흐르는 세월 앞에서는 천하의 그도 별수 없다.

"볕이 참 좋은데 잠깐이라도 걸으시죠? 제가 부축해 드릴게요, 네? 할아버님."

"으응? 다 귀찮아. 나 졸리다."

햇볕이 쨍한 넓고 푸른 마당. 풀어놓은 개 두 마리와 아들 둘은 네 마리의 짐승처럼 뒤얽혀 정신없이 뛰어논다. 평상에선 아줌마 손에서 돌배기가 턱받이에 침을 줄줄 흘리면서도 뭐가 그리 좋은지 까르르 웃으며 형들과 함께 놀고 싶어 어쩔 줄을 모른다.

휠체어에 앉은 황만복은 그저 바라보는 게 좋아 웃다가도 자꾸만 깜빡깜빡 졸음에 겨워한다. 뒤에 선 검은 제복의 여자가 말을 붙인다.

"날이 갈수록 기력이 떨어지시니 큰일이네요."

"아무래도 들어가시게 해야겠어요."

송아의 말이 떨어지기 무섭게, "네, 알겠습니다." 움직일 때 그녀가 나선다.

"제가 할게요."

천천히 휠체어를 밀며 실내로 들어서니, 서재에서 막 나온 듯한 진헌이 말을 붙인다.

"정정하시던 게 엊그제인데 자꾸 종일 주무시려고만 드시네."

"그러게요."

황만복을 함께 침대로 옮기고 이불을 여며 드린다. 그도 탁한 눈을 슬쩍 떴다가 도로 감지만 금세 아이처럼 쌕쌕 잠이 든 노인.

송아는 조용히 맞미닫이를 닫고 나와 돌아서다 앞 벽을 바라본다. 진헌이 조용히 다가와 송아의 어깨에 손을 얹는다. 여러 개의 가족사진이 소중하고 즐거웠던 추억을 가둔 채 걸려 있다.

"거봐. 내 말 듣길 잘했지."

"이렇게 걸어 두고 자주 보는 게 내 마음이 훨씬 낫네, 고마워요."

송아의 손가락이 낡은 블라우스를 입은 엄마에게로 향한다. 너

무 슬퍼서 차마 꺼내기 싫어 박스 안에만 재워 놓았었는데. 하잔
대로 옮겨다 걸으니 오히려 옛 추억에 아련하게 행복해졌다. 진헌
이 송아의 뺨에 짧게 키스하며 주의를 흐트러뜨린다.

"우리 이틀만 어디라도 다녀오자. 애들 떼어 놓고."

"어떻게 둘이?"

그 옆의 액자엔 신혼여행 중인 진헌과 송아가 손을 맞잡은 채
절벽 아래를 배경으로 갇혀 있다. 스페인 남부의 그라나다를 거쳐
결국 가게 된 론다. 누에보 다리를 건너 낭떠러지에 지어진 협곡
마을을 찬찬히 한 바퀴 돌았다.

그리고 깎아지른 절벽에 붙어 장사하는 맛집에서 절경을 내려다
보며 결국 스테이크를 함께 썰었다. 서로의 와인 잔을 챙, 하고 즐
겁게 부딪쳤던 둘. 와인을 머금었던 진헌의 도톰한 입술이 붉게 빛
난다.

"딱 이틀만, 응?"

여행뿐 아니라 그와 함께한 모든 시간은 추억으로 아름답게 쌓
여 간다. 송아가 웃었다. 송아가 웃으니 그에게도 웃음이 번진다.

"언제 갈까?"

— 종(終)

작가 후기

안녕하세요, 진진필입니다. 흠흠! 송아도 진헌이도 인터뷰를 실컷 했으니 저도 셀프로나마 인터뷰를 하고 싶습니다. 제겐 독자님들께서 이런 질문을 하시는 환청이 들립니다. '완전 신데렐라잖아?' 자, 그럼 시작하겠습니다.

이거 너무 대놓고 신데렐라지 않나?

예, 신데렐라를 모티브로 썼고요. 진짜 부유한 멋진 진헌과 힘들지만 열심히 사는 송아는 어떻게 만나서 연애하고 결혼할까를 고민하며 차근차근 그렸습니다.

계모가 나오긴 하는데 뭐가? 파티도 없잖아?

물론 재해석의 과정을 거쳤죠. [파티, 드레스, 신데렐라와 왕자님, 계모와 새 언니] 등의 전통적인 소재를, [잡지와 촬영, 드레스와 보석, 금송아와 황진헌, 난정이와 난정 엄마] 등으로 변형시켜 현실적으로 재구성했어요.

닌데렐라는 호박 마차와 요정이 포인트인데?

어휴, 요새 그런 건 셀프예요. 음…… 자기 노력? 그런 건 주문이 풀리지 않죠.

흠흠. 그래? 그건 그렇고. 서브 남주로 오지령은 너무 별로지 않나?

사실, 제 마음속 서브 남주는 할아버님이십니다. 마성의 할아버님의 사랑을 너무 아쉽게 그린 점은 죄송하고요.

오, 그런가? 못다 한 이야기 있으면 해라.

잡지가 만들어지는 한 달 동안 이루어지는 결혼 이야기를 쓰고 싶었어요. 잡지를 만드는 송아의 다급한 연애, 그 짧은 동안 훅 뒤집어지는 그녀의 인생 이야기를요. 그런데 현실적으론 시간이 더 걸리더라고요. 이야기는 단풍이 물드는 가을부터 약 2~3개월 동안 진행된답니다. 하하하.

이 글을 한 단어로 압축하자면 그것은 '소원풀이'입니다. 멋진 남자에게 뜨거운 사랑을 받고, 역경을 헤치며 당당하고 멋진 여성이 되는 것이요. 그리고 지금은 힘들더라도 언젠간 행복해지는 것이요. 더 짧게 줄이면 우리의 '꿈'이겠지요.

저는 송아를 통해 많은 것들을 가슴 벅차게 이루는 꿈을 꾸었습니다. 제가 그랬듯 독자님들도 잠시나마 행복한 꿈을 꾸셨기를 바랍니다.

　이별은 늘 아쉽습니다. 또 어느 날 어느 때 다음 글로 인사드리
겠습니다.

진진필 올림.

결혼하실래요?

1판 1쇄 찍음 2018년 1월 9일
1판 1쇄 펴냄 2018년 1월 16일

지은이 | 진진필
펴낸이 | 정 필
펴낸곳 | (주)뿔미디어

편집장 | 박경희
기획 · 편집 | 이영은
표지 디자인 | 김수진

출판등록 | 2002년 9월 11일 (제1081-1-132호)
주소 | 경기도 부천시 원미구 소향로 17, 303(두성프라자)
전화 | 032)651-6513 / 팩스 032)651-6094
E-mail | scarlets2012@hanmail.net
블로그 | http://blog.naver.com/dahyangs
비북스 | http://b-books.co.kr

값 9,000원

ISBN 979-11-315-8555-9 03810